梁辰魚集

〔明〕梁辰魚 著
吴書蔭 編集校點

上海古籍出版社

圖書在版編目(CIP)數據

梁辰魚集/(明)梁辰魚著；吴書蔭編集校點．—上海：上海古籍出版社，2010.5（2021.1重印）
（中國古典文學叢書）
ISBN 978-7-5325-5577-2

Ⅰ.①梁…　Ⅱ.①梁… ②吴…　Ⅲ.①古典文學—作品綜合集—中國—明代　Ⅳ.①I214.82

中國版本圖書館CIP數據核字(2010)第067258號

中國古典文學叢書

梁辰魚集

[明]梁辰魚　著

吴書蔭　編集校點

上海世紀出版股份有限公司
上海古籍出版社　出版、發行

(上海瑞金二路272號　郵政編碼200020)

(1) 網址：www.guji.com.cn

(2) E-mail：gujil@guji.com.cn

(3) 易文網網址：www.ewen.co

新華書店上海發行所發行經銷　上海展强印刷有限公司印刷

開本 850×1156　1/32　印張 21.625　插頁 5　字數 467,000

2010年5月第1版　2021年1月第2次印刷

印數：2,301-2,850

ISBN 978-7-5325-5577-2

I·2195　平裝定價：88.00元

如發生質量問題，請與承印公司聯系

電話：021-66366565

前言

梁辰魚（一五一九—一五九一），字伯龍，號少白，別署仇池外史，江蘇崑山人，明代著名戲曲作家。他祖籍河南，其先人梁元德，元朝知崑山州事，遂移家崑山。曾祖紈，曾任泉州同知。祖父鳴鶴，爲高唐州判。父介，字石仲，官平陽訓導，因其叔鳴鵬無嗣，遂過繼爲後。梁介爲人豪爽，「延廣納新，家鮮留儲」（俞允文《祭内兄梁貞仲文》）。至梁辰魚時，家境已每況愈下，故他「多慷慨憂生之感」（王世貞《貽梁伯龍》）。

梁辰魚身長八尺，虎顴虬髯，性格豪放，落拓不羈，好任俠，喜讀史談兵。工詩及行草，尤善度曲，精於音律。晚明文人喜愛遠遊，既可登山臨水，探奇攬勝，又能廣結師友，干謁名公鉅卿，以此邀名逐利。這已成爲當時的一種士風，伯龍也不能例外。嘉靖三十二年（一五五三），他開始了壯遊生活，南遊會稽，探禹穴，歷永嘉、括蒼諸名山。三十四年（一五五五），又溯江西去荆楚，上九嶷，泛洞庭、彭蠡，登黄鶴樓，觀廬山瀑布，尋周郎赤壁遺跡。這兩次出行也是投奔别人，「世路有荆棘，山鄉多翠薇。莫將和氏淚，却向楚人揮」（李奎《送梁伯龍歸吴》），道出了他依附於人的酸辛。三十七年（一五五八），他年屆四十，去應順天府鄉試，實則亦想借此北上遠遊，「覽觀天下之大形勝，與天下豪傑士上下其議論，馳騁其文辭，以一吐胸中奇耳，一第何足輕重哉」（文徵明《梁伯龍詩序》）。當然功名與他也就無緣了，終其一生也不過是一個靠捐資獲得的太學生而已。四十五年（一五六六），他再度北遊齊魯大地，謁孔廟，登泰山，探海市，本欲繼續西遊華山，因囊中羞澀而罷（事見李攀龍《與王敬美》一）。自此以後，他的足跡再也未出蘇浙，僅往來於南京、杭州一帶。

由於文壇領袖王世貞、李攀龍等人的揄揚，梁辰魚名聲藉甚。嘉靖四十一年（一五六二），負責東南沿海剿滅倭寇的南直隸浙閩總督胡宗憲聞名招他入幕府。他異常高興，認爲多年來立功報國的夙願可以實現了；友人也以爲他一定會受到禮遇重用，「辟書相屬驛路來，倒屣定須延上客」（顧允默《長歌行送梁伯龍赴越鎮之辟》）。可是，事與願違，壯志未酬。在他回到故鄉不久，胡宗憲也遭到彈劾，逮問下獄。

隆慶元年（一五六七），梁辰魚與莫是龍、孫七政、殷都、王稚登、張獻翼等，在金陵鷲峰禪寺結社，同社聚集江南名士四十餘人，他們不是致仕官僚，就是山人隱士，彼此情趣相投，或徵歌度曲，或飲酒賦詩，借以消磨歲月。四年（一五七〇）夏末秋初，他又與曹大章、吳嶔等詞曲名家，在南京舉行盛大的蓮臺仙會，品評諸妓，恣情歡娛，益加放浪形骸，沉湎聲色。晚年，雖貧窮益甚，但仍翩翩逞豪，壯心不已。萬曆十九年（一五九一），離開人世，終年七十三歲。

梁辰魚著有傳奇《浣紗記》、雜劇《紅線女》、《紅綃伎》（已佚），改編過《周羽教子尋親記》。還撰有《鹿城詩集》和散曲集《江東白苧》等。

《浣紗記》約創作於嘉靖四十二年左右[一]，是他精心創作的一部歷史劇，原名《吳越春秋》，取材於

《史記・越王勾踐世家》、《吳越春秋》和《越絶書》等，還汲取了民間有關西施的傳説。作品以范蠡和西施的愛情作爲全劇的貫穿綫索，可是作者未把他們的悲歡離合放在顯著位置，而是着重總結吳越興亡的慘痛歷史教訓，鞭撻吳王夫差的驕奢淫逸、伯嚭的貪婪賣國，贊揚越國君臣團結一心和艱苦復國的鬥爭精神。從而借古喻今，對明王朝政治腐敗、國勢傾頽予以抨擊，表達自己關心時艱的積極態度。作者一反「美人禍國」的陳腐觀念，通過國難和愛情的尖鋭衝突，細緻地刻畫了西施豐富的内心活動和高尚的思想境界，使一個不惜犧牲自我、以國家命運爲重的愛國女性形象躍然於紙上。而在范蠡的身上，則更多地寄寓了作者的政治理想和人生態度。明代後期，東南沿海一帶，城市經濟繁榮，開始出現資本主義萌芽。於是，産生了反對封建專制和封建道德的新思想，而對民主平等、個性自由的要求，已經成爲市民意識的覺醒。劇中寫范蠡能擺脱封建貞節觀的束縛，最後與已經失身的西施結合，無疑是這種新思想的反映，對「餓死事極小，失節事極大」的封建禮教也是一種有力的衝擊。《浣紗記》之所以在當時受到觀衆的熱烈歡迎，除在古老的歷史題材裏熔鑄了新内容新思想外，還有一個重要的原因，即爲最早用改革後的崑山腔演唱的傳奇劇本。崑山腔源於元末吳中地區，最初不過是民間的俗曲，後經魏良輔等音樂家的革新，稱之爲「水磨調」，用於散曲的清唱，清柔婉轉，悦耳動聽。梁辰魚得到過魏良輔的傳授，便將「水磨調」應用到劇本創作中去。《浣紗記》搬上戲曲舞臺，使競尚新聲的三吳觀衆耳目爲之一新，於是很快就流行開來，「譜傳藩邸戚畹、金紫熠爚之家，而取聲必宗伯龍氏，謂之崑腔」（張大復《梅花草堂筆談》）。由於梁辰魚對崑曲的形成和推廣所作的突出貢獻，奠定了他及《浣紗記》在戲曲史上的重要地位，後人就很自然地將

他和魏良輔聯繫在一起：「里人度曲魏良輔，高士填詞梁伯龍。」（吳偉業《琵琶行》）

《紅線女》雜劇是據唐人袁郊的傳奇小説《紅線傳》改編的。寫唐魏博節度使田承嗣欲兼併潞州，潞州節度使薛嵩束手無策，侍女紅線善劍術，夤夜飛入田府，將田承嗣牀頭的金盒盜走，使之不敢輕舉妄動，從而消弭了一場災難。事成後，紅線女入山修道。劇本熱情歌頌紅線女的文武兼備、智勇雙全和超凡脱俗的俠義精神，同《浣紗記》一樣，也是表現巾幗勝過鬚眉和功成身退的思想。全劇恪守元雜劇四折、一人主唱的體制，結構精煉，曲白剛勁雅飭，人物性格生動鮮明。

《江東白苧》正集二卷，刊行於嘉靖三十五年（一五五六）後，萬曆時又補刻續集二卷，今存明刊本凡四卷。梁辰魚的散曲以套曲最多，擅長於描摹閨怨。其構思和遣詞都參以詞法，注重字句的斟酌穩妥，講究詞藻的典麗蘊藉，追求韻律的和諧悦耳。因此，特别博得富家遊冶子弟和青樓歌兒舞女的喜愛，也受到同氣相求的文人雅士的青睞。一時羣起摹倣，梁辰魚被推爲「曲中之聖」（張旭初《吳騷合編》）。這種重形式輕内容的「白苧體」詞風，對晚明的散曲創作産生過不良影響。然而《江東白苧》中也不乏弔古傷今或直抒胸臆之作，如〔玉抱肚〕《過湘江》、《歲暮登江陵庾信樓作》，〔山坡羊〕《代劉季招申椒居士》，〔瓦盆兒〕《己巳立秋夜雨悼亡姬胥雲房作》套等，都爲人所稱道。但集中「擬作」、「改作」、「代作」之曲過多，語言過於凝練整飭，缺乏諧笑調謔、生動活潑之致。

梁辰魚也是詩人，寫有大量詩歌作品，收在《鹿城詩集》中。明人朱謀垔稱他「以詩及行書名嘉、隆間」（《續書史會要》），説明他的詩在當時頗有影響。他關心國事的愛國感情，在一些言志抒懷的詩篇中也有所表現。如五律《雜興六首》中説：「男子志四方，豈不重横行！匈奴入邊關，直欲請長纓。夜卧龍城雪，朝渡黄河冰。矢心爲王室，飄飄一命輕。寧爲松柏死，不作桃李生。」這與他在散曲《擬出塞》序中所表達的思想完全一致：「逸氣每凌乎六郡，而俠聲常播於五陵。魯連子之羽，可以一飛；陳相國之奇，或能六出。假以樊侯十萬之師，佐以李卿五千之衆，則横行鷄塞，當雙飲左右賢王之頭，而直上狼居，必兩繫南北單于之頸。」當時正值北方俺答直逼京師，倭寇在江浙瘋狂騷擾。詩人請纓報國，反擊外寇入侵的態度，是何等堅決！嘉靖三十二年（一五五三），他南遊浙江滯留杭州時，忽聞「疊鼓傾夷穴，連旌入島云」的捷報，便一氣揮就《癸丑歲兵阻武林任貳府海上之捷三首》，歡呼剿倭的勝利。次年，倭寇兩次焚掠蘇州、崑山一帶，故園遭到蹂躪，滿目淒涼，這時他正避難中州，憤然寫下《甲寅感懷二首》，其一云：「離離禾黍半秋原，落日煙中見曉痕。晉世銅駝荆棘滿，石家金谷水雲屯。白頭空作《江南賦》，青草誰招塞北魂。時事驚心捲簾坐，戎葵花落又黄昏。」更流露出憂國傷時的感慨。這類抒懷言志、關心時艱的愛國詩歌，雖然數量有限，但比起當時的山人隱逸之士，在他的身上則更多一些憂患意識。詩集中登臨遊覽、尋幽懷古、酬贈倡答之作佔了主要部分，這對深入瞭解詩人的生平、思想和交遊也是極有價值的材料。梁辰魚同「後七子」均有交往，自然會受到他們提倡的復古主義之風的影響，王世貞就鼓勵他多寫古詩。他用樂府古題寫的古詩，不少都有着濃厚的擬古風味。但由於才思不足，有些作品失於草率，不過略能「駢贍而已」（張大復《梅花草堂筆談》）。

今將梁辰魚現存的詩歌、散曲、傳奇、雜劇等作品，輯爲《梁辰魚集》，加以點校整理。其中《鹿城詩集》，以北京圖書館所藏二十八卷清鈔本爲底本，校以蘇州博物館藏舊鈔（十卷本）殘本（簡稱蘇本）和《盛明百家詩》前編《梁國子生集》（簡稱梁集本）。《江東白苧》，以乙卯（一九一五）四月武進董氏誦芬室刊正集二卷、續集二卷本爲底本，校以北京圖書館藏明刊本、明汪廷訥環翠堂刊本、南京博物館藏吳梅校本，再參校《南宮詞紀》、《羣音類選》、《彩筆情辭》、《吳騷合編》、《吳歈萃雅》、《詞林逸響》、《南音三籟》等曲選。《浣紗記》，以明末汲古閣刊《六十種曲》本爲底本，校以北京圖書館藏明萬曆間金陵富春堂刊本（簡稱富本）、金陵繼志齋刊本（簡稱繼本）、武林陽春堂刊本（簡稱陽本，原書現藏臺灣「中央圖書館」，北圖存有縮微膠卷）、明末李卓吾評本（簡稱李本）、明崇禎間怡雲閣本（簡稱怡本）。《紅線女》，以《盛明雜劇》本爲底本，校以孟稱舜《酹江集》本（簡稱酹本）。凡底本文字的訛誤脱漏，均爲之校正；他本有參考價值的異文，也臚列於校記之中。

梁辰魚的作品，除雜劇《紅綃伎》佚失外，幾乎現存所有作品都囊括在本書中，但還有少量佚文散見於他書，今輯爲《補遺》。至於有關作者的傳記、序跋、評論等資料，也都作爲附録，供讀者參考。

在本書輯校過程中，曾得到北京圖書館、南京博物館、蘇州博物館、中國藝術研究院戲曲研究所資料室的大力支持，及同行師友的熱情鼓勵和幫助，在此一併致以衷心感謝。整理中的疏謬之處，殷切希望讀者予以指正。

〔一〕說見拙文《〈浣紗記〉的創作年代及版本考》，華瑋、王愛玲主編《明清戲曲國際研討會論文集》，臺灣中研院中國文哲研究所籌備處，臺北一九九八。頁四四三—四六一。

梁辰魚集總目

鹿城詩集

目錄

卷二 樂府詩

卷三　樂府詩

卷四 樂府詩

卷五　五言古詩

卷六　五言古詩

卷七　五言古詩

卷八　五言古詩

卷九　七言古詩

卷十　七言古詩

卷十一　七言古詩

卷十二　七言古詩

卷十三　五言律詩

卷十四　五言律詩

卷十五　五言律詩

卷十六　五言律詩

卷十七　五言律詩

卷十八　六言律詩

卷十九　七言律詩

卷二十　七言律詩

卷二十一　七言律詩

卷二十二　七言律詩

卷二十五　五言絶句

卷二十六　六言絕句

卷二十七　七言絕句

卷二十八　七言絶句

梁伯龍詩序

作詩難，序詩尤難。古人詩多無序，其或有序者，因不知其人，於數百載後，考其遺蹟，蓋欲得其名當時傳後世者，以想見其人耳。伯龍今將遊帝都，攜此編以交天下士，則天下之士接其人玩其詞者，人人知有伯龍矣，又何以序爲？雖然，以一書生南遊會稽，探禹穴，歷永嘉、括蒼諸名山而還；既又溯荆巫，上九疑，泛洞庭、彭蠡，登黄鶴樓，觀廬山瀑布，尋赤壁周郎遺蹟，篇中歷歷可見。伯龍又云：「余此行，非專爲畢吾明經事也。」蓋遠追子長芳軌，欲北走燕雲，東遊海岱，西歷山陝，覽觀天下之大形勝，與天下豪傑士上下其議論，馳騁其文辭，以一吐胸中奇耳。一第何足爲輕重哉！是亦足以豪矣。若予衰邁，裹足里門，跬步不出，視伯龍真若霄壤然，是又不可以不序也，遂書以復伯龍。嘉靖戊午中夏既望，衡山文徵明序。

梁伯龍古樂府序

凡有韻之言，可以諧管絃者，皆樂府也。風雅熄而鐃歌鼓吹興，其聽者猶恐卧，而燕、魏、齊、梁之調作。絲不盡諧肉，而絶句所由宣；絶句之宛轉不能長，而《花間》、《草堂》之峭倩著。《花間》、《草堂》不入耳，而北聲勁；北聲不駐耳，而南音出。自伯龍之爲南音，苟不至於不毛，其儇豎遊女皆能習而詠之，而伯龍意不懌，曰：「是焉足以名我？」今夫古樂府之與今詞，本末迥然别矣。其音發於籟而辭緣於情，古未有二也。於是稍取建安、六代之作而擬之，得若干首。伯龍之才恒有餘，故不能盡返其始本；其質不能禦文，故時時出入今古。然或正言以明志，或婉語以引情，一切歸之和平爾雅，庶幾洋洋乎盈耳矣！説者猶謂文園令之賦，班蘭臺尚以其曲終而奏雅，况伯龍哉！愚不敢以爲然。不取其終之雅，而罪其始之曲，是法家刻深語也。夫伯龍猶知有返古也。柳屯田、張秘監之才，彼豈遽出伯龍下，安於其偏至之好而不知節，故狡狡之輩目之以「三中」、譏之以「三變」，彼蓋欲自解而不能也。黄豫章者賢於二子矣，乃至託於佛而爲讖以解。夫豫章誠悔之，則胡不如伯龍之以古樂府讖也。吾故曰：「伯龍猶知有返古也。」隆慶壬申季秋，南京大理寺卿瑯琊王世貞撰。

梁伯龍鹿城集序

夫吳越古龍子之國也，語英靈，則石帆、林屋標其勝；考人物，則伍員、種、蠡擅其奇；選雄剽，則水犀、君子賈其勇；徵妙麗，則夷光、鄭旦揚其輝。南徐以東，禦兒以北，蓋天地秀拔遒上之氣遍焉。予讀《左》、《國》、《春秋》、《越絶》諸書，即其所爲煙熅噴薄者，何其翕而愈張、出而靡已也！迨入皇代，益以纚縱。文章之伯，上掩天心；神仙之踪，下絶地胏；龍蟠之夫，滅跡霞表；鴻漸之士，高議雲臺，穆乎伾哉！單前隻後，如天鷄乍鳴，海日横出，未有若斯之烈者也。余自汝潁税駕由拳，攬轡山岡，紆軫羣彦，載喜載怖，如竦身罡風矣。崑陽蓋有梁伯龍云。伯龍少時好爲新聲，是天下之絶麗，余聞而太息。以彼其才，令力追大雅，上可東阿、蕭統，下不失爲王江陵、李王孫，而胡乃自比都尉，侈爲艷歌？是以龍驥捕鼠也。近始得其古近讀之，儁才豐氣，往往合作，益大欣賞，其始一何皮相也。故知名姝國色，冶容則冶，素面則素；朱絃白雪，《房中》則《房中》，《郊廟》則《郊廟》，何不宜哉？伯龍爲人，長身嶽嶽，氣韻蕭疏，家貧晏如，翛然自遠〔一〕。所至山林褐博，王侯貴介，無不爭致伯龍。伯龍入户，把臂爲歡而已。譬如海鷗野鶴，時或近人，而終不依人，故其爲詩，當其綢繆間多情語，當其蕭散間多曠語。總之，玄霜絳雪，非世所常珍，余於是而益歎吳風之亶厚也。夫草木之華必歸之本根，文章之極必要諸人品，延清洪涊，君子賞其文而薄其人，襄陽清遠，則此道益貴也。伯龍既長麗情，復多曠度，身有八尺之軀，而家無百畝之産，入媚其妻子，而出傲其王侯，故天壤間何可無斯人，何可無斯語？萬曆壬午陽月東海友人屠隆撰。

【校】

〔一〕自遠，明萬曆刊本屠隆《白榆集》卷二所收此序，作「物外」。

鹿城詩集卷一

鼓吹曲

漢鐃歌

朱鷺

朱鷺何振振，羽毛澤而雅。容與臨清池，羣飛食茄下。飾鼓當阼階，鼓聲殷如雷。君子樂旨酒，不醉莫言歸。

艾如張

艾生野田風獵獵，青枝蒙茸葉綠纈。虞人乃爾搆深機，網羅高張亦何爲？黄雀領黄口，高飛學鴻鵠。祇願遠禍機，不求稻粱足。嗟嗟網羅，奈爾雀何！君看野田中，黄口日益多。

上之回

上之回，乘飛龍，祠五時，行幸雍。旌旗二千里，直與回中通。甘泉西，蕭關北。歷金城，出張掖。羣臣起舞萬國來，勒銘更上單于臺。

戰城南

戰城南，走郭北，身被創痍卧叢棘。駑馬棄我，嘯蒲葦中，饑烏啄我食，霜尾畢逋啼向風。烏雛嗷嗷，烏母吼吼。腐肉不多，食不終朝。豪可惜。肉雖腐，安足食。嗟哉禾黍有餘粒，願爲忠臣死王國。悲此良臣，良臣誠可悲。去白日兮，歸來無期。

巫山高

巫山高，高不極。江水深，深不測。山高水深，實勞我心。零零暮雨，靉靉朝雲。臨風遠望，泣下霑巾。緲緲陽雲臺，君王期不來。

上陵

上陵何迢迢，下津遨以遊。問客從何來？自言水中洲。淥水爲君吟，子夜爲君謳。陽阿爲君舞，簫管坐兩頭。北溟之鷗南溟鵬，扶搖直上九萬程。乍離乍合，曾不知日月明。藩籬燕雀，毛羽何摧頹。風爲馬，雲爲車，仙人紛紛其來徐。醴泉出山陽，靈芝生洞房。願主千萬年，其樂不可當。

將進酒

將進酒，繁絃奏。美清夜，炫白晝。吳姬侍左趙女右，主人勸酒客長壽。良工妙伎世不多，觀者何苦淚滂沱。有酒奈樂何！

君馬黄

君馬黄，臣馬玄，二馬共逐臣馬先。錦作障泥金連錢，爲君長驅向幽燕。當年初出渥洼水，烏雲滿身風入嘴。高秋一夜聞邊聲，平旦悠悠走千里。吁嗟此馬真奇哉，年年向櫪空徘徊！一日千金買駿骨，長鳴直上昭王臺。

芳樹

芳樹羅青林，鉛華炫朝暮。當軒既婀娜，臨窗復嬌妒。青樓美人繡閣開，清晨嫋嫋花下來。折得柔枝向鸞鏡，粧成欲去復徘徊。猋風一夕度，飛飛委行路。零落亦何爲，但悲此芳樹。

臨高臺

臨高臺，浮雲涼，黄鵠飛飛羽翼長。下臨清池挹蘭芳，飲君綠水食稻粱。小臣關弓思射鵠，聖主日宴清池曲，壽無疆兮歡不足。

横吹曲

隴頭水

隴頭水，何悠悠。雜亂石，日夜流。峻坂九屈曲，七日越隴頭。隴水復四注，流入關門去。盡作嗚咽聲，半是征人淚。漢家天子多事邊，征人久戍無歸年。夜夜關門望秋月，長角短簫悲遠天。

出關

出關逐驕虜，北望祁連山。朔雪脆雕弓，嚴風斷筋竿。嗚笳柳城曲，洗馬鹽海灣。移軍度沙磧，直欲斬樓蘭。

入關

單于已宵遁，清秋無虜羣。臨關白狄盡，入塞黄河分。昔投李輕車，今從霍冠軍。燕然有奇石，男兒期立勳。

出塞

出塞多廣漠，野氣何蕭疏。涼月照營柳，清霜墜關榆。風沙揚殘腥，戰士骨肉餘。寒閨有思婦，夢寐猶與俱。間關各萬里，存殁安可知？志士填溝壑，悵望狼居胥。

入塞

少年事軍旅，邊關無成績。驅馳二十載，入塞反鄉邑。匈奴猶未滅，戰士老無色。下馬卸弓刀，荒村復愁入。入門語音異，疑是遠來客。歷歷道故舊，依稀若相識。親鄰各問訊，妻子方掩泣。解衣視創瘢，叢簇如蝟集。九死無一生，孤魂寄絶域。何當復來歸，樽酒慰宿昔。

折楊柳

灞岸春色來，垂楊復垂柳。攀條憶遠人，夫君别來久。風花縈袖弱，露葉拂眉長。零落悲官渡，依稀認武昌。高樓吹笛聲，曲中哀怨急。陌上無窮樹，獨有好顏色。臨風更婀娜，似妾細腰肢。獨坐春窗下，夫君無返期。

望行人

夫婿滯邊州，愁來上高樓。日日樓前望，望中春水流。流水無已時，浮雲無定期。莫言無情是雲水，雲水中有長相思。

關山月

明月照關山，關山笛何哀！青天無片雲，獨有鴻雁來。暈缺圍方解，輪圓車未開。遥想綺窗人，流光正徘徊。

洛陽道

洛陽大道傍，歌鐘連日夕。龍門春水流，金谷煙花積。韓嫣丸正挾，潘令果初擲。誰云秦氏女，近作盧家室。相見不相親，脈脈空竚立。

長安道

長安佳氣浮，龍葱若煙霧。雙闕起中天，沉沉南山曙。秦宮複道懸，漢苑鸞輿度。日醉新豐酒，夜歸灞橋樹。聯翩五陵豪，紛紛狹斜路。

梅花落

春風海上來，曉日臨高臺。臺前早梅樹，忽見一枝開。既開還復落，因風逗羅幙。壽陽春困墮南簷，何遜朝吟上東閣。日日天高鴻雁飛，梅花落盡君不知。粧成愁坐已無賴，況復高樓吹笛時。

驄馬

驄馬繡纏纓，西來大宛城。初還躞蹀走，更復驂驔行。曉過上蘭路，春歸細柳營。驃姚新受賜，萬里欲專征。

雨雪

雨雪正霏霏，驅車遠行邁。將軍獨征行，壯士何慷慨。方走玄菟城，又出黄龍塞。遙憐蘇武節，更在北海外。

劉生

劉生重然諾，意氣一何誇！花馬黄金鞚，相逢在狹斜。五陵還有籍，三輔已無家。夜半報仇去，不知千里賒。

梁鼓角横吹曲

企喻歌辭四首

放馬大澤中，澤中秋草肥。不愁馬膘落，祇恐露沾衣。
野雀一何微，日在榆枋底。飽食不高飛，愁殺黄鷂子。
射鵰出蕭關，時來古城下。慣著鐵裲襠，堪騎汗血馬。
朝出西郭門，夕見死道邊。白骨翳沙草，男兒殊可憐。

瑯琊王歌辭四首

瑯琊大道王，車騎日行遊。夾衫繡裲襠，驄馬金絡頭。
公老姥更嫁，孤兒泣呱呱。兒泣誠可憐，何如嫁後夫。

新買五尺刀〔一〕，雙手日提攜。十五女固佳，安能不相離？

儈馬身似龍，騎者廣平公。誰遣端門下，野火燒天紅。

【校】

〔一〕買，原作「賣」，據蘇本改。

紫騮馬歌辭四首

七十從軍歸，門庭久遷改。鄰里無相識，詎有妻兒在？

老妻嫁童男，孤松寄蘿蔦。不見松心枯，唯見顏色好。

紫騮繫庭樹，長鳴飢欲哺。空釜無人炊，況復有馬芻。

我馬日⿸厂逐⿸厂遺，不如在邊戍。隨人多立功，放女隴山去。

黃談思歌辭三首

歸歸黃談思，逐郎來復去。郎作山上雲，妾作山頭樹。

可憐雙車輪，不辭路近遠。郎行自去來，妾心日宛轉。

盤盤太行山，坂峻不可度。一步一徘徊，十步十回顧。郎意不欲歸，況復車輪摧。

地驅樂歌辭四首

蕭蕭疏疏，木落草枯。號殺野狐，吼殺於菟。

驅狐入穴，驅虎入山。婦老無匹，淚啼闌干。

枕郎雙膝，不笄不冠。得郎長想，何用片歡。

歡樂日昃，隨郎轉側。復有何人，似妻顏色。

捉搦歌辭四首

旱雲炎炎天欲雨，風羽翩翩鳥欲翥。城南少年美如許，老女不嫁怨儔侶。

誰家女兒白門外，腰身綽約多憨態。東鄰兒郎莫懈怠，鉛華當年不相待。

空庭沉沉樹無影，霜烏南飛天漸暝。美人梳洗春窗冷，不照菱花照新井。

老母堂前老棠樹，女蘿纏綿蔽風雨。大時憐婿亦憐母，君看嫁來又生女。

折楊柳歌辭五首

下馬折楊枝，願郎莫作鞭。上有楊柳花，紛紛殊可憐。

楊柳蕩春風，嫋嫋章臺下。上枝覆綺閣，下枝覆車馬。

陌頭楊柳枝，長條更旖旎。似妾少年時，蕩漾春風裏。
我本虜家妻，今作漢兒婦。折柳入關時，猶識關門樹。
虜女莫吹笳，還聽《折楊柳》。入塞無葡萄，且飲漢兒酒。

幽州馬客吟歌辭二首

門有萬里客，云是幽州兒。不言道路遠，自有驄馬騎。
萬里多苦辛，猶自能蹀躞。郎騎幽州去，莫向人換妾。

慕容家自魯企由谷歌

慕容起山東，今入秦川谷。雖復漢兒語，猶著鮮卑服。

相和歌辭

相和曲

箜篌引

瀰瀰鴨綠津，水似黄河流。當年神禹治水怪，天吴避之向東遊。津頭狂夫往何處？清晨披髮渡河去。提壺沽酒欲酌誰？洪波渺渺歸無期，箜篌絃絶聲正悲。絃可絶，河可竭，津頭血淚何時滅？公乘蒼龍妾白魚，長風萬里相追隨，妾獨生兮亦何爲？

江南曲五首

江南可採蓮，魚戲蓮葉間。羅裙濺緑水，娥眉映遠山。

江南可採蓮，魚戲蓮葉東。期郎並船語，共棹入花叢。

江南可採蓮，魚戲蓮葉西。朝來人不見，獨自渡前溪。

江南可採蓮，魚戲蓮葉南。回船風正急，日暮滯江潭。

江南可採蓮，魚戲蓮葉北。約伴歸去來，移舟暗相失。

鹿城詩集卷二

度關山

關山清夜寒，征客度關山。山頭流水咽不住，客行夜宿關門樹。樹中月出隱復明，正是離人望鄉處。乘風東海外，送月到長安。共憐塞上舉頭望，誰念閨中拭淚看。

鷄鳴篇

晨鷄高樹鳴，隱隱出重城。旅館初催客，金門正啓扃。明星耿耿天未曙，羣雄呑聲獨振羽。田文因爾潛出關，祖逖聞之忽起舞。朱幘嵬峨錦翼張，衆中意氣何飛揚。狸膏已薦陳王座，金距先開郈氏場。場頭不獨能却敵，幽棲常向雲林集。君不見淮南仙馭何翩翩，白日同之飛上天。

陌上桑

旭日照高樓，羅敷樓上愁。蠶飢中夜起，採桑南陌頭。纖裳厭綺羅，淡妝薄梳洗。腕弱愁樹高，身輕畏枝起。使君從南來，五馬何翩翩。相逢桑間路，一駐不復還。東方千餘騎，夫婿氣何俠？四十府中趨，專房惟獨妾。使君總無婦，羅敷亦有夫。五馬須亟歸，勿用立躊躕。

薤露

貴賤雖異趨，脩短則同傾。少壯亦難恃，而況當暮齡。慨此柔脆身，復以塵慮嬰。瞻彼北邙山，鬱鬱多佳城。歲久恩愛絶，惟餘松柏聲。相知亦謝世，誰復思儀形？既乏百年壽，安用千載名。寄言世上人，不如學無生。

挽歌

賤與老俱遊，貴與壯亦頹。竹帛稱古昔，斯人安在哉！雖云彭鏗壽，亦復同嬰孩。桓桓英雄人，一往不復回。啼烏繞青楓，野兔走蒿萊。白日何昭昭，永閉長夜臺。安得遼海鶴，千秋一歸來。

吟歎曲

王明君

去國更憔悴，風沙愁殺人。誰憐馬上影，還是畫中身。轉與塞月遠，漸同胡苑親。不知氊帳夜，何似漢宮春。

平調曲

長歌行

今夕良宴會，聽我歌長歌。來日一何促，去日一何多。容顔若春華，飄零委泥莎。既已離榮顯，何用悲坎軻。良時不再至，行遊莫蹉跎。有酒須盈樽，詎惜朱顔酡。大禹惜寸陰，宣尼感川波。我歌《長歌行》，不樂復如何。

短歌行六解

置酒高臺，羽觴徘徊。我有短歌，爲君解懷。解一浮雲離離，白日西馳。歲云暮矣，不樂何爲。解二憐我宿昔，憂懷如棘。日夕苦辛，不遑寧息。解三瞻彼逝波，傷心如何。言念友朋，去我日多。解四歡樂何遲，白髮何早。人生幾何，憂以終老。解五長歌纏綿，短歌寂寥。願隨太清，仙人子喬。解六

銅雀臺

高臺臨漳河，河水復映帶。日夕登臺望，浮雲愁不解。當年陳妙伎，猶復念恩愛。繐帳空飄颻，音

容竟安在？蒼蒼石獸涼，鬱鬱青松大。陵樹自靈長，妾齡詎能待？不辨百年内，焉知千載外？悠悠歌吹聲，一奏一慷慨。

猛虎行

叢林多惡木，淫溪多盜泉。物類自相感，猛虎巢其間。白日不向林中伏，忽走南村取黄犢。虞人空爾張危機，公然嚙骨坐深竹。常聞畏明神，食獸不食人。親不獨父子，義復有君臣。君不見使君政聲在行路，一朝負子渡河去。

君子行

君子不由徑，豈獨防未然。素不踐李下，況復行瓜田。止酒對醒石，清心酌廉泉。未許魯男子，千載獨稱賢。

燕歌行

燕山八月朔雪飛，悲風夜入胡笳吹。征鴻嘹嘹向南馳，邊聲四起牧馬嘶。念君行遊赴金微，孤身慘冽寒無衣。賤妾深閨獨掩扉，鬱陶思君君不知。窮荒轉戰東復西，夢魂夜夜將何依。空堂無人蟋蟀催，攬衣欲起空徘徊。妾顔未改心不移，勸君輾轉莫相疑，日日高樓望君歸。

從軍行

蕭關烽火通回中，羽書夜走甘泉宮。天子臨軒初賜鉞，將軍受命復從戎。虜騎憑陵掠邊鄙，漢家亭障煙塵裏。朔雁悲連羌笛飛，關雲亂雜胡笳起。孤軍前日次朔方，捲旗半渡黄河傍。冰堅能使馬傷骨，水咽還令人斷腸。大幕塵昏兵四合，啣枚直欲度甌脱。圍解初欣月暈空，營移還慮星芒落。漢兵格鬭殊未闌，胡虜忽折牙旗竿。祭天金人盡入漢，休屠走哭闕氏山。春來已款五原寒，解鞍齊向渭橋拜。不獨兵氣銷雲中，已見陽和通塞外。狼居胥山何嵯峨，壯士紛紛奏凱歌。聖主已開麟閣待，閨中思婦還如何。

清調曲

苦寒行

玄英居窮律，肅氣周八垠。淡月照宿雪，嚴風淒斷雲。朱火黯無色，叢香凝不芬。影折邊鴻羽，嘶咽胡馬羣。閨中猶慘冽，況爾玉關人。

董逃行

東京全盛稱洛陽，王侯宅第遙相望。隴西太尉恣殺略，滿城飛失雙鴛鴦。內家公主媚於蕊，日伴羌兒不知恥。官錢纖小無郭輪，十二金人化爲水。白波賊起武且豪，開文陵樹風蕭蕭。萬乘西遷蹴骸骨，羣兒夜夜歌董逃。嗟哉董逃，董逃向何所？江左孫郎猛於虎。持矛者誰乃布兒，黄金散盡空郿塢。膏銷骨盡復揚灰，不如邙山一抔土。

相逢行

相逢狹路間，車廣不容規。停轂問雙童，君家是阿誰？答言霍氏親，勳名誠易知。甲第高入雲，朱門列軍麾。青樓夾綺窗，芳樹羅長堤。旨酒盈千斛，華燈耀九枝。兄弟兩三人，劍珮光陸離。大子從嫖姚，中子隨武威。少子近報讐，殺敵漁陽歸。三人俱入室，生香襲羅衣。大婦歌採蓮，中婦舞柘枝。小婦折楊柳，臨風嚲腰肢。夫君且歡宴，毋令白日馳。

塘上行

蒲生野塘上，其葉何青青。葉暖戲文魚，根繁縈翠萍。嚴霜下江皋，倏忽見飄零。賤妾當盛年，容顏若春英。一旦被棄損，遂與衰草并。覽物起長歎，撫景心獨驚。感此蒲柳質，忽復塘上行。

瑟調曲

善哉行

來日當大難，口燥心更煩。會復有遠行，壯士多苦顔。道路阻且脩，雨雪埋征鞍。驅車九曲坂，北上太行山。羊腸悲險巇，猿臂愁攀援。暮止不遑息，朝行不得飡。周道開坦途，我獨罹此艱。歡會日已遠，憂患日已繁。安能生羽翼，白日離塵寰。遠追八公徒，淹留桂樹間。

隴西行

隴西殊險阨，盤山千里長。洮河西南來，洪流接戎羌。雷轉東峽鳴，水勢何湯湯。民夷錯雜居，玁獸爲餱糧。君子事行役，來此氊裘鄉。清秋天無雲，唯見鴻雁翔。遠戍遞烽火，落日下牛羊。探騎黑夜歸，羣胡擬投降。一戰收武威，再戰復河湟。捷書晝夜飛，天子坐明光。小臣獻萬壽，漢道其永昌。

順東西門行

出西門，望崦嵫，陽烏飛飛白日馳。容華改，鬢髮催，人命一去何時回。撫長劍，光陸離，起視明星夜何其。對壁月，傾金罍，上臨高臺下曲池。擘箜篌，吹參差，今日不樂復何爲。

飲馬長城窟行

迤邐長城窟，窟中多白骨。問係何代人？盡言是嬴秦。築城九千里，征夫皆凍死。窟水何泠泠，猶聞沙草腥。朔風蕭蕭被廣野，胡兒日獵長城下。不知下有千載人，拋鞍公然來飲馬。

野田黄雀行

黄雀一何微，羽毛殊局促。長離非鳳凰，勁翮羞鴻鵠。素乏雲霄志，甘向空城宿。豈無稻粱謀，奈爾鷹隼逐。嗟哉鷹隼棄我尚高飛，虞人田間網羅欲何爲？

雁門太守行

雁門山高高且雄，關頭劍石開芙蓉。殺氣朝朝横代北，邊烽夜夜通雲中。漢家飛將老籌策，幕中俱是幽并客。曉角吹殘白雁聲，風旗捲盡黄雲色。軍麾一出廣武城，幕南已見無王庭。句注山西能殺敵，滹沱河上復擒生。單于已走陰山下，俘獲紛紛遍原野。隊舞鞭催白鼻騧，凱歌鐙擊紫騮馬。君不見雁門太守漢郅都，生平意氣無匈奴。控絃十萬射木偶，據鞍不中盡回首。

艷歌何嘗行

何嘗快獨無勞，但當啓芳譙，爇蘭膏。大妻被服紈綺，少姬戴雲翹。小娥中情跌宕，弱體宛宛，下階攀條遊以遨。但當閒房快獨，移燈擘阮，促坐吹簫。人生如寄，回看斗杓，日月代謝，歲暮閴寥。慎毋兩決絶，憂樂常相從。願言各加餐，吾往來與卿不絶縱。還期共永年，壽命不可窮。上臨軒轅之臺，下直與碧海通。奈何抑鬱獨悽悽，東望蓬萊宮。

門有車馬客行

門有車馬客，容色閒且都。被服綺與紈，篋笥羅琴書。問客何方來？云是蜀相如。言從梁王園，倦遊志未舒。主人出迎賓，開軒潔庭除。趨陪盡豪右，縣令亦馳驅。高論吐清風，芳蘭與之俱。樽酒方獻酬，援琴當座隅。一彈《雉朝飛》，再彈《鳳將雛》。主人有寡女，竊聽來綺疏。賓朋滿高堂，視之皆土苴。侍女數十輩，盡言上客殊。中心誠有託，無由致區區。妾與盧家親，不是秦羅敷。上客既無婦，賤妾亦無夫。願言結綢繆，送子以賤軀。不然逐車塵，共客歸田廬。

門有萬里客〔一〕

門有萬里客，車聲何轔轔。入門言語殊，乃是故鄉人。亟欲問里閭，安論疏與親。中情何愁疊，匆匆聊具申：别來三十載，連綿寇盗羣。兵戈足昏旦，烽火無冬春。論今有新殁，語昔無舊存。東西里門内，日夕多遊魂。古墓巢狐狸，胡況松柏根。夕訴猶未罄，朝車匆已巾。轍從西北來，軌向東南分。期客復來遊，哀哀還重陳。

【校】

〔一〕此篇原本無，今據蘇本補。

櫂歌行

櫂歌起滄浪，羣橈儼相向。郎作採蓮遊，妾學迴波唱。花將紅袖舒，葉共湘裙蕩。初隨曉風來，又逐寒潮上。移槳怯崩流，回舟駭衝浪。並船不得語，日暮坐惆悵。

楚調曲

白頭吟

高高蒼天，昏霾日追隨。泠泠黄泉，塵土常蔽虧。秋風中夜至，紈扇棄篋笥。新人一旦來，故人遂廢置。君還念妾或可憐，其如新人在目前。昏霾塵土一間隔，上憶蒼天下黄泉。君雖棄妾妾憶君，新人若棄非妾倫。不作春江之流水，定爲曉峽之行雲。莫道新人不如故，入門亦聞曾織素。妾有殘絲在北窗，理來十日頭無緒。君心未忘妾亦知，妾自衰暮歸無期。新人莫逞好顔色，不見夫君年少時。

怨歌行

啼烏起層城，疏螢度芳榭。秋風動簾時，殘月窺窗夜。心如曙星耿，淚似銀河瀉。燭消翠屏蠟，香燼金爐麝。君王期不來，申章代陳謝。

長門怨

別殿秋風早，玉階寒露侵。當年金屋寵，此夜長門心。輾轉君恩遠，何如妾妬深。還愁多薄命，買賦却黄金。

婕妤怨

秋到應門閉，君王行幸鮮。自入長信來，日與昭陽遠。梳洗却鉛華，履綦没苔蘚。寫怨擬裁紈，居嫌憶辭輦。薰香枕簟間，望月簾櫳捲。淚滴庭草繁，恨逐宫鶯囀。不是主恩薄，還憐妾命蹇。夙承祖遺德，詞賦聊自勉。

清商曲歌辭

吳聲歌

子夜歌十二首

仰面枕郎膝，欲申眷戀情。郎無纏綿意，妾語空惺惺。
歡來不梳頭，照鏡髮難理。對面不自明，何況隔千里。
昨與歡别時，黄蘗已成林。盡言根株苦，未得如儂心。
感郎夜夜來，多是月昏黑。白日忽經過，誤認未相識。
與歡窗下嬉，處處可憐生。小語雖唐突，總含婉孌情。
欐門不安横，意若無相關。背面或可已，對面良獨難。
邂逅得逢郎，念郎别來久。倏忽雙臉紅，不是飲卯酒。
歡别在咫尺，欲去何徘徊。始知恩愛深，多從怨中來。
感郎纏綿意，移來作鄉里。不是城南時，日日度淮水。
不作浮萍根，寧爲菟絲子。浮萍隨水流，菟絲抱樹死。

郎愛浮萍鮮，妾憐蒼蘚滋。浮萍多飄零，蒼蘚終不移。
歡來住西鄰，儂意常相向。疑是楚大夫，日日登垣望。

鹿城詩集卷三

子夜四時歌

春歌四首

看儂織綺紈，機杼不停手。忽有懷春意，光風時入牖。
拾翠下芳洲，風回杜若愁。逢歡楊柳岸，同上木蘭舟。
花枝正明媚，柳色何氤氳。韶華逐人意，郎來偏遇春。
夭桃比穠麗，垂柳學蹁躚。搖曳春風裏，能教郎不憐？

夏歌四首

春深歡不歸，秋冬歡復去。夏日忽來還，纏綿不知暑。
暑極解衣卧，垂簾不掩門。歡來即共枕，不嫌儂無裙。

帳疏能却扇，枕滑時墜釵。水閣多涼風，期歡明夜來。
郎贈合歡扇，詎敢藏篋中？搖蕩不釋手，奉揚郎仁風。

秋歌四首

郎從門前行，十去九復回。風簾入秋疏，妾貌郎自知。
秋夜當窗織，機杼聲裊裊。郎睡莫喚儂，殘絲猶未了。
擘衣未結帶，逢郎窗下來。曲房無秋風，羅裙忽自開。
服絺暑已退，施綿寒未敷。疏風入纖羅，彷彿似春餘。

冬歌四首

猋風起中夜，闗河凍欲絶。見妾壺中冰，憶郎身上雪。
歲暮多苦寒，别郎不再逢。不似經冬草，春來還復榮。
轆轤洞井底，寸冰如寸心。欲知歲暮意，請看青松林。
疊褥擁紅罏，迴身倩郎抱。生香欝重衾，誰道窮冬好。

上聲歌二首

贈歡繡裲襠，色並雕鞍燦。芳香浥春溫，半濕桃花汗。
聽我歌上聲，是郎新製曲。由來妾心急，不止箏柱促。

歡聞歌

寵深日憔悴，爲妾止一身。不娶茂陵女，持底報郎恩。

歡聞變歌

哀歌出後宫，更作歡聞變。劍珮上遊雲，神靈閟寢殿。

前溪歌二首

愁來出門去，望郎渡前溪。寄言東流水，問郎歸未歸？歸時日追隨。
黄葛生前溪，枝蔓何離離。巃還織爲綌，細自織成絺，與郎裁作衣。

丁督護歌二首

死別已沉滅，生時多激昂。爲倩丁督護，移葬要離傍。
郎魂已無托，妾志諒不移。爲道丁督護，墓生連理枝。

阿子歌

鴨子毛羽疏，莫食野田草。野田多魚蝦，食草常不飽。

團扇郎二首

紈扇何團團，期郎常相見。辛苦五留連，翻作班姬怨。
妾持白團扇，爲郎揚清音。慚無傾城色，何能蕩君心。

黄生曲二首

昨約黄生來，已許在三更。恨殺蓮花漏，點滴復天明。
儂家住白下，黄生住揚州。雙枝燈盡滅，欲見兩無由。

黄鵠歌二首

黄鵠嗚何哀，故雄久相失。不復參天飛，浮雲渺無極。
黄鵠嗚何哀，孤棲日徬徨。豈無好儔匹，念故不作雙。

碧玉歌三首

碧玉破瓜時，如含荳蔻梢。感郎春風中，時來折柔條。
碧玉好顔色，身若蘭蕙芳。一日不相見，愁殺汝南王。
碧玉小家女，初與郎未識。感郎纏綿意，一夕遂相憶。

桃葉歌二首

桃葉復桃葉，因風渡江水。相接何殷勤，見郎坐船尾。
桃葉連桃根，同去渡江津。郎還雙眷戀，妾亦兩殷勤。

歡好曲二首

與郎歡好日，是妾破瓜年。勿使中心多，常如脱瓣蓮。

東家小姑子，顏色何皎皎。誰似總角時，即與郎歡好。

懊儂歌五首

念歡情懷好。不止心自知，連連向人道。
自開裲襠褶。歡來坐片時，盡日香不歇。
大艑下江陵，日日石尤風。待郎非一夕，郎歸勿懊儂。
四更殘漏徹，共郎猶未眠。非關儂善病，憔悴得郎憐。
江左時勤王，義旗滿宮闕。誰云石城女，虜作淮人妾。

華山畿六首

華山畿。獨死得見郎，哭郎郎不知。
城門軌。願郎如車轍，經過日無已。
綺窗開。天明已如許，此時郎不來。
莫纏綿。雖復新粧好，且待畫眉完。
相送勞勞亭。秋來西江水，是妾流淚聲。
傳來俱的的。郎心不獨儂，儂知非一日。

讀曲歌十六首

迎郎後。一夜不得眠，朝來便憔瘦。

所歡子。得蓮心更生，得藕心便死。

郎從雨中歸。見暮牛轍跡，深痕知夜歸。

江潭去尋藕。不但不得蓮，翻多刺傷手。

入春來，憔悴祇憶君。夜來枕邊淚，詎復爲他人？

乍逢歡，中情已顛倒。呼歡字不足，唤歡名更好。

西鄰壁，牀頭近如許。郎來就儂宿，徹夜不得語。

黄葛短，不稱郎身材。待儂織成匹，從郎任剪裁。

道逢播掿郎，不獨口朱脱。花鈿零落盡，祇恐傍人覺。

暮攀梧桐枝，祇欲得梧子。誰云桐枝枯，從空幾墮死。

聞娘得新歡，足軟不能走。始信不獨儂，久與他人有。

去時多戀戀，誰信長别離。門前不開局，想郎無回期。

約郎久不來，一來即便去。冷看郎顔色，似欲他家住。

烏帽白帽來，近前始得真。白帽郎是歡，烏帽郎是西家鄰。

開門早逢郎，見郎顏色窘。夜投何處宿？滿面依稀帶殘粉。
晨鷄莫打殺，曉鳥莫彈去。得郎連夜來，何愁日日東方曙。

春江花月夜四首

皎皎江中月，盈盈江上花。花開插儂髻，月上照儂家。
月如紈扇白，花似舞衣紅。緲緲春江夜，歡遊不絶蹤。
春江已可憐，況復春江夜。明月缺復圓，穠花開未謝。
夜泊春江側，相期多作雙。休教花落樹，莫遣月沉江。

玉樹後庭花二首

結綺接臨春，朝朝玉樹新。花開齊向閣，妬殺閣中人。
後庭多玉樹，花開春復秋。衆中誰學士，獨伴麗人遊。

堂　堂

夜舞《堂堂》曲，雙娥下望仙。内人催紙筆，共賦月輪圓。

三閣詞

美人三閣上，春寒怯梳洗。午日映簾櫳，君王猶未起。

黄竹子歌

叢叢黄竹子，堪作船上篷。願郎下襄陽，不逢石尤風。

江陵女曲

盈盈渚宫女，羅帶結同心。贈郎西陵去，試尋松柏林。

神絃曲

宿阿曲

隆隆天門啓，黯黯地户通。雲車下其官，蘇林起靈風。

道君曲

庭中有梧，枝葉繽紛。道君來歸，其從如雲。

聖郎曲

劍珮何肅肅，車騎何騑騑。明童左擊鼓，明姑右吹篪。出門乘白龍，聖郎遨以嬉。

嬌女詩

朝遊赤山湖，暮宿青溪渚。淥波映朱門，嬌女美如許。手持白芙蓉，懷人隔秋水。

白石郎二首

白石郎，住江干。朝棲叢竹暮芳蘭，倏遊雲煙復塵寰。

顏如白石，身纖如羽。寄言明姑，獨我與汝。

青溪小姑曲

青溪迴旋，流水濺濺。誰謂無郎，不逢少年。

湖就姑曲二首

姑住湖就頭。朝來風日好，拾翠下芳洲。
往來赤山磯。磯上多旋風，日日吹靈旗。

姑恩曲

明姑住江皋，挈伴日徜徉。前擁比目魚，後飛鸂鶒雙鴛鴦。

採蓮童曲

秋江採蓮童，蕩漾綠楊邊。童搖木蘭檝，姑坐木蘭船。

明下童曲

皎皎明下童，慣騎赭白馬。日日門前過，往來射堂下。

同生曲

命運有脩促，世不同生死。苦心亦何爲？人生行樂耳。

鹿城詩集卷四

西曲歌

石城樂

儂家石城邊，樓向城邊起。朝朝上簾鈎，日日對春水。

烏夜啼

秣陵石頭城上烏，鳴聲啞啞尾畢逋。不宿樂遊苑中樹，偏向彭城牆上呼。飛來城牆復臺樹，明日天王應賜赦。瑤階美人叩閣時，滿城明月初啼夜。

烏棲曲二首

蘭橈畫舸江雲涼，羅裙暗觸蓮葉香。君王夜向水殿宿，滿宮齊唱《烏棲曲》。

霜烏不向城頭宿，三更啼上人家屋。東鄰兒郎怕天明，披衣起向闇中行。

莫愁樂二首

女兒名莫愁，家在石城住。城對西江水，門前雙柳樹。
莫愁好女子，雙臉蓮花開。客舟欲相問，棹向石城來。

估客樂四首

帆布紅作幅，帆縡綠作絲。鍮石作篙底，云是樊鄧兒。
大艑隨天風，五兩正西向。朝來往銅陵，汎復寒湖上。
早發揚子津，帆開江中霧。遥聞疊鼓聲，知向潯陽去。
一解他鄉語，遂笑故鄉非。月明江上影，柁樓吹繡旗。

襄陽樂二首

襄陽諸女兒，盡唱《銅鞮曲》。朝從堤上遊，暮向堤下宿。
堤上垂楊樹，堤邊賈客船。女兒莫相笑，上賈不論錢。

大堤曲

堤上柳花飛暮春，堤邊落日迷江津。南風夜吹客不發，襄陽女兒解留人。

襄陽蹋銅蹄二首

朝開漢水帆，郎行莫長歎。若望襄陽城，峴山在西岸。
莫唱《蹋銅蹄》，堤邊楓葉愁。重來送郎處，唯見漢江流。

青陽度

可憐誰家郎，皎如明月圓。願郎當青陽，日度妾樓前。

江陵樂二首

水下黄牛峽，江來白帝城。章華臺上望，夜夜峽雲行。
春來期踏青，處處多芳草。莫遣渚宫人，年華坐中老。

來羅

故人莫怨新，且聽歌《來羅》。故人怨不少，新人思未多。

那呵灘二首

朝發那呵灘，灘急水勢惡〔一〕。況復海雲生，且向灘頭泊。
揚州至江陵，二千三百里。西塞是中途，離情半江水。

【校】

〔一〕惡，原作「應」，據蘇本改。

孟珠二首

陽春二三月，水與草同綠。妾有砑羅裙，猶未經郎目。
庭中石榴樹，見郎折雙枝。一枝插儂鬢，一枝還遺誰？

翳樂

人言揚州好，總角遂行遊。連翩舞《翳樂》，二十四橋頭。

夜黄

湖中百鳥羣，驚風各分飛。唯有野鴛鴦，至死不相離。

夜度娘

娘住南城陌，歡住西江路。期歡歡不來，使娘夜深處。

長松標

亭亭嶺上松，森然挺標格。不因霜霰中，何由辨顔色。

雙行纏

朱綺結行纏，雙雙繫郎腕。遠行亦連綿，纖絲何能斷。

黄督

襄陽大堤上，歌舞至日夕。坐中聞泣聲，應有江南客。

平西樂

儂與歡綢繆，千里如比鄰。豈無他人行，對面不相親。

攀楊枝

春閨不成寢，日照紗窗裏。妾如楊柳枝，三眠復三起。

潯陽樂

故儂放船去，新儂復入門。雖云新儂好，能忘故儂恩？

白附鳩

新養白附鳩，日汎清池水。莫學遊冶郎，一飛便千里。

拔蒲

青青塘上蒲，拔來織作席。與郎同舟去，莫散雙鸂鶒。

作蠶絲

春蠶懷素絲，中腸日展轉。不願生同筐，但願死獨繭。

楊叛兒二首〔一〕

石城楊叛兒，愛唱《白浮鳩》。曾比靈和柳，張緒不風流。

叛兒少年時，相攜共戲來。出入黄金屋，長恐内家猜。

【校】

〔一〕二首，原作「三首」，今改。

西烏夜飛

渺渺西烏飛，東歸折雙翼。繒繳滿中途，應是被彈射。

常林歡

仲宣樓頭春可憐，渚宫雲暖花如煙。青鬃白馬章臺畔，何處行遊無少年。少年歡住常林裏，家貯宜城酒初美。月墮銀屏妾正酣〔二〕，風囀午鶯郎未起。

【校】

〔一〕酣，蘇本作「醉」。

江南弄十曲

江南弄

東風草綠江南春，滿堤垂楊迷去津，石城蘭槳紛如雲。紛如雲，日將暮。櫂歌聲，桃葉渡。

龍笛曲

楚山脩竹青鸞尾，高樓月中聲夜起，雙龍沉沉出秋水。出秋水，聲徘徊。停折柳，催落梅。

採蓮曲

澄湖渺渺波沉沉，採蓮共戲蓮葉陰，櫂歌聲中蕩君心。蕩君心，歡未足。期郎歸，共儂宿。

鳳笙曲

滄溟萬里吹長風，清秋月輪飛素空，仙人遊嬉綠雲中。綠雲中，青鳥信。下緱山，迎子晉。

採菱曲

秋江菱蔓鋪綠葉，田田一似新荷貼，江邊女兒蘭作檝。蘭作檝，横中流。驚綵鴛，飛白鷗。

遊女曲

翩翩遊女漢水頭，相將拾翠下芳洲，逢郎解珮還夷猶。還夷猶，空繾綣。水增波，人不見。

朝雲曲

晚峰十二臨江渚，夜夜襄王夢神女，行雲朝飛渺何許。渺何許，空山秋。猿聲來，過客愁。

趙瑟曲

邯鄲女兒妖且妍，少小能彈五十絃，泠泠纖指分流泉。分流泉，怨斑竹。下湘靈，洞庭曲。

秦筝曲

高樓夜風入簾竹，美人新粧映華燭，翠袖彈絲雁柱促。雁柱促，怨聲長。聽蓮漏，殊未央。

陽春曲

秦淮渡口花正芬，白門女兒當陽春。滿城絮飛愁殺人。愁殺人，出迎客。度西城，復南陌。

舞曲歌辭

淮南王篇

淮南王，好丹書，八公之徒日與俱。丹宫霓裳雜珮環，上嬉雲霄下塵寰。下塵寰，登玉樓，玉樓十二棲浮丘，攀援桂枝當淹留。形骸倏忽生羽毛，俯視濁世忘其曹。忘其曹，歲月邁，飯靈草兮飲沆瀣。丹鷄白犬放天外，人間榮華安足待。

四時白苧舞歌四首

春白紵

白紵纖潔如春雲，綠窗裁剪穩稱身。粧成夜臺催喚頻，舞來盈盈不動塵。倏忽變化如有神，拍停入破回回新。曲終走下鴛鴦裀，偎人微喘氣未匀。春夜迢遙歡未足，丁丁蓮漏催銀燭，爲君再舞《俞兒》曲。

夏白紵

清池曲館芙蕖香，新織纖衣窄袖長。妖姬對舞出洞房，回身雜珮聲鏘鏘。華裀細蹴抑復揚，宛如白鳳雙迴翔。情來轉盼殊未央，滿堂狎客倚醉狂。曲終纏頭不知數，他日逢郎又何處？倚欄黯澹空凝竚。

秋白紵

高秋玉露零瑤空，廣庭桂枝紅玉叢。美人起舞明月中，蹙金氍毹紫芙蓉。長袖轉褶生旋風，初疑行雲無定踪。忽復蜿蜒如遊龍，神妙恍惚不可窮。主人旨酒葡萄液，座客千鍾應不惜，陽烏西飛復東織。

冬白紵

奉觴勸客客勿喧，流風迴雪盈前軒。且看《白紵》舞僊僊，皎如海鶴思孤騫。一低一昂却復前，紛紛翠毯遺花鈿。回頭一笑私自憐，不知心在若箇邊。圍爐薰籠在東閣，徹夜華燈掩繡幙，鳳枕鴛衾任棲托。

霓裳羽衣曲四首

初按《霓裳》曲未成，君王常自隔簾聽。錯時喚入親傳授，不許偷傳出外庭。
籍在梨園第一行，部頭盡賜紫羅裳。舞來十二遍初徹，末引一聲花外長。
新譜初翻進紫微，勅教同習太真妃。衆中未解偏先熟，密啓君王製羽衣。
繡嶺風來度碧空，管絃聲散綵雲中。乍聞不在人間聽，疑是初遊到月宫。

柘枝辭

金鈴繡帽雙女童，婆娑舞出蓮花中。音繁節促斜趁拍，玫瑰滿頭拂地紅。

屈柘辭

棚車鼕鼕夜擊鼓，花盤蠻袖黄金縷。屈柘欲殘聲朱闌〔一〕，場頭再换渾脱舞。

【校】

〔一〕朱闌，疑爲「末闌」之誤。

琴曲歌辭

湘妃怨

常聞九疑山，諸峰縹緲羅翠鬟。煙嵐巖壑儼相似，君王一去留其間。青溪兮芳蓀，蒼松兮白雲。山鬼據篠兮晝出，哀猿啼樹兮秋聞。洞庭南，蒼梧尾，日夕幽魂渡湘水。翠竹斑斑留淚痕，虞帝之妃唐堯子。

雉朝飛

麥秀何漸漸，野雉飽食意未厭。錦臆離褷雜綵襜，花冠嵬峨垂紫髯。長鳴一聲翅雙聳，羣雄俛首爾胡勇？朝飛東皋夜西隴，嗟哉犢沐亦何爲！七十無匹還獨棲，爾胡微禽猶雙雌。

思歸引

涉淇水兮安流，爲我侯兮好逑。國無其人兮不可留，誰謂稚子兮我仇。日思歸兮路阻脩，援琴歌兮唯死與謀，調促絃絶兮使我心憂。

雙燕離

雙燕復雙燕，畫梁繡户常相見。閒庭無風簾不垂，朝徘徊兮暮來歸。鴛鴦湖上雙雙去，連理枝頭兩兩飛。一夕生秋風，雲中失故雄。含悽依帷幔，憶舊入房櫳。每伴離人對棲息，從兹不向花間集。當時雙影到他鄉，此日孤飛歸故國。東風草暖江水春，萬里南來猶一身。華屋不尋新歲侶，綺窗還訪去年人。

飛龍引

括蒼山，名仙都，上有軒轅之鼎湖。湖高一千二百丈，稜層分寸不可上。山頭浩蕩多高風，下界常聞浪聲響。金丹昔日初成時，羣龍湖中白日飛。後宫綵女顔如玉，騎龍入雲亦不歸。當年弓劍脱湖水，湖水日長老龍子。野田六月暴雨來，空中猶墮黄金鯉。

宛轉歌二首

丹桂叢閒庭，明月中相逢。良夜兩歡暢，援琴拂袖生秋風。歌宛轉，宛轉歌復謳。大婢酌旨酒，小婢彈箜篌。

蓮漏促月落，西軒竹爲郎。試叩金釵股，倚聲再和絃上曲。歌宛轉，宛轉情更長。君贈玉琴軫，妾留繡香囊。

鹿城詩集卷五

五言古詩

擬古十首

矯矯青桐樹，結根嶧山陽。幽泉毓靈脈，喬枝沐清霜。裁爲緑綺琴，朱絲静高張。攜之松蘿徑，音調何抑揚！一彈高山峙，再鼓流水長。昔聞南風咏，斯民悦且康。始知簫韶音，可以儀鳳凰。

人生無百年，處世猶旦暮。紛紛馬足塵，泫泫花上露。流景何迅速，塵氛日馳騖。君子事榮顯，小人親細務。推遷固異跡，顯晦遂殊趣。楊朱一何悲，亦悲此歧路。

舉世賤誠信，日夕事趨承。久要亦易欺，外貌安足憑？凛凛若蹈虎，兢兢如履冰。滅跡日冥漠，譏笑還相仍。素質自爲累，點白非青蠅。深契宣父言，至樂在曲肱。

皎皎閨中婦，容顔若朝暉。當户理清曲，芳蘭結羅衣。雖爲世所憐，申禮以自持。詎意衆女嫉，日夕多讒譏。盛年未及嫁，煢煢守空幃。勿謂余善淫，自恨生蛾眉。

佳木挺中園，華月敷清陰。開軒對樽酒，散髮披素襟。寥寥高秋夜，虛堂杳深沉。美人隔煙水，勞我千里心。徙倚不能寐，移坐彈鳴琴。琴聲一何渺，鴻飛一何早。簡書無由達，棲遲以終老。

登高多遠念，更值新秋時。草木見摇落，況復長別離。浮雲起前山，我欲往從之。飛飛渡關河，因致長相思。相思何由致，關河渺無際。浮雲復來歸，還與前山對。

高秋古原上，日夕浮輕陰。白雲西北來，迢迢度遙岑。安知東南飛，而不歸故林。登高目送之，關河渺深沉。遠望雖不達，猶能寄歸心。

驅車登太行，我馬一何蹇。前途莽無據，故山日已遠。朝餐亦勉力，詎能中夜飯？不愁身苦辛，祇恐程期緩。他鄉雖云樂，安能盡繾綣？思親眷歸雲，悲此白日晚。

青樓鬱巖嶢，繡户列綺窗。上有鳴箏婦，獨坐彈清商。夫君久別離，去妾逾星霜。年年見孤鴻，南來渡瀟湘。隻影幾萬里，飛飛不作雙。何時偕舊匹，雲際同翺翔。愁來調轉促，調促愁更長。君自棄憔悴，豈爲姬與姜。

迢迢秋夜長，虛堂氣蕭索。涼風起高樹，庭砌聞木落。君子遠行役，連年滯河洛。起視長庚爛，明河度西閣。哀鴻唳雲端，束書何由託？願隨殘月光，直入君羅幕。

詠懷八首

伊余當稚齡，孱弱多摧隤。十五始樹枤，佛鬱恒不開。博弈乏妙思，摛藻無長才。討論鮮成績，斷簡空徘徊。中歲事遠遊，東行走蓬萊。朝登不夜城，遙望金銀臺。凌風欲孤翥，意氣橫九垓。

逸足思故櫪，嬉羽倦孤騫。薄遊有餘暇，息心無窮年。託跡西山阿，逍遙弄雲煙。豈不憐索居，深棲愜幽偏。安能結蘭交，相對坐忘言。庶使物累祛，復得返自然。

山棲非好異，城市難優遊。詎能離塵鞅，泉石聊與謀。薜荔山之阿，桂枝足淹留。朗月麗清夜，白雲生素秋。爲樂恒苦宴，胡況懷百憂。朝聞仕金馬，夕見死道周。始知沮溺賢，高卧歸林丘。

少年負聲譽，行行且遊獵。走馬章臺下，意氣何英發。中歲不稱意，屑屑弄筆札。夜鍔積壯心，曉鏡感秋髮。駘蕩愁陽春，慘淡悲伏臘。遐矣中林棲，庶幾免喧雜。

萬水悴冰雪，孤松如春溫。凜凜棲烈風，赫赫晞朝暾。夭矯靈虬枝，剝落潛龍鱗。山空歲華晚，嶒嶸如有神。四時寄蘿蔦，千秋蟠茯苓。始知蒼蒼姿，堅貞在孤根。却笑桃李樹，日夕徒紛紛。

離離出雲雁，颯颯迎風驄。十年走關河，浪跡如飛蓬。叢棘蔓脩途，行行殊未通。歸來衡茅下，落落蔭長松。門有禽尚履，徑多羊求踪。簡編日棲息，簞瓢亦屢空。秋風下寒齋，日夕聞孤舂。尼父有遺言，君子當固窮。

秋至林木彫，涼風入虚牖。淒蟬泣枯枝，疏螢淡衰柳。悠悠感時序，念我平生友。寒暑遞推遷，離居寡匹偶。豈乏新相知，能契金石否？尺書寄賓鴻，去去莫回首。願言各努力，友道期不朽。

幽館解重氛，餘景催蟋蟀。清晨俯軒楹，芳林意蕭瑟。飛飈挾商威，高雲淨秋質。逍遙池上園，濕篠覆蒙密。朱顆迸火榴，青瓤綴霜橘。感兹氣候遷，始覺神思逸。悠悠歲寒姿，永兹保貞一。

詠古四首

虞帝昔巡狩，二女投江濱。弭節降北渚，叢珮何繽紛。是時洞庭波，湘水止氤氲。秋風下木葉，獨有蘭茝馨。娟娟青竹根，時見血淚痕。兹事幾千載，遺跡今猶存。帝子不可見，日夕蒼梧雲。

秦王登會稽，并海至瑯琊。還見三神山，宫闕高嵯峨。一朝欲輕舉，飛身躡紫霞。遂求不死藥，樓船駕滄波。滄波乘長風，漂蕩仙人家。歸來欲鑄鼎，軒轅不足多。中原已逐鹿，金丹更如何？

伊吕創殷周，迢迢渺千載。功業一何赫，斯人竟安在？始知光景遒，歲月不相待。況復後來士，招尤致危殆。勛名鮮令終，倏忽浮雲改。不聞韓與彭，相將付菹醢。所以魯仲連，甘心蹈東海。

西楚起江東，英烈出世傑。入關即忘秦，已見收帝業。詎意三月火，霸圖遂消滅。轉戰走垓下，兵盡力已竭。燈前舞未央，帳下歌復咽。誰云蓋世氣，泣與兒女别。至今陰陵道，悲風起騷屑。

雜興六首

秋松多暮齡，朝蕣不終夕。變化固有常，榮悴遞相射。悠悠人間世，冉冉駒過隙。行雲返故山，倏如遠歸客。儵然長林下，可以塵世隔。遊珮躡空青，神丹煉虚白。推遷異涼溫，始終同金石。

世人愛歌吹，應不聞松風。況復軒窗下，時在丘壑中。涼月淡清夜，飛霜激長空。海天唳秋鶴〔一〕，澄潭吟蟄龍。偶誦莊父言，疑與天籟通。攜琴對流水，音韻將無同。

古昔重交遊，任俠還自喜。一諾重丘山，千金安足擬？衰世友道乖，羣居良足恥。咫尺不相知，況爾千萬里。是以君子交，悠悠淡如水。

鄙夫慕榮貴，進身藉公卿。伏謁候道左，上書叩門庭。一旦仗吹噓，倏忽升紫清。結交擬金石，投戈即相傾。初時附鳳翼，遂欲掣其翎。朝陪北闕趨，暮逐南海行。世路如轉轂，虛僞安足憑？薛譚雖善謳，詎能忘秦青。

九月霜風來，蕭條下林麓。水氣凌窮溪，秋聲上寒木。感時結遐想，棲棲守茅屋。澗壑屏塵慮，曠蕩鮮結束。況值清商節，疏林斷樵牧。漁歌送歸潮，遠火入深竹。豈不愛紛華，浮世多局促。迢迢山中人，端居在空谷。

秋風起中夜，烈士多遠情。夢魂在萬里，中宵壯心驚。男子志四方，豈不重横行。匈奴入邊關，直欲請長纓。夜卧龍城雪，朝渡黄河冰。矢心爲王室，飄飄一命輕。寧爲松柏死，不作桃李生。

【校】

〔一〕唳，原誤作「淚」，今改。

感遇二首

溫泉出暘谷，涼焰生蕭丘。物類既自殊，人性亦不侔〔一〕。舉世賤丘壑，爾獨輕王侯。所以唐虞代，而有巢與由。

良玉厕燕石，晶瑩混泥塵。一旦離璞中，舉世乃見珍。雖荷清廟賞，雕琢失其真。向無卞氏知，千載甘沉淪。至今荆山陽，精光猶嶙峋。

【校】

〔一〕侔，原作「俾」，據蘇本改。

荆軻詩

燕丹慕豪雄，荆卿居上客。挾匕西入秦，意氣一何赫。送之易水陽，寒風起蕭索。歌聲上干雲，長虹爲之白。誰云劍術精，空恃一人敵。奇功阻殿柱，哀哉罹鋒鏑。丈夫殉知己，玆言誠宿昔。殺身良不難，所愧無成績。昭王昔養士，籌畫自有策。强齊七十城，收功在朝夕。至今黄金臺，崔嵬猶煇爀。

暮歸田園

清晨去城市，薄暮來山園。久立常待渡，獨歸無候門。寒燈有清影，殘月空黄昏。白晝苦煩雜，中宵意彌敦。

名都一何綺

名都擬蓬壺，風煙一何綺。冠蓋填通衢，歌鐘溢戚里。雲閣凌崇山，星橋壓丹水。日暮遊騎歸，金吾射雕子。

上巳擬曲水讌分得水字

惠風扇微和，芳辰臨上巳。青林雨新霽，春郊旭初美。柔條半辭紅，纖苞盡抽紫。迴波開帳殿，横塘結華軌。游鱗迎吹驚，浴鷺衝旌起。羽觴沿曲流，蘭橈漾清泚。蠲痾諒有徵，滌穢從兹始。休哉降佳祥，永矣宴春水。

顧茂儉管穉圭自茅山歸談中峰之勝書以奉訊

聞君入中峰，中峰多鮮雲。隱映三珠樹，縹緲五星紋。風松引虚籟，玉洞開靈文。偶尋方外蹤，得離塵中氛。時從赤松子，來訪青童君。夜静天壇上，應隨鸞鶴羣。

秋日陪周太僕丈讌顧茂仁南園因談蜀郡滇池之勝賦此

蕭條季秋月，值此風日明。清讌敞華館，樽酒紛兩楹。疏松韻修垣，孤峰抗前庭。大賓枉高軒，四座羅羣英。既欣物候爽，況復煩慮清。遊神縱西極，汎濫窮南溟。江流指真源，海嶽無遁形。兹遊寔良遘，得與賢者并。襟期永百年，同協滄洲情。

贈金陵孝子趙汝文

煒煒庭下萱，愛爾常芬敷。一朝忽零落，高堂無與娛。悠悠慈母恩，終天與之俱。早歲未及養，猶冀追桑榆。詎意遘沉疾，奄歿在須臾。藥石諒不起，甘心徇微軀。含悲訴蒼穹，抽刀肯躊躇？豈不念毀傷，精誠何由輸。一身且不惜，況此尺寸膚。苟得延歲年，庶不愧寒烏。嗟嗟趙汝文，孝矣凌南都！

鹿城詩集卷六

五言古詩

秋旦自鄧尉山北麓登穹窿絶頂望太湖諸山

清晨發陰崖，林嵐半昏黑。農家滿谷口，日出事耕織。朝牧散秋原，芳蘭雜叢棘。盤紆竹間路，褰裳試登陟。煙竇伏松容，風溪亂雲色。遊目恣遐想，蹇步多逼側。洞庭浮南紀，蒼茫見越國。雙槳天外歸，羣峰浪中直。緬懷鴟夷子，冥冥志慮特。深感鳥喙言，扁舟竟飄忽。嗟彼勾踐雄，徒然想高弋。

雨中泊舟義興湖口

泊舟城上湖，洪流象溟渤。飛雨南山來，諸峰迷突兀。風色乍明晦，雲氣時出没。念爾風塵軀，蹈兹蛟龍窟。少焉天宇澄，煩襟頓超忽。漁歌識前浦，野火辨陰樾。湖樹團金光，蕭蕭映新月。徙倚臨清流，孤帆候明發。

溯流入金華諸山澗水中作

青青澗上松，泠泠湖中泉。盤紆無停留，飛湍擁洄漩。發源不可窮，日夕趨長川。嗟彼遠道客，何爲遊其間？挽舟溯逆流，觸石不敢前。朝行閱崩犇，夕宿聆潺湲。身與險阻俱，世隨陵谷遷。感兹濠上遊，悠然誦遺編。

寓居永嘉客舍作

羈客易成感，況此清夜徂。攬衣起中庭，樽酒聊自娱〔一〕。仰視河漢傾，明星燦南隅。殷憂從中發，長嘯激雲衢。北風鴻雁來，哀音與之俱。時序倏已遷，悠悠念微軀。徙倚待明發，拔劍空躊躇。

【校】

〔一〕自娱，原作「與娱」，據梁集本改。

夢遊括蒼尋軒轅上昇遺跡呈處州别駕皇甫子循

朝旦夢神遊，秋空亦和煦。觸石上煙蘿，緣崖冒雲霧。盤薄翠微半，始得上方路。洞門閉朝嵐，空壇滴松露。絶頂亘中天，但見蒼蒼樹。鶩猱愁攀援，飛鳥不敢度。曾聞於此山，軒轅上昇處。鼎湖空千年，白雲自來去。丹竈留金沙，冰壺貯石乳。予本海上客，中年滯沉痼。世事迷後覺，塵心静中悟。

靈境徒淹留，愧無凌風羽。殘夢驚出山，千峰送飛雨。

同袁荆州庾信樓讌集

樓在江陵公安門外大堤之上。開府拘留北土，登高望遠，每有鄉關之思，因作《哀江南賦》，北人乃建斯樓。

高宴登飛樓，乃有戚戚顔。樓下車馬多，悲爾空往還。芳樹羅長堤，閑雲度寒潭。殘陽原上没，秋風動邊關。傷哉庾開府，羈此不得還。冉冉百年内，日夕哀江南。

鐵柱宫謁許真君

晨訪旌陽君，似與諸仙會。霓裳集遥壇，鸞旌擁飛蓋。朱火篆金文，丹臺麗雲繪。仰聆遊珮紛，轉盼神功大。遨遊東西廊，幽脩蔭松檜。金井澄清氛，鐵柱鎖妖害。八索横地中，孤劍倚天外。盤桓上清境，塵世似汪濊。瞻禮空徘徊，天風發仙籟。時聞《洞靈》章，鸞鶴上蒼靄。

渡昌山峽

我行自凜秋，蕭條俯虚景。落日萬山陰，客子衣帶冷。葉積徑逾狹，木脱林更静。懸崖落空香，亂流度人影。斜指通轉逼，直顧紆復整〔一〕。始信行路艱，方駭川途永。仗劍意獨雄，幽懷還自耿。行行感殊方，惻惻發深省。

【校】

〔一〕顧，蘇本作「傾」。

遊遠安王芳洲別墅〔一〕

息車遊兔園，探幽極陰森。春洲秀繁綠，門外寒塘深。逍遙躡飛軒，延賞開煩襟。羽觴會嘉客，四座張鳴琴。午簟對脩竹，疏簾映香林。兹遊盡文彦，高論諧素心。遠追八公徒，芳辭重璆琳。日夕方回轍，空聆遊珮音。

【校】

〔一〕遠，疑爲「建」字誤，參見《明史》卷一〇二「諸王世表三」。

登西塞山訪張志和遺跡

晚登西塞山，翛然出林薄。諸峰自南來，兹嶺獨岞崿。攀援上蘿磴，翠微構蘭若。清梵懸香林，法鼓時間作。零雨飄巖阿，殘雲卧松閣。緬懷玄真子，雅志甘寂寞。雲鴻入冥冥，孤飛避矰繳。風雨湖上歸，浮名寄蓑箬。斯人邈千載，高風滿寥廓。伊余慕肥遯，世故還束縛。名境雖盤桓，猶未諧宿諾。何時返初服，於焉此棲託。

遊廬山北境天池上方寄俞仲蔚丈

南遊數千里，名山遍行跡。弭節潯陽城，翛然理輕策。宿霧散朝陽，香爐插天碧。雜樹含春姿，層崖森畫戟。盤紆虎溪路，迴旋錦澗石。寒芳發幽叢，孤雲媚石壁。仰盼林際峰，去天不盈尺。中有金仙居，精廬繞松柏。鐘鼓方丈開，法侶欣見客。白石羅珠旛，青蓮蔭瑤席。芳池沁清流，涓涓淨寒液。山殿飯僧餘，飢烏下香積。慚余海濱士，早歲多困阨。繁禮走塵容，諸情滯精魄。邇來見禪機，始悟人世窄。何當來此山，同預名僧籍。

遊東林寺

旭日照山陽，芳林氣初變。來過青竹園，時度白雲澗。谷口繞迴流，山門鬱葱蒨。密篠夾長廊，疏松抗高殿。靜觀析衆妙，沉照陋紛絢。慚非虎溪駕，得追蓮社彦。逍遙步東堂，時披遠公傳。元亮亦何爲，塵輪竟空轉！

憩錦澗泉望上霄諸峰

名山多鬱盤，兹嶺更難躡。遙見蒼翠中，松廊搆山葉。石梁界迴川，前登意尤怯。屢攀巖上枝，俯拾澗中莢。煙龕見孤猿，花房得新蝶。峰變雲去來，溪亂石重疊。林雜分顧盼，景換勞應接。春行信多美，況值幽興愜。願違塵中紛，來事雲林業。

劍閣詩送周七丈重遊東西川

劍閣當西南，開自蠶叢國。中空兩崖豁，疑是神鬼窟。一關雄萬夫，千峰通四塞。棧道凌空濛，石磴盤逼仄。谿磵屢縈紆，林屏互紛植。聳樹接天橫，飛流入雲直。迴合多異狀，參差不相識。憑虛怯孤竦，臨深駭欹側。霽頂晨乍開，陰谷晝還黑。甜木同鳥棲，畏途似狐惑。裹糧乏常餐，兼程無停軾。遠宦多旅懷，春明足登陟。山鳥迎使旌，巖花繞行飾。文教敷舊邦，仁聲佐新域。我公日飛騫，慚余遲叢棘。名山歷未遍，妙象何由得？吁嗟行路難，誰假雙飛翼？

遠　遊

結髮慕遠遊，精心在經史。上下幾千歲，欲究治亂旨。偃蹇三十年，束縛裳與履。今古空討論，山川緲雲水。雖懷窮覽情，汎濫誰與理？一旦事孤征，飄然去桑梓。短褐春草前，孤筇白雲裏。豈不念親愛，僻居良足恥。舉酒慈母前，日暮泣遊子。咫尺中門限，萬里從此始。

留別張師舜師文顧茂仁茂儉王伯欽幼文昆仲[一]

戚戚辭故疆，遊子中夜飯。親朋聊與娱，清晨具杯饌。旨酒猶貯樽，歧路已在眼。既紆雲霞志，能復事生產。愛彼子長曠，嗤爾叔夜懶。濁河亦安流，太行無峻坂。秋風雁南翔，莫嫌滯書束。歲暮當歸來，不待白日晚。

【校】

〔一〕王，原誤作「至」，據蘇本改。

留別俞仲蔚丈

弱齡結遐想，逍遙好奇觀。連歲值閔凶，羽翼常摧殘。衰毀踰十年，寢食不遑安。遂孤平生志，萬里空雲山。中歲幸少息，素心殊未闌。雖無蓬矢念，塊處良獨難。安能對鄉曲，日夕坐悲歎。別酒傾東城，征帆掛江干。孤鴻自南來，嘹嘹在雲端。哀鳴如失羣，側聽摧肺肝。去去從此辭，願言各加餐。

春夜宴離賓園別王元美敬美二表叔

曉燈無長焰，離情有餘戚。陽烏景忽曜，望舒光欲匿。行色漸及晨，歡娛不終夕。別我平生親，去去何所適？驅車入齊秦，和風遍原隰。朝發值星輝，夕息期景畢。華頂眺河駛，天門觀日出。不惜身體勞，何愁歲月逼。旨酒爲君傾，風帆坐超忽。如遇北歸鴻，篇章慰岑寂。

移舟松陵送王青州昆仲之長興并寄徐子與使君

理棹盡南指，揚舲獨北征。離樽有餘淚，急瀨無留萍。握手多遠念，況别素所親。悠悠松陵水，盡作嗚咽聲。送君過霅溪，寄言致徐卿。千里方遠宦，胡忽揚素旌。衰毁應骨立，號泣方填膺。念予初浪跡，未能慰平生。願假晨風翰，致此眷戀情。

毘陵别吴宗高童少瑜杜子庸王百穀

仲月值陽和，春郊氣初動。老幹萌新芽，流澌破宿涷。海岱客子遊，河梁故人送。送客去何之，云入齊與雍。揚帆過河洛，驅車指梁宋。翱翔雲外嶺，出没煙中洞。夙鄙楊子泣，不學阮生慟。慚非子長遊〔一〕，恨乏禽生共。束書望來羽，離情託歸夢。若上嵩高峰，當寄登封頌。

【校】

〔一〕慚，原誤作「漸」，今改。

採苓贈山中人

落落長松樹，下有千歲苓。芬芳若蘭茝，融結如瑤瓊。曾聞羽人言，服之可長生。君家萬山中，松蘿覆簷楹。腰鐮帶蘚色，採握常滿籯。調以石山乳，和以山黄精。一服辟五穀，再服羽翼成。泠泠御長風，可以遊太清。

三月晦日同廬陵尹教父南閩林貞實遊雨花臺過高座寺讌潔上人竹林

出郭歷長薄，逼仄隨蹇驢。盤紆花臺路，始及青蓮居。入門轉房廊，高垣蔭扶疏。芳晨履初夏，佳賓滿庭除。開軒對前崗，青林旭日初。連山隱複殿，脩篁夾精廬。微雲當晝來，薄陰藹郊墟。山窗映新緑，瀟瀟涼雨餘。樽酒諧素心，頓令塵慮祛。摩挲梵王字，探討釋氏書。降魔見空寂，澄心得真如。兹遊良不易，沉懷一以舒。穨陽臺上没，嚴城肅回車。

寄尹教父四首

尹生抱微尚，素不嬰垢氛。摛藻多奇言，弱冠喜討論。綺思藹霞舉，清文焕霙紛。雖荷丘中賞，實爲清廟珍。虚心美無度，飄然離塵羣。

慷慨人中彦，温顏紛沃若。亭亭巖際雲，矯矯松上鶴。生身在榮貴，雅志甘寂寞。相逢金陵市，意氣諧宿諾。子當奮雲衢，予行事溪壑。結交從此始，百年諒有託。

獨客苦羈旅，志士多遠情。長干風雨來，匣劍中夜驚。春江漲微瀾，揚舲事孤征。長歌欲爲歡，反作離别聲。握手石城下，泣涕交填膺。

倏途值炎鬱，驅車入郊藪。火雲集我前，飛沙射我後。客路多苦辛，念我同心友。千里雖阻絶，肝膽爲君剖。結交貴有恒，何用常聚首。願言各加餐，友道庶不朽。

同禹門姚太史溯流自淮陰至彭城作

理棹溯洪河，河流何翕赫。萬里無停波，日夕不遑息。開闢渺何代，汎濫思禹跡。奔騰勢欲傾，崒嵂岸如劈。誰云竹箭流，不辨桃花色。幸遇同心人，得與數晨夕。摛藻搆新篇，尚古披素帙。鼓枻浮中流，啣杯遲落日。乘風思高騫，坐月欲俯拾。始信契誼深，不在親與戚。談笑開羈愁，頓忘去鄉邑。

仙人控白鹿

仙人控白鹿，遊戲青林中。採菊飡黄英，啣芝分紫茸。日夕雲巖内，每與真境通。云是鬼谷子，煉丹奏神功。呼吸沆瀣氣，御風飛太空。俯仰千萬年，其樂不可窮。

鹿城詩集卷七

五言古詩

謁孔林二十韻

泰山挺孤秀，結根實靈長。羣峰當北來，東南止於防。山窮發真源，泗水何湯湯。一氣孕神異，突然生素王。百里見陵寢，叢林藹青蒼。緬懷七十子，移植來殊方。蒙茸翳靈雨，夭矯凌繁霜。文杏間古檜，楩枏雜豫章。衆鳥不敢託，諸獸咸遯藏。洙水環以紆，尼山鬱相望。清溪繡雲色，空林發天香。誰云三千載，至今有耿光。予本縫掖徒，十年猶面牆。踐履久無績，討論殊未詳。千里追清風，遂登舞雩堂。山泉奠疏酌，澤蘭薦芬芳。願隨時雨化，坦然示周行。摩挲林中碣，徙倚川上梁。松關掛倒景，苔殿沉夕陽。回首一悽愴，千秋悲鳳凰。

登泰山詩奉答禮部尚書尹相公一百三十韻 丙寅初秋作〔一〕

岱宗起青冥，崔嵬鎮東極。盤薄數千里，直上五萬尺。羣峰海東來，嶄然挺孤特。屹立震旦鄉，久作青帝室。日月遞昏曉，陰陽互交易。列爲五嶽長，鬱稱衆靈伯。予本勾吳人，夙有遠遊癖。訪道握真詮，逃禪慕飛錫。行當朱明節，歲在攝提格。羽巾戴蓮花，野服製山綌。雙童挾圖史，一友攜楮筆。首從紅門路，褰裳共登陟。沿流入峻坂，循崖拾危級。捫蘿心愈悸，杖策股更慄。時度高老橋，蹊徑轉逼側。始笑陶令輿，却嗤謝公屐。危柱連鐵鎖，脩欄灌石汁。倦侶怯先登，篤僕嗟後失。遙瞻水簾洞，懸流勢何急。寒玉瀉琮琤，珍珠散滴瀝。崩騰雜松聲，春容和雲色。餘響春泠泠，纖溜秋淅淅。迴旋入馬棚，上有呂仙迹。古籀留崇崖，爛斑蘚花碧。至今千餘載，風雨長不滅。攀援越黃峴，谿谷如襞積。十步還五坐，一呼方一吸。深愧少有志，獨慚老無力。踰嶺路稍平，投策相促膝。小憩巖下坡，聊眠澗中石。側耳聆潺湲，睊𥇌瞻崒嵂。幽花映澄潭，閒雲綴孤壁。洄洑隱虬龍，巃嵸森劍戟。緬懷華表鶴，遠羡葉侯舄。安得閬風駕，生彼升天翼？前臨五松樹，矯矯雲際植。老幹摧扶疏，青蘿覆蒙密。根封周時土，官拜秦代職。始疑已登巔，却顧還在邑。欲退嗟不堪，再進愁未即。坐久戀苔衣，饑極思木實。窮溜上松稜〔二〕，尋藥投石隙。靈芽茁陰竇，鍾乳融暗窟。採香識豬苓，掘巢遇蜂蜜。行行大龍口，飛瀑尤翕赩。長風捲迴濤，漩溪漲新渤。停瀨若滂濞，退沫更湍渚。茲泉何混混，晝夜不遑息。盡日欲窮源，茫茫無由得。重上十八盤，顛倒來鬼閾。仰盼窮天門〔三〕，不知何年闢。中通兩崖夾，云是巨靈擘。豁若雙劍開，窄似一線直。磴甲類魚膢，石脊像龜坼。奮力凌穹窿，屏息數晷刻。躡嶠蹙兩踵，牽絛掛雙腋。背局似傴僂，足疲如跛躄。昂首接前履，俯胯窺後笠。入山尚星輝，登頂已景畢。徑盡路始拓，巍然見靈宅。紫宮當上遊，丹房周四塞。岳馭若飈舉，天女如雲集。羽衣皆駿奔，星冠俱鵠立。鐘鼓霄殿開，簫韶洞壇翕。中有碧霞君，飄颻駐仙蹕。往還虛無際，翻然藐姑射。香火繼百代，車馬走羣驛。錦繡羅玉墀，金珠布瑤席。一氣生庶類，千秋奠皇國。慚予海濱士，偃蹇一縫掖。匹馬二千里，方得諧夙昔。趨庭向雍容，降階尚踧踖。寄宿玉女池，山厨辦蔬食。硐户當霄啓，雲扉常晝闃。畫簷宿歸雲，丹井貯疏汲。夜漏四下餘，登樓待海日。莽蒼星漸稀，海波若平域。上明似散燭，下暗如潑墨。突然杳冥底，忽透一輪赤。初謂明際昇，反從暗中出。少焉見飛騰，大海疑組織。瀛洲朗若畫，扶桑淨如拭。晃晃奪心目，凜凜攝精魄。歸到厓谷間，沉嵐方蓊鬱。疑雨未淋灕，認霧復涓滴〔四〕。羊裘不敵寒，鹿冠難禦濕。上方已開霽，下界正昏黑。始知陸海饒，方信仙凡隔。須臾日漸高，好奇更搜剔。復登老君殿，天近星斗逼。偶誦尼父言，果見塵世窄。少焉霧忽變，赤日下山澤。白雲起封中，四散被原隰。俯視但一氣，幻化莫可測。悠揚復連綿，千里如雪積。亭午更晶熒，雲去海宇滌。曠然縱遐覽，九州見纖析。茫茫吳閶門，恍惚練與帛。西壑秀靈巖，北陸洩長白。東空合滄溟，南陵控鄒嶧。泮河若環帶，汶水若絡繹。尼丘若朋來，梁父若子揖。云云若遠拱，亭亭若近執。獨有徂徠峰，午餘見山脊。遙想李青蓮，猶稱竹溪逸。徘徊諸峰間，欲究封禪跡。上追七十君，當年投玉策。金繩聯玉泥，脊茅藉縞稷。增高答天貺，加厚酬地勣。誰云秦皇帝，於此誦功德。峨碑凌蒼旻，至今猶突兀。別有李斯篆，糾結留刻畫。石斷陵谷遷，籀剝風雨蝕。三皇欲加四，百字不存十。一德既未孚，千秋亦何益？傳言周明堂，在嶽嶺東北。山谷杳阡綿，遺址人不識〔五〕。崇基翳寒雲，荒砌蔓叢棘。憶昔朝諸侯，萬國執圭璧。而今竟何有？令人坐相惜。廬陵尹夫子，久作南宮客。青鬢疑玉顏，松形帶鶴骨。名山雖屢經，海岱猶未歷。贈我瑤華篇，導我山靈轍。公來當秋晨，我行值炎夕。儻遇安期生，得惠金丹粒。桃花玉洞虛，桂樹瑤壇寂。擬聽嶺畔笙，會看松間弈。追隨上煙霞，永注長生籍。逍遙人間世，遲公共相覓〔六〕。長嘯天風橋，雙駕蓬萊翮。

【校】

〔一〕詩題，蘇本、梁集本均作「登泰山詩奉答大宗伯洞山尹公一百三十韻」，無「丙寅初秋作」旁註。

〔二〕溜，梁集本作「泗」。

〔三〕窮，梁集本作「南」。

〔四〕認霧復涓滴，梁集本作「辨霧還厭浥」。

〔五〕址，梁集本作「蹟」。

〔六〕相，梁集本作「探」。

謁顏子廟

遐矣顏氏子，尼父稱庶幾。蕭蕭陋巷中，簞瓢常晏如。古井猶在門，蒼松夾庭陰。徘徊兩楹間，清風生坐隅。經傳無遺言，名與天壤俱。至行感人遠，千載還如愚。嗟哉後世士，日夕空著書。

贈李于鱗五首

矯矯濟南公，實維寰中英。文章振東土，當世誰與并。飄飄御長風，泠然下滄溟。昏旦舍雲霞，寒暑羅日星。渺渺江河會，衆流爲之傾。

長卿軀體弱，玄亮宦情寡。著書文園内，嘯傲南軒下。摛藻當陽春，荷鋤值長夏。豈無濟世念？志士在原野。日夕南山陰，採採蕨盈把。

昭代當文翰，蓊鬱如春雲。中有數鉅公，繽紛鸞鳳羣。峍屼激頽波，信陽揚清芬。悠悠數十載，兹道多沉淪。子雲久寂寞，石渠竟何人？

稷下稱多士，烈烈森劍鍔。李公當其間，聳如鷄羣鶴。怒潮没風湍，迅雷走春岳。霞氣紛陸離，雯文焕回錯。始知滄溟深，安事溪與壑？

蓬蔚厠蘭叢，結根豈不殊？晨昏挹清露，奇芬與之俱。薄夫困迍邅，片言誰起予？一旦陟沂泗，乘春登舞雩。悠然沐清風，斯道遂躍如。

普德寺讌集得房字

入門見蒼翠，松風落空春。晝燈照蓮座，秋雲生竹房。前山覆花雨，複殿疏斜陽。酣歌興方洽，清樽殊未央。

七夕同王別駕西郭蓮塘泛舟一首

首秋應金氣，高飈凄素商。海甸雨新霽，飛潮溢迴塘。佳蔬遍原隰，秀黍紛紅鄉。使君洛中豪，敷政和且良。佐郡茂餘績，典邑理舊疆。行田當休暇，觀風值時康。蘭舟下西浦，櫂歌激流觴。沿洄川上潭，修荷耀明妝。挹露褰翠蓋，探珠採碧房。雜藻嬉游鱗，密葉巢鴛鴦。落日絢稠艷，回風遞疏香。傾醴催金罍，摛翰披素緗。郢調飛《白雪》，吳歈發滄浪。歸橈放新月，詎覺溪路長。況當牛女期，銀漢方七襄。霓旌度仙匹，靈禽候河梁。良會遘佳節，歡樂同未央。慚余因蓬衡，縫掖窺門牆。步趨追後塵，文章厠末行。願言託樛木，垂蘿蔭芬芳。

水仙花詩二十二韻

蕭條值玄英，奇葩燦幽阸。美人御層軒，香風散棐几。弄月搖玲瓏，臨流映清泚。初疑姑射神，竦身蒼崖裏。出没煙霧中，羣仙盡披靡。倐似漢上姝，遊珮躡秋水。感彼交甫言，空江獨徙倚。又如青溪中，重重白雲起。長林棲真逸，修廬卧寒士。孤芳實難偷，衆卉安足擬？風前驚落梅，露下笑穠李。翠帶紛離披，瓊苞鬱蓓蕾。粉蝶綴青葱，冰蠶嚙黃綺。刀銛剪玉葉，丹成浸石髓。霜鍔抽夜匣，素幟拔煙壘。霄冠禮靈文，霓裳按清徵。晴蜂啓蜜房，蠹魚篆繭紙。隔簾何扶疏，窺屏更旖旎。紈扇回輕飈，湘裙蕩幽沚。纖歌激鮮音，暗香發皎齒。始信孀閨婦，素心恒不死。永兹保貞潔，可以比君子。

發虎山橋南陟銅井入梅林沿湖投鄧尉禪院

暮宿東湖湄，朝遊怯登頓。結伴遵平麓，步步入幽勝。巖轉徑始仄，地僻塢更静。梅花遍村落，山色相照映。樛枝浸迴溪，疏香墮危磴。盤紆湖南路，松風起清聽。數里到蘭若，禪門閉花徑。古殿響夜鐸〔一〕，空林發春磬。重湖臨翠微，波明遠山淨。落日浮洞庭，雙峰列明鏡。懷古慨子皮，扁舟每游泳。始知獨往士，不與塵世競。悠悠林巖中，可以謝名姓。

【校】

〔一〕 響，原誤作「嚮」，今據蘇本改。

宿華山精舍

清晨起齋沐，朝暾入巖扉。霽雪明雙松，山窗映餘暉。澗泉凍花鉢，繩牀寒衲衣。燃燈誦蓮經，澄心悟禪機。夜鑪續幽香，孤雲遶座飛。靈境足棲息，空林得歸依。願言託高蹤，永與塵羣違。

周芝孫王世周石雲父過草堂得腐字

涼月臨層軒，空庭縱虛步。金風一夕至，客子踐清露。麕蝕木葉瘦，蠹脱秋樹腐。不因溪堂酌，何以表心素。

石雲父南城幽居

石郎清溪秀，卜居來城南。垂楊覆山堞，日夕多煙嵐。疏簾隱密樹，脩廬帶寒潭。羣籍聊自娛，高歌倚清酣。

以江文通二語作起句各賦一詩

日暮碧雲合，佳人殊未來。商飈激虛館，素月流蒼苔。誰遣清吹發，空令繡帳開。思君良夜徂，旭日臨高臺。

以王元美一語作末句各賦一詩

羣仙戲煙島，鯨飲吸秋月。萬里見蓬萊，蕭蕭黃金闕。長風開白浪，海山俱突兀。宴罷歸去來，鞭龍醉不發。

鹿城詩集卷八

五言古詩

慧聚寺上方和孟郊張祜韻二首

祜僧來殊方，袈裟寄繩牀。夜燈照蓮枝，風鐘落松香。古堞屯野色，虛窗引湖光。西望吳王宮，空作麋鹿場。

城隱山半出，峰孤海全吞。泉乳融石隙，芝蕤覆蘿根。鶩湧煙際塔，虹明水邊村。殘雲東溟來，乘風入松門。

過青墩禪院題古松

天矯巖上松，託根在泉石。枯皮抱蘚滋，鐵幹入雲直。團圞挺翠蓋，森森列崇戟。下有禪棲士，蕭然唯一室。明燈禮蓮華，閒窗映空碧。樛枝掛香衲，半帶青黛色。有時天風來，濤聲走虛壁。世路多巉巇，日夕坐叢棘。何如長林下，箕踞足宴息。始信徂徠山，當留竹溪逸。

洞庭西山惠雨上人乞廬陵宋中丞碑文并華亭徐相公募緣疏重建上方寺同諸公作四首

吴王避暑宫，僻在消夏灣。兩山抱圓流，清泠鬬迴環。招提臨翠微，軒窗俯潺湲。開創自李唐，崢嶸杳難攀。誰云千載後，棟宇常摧殘。幽磬冷竹院，閒雲澹松關。金像雨剝蝕，畫廊蘚爛斑。寥寥緇錫徒，日夕愁空山。

洞庭浮具區，日月互明滅。靈山據深秀，禪宫近銷歇。宋公廬嶽英，前身是迦葉。行田出花縣，探奇來洞穴。遂起菩提心，特憫塵世劫。題詩寄山僧，移文勒林樾。還招嶺際雲，再印潭上月。誓修虎溪社，悠悠繼前哲。

惠公南宗秀，翛然出塵氛。身似松受雪，心如鶴投雲。慨兹叢林廢，永念期一新。遂乞中丞碑，并攜相國文。振衲别蓮宇，持鉢行花村。願使震旦區，俱締宿世因。獅座復寶相，龍宫轉金身。坐令笠澤波，捨筏成通津。

迷途何沉冥，魔心久纏縛。一自歸空王，世故悉解脱。上方千年刹，今復搆蘭若。昔爲劫中灰，今作水上嶽。青林振法鼓，紺殿響春鐸。聽法來舊龍，巢枝得新鶴。湖雲俱清空，山翠同寂寞。願與人世違，空門永棲託。

夏日黄仲立贈示黄山人孔昭詩奉答一首

炎夏苦蒸鬱，茅簷火雲留。卑棲蔭叢薄，何以消煩憂。時枉山人作，清風忽見投。芙蕖出淥水，竹樹鏘鳴璆。既展漢上篇，兼咏白下謳。莽蒼洞庭夜，曠蕩金陵秋。君本閩中彦，芳譽夙已遒。浮雲日分析，無由致綢繆。何年共丘壑，蘭心寄滄洲。

過吴安伯七兄長嶺山居以竹深留客處爲韻作

花源何逶迤，林静無剝啄。渡嶺白雲長，步步入深竹。谷口日停午，偃息投青林。野香襲襟裾，坐來空翠深。春山無來人，花暗揚子宅。悠然問奇字，時有獨往客。雨餘山氣紫，四月如深秋。日暮寒蕭森，林風不可留。澗水日泠泠，松間獨箕踞。溯流欲窮源，更向雲深處。

寄儀封簿陳吉甫

落日大梁道，長風吹枯桑。黄河千里來，浮雲鬱莽蒼。蕭蕭平臺上，覽古多慨慷。故人江東彦，志氣何激昂。詞林繡花蕚，清廟登珪璋。一旦遠行役，佐邑滯他邦。訟牒日糾紛，逢迎事趨蹌。抱璞刖卞和，悽棘泣仇香。勳名會有時，志士徒悲傷。願言勉加餐，民瘼毋相忘。

梧桐篇

梧桐生嶧陽，亭亭何鬱紆。下枝覆絶壑，上枝拂雲衢。鳳鳥巢其巔，聯翩將九雛。和鳴應律吕，毛羽含靈符。幽人賞有託，于此常結廬。飲啄既高潔，出處亦不殊。閒中横洞簫，清音與之俱。寥寥高秋夜，海風生座隅。願假升天翼，遊珮凌清都。

挽范牧之

牧之雲間鶴〔二〕，孤潔誰能儔？矯矯揚靈雰，脩羽凌九州。奇情超海嶽，逸興兼林丘。結交寰中彦，跡并心亦投。歲寒託松蘿，德音恒若留。詎意明月珠，淪淵永沉幽。冥冥滯膏肓，一疾不復瘳。首夏出天津，飄飄若浮鷗。桑梓非故鄉，存没託孤舟。淒風飛素旌，南逐黄河流。四月當清和，寒雲鬱不收。千里雜風沙，一抔歸舊坵。孀婦哭里門，孤兒覓溪頭。蛾眉衆所憐，子獨爲身疣。憶昔契金石，文藝相校讐。看雲九峰巔，弄月三泖陬。採採林中蘭，意氣何綢繆。琴樽無孤賞，嘯詠時共酬。風生竹中檻，雪霽梅邊棲。袁郎擊燕筑，莫子彈吴鈎。悠悠百年内，爾我無與侔。詎意隔泉世，一覿遂無由。絮酒奠空山，涼颸起颼飀。慚無季子劍，長號掛松楸。願同林間鳥，朝夕鳴相求。勿去友道乖，心期渺千秋。

【校】

〔一〕間，原誤作「開」，今據蘇本改。

寄王敬美叔　時分守南康

我昔下尋陽，逍遙入東林。時探遠公跡，惟見松檜森。迢迢出雲霄，遂躡廬山岑。聽鐘天池裏，倚杖香罏陰。十月淒風來，朔霰時見侵。瀑布當西南，千峰杳難尋。彭蠡空在望，猶未諧宿心。使君居山陽，公餘日長吟。山館敞翠微，星湖渺前臨。林嶺互昏曉，禽魚見升沉。有時曳杖屨，松間攜素琴。古寺始獨到，層泉極幽深。佳辰掞芳翰，落日催孤斟。伊余久衰落，靈境徒見欽。何時復登歷，追隨盍明簪。儻遇晨風羽，莫忘嗣徽音。

豫章西山詩寄徐子與

西山鬱爽氣，紫殿開靈堂。清宵羽人集，白晝鮮雲翔。鶴嶺飛香泉，丹井注瓊漿。縹緲瑤華音，時聞《洞靈》章。使君天目來，公餘思飛揚。褰衣陟崔嵬，溯流入微茫。羽蓋凌蕭峰，霓旌耀鸞岡。左躡王喬履，右挈洪崖裳。撫劍睨八極，高詠《昇天行》。文章繡絶壁，樽罍羅竹房。斂跡慕湖海，遊心馳廟廊。昔余薄遊此，秋風巾舄涼。空登帝子閣，欲濟川無梁。何時復來棲？飛珮同徜徉。千林秀佳卉，共採蘭蕙芳。悠悠勞夢思，靈境遙相望。

題休寧程女義西野草堂

海陽多連山，中峰更深秀。二川夾璜琅，淙流拆還遘。溪壑屢盤紆，風氣復清茂。近西地益勝，迴環見羣岫。長林媚清紫，野色鬱叢竇。君子樂夷曠，築室象雲構。藏書雜九流，竹帛紛篆籀。階下澄清池，坰左列層囿。喬木挺千章，勁竹森萬搆。讀書日盤桓，時有羊求叩。高視渺簪組，泛覽窮宇宙。嘯咏追羲皇，雄詞麗紛繡。哲人昔已去，林穴儼如舊。長歌《大招》篇，山深木石瘦。

新安閻君結廬潭上作

連山起高霧，邃壑靈澄潭。澮澮春雲滋，霏霏花雨酣。潭際多峻石，夭矯虬龍參。中斷還復續，迴環森劍鐔。山條構松廊，築作逸士庵。圖史紛四壁，遊心恣冥探。門前列魚磯，鹿裘冒煙嵐。芳蓰浥浪紫，清篁出雲藍。枯槎横釣艇，篠花合朋簪。此中可忘世，遐矣湘江南。

酬郭山人次甫惠匾竹杖

亭亭匾竹杖，遠産自殊方。千重開鳥道，九曲經羊腸。坡前春草短，嶺外白雲長。感君一相贈，擕訪逍遥場。

樸庵

樸樹多春姿，垂垂小庵下。新緑當麥秋，清陰值僧夏。端居足怡曠，煩襟自飄灑。空青白日長，始信塵事寡。

送屠長卿遊上京

薄雲映涼月，玉露零前庭。遊子當遠離，起視河漢傾。海鶴唳清空，琴堂如水清。政理日平簡，三載垂令名。夭桃過春甸，甘棠覆層城。倏忽會高騫，還與離思并。回首干將山，抑鬱難爲情。朝旦發吳淞，日昃不遑息。征帆渺程期，風鴻無停翼。連年溢離思，猶幸今暫集。誰云歡未竟，岐路倏已迫。緬懷忘年交〔一〕，握手念夙昔。既深詞翰賞，更荷恩愛及。懷惠慚未申，披襟徒於邑。浮陽翳短景，淒風吹我衣。寒蟲咽霜階，衰蟬抱枯枝。驪駒戒征夫，華旌耀城隅。樽酒慘無歡，長歌聲正悲。帝鄉去云遠，咫尺昇天墀。沉泥隔重霄，相見安可期？恨無晨風翰，飄颻日追隨。

【校】

〔一〕緬，原作「編」，今改。

送傅伯俊明府入覲

玄英居畿甸，日夕多寒風。晨登金閶闕，寥寥惟雁鴻。華旌耀城隅，雙橈駕飛蓬。賢宰茂良猷，躬己德業崇。政理日和平，治化碧海同。摛藻抱芳鮮，孤潔紛蘭叢。多士日追遊，俱在聲教中。一旦當遠離，長歌氣何雄。行矣昇靈臺，遊珮凌蒼穹。蜚聲滿神都，羽儀入清宫。帝鄉日翶翔，神變不可窮。傷哉歲寒士，壁立四座空。蕭蕭陋巷居，精誠何由通？

鹿城詩集卷九

七言古詩

停雲館留别衡翁文太史

明發遊荆門，開宴停雲館。湘簾高捲秋院深，梧桐半落青苔畔。玉堂學士雲中仙〔一〕，清晨落筆生雲煙。憐予遠遊不得意，臨行遺我瓊瑶篇。吴門一夜秋風起，巫峽迢迢幾千里。今日驪歌悵别筵，明旦孤帆隔煙水。我行況值深秋時，中歲落魄還數奇。沅芷澧蘭久相待，鄂雲郢樹空淒迷。拂衣長嘯駕芳躅，相思時奏柯亭曲。東俯江流盡入吴，西眺山形全控蜀。别公西遊何時還？風塵滿目凋朱顔。會須剪燭西窗下，歸來説盡荆南山。

【校】

〔一〕玉，原作「王」，據蘇本改。

舟入桐廬諸山

旅行值深秋，揚帆清川右。落日明山椒，歸鴉没溪口。返照入江流，横崖白雲走。空光蕩射清霞紋，巖花水藻相氤氲。離披倒掛平林樹，夭矯背卧長天雲。桐廬山下舟如箭，景物倏忽煙雲變。何時江上歸去來，獨卧茅堂夢中見。

寶劍篇 寓居豐城作

昔聞豐城寶劍名龍泉，神光夜夜上燭天。龜文虬藻亦奇麗，白虹紫電相糾纏。沉淪古獄代已遠，一旦拂拭生雲煙。匣中初出實艷異，星文猶辨龍蛇字。佩來隱隱每夜鳴，人間疑有不平事。驅馳時過平原門，不徒報仇亦報恩。君不見荆卿曾爲燕丹往，豫讓常因智氏奔。酒酣揮霍中宵起，芙蓉沉冥出秋水。燈前憤憤輕一言，明旦悠悠幾千里。由來神物會有時，雙龍未必潛天池。精靈變化應在世，世無雷煥識者誰？北風吹沙蔽原野，何時提攜控燕馬。爲君西出玉門關，高懸樓蘭北闕下。

舟過湘江弔屈大夫

江煙霏霏江草濕，楚山横愁眉黛碧。武關一入悔何及，望君不歸空佇立。湘中十月多寒風，吴客西遊弔遺宫。蘭橈桂櫂宛相似，龍堂貝闕空濛濛。芙蓉花開滿江渚，夜半江中有神語。生憎神女不迷秦，死恨張儀還相楚。沉沉忠魂徒喧豗，君王自入陽雲臺。女嬃之言竟何有？千秋萬歲令人哀。

湘君詞

帝子遊兮江之湄，薜荔帶兮芰荷衣。乘赤鯉兮駕青螭，鼓瑤瑟兮吹參差。翠華去兮何時，望白雲兮九疑。目眇眇兮見之，雲之歸兮無期。九疑山兮如黛，雲冥冥兮常在。君雖去兮未還，諒予心兮不改。龍車紛兮白雲間，欲往從之兮隔湘川。秋風生兮嫋嫋，空望幸兮年年。猿嘯兮巖麓，鼯啼兮山木。霜清兮白蘋，日落兮叢竹。望夫君兮來不來，九疑高高兮縈心曲。

玉泉山人歌別厝濬

玉泉山人吳門客，廿年離家歸未得。少小志僻耽煙霞，洞府名山遍踪跡。巴陵春浪接三湘，卜居近住漢水陽。鳳棲山下鶯初滑，郎官湖頭酒正香。風神落落志未暮，況爾丹青擅獨步。江山次第入遨遊，孤帆每泛荆南路。賢王忘勢更憐才，西園飛蓋數追陪。有時捧教花間出，幾度傳觴竹下迴。曉日驂輿經曲館，秋風控騎入平臺〔一〕。春帆獵獵滿江渚，攜手別君共君語。美酒千鍾不用辭，且按青萍歌《白苧》。靈巖山頭海日黄，鄉關煙樹空蒼蒼。荆湖地勝足棲息，誰云此處非故鄉。

【校】

〔一〕控，原作「按」，據梁集本改。

過嘉魚縣赤壁山

江上以赤壁名者有五，惟嘉魚者近是。頃得遺鏃於磯頭，松江莫憲副如忠記石〔一〕。

西下岳陽城，弭棹赤壁下。白雲偃松蓋，青蘿覆簷瓦。雁度洞庭波，雲來蒼梧野。登臨慨疇昔，煩襟頓飄灑。當年魏武真雄才，騰兵百萬江上來。旌旗連營白日薄，舳艫拂浪滄溟開。江頭一夜東風烈〔二〕，一旦灰飛煙亦滅。崔嵬赤壁至今存，空餘煙樹人蹤絶。公瑾風流冠江左，子布之輩不足數。誰信雄姿竟早亡，小喬空自薫香坐。由來勳業安足云，眼中之事徒紛紛。君不見石頭城下已流水，何但銅雀生黄雲。

【校】

〔一〕此段小註梁集本無。

〔二〕頭，梁集本作「東」。

鄱陽湖

彭蠡之勝天下絶，鼓棹擊柝來相過。中流倒卧匡廬影，九派直接滄溟波。賈客乘風弄舟楫，鮫人跋浪遊黿鼉。謝公松門已陳跡，試窺石鏡今如何？

飲長楊園梅花下和蘇長公惠州詩韻

暗香一夜浮江村，山人曉來驚夢魂。幾樹凌風見清峭，一枝却月愁黄昏。蹇驢誰走灞陵道，霜禽獨下孤山園。初如夜歸羽林子，雪中解珮迎春溫。又疑晨遊太華女，峰頂披髪睎朝暾。凝思時來坐東閣，覓句何處歸柴門。宮簷點綴應有意，驛路折贈能無言。莫聽關山數聲弄，平明落盡空芳樽。

吳宮曲

吳宮夜靜飛清商，秦箏弦促春思長。銀蟾三五流素光，玉樓十二生微涼。美人起舞雲錦裳，翠袖盤拂雙鴛鴦。君王酒酣樂未央，蘭膏欲滅歸洞房。歸洞房，日初出。越兵來，入吳國。朝作吳宮娃，暮託五湖客。人稱五湖之遊世所無，恐其破越猶破吳。不知妖艷傾人都，當年猶恨身未誅。君不見臨春閣下兵初起〔一〕，擒虎一入麗華死〔二〕。

【校】

〔一〕「君不見」句，梁集本无「下」字。

〔二〕「擒虎」句，梁集本无「一」字。

送朱籲甫重遊金陵

河梁漫漫秋漢長，雙門突兀夜氣翔。青樓夾起天中央，美人妖姣青蛾揚。少小學得梅花粧，臨風挾瑟飛清商。送子今遊江水陽，揚眉吐氣春風場。桃花鏤鞍綠玉韁，暮馳北里朝平康。舞衣步步吹蘭香，屏山拂翠浮雲涼。閒庭竹石倚繡裳，子夜長棲雙鳳凰。昔時離恨今茫茫，蘭陵之酒傾百觴，惡知金陵非故鄉？

白蓮花歌

荇湖丁進士母，孀居踰四十年，卒之月餘，草堂紅蓮盡變成白，追奇歎逝，遂賦斯篇。

昔聞麻姑之山有仙壇，蓮花千歲顔渥丹。一朝麻姑忽仙去，漸變碧色如輕紈。君家曲池素清澈，池中有花更奇絶。夜半秋高風樹鳴，滿塘紅艷俱成雪。初如帝女遊珮來瀟湘，錦雲百隊飛鴛鴦。倏如宓妃凌波下洛浦，更作《霓裳羽衣》舞。亭亭此花實異禎，念君母氏如其清。孀居茅茨四十載，柏舟之烈何嶒嶸。不共紅芳競妖艷，甘與素卉懷幽真。感此草木盈靈秀，詞士閣筆四座驚。吁嗟神物兮變化有如此，草堂千載垂芳名。

辛酉七夕大水作

明河岸破水漲天，迴流倒掛直没西海之桑田。青鳥啣書東訴蓬萊去，霖深羽濕欲渡愁難前。十夕九雨苦不止，樹頭茸茸生白耳。桂枝銷沉蟾殿昏，吳質流亡兔走死。年年此際月當樓，今年避水樓上頭。但見荒原晝啼夜不休，牀頭竈下白骨汎濫無人收。天吳帶子擊河鼓，女媧袖手向禹怒。靈鵲千羣填不平，織女拋梭淚如雨。今宵何長漏何遲？金風又向隔年期。堪憐天上亦别離，豈獨人間夫與妻。

清明分得樹字

春草離離古冢平，古人誰死今誰生。今人古人不相見，歲久惟聞松柏聲。洛陽直北邙山路，白日精魂自來去。淚滴陰錢濕不飛，飢烏啣上青楓樹。

秦淮柳條歌

楊四十七兒，玉環後身，金陵先輩。閑雲態度，野鶴心期。纖歌蹙遠山之蛾，空傳《白雪》；妙舞翻迴風之蝶，不讓《霓裳》。絲竹是爾他長，詞翰乃其餘事，真花房之俠客，綺閣之通侯也。予憔悴湘潭，棲遲吳市，浮蹤久曠乎白下，薄倖宿檀乎樓頭。遠辱瑶篇，過承清譽。陳詞而未由親謁，懷惠而未申報章。敢綴《楊柳》之篇，聊答琅玕之贈。

秦淮柳條斜拂水，千樹萬樹東風裏。惟有楊家楊柳枝，盡日風多吹不起。楊家女兒花臉紅，眉長腰細柳葉同。不解女工解文字，翛然時有林下風。花房露滴銅臺瓦，清朝弄筆閒窗下。秋至詩成竹葉樽，春來賦寄桃花馬。鳳城來往競香車，上宫寂寞惟雲虚。枇杷花下門常閉，誰似當年女校書。樓前空繫黄金勒，座上雄談盡詞客。羞殺長干輕薄兒，還愁生小不相識〔一〕。青琳羽衣梁辟非，凍心凝雲穎不飛。一旦緘書在林麓，使我薜荔生光輝。天涯欲見無由得，坐展瑶箋長歎息。須憐對面不相知，猶勝把酒遥相憶。

【校】

〔一〕生，原作「住」，據蘇本改。

送表弟顧公節遊燕

吴門柳絲緑未匀，黄鸝睍睆何愁人。西郊冠蓋如雲屯，暖風吹香不動塵。錦袍公子朝天客，麒麟繡背雙袖窄。腰懸轆轤赤電明，春風送上長安陌。聞君讀書霖雨堂，少年遂登詞翰場。千鍾不厭蘭陵酒，報國之志多昂藏。城烏啞啞天欲曙，曉日河橋送君去。江開水闊不見君，渡口空留帆去處。君家舊勳爲近臣，行看執戟直承明。揚旌曉入長楊館，按節春屯細柳營。皇都甲第中天起，此日侯門盡朱紫。雖趨北闕綴鴛鸞，莫忘東山舊桃李。邇來塵世皆兒曹，結交飄忽如鴻毛。惟君宿昔多意氣，座中之客俱雄豪。酒酣風捲離亭樹，衆客蹁躚盡起舞。獨有虬髯梁伯龍，長歌一聲淚如雨。

四明狂客歌贈沈四十二嘉則

四明沈嘉則夙往來吴中，其交無不賢豪長者。先數年，予將北遊齊魯，欲縱觀名山大川與四方賢士大夫所都會處，嘉則聞而奇之，作《遠遊篇》以貽予，然書留華亭友人董子元所，竟不得至。兩人雖不見，蓋相聞素矣。今年秋，與予遇于武林，兩人一見，問姓氏如舊識，各道平生，相顧大笑。因邀予登蒼蒼閣，出示前作，擊檻歌之，殊有慷慨出塵之想。未幾，嘉則南遊閩越，予亦北歸吴門，握手言别，不覺悵然，因綴蕪言，以叙仳離之思云。

君不見四明狂客賀季真，風流當代稱絶倫。芳名寥寥已千載，至今繼者誰其人？鏡湖春水碧于黛，東風年年吹未改。賢豪一去不復回，江山寂寞空相待。我來擊楫遊錢塘，寶奎上方逢沈郎。四明盡呼四十二，千載還復生知章。竹房佳賓日相過，高談籍籍風滿座。口誦雄詞幾萬言，翩翩建安追楚些。中有《遠遊篇》，贈予已十年，海上董生滯書札，倏聞不覺心茫然。丈夫意氣本相似，浮世之交安足擬！試看悠悠里中兒，十年對門隔千里。别君會有期，何用多歔欷。未見且如此，既見當何如？越山青青看未足，爲余淨拂耶溪緑。扁舟有日度西興，夜半尋君鏡湖曲。

行路難贈王仲房

我歌行路難，剝裂摧心肝。山遠多嶮巇，水闊增波瀾。賈生十年憤，前席何由問？危心旦未平，壯志夜猶奮。自笑塵中七尺身，誰云野鶴遊鷄羣。浮名尚寄東流水，歸心羞覩還山雲。年年奔走關河道，塵沙無情面忽老。秋風彈鋏歲飄零，水澤行吟日枯槁。黄山山人王仲房，相逢意氣何激昂。怪予攢眉不得意，議論雜沓森開張：失云不足驚，得云不足喜。窮通會有時，千載已如此。君不聞隴西豪士李青蓮，金鑾召對何翩翩。清平有調歌未竟，忽落萬里西南天。又不聞鹿門山中孟夫子，一旦得入華省裏。千載君臣豈偶然，半言自棄終已矣。行路難，勿長歎。同是風塵士，匣劍常摧殘。一身無羈遍寰宇，十年有夢醒邯鄲。予聞仲房言，不覺顏色改。夜來鏡中塵，朝看竟安在？相期汗漫訪赤城，不然乘波泛滄海。

寄題括蒼黄侍御闓陽別業

別業在文里東，相去百餘武，地勢稍高，中界一山，峰嵐合沓，竹樹參差，流水潺潺，煙雲蔽虧，意謂非人間也。黄侍御中鑿池搆堂，徜徉其内。地形向卯，因名闓陽。以永嘉王中白水部書來索詩，聊以應命。

括蒼多名山，山遠盡百里。窈窈青崖間，重重白雲起。仙都恍惚不可攀，誰是軒轅上昇處。君家別業文里東，乃有真境居其中。長林隔處幾百尺，小徑忽與前山通。境僻翛然結茅屋，初疑幽絶于貞谷。高窗時註老氏書，閒庭盡種王猷竹。山深常枉故人車，應是扶疏仲蔚家。暗砌時流澗中水，懸崖忽隨林間花。闓陽草堂自東向，峰嵐回合多異狀。長日棲神嶰谷中，高秋坐嘯蘇門上。慚予浪跡雲水鄉，仙境縹緲遥相望。還期一訪松間石，先用緘詩寄草堂。

送童少瑜歸太末分詠得百花洲

闔閭城下百花洲，吴王在時洲上遊。美人蘭舟坐春水，花枝搖曳浮中流。茫茫覊業空千載，綠波粼粼色不改。豪華銷歇跡尚存，留得洲名至今在。童君少寓姑蘇臺，一年一度歸去來。片帆城下忽相送，野花蒙茸洲畔開。今古興亡只如此，去住天涯感知己。明年此際花發時，沽酒洲邊待吾子。

賦得終南龍湫詩送張伯起

曾聞龍湫南山下，風雷倏忽移山巔。沮洳還能徙高亢，何況滄海成桑田。太空茫茫日流轉，人生變化亦復然。丈夫豈終守泥滓，一旦旋拂生雲煙。吴門豪士張伯起，讀書窮年不得意。擊筑高詠《吴趨行》，説劍時過干將里。雄詞燁燁生戈矛，四座當之盡披靡。神魚未徙北溟波，天馬猶眠渥洼水。邇來場屋主巨公，詔書忽下明光宫。文章一洗積時陋，棘闈清絶驅雕蟲。羡爾逸足久留滯，伯樂一過羣遂空。君不見湫水神靈亦厭處平地，會看飛騰還似南山龍。

鹿城詩集卷十

七言古詩

春江歌送淩洋山丈北上

揚子渡頭三月春，春江渺渺桃花津。風吹浪起日脚黑，滿江楊花愁殺人。畫船使君坐擊鼓，揚帆江口不敢渡。船頭忽漫一相逢，呼我飲酒白日暮。出處異溫涼，暌違歲月長。故鄉不相見，相見在他鄉。愁看故鄉月，又在他鄉别。燈前酒杯空復情，岸上柳條不堪折。清歌沉沉夜將闌，城頭北斗空闌干。明朝先我渡江去，他日愁看江上山。

登歌風臺

昔聞漢始祖，來此歌《大風》。尺劍宰六合，意氣何豪雄。鴻門宴罷走赤帝，西楚已覺無重瞳。沛宫置酒畫起舞，擊筑高歌猛如虎。誰餘几上肉一臠？却認新豐作故土。朝葅韓，暮醢彭，猛士四散如流星，三十萬兵盡束手。當年誰解白登城，西望咸陽莫回首。宮中不能制一婦，邯鄲未保六尺孤，威加海内亦何有？至今碭山鬱不開，浮雲飛揚安在哉！萬古興亡只如此，落日瀟瀟登古臺。

東魯門歌贈東平判官莆田陳文信

拂衣自鄒嶧，來過東魯門。門外汶水流，日夕飛閑雲。輕舟泛月尋溪轉，千年猶憶謫仙人。魯門之東蔭榆柳，道上政聲不絶口。云是南閩陳仲弓，東平移來佐曲阜。意氣不數平原君，擊劍彈琴復治民。絃歌洋洋被一邑，桃李燁燁羅千村。我行蹉跎值長夏，東謁孔林騎瘦馬。誰云對面不相識，留我飲酒古樹下。曈曈月出城上樓，樓漏四下還不休。高談雄辯風滿庭，庭樹蕭颯如高秋。平民送我城西路，去住彼此各回顧。頃刻風沙滿路岐，孤城迢迢又何處？别來北遊登岱宗，振衣直上日觀峰。尼丘鬱鬱遥相望，羨君日夕留其中。君言九月還北徙，聞有溪堂在郡邸。盡傳棟宇自李唐，左列鐏罍右圖史。堂下溪流似畫圖，深有蒹葭淺有蒲。世更時易已千載，韓公文章還在無？我今匹馬走羣國，北地風高留不得。南渡黄河歸去來，願君遲我溪堂北。

古鏡贈周胤昌

昔聞揚州有寶鏡，端午日鑄江心中。背盤雙龍欲飛動，能吐雲霧兼生風。我家所藏不異此，一片泠泠若秋水。流傳盡説已千年，團團詎此菱花蕊。東林居士人中龍，原是襄陽司馬公。心清四海稱水鑑，皎如一鏡懸秋空。年年八月中秋節，皓魄當空光正潔。贈君此鏡十分圓，萬歲千秋似明月。

紅梅花歌

户部郎董公，掛冠南都，移紅梅一株，歸植北海。閲二載，公謝世，花亦憔悴死。其子孟才，作《梅花》諸什，余憐其有風樹之感，賦贈。

我聞董公曾種杏千樹，枝繁香泛不足數。籓籬零落委泥沙，庭院深沉雜風雨。後人多愛紅梅花，天寒爭放先春葩。移根南國溪橋畔，來植北海郎官家。初年花開爛如繡，濃香艷色炫春晝。羣從子弟紛滿堂，百杯獻君爲君壽。此時歡賞真足多，侍兒能彈妾能歌。華燭籠煙紅袖冷，瓊葩醉月朱顔酡。一朝主人忽仙去，梅花自恨春無侣。疏香已斷魂暗銷，冷蕊半舒愁不語。月斜東閣天蒼凉，欲開不開還斷腸。何處關山數聲弄，落盡庭前一夜霜。此花本發江南水，伴君北來走千里。君今已去知音稀，不惜紅顔爲君死。羡君有子董孟才，《梅花》篇什何悲哉！至今猶有枯樹在，常見蕭蕭風夜來。

少岱歌贈歷城谷明府

海水西下走羣峰，嵬然泰岱當其衝。諸仙散居小有洞，往往飛馭常相通。附庸之國有少岱，巖巒迴合多向背。白雲時從日觀來，翠微杳露雙峰對。此中逸士谷少君，謫居人間八十春。寶劍千年鋒未死，破書萬卷筆有神。遊心律吕更多識，調宫按羽應天地。手編韻書幾萬言，不向揚雄問奇字。翛然逸韻非塵羣，門牆弟子紛如雲。辯傾稷下三千士，詩壓江南十萬軍。公在浙西胡尚書幕中賦詩，座客閣筆。我遊北海遍羣國，趵突泉上一相值。高歌蘭堂夜未央，握手論交若疇昔。燈前醉贈瑤華音，泠泠比我雙南金。忽漫相逢又分手，相思一夕浮雲深。歷城城西萬楊樹，落葉瀟瀟別君去。明朝回首歷城山，愁見亭亭華不注。

登濟上李白酒樓別海陽胡使君

嘗聞賀四明，任城遇李白。觴之城南樓，千載餘踪跡。笑予本是謫仙人，東遊醉卧蓬萊春。忽逢胡君濟水上，風流還似賀季真。憐君亦是南州士，鰥居此邦作刺史。軒車訪我城下舟，薄暮置酒李白樓。寒蟾溟溟夜將曙，城頭哀角生清秋。風塵自古多馳逐，折腰莫厭五斗祿。他年會看功業成，天子賜君剡溪曲。

送王伯穀北遊

王郎孤聳如海鶴，風顏雲態紛沃若。高論籍籍傾河流，逸翰翩翩繡花萼。前歲走馬黄金臺，公孫相君閣正開。大鵬已擬出溟海，神龍自謂騰雲雷。聲名落落一朝起，誰知家難走千里。袖中有賦何處投？南國歸來相君死。今年送君當暮春，滿江楊花迷去津。朝中相君今幾人，誰是舊時平原君？看君意氣多翕赫，射策君門應第一。君不見洛陽才子方少年，漢家明王正前席。

送許明府公旦之蕭山

按蕭山在縣治西，昔晉許詢憑林築室，與王右軍、支道林輩盤桓其間，蕭然自放，一名蕭然山。許公旦文彩風流，度越前輩，今復居此，非高陽之苗裔乎？況書體駿發，邁駕《黄庭》，又堪爲逸少入室弟子，兹邑之遊，豈偶然也？

昔聞許玄度，築室居蕭山。寥寥晉代已千載，高風緲邈不可攀。君今占籍金閨裏，詎意專城薄遊此？千巖萬壑開鏡中，一朝飛渡錢塘水。看君原是高陽徒，晉世風流不足多。櫪嘶天竺支公馬，池换山陰道士鵝。兹山西來枕城内，芸閣清晨見蒼翠。達人不忘雲林情，訟庭舉首孤峰對。

夜宴華亭何又玄宅贈歌者陳世歡

陳郎玉頰如朝霞，蛾眉連蜷雙眼花。一曲清歌妙絶世，能令坐客常咨嗟。當年初聽長洲苑，香塵每見空梁轉。有時鼓吹林端聞，幾度黄鸝風外囀。笑予飄忽如雲煙，奔走關河今幾年。秦青寥寥别已久，追想餘韻還依然。東下華亭聽鶴唳，扁舟直指浮雲際。九峰山下忽重逢，比昔朱顔更殊麗。舊家主人集綺羅，俠客夜飲相經過。樽前再爲歌一曲，蕭蕭葉落庭樹柯。仇池道人多意氣，袖拂龍泉電光碎。歌殘不惜傾千觴，起舞氍毹爲君醉。

松雲歌贈王明府

君不見徂徠之山千歲松，樛柯屈曲如蒼龍。崔嵬萬仞若華蓋，往往靈氣遊其中。北連泰岱無百里，常見封中白雲起。旮旦飛來松上棲，世人遥望千峰裏。王夫子，殊霙紛，夭矯宛如松際雲。初疑北溟鵾鵬翼，還似西山鸞鶴羣。亭亭孤高淨秋質，東近蓬萊常五色。上籠青蔦百尺條，下覆赤苓萬年實。大風起兮不可留，忽然乘之帝鄉遊。昭回曉護金仙掌，縹緲夜宿銅龍樓。松兮雲兮無定所，由來神物有出處。終向明堂作棟梁，不然海内爲霖雨。

月夜同袁黄州諸君宴顧茂儉宅聽故顧相公侍姬彈箏

瓊筵雜沓開華堂，露花蒙茸擁曲廊。良夜沉沉動清曙，海天五月高雲涼。武陵公子虬髯客，追歡一時盡疇昔。座上千鍾醁酒飛，簾中一夜風箏急。彈箏老姬鬢已華，憶昔曾見顔如花。醉中狎客休相訊，二十年前宰相家。少小芳名滿戚里，流落江南走街市。高歌一曲夜欲闌，滿庭明月如秋水。吾徒盡推袁使君，酒杯未到詩先成。青衫何事淚無數，謫居原近潯陽城。

送邵孟堅移家廣陵因遊洛下兼寄溫中丞

邵生任俠聞東吳，眼前豪貴看若無。讀書未能慰宿昔，十載落魄猶泥途。負薪吳市不得意，避仇一旦移家去。圖書過江真快哉，片帆直指維揚渡。維揚城南十萬家，處處紅樓連狹斜。弔古每過雷塘路，尋仙獨探唐昌花。看君豈是蓬蒿士，雄心獨夜猶未死。寶鋏時彈明月中，貂裘願敝西風裏。中州形勝誇洛陽，洛陽宮闕遥相望。須臾匹馬三川道，壯遊意氣何飛揚。行行不辭數千里，日暮看君渡洛水。天津橋畔多酒家，少婦清歌呈皓齒。昔傳大禹疏龍門，闕塞煙霞相吐吞。伊水日夕喧不息，神功赫奕應猶存。首陽峨峨鬱蒼靄，懷賢一上一感慨。晉代銅駝昔已非，石家金谷今安在？洛陽城東桃李多，年年花落隨緑波。花間舊有盧仝宅，荒涼茅屋還如何？風流洛下稱白傅，池上疑存舊時句。聞道緘珠貝葉扃，芳名猶刻香山樹。潘岳田廬應寂寥，平泉竹石空蕭條。夜月山莊尋陸渾，秋風巖壑思鳴皋。聞有舊時溫柱史，結廬今住嵩山址。詎因却跡逃雲林，鶴書終爲蒼生起。君爲諸生曾見知，軒墀之下多揚眉。山川阻絶已七載，而今始得心胸披。憐余昔年登泰岱，心旌搖搖蕩雲海。海上三山指顧中，諸仙倚樹長相待。莫憚風塵多苦顔，魂夢常遊河洛間。他年若有嵩少興，願言不惜開雲關。

送趙道人遊五臺山歌

道人早好俠遊，晚甘幽寂，息心禪覺，託跡叢林，不出庵已數年矣。一旦忽慕遠遊，南走天台、雁蕩、普陀諸剎。今復有五臺之行。余喜其戒律精勤，因作長篇贈之。

雁門之山有五臺，中天崛起高崔嵬〔一〕。五峰孤聳儼相向，青霄照耀浮雲開。巖巒對奠似星布，處處金堂開洞户。境靈跡勝不可窮，云是文殊化身處。真圓道人住江南，齋心十年不出龕。一朝欲出境界外，手持幾卷阿毘曇。身心清淨本無住，蕭條巾舄渡江去。巖巖去踏優鉢花，山山獨覓菩提樹。傳言南臺景最奇，叢林蓊鬱崖傾欹。僧明禪師住何處？歲久路絶無人窺。西臺秀出翠如黛，千尋危磴盤雲外。麽巖秋色近何如？魏文射垜今安在？研伽羅拱東臺巔，五王城頭飛紫煙。此時春風正駘蕩，雲氣直與諸峰連。北臺北望空代北，白水池接金剛窟。陰崖層冰幾萬年，六月飛雪大如席。中臺本號清涼山，金仙日夕時往還。靈境杳靄非人寰，塵心一墮愁難拳。憐余亦是煙霞士，棲心時住空門裏。杖錫常隨廬阜雲，流杯曾酌曹溪水。山西廉察王伯公，去歲約我遊雲中。茲山望望空在眼，詎知衰草捐霜風。庚午秋，王元美廉訪山西，約余一登塞垣，兼遊五臺、恒嶽，竟以老母病亟而止。今年送師過殘臘，陽和正值梅花發。片帆飛渡揚子津，莫惜青鞋走布襪。五臺高高萬仞餘，吾師歸期復何如？山中一夕秋風起，塞雁南來好寄書。

【校】

〔一〕嵬，原誤作嵬，據蘇本改。

山中齋會贈鴻臚魏二

花溪緲緲春波紅，午風吹草香蒙茸。闔閭城西虎丘寺，殿堂直插百花中。魏郎未老朱顔妊，烏紗帽壓花枝亞。稱觴不必張華筵，法鼓長齋會精舍。此身原是恒河沙，富貴浮雲安足誇？衆賓俱醉林中酒，諸僧盡散佛前花。百年三萬六千日，日日追歡歡未畢。但願清修過百年，年年此日飯香積。

送王别駕轉客部員外

北風捲地塞無雲，長天寥寥鴻雁羣。江清日淡客不發，千山木葉空繽紛。使君别去一何早，附轍攀轅上長道。父老呼號不忍聞，秋原淚滴傷心草。君家原是大梁豪，十五彎弓佩寶刀。二十翩翩弄文翰，稜層紫氣干雲霄。赫奕聲名一時起，當年占籍金閨裏。小試原非百里才，琴堂澄冷如秋水。政簡庭閑案牘稀，公餘時來坐翠微。花暗千村無犬吠，雲開雙舄看鳧飛。化行三載民頌息，增秩依然治海邑。恩浹孤城十萬家，聲超諸郡二千石。一朝飛檄來天衢，侍從今看列羽儀。翱翔臺省空羡爾，撫字黎庶將憑誰？冠蓋傾城餞西郭，從此絃歌長寂寞。不持淒涼滿路歧，坐見悲啼遍墟落。慚余偃蹇陋巷居，高軒常式使君車。不嫌塵網掛四壁，每投逸翰緘雙魚。逸翰時投積斐几，唱和盈盈在人耳。未許江東輕棄儒，但推海内有國士。感君别君還如何？身披薜荔山之阿。竚看極北雲深處，蘭臺石室高嵯峨。功成金印應如斗，長嘯煙霞一回首。仗劍始爲黄鶴賓，排衣終作赤松友。君不聞王郎酒酣斫地歌莫哀，眼看千古窮達俱塵埃。君能異日扁舟訪茂苑，我亦相期走馬直上梁王臺。

畫菊贈周泉州

南陽之山有甘谷，谷口菊滿黄金花。香泉屈曲繞花底，亂流散入千人家。和雲飲鹿走陰竇，千家飲之得長壽。至今傳者南陽人，不數丹砂在勾漏。泉州太守江左周，種菊滿徑黄雲秋。夕飡落英朝釀酒，樽俎棄置輕王侯。年年海上羣仙隊，來往花間日遊戲。金英未老玉露團，衆賓盡向籬邊醉。

贈彰明田秀才

昔稱彰明有廉泉，出地縈紆更清泚。當年傳者萬柏年，飲之可以消凡鄙。矯矯田生蜀國奇，青雲秀色當峨嵋。雙渠迴繞壽舍下，日夕照耀心胸披。涓涓穿沙復通竹，散入千林還屈曲。巖花倒映垂生綃，浪藻平鋪綴寒玉。憐余海客多浮沉，思向滄浪一洗心。蠶叢西去應萬里，何年泉上開塵襟？

鹿城詩集卷十一

七言古詩

破瓢詩

吴少君常攜一瓢，形色絶異。一夕，舟行遇警，破于荆溪之上，憐而賦此。

吴郎帶瓢走羣國，春醪滿貯桃花色。霜�味戩紫鳳翎，古藤柄掣蒼龍滑。一朝渴飲投荆溪，明月忽墮留半規。澗泉初逗珠滴瀝，金輪乍迸光陸離。從此提攜如破釜，煉石不作女媧補。他年若過潁水陽，翛然可以揖巢父。

琴泉詩

華亭諸君，夙精琴理，追思三峽流泉之操，常於月下試弄一曲，頗有超然出世想。嗟乎！嵇生已往，人琴俱亡。其二子秉禮、從禮，殊多孝思，每秋風一起，庭葉初下，即抱枯桐而泣。余悲其志行純篤，作歌贈之。

霜枝青斲山梧桐，七絲泠泠悲遠風。美人坐彈夜堂靜，迸泉蕭颯寒林空。初如峽猿啼枝腸欲絶，帶露攜兒泣松葉。又如浮雲捲盡吴天長，孤鴻萬里來瀟湘。《廣陵》調失叔夜没，可惜人亡琴亦滅。知音一去不復歸，煙波茫茫墮秋月。南陔兄弟多孝思，閒窗雙誦《白華》詩。淒風一夕下庭樹，思親常抱枯桐枝。

賦華亭鶴贈中江莫丈

昔聞華亭鶴，孤高絶塵羣。玄裳白雪衣，飄飖薄秋旻。午夜霜月中，清唳上入雲。道人家住東海側，茫茫萬里蒼波白。天青時見羣鶴來，神遊八極思超忽。海上三山何緲哉，日色照耀黄金臺。功成一旦坐飛去，會看控鶴遊蓬萊。

賦得溪雲堂詩贈甫里白蓮寺惠公

泠泠堂下溪，閒雲自來去。不知何山來，常向溪中過。白蓮惠師薜荔衣，溪頭日日看雲飛。澄心宴坐寂無事，一任捲舒常自如。誰知溪水本清靜，天風捲雲雲去淨。水天蒼蒼同一色，湛然青空對明鏡。此心還如明鏡臺，吾師拂拭無塵埃。百年暫借此堂住，溪兮雲兮何有哉？

贈甫里戴四

江南三月江草長，吴淞水面桃花香。鯉魚風急浪穿樹，人家多住雲水鄉。戴郎宅近吴淞沚，日夕臨流弄清泚。巨口鱸調蓴菜羹，青精飯煮菰田米。郡城西去片帆開，高秋時上生公臺。長歌一聲山月白，青天無雲鴻雁來。野水孤村留不得，萬壑千峰遍蹤跡。嶺畔時吹子晉笙，風前每弄桓伊笛。身世蜉蝣安足誇，碧山花木誠清嘉。半居鬥鴨先生里，多住焚魚學士家。天寒歲暮歸來早，始信在家貧亦好。有客須從風雪中，來訪山陰戴安道。

送葉茂長遊黄山兼柬張濂水

黄山諸峰上插天，中有二十四道飛來泉。東峰溫湯湧自丹砂窟，浴之可以羽化成飛仙。昔有軒轅帝，日與容成子，鑄劍午溪中，煉丹白雲裏。千秋其境宛然在，重崖時見蒼煙起。仙都弟子葉長公，囊懸肘後唯《參同》。尋真足跡遍海上，駕風直欲飛渡滄溟東。宿聞齊雲峰頂更奇絶，玉樓十二黄金闕。玄帝新移此中居，神天萬衆光明滅。人間八月當清秋，羡君此日能獨遊。桐廬西上八百里，紫宫縹緲當上遊。朝發吕公灘，暮宿芙蓉嶺。謁帝朝元宫，高步躡雲影。天風泠泠發浩歌，松花滿地香雲多。曹阮仙溪在何許，浮丘丹竈今如何？自笑余生何碌碌，十載關河走塵轂。東遊海岱訪安期，西入廬山謁匡續。君歸胸次何悠哉，飄飄巾舄生莓苔。願君遺我《長生籙》，共指蓬壺歸去來。

寄歷城令王伯欽

王郎飲酒夜復午，醉來賦詩且擊鼓。滿堂狹客俱歡呼，一足蹩跚能劍舞。自從作吏歷下城，折腰束帶趨逢迎。政理和平長官喜，罇罍棄置常獨醒。生平每自誇意氣，驥足何爲久留滯？三月尋花憶上林，九日看雲想諸弟。邇聞臺省多薦書，不久當謁承明廬。此時走馬長安道，一日還傾五斗餘。

送周甥公建遊南都

石頭城下長干里，西江直下千峰峙。曲館遙臨綠水開，層臺相對青山起。婺州刺史兒麒麟，文彩翩翩爲世珍。詞章已比南金價，風流宿締東牀姻。南都射策秋風早，爲憐風物長干好。少女壚當白下橋，王孫馬走城南道。此時高折月中英，天風吹袖香泠泠。看花時踏紫陌露，垂鞭暮帶青樓星。山鵲雙雙報花底，花底壺觴待君舉。男兒得意須早歸，莫使寒閨厭砧杵。

澄源詩贈龍使君

嘗讀韓昌黎《龍移》詩，知中南龍湫初在平地，一夕風雷，忽移山巔。又閱都玄敬《中南記》，云：「太乙峰側有澄源池，錦鱗浮遊，禱雨輒應。」則知昔日之移于山巔者，疑即此耶？始蟠沮洳，終衝霄漢，人生變化，亦復如此。廬陵龍使君，弱歲讀書神崗山中，崗西絶壁下亦有龍潭，號澄源，則知神靈遷徙，實異派而同源者也。感其神異，乃繫以詩。

中南中峰湧太乙，岧嶤去天無百尺。池開峰底名澄源，千巖匯作神魚窟。孤高揷處當咸陽，源水縈迴靈且長。錦鱗翠鬣每遊泳，春明水作桃花香。東來三峰列太華，黄河北注走其下。溯流直上投龍門，一朝飛騰看變化。廬陵使君龍伯公，矯矯原是人中龍。神崗青蒼鬱多秀，澄源忽徙潛其中。使君書舍神崗側，崗西有源臨削壁。少年讀書源上頭，此時已有風雲色。男兒逸志多嶒嶸，始知神物有變更。地氣南來應自北，昔鍾關内今廬陵。海内蒼生久延竚，他日層霄看飛翥。霈澤休論楚與秦，試看甘霖遍寰宇。

初夏過李成之半舫軒

佳辰値清和，行遊過東郭。芳樹蔭迴溪，重門入深綠。隴西李子何徜徉，草堂新搆婁水陽。一簾翠色當琴淨，滿砌柔條拂簟香。池南小軒名半舫，興來捲書每獨往。疏竹青青若覆舷，浮荇沉沉似縈槳。夜半吴淞風雨來，池魚林鳥相喧豗。軒窗飛飛勢欲動，掛帆疑向瀟湘回。持樽牛渚月，鼓棹剡溪雲。煙島相吐吞，波浪時出没。此身天地等浮鷗，誤入滄江一釣舟。醉來若泛銀河路，直欲凌風犯牛斗。

送王元美入楚

長風獵獵吹蘭舟，朝馳京口暮石頭。掛帆揚子六月秋，使君簫鼓横中流。江天漠漠空雲樹，借問使君向何處？言從黄鶴樓上遊，先投白鷺洲邊去。浮空坐超忽，乘月弄洄沿。船頭美酒貯千斛，采石磯下呼青蓮。擊檝上銅陵，鳴榔入秋浦。山川曠蕩起浩歌，九峰青青歷可數。小姑洲畔多靈風，彭郎渡頭雪浪重。石鐘何處出水面，試穿澒洞窺龍宫。廬山蒼蒼多秀色，遠公舊址訪陳跡。東西瀑布今若何？萬古猶懸數千尺。江東豪俊孫仲謀，周郎年少稱風流。爲尋舳艫千里竟何有？江頭東風至今吹不休。開府對漢川，揚旌駐鄂渚。西蜀帆船來錦江，南紀傳車走銅柱。使君此時何徜徉，政餘時遊翰墨場。三湘春浪盪胸臆，七澤雲氣羅文章。楚國秋深鬱多思，俱是梁郎舊遊地。江山一别二十年，吹簫久墮吴門淚。九月風高鴻雁羣，嘹嘹南渡洞庭雲。巴陵對酒應憶我，茂苑題詩一夢君。

送春野陳繕部分司杭州

陳郎少通金閨籍，聽鶯日走長安陌。一從出守汝潁間，官舍蕭條如旅客。郡中巨宦豪且强，多方撫禦每中傷。十年淹留不得調，始轉繕部尚書郎。邅迴粉署不稱意，天子重君能善治。委理水部來錢塘，讀書悠悠得散地。春雷一夜動江關，瀑流千山復萬山。乘春竹木連江下，此時使君始得閒。始知簿籍暫分剖，公餘賦詩且酌酒。出納之吝付有司，税課紛紛我何有？明聖湖頭多隱淪，閒來孤山獨叩門。秋日看雲水西寺，春宵踏雪湖上村。憐君原是璉瑚器，一官優遊聊自寄。帝鄉會看還翺翔，煙霞豈久容傲吏。

落魄公子夜闌曲

曲巷蕭條戟門冷，桐陰掃花苔覆井。箜篌絃絶塵滿牀，層欄不捲風簾影。房娥鬢老青鏡空，泣窗枯葉鐫寒蟲。鶗鴂血暈翠鮮澀，門前劍客啼秋風。空庭無人鬬山鵲，夕陽欲沉花外閣。毬場雨荒煙草腓，古槐風朽鞦韆索。杏梁燕巢墮萍芽，銀燈短光昏舊紗。氍毹舞破桂堂月，還照去年枝上花。離筵慘將別，去去還復訣。酒酣夜欲闌，悲歌唾壺缺。禿裘狐敝風淒淒，老驄蹄穿凍不嘶。五更月落出城去，獨走關門聽朝鷄。

顧比部道行自括蒼歸以雁山圖見示賦贈

顧郎南從括蒼歸，薜荔滿眼雲滿衣。口談木石香霏霏，芳蘭繞座思若飛。手持雁山圖，縱橫四十幅。遠近小湫通大湫，東西内谷復外谷。紙上嵐氣何飄飄，筆底泉聲空斷續。展時秋風生桂堂，滿庭木葉青簌簌。對客指示氣何豪，左盼右盼看不足。始知君是瀛洲仙，謫來人間今幾年？別時玉帶殊可憐，東南震旦多洞壑，暫使佐理滄溟邊。青鳥何翩翩，飛飛振修羽。啣書下重雲，復召歸帝所。花顔秀頰白玉頎，丹臺老仙不足數。梁伯子好遊多仙心，掛帆下松陵〔一〕，湖上調玉琴。不見故人將十年，卒然遇之開素襟。高詠三山篇，琅琅璆與琳。遊珮升天衢，莫絶瑤華音。磵户兮長開，松關兮不改。鼎湖聳兮岧嶤，仙人紛兮久待。想紫府兮功成，渺相期兮千載。遲吾子兮歸來，同揚舲兮東海。

【校】

〔一〕掛，原誤作「桂」，今改。

衡嶽詩送霽巖陳副使督學湖廣

衡山嵯峨幾千丈，帝作巨鎮蟠雄楚。芙蓉競吐七十二，花蕚參差照湘渚。山川秀色光青熒，萬古不變生精靈。文章輝赫照天地，至今高懸日與星。我聞石鼓鳴雲中，大儒擊之開羣蒙。煙霞窈窕閟深院，森森松柏翔虬龍。陳君家學本洙泗，少年射策明光宫。一朝忽乘使者傳，復來此地揚芳風。濯纓流杯清，褰帷祝融紫。白日紛紛走鳳麟，春風穆穆開蘭芷。大邦豈獨貢瑤琨，應得真材獻天子。霖雨舟楫乘時起，坐令化媲商周美，陳君之功當與南嶽相終始。

送觀海顧副使之北都

使君奕世聯簪裾，少年謁帝承明廬。翺翔霄漢出華省，饒州政成多令譽。高堂素髮憶桑梓，迴車未飲沅湘水。下帷自讀《蓼莪》詩，杜門不識平原履〔一〕。邇來臺府多薦章，紫鳳啣書下帝鄉。黄河秋風幾千里，雙旌日共雲燕翔。長安宫殿懸日月，宰相天曹皎冰雪。此時正欲收全材，干將紫氣皆騰發。

君去輝光誰與儔？應看輿馬錫諸侯。聖朝不久召張仲，願君促駕無淹留。

【校】

〔一〕杜，原誤作「社」，據蘇本改。

康裕卿自北都扶友人朱駕部喪歸金陵賦此奉贈

金臺叢雲鬱不流，邊風雁帶黄蘆秋。素旐搖搖向南州，易水嗚咽令人愁。生前結交半朱紫，自謂相逢盡知己。一夕忽爲泉下人，明旦門庭冷於水。永嘉豪客康裕卿，十年帝里空馳名。常將意氣酬夙昔，詎以奄歿忘生平。殘燈熒熒照骸骨，旅魂飄颻招不得。燕山主人催出門，雙奴羸黑老無力。此時扶櫬出鳳城，辛勤仗劍還獨行。孤雲南飛向空盡，不知何處是金陵。高風吹山白日暮，洪河欲渡不敢渡。長途一步一悲歌，血淚點點和薤露。風塵迢遞幾千里，手挽靈車付孤子。悠悠豈爲生者知，千古交情每如此。康生康生何逸羣，眼前豪貴徒紛紛。始知海内有國士，舉世誰是平原君？

白水龍潭歌送顧副使之桂州

君不見龍潭水從天漢來，驅風灑日何雄哉！上噴懸崖雪濤湧，下衝萬壑鳴驚雷。其中蜿蜒蓄神物，往往煙霧騰巖穴。青天飛雨散長林，坐沾蒼翠千峰滑。顧公持節參貴陽，政清化美寧遐荒。褰帷山水足逸賞，時來潭上遊徜徉。大賢眷物意自深，惟有龍潭之水可以諧素襟。即看攀龍乘雲潤六合，一朝起作商家霖。

送華亭令楊肖韓聞計歸南海

江城柳色春氤氳，長風吹開海底雲。送客迢遙下南浦，梅花落處愁紛紛。一雙蘭槳衝波起，吳門別去五千里。樽酒中宵時慰君，握手論交自茲始。少小飛譽凌南中，翩翩逸翰飛春空。獨遊作吏未一載，政聲襲襲滿東海。一朝忽走風木音，白雲南望愁人心。千村桃李盡無色，蕭森變作楓樹林。羅浮之山緲何許，思親不見空歸去。中林讀禮秋可憐，結廬應在雲深處。別君去時二月餘，春燕簾櫳愁索居。聞道天南鴻更少，相思何地得傳書。

范牧之館中限漏下四刻賦得花如香雪思韋曲韻

梅英的的驕春陽，迴廊小閣聞暗香。美人別來緲何許，欲來不來空斷腸。夜堂無人燈半滅，長江雲凍鴻欲絶。秋衾寥寥夢不成，起來庭下踏殘雪。朝來偶得洛下書，謝娘愁病近何如？清羸倍削潘郎帶〔一〕，寂寞還同揚子居。秦中花竹稱杜韋，關河迢遙幾千里。雕梁燕歸人未歸，音塵漠漠空煙水。江東二月饒鶯花，誰憐孤館獨傷嗟。當年依檻論心處，簾影瀟瀟月復斜。別來聞在湘水曲，日暮佳人怨空谷。涙袖盈盈深翠痕，何日歸來依修竹？我思君兮君不知，友生搦管空題詩。樓頭已恨獨不見，水邊贏得長相思。

【校】

〔一〕羸，原誤作「羸」，今改。

鹿城詩集卷十二

七言古詩

月夜與王世周同賦吳質不眠倚桂樹贈金華玄鐵道人吳孺子

吳質不眠倚桂樹，手持玉斧空千年。桂枝蜿蜷秋風吹不折，涼月飛飛缺來還復圓。白毛老兔搗靈髓，霜蹄瑟縮豎雙耳。誰云天宮逸樂無苦辛，每悔長生不如死。廣庭無風寒殿開，姮娥坐月常徘徊。侍兒開簾顧我笑，瑤階有路無良媒。青雀年來鎩雙羽，天邊消息全無據。后羿風聞姤未平，挾矢彎弧向天怒。肯學太白星，暗竊梁玉清。投環捐袂逃銜城，不如奔向人間世。海風吹墮秋冥冥，吳郎吳郎今誰是？金華洞口小孺子，常代黃初平，牧羊青林裏。有時移一瓢，滿貯桃花醪。倏然渡潁水，長揖由與巢。朝燕南，暮江北，短衣破帽人不識。囊底詩緘白雪香，眉間塵掃青蘿色。君是赤松友，我爲黃石公。凌風御八駿，倚醉鞭雙龍。金華山，緲何許，林巖僻在雲深處。初平一去三千年，石羊寂寂應無侶。自君來作人世遊，廣寒白雲生素秋，桂花落盡無人收。願君挈我還向月中去，攀援桂枝兮同淹留。

同顧仲方莫雲卿朱象和送王正卿歸金陵百花莊居

石城王郎五陵客，帝里風煙留不得。結交命駕每獨往，短衣長劍夫容色。此時江頭春正回，扁舟聽鶴華亭來。邂逅相逢盡宿昔，握手一笑未顔開。夜堂沉沉試春酒，高談滿座風生肘。尚友遠傾千古人，眼中豪貴我何有？白龍潭上花可憐，滿潭柳色飛新煙。船頭雙槳送君去，春波粼粼水拍天。座中時有莫伯子，英聲久播江東耳。崑陽梁生亦酒人，擊檝悲歌爲君起。象和搦管醉不休，泠泠俠氣横斗牛。虎頭之畫更癡絶，風江掃盡黄蘆秋。百花莊居在何處？聞有東窗舊桃樹。留花不發待君歸，馬頭休滯來時路。君歸三月當暮春，淮南桂枝虚隱淪。倚樓南望須相憶，吴門茫茫愁殺人。

贈海上黄將軍

君不見扶風豪士馬伏波，嶺南銅柱高嵯峨。又不見樓船將軍漢陽僕，度遠曾擣瀚海曲。古來男兒重横行，暮馳南粤朝北平。立功豈必向沙漠，飛旌還欲窮滄溟。皖城黄郎出江夏，風儀秀整氣都雅。運籌每出樗里先，談兵不在穰苴下。舒州南湖雲物奇，三面繞城水拍堤。神駒原産渥洼水，習戰如向昆明池。少年射策金門走，帝里蜚聲不絶口。雕弓引處號蒼猿，白羽飛時穿翠柳。東南島霧鬱不開，醜夷巨艘如山來。臺館千重付紫煙，綺羅萬隊霾黄埃。天子知君漢飛將，一朝開府清海上。嫖姚節鉞耀重淵，都護旌旗獵飛浪。倭奴山川指顧中，揚舲直向扶桑東。星芒每見虜營落，月暈常隨夷陣空。

江南海北妖氛熄，悲笳吹盡吹蘆荻。入夜詎聞刁斗聲，臨風不見旌旗色。鯨鯢遠遁海氣鮮，連山斥堠無狼煙。軍中夜飲坐擊鼓，幕下春深多種田。丈夫功業已如此，何用封侯在萬里。南湖風景似昔時，歸來願學鴟夷子。

送莫雲卿入燕京

江南三月多啼鶯，柳絲欲暗吳王城。黄金絡頭紫騮馬，送君直向燕臺行。燕臺迢遞九天上，宫闕參差鬱相望。白屋蕭條舊布衣，朱輪赫奕今卿相。君行卓犖世所稀，雄詞彩筆如雲飛。宇宙英英見豪俊，四座顧盼生光輝。男兒功名無早晚，時至青雲路非遠。鸞鳳寧終棘上棲，蛟龍豈久泥中卷？酒酣起舞雙吳鈎，高歌忽動滄波流。恥作人間兒女别，揚鞭飛電誰能留！

弱水歌贈婺源孫君

滄溟東蕩三神山，遠隔弱水三萬里。秦帝樓船不可渡，飄風時向中流起。仙家琪樹五雲中，日色照耀黄金宫。世人可望不可即，蒼茫有路無帆通。孫郎舊住黄山側，曾竊軒轅鼎中液。尋仙海上學長生，願祈生彼升天翼。相邀安期揖羨門，時馭西崑鸞鶴羣。俯視弱水在海底，何用乘槎一問津。

雙頭蓮葉歌

王子年《拾遺記》云：「漢昭帝穿淋池，中植芰荷，一莖四葉，宫人折之以爲戲。」王子盆池所産，其文縷類是也。作歌贈之。

漢帝穿淋池，乘風蕩蘭楫。中産玉井蓮，一莖敷四葉。昔聞兹事王子年，茫茫千載今誰傳？詎意君家盆池裏，枝頭四穗分連拳。初如織女時傍銀河渚，瓊梭對擲弄機杼。又如太真起舞華清宫，翠盤雙踏碧玉叢。香苞合沓世罕有，金釵疊股鸞紋紐。並蒂疑牽不斷絲，單心似出纏綿藕。纏綿不斷捲寸腸，房廊啓處開新粧。風前忽下兩蛺蝶，波心時宿雙鴛鴦。鴛鴦蛺蝶同遊衍，午香庭院簾櫳捲。墨客欄邊寄畫圖，女郎窗下工裁剪。欄邊窗下得幽偏，坐對芬芳實可憐。臂綃擬製合歡扇，緘書學摺同心箋。他時葉放大如斗，雙筒勸客注美酒。會須鯨飲吸百川，主人百年客長壽。

華亭馮美卿新構杜陵草堂

咸陽古原連渭北，迢遥不斷終南色。杜陵花竹今若何，萋萋千載空陳跡。馮郎好古兼好奇，草堂似構渭水湄。垂髫已擬太清賦，弱冠遂工天寶詩。懷賢每自傷孤獨，行遊如向曲江曲。三泖秋風憶渼陂，九峰夜雨思巴蜀。君家兄弟多輝光，爭看鵷行入帝鄉。總爲棲遲憐杜甫，肯教聖世老馮唐。

贈華芝臺歌者〔一〕

邵伯湖上春溶溶，新豐旗亭楊柳中。卿家秀色何妖皎，美酒狹坐傾千鍾。如雲綠髮秋水目，玉顏花貌看不足。願嫁東風湖上船，相逢當向春山麓〔二〕。期來花底解羅衣，結交每恨音信稀。心事無端託新曲，曲終天畔愁雲飛。

【校】

〔一〕詩題蘇本作《贈歌者邵新卿》。

〔二〕當，蘇本作「常」。

西山歌送張伯任之豫章

西山鬱岧嶤，勢與匡廬等。章江門外水拍天，臨流如見蓬萊頂。憶昔扁舟上豫章，石尤風吹滯帆檣。帝子閣中一悵望，迢迢秀色空青蒼。君今作吏一何早，簿書之暇多幽討。閒看郭外栽夭桃，且向山中拾瑤草。有時飄颻踏空濛，木蘭之舟駕長風。行春夾轂兩白鹿，訪道持節雙青童。攀援上煙蘿，迤邐入山谷。丹井壇邊問葛洪，白雲嶺畔尋梅福。眼前勳名安足多，暫披薜荔山之阿。洪崖乘鸞事已緲，王喬控鶴還如何？

過嚴崗池訪陳文如承王養和攜酒夜坐作

白雲蕩秋旻，金風厲商節。揚舲錫山來，沿洄弄流月。嚴江池頭秋可憐，入門一笑何嫣然。忽漫相逢念疇昔，不見美人今十年。僻居寂寞疑無侶，閒愁別恨應千縷。翠黛遙山拂暮煙，素質梨花淡春雨。笑余飄颻笠澤舟，憐爾憔悴淮南樓。文如嘗爲金壇曹内翰家妓，出居梁溪。金鈿零落暈色淺，舞衣摺疊餘香留。名花每怯遭霜霰，秀萼摧頹心不變。莫恨關河久別離，猶憐歲暮重相見。太原俠客真吾徒，中宵攜酒相歡呼。醉中起舞還擊筑，世上悲歡胡有無？梁郎宿昔多感慨，文如音容殊不改。不惜爲我歌一曲，檻前明月常相待。高秋此際天無雲，庭花落處何紛紛。曲罷簾櫳愁半捲，時有孤鴻天外聞。今生會合應已矣，誰憐邂逅忽如此。願余常泛梁溪船，君亦同之渡婁水。

上靈三洞歌送張銘盤赴蘭溪

蘭溪上靈有三洞，洞洞常住神仙家。上棲蓬萊亭亭之白雲，中封扶桑重重之紫霞。深沉下洞杳無際，靈泉湧雪生冰花。張郎信是神明吏，高標常帶煙霞氣。訟砌人捋鳥雀閒，琴堂日與松杉寄。公餘逸樂還何如？時來玉洞覓丹書。旌旗往往拂雲影，惟有雙鹿隨行車。非但徜徉戀泉石，將於物外探行跡。問道常從呼雨師，行歌每遇騎羊客。君本玉皇香案仙，天宮暫謫遊洞天。赤霄飛書不久召歸去，會看黃鶴翩翩下紫煙。

五城歌贈新安丁南羽

上清真人居玉京，曈曨十二樓五城。羣仙萬里日來去，往往盡踏浮雲行。樓崔嵬兮架西極，觸長庚兮礙落日。琪花千樹羅紫庭，靈樞萬卷秘璚室。鶴駕閬風翼，鹿銜玄圃花。五城雲中出復斜，云是西崑阿母家。婉陵華兮宵謳，段安香兮晝舞。雲和泠泠蕩天風，霓裳蹁躚不可數。丁家孺子南羽生，原是令威之耳孫。相邀安期及羨門，竊翁白鶴遊西崑。税駕十二樓，徘徊五城裏。長號叫閽，閽者未啓。阿母憐之呼來玉座前。叩頭乞賜蒼麟髓，仙宫縹緲青霞間。孺子來遊白日閒，杯看滄海，塊視三山。居高下俯但一氣，杳靄恍惚非塵寰。五城迢遙竟何許，我欲從之乏雙羽。有時青鳥過蓬萊，願寄雲緘慰同侶。

沃洲山歌贈馬嵴寺秀公

昔聞晉支遁，買山居沃洲。重巖飛紫霞，長林帶清流。四明天姥儼相向，赤城遥亘東南陬。養馬坡前春草色〔一〕，放鶴嶺外秋雲碧。支公一去幾千年，叢林荒落空塵跡。馬嵴秀師早悟禪，結茅常住東海邊。一朝振錫欲飛去，去買沃洲山下田。支公雖已往，精靈至今在。音容殊不聞，林嶺還未改。秀師原有出世心，安知前身非道林。他年若向沃洲住，千巖萬壑來相尋。

【校】

〔一〕春，原誤作「琴」，據蘇本改。

題新安丁南羽畫白傅潯陽送客圖與莫秋水楊崑生別

楊家女兒崑崙生，追隨常伴董雙成。一朝仙心持未固，巫陽欲逐朝雲行。霓裳半彈雙鬟倚，東訪滄溟渡秋水。華亭獨鶴忽相邀，醉策風翎嬌不起。鳳凰山頭駐紫車，白龍渡口聞琵琶。一曲新聲涼月白，霜風瑟瑟吹蘆花。遊行不秘仙凡跡，仗君一寄丹青筆。雲帆聊寫離別情，江波爲駐煙霞色。始知才子足風流，常共仙姬作伴遊。他時共歸閬風去，不學潯陽江上舟。

送王晉所大婚詔使閩中

琅琊累葉簪組新，紛紛今日乘朱輪。王君本是名公子〔一〕，倜儻豪華世絶倫。匪但衣冠蒙世澤，大才真得公卿惜。白日先鳴鵷鳳班，青宮早入神仙籍。錦袍捧詔下閩天，閩天明月近樓船。小吏負弩大官賀，男兒輝光實可憐。九曲芙蓉照清水，嘯歌不廢登臨美。玉女峰頭弄彩霞，金雞洞口瓊簫起。我卧蓬蒿華髮多，欲從君去空蹉跎。長風能寄相思夢，萬壑千巖夜夜過。

【校】

〔一〕王，原誤作「至」，據蘇本改。

平羅旁歌寄兵部侍郎洋山凌丈

羅旁周遭幾千里，萬山突兀峰插天。幽篁密菁蔽白日，重重鳥道青空懸。林深翌絶異塵世，唯有白雲蒼靄相綿連。其中種族固多類，傳言來自盤瓠氏。獸心禽性非人羣，上下絶壁如奮翅。花巾裹首耳墜銀，銛刀毒弩肯離身。千百成羣出林藪，白晝往往多殺人。蔓延盤踞一何久，累代征之每掣肘。剪屠良善如土苴，摧拉官軍似枯朽。聖皇赫怒命元戎，僉言當今方叔唯我公。稽首受鉞明光殿，旌麾萬里投南中。運籌帷幄在指掌，不殺示以天心廣。飛騎雖攜二石弓，前驅已開三面網。分營命將號令明，爭看十道出奇兵。伏波遂破斷藤峽，定遠還收碎葉城。軍行坐見前禽失，紛紛倒戈向叢棘。始信王師定有征，誰知仁者原無敵。萬年險阻稱羅旁，即今坦坦如周行。峒林盡作絃歌邑，墟落俱成禮義鄉。金閶故居帶闤闠，今爲漢代金吾第。槐花門巷映旌旆，蘭草階墀羅劍珮。天王前日賜璽書，威振百蠻旨更殊。會看蜚聲滿千古，清風不獨諸葛廬。

顧仲修新造青蓮舫賦贈

昔聞陶峴三畫鷁，一載酒肴一賓客。更有圖史及管絃，舞衣經卷共一船。朝發吳山暮入楚，江東至今稱水仙。華亭豪士顧季子，英芬襲襲滿人耳。構得新舫名青蓮，布帆日夕煙波裏。吳淞三月春溟濛，夾岸花枝眠水中。海風飄飄下三泖，倏如八駿飛長空。舵樓春旗如酒旆，軒窗泠泠發清吹。琴書雜沓潤滄浪，簾幙依稀映珠翠。撥浪花半檝，衝波水一篙。常繫緑楊樹，多泊赤欄橋。越女顰蛾驚驟雨，沙鷗没脰弄回潮。倚棹披鹿裘，傍磯列茶竈。竿頭鱖尾撥剌紅，漁童拍手樵青笑。文卿隱囊坐彈棊，維之悲歌擊唾壺。季子戲效徐庾體，仲方閒作水墨圖。世周飽飯索佳句，船頭跳月青天孤。雲卿狂來忽大叫，墨汁傾倒紅羅襦。殷短短衣來海上，中流擊楫歌嗚嗚。獨有梁長痛飲不知曉，掀髯岸幘絶勝高陽徒。太湖之心洞庭腳，緑笠青簑任棲託。竹枝聲裏月正圓，採蓮渡頭風不惡。咫尺三山共十洲，飄颻塵世幾春秋。不隨避跡鴟夷子，願學乘槎博望侯。

赤水歌贈屠明府長卿

君不見四明高入緑雲中，上有一百二十青芙蓉。層崖疊嶂杳相向，金霞翠霧長濛濛。繡壁遥横滄海日，艷色欲壓天台松。玉洞玲瓏開日月，雲窗窈窕舍星虹。更看赤水飛向碧空落，花間流出千巖空。自非翩翩馭鸞鶴，福地隔絶何由通？屠君本是神仙客，嘯傲山中自朝夕。口吐天葩白日驚，五色精光亂相射。飄然握符下青冥，暫向人間駐飛舄。寧知四明之山通仙都，君曾獻花香案隅。騎龍直向閶闔趨，上帝一朝還相呼。手持雙曜照八區，坐令蒼生出泥塗。千秋翺翔當與乾坤俱，仁風淡蕩歸唐虞。

鹿城詩集卷十三

五言律詩

靈巖山

縹緲興亡跡，登臨滿目愁。苔依香徑軟，竹近屧廊幽。洞黑遺鈿見，臺空妙舞休。殘碑暗塵蘚，拂試謾夷猶。

張伯起秋日避暑雙塔寺奉寄一首

積雨開新霽，高齋逸思鮮。草書應入聖，清論欲歸玄。水氣多侵竹，秋聲半在蟬。西巖有叢桂，擬賦小山篇。

夏日泛舟荆溪暮宿湖口

五月荆溪上，鷩湍走白沙。風檣欹趁燕，浪檝遠銜花。山勢通吴直，溪流向越斜。維舟見漁火，深樹有人家。

仲夏同周進士胤昌過義興吴使君石亭山泉舊居二首

密樹團陰竇，飛流夾淺沙。澗渾初過鹿，岸蝕半通蛇。幽絶子真谷，扶疏仲蔚家。香瓢深洞出，疑似有胡麻。

徑轉竹逾仄，亭開望更遙。流觴欹避石，曲樹側妨橋。山鳥窺櫻實，溪魚上柳條。空憐吴季子，魂遠不能招。

送龔侍御赴溫州詩

皂蓋聯征節，朱旛翼使車。風流謝康樂，詞翰馬相如。曉日都門遠，秋風驛騎疏。政聲應早樹，會看佩金魚。

詠樹裏燈　癸丑四月作〔一〕

桂窟銀蟾滿，花叢玉露零。金垂三徑菊，珠綴一簾星。秦殿朝開鏡，隋宮夜放螢。嚴城今夕見，應不是祈靈。

【校】

〔一〕詩題梁集本作《詠樹裏燈同周公瑕張伯起諸公之作》，無「癸丑四月作」旁註。

登武林湖山新構太虛樓瞻眺

傑構凌空起，兹樓實壯哉！樹圍吳相廟，雲度越王臺。山色湖中入，潮聲海上來。偏安悲宋室，北望亦堪哀。

同俞孟武暮投大佛寺

谷口欲黄昏，維舟芳芷繁。香泉穿殿角，金像鑿雲根。一水入蘿徑，孤山當寺門。獨憐城郭遠，共此息煩喧。

同澄上人暮宿天竺寺

秋杪月微茫，行行山路長。風泉聞斷壑，幡影識飛梁。鐘磬下蓮宇，袈裟歸竹房。清燈閉山閣，應愧久迷方。

過桐廬

江路鬱蘢葱，孤行類轉蓬。山魈晝吹霧，舟子夜呼風。兩岸千峰夾，中流一水通。松煙有人語，應在翠微中。

過嚴陵瀨祠堂

越地川巖秀，應忘客路長。山形像巫峽，江色類瀟湘。碑石千秋肅，林花十月香。清風見遺範，瞻禮愧行藏。

登嚴州南高峰浮圖瞻眺

寶塔浮雲際，登臨勢欲傾。驛樓攢小市，山郡入孤城。失路悲人世，迷方愧此生。何年謝塵服，飛珮訪蓬瀛。

早度稽勾嶺阻雨憩觀音禪院

鷲嶺鬱嵯峨，緣嵐上薜蘿。鷄聲鐘後急，虎跡雨中多。小院銜寒入，叢林拂曙過。明燈學趺坐，梵語憶波羅。

登龍門嶺謁禹王廟

禹廟秋風裏，遺靈尚儼然。山藏刊後木，泉決浚餘川。雨過龍腥斷，雲平雁翅連。憑高踐神跡，霄漢欲孤騫。

奉酬龔溫州侍御見貽之作

夫子文章伯，蜚聲渤海陬。幕中憐鮑謝，門下愧應劉。夜雨江心寺，秋風池上樓。想思空極目，何處是東甌？

度菱青嶺

驛路踰千折，山田過百重。洞深如禹鑿，松古類秦封。風後聞猿嘯，霜餘見虎踪。客遊當歲暮，歸騎莫從容。

過桃花隘作

路入桃花隘，崎嶇木石摧。亂山横地起，飛樹夾天開。毛女煙中見，胡麻洞口來。春深流水急，不辨是天台。

遊仙巖山憩梅雨亭沿流上龍潭覩瀑布泉尋妙湛菴訪智上人之作

絶壑分奇樹，飛流下遠峰。洞林巢唳鶴，石室隱降龍。訪道愁雲杪，窮源覓路重。逢人問精舍，直指向青松。

送松江九峰山僧如顛往永嘉江心寺讀書并謁郡太守龔侍御二首

曾過江心寺，常瞻海上雲。孤城臨岸盡，雙塔向波分。蜃氣中流出，猿聲半夜聞。松房讀書處，從此絶塵氛。

爰有禪樓客，來乘越國船。曉龕辭錫杖，春殿别金仙。儒行師文暢，清修繼大顛。南中有山斗，吾道諒能宣。

癸丑歲兵阻武林聞任少府海上之捷詩三首

夜中恒起舞，士稚在軍門。投筆頷如燕，彎弓臂似猿。千村幾家在，百戰一身存。將士銜恩重，廚人已喪元。

勇出關西右，兵行海外專。曉旗開桂葉，秋鍔結蓮錢。餉飽供軍後，身馳鬬將先。功成奏飛捷，會見繪凌煙。

少列金閨籍，英風更不羣。軍容奇復正，號令武能文。疊鼓傾夷穴，連旌入島雲。誰云青海上，猶見李將軍。

龍游道中有懷童少瑜

聞説溪居勝，溪居盡日閒。小樓攢石角，野店構松關。紅葉東西渡，斜陽前後山。何年來卜築？旦夕對潺湲。

暮投鉛山縣河口驛

暝色下荒丘，獨遊人正愁。水迂斜避石，沙澀半欹舟。白雁宿蘆渚，丹楓暗驛樓。鄰船有相識，閒坐説滄洲。

三閭大夫墓

山木渚雲邊，春風哭杜鵑。澤蘭猶有奠，碑石已無年。世主空妨諫〔一〕，孤臣不自賢。羈魂何處弔？空誦《大招》篇。

【校】

〔一〕空，梁集本作「寧」。

青草湖

夜泊空靈岸，朝投羅子城。水昏青草合，秋涸赤沙明。川后見怳忽，江妃自送迎。乘槎過巫峽，直欲問君平。

夜泊澧州村舍

自入荆南路，民居物色饒。洞花童子佩，山葉女郎樵。漁市藏燈火，鷄村足稻苗。畏途應未已，罇酒度中宵。

登中宣樓

高樓聊引望，迢遞俯軒窗。絶域西通僰，孤城南枕江。玄猿啼更獨，白鳥去還雙。自笑同王粲，秋來到此邦。

遊章臺寺

寺即章華臺舊址，今在江陵沙市〔一〕。

試上章臺望，臺荒址半存。楚王元有國，息女竟無言。青草湖邊竹，黄牛峽裏猿。愁雲日來去，疑有未招魂〔二〕。

【校】

〔一〕「寺即章華臺舊址」兩句註，梁集本無。

〔二〕魂，梁集本作「篇」。

奉和遼王芳華宫夜宴詩應教

飛蓋西園集，清樽北海開。管絃簾外合，珠翠掌中迴。睿藻浮仙桂，瓊筵列綺梅。獨憐湖海士，摛翰愧鄒枚。

謁漢昭烈皇帝廟

何事征吳日，師行不用奇。孤軍開鳥道，千里散魚麗。王氣沉陰壁，靈風捲畫旗。野花秋寂寂，猶發殿前枝。

阻風石首登繡林山禪閣瞻眺

漢先主與吳夫人駐車此山，林木皆被錦繡，故名。

遠下荆南道，孤槎繫客星。靜來諳梵語，高處得江形。林麓猶疑繡，風雲尚有靈。憑虚一長嘯，空自倚青萍。

舟中坐雨懷張桂卿

微雨晝陰陰，停橈思不禁。孤城三日别，芳草一春心。流水應難住，浮雲不可尋。湘中有回雁，弗惜寄空音。

洞庭湖

夢宿雲夢渚，曉渡洞庭湖。四顧天形窄，中流地勢孤。山川遥帶蜀，舟楫半通吳。披豁煙波裏，悠然見禹謨。

巴陵舟中漫興

夙有煙霞僻，翛然興不羣。秋聽巫峽雁，春載洞庭雲。逸興乘時發，詩名是處聞。歸舟有芳杜，更喜挹清芬。

登黄州赤壁磯謁蘇文忠公祠

赤壁雙碑在，聲名海内聞。扁舟江上月，孤鶴夢中雲。虚閣殘松色，懸崖隱浪紋。懷賢不可見，空拜誦遺文。

遊廬山太平宫

寶樹開仙境，名山枕洞房。青牛眠石室，白鶴上松梁。竈秘金砂冷，書封玉笥香。無由訪真侶，直欲駕飛凰。

登廬山天池寺

招提臨絶壁，一徑入雲斜。飛栱攢秪樹，香泉覆殿花。夜燈明舍利，朝磬聚袈裟。回首下山路，風塵幾萬家。

文殊閣參終南孤月禪師

結茅白雲裏，猿鳥自爲鄰。故國別何日，終南住幾春？談空還有色，問法已無身。莫訝雙瞳碧，年來似九旬。

雨中宿天池寺明瑤上人禪堂曉登凌虚閣瞻眺一首

萬壑送飛泉，千峰濕野煙。樹籠春殿火，雲宿夜龕禪。絶頂天應曙，下方人正眠。叢林足棲息，不斷是塵緣。

山中送慈印上人歸下大林寺

朝遊翠微裏，出山當夕曛。暮煙千嶂合，春溜一溪分。鳥下上方磬，僧歸別洞雲。玄談應不忘，歷歷靜中聞。

秋日草堂坐雨與鄰人索酒一首

九月茅齋裏，瀟瀟風雨催。劉伶新著頌，陶令久閑杯。桑葉滿庭落，菊花何處開？相如新病渴，須遲白衣來。

吴苑春遊一首

澤國當春半，湖山草樹繁。女郎開畫槳，公子試金鞍。羅薄經風潤，塵香著雨乾。館娃佳麗處，爭說似長安。

送唐六遊信州訪魏檢校孝伯

信州稱望鎮，彭蠡控江關。帆影松杉外，灘聲枕簟間。仙成雲作洞，地勝玉名山。故友應相待，莫辭行路艱。

過周胤昌桐華館作

高館芳園接，秋生桐樹枝。窗明時鬬墨，院午静分棋。客滿孔融座，《玄》成揚子居。清芬足談笑，不愧日追隨。

南禪寺訪真虚上人并杜三子庸〔一〕

尋幽叩蘭若，一徑入陰森。蓮社投元亮，桑門住道林。池香飛處濕，空色坐來深。日暮虎溪别，蕭蕭松檜音。

【校】

〔一〕寺，原誤作「幸」，今改。

過胡允章東城草堂

愛爾草堂靜，幽人樂考槃。山城環禾黍，秋水映琅玕。雜樹攢苔石，閒花媚藥欄。溪南精舍近，香梵出林端。

鹿城詩集卷十四

五言律詩

同周水部雨中泊岳州城陵磯寄成都太守劉大武

春滿磯頭路，孤帆下水湄。獨憐燈火節，況值別離時。坐雨分題僻，看山得句奇。江陵有歸騎，聊附數行詩。

遊湖口縣下鐘山尋石鐘

峭壁枕層丘，攜樽愜勝遊。殿欹依曲樹，洞豁闢驚流。望嶽停湖口，尋鐘叩石頭。夕陽江正好，昏黑不能留。

題馬驥才甫里別業〔一〕

伯子扶風裔，雄才振羽翰。名園環甫里，高館抗江干。徑接藏鴉柳，池通鬪鴨欄。庭前有玉樹，更就月中看。

【校】

〔一〕詩題蘇本目録作《送馬驥才還甫里別業》。

送屯田員外周胤昌左遷武岡州別駕

遠宦三湘道，春途花雨酣。白雲九疑北，青草洞庭南。水接茱萸瀨，山開銅鼓嵐。淹留莫悽愴，陶侃此停驂。

寄山陰徐文長

別墅分諸謝，千峰丘壑連。春開鏡湖水，雪放剡溪船。修禊是何日，籠鵝應幾年？此中多逸事，投翰擬聯翩。

秋日趙七魏八泛舟陽城湖

秋風湖上路，遊舫出林斜。浪槳翻菱葉，流觴集荇花。魚來波皺日，雁去水平沙。欲就漁人宿，楓村第五家。

暮宿陽城湖口

暮向江村宿，村中半索居。人家經亂後，禾黍值秋餘。七月渡頭杵，四更湖上漁。夢回多旅思，猶憶在桐廬。

童少瑜夜過草堂

三載空相憶，茅堂來故人。扁舟今夜客，孤劍昔年身。喪亂輕儒術，飄零重隱淪。還期歲寒意，應不混風塵。

顧舜祥自成都鹽官遷蘄州别駕奉寄一首

迢遞錦江水，鄉書隔歲聞。行踪五溪遍，惠政兩川分。舟下荆門樹，人歸蜀道雲。蘄陽去家近，更莫惜離羣。

遠宧歸來早，帆開萬里橋。舟輕官俸薄，雁斷尺書遥。峽口水初下，峨眉雪半銷。江行莫留滯，蘄吏正相邀。

詠烏

數點孤村遠，懷人正倚樓。迎舟盤廟口，送月下城頭。宫影初翻日，林聲半帶秋。南飛更何託，還向故枝留。

顧公節東山草堂詩

谷口辟彊宅，林中仲蔚居。門無題鳳字，囊有乞鵝書。引水多通竹，連山半種蔬。齋餘捲簾坐，白鳥下階除。

次前韻

名園依郭北，長日賦閒居。座有魯連子，牀多越絶書。因風留水荇，趁雨摘春蔬。烽火驚時事，全憑酒破除。

九日顧茂儉西堂桃花忽開次韻

偶值登高會，攜樽上曲臺。誰移三月種，忽犯九秋開。黄葉攢朱蕚，新英雜故苔。名園孕靈卉，佳句不須裁。

送管建初遊華陽洞兼訪曹内翰

三載論交處，青山對小樓。誰憐彈鋏客，獨作採真遊。崦渡桃林水，汧探柳谷秋。山中有巖館，桂樹可淹留。

元旦分詠爐煙得居字

縹緲祥煙迴，霏微曉霧餘。漏深封寶獸，朝罷趁金魚。映日來丹禁，乘風上紫虚。鬱葱佳氣裏，長繞五雲居。

詠春帖得平字

萬井春風滿，千門淑氣迎。樓臺增色相，簾幕倍分明。側傍蜂兒室，高聯燕子營。標題雖不一，多是説昇平。

人日懷人得花字

計日牛羊度，推年犬馬加。畫屏粘彩勝，宫額落梅花。錦字將投塞，烏衣未到家。草堂詩欲寄，獨客在天涯。

冬日同杜三子庸遊陽山過大石山房值水上人祝髮因題閣中

蘭若倚巖巔，重來今幾年。山僧新祝髮，海客舊逃禪。慧日斜窺閣，慈雲半覆田。空林發孤磬，清梵落遥天。

過大石顧山人草堂

滅跡青溪上，百年長閉關。清風來竹下，佳句到人間。繞砌花侵座，對門秋滿山。因過幽僻處，方信有塵寰。

秦餘杭山訪岳山人不遇

數里入茅屋，山深乏短轅。爲尋竹林逸，來過桃花源。流水空滿澗，白雲常在門。沿溪覓歸路，松際欲黄昏。

除夕佛廬守歲

寒氣鐘餘盡，年華刻裏增。鷄驚殘夜雪，魚動入春冰。機息久無夢，經行尚有燈。隆冬足陰翳，坐待太陽昇。

元　旦

東風催午夜，佳氣曉氤氳。暖破封條雪，寒辭入塞雲。椒觴傳閣遍，蓮漏出花分。遥想紅霞裏，千官祝聖君。

東郊迎春

暖煙籠曉閣，淑景覆芳堤。冰解沙中溜，春明雨外枝。彩旂隨仗轉，香騎雜花移。半夜東風裏，韶華遍海涯。

東林白蓮精舍

習靜依蘭若，投閒玩物華。梵經翻貝葉，山漏轉蓮花。高閣慈雲度，叢林法雨斜。小橋來往熟，不是虎溪賒。

周别駕東林

勳名遺北闕，杖屨入東林。荷鍤樵人事，翻經道者心。引魚留野水，移樹帶春陰。旦晚徵書急，煙霞未許尋。

贈心華道人

一點神靈地，虛空似有無。江心開寶鏡，海上浴明珠。雲淨月在水，夜寒冰滿壺。泠然見澄澈，即此是清都。

山陰山中

千巖秋色裏，百折抱江斜。小路入黃葉，迴湍趁白沙。草風醒蝶翅，松火濕人家。莫怪山溪曲，沿流似若耶。

過錢塘龍門草堂

曲徑龍門下，幽然見草廬。山開仲長宅，谷暗子雲居。雨砌半栽藥，秋窗多著書。重重白雲裏，時駐故人車。

葉伯寅下第歸訪張涇草堂

愛爾幽居僻，何如朝市喧。簾風飛燕雀，花氣撲琴樽。客座斜通竹，漁舟直到門。倦遊多著述，應似茂陵園。

秋日送客〔一〕

楚客動歸思，孤舟更不堪。雁來憐塞北，秋到憶湘南。黄葉廟前樹，白雲江上潭。蒼梧緲何許，莫惜度煙嵐。

【校】

〔一〕詩題蘇本目録作《秋日送客歸蒼梧》。

宿村店

小樹楓團唐，清宵獨掩扉。燈前雙劍起，雲外一鴻歸。客舍草露滿，離亭木葉稀。悲秋正寥落，況與故山違。

季秋送楊秀才歸四明

客館山城下，西風度歲華。長歌對秋色，孤棹發天涯。芳杜若耶水，花林越女家。四明溪壑勝，歸路向煙霞。

金華胡占甫過訪草堂贈別

迢遞桐江棹，來投婁水濱。獨憐堂上客，俱是夢中身。占甫嘗夢同余雙溪渡口各叙平生，遠寄《南柯子》詞。別酒對殘月，片帆歸故人。明朝又何處，兩地愧風塵。

辭　親

東海人西去，南洲水北流。風前兩行淚，雲外一扁舟。握手忍相別，辭親慚獨遊。客行殊未已，何日大刀頭。

金　山

渡口聞鐘磬，登臨午梵餘。雲中開別島，水上結精廬。落日下江鼓，春潮入瀨魚。回船又昏黑，離思欲愁予。

焦山

別嶼誰朝刹，樓臺枕水隅。江來巫峽盡，山到海門孤。雲氣常飄忽，滄溟似有無。蓬萊緲何許，人世擬乘桴。

甘露寺上方

長堤接蘭若，夾徑列松杉。山勢北盤郭，江流南枕巖。寺鐘應施飯，渡鼓欲開帆。試覓藏經處，香雲護石函。

初夏同康裕卿項豹章遊靈谷寺禪房

空門據靈境，古刹入長林。鹿渡午溪影，鳥鳴春樹陰。殿燈明處迴，山磬坐來深。偶值支公侶，能生出世心。

遊烏龍潭贈九源道人

道人潭嶼上，幽絶離塵氛。面面蓮花色，重重湘水紋。龍歸常帶雨，樹偃半藏雲。應似潯陽脈，縈紆九派分。

遊冶城山尋吴王鑄劍池

曾聞吴大帝，鑄劍此清溟。霸氣已無跡，陰雲若有靈。池荒餘古柳，水涸半浮萍。欲去更回首，晚煙深翠屏。

初夏同金陵金在衡永嘉康裕卿當塗蕭漢卿無錫葉茂長集張心甫齋中得鑪字

景入清和候，幽清續夜鑪。玄亭問奇字，花館集名儒。雲物鄉關異，風塵意氣俱。天涯感知己，應忘在長途。

雨中坐沈錬師白雪齋

江寒客不發，孤棹寄秦淮。爲訪赤松子，因過白雪齋。花疏風入檻，竹壓雨浮堦。坐對談玄侶，能忘羈旅懷。

揚帆渡高郵湖

水國侵晨發，微茫上碧空。榜人朝怯雨，漁父晝眠風。隔岸濤聲夾，兩湖帆影通。因悲遠遊子，何以犯龍宫。

登寶應城樓望湖中

獨上孤城望，蒼茫生遠愁。歸帆留極浦，去鳥没中流。雲氣全吞郭，湖聲直上樓。登臨感疇昔，如滯岳陽秋。

肥城簿金庭瑞姪廳夜集

故苑三秋别，相看鬢半斑。夜投肥子國，客到范公山。訟簡花庭冷，官卑草閣閒。還當過葉縣，飛舄下鄉關。

鹿城詩集卷十五

五言律詩

過李于鱗東莊草堂

草堂秋林内，著書常閉關。獨開竹下徑，自看門前山。幽鳥鳴更寂，閑雲去復還。我來訪岑寂，長日得追攀。

渡瀰水宿昌樂客舍

暮天荒草合，匹馬一悲歌。落日下齊塞，西風渡瀰河。客程緣雨減，鄉夢入秋多。縹緲江南道，歸心託海波。

九日早發古亭驛遇雨

陰雨值佳節，空歌行路難。黄花三徑泣，白雁一聲寒。故苑登高處，他鄉立馬看。深秋多客思，佳句滿征鞍。

北海送許生歸嘉興兼寄家書

穆陵南去路，匹馬向關津。紅葉村邊店，黄花徑裏身。誰憐還作客，遥送獨歸人。如過吴門道，緘書慰所親。

長干寺訪弘恩上人得潭字

袈裟逢竹徑，精舍一停驂。落葉寺前路，閒雲檻外潭。四花開白下，一葦渡江南。日暮疏鐘動，前山起夕嵐。

明月庵送尹教甫歸廬陵得林字

他鄉忽相别，送君祇樹林。長歌悲處斷，幽梵坐來深。高館引疏酌，澄潭開素心。秋風正搖落，況復共登臨。

何又玄宅宴集留宿東樓作

帝城還憶別，海上訪何郎。逸思春雲闊，清歌子夜長。千觴飛促席，一榻下空梁。明日休回首，江干木葉黄。

顧仲方席上詠燭得灰字

細剪西窗夜，詩成刻漏催。誰令珠淚盡，却使寸心灰。千炬重關啓，雙蓮別院回。月斜賓客散，猶記下樓臺。

夜過莫雲卿草堂次壁間韻

東下吴淞水，飄飖興不孤。宿雲迷斷岸，飛雨渡重湖。逸足尚留滯，雄心定有無。扁舟今夕會，絶勝剡溪圖。

來雲閣

傑構中天起，虚簷宿夜雲。軒窗朱錯落，草樹碧氤氲。萬井夕陽合，兩湖春水分。登臨欲遺世，幽磬上方聞。

昭明太子讀書臺

千秋思帝子，此日一登臺。帳似迎風啓，書曾待月開。文章尋斷碣，蘋藻薦芳罍。無限懷賢意，春山首重回。

立秋日答張仲立

年少憐同調，翛然實我師。風欹齊殿柳，玉立謝庭芝。聲價留都重，文章故國疑。瓊瑶愧無報，秋日一題詩。

同王養和惠山寺

古寺殘陽裏，山雲覆殿陰。講壇松作徑，精舍竹爲林。秋磬放清梵，暮禪生道心。泉聲時共聽，孤月夜堂深。

憩高坐寺僧房得軒字

高臺開勝地，層嶺枕文軒。午梵出松際，秋香疏竹根。片雲飛覺海，孤月照空門。回首禪棲處，深慚車騎繁。

過茅山喜客泉

丹井方泉澈，傳言喜客來。秋聲驚洞府，雲氣現樓臺。翠草鏡中出，珠花水底開。慚予多溷濁，今得濯塵埃。

遊玉晨觀訪道者不遇

千載朱陽館，凌虚玉殿寒。鶴歸林靄斷，人去洞雲殘。池鎖拳龍水，山開禮斗壇。獨憐塵内客，空覓九華丹。

沈道章養痾楞伽山中兼簡王元靜

故人殊汗漫，多病似休文。行藥院中竹，讀書湖上雲。雁聯江漢影，鹿趁洞林羣。來往知同調，緘詩一問君。

贈蔣冠軍□□屯兵海上

滄溟開幕府，弋戟倚秋空。海色雲霞曙，軍聲鼓角雄。書生餘劍術，大將得儒風。會見鯨鯢遁，扶桑擬掛弓。

海寇後同殷無美過張伯任仲立昆仲宴集同限四韻

秋讌逢兹夕，孤城枕水涯。狂歌催調急，醉墨入行斜。簾啓風生竹，杯傾月在花。笑談殊未已，林外起昏鴉。

登聖像寺泉石上佛閣和黄丹巖韻

溪午寺鐘寂，開關始遇僧。夜廊蒼蘚合，秋殿白雲層。梵向樹中發，閣從花外登。空門可忘世，託跡竟何曾。

聖像寺慧朗上人禪房和荆石王太史韻

野寺溪橋隔，林深别院幽。霧開寒殿曉，雲護石牀秋。古鉢多窺鴿，長松半掛虬。明燈坐香閣，清梵足淹留。

七夕同王别駕用章蓮塘泛舟次韻二首

斜陽川上好，風物水亭幽。天上雙星夕，人間一葉秋。芙蓉溪女折，簫鼓使君遊。愧我浮沉侶，飄飄似海鷗。

蓮舟踰十里，應得渼陂名。海雨千村浹，秋風一夜生。江妃和露浴，巫女踏雲行。日暮櫂歌發，回塘月正明。

春日同皇甫司勳子循劉侍御子威黄山人淳父張徵君幼于集崦西徐公新祠一首

靈境開遺跡，祠宫閟簡書。百年新結構，三徑舊禽魚。酹酒流風遠，懷賢落日餘。悲歌滯羣彦，歸路曉鐘初。

馮子潛歸自洞庭西峰夜過草堂一首

息杖草堂下，巾舄生清芬。一棹洞庭水，滿身林屋雲。杪秋方憶我，薄暮忽逢君。浮跡定何似，海天風鶴羣。

九日登崑山送尹教甫歸廬陵得金字

四載白門别，淒涼遂至今。黄花三徑老，紅葉九秋深。東海故人淚，西風遊子心。明年各鄉國，誰復共登臨。

贈雲崖黃道人

縹緲雲崖裏，花門對洞林。劍飛秋島近，鶴下夜壇深。名寄長生籍，功消不死心。藥罏緣濟世，可是煉黃金。

過玄習上人草堂次周若年韻

慧公禪定處，樹底草堂閒。曉影窗中塔，春湖門外山。慈航來海上，飛錫住人間。日夕竟誰伴，孤雲獨往還。

贈德懿上人得孟襄陽韻

年少支公侶，湖山早悟禪。花村和露乞，竹座對雲眠。心出大千界，身依第四泉。清晨曲池畔，洗石種青蓮。

復初上人山閣眺望次黃淳父韻

天際片帆遠，僧歸雲水殘。樹團茶嶺密，門逼鏡湖寒。霧後草煙霽，風移松影乾。無言坐相契，幽磬落空壇。

過吳嶺雲如上人房尋張幼于不遇

晦跡憐張仲，讀書湖上山。花移春塢静，門對洞林閒。獨鶴向何處？孤雲殊未還。何時復來覯，一爲破愁顔。

楞伽别業

卜築近横塘，盤紆接上方。四山雲氣合，一徑草花香。白社逃元亮，赤松歸子房。端居足清曠，禪誦禮空王。

過楞伽宿志弘上人竹林

海上飄飖客，春來一放舟。偶因蓮社會，去作竹林遊。山殿重湖夜，風簾二月秋。不緣禪榻淨，永夕竟誰留。

贈玄璧上人

璧師猿鶴侣，結構踞湖山。遐矣青原秀，頎然白玉顔。雪藏林際殿，雲放定中關。何處逃禪客，閒來數往還。

朗公院次文子初韻

亭亭亭外樹，即此是祇林。掛處煙蘿合，坐來蒼翠深。孤雲伴真隱，璧月會禪心。風落平湖夜，時聆松檜音。

堯峰寺瑞巖上人院

前朝免水院，創自幾千年。古殿團松出，斷碑分草眠。龍參春洞雨，茶供寶雲泉。坐久欲忘世，巖花客悟禪。

竹巖上人方丈

傑閣祇林杪，軒窗據翠微。湖光浮梵塔，松露滴僧衣。金像花間出，香雲竹裏飛。下方經院接，清梵坐依稀。

鶴亭詩贈法林上人

上人庭宇靜，一鶴下空亭。煙砌避烹茗，夜堂時聽經。風凄聲更遠，露警夢長醒。指日西天路，孤飛入杳冥。

過許師卿館

蓬蒿張仲蔚，卜築近名山。竇刹千林外，疏鐘一水間。棋留香几静，花伴小窗閑。客去枕書卧，春深獨掩關。

坐卧石軒悼松墟上人

徙倚舊遊處，凄然百感增。函經香蠹蝕，壁句蘚花凝。曉座已無鉢，夜堂空有燈。猶餘窗外石，應化點頭僧。

謝將軍荆山别業

將軍方謝武，别墅對稜層。寶劍紫花澀，素書蒼蘚凝。棋留秋洞客，茶鬭竹房僧。祇恐傳飛檄，煙霞卧未能。

郭次甫自焦山過虎丘

故人江上至，小閣坐朝暉。滄海水在眼，焦山雲滿衣。洞深雙屐到，家近十年歸。此别又何處，秋空一鶴飛。

贈法海上人

上人棲隱處，一室伴雲閒。燈閉殿頭磬，鶴眠松下關。鉢涵秋水碧，衲綴蘚花斑。爲赴楞伽社，春深方出山。

贈弘勝上人

盤紆白鶴澗，石坐小橋通。泉供夜堂月，茶抽春塢風。劍飛雙壁外，殿倚百花中。相送虎溪畔，翛然似遠公。

攜酒東城草堂與殷無美莫雲卿別

樽酒茅堂夜，清燈對掩扉。誰憐今夕會，忽令故人稀。小徑忍雙別，深林愁獨歸。相期湖上月，共醉薜蘿衣。

送安茂卿北遊次來韻

草路夕陽曛，扁舟動水濆。離樽飛夜月，去棹入寒雲。風羽寄孤影，霜蹄看逸羣。傷秋正搖落，木葉忍繽紛。

讀安茂卿芳草青萍二集賦此奉别

匹馬向何處，西風旅客情。春詞寄芳草，夜鍔露青萍。賈傅書能上，劉生氣未平。塞垣君莫望，白雁盡邊聲。

同凌伯升南洲春泛

草緑南洲路，輕舠密樹通。鳥鳴千澗曲，犬吠百花中。野店酒旗雨，春畦牧笛風。行遊足歡賞，更喜故人同。

秋日慧聚山房送弘恩上人還長干得僧字

海城黄葉下，細雨發孤僧。繩榻振秋衲，竹堂辭夜燈。伴雲棲玉阜，送雁入金陵。半杓曹溪水，蕭然似惠能。

秋夜同殷無美莫雲卿過張仲立草堂

扁舟何處客，高會夜相過。逸興乘秋發，清歌奈酒何。城連宵柝近，雲雜暮鴻多。明日片帆去，離心託海波。

王舜華結社婁曲莫雲卿自海上投之

山城初結社，海客獨招尋。門枉九峰駕，交深千古心。籃輿來栗里，社鼓發楓林。欲盡平生意，淡然開素襟。

同秦四馴季破山寺舟遠上人院

入寺踰二里，野花明露田。春橋自流水，古木空寒煙。曲徑尚聞梵，澄潭猶悟禪。常公渺千載，篇翰至今傳。

白龍祠

龍宮緲何代？香火北山隈。大海驅雲去，空林帶雨回。砌腥春草合，殿黑夕陽開。幾處夜泉急，還擬出洞雷。

宿中峰

路轉中峰僻，竹深山殿涼。泉分齋後茗，松掛佛前香。入座草衣濕，出門花澗長。老僧渾不寐，徹夜禮空王。

同凌伯升登虞山上方得鶱字

殘陽倏已暝，澹然悲遠天。扁舟兩湖月，雜樹萬家煙。風度劍門斷，泉臨鏡殿懸。夜寒星漢逼，長嘯欲孤鶱。

孫齊之齋中分賦棐几得涼字

宴息烏皮淨，端居白鹿香。坐深南郭隱，夢入北窗涼。秋倚風生竹，宵攜月在廊。右軍書欲遍，詞翰見飛揚。

桃花庵東流上人房

野田環亂堞，山木構精廬。門接桃花木，窗翻貝葉書。塔浮新霽後，鐘逼晚風餘。莫道空林僻，空林好卜居。

大弘寺太玄上人院

精舍山城曲，門深竹徑斜。鹿眠給孤苑，鶴放道林家。花砌攢優鉢，松牆鬭昔邪。市喧知不遠，高座演三車。

鹿城詩集卷十六

五言律詩

沈嘉則自武夷來過濠上

幔亭緲何許，千巖空翠屏。言從建溪水，來過闔閭城。二月花中檝，十年湖上情。劍光猶赫奕，愁對説平生。

贈藥師院一方小行者

短髮初覆額，僧儀猶未諳。從師歸藥院，將命出花庵。偈轉試趺坐，齋餘隨放參。然燈向幽室，背地學和南。

上方寺同玄俊上人坐流雲亭

淡煙浮震澤，天入秋冥冥。香散樹中磬，雲流湖上亭。嘯歌留海客，蘋藻薦山靈。回首九龍塢，暮煙深翠屏。

秋日行遊過巴城寺和方棠陵韻

閒投湖上寺，寶座識西方。溪轉重橋接，門欹雜樹妨。漁樵乘水出，禾黍逼秋忙。別院經聲接，歸雲出殿香。

送本源上人遊峨眉

別自尋山去，非關探雪來。慈航春水渡，香衲野雲裁。寶相谷中起，青蓮石上開。從茲過三峽，休愴暮猿哀。

周若年石湖草堂

別業楞伽下，煙嵐四望通。路連茶磨嶼，宅近館娃宮。萬樹梅花月，千山木葉風。躬耕逢盛世，盡說似隆中。

張伯任仲立兄弟讀書車塘僧舍

誰似君兄弟，孤高雙鶴羣。行看祇樹并，坐向佛燈分。殿鐸響春雨，窗鐘逗曉雲。扁舟須載酒，竹下一論文。

葉茂長自錫山過草堂見贈次韻

五月梁溪水，積雲生晝寒。問程蓬葉遠，覓句筆花殘。青眼入門在，素心持劍看。侯家無足跡，不是賤馮驩。

柳

曉日開粧閣，千條散綺櫳。顰多非爲雨，舞數不因風。簫鼓隋堤曲，旌旗漢苑中。離人競攀折，偏在灞橋東。

靈巖山

登臨訪陳跡，草路立斜曛。暮嶺顰歌黛，山花憶舞裙。井寒深落月，洞黑半藏雲。千載興亡地，空悲麋鹿羣。

過一雲山徐徵君别墅次韻

海客叩山館，開軒禮數殊。漁樵分塢僻，冠蓋入林無。松路穿雲白，花窗滴露朱。端居多習静，作論擬《潛夫》。

玄墓雲闕僧舍尋陸啓孫顧山父不遇

長日過經院，松闕閒鶴羣。梅花湖上雪，清梵竹邊雲。白社時投我，青林不遇君。幽踪何處覓，空寄買山文。

歎逝爲吳興凌玄旻哭弟作

子猷悲大令，一復慟靈牀。霜埧荆摧蕚，風嚴雁斷行。松門留碣石，芸閣散篇章。千載幼輿淚，今看折棟梁。

贈詹主簿汝儀　貴溪人

貴溪巖壑勝，君住近林塘。谷口野花發，渡頭春水香。歸心清夢遠，宦跡白雲長。海邑多閑曠，休嫌是異鄉。

暗泉

暗泉流不息，屈曲細通源。一派入花塢，數家分竹村。投崖開雪竇，觸石避雲根。夜半空齋裏，泠泠清夢魂。

過周蕩村正性庵定空上人禪房作

不到湖西久，于今又十年。梅花江上雪，茅屋渡頭船。舊業近蓮社，新詩寄草玄。禪房偏隔水，聊借竹牀眠。

送王敬美赴北都

吳門一斗酒，送別臨高臺。此日神仙吏，飛鳴麟鳳才。星槎上霄漢，玉珮響蓬萊。相憶荆花樹，春風相向開。

送范子高遊洛陽謁先文正公墓

二月洛陽道，獨行春草繁。空餘南國淚，來灑北邙原。舊業存詩禮，他鄉謁子孫。墓田雖寄祀，終有未招魂。

送周長年再遊河南

歲暮忽相見，春深復離家。每隨吳地月，常看洛陽花。一水出關直，千山向驛斜。交遊多故國，莫重惜天涯。

仲夏憶周若年楞伽山居

五月清溪曲，開門向塢開。綠翻風外麥，黄逐雨中梅。留客水亭酌，尋僧春寺來。林居多勝事，莫惜歲華催。

寄孫侍御夢豸遷岳州太守

曾爲岳渚客，常見洞庭秋。孤島南分嶽，亂帆西入樓。商飈驅颶母，春浪戲陽侯。江郡非遷謫，休淹賈誼愁。

華學士山池留酌

學士焚魚處，林深常閉關。休嫌三徑僻，已得百年閒。入檻風生竹，滿池雲浸山。巖居多習静，叢桂足躋攀。

寄唐王傅袁履善歸卧海上

賈傅去宣室，相如在茂陵。一官甘棄置，四海得名稱。世路豈中葉，文章空上乘。從兹共高蹈，蹤跡寄林僧。

詠畫眉鳥

繡閣簾開處，粧成鬪畫眉。香中聲宛轉，花裏影離披。帶雨朝猶濯，迎風午更奇。占山啼不住，多在夕陽時。

初夏園居

齋沐清顔色，圖書玩歲華。簾風調燕乳，池暖豢魚花。客造淇園竹，僧留顧渚茶。幽深多勝賞，應似子真家。

冬日出西郭過本源上人白馬涇禪院

僧舍對山色，叢林紫翠重。翻經來白馬，問法得黄龍。旛露滴階蘚，龕雲出院松。不嫌禪榻冷，杖履日相從。

送蔣景巖歸太湖

笠澤人歸去，千山木葉餘。曉村霜橘柚，秋舫雪鱸魚。遠嶼分滄海，孤峰落太虛。君家傍林屋，幽勝近何如？

淮南小隱題金陵王正卿百花莊居

別業堪招隱，千年想八公。莊開三徑曲，人在百花中。曉閣蔣山出，春橋淮水通。秋風任搖落，自有桂枝叢。

雪後同華亭諸社友壽安禪院探梅得尋字〔一〕

迴塘三十里，短棹放山陰。夜渡九峰雪，朝投雙樹林。空香徑竹冷，疏影落谿深。信是禪門寂，題詩許重尋。

【校】

〔一〕後，蘇鈔本目錄作「夜」。

遊干將山圓智禪林并訪楊玄閣杜浣溪二山人

二月湖上櫂，春風送海涯。梵音飛樹出，殿影入雲斜。草閣揚雄宅，花溪杜甫家。從茲寄高蹈，結伴老煙霞。

夜集孝豐鳳凰山吴十一中洲草堂

路入吴村曲，雙峰紫翠森。花分棠棣蕚，竹秀鳳凰林。社結五湖客，交傾千古心。草堂猶夜弈，羣從似山陰。

登吴十二蒼山樓眺金鳳玉龍諸山

傑閣青葱裏，軒窗花霧濃。曉林金舞鳳，夜氣玉盤龍。篆遠多投竹，絃疏半入松。自憐滄海客，樽酒得相從。

趙真如慈竹林待月

蕭索淇園裏，涼宵待月初。誰憐鶯燕館，別有鳳凰居。幽燭窺軒盡，殘河入檻虚。蕭娘禪悟處，翠竹總真如。

甫里白蓮寺遇戴四採茶合溪回同宿僧房作

言尋甫里勝，忽遇合溪船。曉院閉清梵，春池生白蓮。梅風疏竹影，松火鬱茶煙。永夕禪燈畔，閑將説往年。

本源上人自峨眉歸西林禪院題贈

峨眉出西蜀，步步疊芙蓉。四月開山雪，千林聞夜鐘。懸崖靈現佛，偃樹朽成龍。莫笑牀頭衲，入雲應萬重。

金陵邀笛閣待月思家

秦淮空對酒，涼月映溪堂。共喜昇清漢，誰知隔故鄉。寒隨砧共急，愁與笛俱長。遥憶吴門夜，秋風起洞房。

過玄墓謁萬峰禪師影堂見舊衣鉢

寒殿秋山裏，林巖木落時。雨侵獅座蘚，風墮鶴巢枝。寺古有衣鉢，堂空無住持。松房讀書處，猶見舊題詩。

王敬美自關中從藍田路謁其兄中丞公於鄖陽賦寄

華嶽西南驛，藍關定若何。亂山從地起，飛樹雜雲多。休問商於路，還悲楚些歌。鷓鴣風外急，征騎莫蹉跎。

寄儀封顧明府

長康江左秀，理邑治河陰。滿郭桃花水，千村桑樹林。絃歌今日宰，撫字昔人心。北地多鴻雁，毋忘惠好音。

夜過海寧寺明因上人房得登字

深夜叩蘭若，經聲聞上乘。爲尋祇樹隱，來過竹房僧。身悟無常影，心灰未了燈。海風秋正息，彼岸已先登。

惠山禪院徹空上人新造大藏經遂題寺壁

路轉溪橋僻，蒼松入院長。開門秋水近，高殿午雲涼。新貯蓮花藏，常函貝葉香。眼前開淨土，端坐禮西方。

何山詩贈何子

問爾何山住，溪塘半虎丘。夕陽橋外檝，楊柳水邊樓。石座連宵到，松房盡日留。叢林多勝事，共約一春遊。

過無錫東林禪院和胡侍御原荊贈南宗上人韻

秋風吹桂棹，一路入花源。農圃饒禾黍，禪房連水村。妙香飛樹出，清梵隔溪繁。自愧迷方久，歸依得世尊。

湖上精舍

誰構松間牖，能容湖上山。朝來清靄散，夜半白雲還。鐘度鷄村遠，榔收漁火間。莫嫌人事少，世路不相關。

贈中南老僧

老宿經行處，花開第幾峰？空林每獨往，絶壑多奇踪。茅屋夜深竹，石門雲際鐘。樵人稀見面，洗藥得相逢。

飲酒

焦貢稱歡伯，劉伶號醉侯。一從彭澤縣，三過岳陽樓。歲月此中盡，勳名箇裏休。試看雙鬢色，不爲少年留。

從軍行

笳管征人淚，風沙壯士顔。城連秦地窟，榆傍漢時關。暮渡黄河曲，朝馳白狄灣。營門望秋月，夜夜夢刀環。

塞上曲

雪霽天上路，風高見虜羣。握奇新隊出，轉戰舊營分。殺氣夜沉塞，獵聲秋上雲。單于欲宵遁，知是李將軍。

蕭關

聞説蕭關北，清霜迸漢笳。雲沉迷落雁，風起雜飛沙。歸騎投營急，遊兵度磧斜。匈奴猶未滅，壯士莫思家。

贈石門管將軍

萬里樓船將，防春瀚海隅。斬蛟穿浪出，射雁入雲無。談笑秋橫槊，悲歌夜擊壺。妖氛淨吳越〔一〕，轉戰欲吞胡。

【校】

〔一〕吳越，原誤作「吳粵」，今改。

柳枝詞

休唱《柳枝》詞，春深輕別離。藏鵶偏婀娜，拂馬更參差。樓外斜窺眼，窗前對畫眉。灞橋攀折處，多在日西時。

早秋懷遠人憶彭孔嘉陸安道顧德育

草木更搖落，僻居多隱情。懷人愁獨立，見雁憶孤征。雲葉裁難就，風江慰不平。蕭條山館夜，辜負月華明。

東林精舍

新築溪堂勝，林園草木紛。霧濃低醉竹，池淨細眠雲。高閣連城起，疏鐘向水分。更憐多習靜，長日誦禪羣。

閒居

平林澄夕霽，散帙慰離居。竹密笋成後，樹疏花落餘。朝酣田父酒，秋得岳僧書。高枕北窗下，瀟瀟風月虚。

林中

寥落中林客，秋生薜荔衣。山深人不到，松冷鶴先歸。流水自來去，閑雲無是非。端居足怡悦，甘與世情違。

鹿城詩集卷十七

五言律詩

過周韜叔湖上草堂

僻塢入柴桑，墟煙趁草堂。門臨楓葉渡，家近藕花鄉。田父餉新霽，漁舟歸夕陽。清風竹窗下，長日詠羲皇。

賦雨中黄葉樹得風字

疏林見搖落，黄葉滿離宫。況復空山裏，那堪細雨中。蟬枝吟夕霽，驛路下西風。無限悲秋意，丹青畫未工。

同丁南羽得寒字

積晦連高館，山深萬木寒。枝緣風後豁，葉自雨中殘。思婦聞蟬泣，征人據馬看。林聲一夜急，秋色滿空壇。

雁洲詩贈孫隱君

幽人住何處？宅在蓼花鄉。寒夜三秋至，芳洲一水長。投雲來笠澤，呼雨下瀟湘。獨夜松窗聽，寥寥清夢涼。

馬嵴寺秀上人自武林天竺來談其師源公遊五臺之勝賦贈

招提雙樹裏，臘月叩禪扉。殿火深僧梵，林風脱衲衣。身從三竺住，師向五臺歸。莫訝松間錫，山雲片片飛。

題顧仲方秋林圖送陳素行歸杭州〔一〕

蕭瑟秋林外，孤舟一水涵。寒聲棲鳥鵲，夜色淡松杉。紅葉連黄葉，風帆逐雨帆。試歸湖上看，多在夕陽巖。

【校】

〔一〕梁辰魚題顧仲方《秋林歸櫂圖卷》，作《賦得秋林詩送君實兄歸杭州》。詞句略有不同，如「孤舟」作「扁舟」，「棲烏鵲」作「依烏雀」，「紅葉連黄葉」作「黄葉連紅葉」，「試歸湖上看」作「西湖歸去看」（見陸心源編《穰梨館過眼録》卷二十六）。

檇李呂心文令泰興二月以婦喪掛冠歸江南

兩月辭官去，南歸楊子船。誰歌莊濮缶，遂絶武城絃。解綬棲林麓，攜釵入墓田。陶家五柳樹，莫拂鏡臺前。

歲暮西郊野望憶顧子諫居士貞杜子庸

茅麓繞黄竹，空齋愁獨居。荒郊去人遠，老樹入秋疏。雪霽搏飢鶻，冰深護凍魚。天涯有兄弟，不寄歲寒書。

初　春

小苑迎春入，平林拂曙開。花邊將進酒，柳外臨高臺。覽鏡蜂兒破，鈎簾燕子催。東郊好風日，結伴踏青來。

張仲立由桐廬往豫章迎太夫人於其伯兄歸養

迢遞桐江道，浮槎伴客星。瀟湘分水色，巫峽類山形。曉樹憐烏鳥，風原動鶺鴒。歸舟能孝養，蘭蓰有芳馨。

寄大石山岳東伯隱君

兹地川巖秀，春深戀物華。林堂覆竹葉，野渡連桃花。廬霍仙人館，瀟湘漁父家。詎緣甘遁世，痼疾是煙霞。

茅山道士館二首

羽客青芝室，仙人白玉房。瓊漿飲沆瀣，金籍開琳琅。靈雨飛春殿，遊雲宿夜廊。瑤壇星斗下，時進洞虛章。

磵户草青青，松巢墮鶴翎。壺空靍日月，柱古篆雷霆。玉殿禮鐘鼓，丹房貯性靈。雲深無客到，不是洞常扃。

春日村莊過顧山父草堂

紫桑元亮里，蔬圃仲長家。一路石楠樹，半牆山杏花。出林沽酒幔，隔岸釣魚槎。信是村莊僻，端居度歲華。

夏日山中

野性住茅屋，生涯寄竹林。探花移棹遠，採藥得筐深。積水入夏冷，孤雲當晝陰。山中堪却暑，逋客莫相尋。

過蘇臺廢基

昔日歌鐘地，今看麋鹿行。濕雲添暮色，乾葉助秋聲。遠雁下投渚，飢烏啼向城。興亡千載事，過客自傷情。

吳少君自天台雁蕩來賦贈

别我吳生久，言從甌海來。眼侵瀑布水，衣帶石梁苔。露冕整還側，雲囊結不開。千重身上衲，片片野僧裁。

張仲立雪中自陽羨歸投作次韻奉答

路岐誠可泣，身世轉堪憎。羽翼摧溟海，文章卧茂陵。積陰凝朔雪，指日涣春冰。莫笑荆山璞，終看紫氣騰。

寄居原明僧舍承居士貞投作次來韻

避喧城市隔，一榻寄松寮。聽雨鎖春院，看山度石橋。經函花下閲，棋局竹中消。不是耽幽僻，林深自閴寥。

贈碧天明淨上人

碧天涼露下，孤月映禪心。破衲在祇樹，妙香生竹林。鐘聲依刹迥，燈影出花深。永夜蒲團裏，玄言開道襟。

雲壑詩贈如祖上人

道人蓮宇静，溪路入林重。寺僻堪招隱，村深半傍農。伴雲棲水竹，踞壑聽風松。二月春山裏，看花到幾峰。

支泉詩贈思澄上人

支遁買山處，庭階多瀑泉。潭空和月墮，壑絶帶風懸。傍竹分春塢，衝沙入暮田。道人能習靜，坐聽不妨禪。

寓居原明精舍

地僻人稀到，春深日閉門。路通脩竹塢，山帶夕陽原。栽藥傍籬落，看雲坐水源。禪居能解脱，不是愛丘樊。

士貞復以前韻見招遂同淨上人往訪并此奉答

寄居禪榻靜，花木覆雲寮。尋隱入深塢，同僧過野橋。水明春樹潤，山霽暮煙消。爲憶頻相訊，從君慰寂寥。

分詠槐花送顧茂儉秋試

三公高位列，多士競攀躋。儒市黄蕤簇，官街翠蓋齊。枝深穿棨戟，香細落沙堤。秋榜清陰裏，看君躍馬蹄。

同東溟管僉憲少林沈太史宿寒山寺

水上前朝寺，庭開紫殿陰。雙禪棲月近，孤磬入雲深。薜荔山人服，蓮花淨者心。端居思度世，踪跡混祇林。

同李伯遠登煙雨樓

渡水不二里，已多鷗鷺羣。微茫向空盡，蒼翠隔城分。遠樹起秋色，澄湖生暮雲。興亡感千載，吴越一斜曛。

奉酬卓澂甫訪西湖棲居

十日湖上飲，春風亦可憐。殘花空院雨，芳草斷橋煙。忽枉故人駕，兼吟秋水篇。還期剡溪棹，共泛鏡湖天。

同沈君典太史遊法相寺圓定上人房和周公瑕韻

結伴叩蘭若，青林聳百尋。鳥啼千磵曉，霧宿半山陰。清梵出花遠，空香入竹深。玄談能妙悟，共有白雲心。

賓梅詩贈檇李天寧寺炬上人

院落梅花下，相看更朗然。經行風外度，趺坐月中懸。妙色空存相，清香欲悟禪。支公善分植，應買沃州田。

季春潘孟深園亭賞牡丹

園開金谷勝，春色在河陽。葉密見重影，花疏聞斷香。歌闌嫌夜短，興到引杯長。返照入深竹，歸雲卧石牀。

憶明府楊肖韓

相思春夜永，涼露正紛紛。夢入羅浮去，梅花却似君。林猿空嘯月，嶺雁不投雲。何日海南路，長風伴鶴羣。

過瓜洲與凌伯升别

東南初掛席，楚水鬱迢遥。渡口過新雨，江頭生暮潮。殘雲緣樹補，斷雁得風調。海國故人去，天涯更寂寥。

登蜀岡憩上方寺

招提盤郭北，臺殿午雲層。岡勢通巴蜀，江形集廣陵。獨遊多爲寺，坐久半因僧。煬帝雷塘路，荒涼倍可矜。

平山堂

獨坐看山色，蒼茫定有無。草隨天共遠，雲與雁俱徂。海氣開靈境，江形入畫圖。興來歸騎晚，一醉酒家壚。

淮上旅舍

旅館值長夏，薰風四月三。簾陰應護燕，紙暖欲生蠶。蕙帳頽難憩，鶉衣重不堪。倦途多怫鬱，花路憶江南。

淮安西城樓別蔡世卿良卿昆仲

春城聊引望，湖上夕陽多。去路休相惜，浮雲奈別何。離人欲墮淚，壯士莫悲歌。日夜江南北，思君託海波。

渡江

芳草滿汀洲，王孫已倦遊。千山來故國，孤棹擊中流。波冷北歸雁，月明南渡舟。閨房莫相憶，試看大刀頭。

泊京口

久客正羈旅，空歌《行路難》。歸漁村火急，去鳥夕陽殘。孤棹帶新水，野橋生暮寒。壯心憐未遂，提劍背人看。

奉和顧子實太史聖像禪房閒居四首

深樹開蘭若，優遊歲月淹。鶯聲流細簟，花氣散疏簾。高視渺四海，端居避衆嫌。棲遲聊進退，不是學龍潛。

古院去人遠，叢林世事違。花間青石塢，竹底白雲扉。倚檻看魚出，開簾放燕歸。秋風聞落葉，天籟發清機。

曉館香雲細，秋花對野朋。正憐開徑坐，却避入林徵。釣挈清江叟，棋饒別院僧。小樓祇樹底，月夕幾人登。

離城三十里，風月已平分。竹殿明殘照，松關入綻雲。鈎簾堪覓句，促榻會論文。況值高秋夜，閒窗落葉紛。

送顧茂儉入楚

飄泊向南州，江雲送客秋。露花凄客淚，風雁動鄉愁。念我昔年别，憐君今日遊。相思一樽酒，黄鶴雨中樓。

重送顧茂儉入楚

送子江南道，陰雲淡復晴。文從他國重，業向故園輕。芳草滿吴甸，孤帆入郢城。憐君堪下淚，不必聽猿聲。

鹿城詩集卷十八

六言律詩

聽美人彈琴

美人坐彈綠綺，溪橋落盡梅花。泠泠月下指澀，嫋嫋風前鬢斜。乍似鶯來繡陌，還疑雁起平沙。爲甚文園病客，却在臨邛酒家？

鹿城詩集卷十九

七言律詩

七夕宴集分得旂字

天上燭龍迴赤馭，人間靈鵲擁朱旂。金風此夕飛香輦，銀漢今宵靜錦機。河角星移神欲渡，秋空雨過珮應歸。仙宮勝事還千古，堪怪浮生會面稀。

漢武帝

秋風汾水雁南翔，詞客當年宴柏梁。絳節殿前桃獻實，金莖雲外露凝香。阿嬌初貯黄金屋，曼倩新居白玉堂。誰信而今茂陵樹，夜臺煙鎖路荒涼。

甲寅感懷二首

離離禾黍半秋原，落日煙中見曉痕。晉世銅駝荆棘滿，石家金谷水雲屯。白頭空作江南賦，青草誰招塞北魂。時事驚心捲簾坐，戎葵花落又黄昏。

滿郭繁華盡草萊，金閶亭下晚潮迴。黍離故國向誰問，麥秀蕪城祇自哀。此日夜歸空有樹，當年鹿去已無臺。憑高一望千山暮，零落碧雲天際來〔一〕。

【校】

〔一〕碧雲，張大復《梅花草堂筆談》卷五《梁伯龍》條引此詩作「浮雲」。

公子

綠槐雙戟映朝暉，二十功名冠帝畿。上苑探春飛玉勒，長楊校獵闘羅衣。煙雲别館頻年醉，花月重門半夜歸。甲第連城新尚主，日高不怪客來稀。

少年

侯家池館苑西頭，柳拂朱門接御溝。銀燭曉籠簾外閣，畫船春繫水邊樓。花多不辨名含笑，寵濫誰憐字莫愁。詎信長貧原憲宅，桑樞蓬户不勝秋。

五更效韓偓體

隱隱疏星度玉繩，侍兒催醒思懵騰。房廊昏黑已無月，簾幕分明尚有燈。花外孤魂啼謝豹，枝頭雙翅宿韓鵬。披衣欲送梧桐下，露重風多力不勝。

夏日同文壽承休承許元復黃淳父陸子行諸丈出葑門遊黄天蕩觀荷花得分字

鏡湖秋淨碧氤氳，菡萏香來百里聞。睡醒太真初試浴，夢回神女未行雲。舞衣浥露紅愁墮，宫扇翻風翠欲分。處處蘭舟載簫鼓，江天歸去值斜曛。

月下水仙花

幽修開處月微茫，秋水凝神黯淡粧。繞砌霧濃空見影，隔簾風細但聞香。遙壇夜靜黄冠濕，小洞秋深玉珮涼。一段凌波堪畫處，至今詞賦憶陳王。

同沈元巽垂虹橋步月

水城東下枕長橋，澤國霜清海霧消。銀漢秋深靈鵲迴，金盤雲淨蟄龍驕。天邊帆落應投樹，渡口風回欲趁潮。何處小樓褰翠箔，月明人靜學吹簫。

同俞玄津重登杭州太守孫公新構太虚樓瞻眺

汗漫來從海國遊，傷心獨上庾公樓。越公臺苑空麋鹿，宋帝園陵盡土丘。東去水聲偏向夜，西來山色不宜秋。孤山一望惟荒草，落日煙生杜若洲。

孤山弔林處士

一庭寒雨鎖空祠，孤塚淒涼向水湄。自是先生甘寂寞，空令後輩挹光儀。鶴聲常繞峰頭月，梅影猶横竹外枝。風景不殊人世異，黄昏移棹不勝悲。

經釣臺謁嚴先生祠

嚴陵臺下江水清，嚴陵瀨上江雲平。丹楓横流谷口暗，白鷺落日山腰明。魚竿一縷非傲世，羊裘千年空復情。箕潁高風獨心賞，區區雲臺安足驚。

登風門嶺瞻望東甌時海寇未輯有懷親舍寄皇甫别駕 時子循謫處州

長鋏歌殘曲未終，阮生何必歎途窮。炎中不解烽煙警，海上誰專節制功。縹緲孤鴻哀柳外，熙微殘照亂山中。遥瞻親舍浮雲下，一路西風直向東。

自破桑園過鹿渡瀾南登小畱大畱二嶺作

南遊辭家幾千里，踏遍海上諸山尖。蠻童燒山能種穀，溪女汲井解成鹽。煙蘿時逢赤松子，雲路常隨白玉蟾。千峰萬壑走不定，飛流遥見珍珠簾。

同朱黄門伯辰登滕王閣

城阿高閣藹朝氛，簾捲西山望不分。鶴嶺泉飛多作雨，章江霧散半成雲。君王歌舞今陳跡，才子文章舊出羣。午夜秋清九天近，寥寥鸞珮静中聞。

黄陵廟

黄陵廟祀舜二妃，在湘陰北四十里。

翠華一去蒼梧野，千載蛾眉綠水邊。蕙帳鶴歸翻玉珮，土花烏集碎金鈿。村旗獵獵猶陳社，岸草青青半覆船。賈客每來江上過，祇將斑竹説當年。

屈原廟

寒雲掩映廟堂門，旅客秋來薦水蘩。山鬼暗吹青殿火，靈兒晝舞白霓旛。龍輿已逐峰頭夢，魚腹空埋水底魂。斑竹叢叢雜芳杜，鷓鴣飛處欲黄昏。

題曲江樓寄周水部胤昌

樓即張九齡所登江陵郡城南樓。

大江西接峨眉源，荆南形勝虬龍蟠。廪君土舟事已渺，夏鯀息壤名猶存。風開長江颶母出，雨來三峽楓人奔。秋來何處最腸斷？渚宫不見黄雲繁。

荆州城樓瞻眺寄袁太守

故國淒涼落照明，渚宫臺沼已浮萍。西陵峽控勾亶國，南紀山通夔子城。楚些有靈悲宋玉，海槎無路問君平。登臨是處皆陳跡，極目滄波無限情。

讀孔明黄陵廟記

廟祀大禹治水時水神，今在夷陵州黄牛峽上荆湘之間。黄陵廟有二，其一則祀湘君、湘夫人於湘陰者也。

黄陵廟下何年記，讀罷懷賢涕淚新。海内三分空定策，隴中一出已亡身。江開石陣非無恨，峽貯兵書似有神。千古文章今寂寞，斷碑零落楚江濱。

十五夜監利舟中有懷劉王二將軍

劉晨已隔天台路，此日江頭憶舊遊。簾幕開時春試弈，花鈿簇處夜藏鬮。夢回芳草池塘遠，書寄梅花驛路脩。料得今宵明月滿，雙蓮閣下按《涼州》。

玉樹瓊枝未足稱，妙年風度冠江陵。花朝暖控湘城鹿，春雪消飛草市鷹。翠掩紅房看掠鬢，煙籠青殿憶分燈。玉簫一曲鸞輿遠，何日緱山一再登？

同蘿村李中丞漢浦周水部登黄鶴樓瞻眺得鈿字

鶴歸遼海定何年，樓枕磯頭尚宛然。鄂渚風回千鑑亂，楚天雲散衆峰偏。昭王墓冷無青草，吴帝城空有翠鈿。不盡江流向東去，斷雲殘照總堪憐。

登小孤山謁神女廟

西來山色接匡廬，壁立中流千仞餘。兩岸風平春溜緩，上方雲去夜堂虚。孤鸞疑逐巫陽夢，獨鶴空投閬苑書〔一〕。明日開帆重回首，碧霞深處是仙居。

【校】

〔一〕閬苑，原誤作「閩苑」，今改。

采石磯弔李太白

停橈磯下奠椒觴，草木猶聞翰墨香。飛燕已辭青瑣闥，長鯨自上白雲鄉。他年有夢遊天姥，此夕無魂到夜郎。西望長安漫惆悵，金鑾春殿更荒涼。

金陵

羣山環繞帝王家，故老千秋憶翠華。隱隱園陵浮紫霧，重重臺殿鎖丹霞。長淮夜冷金陵月，内苑秋閒玉樹花。龍去鼎湖仙馭遠，何年還下五雲車。

岳陽城見梅花寄袁荆州

麋子城邊幾樹梅，春深猶自傍堤開。數聲塞北關山弄，一騎江南驛使催。巫峽雁來頻送目，渚宫雲去莫登臺。東林僧舍應如舊，樽酒何時得重陪。

同李元涇曉泛陽城湖望吴中諸山

玉露凄清遍海隅，畫船秋宴足蓴鱸。雨餘水藻定深淺，風後浪花還有無。西下山形全侵郭，中流洲勢半分湖。醉來似識銀河路，直擬乘槎叩帝都。

寄童少瑜

故人寥落滄江上，何日移舟叩素居。大酉獨憐窮雜俎，小山誰伴課班書？即《淮南子》。吴門别久應無雁，齊館歌殘未有魚。十載論交多間阻，年來逸思定如何？

寄蘿村李中丞　時督湖廣川貴皇木開府荆州

憲旌高處簇煙霞，化被華夷億萬家。銅柱南來連五嶺，錦江西下接三巴。荆門樹擁新開府，夢澤雲迎舊使車。蕭相功成未央殿，會看仙掌集宫鴉。

送徐禮部任荆州太守

春署仙郎出守時，魚書新賜翠函歌。河橋柳拂雙旌遠，驛路花明五馬馳。庾信江關還有賦，杜陵巫峽久無詩。公餘郡閣應多暇，詞翰須看到海涯。

趙長白枉詩索余白苧出塞諸詞奉答

相逢不用歎飄零，自分沉酣醉莫醒。江上空憐歌《白苧》，匣中猶愧澀青萍。縱教扇底芳塵轉，誰惜燈前狹氣橫。從此相攜謝浮世，會看長嘯出青冥。

題蘄州高大夫鳳山別墅八首

龍磯 磯在中流，嵬然壁立。上構蘭若，勢若遊龍。

壁立中流見海峰，午雲樓閣翠重重。曈曨旭日開仙島，隱約輕雷起蟄龍。兩岸樹通春殿火，上方風落曉堂鐘。盈盈一水遙相隔，移棹尋僧不絕蹤。

江樓 江水西下，環繞樓臺。波濤層疊，帆檣來往。

江雲飛處秋冥冥，江樓無數秋山青。錦城西下接雲夢，湘水南來浮洞庭。隱隱濤聲響絕壁，依依帆影遊清泠。抛書盡日捲簾坐，目斷湖南芳草汀。

仙臺　相傳呂公，于此飛舉。高臺入雲，仙掌猶在。

縹緲高臺上翠微，懸崖靈掌尚依稀。瑶壇此夕人何處？遼海當年鶴未歸。月下數傳青鳥度，秋空長見白雲飛。幽人住處聯仙籍，佇看丹霄共拂衣。

禹廟　神禹治水，千秋奉祀。叢林高閣，遺靈儼然。

古城深處構龍宫，傑閣喬林廟貌崇。山勢疏通瞻帝力，江聲浩蕩憶神功。八年身世波濤外，萬歲勳名揖讓中。築室今來儼遺像，端居長欲挹清風。

蘭蕙　庭中草花，多植蘭蕙。芳香馥鬱，玉樹扶蘇。

佳人空谷抱清真，香草春來處處生。採摘共傳三楚俗，幽脩獨擅九秋名。奇芬入座風初度，素影沿階月正明。盡道謝家多玉樹，看居庭下更嶒嶸。

松竹　舍後松竹，亭亭鬱蒼。高節清風，歲寒不改。

背郭堂開一徑深，蒼松翠竹對陰森。孤高已受大夫職，勁直還同君子心。静院盤虬風瑟瑟，空庭留鳳月沉沉。憐君不改歲寒操，常見蕭條秋滿林。

麟山 麟山北出，王邸中起。雲霞在望，如對楓宸。

麟山高處簇雲霞，云是當年帝子家。隱隱山城圍粉雉，層層樓閣集宮鴉。風來曲館笙歌迴，日轉平臺輦路斜。白髮孤臣老江上，每瞻佳氣憶京華。

鴻渚

百里滄洲接緲茫，玄真原住水雲鄉。桃花雨過連溪色，杜若風迴夾岸香。暮引漁舟來夢澤，秋留雁陣過衡陽。煙波不定悲浮世，卧對空江白日長。

壬戌元宵得銀字

鰲山高聳見嶙峋，魚鑰通宵闢紫宸。光滿雲蟾疑放鏡，漏深風蠟欲銷銀。玉鞭競蹙花間騎，繡闥爭遊畫裏人。始信禁城原不夜，誰知仙國有長春。

顧公節園亭牡丹宴分得瑶相巫三字

面面金鈴護絳綃，畫欄深處見妖嬈。粉容着雨疑含淚，肉色經風欲放嬌。元果院中看未足，沉香亭北醉初消。芳馨徹骨真奇絶，始信前身是薛瑶。

玉山佳處占春光，近構名園繼辟疆。步障競看金谷麗，車輪爭走洛陽狂。新粧漢殿驕飛燕，素質田家貯國香。莫道花神夜無伴，籠燈就月更端相。

移得仙葩自洛都，風鈴四角綴流蘇。開來牌上占先後，數遍花中定有無。吴苑舞餘心乍捧，唐宫宴罷醉初扶。還疑帝子來湘浦，簫鼓紛紛進女巫。

鹿城詩集卷二十

七言律詩

夜同董子元葉順甫陸楚生莫雲卿顧茂儉管稚圭集沈開子館中以清夜沉沉動春酌燈前細雨簷花落分得春字

高館淒清月色新，天涯知己暫相親。座中慷慨誰憐我？海内交游不愧人。曲檻梅花爭破臘，小池芳草欲回春。一宵樽酒十年客，莫向韶華負此身。

次夜同董子元陸子野莫雲卿沈子元管稚圭讌顧茂儉西堂以吳絲蜀桐張高秋燕山凝雲頹不流分韻得燕字

華堂霜月淨娟娟，把酒論心倍黯然。白璧城留空救趙[一]，黄金臺廢莫投燕。堪憐氣誼追千古，自笑風塵過百年。忽漫相逢但酣宴，夜闌休更説龍泉。

【校】

〔一〕璧，原誤作「壁」，今改。

送董子元還海上舊林

頻年烽火廢桑麻，此日歸來海上槎。四壁煙雲空變幻，一庭花竹是生涯。潯陽白社陶潛宅，王屋青蘿魏萬家。構得漆園同傲吏，晏然高卧誦《南華》。

周府崑崙公挽詩

當年飛詔下天關，孝著宗臣一代間。馬上草書傳北海，殿頭詞賦憶中山。崑崙馭遠留鸞鶴，白塔雲歸下珮環。何日調笙同子晉，長風吹送到塵寰？

張幼于百花山墓田

寂寂寒廬張仲蔚，蓬蒿滿徑入荒村。望深遼海千秋鶴，腸斷霜林一夜猿。落木風前無限淚，斜陽原上未招魂。春城水陸嬉游遍，誰似空山獨閉門。

虎丘上方同徐子與彭孔嘉周公瑕黄淳父王元美敬美送袁魯望張伯起遊北京得如字

離筵開處上方虚，極目寒雲雁字疏。江左久傳推鮑謝，鄴中今復得應徐。雙馳驥足三秋後，共睹鵬摶萬里餘。獨愧行吟乞吴市，音書莫惜道何如？

贈周胤昌雙笛詩 甲子季春二十二日作

余有雙笛，藏之百年，振聲雲霞，追隨煙水。金華太守周君胤昌，早通禪覺，中役魔心，乃移志於音聲，竟溺情於絲管。遣彼孤鶴，竊我雙龍。昔石季倫守嶺南，以緑珠善笛，購以明珠。故蘇長公《咏笛》詞云：「嶺南太守，後堂深、緑珠嬌小。」豈不以器藝兼良，人音俱絶也。今君雖擅江左之巔，長駭河東之吼，堂饒雜媵，寵乏專房。念竊此亦奚爲？總得之而終棄。楚山之巔，忽斷千尺；柯亭之内，竟亡二椽。使我磵户荒涼，林房寥闃；洞簫鰥處，秦筝寡居。嗟乎！蔡中郎之獲此，實慰初心；桓子野之忘斯，詎能無憾！乃構四韻，餞爾兩生。如異日千山月明，重湖風霽，尋真緱嶺之上，植子君山之側，勿昵佳賓，遂忘故人也。

年年横吹上高臺，此日他家佐酒杯。楊柳折時千里别，梅花落盡一春哀。樓頭黄鶴游何處？潭底蒼龍去不回。堪笑婺州貧太守，後堂深夜教誰來。

春夜顧頤父過草堂明旦冒雨西歸陽山一首

秉燭茅堂午夜游，瀟瀟樽酒伴吳鈎。孤城細雨三春別，芳草長亭二月愁。送客又懸徐穉榻，歸帆空望李膺舟。憐君放曠真癡絶，應是當年顧虎頭。

送文休承丈之吉水　此地有甘露鑑湖諸勝

驛路秋風急暮砧，片帆南下水雲深。吳中已徙魚龍窟，江右今開翰墨林。甘露曉鐘如北固，鑑湖春浪似山陰。登臨處處皆堪賞，鱸鱠休懸千里心。

奉酬金華胡占父過八詠樓夢憶見寄

扁舟曾記下江濆，落日千山木葉紛。楊柳折時初別我，芙蓉開處忽逢君。帆歸八詠樓前雨，夢入雙溪渡口雲。努力加餐莫相憶，百年何地不離羣。

秋夕登北城樓有懷顧茂仁於南都奉寄一首

緲緲銀河一水通，帝城北望氣巃嵸。宴歸十里笙歌外，身在三秋桂子中。咏草祗堪投顧況，賃春誰復問梁鴻。江雲渭樹堪惆悵，何事相思兩地同。

寄信豐俞子自

壬戌秋，途游越中，遇九河俞子自於武林之僧舍。相見握手如平生，擬唱和湖山，一發奇藻，不意踐東林開士約，竟有金華洞天之游。重陽回自瀫水，訪之寺僧，而子自扁舟，已歸章貢矣！凝佇南雲，不勝懸戀。歸吴門不數月，而幕中諸公以尚書去位，亦皆飈散雲馳，無一存者。回首陳跡，頓如夢中。追念昔游，因寄斯作。

江上逢君俠氣雄，羞同彈鋏歎途窮。功名碧海三山外，世路長空孤鳥中。庾亮層樓虚夜月，田文諸客散秋風。榮華飄忽能無定，莫笑游蹤似轉蓬。

遊泰山留别吴門諸君子

悲歌擊檝出江灣，偃蹇誰憐游子顔？芳草無情迷故國，白雲有路到他山。風塵歷遍心堪死，洞府歸來鬢欲斑。海内弟兄應識我，臨歧不用唱《陽關》。

放舟留别童子鳴吴幼元

蕭蕭孤劍繫浮槎，短棹輕帆逗淺沙。楊柳放時春滿渡，梅花開處客誰家？十年飛夢關河遠，一日東風驛路斜。忽漫相逢總知己，誰云遠道是天涯。

舟次毘陵桃花源吳幼安昆仲攜酒永慶禪林訪同石上人作

滿郭東風芳草繁，鶯聲相送過祇園。一城春水斜臨郭，千樹桃花曲抱源。塵世何年離苦海？名山到處入空門。欲依惠遠林中住，慚愧疏狂殢酒樽。

姚元白市隱園

故人一別滄洲遠，十四年中歲月遙。別館再臨芳草渡，垂楊猶拂木蘭橈。玉簫夜冷留雲洞，銀甲春風醉午橋。明日扁舟過江去，名園竹樹影蕭蕭。

題吳芝山長吟閣次韻

傑閣連雲盡日閒，幽人長日獨追攀。鶯花伴處終成市，車馬看來不是山。素帙晝披芸葉冷，湘簾秋捲竹枝斑。憑欄萬古銷沉意，幾見長空飛鳥還。

過朝天宮沈道士竹亭次蕭漢卿韻

尋真昔日遍滄溟，黄鶴樓中醉復醒。嶺畔吹笙隨子晉，湖邊挾瑟叩湘靈。折葵松下心徒赤，看竹欄前眼更青。偶過山亭問奇字，中宵閱盡《太玄》經。

贈揚州司理姚禹門太史弘謨

玉殿仙郎駕翠虬，暫持旌旆下瀛洲。紫霄雲去九重曉，青瑣夢回雙闕秋。左降盡推新太史，量移猶得古揚州。公餘著書捲簾坐，二十四橋明月樓。

謝淮南傅太守希摯

五馬行游夾翠軿，課農飛蓋遍春田。任專剖竹初分節，恩重留蒲不用鞭。誰道勿開徐穉榻，獨憐遥送李膺船。使君舊族無人識，應是商家夢裏賢。

酬范兖州宗吳

漢節初持據上游，東方千騎古諸侯。城頭嶺帶秦碑直，門外橋分泗水流。道上政聲連北海，望中山色對南樓。九重不是徵書滯，應似當年爲寇留。杜工部有《兖州南樓》詩。

贈兖州别駕郜吏部大經

一入郊原聞政聲，仙郎心似玉壺清。春深魯國新迎馬，花滿燕都舊聽鶯。誰道觀風居岱岳，更憐移節到任城。謫來兩值神明地，却笑長沙滯賈生。

留別章丘李太常開先

中麓李公愛賓客，當年不數孟嘗門。峰頭暮雨東山妓，座上春風北海樽。文翰翩翩傾内苑，聲華籍籍動中原。笑談未了拂衣去，千古悠悠誰共論。

謁青州副使秦使君鈁公署

使君節鉞駐青州，地接蓬萊控上游。日月每瞻天北極，風雲常護海西頭。四郊擊壤桑間咏，萬里驚濤座上籌。深愧長途倦遊客，追隨談笑足淹留。

奉答青州杜太守思

君侯已結東方騎，上客常留北海樽。滿郭秋聲來瀰水，一城山色對雲門。夷吾事業今重見，文舉風流可尚存。誰道他鄉忽相見，令人無夢到家園。

同萊州太守錢同文遊海神廟

千里相逢碧海限，天涯此地共啣杯。遥山日帶青螺出，異國秋從白雁來。環島旌旗迎浪起，凌波貝闕對天開。試參游珮簷牙濕，疑是人間行雨回。

蓬萊閣望海贈李登州鳳

邊關一上思漫漫，水到滄溟覺更寬。臺殿東開見蓬島，煙霞北拱識長安〔一〕。蜃乘霽靄生城郭，鵬向秋風奮羽翰。爲訪雲中謫仙子，試隨飛旆一驂鸞。

【校】

〔一〕北，原誤作「比」，今改。

同衡王教授嘉魚李端曙登青州城樓

西來黛色向城分，撫劍酣歌日未曛。兩地自能憐契誼，百年休更惜離羣。征鴻遙没天邊樹，獨鶴還歸海外雲。惆悵今朝一樽别，他山何處更逢君。

落日青州城樓留别嘉魚李端曙

憶昔扁舟下巫峽，曾上嘉魚赤壁磯。七澤雲深秋草合，三湘風急暮帆飛。西江自别空流水，北海誰憐共落暉。愧我淹留今獨往，問君何日得南歸？

季秋宴繁露園留别董孟才

林堂樽酒日熹微，獨客秋深尚未歸。海外煙霞能自好，天涯兄弟似君稀。風驅塞北新來雁，寒入江南舊寄衣。明日回看歌舞地，山城唯有白雲飛。

歷下逢洋山凌丈重入布政臺

紫泥重捧丹霄詔，滿郭香雲逐集旟。時雨忽霑枯槁後，春陽復布晦冥餘。曾銷海外烽煙警，誰上江南水利書。擬仗吹噓上天去，梁鴻無命欲何如？

重登兖州城南樓

原野蕭條白日陰，高樓重上欲沾襟。城臨闕里暮雲合，殿没靈光秋草深。塞雁空飛千里翼，羈人猶滯一年心。少陵去後無消息，祇有篇章留至今。

再贈李于鱗

短劍匹馬走齊州，滄溟先生還黑頭。隱几久如南郭子，種瓜今作東陵侯。抱膝長吟宜永夜，開軒獨酌多高秋。世人相聞不相見，空指雲中白雪樓。

送周庫部母舅之南都

東風畫鷁出天津，鳳詔初啣下紫宸。梅放江南春信早，鶯啼白下曙光新。十年折桂無雙士，兩世看花第五人〔一〕。誰謂賢甥真是舅，至今孤劍走風塵。

【校】

〔一〕兩，原誤作「雨」，今改。

張給事見過不遇作

故人新插侍中貂，窮巷頻過慰寂寥。張緒久稱春殿柳，梁鴻還住伯通橋。近臣草就傳金馬，烈士蓬飄愧寶刀。爲探梅花不相值，夜窗愁坐雨蕭蕭。

金陵中秋倪公甫宅與金在衡康裕卿項豹章讌得旗字〔一〕

十載論交空海内，天涯握手共心期〔二〕。樽前漫憶盧家婦，座上爭飛楚客詞。鷄館燈殘開夜鍔，竹罏香暖鬭春旗。由來江左多文彦，折盡青青桂樹枝。

【校】

〔一〕得旗字，蘇本目錄作「集」。

〔二〕涯，原誤作「捱」，今改。

登鳳凰臺得山字

江左文章留我輩，高臺此日共躋攀。九秋風物寒流外，六代興亡夕照間。草際煙深黄葉寺，城頭雲亂白門山。登臨萬古銷沉意，惟見長空飛鳥還。

重登鳳凰臺憩叢桂庵得三字

偃息同過叢桂庵，高臺對處鎖煙嵐。重關已見一百二，問法來參五十三。猶憶新亭愁向北，漫隨弟子學和南。登臨自有千秋思，不是幽人恣冥探。

丁卯冬日過周蕩村别業與玉堂弟夜坐作

先人别業滄江畔，四十年餘一度來。楓葉凋霜臨岸盡，草堂落日面湖開。漁歌待月前村起，雁陣驚風隔浦迴。自笑明春同半百，梅花殘臘莫相催。

折梅贈俞韓臣赴雲中迎婚陳參軍幕

俞郎玉立正年少，萬里尋婚赴舅家。華燭迎時銷堠火，笙歌簇處雜胡笳。江南已發乘鸞駕，塞上新開中雀銜。歲暮天涯莫惆悵，一枝春色在梅花。

鹿城詩集卷二十一

七言律詩

奉答青州兵備副使慈溪秦使君鈁

海雁南來帶夕曛，緘書千里寄殷勤。風塵短劍能憐我，夜雨清燈忽夢君。花嶼湖頭誰對酒，句餘山下獨看雲。相思只隔錢塘岸，兩地空悲一水分。

送殷無美鄉試南都

河橋別酒礴芳樽，一騎瀟瀟向白門。曉月初開楊柳岸，秋風先到桂花園。櫪疏赤驥心逾奮，韝脱蒼鷹思正翻。九月長干好雲物，會看霄漢一孤騫。

春日同王明府登卧雲閣

高閣開樽坐夕暉，萬家煙樹近霏微。遥看靈鷲峰頭出，俯對征鴻海上飛。野客敢追環珮侶，使君能伴薜蘿衣。當年子晉緱山路，又見笙簫月下歸。

月下同王明府坐鳳凰石次韻

石上題詩誰第一，江南傲吏洛中豪。鶴歸洞冷春雲閉，鳳去山空海月高。孤梵泠泠來絶壁，長松落落起寒濤。夜涼天籟層霄下，願附仙踪聽玉璈。

周評事肖一左遷句容令奉寄一首

故人别去滄江遠，回首雲霄更緲茫。傲吏移來逢赤縣，仙官謫去住華陽。三秋鳧舄神都近，五月琴堂流水長。江左功名誰第一，遺風今説小周郎。

徐子與使君之任武昌奉寄一首

使君節鉞臨南楚，此日滄江起蟄龍。煙鎖故國青薜荔，秋生新鍔紫芙蓉。久推徐勉風生筆，獨笑梁鴻老賃舂。欲覓荆湘舊遊地，雲深何處得相從。

題王君載青城草堂

隱隱空林豹霧明，草堂新構擬青城。門鄰丞相祠邊樹，座滿浣花溪上鶯。潮水聲中分嶽影，海雲深處得山名。休將萬里論吴蜀，近得王郎似長卿。

奉寄分守金華張虚江給事〔一〕

昔年趨陛侍宸旒，今日移旌駐婺州。鑑上千秋唐左相，功成萬户漢留侯。觀風春泛雙溪水，坐雨秋題八詠樓。聞説黄郎石羊在，公餘應向洞天遊。

【校】

〔一〕江，原誤作「汪」，據蘇本目録改。

己巳仲冬十二夜孫齊之殷無美莫雲卿張仲立集顧茂儉齋中共得心字

城頭漏轉月移陰，短燭虚簷霧氣侵。澤國扁舟千里客，夜堂孤劍百年心。論交詎以窮來薄，惜别偏于醉後深。莫使凌晨各分散，他時應不共雲林。

江上逢齊之同無美雲卿茂儉君載仲立共限四韻

金陵回首緲雲煙，三載重逢倍慘然。風景渾如修禊日，篇章不愧建安年。雄心未死還俱奮，塵世難容祇自憐。他日青霄各飛舉，好尋芳杜越江邊。

送王元美叔赴晉陽

四十東山甘獨卧，乞休未許復承恩。秋風逸藻飛汾水，曉日行旌出雁門。趙地經營推李牧，漢廷忠毅得王尊。仁聲自是通蠻貊，會看陽和度塞垣。

王別駕潘治中泛舟蓮陂限得疣字

山城幾曲蓮塘路，簫鼓斜陽蕩槳游。孤影月籠清露冷，暗香風斷碧雲秋。靈和殿襯潘妃襪，仙掌峰擎太乙舟。尋得并頭應折取，座中莫認是花疣。

毛德甫學博抱病齋居作詩奉訊 并啓

德甫逸翰鴻翔，猛氣駿發，孝敷昆弟，誼溢鄉閭。略迅康莊之衢，定躍青霄之步。詎意早淹賈誼，老困馮唐。彈鋏摧俠烈之膺，吹簫墮英雄之淚。然終養入官，實超毛義；而窮年訓詁，酷類毛萇。西曹賜几，久無魏太祖之禮賢；南楚脱囊，又乏趙平原之識士。聰明空已委之薄命，富貴不甚鍾乎多才。江東舊夢，空生彩筆之花；歷下新篇，徒泣青氊之雨。室存木榻，蕭條實勝乎幼安；歸撫竹松，僻陋更貧乎元亮。抱痾琴室，行藥茅堂。纖腰漸削沈休文，消渴未蠲漢司馬。優游歲月，棲息丘樊。蒼苔愁破，不敢投故人之車；紅葉可題，聊爾餽新秋之句。冀紓愁抱，庶慰友生。謹啓。

廬陵尹教甫信至石城奉寄

堪憐斗室晝雙扃，誰識先生醉獨醒。孝養清朝慵捧檄，訓詩白首尚窮經。楚庭當日聞囊穎，魏殿何年賜几屏。莫道抱痾常杜客，故人相見眼偏青。

寥落江城雁字疏，故人何地問離居。三秋又脱淮南葉，四歲不通江右書。久別肯忘初別處，憶君多是夢君餘〔一〕。

【校】

〔一〕此詩脱後兩句。

寄倪明府功父

翩翩公子帝城雄，曠達猶餘江左風。故國春深歌玉樹，平康夜午秣青驄。當秋對酒清溪側，坐雨分題小閣中。忽憶白門相别處，蕭蕭一騎草橋東。

寄龍江沈山人

門臨花月秦淮渡，滅跡清溪養性靈。南國酒杯憐嘯詠，西禪雲樹憶丹青。閑從陸海尋瓊島，卧對江雲挹翠屏。聞道秋來更强健，坐看南極老人星。

庚午中元日悼故姬胥雲房

此夕年年常待月，簾櫳開處共徘徊。魂飛袖冷悲修竹，人去簷空笑落梅。遊珮有靈歸洞府，斷鴻無路入泉臺。蕭條又值中元節，獨向秋林酹一杯。

中秋夜泛舟石湖聞王别駕亦有玉山之遊賦此奉寄

纖雲消盡一輪空，此夕人間萬里同。廣殿冷侵蟾窟露，澄湖香墮桂枝風。帆檣縹緲游天外，身世分明落鏡中。遥憶仙都珮環吏，應騎獨鶴上崆峒。

送章子瑞歸新安 章善琴畫

淅淅清霜楓樹林，送君南下海潮深。青萍拂水憐三尺，白嶽攀雲定幾尋。癡絶虎頭工畫品，倦遊犬子託琴心。相逢未久便歸去，樽酒夜堂開素襟。

西禪寺訪吳少君玄鐵

玄鐵道人吳少君，翩翩巾袖何清芬。月中縹緲江鴻影，風外孤高海鶴羣。倚杖來沽吳市酒，解衣猶帶石梁雲。誰憐遊息傍蘭若，坐聽鐘聲到夜分。

武林俞仲彝叔懋兄弟訪草堂作

不見故人今八載，草堂還訪薜蘿衣。紅顔自愧風塵變，青眼獨憐兄弟稀。曉砌兩瞻瓊樹立，春原雙睹鶺鴒飛。何時再結孤山社，同伴西湖釣艇歸。

春霽雨亭陳太常虞山西溪泛舟讌集

細雨西溪一放舟，上方嵐氣未全收。寒梅影落孤村水，稚柳煙疏二月秋。詞客蘭芳凌楚畹，美人蓮唱合《梁州》。使君不愧煙霞侶，直向滄江共醉遊。

哭李于鱗二首

蕭蕭不注山南路，細雨孤村憶別君。剡棹還期重泛雪，帝鄉何事便乘雲？千秋北海青樽竭，一夕中原紫氣分。極目三湘悲楚些，傷心忍誦《大招》文。

當年匹馬走齊疆，猶記題詩過草堂。岱岳雲霞原有路，長河波浪已無梁。青衫獨下江南淚，白雪空吟海右章。何日山莊重繫馬，楓林樽酒對斜陽。

陸啓孫顧山父過草堂作

山城殘照柳條疏，何處扁舟慰索居。甫里詩成追魯望，武陵花老憶秦餘。風塵末路誰傾蓋，歲月空山對著書。明日片帆歸笠澤，西風木落草堂虛。

哭北溪華丈

不見故人今四年，林堂雲物尚依然。屏間落月閒歌扇，濠上秋風失畫船。檢翰每餘清夜淚，抱琴常對白雲眠。片帆東下莫回首，極目孤鴻悲遠天。

武林張玄通過訪作

扁舟東入海雲長，何處乘春過草堂。洛下義聲推劇孟，獄中詞翰憶鄒陽。音塵隔歲常辭越，風雨經秋尚渡湘。回首豪雄復誰在？新安松樹更荒涼。胡尚書也。

初夏同諸友東林讌集盛仲交以兩京賦見示送之還金陵得泉字

故人別來今五年，相逢高館得平泉。文章又見《兩京》後，聲價還從七子先。白日共傾吳市酒，滄江猶繫秣陵船。送君歸去鳳城曲，同倚桂枝秋月圓。

哭王君載二首

癸酉季夏，君載北遊金陵，舟次城南，移書別我，匆匆西去。不十日，竟没於郡之婁關。良友云亡，傷如何也！漫賦二詩，以申宿昔。

金閶渡頭日欲曛，闔閭城下愴離羣。空憐困蝶遊殘夢，倏見孤鴻没斷雲。海内是誰終識我，人間何處再逢君？倚樓已自傷心目，忍誦屏間舊寄文。

南郭移書無十日，忽傳旅櫬過河橋。空齋人墮千秋淚，落月魂隨百里潮。早歲又驚鵩入楚，幾時重見鶴歸遼。海天無限瀟湘意，擬向滄江賦《大招》。

邵孟堅遊淮南久爲五嶽陳太守所留奉寄

芳草萋萋客倦遊，淮南木落滯歸舟。山開叢桂堪招隱，釣入滄浪憶故侯。曉日題詩洪澤館，秋風醉酒宴花樓。山陽太守陳蕃裔，下榻應知永夕留。

初秋送周芝孫遊泰山兼寄歷城令王伯欽

岧嶢海岱别來久，七載空林夢屢通。三觀自臨青漢外，五松猶記翠微中。詩成嶽麓千山夜，人馭蓬萊八月風。遥想王喬共飛舉，江東能復憶梁鴻？

寄聊城簿盛賢甫

聞領簿書兼治水，知君原是濟川才〔一〕。舟通南國乘春發，樓倚東城向嶽開。弔古應尋巢父墓，望鄉疑上魯連臺。關河莫道書難寄，常有征鴻北海來。

【校】

〔一〕才，原誤作「木」，今改。

寄王松雲儀部二首

風塵誰阻江南北，去住無因問索居。曉蝶空投千里夢，霜鴻不寄兩年書。持杯澤國寒流外，檢翰蕭齋落月餘。聞道閉門多著述，茂陵未許老相如。

山城風色起棲鴉，倚仗懷人到日斜。梁苑竟誰同賦雪，吹臺應自獨餐霞。暫辭彭澤聊栽柳，肯向青門便種瓜。别後相思倍惆悵，山深無驛寄梅花。

憩慧聚寺上方懷明虹朱比部 諱孟震，新淦人

風物淒清憶帝鄉，鍾山當户曉蒼蒼。匣開夜鍔青萍色，扇寄春詞芳草香。玄武湖閑容傲吏，白雲司冷滯仙郎。短書欲達江關隔，盡日尋鴻到上方。

送曹子念遊燕二首

不是青林謝薜蘿，帝鄉聊共白雲過。黄金久鑠燕臺骨，寶劍還傳易水歌。澤國寒深春草短，長河風闊暮帆多。渡頭斜日送君處，一曲《陽關》奈酒何！

海上頻年悵索居，天涯處處是吾廬。宿聞侯館憐彈鋏，可對空山久著書。楊柳河橋春别後，梅花驛路雪消初。倦遊莫道相如困，會看明王覓子虚。

楞伽山房梅花下有懷顧茂儉張仲立王世周

草堂北畔楞伽路，幾樹梅花向水湄。滿座暗香侵竹葉，半窗殘影雜松枝。客來東閣詩成夜，夢入西湖月落時。最恨山深無驛使，臨風何處寄相思。

送趙及泉任常德節推

曾覓武陵溪上路，始知果有避秦民。數家茅屋霾雲洞，千樹樹花夾水濱。耕鑿似非當世跡，桑麻還是往時春。使君時有觀風暇，想得沿流一問津。

送王子忠任龍南令

千里煙波一葉舟，宦遊今得古虔州。行田苗峒乘春入，問俗鷄村永日留。五嶺此來青嶂曉，三江南下白雲秋。夙聞山驛梅花早，不惜相思寄隴頭。

冬夜莫雲卿攜妓讌故相國顧文康公南堂同李文仲張完甫陳仲甫張仲立顧茂仁茂儉分得梁字

霜月淒清海氣涼，誰呼詞客滿華堂。梅花放檻陽春逼，竹葉傳杯子夜長。舞罷香痕留綺席，歌餘塵影下空梁。江東氏族多羣從，誰似風流顧野王。

鹿城詩集卷二十二

七言律詩

送殷無美社丈遊金臺

青山蓮社盡推君，才子風流洛下聞。滄海明珠誰金價，燕臺駿馬獨無羣。斗間虹識雙龍劍，天上春開五鳳雲。見説漢庭徵異士，此行不負董生文。

寄禮部王敬美叔

晝省春閒碧樹森，仙郎聲價比南金。晝趨行殿花枝暗，宵直齋宮刻漏深。寶劍燕中酬俠烈，文章海内冠儒林。憐余寥落滄江上，對月空懸千里心。

夏日同秦汝立談思重登錫山王氏九峰閣

傑閣憑虚共一登，軒窗四面對崚嶒。幽深林館疑金谷，屈曲花源似武陵。山氣侵簾多作雨，簷風入座欲銷冰。帝鄉擬便乘雲去，塵世棲遲愧未能。

送汪子建出盧龍塞謁戚大將軍

紫塞沙深驛路迷，三河北出薊門西。王孫休對蘼蕪泣，征騎空啣苜蓿嘶。宴罷臨風笳正起，歌殘落日劍初提。幕中誰草陳琳檄，試看書生倚馬題。

胡原荆侍御言事獲譴解官南歸寄之

一紙封章玉陛寒，千秋誰遇聖恩寬。明知觸檻生非易，總得投荒死不難。忍見烏辭新鎩羽，笑驅驄脱舊征鞍。男兒事了拂衣去，且向桐江覓釣竿。

送王京兆鶴歸關中

散誕投簪去白門，歸時惟有竹松存。終南巖谷開文社，杜曲煙霞伴酒樽。曉日看花元果院，秋風走馬樂遊原。壯遊何日函關道，一馭仙人紫氣軒。

同鄔汝翼茅平仲陳從訓登潤州城樓眺三山得吟字

鬱鬱危樵聳百尋，三峰森列枕波心。樓臺盡結蓮花藏，鐘鼓爭開衹樹林。風後海帆東下盡，雨餘山翠北來深。濤聲萬里向何處？落日時聞龍夜吟。

焦山尋郭次甫不遇作

海鶴孤飛靜掩扉，傍巖精舍路依稀。蕪城霜冷雁初下，澤國秋深人未歸。松際定隨黄石去，山中惟見白雲飛。江流不盡西來意，空自尋僧坐翠微。

寄送蔣兵憲夢龍分巡荆岳

渺渺巴江控上游，送君持節向南州。綠林山在當陽。接黄牛峽，在夷陵。青草湖在岳州。通白馬洲。在澧州。幕府風清殘角冷，蠻方秋淨瘴煙收。鄉闗在望空相憶，長日休登庾信樓。在荆州。

送崌崍張中丞公解職自南都歸蜀

白門解組氣蕭疏，江上帆開二月初。蜀道雲深淹駟馬，楚江人遠憶雙魚。棲遲休向嚴生卜，寂寞空憐揚子居。歸去登臨想多暇，青城山色近何如？

憶登岳陽樓寄孫岳州夢豸

曾向岳陽樓上醉，天風颯颯水泠泠。休論賦就誇雲夢，猶記開帆坐洞庭。吉日揚枹追楚些，秋宵挾瑟弔湘靈。憑君試望湖南路，應見煙中沙草青。

哭升庵楊太史

目斷琴臺愁落日，茂陵空鎖著書園。肯辭新殿將頌詔，爲飲先朝未了恩。舉世盡傳潘岳誄，何年招得屈平魂？滇池北望千山隔，直向青城紫氣昏。

草堂寺

山中人去流風遠，千載還餘舊草堂。鶴影空憐棲露冷，猿聲猶自出雲長。曾聞谷口迴逋客，復見林中住法王。不道禪宮亦銷歇，至今煙樹獨蒼蒼。

登孝豐吳十一長林閣

雙峰削出青林間，翠微亭館白日閒。曉月斜移樹中閣，春流曲抱門前山。幽禽銜人墮竹砌，蒼鼠竊食窺松關。我來醉酒欲飛去，天風颯颯非塵寰。

泊舟金山酬鳳麓姚太守

風標誰似鶏羣鶴，逸翰翻翻玉不如。傲吏却編高士傳，隱侯今誦法王書。詩成孤嶼江雲下，夢入長干曉月餘。倚棹思君倍惆悵，篇章何似獨憐予。

秋日金白嶼許石城陳横崖胡秋宇姚鳳麓攜酒邀笛閣讌一首

當年孤舫曾邀笛，此日羣公樂考槃。歌罷江深桃葉冷，詩裁漏下筆花殘。石城又見三秋節，白社還同十日歡。聞住清溪盡詞客，浮雲今古一憑欄。

聞北虜款塞寄盧龍戚大將軍

萬里車書紫塞通，誰將儒術領元戎。轅門鼓角蒐田外，幕府簪纓揖讓中。讌罷暖消奚帳雪，耕餘春捲漢旗風。明王若畫麒麟閣，當代邊臣第一功。

同錢功甫遊元美叔山池

斜日樽罍竹裏消，鹿裘常繫潁川瓢。石林風細秋蕭瑟，澗户雲深夜泬寥。渡口花灘堪罷釣，人間棋路不妨樵。巖居自是能遺世，豈爲逃名遠市朝。

趙太史恩譴放歸虞山寄贈

抗疏金門惜未收，且將吾道付滄洲。孤臣命似野雲薄，聖主恩同春水流。西洛犬歸尋唳鶴，南華蝶醒笑犧牛。草茅自分多疏直，豈爲虚名竹簡留。

寄大梁王禮部

相思南北感飛蓬，六載寥寥夢未通。誰遣耆英歸洛下，可堪詞客老江東。黄河水激三秋鯉，紫塞秋高八月鴻。莫使音書兩沉絶，關山常見月明同。

寄沈君典修撰

丹霄遙見午雲翔，敕賜初歸白玉堂。御酒秋分仙掌露，宫衣夜襲鬱金香。已聞應制傳花萼，誰似賡歌冠柏梁？能念畸人老江左，雕蟲猶綴舊篇章。

寄馮開之内翰兼憶范牧之袁維之

秦淮渡頭八月别，相思動是隔年期。已驚風翮摶雲海，又見雲韶出鳳池。夢裏揚州憐杜牧，山中習静憶王維。慚予落魄休相訊〔二〕，日更沉淪倒接䍦。

【校】

〔一〕魄，原誤作「魂」，今改。

寄學海顧内翰

禮樂千秋逢聖代，簪纓三世襲清芬。院中已撼風鈴索，海上爭傳露布文。應制定誰雄翰苑，窮經還自憶禪羣。青霄況復關河阻，空咏江東日暮雲。

丁丑九日風雨同魏叔達泛舟石湖過周若年草堂聽妓彈琴

倚棹清秋一浩歌，行春橋畔問漁簑。重湖風浪誰人渡，九日林塘奈雨何。流水臨階侵綠綺，遠山依檻拂青蛾。由來江左稱豪俊，爭似周郎意氣多。

送汪仲淹遊金陵

河橋欲放秣陵舟，風景依然六代秋。飛閣寒隨煙樹出，大江高抱石城流。青山對酒應相憶，綵筆裁詩羡獨游。莫向鳳凰臺上望，浮雲千古總堪愁。

次中江莫方伯丈病起韻

端居物外見孤清，長日雲林獨養生。庭際競紛荆樹蕚，欄中遍放藥苗莖。鴻飛絶塞心逾遠，鶴馭高風羽更輕。只恐徵書下霄漢，東山好起答昇平。

過陳太史伯求閣中

歲寒木落叩林居，寂寞空齋好著書。宣室有時還賈誼，茂陵無病卧相如。九峰雲外聽凄鶴，三泖秋深看打魚。塵世浮沉俱夢幻，西樓堪坐夕陽餘。

金在衡以淮南招隱圖見寄次韻奉答

山堂擊柝坐相聞，永夜懷賢酒易醺。獨客夢隨揚子月，故人書寄石城雲。舟來江左孤帆緲，圖寫淮南遠樹分。兩地迢迢莫愁絶，祇憐同調離塵羣。

賦得滕王閣送仲立遊南昌

章江門外滕王閣，坐對川巖紫翠紛。昔日狂歌誰識我？當年詞翰又逢君。帆歸南浦連飛浪，泉掛西山和白雲。秋杪登臨想多思，鄉關應自惜離羣。

社日江上見燕子來舟中追和少陵韻

燕子飛飛經幾春，往來常伴物華新。舊家近徙還尋主，社日將辭更傍人。棲息久諳他國語，飄零終是故鄉身。蕭條愁坐寒江上，時序關心淚滿巾。

夜集沈參甫舟中送莫廷韓遊北都

霧暗空濠月色寒，梅花吹落角聲殘。情深尚憶投交易，老去空憐欲別難。《白苧》歌闌和扇掩，青萍澀盡背燈看。人生會合真無定，樽酒須傾此夜歡。

馮開之太史攜酒鴛鴦湖同項益卿志遠昆仲分得孤字

海客乘秋興不孤，片帆斜日下姑蘇。危樵飛翰留仙史，畫舸清樽伴酒徒。兩岸煙波全浸郭，中流別嶼半分湖。醉來擬欲凌風去，直向浮槎叩帝都。

虎跑泉指南禪師房次蘇長公韻

羣山迴繞鬱天香，勢壓重林午殿涼。紫蔓亂垂青澗合，蒼松遙帶白雲長。疏鐘忽漫傳高刹，清梵時聞到下方。花底新泉煮春茗，通宵徹共老僧嘗。

同沈君典登南高峰榮國寺洪法僧舍

午雲深處萬峰開，春盡寒巖結駟來。昔日避秦猶有境，當年霸越已無臺。塔臨東海通仙馭，門對西湖醉客杯。落日翠微天欲暝，杖藜須趁晚鐘回〔一〕。

【校】

〔一〕藜，原作「黎」，今改。

蔡世卿攜酒萬柳池同胡汝順蔡良卿楊汝枌張道遠宴集得田字

天妃宫畔水連天，時見漁舟破暝煙。密柳青青籠曉殿，新蒲漠漠綴春田。風生海上明霞斂，雨逼城西夕照偏。滿座羣英鬭芳藻，不妨樽酒過流年。

題淮南凌尚書文新樓

淮水帆檣日夜流，春深一上庾公樓。轅門曉見旌旗動，幕府風傳鼓角幽。節擁金貂周八座，營連錦帳漢諸侯。憑欄北望三千里，清夢時時入帝州。

訪嶺南楊肖韓於鹽城夜雨泊高郵湖

華亭西郭當年别，兩地相思已六年。沸水北流江勢斷，鹽城東望海雲連。梅花空發春風嶺，蓬葉誰憐夜雨船。擬向淮陰一相詢，政聲襲襲徧人傳。

懷楊使君肖韓

常憶嶺南楊仲子，一時聲價重儒林。華亭桃李村村發，淮海棠梨樹樹陰。秋入斷鴻千里月，夜看孤劍六年心。白龍潭上清泠水，流得芳名説至今。

同蔡四良卿登淮安城西樓

徙倚春城送酒杯，故園千里客心催。亂帆西下湖光破，宿霧東連海色開。帥府中天傳鼓角，漁村夾岸擁樓臺。不知何處堪投釣，當日王孫亦可哀。

酬馬水部三首

詔從水部求郎署，旌節南飛入濟州。讌賞詩篇追沈宋，端居詞賦擬應劉。秋空劍戟排清漢，曉日芙蓉映碧流。欲步青蓮舊踪跡，乘風一醉郡南樓。

河橋楊柳脆青絲，水國風疏念別離。千里看雲時獨卧，三秋坐雨倍相思。生花已驗江淹筆，夢草新憐謝監詩。七十二泉分砌下，東西常見白雲馳。

金閨占籍獨登壇，千里長風扇羽翰。白戰舒徐開劍戟，青詞聳秀出琅玕。豐城光拂秋雲烈，滄海珠明曉月寒〔一〕。隔歲音書兩愁絶，何時直到使君灘。

【校】

〔一〕珠，原作「殊」，今改。

酬馮咸甫進士并次來韻

年少翩翩意氣豪，投交應復飲醇醪。江東久占詩名遠，洛下時聞紙價高。偶向花間傳《白苧》，忽來竹底醉青袍。千秋知有華亭鶴，今見長鳴出九皐。

奉和傅明府子俊同顧山甫張左虞承天寺重玄精舍對雪韻

祇園竹樹兩因依，茂宰觀風駕不違。已見早梅連夜發，却教朔雪入春飛。殿臺冷淡天花合，世界空濛物色非。盡道豐年逞佳瑞，宦游休憶故山薇。

和金陵金在衡奉寄韻

友誼生平鮑叔知，兩身幸喜值明時。清晨同入看花院，午夜常游夢草池。几上每留科斗字，江東爭唱鷓鴣詞。韶華荏苒應過百，擬向雲山共採芝。

鹿城詩集卷二十三

五言排律

九日同諸公登卧雲閣宴十韻

高會聯文彦，佳辰續勝游。金飈襲飛閣，玉露下芳洲。雲物開千里，風煙屬九秋。羣公時宴賞，我輩復追幽。簪拂萸香遍，觴飛菊露浮。峰孤開鳥道，湖遠失漁舟。樹斷山城出，煙連井幹稠。梵深經竹院，歌溢振林丘。逸興乘秋發，高談永日留。夕陽忽已暝，歸路謾夷猶。

題江上女郎廟八韻

野廟臨江渚，秋深户半扃。靈旗交桂樹，寒鵲下蕪庭。香冷猶聞社，碑殘不辨銘。花鈿風淅淅，叢珮雨冥冥。夢入巫山峽，神游洛水汀。虚無瞻廟貌，恍惚見精靈。日落山鵑泣，洲晴杜若青。空憐鄭交甫，蘭茝薦芳馨。

秋日遊豫章瑞昌王南山别墅八韻

昔日仙人館，當年帝子宫。雲中下簫管，花杪出房櫳。庭茁宜男草，窗含少女風。迴廊千澗曲，别院一林通。閣影游鱗集，橋陰浴鳥逢。蜂攢花更隔，洞轉竹猶籠。撫景清歌溢，悲秋逸興雄。巖前有芳樹，應似小山叢。

憩廬山瑶上人淩虚閣六韻

一入瑶公院，翛然世界寬。磬深山樹密，雲暗石樓寒。貝葉經書遍，松枝衲掛殘。定餘龍伏鉢，供後鳥歸盤。行誤如如妙，心知刧刧安。明燈坐超忽，清論滿蒲團。

贈黄淳父十韻

竹裹玄芝館，人中黄石公。清風高士傳，芳樹小山叢。喪亂雲離岫，飄颻鶴避籠。摛詞驚起鳳，披卷陋雕蟲。跡類牆東隱，家餘江左風。倦游禪榻裹，長嘯酒樽中。鬢爲論交白，心因看劍雄。武陵稱釣叟，江夏識奇童。浮世誰傾蓋，虚名似轉蓬。鹿門可棲託，杖屨願相同。

上禮部尚書尹相公三十韻

南國申生日，中天嶽降辰。風流傳祖德，卓絶邁臣鄰。少小金閨籍，逍遥玉殿身。賜持瓊研早，詔奪錦袍頻。視草趨青瑣，談經近紫宸。周庠敷教育，殷序正彝倫。萬國陶鎔久，諸生造就純。乘風騰鶚路，隨水上龍津。雖荷明王寵，能辭丞相嗔。啣恩離露陛，命駕出風塵。秘殿辭鴛鷺，留都領縉紳。江山南渡異，星斗北辰均。禮樂司文物，春官坐討論。棘闈收俊乂，郊廟協明禋。歲月淹良佐，年華屬老臣。祥雲籠四野，佳氣慶千春。艷冶纔過度，清和又及晨。溫風翔海鶴，膏雨沐靈椿。桃李盈牆植，簪裾滿座陳。參庭多幕客，入室半門人。蘭草垂仙佩，榴花當酒巡。階前羅玉樹，堂下列麒麟。喜值再甲子，還期復丙寅。竚看終眷顧，定見極台鈞。未學心何自，先生道久遵。太丘游茂苑，伯氏治江濱。吉水源方遠，吳門化未湮。華封祈更切，嵩嶽頌初申。海宇春如舊，家山日永新。普天同壽域，康濟在斯民。

送谷子遷遊廣州并寄南海諸君子十六韻

余聞南海諸公素矣，文章風度，殊類中州。近管稚圭自南中來，揄揚更甚。昨見谷子遷詩畫小册，海錯雜陳，益信稚圭之言不誣也。余北游泰山，遇子遷於建業，云將有廣州之行，因賦斯篇以致遠況。

送客游南海，梅風驛路長。嶺雲非故國，峒語自他鄉。舟入紅蕉渡，城盤薜荔牆。渚禽饒翡翠，山果雜檳榔。暮卜迎花女，春祈賽竹郎。連峰羅劍戟，亘海列帆檣。遠嶼通諸島，邊關控五羊。君行當六月，人去過三湘。策杖藤蘿色，緘書荳蔻香。山城多俊乂，番海盛文章。風物如江左，衣冠似大梁。別來應間闊，相見更徜徉。羨子還攜劍，憐余亦束裝。有帆方北渡，無翼復南翔。後夜同飄泊，前途共緲茫。相期在何處？詞翰出盈箱。

題趙滄英製重綃屏風十韻

金陵趙滄英，以五色雜紙細鏤花竹禽蟲，夾以重綃，製爲障子。宵映燈火，天機燦然，如置之軒窗間，想像恍惚，竟不辨其真僞也。往歲，趙子來吴中，四明沈嘉則、崑山俞仲蔚、嘉定殷無美、太倉王元美、敬美，各分韻賦五言長篇贈之。丙寅春，過金陵，因出諸作示余，余亦爲之嗣響。

綃屏凝雪色，雜彩綴春工。寶炬千檠映，蓮花四座融。疏枝應却月，鬭羽欲凌風。桂鎖棲蟾兔，波投飲澗虹。香疑排幕入，聲似隔簾通。雲母籠煙碧，鮫綃浥淚紅。鏡融烘玉臉，窗暖撲金蟲。景入鏤鏤內，春歸裁剪中。晚霞蒸瑣闥，朝日透芳櫳。如坐澄湖上，魚龍戲碧空。

初秋新樂王殿下内苑宴應教十韻

兔苑芳林接，猿巖綺席張。殘雲消故暑，驟雨薦新涼。命伎開蘭館，徵歌上桂堂。景差方入楚，司馬乍游梁。曉露龍章麗，秋風睿藻香。折巾隨俎豆，縫掖踐巖廊。談笑憐方朔，風流駕孟嘗。層臺山月吐，丹閣海雲翔。問漏重門啓，移燈夾道長。西園集飛蓋，千載繼陳王。

謁宣聖廟八韻

瞻拜儼儀形，春風滿殿庭。絃歌周禮樂，廟貌漢丹青。户牖思游息，門牆識典刑。崇簷留古檜，複壁得遺經。帳肅千秋寢，碑封百代銘。空香飛桂檻，雲氣入松櫺。暫息講壇杏，還如渡楚萍。深慚遠游子，何以薦芳馨。

冬日過顧仲方招隱園共賦杯字六韻

獨選煙霞勝，山疑招隱開。路從飛閣迴，溪向曲橋迴。雨砌黄花盡，霜空白雁催。摛詞多鮑謝，結客半鄒枚。落葉翻書卷，殘陽入酒杯。愧余長浪跡，歲暮得追陪。

莫雲卿齋中宴集得侵字六韻

寂寞坐長夜，蕭森翰墨林。窗梅寒影瘦，山麝暖香侵。白髮空名姓，青燈成古今。孤樽千里客，短劍百年心。高館簾櫳啓，危樵刻漏沉。江鄉此飄泊，爲爾一開襟。

春日同徐元甫黄淳父虎丘佛閣送永嘉周文美遊金陵十韻

南國憶初别，重逢今幾年。詎知蓮社會，忽值竹林禪。老我鬢雙白，憐君思獨玄。方投吴苑樹，更度秣陵煙。野酌供僧閣，香詞送佛筵。燕來當社後，客去落花前。山寺雲盤郭，風江水拍天。圖書春盡店，燈火夜深船。草驛憑鳩杖，花村信馬鞭。百年孤劍在，逸思總翩翩。

同諸社友過周婺州東林精舍十二韻

北海聯高會，東林憶舊游。匡山當日社，陶令此時投。路入虎溪僻，煙藏鶴洞悠。疏鐘排寺出，香梵隔林浮。漏接蓮花轉，經翻貝葉稠。藻開池上閣，花擁石邊樓。留客竹深處，看雲水盡頭。魚梁横曲岸，鷗渚抱圓流。露萼辛夷館，風條杜若洲。潮聲遥透堞，山色近盤虬。獨愜丘中賞，同探物外幽。玄談足晨夕，逸翰恣冥搜。

張仲立新居八韻

閉跡憐張仲，端居别墅深。水田餘二頃，檻竹抗千尋。密樹新鶯占，疏簾舊燕侵。嶺雲盤北郭，香梵出東林。野岸魚梁夾，煙城雉堞沉。義傾三尺劍，社結百年心。垂釣緲湖海，著書空古今。莫嫌車馬僻，短棹放山陰。

贈甫里戴逸人十韻

誰似西橋叟，閒居八十年。酣歌娛舜日，鼓腹樂堯天。採藥同黄石，參禪近白蓮。春歸安道宅，雪訪子猷船。家闢栽桑圃，門饒種秫田。步兵鱸渚接，魯望鴨池連。歲月蹐彭祖，行游類偓佺。綺筵逢節序，壽液得春先。萊彩華堂上，簫韶雲漢邊。從兹日强健，應是地行仙。

俠客贈莫雲卿二十韻

海内今才子，江東舊孝廉。焚膏藜火繼，摛藻筆花添。結客心偏下，論交意獨謙。英標如鶴立，高卧類虬潛。《白苧》當筵逞，青萍脱匣銛。孌童橐緑綺，仕女軸湘簾。鸚鵡雕欄據，驊騮翠罽苫。秦筝調玉柱，鄴架列牙籤。蹴鞠抛花底，鞦韆出樹尖。芸房能却冷，竹牖欲消炎。夜舞《堂堂曲》，秋歌《昔昔鹽》。金罏和鴨裊，銀鑰趁魚鈐。曉月窺華燭，春香護繡奩。風簷裁燕燕，霧帳撲鶼鶼。帶軟纏腰細，絲長入指纖。釵翎全鏤鳳，扇月半規蟾。畫播痴稱絶，棋深敵遇殲。籠鵝書更獨，换馬妾常兼。酒市每通籍，花營未解嚴。還憐多别恨，作賦似江淹。

麻城劉黄門謫左遷崑丞以己卯夏孟月二十四日亥時兩媵各生一子事頗殊異賦贈十韻

玉向崑崙出，星從翼軫移。人間開鳳穴，天上降麟兒。蘭茁雙心蕊，荆芬並蒂枝。姬姜還異母，申甫得同時。彩雉誇齊耀，神駒喜共馳。中宵平刻漏，片晷叶熊羆。世衍箕裘綴，門連弧矢垂。握如珠的歷，笑似玉參差。勝事於今烈，爭傳曠古奇。他年看奮迅，兩兩躡雲逵。

徐道生北山新居八韻

石橋西畔路，斜日下丘樊。垂柳環危堞，疏松掛短垣。宅通麋鹿塢，窗對鳳凰墩。煙冷鎖山翠，槎平没水痕。鐘聲經院宇，塔影落琴樽。燕子穿桃萼，鵁孫護竹根。巖虚風墮石，溪靜月侵門。偶向中峰住，脩然避世喧。

謝含之西城草堂八韻

草堂村落裏，背郭枕寒塘。檻淨峰侵帙，簾疏月近床。鐘迴低梵閣，帆轉集河梁。雲淡秋容霽，風微暑氣涼。隔城看岫色，傍塢識花香。野渡平春浪，空齋送夕陽。窗虚懸峻塔，雉壂散垂楊。芳草閑門閉，清歌數舉觴。

周履嘉東城幽居六韻

青溪棲息處，夾岸石橋迴。銀杏雙珠樹，金蓮七寶臺。午鶯當曙出，社燕隔春回。海刹盤林起，風鐘度水來。女牆分薜荔，衣桁上莓苔。莫訝幽居僻，笙簫花底開。

孫峩山攜酒夜集北山茅堂八韻

茅堂臨曲澗，對抱玉山阿。松影穿雲細，秋聲入檻多。疏楊屯亂堞，孤塔伴明河。佳客春城遇，芳樽子夜過。坐深能縱飲，興到欲悲歌。白露下紅葉，清風生翠蘿。窮途頻落魄，空谷任蹉跎。待惜今宵醉，其如朗月何。

贈周芝孫南城新居三十二韻

夙性偏孤寂，翛然造詣殊。清修誇菊傲，秀勁得松腴。書積絲綸腹，形同山澤癯。事功卑晉乘，聲調繼吴趨。陋逼顔回巷，窮深阮籍途。灰心如墮葉，兀坐似枯株。巾軟經風折，衣疏浥露濡。濯纓歌《孺子》，作論擬《潛夫》。開卷從飄麥，閒游獨據梧。舊交傾井邑，新築止丘隅。雪片飛春壁，香條護夕罏。茅堂朝賀燕，粉堞夜啼烏。宅遶蓬蒿徑，屏圍山海圖。野筵鋪草具，側户構桑樞。愁對花能獨，閑憑竹與俱。近池桐影聚，依座菊陰敷。課業開書帙，陶情寄酒壚。接䍦頻醉脱，擔石及春無。棲息疑僧定，論交類友于。摛詞雲染素，點《易》露研朱。惜別偏翹首，懲奸徹怒鬚。評書追草聖，醉舞學巴渝。採藥貪勾漏，扁舟憶具區。春鋤開宿莽，秋鍤入樵蘇。執耒隨耕父，持竿伴釣徒。塘深魚戲乳，琴轉鳳將雛。問法投蘭若，參禪住給孤。鵝籠移羽客，牛掛授奚奴。湖海尋真隱，乾坤笑腐儒。文章增紙價，諷咏足詩逋。莫辨清和濁，休論賢與愚。林泉君自得，高卧縱微軀。

賦得樵雲贈新安程君八韻

千巖秋色裏，樵路入荒雲。縹緲人難到，冥濛晝不分。持鎌迷翠靄，荷斧入清芬。摘蓴收蜂課，摧條走鹿羣。肩橫蒼蘚色，衣帶紫霞文。崖轉露猶潤，山深日易曛。花零隨蝶趁，谷淨獨鶯聞。出處悲人世，青林止見君。

送沈文川司訓杭州六韻

莫厭官齋冷，行將化雨俱。文明開兩浙，家勢播三吳。後進從游息，諸生學步趨。詞章卑近習，詩禮得醇儒。玄閣披經籍，青山對畫圖。暮春童冠集，游樂過西湖。

鹿城詩集卷二十四

七言排律

元宵宴黄門許子雲宅詠得珠燈

銀蟾初放寶燈燃，簾幕重重散紫煙。雪霽香階穿騕褭，風開繡闥簇嬋娟。春生海上長明國，人醉江東不夜天。火樹參差連畫棟，星球錯落散瓊筵。三千世界祥雲擁，十二樓臺碎月懸。桂窟移枝浮玉粒，蓮池分瓣立金仙。滿堂文物嬉游盛，别院笙歌刻漏傳。如此良宵莫虚度，太平佳景自年年。

讌廣陵張使君西園水亭

使君歸隱舊牆東，新築郊原百畝宫。精舍千竿修竹裏，廣池萬樹緑楊中。蘢葱煙幹芳園接，縹緲澄波别浦通。北轉嚴城開畫角，西來蕭寺出疏鐘。連崗游騎穿雲白，夾岸春衣映水紅。我醉乘槎欲飛去，海天南畔起長風。

封少司馬汪長庚暨吴淑人七十壽

斑衣雜沓進華堂，讌賞筵開顧辟疆。萱草細含香霧潤，椿枝遥拂瑞雲長。春風繡户調琴瑟，夜月瓊樓引鳳凰。洞口桃花迎阮肇，雲中鷄犬伴劉綱。陶朱事了游滄海，蕚緑仙成戲紫房。無數羣真來白岳，年年此日進霞觴。

送陳雨亭少卿量移禮部郎中

十年三徑卧煙霞，亦秘南樓誦《法華》。繞舍久栽彭澤柳，沿籬已種邵平瓜。静攜書卷臨山閣，閑挈樽罍坐水窪。長日客留花洞弈，殘宵僧鬭竹窗茶。春回陋巷顔生宅，詔下東山謝傅家。前度劉郎今未老，馬蹄重看洛陽花。

鹿城詩集卷二十五

五言絶句

寄龔溫州秉德

東甌稱勝地，遠望白雲孤。郡閣應多暇，時觀山海圖。

鮫綃

臨軒泣霜風，鮫綃淚珠溢。一夜盡成冰，持來向朝日。

琵琶

明妃塞上路，哀怨曲中深。賤妾在洞房，不應同此心。

紈扇

朝來兩蛺蝶，分宿花房雨。紈扇亦多情，拂爾雙飛去。

玉簫

當年秦女臺，彩鳳雙雙舉。憐爾獨夜吹，孤凰自來去。

嚴城憶王儒卿

嚴城鐘鼓催，殘月淡無色。清宵絶往來，白日坐相憶。

春窗梅花

折得一枝梅，天寒半未開。多惜是蝴蝶，飛入小窗來。

無題

薄暮粧樓下，殘月窺蛾眉。自笑羅裳開，不因春風吹。

江上送友

九月江上別，江深秋可憐。西風亦相惜，不發上江船。

雜言二首

嵬臺堆苺苔，獨屋蓄苜蓿。池䴉離披鷥，輻服觳觫犢。

梟哺菰蒲無，鵯躍芍藥落。收牛兕囚頭，獲鵲索縛腳。

送　葬

養生已應薄，送死亦何厚。骨肉終見銷，冠裳詎能久？

漁　歌

何處覓漁舟，應在蘆花側。南洲夜多風，歌聲到江北。

塚上烏寄杜子華子庸兄弟

霜尾空畢逋，寒影自去住。爲憐反哺恩，夜啼塚前樹。

路傍木

喬木居深山，今生往來道。上垂離離蔓，下覆青青草。

道傍碑

嵯峨道傍碑，剝落字何在？詎似碑上苔，千秋色不改。

同申子良沈稚徵垂虹橋步月

石梁疑游龍，夜卧滄江冷。終非池中物，暫露波間影。

山中四絶贈華源徐别駕

文璧峰

翠璧高入雲，嶙峋多異狀。文光與秋色，氣勢兩相向。

雲卧閣

白雲卧山中，乘風莫飛去。會當駕翔鸞，常向山中住。

翠微閣

政理日多暇，時來坐翠微。游心獨清淨，閒看海雲飛。

郎官柏

古柏何蕭森，郎官種已久。惟餘青青枝，日見虬龍走。

晨起

烏啼夢魂驚，薄路濕金井。月落天暝暝，簾開樹無影。

黄河冰

龍門千丈冰，勢并關河壯。一日春風吹，終作萬重浪。

望夫石

玉關路萬重，精魂自來去。不見江邊石，化作閨中女。

古别離

遼陽幾千里，游魂夜相送。願作郎車輪，迴環見妾夢。

寄母

萬山多窮歧，一身無盡事。試看千里書，上有數行淚。

代母答

汝淚緘書内，親淚寒衣中。書濕猶能緘，衣濕不可縫。

寄閨人胥雲房

秋風茅店客，殘月綺窗人。遥想窗前影，應如客裏身。

代閨人胥氏答

妾意惜孤征，君心憐獨處。試問馬上霜，何如枕邊雨。

寄許氏女

開凰若朝陽，皎皎顏色好。偏來北堂前，日夕照萱草。

代許氏女答

萱草北堂上，開來向朝日。游子久不歸，無人問顏色。

寄周氏女

開鸞若芙蕖，照曜清池水。垂垂青蓮房，秋來應結子。

代周氏女答

蓮開子應結，草枯親未歸。愁見北來雁，三秋獨自飛。

寄開林

讀書可無心，作字應有法。願爾近書囊，憐爺走布襪。

代開林答

書已多習讀，字還少結構。念兒無依歸，待爺始成就。

寄開津

明年已六歲，隨兄當讀書。藥欄休折花，盆池莫弄魚。

代開津答

誰云纔五齡，方名已能記。肯學里中兒，讀書不識字。

甫里馬冀才園林十詠

梅磯

蹁躚羅浮仙，弄珠清泉底。疏影淡春煙，空香落寒水。

竹堂

清影何檀欒，霜梢拂雲碧。秋風入林堂，時有獨往客。

松廊

夜投東廊宿，夢入徂徠峰。彷彿羣仙歸，笙簫落天風。

梧桐園

暑氣時西流，清陰滿庭宇。蕭條鳳不來，閒宵聽秋雨。

芙蓉渚

徘徊雙鸂鶒，花溪日來往。既逐輕橈去，復趁寒潮上。

鵝池

偃息投長林，翰墨時間作。眷彼鵝雁池，清晨俯山閣。

鶴洲

飄飖蓬萊翮，天風海雲冷。爲愛林堂秋，獨下寒潭影。

魚梁

落日下江干，野橋聚魚網。慚非漆園吏，亦有濠濮想。

鹿柴

呦呦走堂下，啣芝出松關。主人日盤桓，悠然忘故山。

虎丘十詠寄崑崙山人王叔承

太湖石

雲根移洞庭，坐對蒼蘚色。夜聞寒雨來，猶疑浪不息。

劍池

繡壁高入雲，千秋水花紫。劍氣雖沉冥，精靈應不死。

闔閭墓

寶劍已成虎，霸圖安在哉！夜堂寂無人，時見山僧來。

試劍石

俠氣凌重霄，自負豈劍術？世有不平事，聊試山中石。

短簿祠

舊家宅前樹，猶在山之左。主人來不來，年年自香火。

生公臺

生公臺上月，還照生公臺。今人明月中，却有歌舞來。

真娘墓

墓木消寒煙，荒涼不知處。夜半風露中，芳魂自來去。

陸羽泉

古甃澄山泉，春茶抽短葉。美人海上來，清宵煮寒月。

白蓮池

玉露下山池，寒花落秋水。西風吹枯房，中有雙蓮子。

養鶴澗

翩翩白雲衣，時爲秋風起。孤影留寒塘，素心在萬里。

鐵花巖

巖逼竹房黑，莓苔凝鐵花。山僧晝經行，空翠生袈裟。

黄鶴

飛仙駕黄鶴，來自武昌城。樓頭一聲笛，西江空明月。

江上

江水風泠泠，欲下前山去。渡口問漁人，扁舟向何處？

桂花寄彭欽甫徐與偕

廣殿清且寒，婆娑桂花影。美人折高枝，天香出雲冷。

題周服卿畫鸂鶒蓼花

水禽甘寂寞，對對宿溪沙。秋風吹不散，滿身紅蓼花。

秋海棠寄趙燕雛

翠袖映紅紗，粉容帶金粟。遙想唐宮人，秋來睡新足。

水仙蘭竹

珮遙湘浦月，步蹙洛川雲。更喜秋窗雨，蕭蕭對此君。

顧行甫括蒼帶松化石歸埴齋中賦此

矯矯雲際松，化爲石權奇。始知歲寒心，千秋終不移。

題雲卿雪林紅葉圖

縹緲姑射仙，亂擲丹砂粒。條然歲寒中，愛此老龍筆。

鹿城詩集卷二十六

六言絶句

美人春詞寄王卿雲

繡户低垂簾幕，綠楊高出秋千。宋玉牆頭東角，苧蘿村口西邊。

漢陽江上送桐漁惠山人還吴

丹楓一樹雨樹，春山千重萬重。孤雁飛來塞北，片帆歸去江東。

泛陽城湖望相城蓮花垛諸洲

遠望汀洲百里，中流鷄犬千家。半夜帆歸煙樹，四更月上蓮花。

村居

數點煙中白鷺，一聲柳外黃鸝。風度樵歌去遠，月明漁火歸遲。

吹簫道人

採芝何處歸來，應是君山劍客。松下紫簫一聲，湖頭白浪千尺。

送雲如僧歸上方

山僧夜歸何處？泠泠短棹帆孤。塔影雲沉野渡，鐘聲風落平湖。

章丘李伯承席上

風中柳枝無定，月底梨花有神。歸去司空見慣，近前丞相休嗔。

鹿城詩集卷二十七

七言絶句

周水部約遊上方諸山因病不赴賦寄

郊原一望草蒙叢，春盡思君意不窮。今日舟行定何處？片帆煙雨石湖中。

送盛賢父遊金陵

寂寞書齋空復情，池塘芳草夢頻驚。離心應似春潮急，半夜隨君到郡城。

懷陶季達

憐君吳苑鬬春遊，西望金閶不斷愁。何日歸來小窗下，另將新譜按《梁州》。

秦始皇

西來王氣暗咸關，一去沙丘竟不還。始悔樓船駕滄海，人間亦自有商山。

漢將

將軍控騎出轅門，接戰祁連沙草昏。傳説左賢先夜遁，追兵直欲繫烏孫。

秋日讀書山村

煙草霜蕪連水村，迢迢一徑入荒園。歸鴉欲下夜風急，月黑林深獨閉門。

懷秋風館寄謝少藴

深巷梧桐第幾家，謝娘庭院隔煙霞。相思憶得西風夜，一曲新聲錦上花。

過大浪灘

釣臺南下歎飄零，大浪灘頭鬢欲星。夾樹畫眉聲不住，夕陽深處亂峰青。

金華澗水中作

白石蒼松夾徑開，民居重叠傍巖隈。驚湍百折飛流急，舟在亂山深處來。

遊青田石門洞觀瀑布採菖蒲寄俞階甫

百丈蒼崖裂石開，菖蒲滿澗雜莓苔。山深歲暮無人到，一道飛流出洞來。

晝卧平陽城南雅山寺

青林長日掩雲扉，夢入蓬山覺後非。起坐小窗風日暖，一庭春絮鷓鴣飛。

過永嘉謝公夢草堂有懷從弟懋先

小弟風流似惠連，别時多病半秋眠。夢回莫道空相憶，春草池塘記昔年。

江　上

秋風蕭條下籧篨，霜寒採菱菱葉疏。一雙小槳過江去，白鷺驚人飛帶魚。

錢塘江夜泊

澤國秋清客夢驚，海門風約暮潮平。夜深隔岸數聲槳，白露一江山月明。

寄內

暗想紗窗挹淚痕，秋來庭院易黄昏。誰憐客邸梅花枕，和夢時時到故園。

代内答

一别滄州亦渺茫，近來書到説瀟湘。昨宵夢裏緣何事，枕上分明在洛陽。

過澧水

楓葉離離霜滿路，溪深水惡不得渡。天明方過數重林，依稀更向前山去。

登岳陽樓望君山

君山煙樹望成堆，秦地曾游此地來。咫尺風波愁不渡，樓船何事駕蓬萊？

越中聞笳

雪裏金笳胡馬羣，江南何事月中聞。堪憐塞北關山弄，今逐秋風入海雲。

觀周穆王八駿圖

《黄竹》歌留阿母圖，千秋青鳥信音孤。瑶池歲歲長開宴，只是人間八駿無。

登謝靈運池上樓有懷諸弟

朔鳥衝寒下遠州，一川疏柳漫生愁。青山不斷浮雲隔，相憶來登池上樓。

永嘉逢鮑六景遠

回首蘇臺歲屢遷，憶君玄度即凄然。而今不用悲雙鬢，猶喜風流似往年。

過貴溪夏相公故居

相國沙堤面水開，石樓一道夾雙槐。年來莫訝門常掩，此地曾多車馬來。

草堂睡起有懷從弟懋先

池塘煙水白浩浩，亭臺屈曲縈懷抱。夢回何處最關情，東風處處生芳草。

和顧二茂儉青墩草堂觀荷懷舊

縹緲瑤池映彩霞，紅蓮還墮去年花。浮蹤飄忽渾無定，應似仙中蕚綠華。

十哀詩挽王中丞叔文

伍大夫員

浩蕩君恩似海深，鴟夷飄泊任浮沉。波濤來往豈無意，欲洗孤臣不二心。

屈大夫平

九關欲叩更無由，澤畔行吟豈怨尤。千載沉魂終爲楚，至今湘水向東流。

韓淮陰信

大將壇高倚注深，始終還是一淮陰。僞游縱出君王計，敢負當年推食心。

李都尉少卿

五千步卒度居胥，没虜身存意有餘。今日孤忠竟難白，倩誰一答子卿書。

孔北海文舉

慷慨空懷命世才，路生奏記亦堪哀。樽中酒滿還如昔，坐上客人來不來？

諸葛武侯孔明

誓掃邊塵報主恩，將星誰料墮轅門。秋來何處倍惆悵，落日西風五丈原。

嵇中散叔夜

肅肅風儀命獨催，素書不獲漫徘徊。柳陰好鍛平生癖，誰道潁川公子來。

陸平原士衡

早年聲價動江關，入洛誰知竟不還。黄耳音書向誰寄，空留玄鶴唳人間。

張司空茂先

芳名赫奕冠朝紳，一旦雲霄劍氣湮。自是才高應見嫉，當年誰怨趙王倫。

潘黄門安仁

零落山丘莫浪嗟，芳魂常逐洛陽車。高情空著《閒居賦》，負却河陽一縣花。

塞上曲

黄雲斷處見邊州，塞草淒淒滿目愁。白骨秋來高似塞，爭教大將不封侯。

贈呂俠客

朝馳獵犬暮呼盧，一飲千鍾氣若無。短劍缺多君莫笑，醉中曾殺五單于。

虎丘松谿禪堂坐月聽甫里陳三彈琴

上方臺殿月依稀，露下松枝鶴未歸。夜午谿堂正蕭索，七條絃上鳳凰飛。

夜宿諸暨客店聞犢聲有懷林兒

驚灘繞樹樹繞屋，孤身此夕谿頭宿。秋聲寥寥何處村，西風夜半吹黄犢。

焦山上方尋郭山人不遇

寺下春江水拍天，道人何處别尋仙。諸僧來去不相識，自向松陰盡日眠。

答周慎甫

十載江湖汗漫游，麟臺功業任誰收。年來踪跡君休笑，不入僧房即酒樓。

丹　崖

盡説天台徑路非，丹崖有洞别通扉。世人不識雲深處，錯認桃花在翠微。

同陸無從維揚四詠

瓊花觀

瓊花原是天宫種，謫向唐昌觀裏栽。若認靈根可移植，仙姬何事不重來。

竹西亭

水邊樓閣貯娉婷，小杜當年正妙齡。休向行人問歌吹，而今不識竹西亭。

煬帝塚

蕪城一望水雲賒，楊柳無枝起暮鴉。莫問雷塘路多少，吴公臺北是他家。

平山堂

春江緲緲暮雲殘，斜日臨風尚倚欄。爲愛江南山色好，而今不必雨中看。

淮陰侯

千載浮名此寄居，功成不上乞休書。誰知范蠡亡吳後，始泛扁舟學釣魚。

漂母墓

壯心拂鬱不勝悲，淮水來尋漂母祠。爲漢養賢功第一，區區老婦勝男兒。

答李于鱗二首

曾登日觀峰頭望，已見秋原白雪樓。爲訪蓬萊更東去，西風一夜出齊州。

咸關紫氣尚氤氳，玉女峰頭去卧雲。欲訪先生舊踪跡，仙人掌上覓遺文。

九日憶汝滋汝達弟

誰遣飄零北海邊，蕭條長值白雲天。故園兄弟應相惜，辜負黄花又一年。

芭蕉

瀟瀟風葉戰迴廊，添得西軒一夜涼。疏影離披到窗下，依稀疑是綠衣郎。

梅花

沿籬踏雪帶春泥，爲報南村開兩枝。斜日疏香隔溪水，黄昏東閣立多時。

紅梅贈沈金

寒入孤山疏蕊驕，誰將絳雪綴青條？素蛾自是春酲重，盡日東風吹未消。

尋梅

寒塘清淺影蕭蕭，爲待東風雪未消。試覓幽香在何處？一籬春色映溪橋。

磬口蠟梅

疏蕊蘢葱似刻檀，曉風吹徹蜜房寒。妝成自是香無賴，莫作金鈿額上看。

出牆梅花

芳心欲露未全真，似與東君别有因。故向春風漏消息，一枝斜月出西鄰。

葡萄

漢使新從大宛回，移根却向未央栽。春醪釀得滿宮醉，絶勝金莖露一杯。

碧筒二首

碧玉亭亭翠蓋開，薰風筵上漫縈來。漢宮雲際金莖露，未必清香似此杯。

一斛瓊珠不斷流，清香透處勝金甌。醉來直欲乘風去，掩映真人太乙舟。

鳳仙

環珮叢叢鬬晚粧，露華濕處錦雲香。羣仙宴罷醉歸去，對對身騎小鳳凰。

萱花

淡黄裙子熨羅裁，道服仙姝控鶴來。歲歲春風北堂下，靈芝叢裏一枝開。

范芝林夜堂看牡丹作

誰移艷質畫堂栽，裊裊偏宜燈下開。自是主人能愛護，漢宮空築避風臺。

薝蔔

濃香透處綠窗虛，玉立階前雪不如。恰似孀居少年婦，白羅衫試晚風餘。

黄薔薇

不禁新刺手痕傷，爲送東風特地狂。却似蕭娘新病起，香腮約略帶微黄。

柳枝詞二首武陵園宴送顧公節入京

萬株新柳拂輕煙，自昔承恩雨露鮮。今日重來綠陰下，風流猶憶玉堂仙。

隋堤漢苑碧氤氲，百囀流鶯處處聞。獨有霸陵橋畔樹，顰眉不發似留君。

送汪仲淹仲嘉昆季

半山落葉半溪雲，執手長亭日欲曛。但願離人似征雁，年年此地一逢君。

寄新昌吕老山先生

新昌黛色何所似，曾記夢游天姥歌。試問先生新結構，老山何處白雲多。

贈白雲樓鳴皐道士步虛詞同袁魯望王敬美作

石城秋盡白雲飛，黄鶴仙人海上歸。寒殿無風桂花發，露華空濕五銖衣。

别倪功甫

故人相送不勝情，三度秋風别帝城。明日明年又何處？秣陵江上白雲生。

茅山道士閣中見盧陵尹教甫題壁

山房深處白雲層，天畔故人曾一登。愁絶樓頭數行字，願騎黄鶴到盧陵。

華陽洞

幽泉淅瀝澗花香，滿谷秋聲木葉黄。欲覓茅君舊踪跡，萬峰深處立斜陽。

積金峰

積金峰畔萬松聲，時見霓旌降赤城。遺下洞林雙白鶴，邀余同上彩雲行。

白雲觀

白雲深處洞門開，叢桂青青帶月裁。踏遍松枝露華冷，夜闌何處鶴飛來。

奉同王明府登馬鞍山二首

秋空樓閣翠微間，滿境香雲擁翠鬟。盡日海風吹不散，却留旌旆宿禪關。

午夜疏林木葉飛，上方環珮露霏微。山僧莫認人間客，黄鶴仙人海上歸。

同王元靖坐上方流雲亭

亂山無數入雲青，處處丹楓倚翠屏。爲愛叙陽滿湖水，攜琴獨上最高亭。

白鷺

蘆葉蕭蕭水滿渠，秋深隻立晚風餘。自憐孤影映寒碧，不是臨淵獨羨魚。

鹿城詩集卷二十八

七言絶句

逢管建初

不見故人今六年，風塵踪跡兩茫然。欲知日夕望君處，七十二回明月圓。

賦得西湖酒名柳芽黄三絶答俞玄津

酒家原住西湖口，青錢三百恰一斗。游人莫向杏花尋，風簾自掛門前柳。

蘇小湖頭第幾家，當壚少婦顔如花。堤邊莫惜一沉醉，新草蒙茸抽紫芽。

春風陌上桃花香，滿座相逢游冶郎。不是儂家解留客，壚頭酒恰鵝兒黄。

題龍別駕靖川諸障子八首

金龍山

沅江北住走金龍，飛上黔陽第幾峰？落日深沉見蒼翠，重重疑植紫芙蓉。

崖屋山

稜層崖屋簇雲根，處處朱樓引洞門。會見羣仙自來去，天風環珮下黄昏。

昭王營

此地昭王昔駐師，陣雲猶自識魚麗。秋來月冷陰風起，午夜還聞鐵馬馳。

吕公井

飛山山色五峰連，此地曾游黄鶴仙。劍氣千秋應未化，井中時湧白雲泉。

清陂湖

清陂湖頭紫霧濃，清陂湖底白雲封。須臾霧散雲飛去，繡出湖南千萬峰。

沅江

楚客秋深弔屈平，沅江流水夜無聲。忠魂縹緲向何處，蘭芷滿江空月明。

蓮沼

并蒂紅蓮映碧流，千羣鸂鶒對沉浮。秋來忘却黔中道，疑向若耶溪上游。

石柱峰

鬱鬱中天秀色開，誰移海外小蓬萊。連雲直上三千尺，只放仙人駕鶴來。

題桃源圖

繡壁攢雲萬仞開，武陵風物似天台。春山不放桃花水，誰引漁郎入洞來。

畫眉

不搽鉛粉衹塗朱，學畫青螺似有無。薄暮粧殘遠山蹙，繡牀不上倩郎扶。

題愛泉上人一林禪房

上人原是廬山遠，常愛康陽洞口泉。九疊雲屏留不住，歸來棲息一林禪。

新製巾衲一絶

儒鞋僧衲道人巾，踏遍天涯是此身。踪跡年來君莫問，洞林千樹碧桃春。

靜庵詩贈圓慧上人

旦暮齋心不出龕，袈裟深護小瞿曇。生心清靜原無事，逢着名山便結庵。

同顧少聖惠山聽泉

千尋峭壁噴飛泉〔一〕，寒玉泠泠一道懸。爲愛秋聲滿空谷，萬松深處對雲眠。

【校】

〔一〕壁，原誤作「璧」，今改。

慧林詩贈省吾上人

門外寒塘曲曲深，一天涼月映禪心。少年開士支公侶，始信祇林住道林。

夜坐上方寺桐月上人閣

縹緲澄湖一鏡平，水風吹上棹歌聲。道人夜坐湛如水，滿院碧梧空月明。

送萍鄉羅邑博天倖

楚江萍實近如何？二十年前此地過。爲問君家住何處，湘潭南路白雲多。

詠　芝

昔傳四皓在商山，採得靈芝帶雨還。誰道閉門留野鹿，數枝啣出下松關。

同黄清夫山中作

乳鶯啼歇到山家，磵户雲霾小徑斜。人在松陰最深處，香風吹落紫藤花。

蓉塘

萬樹芙蓉錦作堆，先生家住蜀城限。一雙鸂鶒能無賴，飛向花叢日幾回。

蟠桃圖

蟠桃海上三千歲，壽居人間六十春。家住玉山應不老，始知方朔是前身。

由銅坑東路看梅過玄墓山房作

暖日東風芳草薰，平湖春霽碧氤氳。銅坑東下花林接，一路穿香入白雲。

虎山橋梅花下聞唐小虞吹蘆管作

野客扁舟載酒來，虎山橋下月徘徊。閒吹蘆管勝羌笛，飛盡湖南萬樹梅。

月夜同諸友坐萬梅堂花下

小院黄昏月色微，一枝牆角冷侵衣。開軒不斷生香氣，疑是羅浮醉後歸。

大風落梅夜泊木瀆西橋下

鄧尉山頭日欲黄，村村風急亂雲翔。不知吹落幾千樹，一夜横塘春水香。

坐治平竹房見復初上人放魚石湖歸

竹房花氣坐霏微，林下僧來帶夕暉。片片湖雲濕香衲，不知何處放生歸。

奉和陽山宋中丞公送洞庭山上方寺惠雨上人還姑蘇并次原韻四絶

祇樹青葱接上方，重湖風霽瀲空光。休嫌零落前朝刹，原是支公舊講堂。

翠微香閣暮雲涼，法侣重開選佛場。願種青蓮滿湖水，團團明月照西方。

仙旆曾游猿鶴隨，山僧常乞魯公碑。穹文自立松關下，江左爭傳絶妙辭。

曾記王郎昔贈詩，梁鴻住處傍要離。誰知近結林僧社，雲白山青到處隨。

登雪溪凌氏露華臺

臺倚秋風挹露華，玉盤承露曲欄斜。瓊珠滴瀝天香細，不獨金莖出漢家。

鳳峨詩贈吴三

鳳山嵯峨横紫雲，萬松深處忽逢君。疏篁隱隱響絶壁，疑是天風下鶴羣。

遊石岐山

石岐山色曉氤氲，長日閑遊麋鹿羣。紫氣望來渾不似，夜中疑宿海東雲。

題王元美西園白鸚鵡

黄冠簇處映花房，解誦蓮花舌更香。聞得唐王最憐惜，殿頭曾唤雪衣娘。

送何叔度遊燕三首

雙螭錦帶結吴鈎，一路西風對馬頭。莫向黄金臺上望，蕭蕭易水不勝秋。

樽酒離亭木葉黄，海鴻南下白雲涼。平湖渡口送君去，一路蓼花流水香。

送客野橋秋浦寒，西風斜日柳條殘。可憐此夜婁江月，去向盧龍塞上看。

題林錦坡畫華學士出使朝鮮圖

錦坡仙史擅揮毫，燁燁丹青意氣高。畫得鴨江春水綠，遼陽草色映宮袍。

過茅山和龍陽許水東韻四首

誰似仙家白晝長，琪花開處發天香。《黄庭》讀罷鎖春院，時有松陰拂殿涼。
洞門深處長蒼苔，廣殿無風春自開。夜半月明松影亂，瑶壇時有鶴飛來。
檻外湘江接漢流，君山木落洞庭秋。一聲長笛楚天晚，何處醉歸黄鶴樓。
五銖衣拂月光寒，約伴朝元玉殿端。夜午步虚環珮冷，不知風露滴松壇。

滸墅朱子常棄家舟居湖上奉寄四首

問君生計近如何？數幅籧篨歲月多〔二〕。常泊溪山最深處，洞庭南去白雲多。
獨泛鴟夷湖上舟，飄飄一葉似浮鷗。他年若向君王乞，願共樵青作伴游。
面面篷窗向水開，羊裘常傍釣魚臺。清朝載得滿溪雪，知是山陰訪戴來。
笠澤微茫煙島長，西風盡日鱸魚鄉。有時買藥城中去，滿棹泠泠秋水香。

【校】

〔一〕篠，原作「篠」，今改。

馬嶠寺清源上人夢入靈山嵎南羽丁山人贈之小幅宛然夢中林壑也賦贈

林僧隱几入松關，萬壑千峰指顧間。誰染丹青最奇絶，分明畫出夢中仙。

顧仲方席賦月出驚山鳥三首

得寒字

空山無人清夜寒，蒼蒼月出青林端。竹溪道士睡忽醒，宿鳥一聲清夢殘。

得住字

幽人獨向山中住，三更夢醒月出樹。樹頭宿鳥驚忽鳴，呀呀飛向前林去。

得稀字

午夜空山靜掩扉，松窗燈暗夢依稀。海天忽透一輪月，驚得山禽樹樹飛。

題畫四首

小苑山牆覆杏花，行春歸去馬蹄賒。畫橋曲曲空流水，門掩東風月未斜。
暖風香拂鏡湖天，水面夫容色色鮮。閒傍柳陰時繫馬，日斜更上木蘭船。
絶壑清泉夾樹飛，道人坐對兩忘機。山深自是堪遺世，月上青林猶未歸。
溪對青山雪滿廬，風林獨坐歎離居。漁人身世應無賴，却向寒江覓凍魚。

張紹源於虎丘諸塢遍購名花移植華亭顧仲方東郭花船將發賦此奉寄

海上名園顧辟疆，山中移得百花芳。東風一夜渡三泖，留得滿湖春水香。

昭君琵琶

秋盡天山朔雪飛，内人相傍易羅衣。穹廬風急琵琶澀，夜半單于獵未歸。

同沈君典馮開之遊武林南高峰石壁并過清修禪寺宗琪上人房次韻二首

亂山斜插紫芙蓉，樹底空傳雲外鐘。日暮松聲連萬壑，天風飛度海門龍。
春深玉洞午雲寒，寶鼎空留未了丹。海上仙人下雙鶴，翛然紫氣滿江干。

春夜高瑞南宅賞牡丹聽歌姬次韻三首

澤國春深花事多，艷詞都付雪兒歌。主人慣聽渾無賴，一曲《梁州》奈客何！
午夜司空喚紫雲，開簾新調座中聞。醉來誰更顛狂甚？只有當年杜使君。
春滿華堂花欲然，酒杯真復似良緣。沉沉漏轉不知曙，腸斷風箏第四絃。

江東白苧

目錄

江東白苧小序

曲之興也，發舒乎性情，而節宣其欣戚者也。自習于道聽者，俚而不文；偏于炫博者，窒而弗達，失之均矣。梁伯子多宋玉之微詞，慕向長之遠遊，觸物感懷，紓情弔古，宮商按而凌風韻生，律吕協而擲地聲作。不俚不窒，雖落索數語，玲瓏百言，有不足謝者。吳中好事，編集成帙，題曰《江東白苧》。將梓以傳，攜以相示。予感夫知音者稀，而喜其予善之切，視彼甘包魚而易家丘者不侔也。爲之題其端而歸之。

冷然居士張伯起撰。

江東白苧卷上

桂枝香・詠輕雲贈王秋卿〔一〕

蘇臺王子，小字輕雲，性度通明，風儀秀整。高歌凌乎《白雪》，游藝擅乎朱絃。同心學結，似西陵松下之蘇；香翰盈箋，類萬里橋邊之薛。北溪華子，攜之草堂，心聲頓起於筵前，目色横生乎燈下。悵佳人之難得，感勝會之不常，遂搆斯篇，以應來命。

江東日暮，亂山無數。天邊常鎖春陰〔二〕，嶺畔半横秋樹。陽臺夢紆，陽臺夢紆，襄王凝竚，朝行何處？暮天低〔三〕，迷却南來雁，關河未有書。

【不是路】曾上衡廬，見一片飛來萬里餘。蒼梧遠，飄揚踪跡定何如。路崎嶇，重重隔斷瀟湘渚。何日乘風下九疑，休回顧，翠華不見迷歸路。幾時還遇，幾時還遇！

【長拍】舞按《霓裳》，舞按《霓裳》，歌停《金縷》，送月來被人間留住。這是蕊宮仙馭，鬢半偏遊戲天衢〔四〕。盡駕絳綃輿，引飛瓊控兩兩綵鸞歸去。幾見瑶池傳曲遠，誰還念黄鶴樓中千載虚〔五〕。問仙姬何事冒雨濕羅襦？又不知春山淡淡鎖〔六〕，何日還舒？

【短拍】襯暖成綿，襯暖成綿，催寒做雨，伴茶烟細繞簷隅。何處是郎居？千里隨風遍訪無拘〔七〕，管浪如春絮〔八〕。曾渡秋風汾水，至今但和朔雁空飛〔九〕。

【餘文】山中住，原無侶，數被清風引去。終有日歸來返故廬〔一〇〕。

【校】

〔一〕《羣音類選》題作《贈妓輕雲》；《彩筆情辭》作《贈王姬輕雲》。

〔二〕春陰，《羣音類選》作「春雲」。

〔三〕低，《彩筆情辭》作「迂」。

〔四〕鬢半偏，《吳騷合編》作「嚲雲鬟」。

〔五〕「誰還念」句，《吳騷合編》作「更洞口笑人遇」。

〔六〕淡淡鎖，《吳騷合編》作「鎖翠」。

〔七〕「千里」上，《吳騷合編》有「任」字。

〔八〕管浪如春絮，《吳騷合編》無。

〔九〕但和朔雁，《吳騷合編》作「共塞北雁」。

〔一〇〕故廬，《吳騷合編》作「故閭」。

月雲高·風情二首〔一〕

夢魂初覺，閒庭弄花草。見蛺蝶雙雙戲，忍不住將闌干靠。誰料喬才，隔窗兒覷着了。他背地將腰摟〔二〕，我不合就回身抱〔三〕。雖是平日秋波眼上招，畢竟是桃花命内遭〔四〕。

匆匆得見，姻緣分還淺。又不曾通音信，難道便相留戀〔五〕。誰料娘行，霎時間寸心軟〔六〕。他既把終身許，我豈忍將深盟變。雖是只得郵亭一夜眠〔七〕，畢竟是藍橋宿世緣〔八〕。

【校】

〔一〕《南宫詞紀》題作《春情》。

〔二〕背地，《南音三籟》作「背後」。

〔三〕就，《詞林逸響》、《吳騷合編》無。

〔四〕命内，《吳騷合編》作「命裏」。

〔五〕留，《南音三籟》無。

〔六〕間，《南音三籟》無。

〔七〕只得，《南音三籟》無。

〔八〕是，《詞林逸響》、《吳騷合編》無。

白練序·詠簾櫳

詠物之作，其來尚矣。模寫之妙，世或鮮焉。非音調之不諧，即情文之未至。既乖舊譜，復累新聲。緬惟楊柳窺青之篇，斯稱作者；繼而芳草春烟之句，不愧前人。余素蹈歌場，兼獵聲囿，因端居之多暇，見筆硯之精良，假微物以適情，托蕪詞而比義。喜於房廊縱步，特以簾櫳命篇。

東風軟，見曲曲迴廊暮靄收。凝粧映、幾簇禁烟新柳。春晝，翠羽稠，任滿院楊花不自由。空相叩，芳容阻隔，似無還有。

【醉太平】刺繡，蝦鬚靜掩，趁遊絲亂撲，花影閒搊。揚州十里，爭露半額嬌羞。纖柔，朝來風靜試銀鈎〔一〕，有誰問海棠依舊。捲舒常在，斜月小窗，暗雨危樓。

【白練序】風流，倚醉眸，湘裙故留。牽情處，分明送幾聲鶯喉。綢繆，院宇幽，伴落日陰陰燕子愁。徘徊久，風驚翠竹，故人相候。

【醉太平】宸遊，披香半揭，天顏應近，傍垂紅袖。香籠霧鎖，通幾點隔花銀漏。悠悠，西風高挂漢宮秋，有人似黄花清瘦。九疑雲冷，湘波映着，翠蛾雙皺。

【餘文】低掩重重如殢酒，愁來試捲樓上頭。空目斷長江萬里舟。

【校】

〔一〕風靜，《南宮詞紀》作「風横」。

白練序·暮秋閨怨

時喜融和，物傷蕭索，雖由天運〔一〕，實繫人情。所以九秋之花，不及三春之草。余淪身未濟，落魄不羈。感紈扇之棄捐，每墮班夫人之淚；見草木之摇落，常增屈弟子之悲。非兒女之情多，實英雄之氣塞。因假閨人之意，以開烈士之膺。調寄正宫，序同《白練》。

西風裏，見點點昏鴉渡遠洲，斜陽外、景色不堪回首。寒驟，謾倚樓，奈極目天涯無盡頭。消魂久〔二〕，凄涼水國，敗荷衰柳。

【醉太平】羅袖，琵琶半掩，是當年夜泊，月冷江州。虚窗别館，難消受暮雲時候。嬌羞，腰圍寬褪不宜秋，訪青鏡爲誰憔瘦〔三〕？海盟山呪，都隨一江，逝水東流。

【白練序】凝眸，古渡頭，雲帆暮收。牽情處，錯認幾人歸舟。悠悠，事已休，總欲致音書何處投？空追究，光陰似昔，故人非舊。

【醉太平】颼颼，霜林鬬葉，更風簷驟馬，夜堂飛漏。白雲去遠〔四〕，那堪值雁南歸後。衾裯，空餘蘭麝伴薰篝，冷落了竊香韓壽。背燈獨守，寒生兔窟，露凝鴛甃。

【餘文】荏苒年華還九九〔五〕，登臨怕惹無限愁。儘開遍黄花不上鈎〔六〕。

【校】

〔一〕天運，《南宫詞紀》作「天造」。

〔二〕久，原作「處」，據《吴騷合編》、《南音三籟》改。
〔三〕訪，《吴騷合編》作「問」。青，原作「清」，據《羣音類選》、《吴騷合編》、《南音三籟》改。
〔四〕去遠，《吴騷合編》作「天遠」。
〔五〕年華還，《南音三籟》作「韶華逢」。
〔六〕儘，《吴騷合編》作「任」。

好事近·元宵燈詞

上元諸作，南北多篇，俱屬黄鐘，再無别調。春城花月，腐語連綿，人際大明，蕪詞稠疊。兹獨宫移南吕，序合《畫眉》。使星橋火樹，少换見聞；玉漏金吾，重新喉吻。雖不能登之樂府，常侑萬年之歡；亦可以播之教坊，聊博一時之笑。

蓬島聚羣仙，玉殿珠簾齊捲。長空雲淨，冰輪瑩然光滿。雪消上苑，正皇都處處春寒淺。絳綃樓宵幸彤芝，丹鳳闕夜遊華輦。

【又】忽聞天上動傳宣，一時放萬盞花燈通點。三千粉黛，飛來笑聲清遠。霓裳隊裏，恣嬉遊盡道今宵短。羡鰲山閃電星毬，駭龍城揭天絲管。

【千秋歲】擁金鞭，月白千門晝，看整整飛騎空轉。火樹銀花，火樹銀花，只見那觸目紅蓮開遍。魚龍戲，樓頭見，彩雲内仙人出現。一道祥光顯，駕虹橋誰上，霄漢孤騫。

【又】笑嬋娟，他不辨東西路，急穰穰來去游衍。羅綺叢中，羅綺叢中，窺人露出芙容嬌面。雙蛾映，青團扇，鎖不住春心無限。故折梅花撚，把秋波半瞥，密意偷傳。

【越恁好】鳳城深處，鳳城深處，暖融融起瑞烟。鬧童兒滿街，爭打塊旋還轉。翠亭亭錦軿，翠亭亭錦軿，見密叢叢火蛾兒簇着繡韉。骨鼕鼕鼓兒，舞翩翩鮑老兒挨着醉肩。惟愁曉不望家，浪逐香風軟。趁燈前鬧炒，月下遊玩。

【又】謝娘庭院裏，謝娘庭院裏，錦重重啓玳筵。畫欄邊往來，花作陣錦成團。俏娟娟月底，俏娟娟月底，見滴溜溜悄聲兒花前笑喧。亂紛紛送迎，兩三三打哄兒不覺髻偏。遺芳珥，墮翠鈿，處處香塵輾。對良宵佳景，莫負歡宴。

【紅繡鞋】聽合城簫鼓喧闐，喧闐；看通宵士女蹁躚，蹁躚。任銅壺下銀箭，長春國不夜天，總歸去更無眠。

【又】太平天子長年，長年。重熙國祚連綿，連綿。歡樂聲遍畿甸，山齊壽水同源，如皓月永團圓。

【尾聲】春來此夜是新正半，願歲歲年年放上元。陽和布暖，看四海無波聖恩遠。

駐馬聽・登黃鶴樓有懷故園

獨倚危樓，極目鄉關不斷愁。試問天邊驛使，雲裏征鴻，江上歸舟：我故園原住在石橋頭，來時可帶得家書否？詢問緣由，誰知兵戈阻絶還依舊。

又·寓居長沙客舍作

歲暮馳驅，寂寞江城客寓居。正值雁鴻秋後，砧杵寒初，木葉風餘。江東不見寄半行書，關西更欲向前山去。倚劍躊躕，平原門下今何處？

又·閨怨

虛度年華，望斷歸舟不到家。爲你秋捐紈扇，春鎖鞦韆，夜冷琵琶。東園還發舊時花，垂楊不繫當年馬。一念何差，痴心猶信着臨歧話。

又·同漁舟曉泊岳陽樓下作

浮世堪悲，一日風波十二時。休笑半竿修竹，一捻空鈎，七尺青絲。斜風細雨久無詩，朝廷莫問玄真子。名姓狐疑，江湖處處詢奚自。

又·寄遠

憶別春初，一葉秋聲又報梧。初認暫留南越，誰知再調西秦，不料更戍東胡。霜風吹妾妾憂夫，寒衣破盡終宵補。魂夢糊塗，悠悠難覓遼陽路。

駐雲飛·雜詠效沈青門唾窗絨體

青門沈山人者，錢塘菁英，武林翹楚。丹青冠於海上，詞翰遍於江南。任俠氣滿，跡類霸陵將軍；自傷情多，家本秦川公子。但峻志未就，每托跡於醉鄉；逸氣不伸，常游神於花陣。聯翩秀句，傾翠館之梁塵；旖旎芳詞，動青樓之扇影。不揣蕪陋，欲窺室堂。乃效苧蘿之顰，敢學邯鄲之步。庶《金荃》之句，使復見於當年；而《香奩》之篇，不獨稱於前代。

春恨

寬褪羅衣，香冷烟消怨別離。粉脆胡蝶翅，黄委遊蜂腿〔一〕。癡〔二〕，朝暮盼佳期，幾番憔悴。雙袖依微，都是相思淚，一半纔乾一半濕。

幽會

昨夜陽臺，珊枕横欹繡帳開。蝶戲花心敗，鳳啄櫻頭解。乖〔三〕，檀口揾香腮，柳腰輕擺。鬢角梳斜，花墮雲屏外，一半蓬鬆一半歪。

邂逅[四]

小小冤家，拖逗得人來憔悴煞。雅淡堪描畫，舉止多瀟灑。咱[五]，曾記折梨花，在荼蘼東架。忙訊佳期，到答着閒中話，一半囂人一半耍。

奇遇

環珮無聲，瞥見嫦娥花下影。乍遇情不定，笑把身相倩。卿，摟住且消停，君休急性。未慣雲情，怕風横花多病，一半推辭一半領。

邀請

和淚開緘，又不歸來空再三。蛾皺眉峰慘，柳削腰圍嵌。耽，在何處久停驂，要人窺勘。只得再寫封書，定把冤家賺，一半增添一半減。

寄遠

試染霜毫，未展花箋淚自拋。舊事縈懷抱，新恨還多少。焦，寫下兩三遭，匆匆未了。被去使連催，不暇多多道，一半連真一半草。

殘夢

山外雲横，彷彿巫陽路上行。屈曲烟中磴，依約峰頭影。鶯，驀地兩三聲，遊魂不定。欲覺還迷，軟把紅兒倩，一半昏沉一半醒。

密約

樹隔雕簷，只見萬朵晴雲擁玉蟾。暗想佳期漸，驀見花陰閃。潛，促急下珠簾，怕人瞧見〔六〕。假意拴門，故把房幃苫，一半開時一半掩。

曉粧

出落精神，曉日臨窗迥不羣。掠鬢蟬將襯，拂黛蛾爲準。親，就裏細評論，似海棠標韻。試折傍菱花，比並方纔信，一半臙脂一半粉。

沈醉〔七〕

綠暈紅嫣，楊柳腰攲雲髻偏。宴罷秋香院，飲散春芳館〔八〕。顛，斜倚侍兒肩，不禁驚戰。被夫婿胡纏，摟定多留戀，一半支吾一半軟。

【校】

〔一〕委，明本、汪本作「妥」。

〔二〕癡，原作「乖」，據明本、汪本、《南宮詞紀》、《彩筆情詞》改。

〔三〕乖，原作「癡」，據明本、汪本、《南宮詞紀》、《彩筆情詞》改。

〔四〕《太霞新奏》題作《訊期》。

〔五〕咱，《太霞新奏》作「誇」。

〔六〕瞧見，《太霞新奏》作「窺覘」。

〔七〕《太霞新奏》題作《醉態》。

〔八〕「宴罷」二句，《南宮詞紀》作「飲罷芳春讌，醉入宜春院」。

梁州序·詠蛺蝶

黄五存和，宿秉惠心，遊情妙染。春日同俞仲蔚丈縱步山麓，得新蝶數十翅於芳草間，黑白異章，大小殊質。歸而圖之，以供戲玩。精如刻畫，勢若飛翻，栩栩然雖莊叟亦忘其爲夢也。周若年氏愛而置之座間，命題小詞。夫窮妍極態，足舒寫物之情；摛翰敷辭，殊未盡物之意。因抽毫以應命，豈弄文而好奇耶？

郊原風暖，園林春霽，日午香薰蘭蕙。翩翩綠草，尋芳競拂羅衣。只見鞦韆初試，紈扇新開，驚得雙飛起。爲憐春色也任風吹，飛過東家知爲誰？(合)花底約，休拆對〔一〕。奈悠揚春夢渾無際，關塞路，總迢遞。

【又】差池羅幕，徘徊宫髻，撲着花兒斜綴。金鬢輕展，芳心未露先知。恰似偷香韓掾，傅粉何郎，慣作司花吏。畫橋風細也賣花回，亂逐餘香過水西。(合前)

【又】向蘭閨欲作良媒，爲經雨暫飛猶住〔二〕，况重簾隱隱，欲投無計。枉自相隨油壁，獨叩花房，風勒還空退。殘紅零落也伴香泥，浪撲金鞍送馬蹄。(合前)

【又】正東城雙宿雙飛，又南浦離羣失隊，歎花溪深杳，再逢何地？應是狂隨香絮，舞入梨花，畢竟無尋處〔三〕。乍來還去也是和非，何日牆頭接翅歸？(合前)

【節節高】誰餘故館基，野花迷，漫尋珠翠投荒砌。空留滯，芳草凄，蒼苔蔽。蹁躚弱態今何處〔四〕？芳魂應逐秋風去〔五〕。(合)半載分離不多時，春來依舊重相會。

【又】輕盈漢殿姬，素娥眉，粉容旖旎春香膩。迎風倚，着露欹，經烟醉。《霓裳》舞罷歸環珮，紛紛盡入宫牆内。(合前)

【餘文】深宫鎮日重門閉，對簾櫳午漏漸稀，搨得滕王畫品奇。

【校】

〔一〕拆，原作「折」，據《南宫詞紀》、《羣音類選》、《吳歈萃雅》、《詞林逸響》、《南音三籟》改。

〔二〕猶住，《南宫詞紀》作「猶滯」。

〔三〕無尋處，《南宮詞紀》作「難尋覓」。

〔四〕何處，《南宮詞紀》、《南音三籟》作「何地」。

〔五〕秋風去，《南宮詞紀》作「秋風逝」。

梁州序・初夏題情改定陳大聲原作〔一〕

思本幽深，疑無定位；調拘律呂，自有恒裁。苟情詞之相鮮，顧音聲之獨滯，則前通後窒，始合終離。善歌樊素，空逞夫鶯喉；解顧周郎，有同乎龍耳。歌之不振，豈無其由？白下陳公，南都俠客，凝情於可雪，寄傲於梨雲〔二〕，實聲苑之通侯，詞林之開士也。但其精專北調，脱略南歌。楚學齊言，殊非本色；婢作家婦，終不似真。故於南呂諸篇，偶定《梁州》一序，因原詞而稍易其字，倣舊譜而略損其煩。庶音騰於耳，纍纍如貫明月之珠；而聲轉於喉，玲玲如振苕華之玉。

西園暮景，南軒初夏，長日端居多暇。樓頭楊柳，陰陰漸可藏鴉。無奈關心杜宇，惹恨鶬鶊，占定荼蘼架。芭蕉分綠也上窗紗，閒看兒童捉柳花。（合）珠箔捲，金鈎掛。怪無端一夜東風大，花亂落，謾嗟呀。

【又】瑤臺寂靜，畫闌幽雅，一樹薔薇低壓。鴛鴦兩兩，飛來暖傍晴沙。爲甚金針閒却，綵線丢開，刺繡都停罷。舊巢新燕子語窗紗，又見蛺蝶雙雙入菜花〔三〕。（合前）

【又】枕痕橫臉玉生霞〔四〕，簟烟微麝香消鴨〔五〕。對銀箏無緒，雁行空駕。幾度閒尋舊譜，試學新

聲，欲演還抛下。絲絲梅子雨潤窗紗，無奈少女風前爛熳花。(合前)

【又】對香奩朱粉慵搽，臨寶鏡青螺羞畫。病懨懨多半，爲他瀟灑。堪笑鸚哥解語，鸜鴿能言，把薄倖提名罵。開遲紅藥滿映窗紗，爲甚送盡春風始見花？(合前)

【節節高】蓮舟戲女娃，露裙靸，蘭橈水濺凌波襪。貪歡耍，兩髻叉〔六〕，雙鬟亞。青青荷葉無多大，折來莫把絲牽掛。(合)翠羽飛來綠葉叢，玉盤欹側瓊珠瀉〔七〕。

【又】乘陰傍水涯，扇空遮〔八〕，玉纖謾解鮫綃帕。音書假，辜負咱，多嬌姹。歸期暗數垂楊下，而今不信傳來話。(合前)

【尾聲】芳時一任東風嫁，對良辰歡情未洽，難道經秋不到家。

【校】

〔一〕汪本題作《改陳大聲初夏題情》；《南音三籟》則作《初夏閨情》，署陳大聲作。

〔二〕梨，原作「黎」，吳梅校作「梨」，今從。

〔三〕蛺蝶，《南宮詞紀》作「蝴蝶」。

〔四〕枕痕，《南音三籟》作「黛痕」。

〔五〕簟烟，《南音三籟》作「篆煙」。

〔六〕叉，《南宮詞紀》作「丫」。

〔七〕瀉，《南宮詞紀》作「下」。

〔八〕扇空遮，《南宫詞紀》作「强歡狎」。

香遍滿·寄王桂父

無翼而飛者，聲也；不根而固者，情也。聲由虚發，故隨地而馳；情自實生，每從恩而使：非今獨爾，自古爲然。余性喜纏綿，意偏感慨，一承他人之微盼，即爲我輩之所鍾。而况以楚館之神姬，值秦臺之逸史，心堅匪石，契同若蘭。陟馬鞍而宵誓，同效弟子之和南；駕鷁首而晨遊，獨憐夷吾之敗北。感投囊之盈袖，悵寄翰之連箱，能無報惠之章，遂著閒情之賦。

雲容月貌，尋常淡妝難畫描。出落風神年尚小，一團都是俏。還憐情性調，總然萬種嬌，不易得千金笑。

【懶畫眉】蘭房聲價一何高，才調當年似薛濤，因此上阮郎不憚路途迢〔一〕。爭奈他枇杷花下音書杳，怎能彀直至成都萬里橋。

【金索掛梧桐】匆匆歲月消，寂寂音容悄。曾記蘭舟，避跡潛移棹。春山暗裏遊，怕相拋，執手偎依廝纏着。偷忙背語回身早，側坐防人驀地瞧。誰知覺，至今猶認夢中遭。今日呵又不是水遠山遥，又不是魚沉雁杳〔二〕，爲甚麽無消耗〔三〕？

【浣溪沙】你情自投〔四〕，我恩難報，最堪憐兩地蕭條。憑誰訴與娘行道，我不似青樓名倖薄。雖見許〔五〕，恐無憑、話未真實，只落得夢斷魂勞。

【劉潑帽】畫樓頻倚想雙蛾悄〔六〕，對簾櫳凄楚無聊。瑤琴謾寫相思調，音韻喬，彈出兒《孤鳳操》。

【秋夜月】初夏交，記那日人曾到。蠅頭小字親相召，誰知病滯文園老。空回帖草草，枉歸程渺渺。

【東甌令】難消受，印心苗，未必空亡坐本爻。紅鸞幾日輪佳造，必定有花星照。那時節呵華燈燁燁影搖搖，偷卸翠雲翹。

【金蓮子】鸞鳳交，恩情美滿同歡樂。這一段姻緣兒怎拋？恰正是遇雲英，一雙雙仙子渡藍橋〔七〕。

【尾聲】共引入蓬萊島，仙源此去路非遙，洞口雙吹碧玉簫〔八〕。

【校】

〔一〕阮郎，《南宫詞紀》、《羣音類選》、《吳騷合編》、《太霞新奏》作「元郎」。

〔二〕魚沉雁杳，汪本、《南宫詞紀》、《羣音類選》作「魚遠鴻遙」。

〔三〕「爲甚」句，《太霞新奏》作「爲甚擔閣了煙花票」。

〔四〕投，《太霞新奏》作「高」。

〔五〕雖見許，《太霞新奏》作「雖則消息好」。

〔六〕悄，汪本、《羣音類選》作「峭」；《吳騷合編》作「俏」。

〔七〕金蓮子曲，《太霞新奏》作「鳳鸞交，十二恩愛非小小。姻緣到，愁悶心消，似雙雙仙子攜手渡藍橋」。

〔八〕尾聲，《太霞新奏》作「寄書傳佳耗，青鸞指日下層霄，準備同吹碧玉簫」。

江東白苧卷下

畫眉序·秋日登瀔水驛樓感舊作〔一〕

余幼有遊癖，每一興思，則奮然高舉。癸丑之歲，南遊永嘉，道經蘭溪，徘徊江岸。凌麗譙之孤聳，見塞羽之長征。川原迢遞，舊會難同，雲樹周遭，故園不見。情來引泣，事往會悲。因動仲宣之懷，敢擬《登樓》之什。

金風動南國，撫景悲秋感疇昔。笑年華荏苒，似梭輕擲。光陰記昨日明朝，歡會想去年今夕。（合）倚樓無限闗心事，都付數聲長笛。

【又】銀瓶曉空汲，金井沈沈斷千尺。盼秦臺縹緲，暮雲遮隔。追前恨別雁新聲，傳往信離鸞殘翼。（合前）

【又】花陰訪踪跡，苔徑留痕未收拾。想環珮何處，畫圖空憶。宮腰細帶眼驚鬆，香袖冷淚花愁積。（合前）

【又】華堂屢經歷，咫尺簾櫳限南北。翠雲緘封就，欲投無隙。羡當時一霎能逢，恨今日萬方難覓。

（合前）

【滴溜子】又不是、從前兩人未識。更非關、別後兩情不一。爲甚不知箇虛實，教人倩著誰，問端的？未必他心，頓忘往日。

【鮑老催】追思艷質，紅榴繡帶餘麝液，烏絲小箋留翰墨。恨彩鳳單，錦鴛孤，文鸞隻。伯勞東去無儔匹，海燕西飛絶伴侶〔二〕，塞鴻北度沈消息。

【滴滴金】花開錦樹芳香襲，零落辭枝悔何及。東風橫烈春無主，將並蒂分連枝劈。今生未必。雖然一年花事畢。難道明春，蜂釀房無蜜。

【鮑老催】江南倦客，圖書積來空四壁，扁舟遊處經數驛。奈一字無，兩年別，五侯宅。孤雲天際征鴻急，斜陽江上烟波疾，怎對却西風立。

【雙聲子】昏鴉集，昏鴉集，白露下丹楓溼。寒蟲唧，寒蟲唧，青霜冷黃花泣。書未得，書未得，歲已逼，歲已逼。似落花飛絮，暮秋寒食。

【尾聲】花間有日門兒闔，月暗房櫳歸處黑，把受過凄涼坐相悉〔三〕。

【校】

〔一〕汪本題作「登瀫水驛樓感舊」。

〔二〕絶伴侶，吳梅校云：「絶」字當在「侶」字下。

〔三〕坐相，《吳騷合編》作「相對」。

小桃紅·過湘江弔屈大夫

余仲蔚云：「伯龍素有奇分，千里之遊，如在足下。明日告我泛鄂渚，過洞庭，訪懷襄於高唐，弔屈宋於澧浦，以爲異於古之左遷，豈不快哉！雖然楚人多哀，值此秋晏，君其奈何？君歸，必挾勝語，以廣我異聞，坐我叢蘭芳杜間也。」因感斯言，乃有是作。

星沙舊國，羅水空江，極目多風浪也。爲弔孤忠魄，迢遞下瀟湘。攜桂酒，奠椒漿，試問放何時，黜何方？魚腹是何年葬也？歲久沉淪徒想像，看烟水微茫，玉殿鎖荒涼。

【下山虎】江蘺漠漠，山樹蒼蒼。廟閟精靈肅，殘碑半叠砌傍。神何在？月冷蘭橈，香消藥房。應是魂兮歸故鄉。珮環時來往，雲慘江昏徙倚望。遺範空追想，落月屋梁，贏得年年薦客觴。

【蠻牌令】江燕語集危檣，神鴉舞送征航。千載遊魂招不返，只落得淚傍徨。況淒淒鵑啼廟口，更青青竹映船窗。挹清風山高水長，碌碌浮生，甚愧行藏！

【尾聲】孤臣自分波心喪，襄王何事夢中忙？至今遺笑雲雨高唐。

二郎神·擬漢宮春怨

宮詞之作，其來已淼，與時高下，具體紛紜。援雅琴而變調，方無愧於長門之篇；顧女史以問詩，始有得於自悼之意。沿及南國，降自唐家。香詞滿案，無非怨望之音；秀翰盈箋，盡是嬉游之句。「淚痕不學君恩斷」，悵怏何深；「不是思君是恨君」，含冤尤甚！而且密奏入月，仲初已墮於誨淫；近覓祇承，禹玉實淪乎導慾。是皆哀過乎中，樂失其正者也。況唐人調短，急促難歌；漢氏篇長，蔓延無節：何以被之絃管，協之宮商？因檢彤管之編，偶閲掖庭之籍。歲華虚度，永巷幽深；氣候不齊，阿房寥廓。感女弟之進，始焉寵冠乎椒風；悵宮人之斜，終則魂遊乎薤露。於是聲從新調，詞按舊宮。哀不及怨，以寫曠女之至情；樂不逾淫，以述空閨之微意。雖未能盡合夫風人之旨，有不足以少見夫愛君之情也耶！

銅壺轉，奉箕箒又平明金殿。記少小披香曾侍宴，鸞輿別後，椒房寂寞多年。只見風送西宮歌吹遠〔一〕，歎命薄承恩何淺！恨無緣，總黄金求賦，文章更有誰憐？

【又】花磚，飛英亂叠，湘簾高捲。奈春鎖重重深小院，怕鞋侵荒蘚，瑶階欲下還旋。何日得碾破蒼苔留玉輦？愧隨例雖朝空見。恨無緣，總黄金求畫，丹青竟有誰憐！

【囀林鶯】思家何處魂夢懸，淹淹弱息難延。九十日春光愁過半〔二〕，病膏肓旦夕牽纏。腰肢瘦軟，宮醫有倩誰呼唤？淚綿綿，書封戰襖，投向阿誰邊？

【又】閒宵欲賦紈扇篇，奈秋風篋笥空捐。月過房櫳刺繡倦〔三〕，這深宮夜午誰諠？怪金鈴小犬，吠花影隔簾空轉〔四〕。淚綿綿，詩題紅葉，流向阿誰邊？

【錦衣公子】錦瑟倦調絃，對春風哭杜鵑，開簾羞睹雙雙燕。他那裏歌臺夜喧，我這裏舞袖晝眠〔五〕，緣何一宮之内溫涼變〔六〕？會何年〔七〕，鼎湖龍去，除是共登仙。

【又】粉黛浪三千，念當初寵最先，爲甚十年不識君王面？非君故偏，似妾故專，而今懊悔却又難重見〔八〕。會何年，翠華雲暗，除是共陵園。

【琥珀貓兒墜】烟横閣道，日落斷傳宣。銀鑰隨收金鎖穿〔九〕，花房夜搗守宫鮮。天天，又早是門掩黄昏，銀燭空燃。

【又】君恩浩蕩，不是誤嬋娟〔一〇〕。自恨孤身多命蹇，今生已矣，還結後生緣〔一一〕。天天，又早是月落烏啼，銀漏空傳〔一二〕。

【尾聲】傷心過處還消遣，自甘受一生微賤，聖主從教億萬年。

【校】

〔一〕見，《吴騷合編》作「聽得」。

〔二〕愁過半，《南宫詞紀》作「愁與怨」。

〔三〕刺繡倦，《吴騷合編》作「朱户掩」。

〔四〕「吠花」句，《吴騷合編》作「吠花聲隔簾窺見」。

〔五〕舞袖，《吴騷合編》作「舞衣」。

〔六〕「緣何」上，《吴騷合編》有「却」；之内，作「咫尺」。

〔七〕何年，《吴騷合編》作「無年」。

〔八〕懊悔，《吴騷合編》作「追悔」，「却」字無。

〔九〕銀鑰，《吳騷合編》作「魚鑰」。
〔一〇〕不是，《吳騷合編》作「豈是」。
〔一一〕還結後生緣，《吳騷合編》作「遠結再生緣」。
〔一二〕銀漏，《吳騷合編》作「玉漏」。

二郎神·秋懷〔一〕

寂然凝慮，思接千年；悄焉動容，視通萬里。蓋時代雖寥，流風猶在；山川徒阻，妙象可求。是以遊神所至，則上古並於當今；極目所窮，則遐方亦爲近地。而況期不越月，邇可連橋。既青鸞西下，無俟於經秋；宋玉東邊，纔堪乎步武。愛同昆季，情逾友生，共約簾前，並遊花下。既無投梭之拒，兼承解珮之勤，能不神走桂堂，精馳妝閣。一等人睡，即投夢中；略俟花開，遂來鏡裏。又何必追踪往昔，方挹其清芬；遍跡荒陬，始接其逸韻耶？但脣鋒舌劍，一沮於臧倉〔二〕；而雨陣風旗，再摧於沙利。時更勢變，物換人移。此去故就新，騷人之所以愴怳懭悢；而秋風春草，江生之所以吞聲飲恨也。

相逢久，笑春來尚分飛依舊〔三〕，記軟弱身兒年紀幼，重簾不捲，蕭條獨坐危樓。爲甚麼懨懨如病酒？空恩愛未曾消受。莫淹留，更不念匆匆歲月如流〔四〕。

【鶯啼序】錦堂風月今又秋〔五〕，參辰還自卯酉〔六〕。定非關途路悠修〔七〕，不干魚雁差謬。奈花營脣槍戰爭，更錦陣心兵輻輳。無共有，只落得浪傳人口。

【簇林鶯】空挑鬬，難斷頭。爲高唐，雲未收，朝朝暮暮在陽臺右。情深怎休，恩深怎丢！因此上明知未偶還拖逗。夢悠悠，三星天外，空戴月如鈎。

【啄木兒】曾留戀，幾浪游，秋水春山常聚首。記花陰清晝攜琴，想燈前午夜藏鬮。更憶他修書漫捲羅衫袖，高歌半解香喉扣，訂約偷回扇底眸。

【滴溜子】天台渡，天台渡，桃花水流。章臺路，章臺路，柳條報秋。誰道落人機彀。崑崙是何處？奴施妙手，把往日恩情，一旦盡勾！

【水紅花犯】正值陽回九九，被何人苦逗遛？奈阻隔去無由〔八〕，冷颼颼，卿卿知否！多應獨倚小窗幽，柬難投，重門誰扣？四五年光陰虚度，三兩行淚空流，淒淒切切殢人愁也囉。

【尾聲】景淒涼，人僝僽，相思業債幾時休，直待要海燥江枯方罷鈎！

【校】

〔一〕《吳騷合編》題作《閨思》。

〔二〕臧倉，原作「藏倉」，據明本、汪本、曲苑本改。

〔三〕依舊，《南宫詞紀》作「似舊」。

〔四〕更，《吳騷合編》作「竟」。

〔五〕今又秋，《羣音類選》作「今秋又」。

〔六〕卯酉，《吳騷合編》作「昴酉」。

〔七〕悠修，《羣音類選》、《吳騷合編》作「悠悠」。

〔八〕「奈」下，《南音三籟》有「他」。

山坡羊·代謝少蘊寄江陵遊客〔一〕

亂紛紛簾櫳風絮，慢騰騰紗窗香炷。重疊疊江東暮雲，密匝匝渭北春天樹。途路紆，衡湘絕雁魚。巫陽夢遠，夢遠魂千里，獨倚危樓，故人何處？嗟吁！目斷關河一紙書。淒其〔二〕，況復東風花落餘。

【校】

〔一〕汪本題作《代謝姬寄客》；《南宮詞紀》作《代妓寄懷》；《吳騷合編》作《代謝少蘊寄情》。

〔二〕淒其，《南宮詞紀》作「躊躕」。

又·代葛雲卿寄蒼雪主人〔一〕

靜陰陰夕陽初下，冷蕭蕭重簾高掛。暗昏昏殘燈半明，疏剌剌幾陣西風大。淚似麻，方知一念差。傷心最苦，最苦簷前馬，門掩清秋，更無些話。嗟呀！何事當初誤信他。冤家，着甚來由辜負咱！

【校】

〔一〕汪本題作《代葛姬寄客》；《吳騷合編》作《代葛雲卿寄情》。

又・代王幼玉寄東海王生〔一〕

記匆匆霎時成就，喜孜孜連宵拖逗。怨迢迢經年别離，悶懨懨鎮日閒窮究。自浪遊、恩情一旦休。河橋記得，記得頻回首，望眼盈盈，淚沾羅袖。難留，恨殺西風下水舟。離愁，流到揚州古渡頭。

【校】

〔一〕汪本題作《代王姬寄客》；《吳騷合編》作《代王幼玉寄情》。

又・代劉季招寄申椒居士〔一〕

病淹淹難醫療的模樣，軟怯怯難存坐的形狀。急煎煎難擺劃的寸腸，虛飄飄難按納的情和況。空自忙，全然没主張。盟山誓海，誓海都成謊。輾轉書來，更無的當。淒凉，爲甚更長似歲長？蕭郎，莫認他鄉是故鄉。

【校】

〔一〕汪本題作《代劉姬寄客》；《吳騷合編》作《代劉季招寄情》。

念奴嬌序・擬出塞

天限華夷，人分蕃漢，種族固異，風氣亦殊。故自廣漠以南，長城而北，禽心獸性，不入人群；

弓準戟髯，難通法相。而且地饒兵革，代多戰爭，遊魄漫空，陰燐遍野。受降城上，無非墮淚之笳；破納沙頭，盡是銷魂之角。水不涅而自黑，雲非繪而長黃。三春落葉，難尋四時之花；萬里飛沙，不見一抔之土。肇自漢室，迄於唐廷，御乏嘉謀，守無善策。遣近貴以通好，羈絡英雄；驅宗女以和親，摧殘窈窕。節旄徒駐，白盡海上之頭；環珮空歸，青遍塚邊之草。捫心痛矣，撫劍淒然！余也智乏孫吳，才慚頗牧。然逸氣每凌乎六郡，而俠聲常播於五陵。魯連子之羽，可以一飛；陳相國之奇，或能六出。假以樊侯十萬之師，佐之李卿五千之衆，則橫行鷄塞，當雙飲左右賢王之頭；而直上狼居，必兩繫南北單于之頸。

龍荒萬里，正風高紫塞，迢遙千古長城。落日寒原，凝望處茫茫極北雲平。連亘，白狄臨關，黃河夾地，胡兒千隊此馳騁。(合)還自許，終軍早歲，獨請長纓。

【又】堪哽，陰燐耿耿，見白骨滿野，烏鳶螻蟻相慶。萬疊驚沙，探騎急，黑夜移營傳令。還逞，苜蓿初肥，葡萄新熟，貂裘十萬盡精英。(合前)

【又】愁聽，破納沙頭，受降城上，斷鴻殘角聽邊聲[一]。烽堠直，烽堠直，見月下歸來殘兵。飛警，雪迸金笳，雲崩鐵騎，祁連黠虜正憑陵。(合前)

【又】冥冥，殺氣侵雲，獵聲沉塞，新來降騎説蕃情。麟閣迥，麟閣迥，莫負三尺青萍。休驚，北接莎居[二]，西通疏勒，班超原是一書生。(合前)

【古輪臺】雁南征，西風吹急不堪聞[三]。胡天嘹嚦空相應，音書難倩。况萬里膻腥，更誰訪紅顏薄命。有西遺烏孫，一生孤另。有荒墳烟鎖草青青，霜迷月冷。有崎嶇北汗胡塵，哀笳倚拍，家山何處？淒涼風景。千載恨難平，關河永，遊魂無侶伴孤影。

【又】閒評，曾有擒虜王庭。還又有殺敵居胥，戰無不勝。竹帛丹青，細屈指依稀名姓。有年少封侯，奇功難並。也有垂老轅門竟無成，數奇不幸。有白頭北海飄零，淹留朔地，飡氊嚼雪，旌旄落盡。

【尾聲】天王借十萬兵，會看取單于繫頸，直待要踏破燕然再勒銘！

【校】

〔一〕聽，《南宮詞紀》、《羣音類選》作「總」。

〔二〕莎居，原作「沙居」，據《南宮詞紀》、《羣音類選》改。

〔三〕聞，《南宮詞紀》作「聽」。

步步嬌·題居士貞畫金陵王儒卿賽玉卷〔一〕

鳳姿梟性，不異凡禽；艾質蘭心，終同常卉。故驪姬徒艷，羞稱其頎之碩人；無鹽雖賢，難並窈窕之淑女。留都王氏，南國名姝。玉映而清心，惠中而秀外。謝階之樹，再植江東；陳庭之花，復生白下。由是聲騰戚里，轍遍章臺。稱卿不足，而重之以儒；比玉未敷，而加之曰賽。吳門風偃，茂苑雲翻。沈元異倡以瑤華之篇，居士貞繼之丹青之作。事因文重，但恨未可播于謳歌；人以畫宣，猶恐不能通之絃管。以余頗解一詘之顧，素諳三變之詞，雖愧無文，難辭不敏。極情擬議，或可少增蘊石之光；盡力形容，未知能益連城之價。

目斷秦樓吹簫侶，溫潤還如許，連城價有餘。遙想風姿，似洞林琪樹。素質定如何〔二〕？笑裴航空覓藍橋杵。

【江兒水】曾記梁園遇，合浦歸，謝家庭下空延竚。似幾點輕盈垂楊絮，一枝寂寞梨花雨。二十四橋何處？教徹鸞簫，縹緲向月中歸去。

【園林好】初疑是在藍田故居，又道是在荆山舊墟，更想象在崑崙深處。誰知生碧府長清都，生碧府長清都。

【川撥棹】瑤臺路，見飛瓊下紫虛。水晶簾隱約冰膚，水晶簾隱約冰膚，雲母屏依稀畫圖。環珮聲疑有無，環珮聲疑有無。

【五供養】酥胸皓齒，更有冰心一片誰知？堅貞還軟弱，光瑩又芬敷。春纖麈尾，試掩映一般無二。琅玕開竹圃，秋水出芙蕖，不讓陳宮後庭花樹。

【僥僥令】梅英春綻後，蕙草雪消初。只見歌斷泠泠山泉溜，舞罷也亭亭海鶴孤。

【尾聲】書中有女應無數，但不似舊家秋娘如故，須待他年善價沽。

【校】

〔一〕汪本題作《題畫王賽玉卷》。《羣音類選》作步步嬌一套《題畫卷》。

〔二〕如何，汪本、《羣音類選》、《彩筆情辭》作「何如」。

夜行船·擬金陵懷古

登高望遠，感慨由生；卑古崇今，篇章斯起。故麋鹿走長洲之苑，烈士興懷；鷓鴣飛越王之臺，詞人發詠。秋風渭水，悲二世之有都；衰柳咸陽，歎五陵之無樹。承露金仙，未歸洛下；望陵銅雀，先辭鄴中。「珠簾一閉朝元閣」，笑梁間燕子空歸；「歸帆應自到天涯」，問柳外寒鴉何在？金陵佳麗，江左繁華。但數千年後得生聖人，方應東南天子之氣；自二百載前未歸真主，不過奸雄僭竊之徒。追想風物六朝之餘，更值江山九秋之後。感空城之麥秀，傷故國之黍離。因擬懷古之作，陋爾偏安；實寓尊王之詞，欣茲一統。

萬里濤回，看滔滔不斷、古今流水。千年恨，都化英雄血淚。徙倚，故國秋餘，遠樹雲中，歸舟天際。

【又】閒推，江左豪華，羨當年公瑾，小喬雙美。高臺上，銅雀暮雲空閉。驅馳，五馬南來，風景不殊，江山獨異。流涕，曾戮力復神州，終作楚囚相對。

【鬬黑麻】烏衣，王謝堂虛，見雙雙飛入、尋常宅裏。歎新洲蘆荻，寄奴曾住。休追，宮梅點點窺，金蓮步步隨。世應非，只見潮打寒城，寂寞夜深空退。

【又】淒其，商女歌闌，奈烟籠寒水，月籠沙嘴。問臨春飛閣，麗人何處？誰題，亭亭玉樹枝，團團璧月詞。樹降旗，愁殺鐵鎖千尋，一夜盡沉江底。

【錦衣香】射雉場，迷行騎，白鷺洲，餘雲樹。堪笑蕙帳秋風，猿啼鶴唳，令人猶誦《北山移》。詞臣不見，尋得清溪。想華陽深處，望山中白雲來去，莫把長條繫。風流張緒，而今憔悴，不似靈和殿裏。

【漿水令】石頭城蕭蕭舊壘，景陽宫依依故墟，臺城留得亂鶯啼。松楸遠近，禾黍高低。東山妓，今已矣！鐘聲何處南朝寺？桃葉渡，桃葉渡，淒涼烟水。長干路，長干路，剩殘碑。

【尾聲】奸雄竊據俱塵世，誰信雲龍崛起，方見崔嵬萬載宏基。

玉抱肚·長沙江上作

深秋堪賦，遍荒原迷雲斷蕪。帶江東白苧輕衫，渡湘中青草重湖。長沙南去更蕭疏，方信衡陽雁字無。

又·過湘江

長途秋盡，阻西風停橈遠津。聽泠泠寶瑟還傳，看斑斑修竹猶存。不知何處弔湘君？水盡南天不見雲。

又·歲暮登江陵庾信樓作〔一〕

江關羈旅，似當年庾公寄居。總然受梁園詞賦相知，更不念吳門烽火何如。天涯不見一行書，況復明朝是歲除。

【校】

〔一〕汪本題作《登庾信樓》。

又·江陵燈夕筵上留別諸公歸蘇州

滿堂喧哄，向隅人離情自濃。愧今宵同效傳柑，歎明朝獨轉飛蓬。渚宮東去草連空，細雨瀟瀟古驛中。

又·荆州江上別歸舟作

孤身猶寄，對歸舟不勝慘悽。看片帆高掛西風，恨不隨大江東去。故園烽火近何如？爲報家人數寄書。

又·毘陵送洪州龔副使赴郥陽〔一〕

故人千里，遠迢迢重來未期。想三秋海上遨遊，荷一時幕下相知。金陵驛路楚雲西，草色青青送馬蹄。

【校】

〔一〕汪本題作《送龔副使》。

又·代閨人問邊使〔一〕

衷情冗冗，要分明奈雲山萬重！訊春魚説在關西，接秋鴻又道在遼東。中間差錯字朦朧，爲問昨日來書是第幾封？

【校】

〔一〕問，《太霞新奏》作「答」。

又·代邊戍寄家人

欲修家信，説邊情誰不斷魂！枕彫戈雪卧龍堆，捲紅旗夜渡狐冰。閨中只是暗傷神，不見沙場愁殺人。

又·囑雁

花箋一紙，略寒暄單題小詩。趁天邊一夜西風，倩孤鴻寄與他知〔一〕。而今不似洛陽時，瘦得腰肢是柳絲。

【校】

〔一〕他知，《南宮詞紀》作「那人兒」。

又·囑魚

魚兒生受，傍江來略説個意由。你趁春潮切莫稽遲，好留心不宜差謬。郎今移住在剡溪頭，直至門前溪水流。

又·代田瓊英留别

一場恩愛，没來由你道是誰打開？是舟師欲趁歸潮，促登程半晌難挨。留君不住淚盈腮，安得江東風雨來。

又·懷江陵舊遊

當年王粲，記樓頭曾留羽翰。宴蓮宮憶閃爍春燈，叩紅房想歷亂雲鬟。而今西望路漫漫〔一〕，斜日江頭千萬山。

【校】

〔一〕路漫漫，《南宮詞紀》作「路間關」。

又·吳宮詞

雙雙蘭槳，採蓮歸重催晚妝。看西施舞罷纖腰，半含嬌笑倚東牀。芙蓉帳小更添香，楊柳風多水殿涼。

又·銅雀臺懷古

雀臺高峻，看西陵重重暮雲。歎一時霸業何雄，笑千秋荒址猶存。只今凝望已銷魂，況復當時歌舞人。

又·春郊邂逅

爲貪閒耍，向西郊常尋歲華。霎時間遇着個喬才，想今年命合桃花。邀郎同上七香車，遙指紅樓是妾家。

又·送屯田員外周胤昌左遷武岡

《陽關》休唱，望南雲不須感傷。看九疑竹樹還青，更三湘蘭茝猶香。雁飛直欲到衡陽，你莫厭迢遙一水長。

又·代江頭留別

行期無定，爲出門陰晴未經。看重重江上濤翻，更層層海外雲生。郎今欲渡且消停，如此風波不可行。

又·憶梧桐館

無情獨我，没來由負却了他。將舊情一旦荒涼，把佳期常自蹉跎。匆匆歲月坐消磨，鴻雁不來風雨多。

又·得杜三堂南都寄來書

故人别去，兩三年沉淪雁魚。喜而今聲振留都，比當年逸興何如？春來始得秣陵書，聞傍清溪江令居。

又·聞春至有感

年華夢裏〔一〕，卧文園匆匆未知。歎紅顔日日霜凋，奈芳郊歲歲春回。東風昨夜到隋堤，楊柳千條盡向西。

【校】

〔一〕夢，《南宫詞紀》作「愁」。

續江東白苧

目錄

卷上

卷下

續江東白苧卷上

宜春令・辛酉季秋代沈太玄贈金陵楊季真〔一〕

貂裘染，洛下塵，笑浮名棲遲此身〔二〕。秣陵秋盡，雲衢有路無鴻引〔三〕。奈江頭一夜西風，都吹上半生愁鬢。堪憐，韶華荏苒，百年一瞬。

【太師引】算前程畢竟全無準，羨鵬摶何年化鯤。怎消得重門清晝〔四〕，況值着孤館黄昏。生平意氣休相哂，聊寄跡錦營花陣。平康路車蹄馬輪，從今後向陽臺覓暮雨朝雲。

【瑣窗寒】遍青樓尋訪殷勤，邂逅當年第一人。見風儀俊朗，性格溫醇。趨承濟楚，衣衫淹潤，淡梳妝不施脂粉。可憎，青團半掩啓朱唇，頓然一座生春。

【三段子】問伊近庚，是楊家初年長成。問伊小名，是楊家當年太真〔五〕。疑是霓裳隊中金蓮襯，沉香亭畔春酲醒。寂寞闌干，梨花風韻。

【東甌令】我烟霞相，不同羣，好惡相傾越與秦。誰知窈窕還相信〔六〕，議論多奇俊。笑悠悠世路總浮塵〔七〕，青眼更何人。

【三換頭】衷腸未明，欲言難進〔八〕。姻緣到也，喜兜的便親，書生何幸！這其間祇得把那飄蓬此身來儘。一霎成秦晉，春生白練裙。意外良緣，真個一夜夫妻百夜恩〔九〕。

【劉潑帽】繡牀跟底將鞋兒褪，却匆忙未掩樓門。深深叩謝周公瑾，你莫浪聞，這恩德應難盡。

【大勝樂】問娘行這段姻親，却緣何心便肯？多應宿世緣和分，因此上一時渾。分明是雙雙蛺蝶迷花徑，兩兩鴛鴦護水紋。情真意懇，非干是偷寒送暖，棄舊憐新。

【解三酲】休忘了分香寶鼎〔一〇〕，休忘了待月疏櫺；休忘了生辰八字親相訊，休忘了對剪烏雲；休忘了侯門晝索潛投奔，休忘了別館宵分挹淚痕。伊休混，須不是他家行徑，似假疑真。

【節節高】恩情難具陳，未經旬，別離兩字當心撐。歸何迅，杯易傾，情難盡。春明門外程途亘，疏林處處斜陽映。祇恐分離在須臾，片時人遠天涯近。

【三學士】都城南出霜風緊，黯然欲別銷魂。君如想妾還愁妾，妾若忘君是負君。歲月蕭條難過遣，書和信莫厭頻。

【大迓鼓】離亭酒一樽，青衫溼處〔一一〕，盡是啼痕。蕭蕭匹馬投荒徑〔一二〕，嘹嘹征雁渡孤村。雜沓長途，淒涼暮雲。

【撲燈蛾】時開一紙書，每玩雙鈐印〔一三〕。追想那多嬌，不覺迷留没亂也，看腰圍瘦沈。願年年芳草殢王孫，鏡臺前逗留京尹。眉重暈，紗窗着意再溫存。

【尾聲】春風再入淮南郡，看行行一騎到都門〔一四〕，肯做青樓薄倖人〔一五〕？

【校】

〔一〕汪本題作《贈楊寄真》；《吳歈萃雅》、《詞林逸響》、《南音三籟》題作《青樓佳遇》。

〔二〕笑，《羣音類選》、《吳歈萃雅》、《詞林逸響》、《南音三籟》作「嘆」。

〔三〕無鴻引，《詞林逸響》、《南音三籟》作「鴻無引」。

〔四〕清晝，原作「青晝」，據《羣音類選》、《吳歈萃雅》改。

〔五〕「是楊家」句，《吳歈萃雅》作「是楊妃當年後身」。太真，汪本、《詞林逸響》、《南音三籟》作「後身」。

〔六〕相信，《吳歈萃雅》、《詞林逸響》、《南音三籟》作「相訊」。

〔七〕笑，《吳歈萃雅》、《詞林逸響》作「嘆」；浮塵，作「浮萍」。

〔八〕難進，《吳歈萃雅》、《詞林逸響》、《南音三籟》作「難盡」。

〔九〕真個，《詞林逸響》作「怎負」；《吳歈萃雅》、《南音三籟》作「怎負得」。

〔一〇〕分香，《吳歈萃雅》、《詞林逸響》、《南音三籟》作「焚香」。

〔一一〕溼，汪本作「滴」。

〔一二〕蕭蕭，原本作「瀟瀟」，據《吳歈萃雅》、《詞林逸響》、《南音三籟》改。

〔一三〕鈐印，原本作「鉗印」，據《羣音類選》改。

〔一四〕都門，《吳歈萃雅》、《詞林逸響》、《南音三籟》作「金陵」。

〔一五〕做，《吳歈萃雅》、《詞林逸響》、《南音三籟》作「負」；人，《詞林逸響》、《南音三籟》作「名」。

好事近·壬戌季春代朱長孺贈金陵呂小喬〔一〕

書寄秣陵睒，奈樓前雲水重疊。落花飛絮，那堪暮春時節。淒切，夜雨曉風臺榭，空梁燕誰遣伊來傳説？道佳期休虛度也，絮叨叨恰如窗下分別。

【榴花泣】追思當日，別館酒初設，逢迎處繡簾揭。匆匆禮數甚周折，看趨承舉止羞怯。腰圍一捻，似縈欄弱柳絲牽惹。鬬纖軀掠水蜻蜓，試輕衣逗風蝴蝶。

【錦纏道】玳筵列，滿華堂會當年俊傑。初相見甚干陟，料姻緣前生未定，難道就和叶？怎知伊多情好姐姐〔二〕，含情處眼波雙借，翠帶兩偷結。佳期密邇，相將不暫撇。宴罷催歸去，笑蹁躚同上七香車。

【千秋歲】那冤業，祇道難消受，誰知道早便寧貼。公瑾當年，公瑾當年，渾如綴着喬家枝葉。春衣褪雲鬟卸，相偎處身兒趄，故把羅幃扯。怕花燈斜照，回過桃頰。

【普天樂】向蒼穹把盟香爇，負心的天難赦。繡囊中雙貯烏雲，羅衫上對粘青血。從今記者，這恩情忍教中道輕絕？

【鮑老催】龍城鳳闕〔三〕，青樓雖是多歡悦，銀蟾長恨空圓缺。奈山巒盤，水潺湲，雲明滅。腮懸玉筯啼應裂，胎含荳蔻春方淺，心摧鐵馬秋爭掣。

【古輪臺】記初別，疏林處處下黃葉。那堪逆旅西風夜，孤村茅舍，況枕塊衾鐵。酒醒處依稀蘭麝，敗壁蟲吟，破幃燈射。夢魂中猶記語些些，道我音書頻寫，雁南來早寄迴帖。休長恁雨散雲收，冰消瓦解，水流花謝。莫遣坐銷歇，恩難捨，還期同宴錦堂月。

【尾聲】遇良辰，逢佳節，管領着歌臺舞榭，日日春風醉狹斜。

【校】

〔一〕汪本題作《季春贈金陵呂小喬》；《南宮詞紀》作《寄妓》。

〔二〕好，汪本、《南宮詞紀》、《吳騷合編》作「的」。

〔三〕龍城，《南宮詞紀》、《吳騷合編》作「帝城」。

步步嬌・丙寅初夏爲盧陵尹教甫贈金陵蔣蘭玉小字綺霞作〔一〕

小曲幽坊重門啓，簾幕濃雲裹。燈前乍見時，旋束腰圍，高盤雲髻。淡淡遠山眉，雙眸細剪如秋水。

【孝南歌】芙容面，冰雪肌，生身蔣山年未笄。嬝嬝十三餘，梅花半含蕊，似開還閉。初見簾邊，羞澀還留住，再遇樓頭，款接多歡喜〔二〕。行也宜，立也宜，坐又宜，偎傍更相宜。

【香柳娘】笑書生路迷，笑書生路迷，驀投花底，霎時便拜兄和妹。比蘭玉未奇，比蘭玉未奇，却憶謝玄暉，餘霞散成綺。擬卿卿此詞，擬卿卿此詞，做小名兒贈伊，切須牢記。

【園林好】歌喉振浮雲敢馳，箏絃動流鶯敢啼，看縹緲畫粱塵起。紅袖底雁行低，纖指下鳳凰飛。

【江兒水】窗掩樓兒上，繡帳垂。似桃花浪裏鴛鴦對，偷香蛺蝶花房綴，迎風楊柳雕欄倚。不是多情牽繫。愛他俊俏身兒，更性格偏投人意。

【僥僥令】不勞三月雁，誰怕午時雞。豈止暇日逢場聊作戲，拚夜夜夢巫山雲雨歸。

【尾聲】撰成一折青樓記，羨才子佳人雙美，留取當年作話提〔三〕。

【校】

〔一〕汪本題作《贈蔣蘭玉》；《彩筆情辭》作《爲盧陵尹教甫贈金陵蘭玉小字綺霞》。

〔二〕款接，《彩筆情辭》作「款待」。

〔三〕當年，《彩筆情辭》作「他年」。

懶畫眉·改定武林沈青門作〔一〕

小名兒牽挂在心頭，總欲丟時怎便丟，渾如吞却線和鈎。不疼不痛常拖逗，祇落得一縷相思萬縷愁。

【不是路】無了無休，鎮日縈牽不自由。難窮究，祇因幾度送雙眸。謾追求，假若他不應花前口，爲甚麽還將熱話兜？休相誘，有心待共鬆羅扣，不如早些成就，早些成就。

【皂角兒】任勾差隨時應酬，趁埋冤總然承受。不爭差性命心肝，好一似爹娘骨肉。又可曾氣兒呵，情兒拗，話兒嘲，龐兒訕，一些相鬭。隨衙聽候，朝來暮休。但得個尤雲殢雨，勝是封侯。

【尾聲】憑將風月都投首，不信冤家不轉頭，終有日飛上紅香燕子樓。

【校】

〔一〕汪本題作《改沈青門思情》。

步步嬌·癸亥秋夜同雲房胥姬坐雨西窗感舊作〔一〕

半夜蕭疏芭蕉雨，葉葉西風裏。相將夢覺時，一枕華胥，十年心事。細數兩欷歔，柔情不斷如春水。

【忒忒令】論孟浪是生平的大都，説薄倖是少年時活路。野花閒草，幾曾輕回顧。迷魂陣久荒蕪，迷魂陣久荒蕪。又誰知命運遭，惹閒情萬縷〔二〕。

【沉醉東風】記當時曾通素書〔三〕，到年來數傳清譽。奈深户映花闗，深户映花闗，天涯爾汝，空奔走東西鄰嫗。河橋故居，山城小溪，依稀記得風簾露出繡襦。

【好姐姐】沉淪，數載有餘，更没處問消尋息。他生未卜，此生應見稀。甘拋棄，靈禽久被樊籠繫，誰料秋來放雪衣。

【園林好】病相如在文園著書，曠文君正臨邛寡居。還没有遞春心緑綺，險增出酒家壚，險增出酒家壚。

【江兒水】瞥見深深巷，款款扉。緣何欲避還凝竚？初疑施氏西村女，原來宋玉東鄰妹。雅淡裙衫白苧，小立迎風，注目似曾相識。

【五供養】方知是你，這段姻緣會合真奇。遂憑冰上語，竟赴月中期。看他衷情幾許，遍訴出半生憔悴。道幽花經雨蹙，皓月被雲迷。受盡淒涼，萬般滋味。

【玉交枝】今朝得遇，感娘行素心不移。渾如枯樹生連理，分明得水游魚。因思往事多淚垂，從今相守君須記。對西庚明星見知，仗東君鶯花有主。

【川撥棹】會真詩雙文句，楚臺風巫峽雨。笑兒曹既不相知，笑兒曹既不相知，枉奔波磨穿襪兒。弄機關你好痴，破姻親却怎的？

【香柳娘】我而今共伊，我而今共伊，花前月底，願年年同伴春光住。總閒言有些，總閒言有些，任他們自傾欹，和你甘心且包蔽。算人生有幾，算人生有幾，休攢兩眉，試看傀儡。

【尾聲】綠窗人靜風兒細，追想當年難遇，可負韶光十二時〔四〕。

【校】

〔一〕汪本題作《同胥姬坐雨西窗》；《彩筆情辭》作《同胥姬感舊》。

〔二〕忒忒令曲，《吳騷合編》作「論命裏今生合孤，嘆花星幾番明污。知音絶少，誰可堪迴顧。迷魂陣久荒蕪，又誰知遇合奇，惹閒情萬縷」。

〔三〕當時，《吳騷合編》作「當初」。

〔四〕可，《吳騷合編》作「莫」。

瓦盆兒・己巳立秋夜雨悼亡姬胥雲房作〔一〕

虛堂坐雨，西風蕭瑟起林臯。聽落葉，小窗敲。怎禁他雲房獨掩夜寥寥，空贏得淚痕濃，黯淡了鮫綃。誰憐我破題兒新秋第一宵？你何處絶無消耗〔二〕，想那裏郵亭稀，雁魚少，書難到。愁詠楚些，魂斷倩誰招！

【榴花泣】簾櫳深處，常獨伴那多嬌，今祇剩影瀟瀟。祇見粧臺塵鎖翠鈿抛，羅衣帶結，猶繫紫絲縧。記恩多怨少，七年心難對傍人道〔三〕。謾追他舊日風儀，祇憐伊病來容貌。

【喜漁燈】幾迴欲覓巫山廟，恐飛夢杳，陽臺下空雨暮雲朝。雖則是遇伊，遇伊又被雞驚覺，鴛衾冷轉覺無聊。烟消，風花露草，好添香寒灰怎燒？

【尾聲】蓬山隔，雲路遙，何日閒吹月下簫〔四〕，腸斷東風第五橋。

【校】

〔一〕汪本題作《立秋夜雨悼亡姬》；《吳歈萃雅》、《南音三籟》作《秋夜悼亡》；《吳騷合編》作《秋夜傷舊》。

〔二〕消耗，《吳騷合編》、《南音三籟》作「音耗」。

〔三〕七年，《吳騷合編》、《南音三籟》作「十年」。

〔四〕「何日」句，《吳騷合編》作「再休想同吹月下簫」。

攤破金字令·庚午孟夏望夕遇虞山月容張一兒於虎丘殿階作〔一〕

芳容並月，皎潔如明鏡；飛來碧海，常在清墟境。欲問嬋娟，未通名姓，誰想上方深處，一闌花影。相逢彼此無限情，疑排廣寒扃，嫦娥下紫清。林際風生，天畔雲停，孅歌一聲飛露泠〔二〕。【夜雨打梧桐】身材小，性格靈，驀地裏乍逢迎。眼波橫，況復香肩偷凭。促急寒溫難叙，細語惺惺，依稀似聞花外鶯。奈匆匆頓別，頓別一天風景。雞聲五更，月落可中庭。頃刻人何處？鐘開春殿燈。

【校】

〔一〕汪本題作《夏夕虎丘遇張月容》；《南宮詞紀》、《南音三籟》作《遇張月容於虎丘殿階》；《吳騷合編》作《遇虞山張姬於虎丘作》。

〔二〕孅歌，《南音三籟》作「孅孅」。

二犯江兒水·贈石城美人

風流聰俊，看姐姐風流聰俊，皇都真妙品。羡身兒窄小，性子溫純，不搽朱不傅粉。生怕到黃昏，生怕到黃昏，移燈便掩門。要結姻親，須叙寒溫，莫淹留不上緊。願姐姐將歡斂嗔，願姐姐將歡斂嗔，做好事霎時從順，那裏見做貓兒的不吃葷！

孝南歌・庚午初秋悼亡改定舊曲〔一〕

情難盡，念怎忘，西風蕭瑟起洞房。明月照空廊，梧桐清影涼。人孤夜長。鞋拆金蓮，鏡破菱花樣；香冷萸囊，被捲芙蓉帳。掩綺窗，倚繡牀，思憶雪衣娘，在何方？

【校】

〔一〕汪本題作《初秋悼亡》。

黄鶯兒・題幽蘭

芳館坐黄昏，對幽蘭、欲斷魂，微風逗處香成陣。丹心露凝，青苞淚勻，曲欄幽砌常親近。影紛紛，輕盈舞罷，姑射是前身。

【簇玉林】疏簾掛，半掩門；向西窗，月一痕。牽衣翠帶多風韻，最堪憐潘郎相伴俱清潤。挹清芬，深居空谷，絕代有佳人。

紅衲襖・改定金陵金白嶼蕭爽齋集寄情之作〔一〕

嚲香肩，鬆臂金，削纖腰，寬帶錦。這些時懶把生綃理針絍，羞將寶鴨添水沉。自別來還至今，幾曾時放下心。不能勾一霎徘徊兩意綢繆也，祇落得夜孤眠伴繡衾〔二〕。

【五更轉】冷鳳幃，虚鴛枕，對金尊誰共斟？凄涼此際難消任，誰料冤家，薄情特恁。到今來，猶記得，花前飲。閒窗寂靜空顛窨。彷彿逢君，梅花月蔭。

【浣溪沙】他負心，真忒甚，枉教人肺腑簽針。金錢不準年來讖，錦瑟空聞月下吟。身凜凜，不由人不迷魂，没合煞空勞勞吊膽提心〔三〕。

【東甌令】心中印，口中噙，到向那陽臺曉夢尋。清宵淚滴衫兒衽，桃花冷胭脂沁。畫闌月轉粉牆陰，無奈漏沉沉。

【大迓鼓】逢人，覓信音。奈衡陽雁杳，湘浦魚沉。傷秋漫把閒愁禁，怎當他夕陽歸鳥下疏林。撇却歡娱，翻成病侵。

【節節高】秋來意更深，漫思尋，音書欲寫還廝噤。空追審，不見臨，因些甚。兔毫血蘸尖兒浸，鸞牋墨灑行兒淋。一緘離思逐雲飛，遍身香汗和衣滲。

【金蓮子】倩塞禽，多情定見機中錦。料應是，長吟還短吟。爲甚的惡姻緣？更重重遠水又遥岑。

【尾聲】算來人世多讒譖，大都常是負初心，誰似我海樣相思直到今。

【校】

〔一〕汪本題作《改金白嶼寄情》；《吳騷合編》作《題情》。

〔二〕夜，《吳歈萃雅》、《南音三籟》作「長夜」。

〔三〕空勞勞，《吳騷合編》作「空勞我」。

破齊陣・辛未五月詠時序悼亡作〔一〕

帳掩香消人去，房空珮冷魂歸。桃李春風，梧桐秋雨，又是經年隔歲。忽憶綢繆生前語〔二〕，夢見依稀覺後疑，人間長别離。

【刷子序】端午蒲酒啓瑤席，雕梁燕兒，依舊雙棲。奈物是人非，一旦雲鎖空閨。堪悲，香艾梟鬟釵已委，蘭湯膩臂絲曾繫。夜涼倚醉小窗西，半簾殘月曉鶯啼〔三〕。

【普天樂】七夕鵲橋横，雙星會，玉露潤金風細。羡誰家乞巧樓頭，笑聲喧玉倚香偎，恨獨拆鴛鴦對。目斷盈盈銀河水，妬牛郎織女夫妻。任天長團圞到底，笑人間爲何途路便拋離？

【尾犯序】中秋長空一鏡輝，萬里全無、一點纖翳。此夜當年，記雙憑玉肌。徙倚。空追念香鬟霧鎖，空追念弓鞋露綴。嫦娥寡，蟾宫獨守，天遠信音稀。

【錦纏道】九日雁來期，正秋風寒雲亂飛。把酒對斜暉，問芳卿、爲甚的便蕙損蘭摧？想蕭關黄葉盡起，念漢殿紫萸誰佩？歲月轉凄其，衾餘枕剩，初寒未授衣。辜負登高節，對黄花羞插滿頭歸。

【傾杯序】長至時移，日漸長、轉候灰，又節值書雲歲。捱幾度寒砧，幾聲殘角，幾個孤鴻，别館的滋味。慘年華過眼，暑來寒往，一生無幾。線空添要見伊還共日俱遲。

【玉芙蓉】除夕空傾柏葉杯，枉泛椒花蕊。總迎新，愁看斗柄春迴。誰憐今歲今宵盡，又早明年明日催。消長夜，撥寒罏死灰，這傷心衹有歲寒知。

【小桃紅】一作山桃犯，非越調小桃紅也。元宵燈影下人叢裏，火蛾轉笙歌沸。家家盡簇神仙隊，花容誰似娘行比。歸來空倚書幃立，寒窗底〔四〕、獨展畫裏崔徽。

【摧拍】上巳記祓除流觴水湄，記游衍踏青翠堤。記郊原路迷，記郊原路迷。挈榼提壺，處處徘徊。香輦雕鞍，步步追隨。今安在海角天涯，魂欲斷，日平西。

【一撮棹】清明人何處，墓上草新齊。悲風起，棠梨上紙錢飛。孤墳小，殘月冷走狐狸。青衫淚盡似杜鵑啼。痛殺青松底，又添一新鬼。天地永，日久想魂兮。

【校】

〔一〕汪本、《南宮詞紀》題作《咏時序悼亡》；《吳騷合編》作《歲時傷逝》。

〔二〕語，汪本、《南宮詞紀》、《吳騷合編》作「阻」。

〔三〕半簾，《吳騷合編》作「半闌」。

〔四〕寒窗底，《南宮詞紀》作「向寒窗」。

月兒高·辛未八月初四日紅橋莊居作〔一〕

月冷青松殿，秋閒廢宫苑〔二〕。偃息長林下，滿壁生蒼蘚。瘦比黄花，猶憶那人面。西窗亂葉清霜剪，宋玉悲深，淒涼紈扇。天，絃斷已三年〔三〕。除非是再續鸞膠，方歸舊庭院。

【桂枝香】秋鴻已遠，春鶯方囀。誰知路入花溪，有個人兒曾見。似東風柳條，似東風柳條，翠翹花顫，玉鈿雲碾。這冤牽，一似韋郎妾，來尋未了緣。

【不是路】何處嬋娟，生在人間二十年。真堪羨，漁郎來趁武陵源。信難傳，重門慣臥金鈴犬，欲扣花房未敢前。閒遊遍，數來簾底尋方便。盡憑春燕，盡憑春燕。

【排歌】白羽霜中，丹楓水邊，輕橈駕破蒼烟。石橋西下響潺湲，楊柳風牽隔岸船。笙歌擁，花燭燃，青鸞飛下入文軒。秋波炯，翠黛鮮，分明花洞小書仙。

【皂羅袍】門掩謝家深院，見紋衾低展，黼帳高褰。燈花碎結畫屏前，麝蘭暗裊金爐片。繡簾風細，深情未言，紗窗月冷，芳心暗牽。女牛對説長生殿。

【大聖樂】入巫陽雨戀雲纏，幕全遮燈半剪。瓊津暖潤春羅薦，濃香沁軟紅鐫。這些時莊周曉夢迷蝴蝶，可正是望帝春心托杜鵑。嬌痴靦腆，盡平生供養，痛惜深憐。

【解三酲】從今去春風茂苑，從今去夜月文園。從今去夭桃栽向河陽縣，從今去玉種藍田。從今去壺觴歲歲郊西輦，從今去簫鼓年年湖上船。常留戀，謝人間離別，和你永遠團圓。

【皂角兒】念芳卿心專意堅，儘他人海移山變。任飄流水宿風飡，料隨處姓揚名顯。休問咱走西秦，留南越，住東吴，居北海，天涯踏遍。腳跟無線，杖頭有錢，稱遨遊名山洞府，定是神仙。

【尾聲】而今始信蓬萊淺，青雀爭啣海外箋〔四〕，會看取同赴仇池小洞天。

【校】

〔一〕汪本題作《紅橋莊居作》；《南宮詞紀》作《題情》；《吴騷合編》作「辛未秋日紅橋莊居詠遇》。月兒高，《南宫詞紀》、《吴騷合編》作「二犯月兒高」。

〔二〕秋閒，原本作「秋開」，據《南宫詞紀》、《吴騷合編》改。

〔三〕絃斷，《吴騷合編》作「别恨」。

〔四〕青雀，《吴騷合編》作「青鳥」。

好事近·代寶界山人寄趙素卿作〔一〕

人去莫登樓，況當風景三秋。蘇臺雲冷，教人目斷長洲。悠悠，試看霜空征雁，分明寫一字字離愁。堪悲團圓未久，爲甚匆匆頓拆燕侣鶯儔？

【錦纏道】記緣由，爲當時情和意投。年少更風流，這姻親朝朝暮暮，來往扁舟。意仙姬初難匹偶，誰知道便容消受。遂爾兩綢繆，巫陽縹緲，雲深雨不收。靈鵲千羣駕，似明河織女會牽牛。

【普天樂】性纏綿，心拖逗，永歡娱無儔儔。又誰知霹起風波，驀然間打散雙鷗。終須罷手〔二〕，怎禁得霎時間絃剪箜篌。

【古輪臺】恨難留，半江斜日放歸舟。淒涼正值金風驟，梧飄時候。看淚灑江洲，空溼透縷金衫袖。料想别來，黄昏清晝，任一簾落葉響銀鉤。渾如病酒，應爲郎望斷雙眸。宫眉細蹙，楚腰纖削，相思依舊。欲説又還休。無限關情事，一時和雨到心頭。

【尾聲】丰姿媚，體態柔，喚飛燕名兒非謬。終有日還向昭陽殿裏遊。

【校】

〔一〕汪本、《吳騷合編》題作《寄趙素卿》；《南宫詞紀》作《寄妓》。

〔二〕終須，《吳騷合編》作「終難」。

香羅帶·壬申秋何昭華訪余玉山下扁舟西歸賦别〔一〕

天寒澤國秋，斜陽渡頭。佳期千里一夕休，衹見潮平月落水西流也。載個人兒去，竟難留，傷心滿目不盡愁。誰料别院三杯酒，斷送清溪一葉舟。

【醉扶歸】好時光故把情拖逗，惡姻緣何事苦追求？新相知都爲强支吾，舊時交反把人掣肘。金盆覆水總難收，梨花冒雨甘消受。

【香柳娘】漫懷人倚樓，漫懷人倚樓，不堪迴首，一林黄葉清霜皺。對孤燈細籌，對孤燈細籌，今夜到湖州，蛾眉暫開否？想心情不自由，想心情不自由，簾櫳下鈎，黄昏清晝。

【尾聲】秋來更比黄花瘦，勸卿卿不須僝僽，有一日遇個人兒定好逑。

【校】

〔一〕汪本題作《别何昭華》；《吳騷合編》作《何姬昭華訪余玉山西歸賦送》。

七犯玲瓏·壬申八月十七夜遇陳芳蘭於虎丘作〔一〕

【香羅帶】琳宮驀地逢，翛然林下風，飛瓊鞚鶴來雲洞。【梧葉兒】飄忽入芳叢，柳撼鶯初識，路紆花未通。【水紅花】奈匆匆，一時愁冗。豈料尋踪覓跡，重訪曲闌東。【皂羅袍】似賃舂孟女託梁鴻，類聽琴崔氏投張珙〔二〕。空庭月滿，花香酒濃；閒階露下，釵横鬢鬆。【桂枝香】密語還重訂，春詞定幾封。【排歌】巫陽夢，恨又空，上方風落夜堂鐘。【黄鶯兒】環珮有無中。

【校】

〔一〕汪本題作《虎丘遇陳芳蘭》；《南宫詞紀》作《遇妓》；《吴騷合編》作《遇陳芳蘭於虎丘作》。

〔二〕類，《吴騷合編》作「效」。

前腔·再寄陳芳蘭〔一〕

芙蓉翠館仙，别來今幾年，浣花溪畔驚重見。誰發夜深船，野店雞初醒，水村人未眠。總留連，恩情還淺。不想前生少欠，要了此生緣。解犀梳分却翠鬟蟬，剪湘裙留下生綃絹。相思何處？歸鴻水邊；夢魂飛去，翔鸞鏡前。宿約渾無定，私書未敢傳。初寒日，欲暮天，多應伴月立西軒。愁絶小嬋娟。

【校】

〔一〕《南宫詞紀》題作《惜别》。

續江東白苧卷下

步步嬌·壬申秋日代幻住子寄邢素蘭作〔一〕

別情一夜梧桐金風剪，敗葉空廊戰。離愁有萬千，夢入蘭心，芳香不變〔二〕。目斷碧雲天，把西樓東角閒憑遍。

【忒忒令】初見記初見在春風繡筵，又驀遇在夜香深院。花枝婹嫋〔三〕，似趁風兒顫〔四〕。人叢裏信難傳，人叢裏信難傳。又誰知背畫闌，把秋波暗轉。

【尹令】重逢自別去心留意眷，再没處尋方覓便。誰道渡頭重面，還似舊時迷戀。路枕藍橋〔五〕，肯負前生未了緣？

【品令】訂盟娘行爲何，再入武陵源？池亭深處，恰是降飛仙。幽期密訂，去留多靦腆。太湖石畔，只恐怕他人瞧見。帶綰同心，共結東林衹樹邊。

【荳葉黄】幽遇夜深沉漏滴，銀鎖兒空聯〔六〕。挽青鸞翅入重樓，挽青鸞翅入重樓，親受用香溫玉軟，一時繾綣釵横鬢偏。真個是水雲中的㶉鶒，真個是水雲中的㶉鶒，看遺却花鈿，零落在銀屏錦韉〔七〕。

【玉交枝】歡會舞衫歌扇，載卿卿西江畫船。紅衣溼處清波濺，並頭開徹雙蓮。絲絲柳條風渚牽，瀟瀟竹影溪雲淺。擁鴛衾落月未眠，酒初醒猶聞香喘〔八〕。

【月上海棠】話別最可憐，歡娛未了生離怨。恨片帆東去，甚日重還！霎時間翠減香消，頃刻裏山長水遠〔九〕。重罰願，願年年相見，勝是今年。

【江兒水】離情江水明於練，秋雲薄似綿。奈扁舟飄忽如飛箭。看牀頭翠被餘香捲，囊中秀髮和愁纏。怕睹社前歸燕，何日重來？還向舊家庭院。

【川撥棹】哀怨詩題絹，淚斑斑成翠蘚。夜迢迢輾轉無眠，夜迢迢輾轉無眠，洞房虛孤燈慘然。似枯枝泣露蟬，似風花哭杜鵑。

【嘉慶子】祈祝腸斷箜篌第五絃，奈萬事傷心在眼前。總風波倏起平川，總風波倏起平川。誓把衷心鐵石堅。願頻頻音信傳，莫教人眼望穿。

【尾聲】復合歸舟有日還重見，那時節錦堂歡宴，銀燭高燒繡帳懸。

【校】

〔一〕汪本題作《中秋寄邢素蘭》；《南宮詞紀》作《秋日別情》；《羣音類選》作《代寄妓》；《吳騷合編》作《秋日懷舊》。

〔二〕芳香，《南宮詞紀》作「芳韻」。

〔三〕嫋嫋，《詞林逸響》作「嫋娜」。

〔四〕兒，《吳騷合編》作「遙」。
〔五〕枕，《吳騷合編》作「阻」。
〔六〕兒，《吳騷合編》作「喜」。
〔七〕銀屏，原誤作「銀瓶」，據《南宮詞紀》、《吳騷合編》改。
〔八〕香喘，《南宮詞紀》作「嫩喘」。
〔九〕水遠，《南宮詞紀》作「天遠」。

征胡兵·代閨人寄遠

天涯芳草王孫去，長途短途。近來信下瀟湘，浪遊知在楚，夢投何處路？雁飛去且不到衡陽，我芳魂怎度？

前腔·答閨人

西江春水舟如箭，歸期應不遠。倩誰寄與卿卿，休祇管憂與煎，你暫時聊自遣。繡窗下有日恣歡娛，黄昏小院。

六犯清音・詠碧桃花贈魏湘鴻

華林百種，玄都千樹，艷色幽香絶異。爭如一品，天然淺淡芳姿。未許霜禽覷，還憐粉蝶窺〔一〕。梨花樹，柳絮池，淡妝濃抹兩相宜。最愛他舞餘涼月霓裳冷，最愛他歌罷《陽春》白雪飛。香含素袖，煙籠翠裾〔二〕，重門深鎖無尋處〔三〕。問仙姬，天台應少，何事阮郎歸。唐戎昱詩：「重門深鎖無尋處，疑有碧桃千樹花。」

【校】

〔一〕窺，《吳騷合編》作「棲」。

〔二〕翠裾，《吳騷合編》作「翠褵」。

〔三〕「重門」句，《吳騷合編》作「更重門深鎖尋無計」。

小措大・癸酉季秋代綠蘿居士懷馬湘蘭作〔一〕

桂堂東畔，背燈門掩秋宵。孤雁數聲，飛落空濠。奈殘夢繞天涯，自長干到，寂寞形影誰弔？聽譙鼓南樓天漸曉，香燼消，露冷芙蓉葉半凋。爲娘行頓添縈惱，音書斷絶無聊。

【不是路】暗憶多嬌，別後容顏難畫描。花枝嫋，春生滿座氣何豪！喜揮毫，風流昔日追蘇小，詞翰當年駕薛濤。描蘭草，秋枝葉葉能奇妙。有這般才調，這般才調！

【長拍】湛湛湘皐，湛湛湘皐，盈盈蘭沼，雲水怎禁迢迢。章華臺館，想裙兒半縮宫腰。目斷帝城遥，向晚煙深處，遠山殘照。别浦歸鴉風正緊，正客棹聚江坳。胡爾錦書縹緲，悵月明古渡，浪急迴潮。

【短拍】宋玉愁多，宋玉愁多[二]，潘郎鬢老，向迴廊遍寫芭蕉。何事女兒曹，衹討得秀才家枯槁？

【尾聲】金陵驛路原非𡧖，江城日暮好相邀，有一日銀漢星飛渡鵲橋。望殺秦樓蕭史，直待要吹斷鳳鸞簫。

【校】

〔一〕汪本題作《懷馬湘蘭》；《南宫詞紀》作《懷人》；《彩筆情辭》作《代懷馬湘蘭姬》；《吴騷合編》作《秋日懷馬湘蘭》。

〔二〕宋玉愁多，原本不重，據汪本、《南宫詞紀》、《彩筆情辭》、《吴騷合編》補。

榴花泣·代少室山人九日雨花臺别陳文姝作[一]

長江東注，目斷荻花洲，同攜手下青樓。滿城風雨總難留，依依的欲住無由。原非浪遊，笑書生何事歸偏驟。冷淡了馥馥香衾，遺落了小小雲兜。

【錦纏道】羨風流，似石城當年莫愁。婹嫋更溫柔，翠紅鄉天然生下一種嬌羞。爲憐才情偏耐久，非容易便能成就。眉畫兩山秋，相逢花底，雙波溜不收。驀地傳心處，笑窺人佯整玉搔頭。

【節節高】江東第一流，遏歌喉，天邊遏住行雲走[二]。鶯聲溜，扇影搊，梁塵逗。秋來更比黄花瘦，風流一段難消受。曾聞金屋貯娉婷[三]，生身原是陳家後。

【漁家燈】今日裏别酒長亭，明日向匹馬荒丘。算衹是幾夜恩情，比他人數年婚媾。勸伊莫便多僝僽，願歲歲共逢重九。夷猶，終難逗遛，丹陽道寒雲正愁。

【尾聲】長干在望空迴首，亂山高下入常州，心似江波不定流。

【校】

〔一〕汪本、《南宮詞紀》、《吳騷合編》題作《九日雨花臺别陳文姝》；《彩筆情辭》作《代友九日雨花臺别陳文姝》。

〔二〕「天邊」句，《吳騷合編》作「行雲片片停虛牖」。

〔三〕曾聞金屋，《南宮詞紀》、《彩筆情辭》、《吳騷合編》作「金屋曾聞」。

甘州歌・代敲臺居士贈徐三瓊英[一]

紅樓繡榜，記風情、千古猶見徐娘。儀容聰俊，月下素蛾相倣。宮眉秀靨難描寫，高髻雲鬟别樣粧。堪憐，向迴廊花底端相。

【前腔】念年少，綺羅生長，見家常偏愛、淺淡衣裳。清歌飛動，天外野雲飄颺。門盈海内文章客，斷盡江南刺史腸。等閒，將羈人忘却他鄉。

【不是路】何處劉郎，引入桃源一徑長。忙投訪，見樓臺罨畫舞鸞凰。珮鏗鏘，分明閬苑飛仙降，邂逅相將入洞房。情惚恍[二]，似鴛鴦一對同飄蕩[三]。踏翻春浪，踏翻春浪。

【解三醒】生受處錦衾羅帳，促急裏蝶趁蜂狂。燈兒剔處歡心暢，東風橫燕鶯忙。亂茸茸林花着雨臙脂落，軟款款水荇牽風翠帶長。金鈎上，看烏雲纖處，旖旎聞香。

【前腔】頃刻間霧迷青嶂，霎時裏花落河陽。長亭一曲《陽關》唱，青衫袖淚千行。最堪憐半江露滴芙蓉冷，恰正是兩岸風凋楊柳黄。情難忘，總笑歌深處，獨自淒涼。

【尾聲】姑蘇東望添惆悵，一騎重看入豫章，却指金陵是故鄉。

【校】

〔一〕汪本、《吳騷合編》題作《贈徐瓊英》；《詞林逸響》作《詠艷》；《彩筆情辭》作《代贈徐姬瓊英》。「甘州歌」，《詞林逸響》、《吳騷合編》均作「八聲甘州」。吳梅校記亦云：「此是『八聲甘州』正曲。」

〔二〕情惚恍，《吳騷合編》作「魂飄蕩」。

〔三〕同飄蕩，《吳騷合編》作「相偎傍」。

金落索・爲濱竹姜八懷華亭秋水作〔一〕

瑤臺一絳仙，原住朝雲殿。嬝娜腰肢，秋水雙眸剪。塵緣未掃除，思牽纏，謫向人間十八年。暫辭王母離真境，聊逐東風上舞筵。垂楊線，眉兒葉葉更堪憐。爲傷春怕立簾邊，愁覩欄邊，零落盡桃花片。

【五更轉】羨畫梁，棲雙燕，奈姻親獨未完。檀郎漫自、漫自多留戀。好事蹉跎，光陰如箭。念往回，空逗遛，無方便。蒼天甚日、甚日從人願。月轉迴廊，夜香庭院。

【簇御林】今迢遞，路幾千，笑花神未有權。任風開落飄蒼蘚，但芳心至死香不變。恨綿綿，幾多心事，都付十三絃。

【琥珀猫兒墜】那人何處，消渴在文園。嬴得文君眼望穿，陰雲終散月終圓。嬋娟，須有日飛向蓬萊，還寤生前。

【尾聲】清宵白晝難消遣，含羞未敢向人言，祇恐青樓作話傳。

【校】

〔一〕汪本題作《代姜姬懷人》；《彩筆情辭》作《代友懷華亭秋水》；《吳騷合編》作《懷華亭秋水作》。

七賢過關·代金壇王四兒錫山渡口曉別作〔一〕

【梧桐樹】首四句雕簷風馬馳，粉堞霜烏起〔二〕。幾夜留君，想是終難住。【四犯黃鶯兒】第七第八句殘燈尚熾，芳心未灰。【山坡羊】第七句至第十句祇得眼前，眼前由他去，路阻關河，往返全憑你。【香遍滿】第三第四句奈衾寒枕冷，畢竟有誰知。【金落索】第七句至第九句水遠山長幾日歸，今朝又向江頭別，忍見日落潮平是去時〔三〕。【皂羅袍】五六句思君輾轉，柔腸九迴。【桂枝香】結二句一似東流水，日夜東流無盡期。

此調《南九宮》不載。起是【梧桐樹】，想屬南呂宮。《分鏡記》中有三首，常聞王四兒歌之，音調精絶，爲當代女流第一。檢《雍熙樂府》亦載四首，比《分鏡》各多三句。中間第五、第六句，《雍熙》皆以平聲爲韻脚，而《分鏡》則前韻仄，後韻平，詳四兒唱法，頗似《拜月亭》【四犯黃鶯兒】「寶鏡分破」兩句。且第九句作高唱，像《荆釵記》「爲你投江，爲你把殘生害」句，似非【山坡羊】。末句作低唱，像《琵琶記》「須信家貧不是貧」句，似非【桂枝香】。又不知四兒何所從來也？但第十三句下面，《雍熙》各多二句，必是【金落索】，末句上面，《雍熙》各多一句，必是【桂枝香】。《分鏡》不過一傳奇耳，若《雍熙》乃聖世正音，當據爲正可也。予於古人詞曲中有未諳者，不辨何調，如瓦礫之在懷，必欲求其通暢而後已。戊辰歲，遊錫山王氏館中，因四兒愛唱此詞，細味音律，聊定七調，遂代其留別，賦此以申睽離之感。殊不知果合作者之意否也？俟審音者再詳定之。

【校】

〔一〕汪本題作《代王姬惜别》；《吳騷合編》作《代金壇王姬錫山渡口惜别》。

〔二〕粉堞，原作「粉蝶」，據《吳騷合編》改。

〔三〕日落，《吳騷合編》作「月落」。

銷金帳・夜宿穆陵關客舍

松窗半掩，月落空庭暗。笑孤身在關門店。爭奈夜永不寐，剔殘燈焰。西風透入，透入茅簷破苦。起弄雙劍，驚落疏星千點。誰憐變了，變了蒼蒼鬢髯。

楚江情帶金字經・歲暮客中書懷〔一〕

春歸在客先，窮途可憐。江東雁轉書不傳，每逢花發記流年也。王孫憔悴，迢迢故園，寒燈旅館人未眠。冷瀟瀟月落西軒，冷瀟瀟月落西軒，夢遶巫峰遍。歸程路幾千，歸程路幾千，何時信馬鞭，直撞入深深院。直撞入深深院，恰相逢曲檻邊，駭得多嬌步欲旋。步欲旋，鞋兜雲髻偏，禁不住春心顫。想今宵人月圓，想今宵人月圓。

【楚江情】即【羅江怨】，前段是【香羅帶】，中段似【皂羅袍】，後段是【一江風】，但【羅江怨】少中段三句。

【校】

〔一〕汪本題作《歲末客懷》。

小桃紅·乙亥初秋代安茂卿寄南都諸蒨作〔一〕與「暗思昔日」同調。

江東逐客，冀北歸鞭，歎來往一似梁間燕也。寥落關河底，飄泊是何年。東風裏哭啼鵑，空奔走會芳亭，麗春園，秋香館，直踏遍朝雲殿也。笑殺漁郎緣分淺，漫回首各風煙，知何處武陵源。

【下山虎】金陵佳麗，粉黛三千。誰喚做司花吏可便，萬中堪羨〔二〕！怎知有燕乳鶯雛，花濃柳鮮，似蝶翅翩翩風外軟。沼上湘簾捲，一朵紅粧出水蓮。聞説道名爲蒨，纖柔可憐，未許幷刀却把小紅剪。

【山麻稭】此調未定，再查《南九宮》作【二犯鬬寶蟾】，近本作【繡停針】，俱非是。試叩却深深院，誰知道會你良姻，就我芳緣。嬋娟，天生下一種的芙蓉嬌面。霎時間意猿心馬，玉憐香惜，思惹情牽。

【五韻美】近本作【醉歸遲】、【恨薄情】，俱非是。向紅樓，行遊遍，清歌妙舞多歡宴，似娘行真覺衆中鮮。香閨靜掩，羞檢點銀蟬金鈿，但祇是描蘭草，展翠箋。傷千古，寫出南朝、都是故宮廢苑。

【四般宜】即蠻牌令。初掩映夜燈前，衷腸事苦難言。蘇卿情性徹，都付與四條絃。一心念雙生軟款，那裏管上水茶船。今日裏臨邛路豈偶然！忔錚錚更將琴韻偷傳。

【五般宜】近本作【江頭送別】、【賀昇平】、【怨東君】，俱非是。他肯戀章臺中青驄錦韉，他豈想侯門貴戚翠屏綺筵。他是個新謫的洞中仙，咱是個谷口渡口採芝劉阮。他那裏情何婉孌，咱這裏行當黽勉。雖則是擔閣了盟言，料佳期應不遠。

【江頭送別】近本作【鬬雙雞】，非是。傷春瘦，傷春瘦，別來誰眷？悲秋淚，悲秋淚，會須自遣。不久錦堂還重見，休祇管日夕熬煎。

【憶多嬌】此調刻《南九宫譜》，原如「魂渺漠」唱，近本增出十餘字，不知何調。他志堅，咱意專，盈盈牛女一水間，難道月圓人未圓。暗告蒼天，暗告蒼天，有日星迴斗轉。

【尾聲】年華輾轉銅壺箭，但促急音書無便，相憶看雲白晝眠。

【校】

〔一〕汪本題作《寄褚蒨姬》；《吳歈萃雅》、《吳騷合編》則作《代寄南都褚蒨姬》。

〔二〕堪羨，汪本、《吳騷合編》作「堪選」。

四季花·寒宵閨怨〔一〕

寒氣透疏櫺，正窗兒破風兒猛，背却殘燈。愁聽，高梧露滴秋夜清，南山子規啼一聲。月沉西，門暗扃，曉鐘何處，噹噹五更。薰籠坐倚直到明，輾轉夢不成。難道便一生孤另，奈香冷篆冷，衾冷枕冷人冷！

【集賢賓】六朝舊事心暗評，消磨多少豪英。朱雀烏衣留話柄，記潘妃蓮步輕盈。景陽宫井〔二〕，多半是佳人薄命。須自省，盡沉没暮天鴻影。

【簇林鶯】還懷舊，自幼齡。播蜚聲，滿上京。長干歷遍諸名勝。鳳凰臺晝登，燕子磯曉行，莫愁湖上春風艇。總無憑，年華已矣，何事負平生！

【琥珀猫兒墜】而今憔悴，獨對短檠燈。眼見淒涼逢暮景，當初誰道又伶零丁。牽情，羞覩那烏鵲橋邊，匹配雙星。

【水紅花】海盟山誓信非輕，數年庚，今成畫餅。一生寂寞竟何曾，問儒卿，甘心誰等。挽不住夕陽西下，遣不去恨難平，這場恩怨不分明也囉。

【尾聲】歎行藏頻看鏡，大都塵世總浮萍，不如靜掃花前去學誦經。

【校】

〔一〕《南宫詞紀》題作《懷金陵舊知》。

〔二〕宫井，《南宫詞紀》、《吴歈萃雅》、《詞林逸響》、《南音三籟》作「廢井」。

二犯江兒水・莫雲卿攜戴膩兒過婁水作〔一〕

娘行清秀，覷着俺娘行清秀，秦樓誰更有。愛櫻桃注口，秋水凝眸，似章臺風外柳。怯怯啓鶯喉，怯怯啓鶯喉，行雲去欲留。繡被香兜，羅襪雙鈎，喜孜孜軟身軀全是酒。溪邊渡頭，冰河阻溪邊渡頭；黄昏清晝，受用足黄昏清晝。羨君家遇人兒是莫愁。

【校】

〔一〕汪本題作《莫雲卿攜妓妻水》；《南宮詞紀》作《贈妓》。

啄木兒・題幽閨女郎〔一〕

此套出《商輅三元記》戲文「春歸後花正卉」同調。

誰家女，兩髻丫，滿臉嬌羞將破瓜。聽清聲如柳外雛鶯，覷香鬟似日裏寒鴉〔二〕。選良姻不便輕婚嫁〔三〕，守清規常自甘孤寡，好似一朵藏風葉底花。

【賣花聲帶歸仙洞】獨閉房櫳，有誰歡狎？伴侶相邀，暫同戲耍。繡鞋剛三寸些兒大，細腰身捻就無一把。避東風簾多下，步花徑欄檻狹，防人覷常驚詫。荆棘抓裙衩，倒閃在荼蘼架，勾引得嫩枝呀啞。討歸路尋空罅〔四〕，仗舊家巢燕引入窗紗。

【尾聲】這多嬌真無價，若還情願到人家，準備日夜燒香供養他。

【校】

〔一〕《南宮詞紀》題作《閨中女郎》；《南音三籟》作《題女郎》。

〔二〕日裏，《吳騷合編》、《南音三籟》作「日暮」。

〔三〕不便，《南宮詞紀》、《南音三籟》作「不思」。

〔四〕「路」字原無，據《南宮詞紀》、《吳騷合編》、《南音三籟》補。

好事近・代瑯玡季子寄白玉英〔一〕

花館貯多嬌，冠當筵風度飄飖。孅歌飛處，柳外乳鶯春曉。閒宵，換套青袍烏帽，分明是宋玉的丰標。如今恨歸遲去早，爲甚雲迷楚岫，路阻藍橋？與「風月兩無功」同，前四句似【泣顏回】，以「東野翠煙消」作【好事近】非。「阻」字莫作低唱，好接後。

【泣顏回】風雨坐無聊，奈別後憂心悄悄。蘇堤何處？重湖煙水迢遥。料嬉遊興少，有一日定返山陰棹。明知伊誓重盟深，空教人目斷魂勞。與「聽説淚交頤」同，因前四句似【好事近】，諸本以「東野翠煙消」，不作【泣顏回】非也。

【榴花泣】江州司馬疑是舊根苗。看他樊素口小蠻腰。青衫應是淚痕交。憔悴了雨葉煙條。音書怎捎？笑錢塘路近人難到。倚南樓風色淒淒，夢西堂竹影瀟瀟。與「折梅逢使」同，前六句是【石榴花】，後四句是【泣顏回】。

【石榴花】他世情無奈祇得暫相抛。豈貪跋涉戀遊遨？我可不甘心閉户守寂寥。這姻親自分難遭。肯還尋閒花並野草？料花星定然相照。從今後步東山出西郊，調鸞瑟醉鮫綃。《南九宮》「朔風凜凜」同，乃【石榴花】本調，諸本俱未收。

【尾聲】雙雙引入巫陽廟，定看暮暮與朝朝，羞殺人間兒女曹。

【校】

〔一〕汪本題作《寄白玉英》；《南宮詞紀》作《寄懷》。

巫山十二峰・代高平生憶杜隱娘〔一〕

【三仙橋】「一從他們」起，「暫時略聚首」止。院落清明左右，遇花時倍僝僽。關河路阻，雁歸書未有。【白練序】「飄颻萬縷長」起，「畫橋遊舫」止。清晝，上小樓，奈觸目雲山都是愁。難尋究，風飡水宿，淡煙疏柳。【醉太平】「惆悵藏鴉未穩」起，「堪傷」止。輻輳，雙雙配偶，是誰人打散？覆水難收。離箋恨譜，書不盡舊日根由，無仇。【普天樂】「婚姻分内緣不到」起，「使人夢斷魂勞」止。緣何處處藏機彀，誓把菱花生分剖。繫春鴻另趲書郵，掣文鴛還添械杻，絆驊騮，使人更射戈矛。【征胡兵】「百愁萬苦千生受」起，「飯食何處有」止。千山萬水親投首，逆來俱順受。自知萬死一生，爲郎甘出醜。【香遍滿】「須索要掙闘」起，「也祇爲糟糠婦」止。任千般斷送〔二〕，已拚却一命丢。誰知恁這毒劣，却又得神明祐。【瑣寒窗】「守孤幃幾度沾衿」起，「母苦難禁」止。歎如今流落滄洲，何處天南海北頭？料停雲滯雨，似漂渺孤鷗。【劉潑帽】「烏絲醉寫偎紅袖」起，「半霎兒渾忘舊」止。想房櫳靜掩眉兒皺，應未休，性格兒還如舊。【三換頭】「鸞臺罷粧」起，「且都拚捨」止。風花路岐，暮雲時候。秋深别館，想寒生敝裘。此事明知拖逗，這其間祇是我，不合來把伊掣肘。【賀新郎】〔三〕「向冰山」起，「幾人見」止。致娘行害得無人救，音信遠有誰叩？【節節高】「漣漪戲綵鴛」起，「人清健」止。風迴順水舟，坐中流，江頭有日輕帆走。功名就，志願酬〔四〕，姻緣又，綵雲飛處青鸞驟。【東甌令】「青山疊疊水悠悠」兩句。腰纏騎鶴上揚州，談笑覓封侯。

【尾聲】喜重諧，言非謬，試看織女共牽牛，擬定相逢在歲週。

【校】

〔一〕汪本題作《憶杜隱娘》；《南宮詞紀》作《懷人》；《詞林逸響》作《憶舊》；《彩筆情辭》作《代夫懷杜隱

娘》；《吳騷合編》作《春日題情》。

〔二〕任，原作「認」，據《南宫詞紀》、《南音三籟》改。

〔三〕賀新郎，原作「梁州序」，據《南宫詞紀》、《吳騷合編》等改。

〔四〕志願酬，《詞林逸響》、《吳騷合編》、《南音三籟》作「夙志酬」。

九疑山・代金陵馬瑶姬寄渤海次君〔一〕

【香羅帶】「一從鸞鳳兮」起，「首飾典無存」止。江東日暮雲，寒鴉遠村。關河千里勞夢魂〔二〕，四年不見倍傷神也〔三〕。【征胡兵】「飯食何處有」起，「方纔可救」止。黛眉多瘦損，往來空寄信。總然要打聽近行蹤，無人可問。【懶畫眉】「强對南薰」起，「流水共高山」止。鳳城車騎日紛紛〔四〕，祇得勉强支持病裏身，奈蕭郎不是個中人。蕭郎，瑶姬近友。【醉扶歸】「祇怕爲你難移寵」起，「心先痛」止。最憐有線無針引，因此上杜陵來去没寒溫，到不如崔生日夜常親近〔五〕。杜三堂，崔洚濱，次君密友。【梧桐樹】「黄鶯似喚儔」起，「故把人僝僽」止。香囊刺繡新，畫扇描蘭俊〔六〕。自着春衫、束得腰身緊，寄時萬縷縈方寸。【瑣寒窗】「那愁他罄囊虚廪」起，「賢孝堪欽」止。一星星意真情懇。偶聞君與水館有深盟〔七〕，這忘機鷗鷺休親。盟鷗，次君新築館名。【大迓鼓】「姻緣雖在天」起，「赤繩不曾綰」止。相逢期孟春，上元佳節，燈火黄昏，尺書何事無憑準？【解三醒】「空回首，望孤雲」起，「還思忖」止。今回首又過春分〔八〕，長江且是東風順。况一騎丹陽便到白門，還思忖，還思忖〔九〕。【劉潑帽】「烏絲醉寫，假紅袖」起，「渾忘舊」止。紅顔定是多薄命。莫負恩〔十〕，看舊日緣和分。

【尾聲】秋來又見歸鴻陣，倚樓南望正斜曛，拚却和淚緘書再寄君。

【校】

〔一〕汪本題作《代馬瑤姬寄人》；《南宫詞紀》作《代妓寄情》；《吳歈萃雅》、《詞林逸響》、《南音三籟》作《寄情》。

〔二〕千里，《吳歈萃雅》、《詞林逸響》作「萬里」。

〔三〕四年，《吳歈萃雅》、《詞林逸響》作「三年」。

〔四〕鳳城車騎，《吳歈萃雅》、《南音三籟》作「車馬過從」。

〔五〕親近，《詞林逸響》、《南音三籟》作「相近」。

〔六〕畫扇，《南宫詞紀》作「畫眉」。

〔七〕君與，《吳騷合編》作「君和」；有，《吳歈萃雅》、《詞林逸響》、《吳騷合編》、《南音三籟》作「締」。全句《南宫詞紀》作「君從水館寄閑身」。

〔八〕過，《南宫詞紀》作「遇」。

〔九〕還思忖，《詞林逸響》、《吳騷合編》、《南詞新譜》卷十二「南呂」引梁辰魚此曲，俱不重此三字。

〔十〕莫，《吳歈萃雅》、《詞林逸響》、《南音三籟》作「豈」。

朝元歌帶朝元令・送表弟凌升伯遊嶺南

江通五溪，旆拂青羅水。山開九疑，騎入紅蕉壘。鷓首泉飛，馬頭雲起，最喜林花如綺。故惹征騑，清香細細生客衣。山木女郎祠，猿聲十二時。長亭有幾？休回首故鄉迢遞，故鄉迢遞。○試聽杜鵑何處？黃陵廟裏啼，祇管喚人歸。松篁掩翳，見晚煙深翠微，晚煙深翠微。洞口臨沙際，驛路楚雲西。欲致相思折梅花，動不動人千里。遠遊更堪悲，千山落照移。湘江鯉魚，好囑付素書頻寄，素書頻寄〔一〕。

【校】

〔一〕吳梅註云：第二支即前腔換頭，非「帶朝元令」也。

紅線女

紅線女

正名

薛節度兵鎮潞州道，　田元帥私養外宅兒。
紅線女夜竊黄金盒，　冷參軍朝賦洛妃詩。

第一折

（末扮薛嵩戎服上）漠南春色到滹沱，邊柳青青塞馬多。萬里江山今不閉，漢家頻許郅支和。下官姓薛名嵩，河東絳州人也。祖諱仁貴，高宗朝大將軍，封平陽郡公。父諱楚玉，爲范陽平盧節度使。少叨門蔭，不事家業，膂力過人，兼善騎射。不意祿山兵起，身陷虜廷。肅宗皇帝東平洛陽，遣僕固元帥北收河朔，迎謁王師，得復舊官，遂拜嵩爲潞州節度使。復以田承嗣鎮魏博，胡章鎮滑臺。遣嵩女嫁承嗣之男，嵩男娶胡章之女，三姓交締，結爲婚姻。雖承四海多事之餘，疆界粗安，戰守略備。今日春和景明，不免帶軍士們城南較獵一迴，多少是好。正是：三戰漁陽再度遼，彫弓在臂劍横腰。匈奴若欲知名姓，且傍陰山再射雕。（下。正旦扮紅線青衣上）錦帳春閒畫角哀，日斜劍戟影徘徊。軍中無事拋書卷，坐待城南蹴踘迴。自家潞州節度使薛爺帳下小青衣紅線是也。幼諳音律，獨擅阮咸；素熟兵機，並驅孫武。前世誤投醫藥，今生謫降塵寰，墮落女胎，爲人執役。雖作深閨之妾，實爲入幕之賓。每學劍術，驚飛樹杪猿公；常結俠徒，絶倒車中女子。由此鄰藩書檄，朝廷奏章，皆出妾手。今日軍中多暇，主公較獵城南，小步庭階，聊玩春色，多少是好。

【仙吕】【點絳唇】幕府春餘，落花飛絮，空延佇。迴首踟躕，世事紛如許。

我想當日玄宗爺，值天下承平日久，恣意荒淫，寵愛貴妃娘娘，朝歡暮樂。那時節真個全盛也呵！

【混江龍】明堂臨御，山河圍繞帝王居。只見那紫微環聖座，皇極正乘輿。香馥馥月户花階多窈窕，錦重重瓊樓畫閣半空虛。只多少金鋪内殿，玉甃雲渠。讌排仙苑，詔待公車。邊開衛霍，館接應徐。簾垂翡翠，硯賜蟾蜍。囊披錦繡，軸卷瓊琚。毬拋方曲，鼓揭軒墀。偎香倚玉，傅粉塗朱。醉朦朧沉香庭畔倚欄時，意綢繆長生殿角無人處。鎮日價魂飛楚峽，夢入華胥。

我想唐家山河，金甌無缺。誰道國忠一進林甫來，九齡已老韓休死，被祿山這廝，躍馬長驅，提兵深入，一出盧龍之塞，遂搗函谷之關，污穢六宫，蹂踐三輔，把一個嬌滴滴的貴妃娘娘，送入黄泉去也呵！

【油葫蘆】萬里潼關一夜呼，走的來君王没處宿，唬得那楊家姐姐兩眉蹙。古佛堂西畔墳前土，馬嵬驛南下川中路，方纔想匡君的張九齡，誤國的李林甫。雨霖鈴空響人何處？只落得渺渺獨愁予。

我紅線雖長閨房，每臨戎陣，兒女情少，風雲氣多。方今四海未平，鄰邦作梗，一旦竊發，玉石俱焚。主公故爾偷安，賤妾豈能坐視？雖然未露萌孽，不敢頓泄軍機，日夕包含，好悶人也呵！

【天下樂】想四海分崩白骨枯，蕭疏，短劍孤，擬何年盡將賊子誅！笑荆軻西走秦，羨專諸東入吴，那時節方顯女娘行的心性鹵。

（衆旦二人扮内使女上〔二〕）曉來心事亂如麻，去折牆頭桃李花。驚起錦香雙蛺蝶，趁伊飛去到西家。主公今早往城南打獵去了，正要尋紅線姐姐耍子，不知他跑到那裏去了？呀！却元來在此閑步。（旦〔三〕）二位妹子，老爺出去，我要完各藩鎮的書檄，在此尋思。你們無事，不去閨閣中做些針指女紅，出來閑要何用？（衆旦）姐姐，今春光明媚，花柳動人，我們兩個，頭上髻兒梳得光光的，脚下鞋兒穿得灣灣的，正要約你到後花園中，勾鶯引燕，趁蝶隨蜂，尋幾個少年兒郎遊樂一迴。你到如此掃興，好苦楚人也。（旦）

【那吒令】你待將烏雲髻梳，須不是宋家的子都。你待學金蓮步趨，須不是漢宫的子夫。你待做分香小姑，可便是晉朝的賈午。你只好賣俏在蹴踘場，標名在煙花部，那裏管帥府的謀謨。

（衆旦）我們伏侍老爺，正圖朝歡暮樂。不過在銷金帳中，羊羔美酒，講些雲雨之情；玳瑁筵前，彈袖垂肩，舞出妖嬈之態。若依姐姐這等説，可不決煞人也。（旦）

【鵲踏枝】你只好錦帳中醉醍醐，華筵上舞氍毹。那裏知滿眼干戈，幾年間遍地丘墟。險些兒把中原價沒主，急煎煎黎民似釜内遊魚。

（末領軍校上）角鷹初下塞草肥，鐵驄抛鞚去如飛。少年獵得平原兔，馬後横稍意氣歸。紅線，我早上着你草各鎮的箋書，看你邇來身子嬌怯，想是還未得脱稿哩。（旦）主公，你道我紅線呵，

【寄生草】身材小，我可也膽氣粗。曉蠻夷已撰定川西喻，苦流離已草就河東賦，救饑荒已擬上關西疏。主公，你怎能勾柝聲沉月中無犬吠千村，你看尚兀自劍光寒星邊有騎飛三輔。

（末）紅線，你既與我草就各鎮箋書，且和你到洞房中去樗蒲雙陸，擘阮彈棋。惜翠憐紅，偎香倚玉，好不快煞我也。

（旦）主公，妾聞安不忘危，治不忘亂，況今天下多事，正主公憂勤惕勵之日，你到要恣情歡樂也呵！

【公篇】姦雄輩，尚未除，這些時正鵰旗夜卷黄沙樹，狐冰夜走黄河渡，狼烽夜報黄花戍。你須要祖生早着洛陽鞭，怎學那謝公閒賭山陰墅。

【煞尾】主公你休將志怠荒，莫便心安豫。念賤妾衷情縷縷，你禍福安危還自取。看轅門外布陣的靈樞，笑垓心裏搦戰的方術，看時節都是碌碌軍前一走卒。恰彎弓便輸，未交鋒先懼，主公你是必鎮朝昏再熟讀呂公書。

【校】

〔一〕衆旦，酹本作「外旦」，下皆同。

〔二〕旦，酹本作「正旦」，下皆同。

第二折

（淨扮田承嗣戎服領外宅兒上）生長邊城膽氣粗，旌旗十萬擁平盧。世人莫問少年事，兩陷東京入帝都。自家姓田名承嗣，本貫平州人也。天寶間曾爲安祿山先鋒，又爲史朝義前導，兩陷洛陽，軍敗之後，蒙僕固元帥覆庇，奏爲魏博節度使。承嗣不習禮義，好勇多猜，雖外服朝廷，而陰圖自固。計户口衆寡，驅老壯戰耕，數年之間，衆至十萬。又選魁偉壯士三千人，號爲外宅衙兵，宿衛兩廂，以防不軌。户版不籍於天府，賦税不入於朝廷，國富兵强，河北第一。天子以承嗣驍勇，近令聯姻薛嵩，二國交歡，永爲藩蔽。但常患肺氣，遇暑益增，若得移鎮北邊，納其涼冷，可延數年之命。今薛嵩身居上黨，地處嚴寒，意欲令外宅諸兒兼併潞府。一時顧不得親兒女，那裏管甚麼親家翁！衆外宅兒，聽我分付：即圖起兵，不可遲滯。正是：恨小非君子，無毒不丈夫。（下。末扮薛嵩上）沙草萋萋牧馬鳴，長風獵獵動高旌。丈夫未得收殘虜，東望燕齊恨未平。自家蒙朝廷恩養，固守城池，邊境粗安，足稱無事。不意田承嗣這廝，雖聯姻契，反藏禍心。邇因肺病頓增，思欲遷居寒冷，即提十萬久操之士，兼驅三千外宅之兒，欲併潞州，剋期竊發。念嵩弱難勝强，寡不敵衆，計無所出，如之奈何？好悶人也呵！（旦上）三尺青萍怨翠煙〔一〕，生身花柳總無緣。一心自有匡君策，笑殺貂蟬嫁奉先。我紅線本欲神遊物外，豈宜久處閨中。但主公恩德未酬，豈可飄然長往。昨聞田承嗣這厮，欲併潞州，我數年之前，豫知有此，只爲未露其事，因此久藏在心。今主公方在納悶之時，正賤妾速當報恩之日。聞其憂惕，獨坐營中，夜漏方深，轅門已閉，不免上前打探一迴，多少是好。主公，紅線叩頭。（末）紅線，你尚兀自未睡哩。（旦）每常間，見主公横槊賦詩，打毬走馬，今經一月，寢食不遑，不知爲着甚麼來？（末）你那裏知道？（旦）

【黄鍾】【醉花陰】營月娟娟半盈缺，聽寒漏沉沉不歇。風旌影動龍蛇，牧馬邊笳，刁斗軍中夜，爲甚麼謾咨嗟？一寸柔腸千萬結。

（末）兀那小妮子，那裏曉得我的心事，衹管來盤問我。（旦）鶴知夜半，燕識戊己；蒭蕘之言，聖人擇焉〔二〕。主公意有所屬，莫非鄰境乎？（末）事係安危，非汝能料。（旦）

【喜遷鶯】我能尋枝葉，近閨房也有些干涉。英傑，莫道我丫鬟調舌，解難分憂能會些。這衷情須盡說，再不用千軍萬馬，又何勞戰艦飛車。

紅線雖是下賤，亦能解主公之憂。速告其詳，不須遲滯。（末）我誠愚昧，不識卿是異人。頃聞田承嗣養三千外宅兒，日夜操演，即日起兵，欲併潞州。我承祖父遺業，受國厚恩，一旦失其疆土，百年功勛，掃地盡矣！因此憂悶，計將安出？（旦）

【出隊子】料區區殘孽，自矜誇豪共奢。主公，你若要承嗣呵，有何難哉！想提來也不甚費周折，收下也真堪小打疊，拿到也還須隨棄撇。

(末)今將奈何？(旦)主公，此事甚易，不須憂煩。今夜七夕，紅線暫到魏博，觀其形勢，覘其有無，三更首途，四更可復命。先定一走馬使，具寒暄書，待我迴時，即便發使。(末)只是你嬌怯怯的身兒，千里長途，一時如何去得？(旦)主公，

【刮地風】休認我閉月羞花情性怯，那其間自有分別。那裏知我持刀拔劍心腸劣，急忙裏也不甚差迭。好時光今年今夜，乘着這一輪明月，小身軀真俊捷。暫離公舍兩三更，也不當別，須踏破千里巢穴。

(末)既然如此，待我備了鞍馬，點起軍兵，送你去者。(旦笑白)俺不用，俺不用。待我暫入閨房，飾其行具，梳烏蠻髻，插金鳳釵，衣紫繡短袍，着青絲輕履。胸前挂龍文匕首，額上書太乙神君。

【四門子】撇花鈿便把春妝卸，好儀容將翠袖遮。猛提着匕首將征衫拽，曳輕鞋不用靴。將小脚兒挪，蠻髻兒斜，羡飄揚一似花外蝶。趁譙鼓兒鼕，寒漏兒徹，好一似飛仙去者。

(末)我聞田家營内有十萬精兵，廂中有三千壯士，重重門鎖旌旆月，獵獵聲傳鼓角風，日夕關防，非同小可！憐你香閨艷質，帥府愛姬，倘有不虞，爲禍非細，我怎捨得你去也！(旦)主公，不用深憂，慢慢坐待，看紅線做出一場奇怪事也呵！

【古水仙子】急煎煎駕長風步亂趄，虚飄飄透青霄待將雲盡揭。影燦燦手提着三尺青萍，喜孜孜霎時將姦臣頭借。風瀟瀟似行空馬躞蹀，漫騰騰便不去打草驚蛇，惡狠狠也何難飲負心頭下血。苦哀哀諒愚蒙孺子情堪赦，氣昂昂方顯得香閨女子是小豪俠。

(末)紅綫，我也不敢就枕，坐待你迴來也。(旦)主公，

【尾聲】你守着燈兒休教滅，拜别了我恩主的爹爹，我可也未鷄鳴便尋歸路也。(下)

【校】

〔一〕 怨，酹本作「吐」。

〔二〕 擇，酹本作「得」。

第三折

(淨扮田承嗣上)玉帳分弓射虜營，秋風獵獵動高旌。已收滴博雲間戍，更奪婆娑雪外城。目今酷暑未退，肺病益增。欲併薛嵩，已在目下。預養外宅兒三千，日夜番休，留爲急用。今夜是七夕，又該三百人直宿兩廂，且教他出來分付。外宅兒那有？(衆上)外宅兒叩頭。(淨)你們衆人，各宿兩廂，更番巡更，提鈴喝號，恐有奸細，坐罪非輕，可小心在意者。(衆)理會得。(做睡并衆巡更科。淨)女侍們那有？(衆旦作執手巾拂子上)女侍們叩頭。(淨)我遭暑熱，病肺未痊，思養精神，暫卧繡帳。少至更餘，尚欲起來觀兵書，你們還要伏侍，只可少息，不可就枕也。(淨做睡，衆旦做睡科。旦結束如前上)今晚初秋，正當七夕，紅綫别了主公，飛出潞州東南城角。沛乎如巨魚縱大壑，逸乎如鴻毛遇長風，飛步九霄之間，神遊八極之表。他日飛昇，一登閬苑，不過如此也呵！

【越調】【鬭鵪鶉】曲灣灣月捲脩眉，亂紛紛雲垂秀髮，花簇簇絲履雙穿，翠亭亭金釵對插。急滔滔海浪驚奔，響泠泠天風亂颯。閃爍爍把匕首拿，虚飄飄將鶴背踏。羞殺了遠迢迢衝水的輕帆，氣騰騰戰場的走馬。

霎時間不覺早離潞州，倏渡漳水，隱隱魏州城，已在眼前了。好笑我紅線呵，

【紫花兒序】又不是搏風溟海，奔月蟾宫，行雲巫峽。我是個香閨幼女，爲甚的走在天涯？我也休誇，隨你直日的天符也趕不上咱。想起來怎干休罷，只教他夢斷青霄，魂繞黄沙。

轉眼之間，已不覺到魏州城了。此是他衙門，不免竟入。田親家翁，我不遠千里，特來看你哩。

【金焦葉】那裏道霎時間來到你家。（衆做巡更科。旦）你看這些巡更的，提鈴喝號，要他何用！並不見有個人留咱吃茶。你看這壁廂、那壁廂許多外宅兒，好睡哩，待我踩踐他一番，你這等莽兒郎何事困乏？你看三百人，六百隻眼睛，再没有一個人甦醒。算來三百人都害得眼瞎。

已入外庭，未見動靜。我且發其左扉，竟入寢室，看他曾睡否？呀！田親家，田親家，我在此，我在此！你怎麼就睡，一些寒溫也没有？我且揭他帳兒起來看，只見頭枕文犀之枕，前露七星之劍，劍前仰開金盒一枚，内書生身甲子與北斗神名。我想起來，你平日何等英雄，今夜性命反懸於一女子之手，我就殺你，此亦何難？只是可憐你無用之物，殺他何用？

【小桃紅】只見金爐香遶透窗紗，寂寞羅幃下，我何忍匕首將來把他誅。安排甲子總無憑，親書北斗名空掛。你雖是不醒，想夢魂兒應怕，好笑你英雄漢便眼昏花。

好笑這裏女侍們，執巾的頭觸在屏風，執拂的身倚在桌子，只顧自家的安逸，那管主人的生死。我且拽他的衣服，拔他的簪珥，看他醒也不醒。

【天淨沙】這一個被咱歪了髻丫，那一個被咱褪了裙衩。這一個被咱分開了鬢髮，那一個被咱叱

咤，困騰騰一味哩呼啞。

田承嗣，田承嗣，我且饒你這厮性命。只是你那裏曉得我今夜到此，我且持其牀頭金盒而歸，報覆主公，且看他醒來，作何狀態？只教睡覺夢魂遊地府，醒尋消息遍天涯。（下。淨醒科）我纔睡去，似覺有人入我房中，欲覺不能，夢魂驚怕。今方甦醒，呀！怎麽牀頭金盒不見了。我生身甲子，北斗神名，俱在裏頭。且牆垣高峻，閨房嚴密，甚麽人到得我這裏來？好怪哉，好怪哉！倘若是敵國的奸細，他怎麽又不害我性命就飄然去了？此事殊爲可駭。（做打覺侍女科）你們這些小妮子，尚兀自睡哩！適間甚麽人到我閨房裏來？（衆旦）没有人。（淨）還説没有人，牀頭的黄金盒，都被盜去了。可開了寢門，且到外廳，去問這些外宅兒怎麽説。外宅兒那有？（衆應科。淨）適間甚麽人到我衙中來？把我牀頭金盒都盜去了。（衆）老爺這等衙門，半夜三更，有甚人敢進來？除非金盒是有靈的，自家飛上天去了。（淨）還要調嘴！天色漸明，你們三千人，不論巷曲街坊，城内城外，分兵前去，五家一追尋，十家一搜檢，務要緝拿，方見明白。獲着者，就賞千金；無獲者，各問重罪。正是：假饒走上焰摩天，脚下騰雲須趕上。（下。末上）紅線一去，閉户獨坐。每常飲酒數合，却便頹然，今夜連舉數觴，愈不能醉。（旦上）一出魏城來，望西北行，將及二百里，只見漳水東流，雀臺高峙，晨鐘動野，斜月在林。忿往喜還，暫忘於行役；感知報德，聊副於咨謀。聽夜漏三更，入危邦一道，往返七百里，經過五六城。倏忽之間，不覺又到潞州了。此是主公門首，不免竟入。（末）天已漸明，只見那曉角吟風，一葉墮露，驚而起問。呀！紅線，你迴來了。（旦）紅線叩頭。（末）我兒，辛苦跋涉，事可諧否？（旦）幸不辱命。（末）你可細説與我聽。（旦）妾自別主公，二三刻間，即到魏博。凡歷數門，遂及寢室，聞外宅諸兒，止於房廊，睡聲雷動；見軍中士卒，步於庭下，傳教風生。廼發其左扉，抵其卧帳，見田親家翁卧於帳内，鼓足酣眠，頭枕文犀之枕，前露七星之劍，劍前仰開金盒，内書生身甲子，與北斗神名。此時要殺何難，暫且放縱。只見蠟炬煙微，爐香燼委，侍人四布，兵仗森羅，或頭觸屏風鼾而軃，或手持巾拂寢而伸。乃拔其簪珥，褰其裳衣，如病如醒，皆不能寤。遂持金盒以歸，謹以投獻，冀減主公之憂，敢辭須臾之苦。（末）我兒，好生受你也。（旦）

【調笑令】奉爹爹令咱魏國親達，呀！把他那外宅衙兵盡踐踏。向朱扉左扇尋空罅，靜悄悄不見諠譁。好笑那田家翁，做人來真邋遢，困騰騰像半死的蝦蟆。

【禿斯兒】我要打碎他雲窗繡榻，蹂損他愛妾嬌娃。我待要將他的軀老活縛拿，頭去斷，髮來拔，也不爭差。

主公，我想他是個無用之物，饒了他性命，拿了金盒，就跑了迴來。

【聖藥王】他是個井底蛙，不用抓。我是女娘家，不必性兒狹。就撇了他，走到家，脚跟猶帶魏庭沙。主公，看我一身風露，滿面塵沙，恰便似霧鎖牡丹花。

主公，你可曾備快馬一匹，寒暄書一封？（末）我備下幾多時了。（旦）主公，你可疾忙差人將書一封，金盒一個，星夜送到田承嗣處。（末）軍校那有？（扮卒上）爺，叩頭。（末）你將此書金盒，星夜送到魏州田爺處。只説昨夜有客自魏州來，從元帥爺牀頭，獲一金盒，不敢留貯，謹用獻納。（卒應下。旦）主公，

【尾聲】從今帥府，可也應多暇。這段功勞非是小丫鬟們誇耍，再不消魏州城下去挽一張弓，田家門前去放半匹馬。（下）

第四折

(衆扮田家軍校上)我們田家帳下軍校是也。向晚老爺失去金盒,不知那裏天殺的偷了去?分付我們五家一追尋,十家一搜捕,再不見一些兒踪影。今日限滿,我們都要問罪。兩日老爺納悶,着閉上軍門,再不許將閑事通報。遠遠望見一匹飛馬奔將來,不知爲着甚的?(薛卒上)一心忙似箭,兩脚走如飛。我是潞州薛爺差來的,煩你通報。(田卒[一])這兩日老爺不快,一應事情,俱不許報,你且慢着。(薛卒)我薛爺差來,有軍機重情,如何阻當?(田卒)就是薛爺自來也没幹。(薛卒)你不肯報,待我自家擊鼓[二]。(以馬鞭擊鼓科。淨内出,急問科)是甚麼人擊鼓?(薛卒見科)昨暮夜有客自魏州來,從元帥牀頭,獲一金盒,不敢收留,敢此投獻。(淨驚接待軍校科[三])怎麼有這等事!早是你們老爺,若是别人,怎肯差人送下,又來報我?(薛卒)這等説將起來,我家老爺失了金盒,老爺決不肯差人送來了。(淨)我與你老爺一般,怎麼肯[四],怎麼肯。只不知送來的怎麼樣的人?(薛卒)是一個女子,生得儀容嬌媚,宛若天仙。是夜正當七夕,老爺坐帳中觀兵書,至五更時分,倏然而來,送此金盒。(淨)我失金盒,正是七夕,此去潞州七百餘里,怎麼就到得你家,敢是飛來的?(薛卒)説道常飛在人家閨閣中,吃惡人的腦髓。(淨驚科)若依你説起來,我的腦髓幾乎被他偷去吃了,好怕人,好怕人!他如今在那裏?(薛卒)常在我主公家往來。(淨)我這裏無緣,再不曾遇得這樣人。(薛卒)這也何難,老爺若思想他,小人家去,再教他來看老爺。(淨驚云)這使不得,再不勞下顧了。軍士們,你可安排大筵宴在私宅中,我自陪薛家大哥飲宴去。(薛卒下。淨)軍士們,明日遣使將名馬二百匹,錦緞三萬端,珍玩奇寶,送與薛爺。並教幕中記室,作書一封,曰:「承嗣首領,係在恩私。便宜知過自新,不復更貽伊戚。專膺指使,敢議親姻,即當麾鞭馬前,捧鼓車後。所置外宅兒,本防他盜,亦非異圖，今並脱其裳衣，放歸田里。」務要詞旨謙恭，字畫端楷，不可遲誤者！（卒）領鈞旨。（并下。旦扮道服上）綽約腰肢更可憐，分明花洞小書仙。何時得離人間世？飛到玉皇香案前。紅線前生得罪，墮落人間，圖報今世之恩，再了後生之事。雖懷劍術，常結仙心。今主公之恩已酬，林壑之念遂決。朝真玉洞，採藥名山。只待主公出來，即得辭去。（末上）日落轅門鼓角鳴，飛書已入魏州城。從今紫塞狼烽斷，戰士歸耕不用兵。紅線，前日差人到魏州，怎麼這時候不見迴來？（卒上）魏州往返千五百，力衰脚痛走不得。只連奔了八九朝，不如紅線三兩刻。老爺叩頭。（末）你迴來了。（卒）迴來了。田爺多拜上老爺，感恩非細。今送錦緞三萬，名馬二百，珍玩奇寶，俱在帳外，兼有書一封投上。（末）孩兒，一路辛苦，着帳下賞他金帛酒飯去。（卒謝下。末誦前書科）田承嗣，田承嗣，看你數載强梁，一旦軟弱，是何前倨而後恭也？紅線我兒，這段功勞，都是你的，此恩何日報得？（旦）怎麼敢。（末）你今日爲何這等打扮？（旦）正要對主公説，紅線前生男子，遊學江湖，讀神農藥書，救世人灾患。時有孕婦，忽患蠱疾，以芫花酒下之，婦與腹中二子俱斃，是一舉而殺三人。陰力見誅，罰爲女子，使身居賤隸，氣稟凡俚。幸生於公家，今十九年矣。口窮甘軟，身厭綺羅，寵待有加，榮華亦甚。況國家達治，慶且無疆。今兩地保其城池，萬人全其性命，使亂臣知懼，列士謀安在？紅線一婦人，功亦不小，固可贖其前罪，遂其本形。便當遁跡塵中，棲心物外，澄清一氣，生死長存。主公主公，我今日別了你，決要去也呵！

【雙調】【新水令】一天風露報新秋，正庭院落梧時候。金商初應節，青女競宵遊。（末）紅線我兒，怎麼割捨得我，飄然就去了？（旦）主公，月有圓缺陰晴，人有悲歡離合。寒來暑往，天道之常。你看這兩日呵，織女牽牛，正是別離後。

（末）你當初的事，與我再説一番。（旦）

【駐馬聽】聽說緣由，我是董奉門前栽杏叟。（末）你原來是個醫人。（旦）我害子母三人性命，傷他骨肉，罰做薛家帳下小丫頭。今隨了主公，何等窮奢極欲！筵窮甘軟厭珍饈，身盈蘭麝粘羅袖。恩愛久，風流豈落諸姬後。

方今諸藩安靜，天下太平。保守兩家城池，萬人性命，區區女子，功勞亦多。即當贖前罪而復男形，離迷途而歸正道。（末）紅線我兒，面如牆外桃花，腰似窗前嫩柳，深山窮谷，草舍茅簷，怎受得許多辛苦？（旦）主公，你見我平日行徑呵，

【喬牌兒】認咱是窗外柳，我日夜夢魂兒呵，常不離海中岫。我即今要東遊碧海，西走崑崙，神遊八荒，一證仙果。正要到蟠桃會上親傳授，吃幾杯長壽酒。

（末）我兒，既是留你不住，我只得放你去。軍校們那有？（軍校上）稟爺有何分付？（末）你去排設筵席，到幕中請冷參軍、劉郎中、楊員外各老爺，與紅線姐送行去。（卒請科，衆官上）蘭陵美酒鬱金香，玉碗盛來琥珀光。但使主人能醉客，不知何處是他鄉？下官冷朝陽，下官劉長卿，下官楊巨源，蒙薛元帥相招，不免竟入。（末、衆相見科。末）紅線，你參見列位爺。（旦見科。衆）紅線姐，你不勞戰馬一匹，羽箭半枝，收功俄頃之間，決勝千里之外。可喜可賀！請問元帥，他今日怎麼是這等打扮？（末）不瞞列位先生說，他不肯帥府尋歡，即欲山中訪道，因此特排筵宴，請諸公與他送行。（衆[五]）紅線姐，看你這等小小身兒，你打扮起來，恰像王母面前許飛瓊的模樣也。（旦）

【攪箏琶】莫道我身子兒瘦，我待要騎鶴上瀛洲。只爲這塵世沉淪，因此慕仙家永久。（衆）你敢是還要別尋歡樂去處？（旦）你休認我天台洞口去尋劉，那裏知臭皮囊畢竟難留衰朽。我待學忘機江上鷗，討甚麼閒愁！

(末)女侍們，送各位老爺的酒者。紅線歸山訪道，此亦人間奇事，煩列位先生，各賦一詩，以叙離别之意。冷先生先唱，劉先生次之，楊先生又次之。(冷詠詩云)採菱歌怨木蘭舟，送客魂消百尺樓。還是洛妃乘霧去，碧天無際水空流。(末)賦得好詩也！紅線，送冷老爺一杯。(旦)冷老爺，你道我似洛妃乘霧，碧天水流，我好快活也！

【雁兒落】非是我辭家喜浪遊，只爲那住世多卑陋。你道是魂飛百尺樓，我待要踏破三山甃。

(劉詠詩云)獨上雲梯入翠微，濛濛雲氣護岩扉。送君去向中峰住，遥禮青山恨不歸。(末)好詩也！紅線，送劉老爺一杯。(旦)劉老爺，你説道雲護岩扉，向中峰住，真個是好去處也！

【得勝令】你只見渡口水爭流，我待去花下問漁舟。喜得那路接仙源近，誰知道山藏鬼谷幽。(楊詠詩云)幕府歌鐘花外亭，翠蛾紅粉散雲屏。舞衣脱去餘香在，今日花前學誦經。(末)好詩也！紅線，送楊老爺一杯。(旦)楊老爺説舞衣脱去，花前誦經，説得我不差也。我待戴一個綿兜，説甚麼鳳鬢金釵溜。我待穿一領羊裘，再不想香羅衫袖扭。

我今也送主公一杯酒，願主公急流勇退，明哲保身。仙路非遥，或者還有相見之日。

【沽美酒】願恩官坐潞州，願恩主早封侯。想富貴功名不到頭，好休時即便休，怕那時節罷不得手。

主公，我今日就拜你去者。

【太平令】早來到神都蓬囿，去尋個道侶仙儔。免不得參辰卯酉，那裏管箋書章奏。我呵，從今離歌樓舞樓，便飛上麟洲鳳洲。呀！看身穿九霄雲竇。

(旦望北拜科)願朝廷爺萬歲，萬歲，萬萬歲！

【錦上花】四海昇平，抛鞍弛胄。邊警無虞，氛解狼收。濟濟諸公，同調玉燭；燦燦羣星，俱朝北斗。夔龍作輔臣，湯武做明后。華輦宵行，翠蓋宸遊。聖德重熙，皇猷不朽。海晏河清，天長地久。

【清江引】急騰騰拜辭天路走，劍氣清風鬬。何年一鶴歸，故國還依舊，那時節向古遼城重聚首。

（下）

【校】

〔一〕田卒，酹本作「軍校」。下同。

〔二〕擊鼓，酹本作「打門」。下同。

〔三〕軍校，酹本作「卒子」。

〔四〕肯，酹本作「敢」，下同。

〔五〕衆，酹本作「衆官」。下同。

無雙傳補

補陸天池無雙傳二十折後

吴郡天池陸先生者，華亭遐冑，茂苑名家。珪璋挺其惠心，英華秀其清氣。操翰餘暇，遊心傳奇。隱陸姓於平原之間，藏采諱於白受之下。本無雙而作記，借明珠以聯情。摛詞哀怨，遠可方甌越之《琵琶》；吐論嶒嶸，近不讓章丘之《寶劍》。但始終事冗，未免豐外而嗇中；離合情多，不無詳此而略彼。謹於二十後折，更增五百餘言。重重誓盟之下，雖了百世之宿緣；匆匆花燭之餘，更罄兩年之心事。庶東牀舊婿，猶憶前姻；別館新姬，未忘故主。

（生白）小娘子，憶昔畫閣逢迎，屢承接引，書房邂逅，重辱殷勤。豈料王母會宴瑤池，而董雙成獨謫於塵世；不意織女支機銀漢，而梁玉清竊奔於衙城。歎綠窗之金剪，在昔空聞；幸朱门之舞衣，而今重見。（貼白）深慚薄劣〔一〕，自愧寒微。宋禕氏吹笛人間，竊慕綠珠之弟子；賈佩蘭圍棋竹下，慚非戚姬之侍兒。内則固未盡嫻〔二〕，敢怠巾櫛？中饋不能無缺，權主蘋蘩。（生白）小娘子，你舉止羞澀，雖云大家婢，難作夫人；性格聰明，堪憐小女奴，渾如男子。青衣趨走，乳名今已脱夫丫鬟；錦帳綢繆，鍾愛實有同乎結髮。（貼白）蒲柳之質，雖荷高攀；葑菲之微，敢忘下體。豈以新人之寵，遂遺故主之憐？觸目驚心，感今追昔。

【刷子序】（貼）追想錦堂別，風波霎時，驚散雙鴛。記金谷繁華，空見芳草芊芊。誰憐，羅袖冷西郊遊輦，鞦韆閉東風庭院。披香小殿鎖嬋娟，繡窗重會是何年。

【虞美人犯】（生）畫闌前，曾相見，黯澹秋波，密地偷轉。身材小綽約飛仙，風神朗徹，翠翹雙墮宮粧淺。今何處遠隔天邊，心牽在長門晝眠。空羨溝水流紅怨，枉信那邊衣匿翠箋。桃花面，料雙蛾未展，倚危樓有書無雁倩誰傳。

【普天樂犯】（貼）想掖庭，多悽慘，何日返，前春燕。笑寒鴉先占修枝，嗟孤鳳未獲高騫。魂轉故國長留戀，幸喜新知暫歡宴。願鸞膠重續鵾絃，明珠還自宛然。更雙雙百年，偕老永團圓。

【針線箱犯】（生）淚還滿紅蠟更爇，絲已斷碧蠶成繭。楚岫神仙珮環遠，空留下侍姬作伴。小娘子你多嬌倩，願雙翔霧烟，效飛瓊引將王母下瑤天。

【餘文】攜花燭，解翠鈿，俺這裏芳情繾綣，莫負深宮宿世緣。

【校】

〔一〕「慚」，原誤作「漸」，今從吳梅校本。

〔二〕「嫺」，原誤作「閒」，今從吳梅校本。

浣紗記

目錄

上卷

下卷

浣紗記上卷

第一齣　家門

【紅林檎近】（末）佳客難重遇，勝遊不再逢。夜月映臺館，春風叩簾櫳。何暇談名説利，漫自倚翠偎紅。請看換羽移宮，興廢酒杯中。驥足悲伏櫪，鴻翼困樊籠。試尋往古，傷心全寄詞鋒。問何人作此，平生慷慨，負薪吴市梁伯龍。（問内科）

借問後房子弟，今日搬演誰家故事，那本傳奇？（内應科）今日搬演一本：范蠡謀王圖霸，勾踐復越亡吴，伍胥揚靈東海，西子扁舟五湖〔一〕。（末）原來此本傳奇。待小子略道家門，便見戲文大意。

【漢宮春】范蠡遨遊，早風流倜儻，歷遍諸侯。因望東南霸起〔二〕，越國遲留。尋春行樂，遇西施浙水溪頭。姻緣定，將紗相贈，雙雙遂結綢繆。　誰料邦家多事，共君投異國，三載羈囚。歸把傾城相借，得報吴讎。佳人才子，泛太湖一葉扁舟。看今古，浣紗新記，舊名吴越春秋。（下）

【校】

〔一〕「范蠡」四句，富本列於【漢宮春】「舊名吴越春秋」後，作爲題目正名。而於此處作「吴越春秋西子浣紗記」。

〔二〕霸起，陽本作「霸氣」。

第二齣　遊春

【遶池遊】（生扮范蠡便服上）尊王定霸，不在桓文下。爲兵戈幾年鞍馬，迴首功名，一場虛話，笑孤身空掩歲華。

少小豪雄俠氣聞，飄零仗劍學從軍。何年事了拂衣去，歸臥荊南夢澤雲。下官姓范，名蠡，字少伯，楚宛之三户人也。倜儻負俗，佯狂玩世。幼慕陰符之術，長習權謀之書。先計後戰，善以奇而用兵；包勢兼形，能以正而守國。爭奈數奇不偶，年長無成。因此忘情故鄉，遊宦別國。蒙越王拔於衆人之中，厠之大夫之上，志同道合，言聽計從。邇年以來，邦家多故。廟乏善策，外有强鄰。正君子惕勵之時，人臣幹蠱之日。今日春和景明，柳舒花放，暫解印綬，改換衣裳，潛遊田野。正欲問俗觀風，浪蹟溪山，兼可尋真訪道。迤邐行來，早是山陰道上了。祇見千巖競秀，萬壑爭流，雲木週遭，溪山罨畫。家家耕牧，燕雀賀生成；處處歌謠，桑麻深雨露。正是：旭日初升，海上紅雲萬國；東風布暖，湖邊細雨千家。其實好遊行也。

【金井水紅花】農務村村急，溪流處處斜，迤邐入烟霞，景堪誇、峰巒如畫。拚把春衣沽酒，沉醉在山家。唱一聲水紅花也囉。偶爾閑步，試看世情，奔走侯門，驅馳塵境。我仔細想將起來，貧賤雖同草芥，富貴終是浮雲。受禍者未必非福，得福者未必非禍。與時消息，隨世變遷，都是一場春夢也。更衣變服，究古論今，較勝爭强，不知何年纔罷。笑你驅馳榮貴，還是他們是他；笑我奔波塵土，終是咱們是咱。追思今古都付漁樵話。

行過山陰了，不免到諸暨走一遭。正是：爲愛溪山最深處，令人忘却利名心。（下）

【遶池遊】（旦素衣持竿浣紗上）苧蘿山下，村舍多瀟灑。問鶯花肯嫌孤寡，一段嬌羞，春風無那，趁晴明溪邊浣紗。

溪路沿流向若耶，春風處處放桃花。山深路僻無人問，誰道村西是妾家。奴家姓施，名夷光。祖居苧蘿西村，因此喚做西施。居既荒僻，家又寒微。貌雖美而莫知，年及笄而未嫁。照面盆爲鏡，誰憐雅澹梳妝；盤頭水作油，只是尋常包裹。甘心荆布，雅志貞堅。年年針線，爲他人作嫁衣裳；夜夜辟纑，常向鄰家借燈火。今日晴爽，不免到溪邊浣紗去也。只見溪明水淨，沙暖泥融，宿鳥高飛，遊魚深入。飄飄浪蕊流花瓣，來往浮雲作舞衣。正是：日照新妝水底明，風飄素袖空中舉。就此石上不免浣紗則個。

【金井水紅花】綠水全開鏡，清溪獨浣紗。波冷濺芹芽，濕裙釵，嬌羞誰訝。弄得慵慵春倦，不覺髻兒斜，唱一聲水紅花也囉。浣紗已畢，且收拾回去罷。（收竿起身，整衣長嘆科）梅花雖好，浪影溪橋；燕子多情，空巢村店。我仔細想將起來，世間多少佳人才子，不能成就鳳友鸞交。我既不能見他，他又不得遇我，日復一日，年又一年，不知何時得遂姻緣也。朝朝自出，夜夜空歸。樹黑山深，恰又夕陽西下。笑我寒門薄命，未審何時配他；笑你王孫芳草，未審何年配咱。花枝無主，一任東風嫁。

（下。遇生上）轉過若耶渡，來到苧蘿村。呀！小娘子拜揖。（旦）客官萬福。（生背科）世間有這等女子，豈非天姿國色乎！小娘子，我且問你，你何方居住，姓甚名誰？莫非採藥之仙姝，必是避世之毛女。緣何在此？乞道其詳。（旦）客官，妾就住苧蘿山口。寒家姓施，世居西村，名喚西施。（生）小娘子，你青春幾何，曾嫁人否？（旦）年方二八，尚未適人。（生）小娘子，我不敢容隱，下官就是越國上大夫范蠡，尋春到此。（旦）賤妾不知貴人，失於退避。

(生)你是上界神仙，偶謫人世。如此艷質，豈配凡夫。你既無婚，我亦未娶，即圖同居丘壑，以結姻盟。但以身常許君，遭時多難，敢冀少停旬月，即當奉遣冰人。乞告嚴親，萬勿他適。(旦)蓬茅陋質，田野村姑，蒙君子不遺葑菲之微，實賤妾得荷絲蘿之託。雖遲年歲，豈敢變移。(生)敢問小娘子，你手中拿的甚麼東西？(旦)家貧無以營生，聊以浣紗爲業。(生)下官微行，失帶禮物。卿是漢女，僕乃鄭生，敢借溪水之紗，權作江皋之佩，持此爲定，勿背深盟。(旦遞紗與生接科。旦)小物輕微，不足留贈。

【玉抱肚】(生)行春到此，趁東風花枝柳枝。忽然間遇着嬌娃，問名兒喚作西施。感卿贈我一縑絲，欲報慚無明月珠。

【前腔】(旦)何方國士，貌堂堂風流俊姿[一]。謝伊家不棄寒微，却教人惹下相思。勸君不必贈明珠，猶喜相逢未嫁時。

(旦)日暮途黑，就此告歸。(生)多謝娘行，前途保重。

(生)芙蓉脂肉緑雲鬟[二]，　(旦)罨畫樓臺青黛山。
(生)千樹桃花萬年藥，　(旦)不知何事憶人間。

【校】

[一] 貌，李本、怡本作「看」。
[二] 芙蓉，富本作「美人」。

第三齣　謀吳

【滿庭芳】（小生扮越王，衆扮内官上）聖禹開基，神工留蹟，千年王業猶存。宿承茆土，吳越隔江分。運值春秋季世，天王遠政令紛紜。看鄰境，干戈正起，東海泣波臣。

【鷓鴣天】縹緲孤城海上居，蕭條霸業繼無餘。夙傳宛委山中瑞，猶佩當年金簡書。西阨楚〔一〕，北連吳，雄心未遂竟何如。他年匡濟尊周室，始信東南有丈夫。（衆）奴婢叩頭。（小生）寡人越王勾踐是也。隔絶中華，生長東鄙，謬領民社之寄，殊慚茅土之封〔二〕。自神禹逮於前王，更歷四十餘世。由不穀至於夏后，幾及二千餘年。文固不足以安邦，武亦不足以定國。僅能上承宗社，下守邊疆。不料近年以來，兵連吳地，始擊之於檇李，復敗之於姑蘇。我臣靈浮，操戈而直前；彼主闔閭，傷指而走死。嫌隙既搆，忿怒愈深。其嗣主夫差日講武於長洲，彼勇將伍員時耀兵於笠澤。竊念寡不敵衆，弱難禦强，若不預定計謀，終被强梁侵侮。幸喜元配夫人知詩達禮，更仗大夫蠡、種擅武能文。且待夫人出來，再作區處。内侍們，後宫請夫人出來〔三〕。（丑）娘娘有請。（貼扮夫人上）

【卜算子】金井轆轤鳴，上苑笙歌度。簾外忽聞宣召聲，忙蹙金蓮步。

春來新插翠雲釵，試看雲頭踏殿鞋〔四〕。欲得君王一迴顧，慢恃玉輦上金階〔五〕。殿下千歲。（小生）夫人請起。夫人，吳越交兵，殆無寧歲，特請夫人商議，如何是好。（貼）且待范、文二位大夫到來。（丑）道猶未了，二位大夫早到。（生、末上〔六〕）

【前腔】（生〔七〕）閫外擁貔貅，（末）殿上趨鴛鷺。（合）極目烽煙爛不收，衮職慚何補。

（生）下官姓范，名蠡，字少伯。官拜越國上大夫。（末）下官姓文，名種，字子禽。官拜越國下大夫。（生）文大夫，今日主公不知有何計議，召我二人。（末）和你就此入宮，不可遲也。（衆報科）范、文二大夫見。（生、末）主公，范蠡、文種參謁。（小生[八]）二位大夫少禮。大夫，吳王逞兇，侵我疆界；越國召禍，傷彼闔閭。怨結兵連，二十餘載。夫差有吞噬之志，寡人無拒敵之謀。敢問高明，計將安出？（生、末）臣聞以大事小者，樂天者也；以小事大者，畏天者也。竭力以事大國，不能免焉[九]。則當高城深池，效死而勿去；行仁修德，唯天命之而已。（貼）今日春景融和，邊烽稍息。奴家特具春酒一杯，與大王上壽，且少舒悶懷，暫圖歡樂，多少是好。（進酒科）

【玉芙蓉】（貼）春風舞鷓鴣，夜月歌鸚鵡。捧霞觴願期萬年歡聚。筵開紫殿千秋樹，壽進紅樓百子圖。（合）休憂慮，料堂堂廟謨，看瞬息間指揮談笑滅東吳。

【前腔】（生、末進酒科）江檣轃舳艫，海雉環樓櫓。諒依山負海尚堪割據，若還有賂通伯嚭，不怕無謀退伍胥。（合前）

【前腔】（小生）軍聲定有無，國勢推賓主。奈三吳劍客氣如彪虎。祇怕金笳出海旗風破，錦帳移營璧月孤。（合前）

（小生）勝敗兵家未可期，（貼）包羞忍恥是男兒。
（生）江東子弟多豪俊，（末）卷土重來未可知。

【校】

〔一〕阨，富本作「帶」。

〔二〕茅土，富本作「爵土」，陽本作「東土」。

〔三〕夫人出來，陽本作「娘娘上殿（衆）領旨」。

〔四〕看，怡本作「着」。

〔五〕恃，原誤作「遲」，今改。

〔六〕末，原無，據富本補。

〔七〕生，原無，據富本補。

〔八〕「小生」下，富本、繼本有「貼」。

〔九〕「竭力」二句，富本、繼本作「事以皮幣珠玉，不能以避敵」。

第四齣　伐越

【滿江紅】（外扮伍員上）楚室亡因，是何歲飄流吳國。追舊恨避兵江上，潛身蘆荻。父怨方酬魂未返，君恩欲報心猶赤。待從頭再踏越江山，兵方戢。

十年仗劍意何如，眼見荊城一廢墟。誰哭秦庭援兵至，至今猶自恨包胥。下官姓伍，名員，字子胥，楚國人也。腰大十圍，身長一丈，幼諳韜略，長習典墳。素志烈於青霜，精誠貫於白日，叱咤而風雲變色，喑嗚而山嶽動搖。皇天后土，鑒生平忠孝之心；名山大川，諒宿昔英豪之氣。但以雄心未遂，俠氣未除，一飯之德必酬，纖芥之讎必報。父兄深怨，鞭及墓下之人；貞烈大恩，全投瀨中之女。昔爲楚國之亡虜，今作江左之冢臣。千年故國，淒涼郢樹荊雲；萬里孤臣，流落吳山越水〔一〕。爭奈越王勾踐肆虐欺鄰，幸喜新建嗣王練兵訓卒。誓復檇李之恥，直擣會稽之山。且待伯嚭太宰到來，同往主公營中計議，多少是好。（丑扮伯嚭上）

【天下樂】自笑堂堂六尺軀，姦回性格似穿窬。全憑三寸斕斑舌，忠義全然半字無。

下官伯嚭是也。官拜吳國太宰之職。早約伍相國營中見主公，不免同去。相國拜揖。（外）太宰拜揖。早約營中參謁，不知主公升帳未曾。（丑）轅門大開，想已升帳了。

【夜遊朝】（淨扮吳王同衆將校上）霸業中興吞宇宙，擁貔貅校獵長洲。蕞爾遊魂，彈丸小寇，指日見鯨鯢奔走。

（衆）衆將官叩頭。（淨）起去。（衆應科。淨）百尺高臺面太湖，朝鐘暮鼓宴姑蘇。威行海外三千國，霸占江南第一都。寡人吳王夫差是也。承太伯之餘業，守成周之故封，魚腸之劍三千，水犀之師十萬。掘山煮海，利盡魚鹽；濬水通潮，貨饒商賈。日暮歌鐘四壁，春風花柳千門。真個是坐列金釵十二行，門盈珠履三千客。今日升帳，看轅門外有誰參謁。（衆報科）相國、太宰見。（外、丑）伍員、伯嚭參謁。（淨）相國、太宰少禮。（外）臣啓主公，越人勾踐犯我先王，積怨既深，大讎未雪。今糧草完備，將士精强，不乘此時勦征，更待何日。（淨）太宰，你意下如何？（丑）臣啓主公，主公初登寶位，新御黎民，海甸甫安，邊烽乍息，正宜朝歡暮樂，何暇遣將發兵。且水陸頗艱，勝敗未卜，以臣言之，竊爲未可。（外）太宰差矣！父母之讎，不共戴天；兄弟之讎，不反兵革。而況假主公之雄威，更仗諸將之戮力，則摧枯拉朽，如夏日之潰春冰；威跡掃塵，如疾風之捲秋籜。擣其巢穴，殲厥渠魁，何施不可。（淨）既然如此，衆將校們，明日吉辰，就此點兵前去。

【瑣窗郎】笑越王海畔窮囚，没來由招禍尤。玩兵鄰境，不守邊州，試看直倒、錢塘江溜。（合）管教他山河難保罪不有，親作孽，向誰咎。

【前腔】（丑）正昇平快意嬉遊，對良辰開笑口，看春生金屋，月滿銅溝，不求歡樂，反招僝僽。（合前）

【前腔】（外）想人生最切是親讎，恨淹留志未酬。堂堂大國，忍恥包羞。急須征勦，豈容拖逗。（合前）

（淨）旌旗獵獵動江關，（丑）千里師行碧海灣。
（外）試看鯨鯢皆遠遁，（合）勒銘直上會稽山。

【校】

〔一〕從「腰大」句至「流落」句，繼本作「先年我父伍奢併兄伍尚，俱以直諫立朝，因得芳名蓋世。奈遭費無忌之奸讒，並被楚平王之殺害。下官因出奔鄰國，遂作吳臣。一則存我微軀，以延先世；一則借人强力，可雪前仇。十載興師，俱仗吳王之力；五戰入郢，遂鞭平王之屍。以怨報怨，雖已申父兄之冤；以德報德，其可忘君臣之義。如今吳與越仇，須當爲吳謀越」。

第五齣　交戰

【一枝花】（小生、生、末戎服領軍校上。小生）江干烽火曉，海甸兵戈繞。吳兒深入也也怎生好？（生）封豕無厭，何事多强暴。況兵少誠難保。（末）誓定邊疆，謾自退縮，被人談笑。

（生、末）主公參見。（小生）二位大夫少禮。二位大夫，夫差恃强，乘我微弱，提兵十萬，將度西陵。未審二位大夫何以教我？（生）臣啓主公，强弱既形，衆寡不敵，但當深溝高壘，以逸待勞。略待旬月之間，糧盡兵疲，將不及戰而自遁矣。（小生）文大夫意下如何？（末）臣啓主公，臣聞敵加於己，不得已而應之，謂之應兵。不如乘其營壘未定之時，即爲掩襲攻擊之計〔二〕，則寡或可敵衆，弱亦足以勝强。還宜決戰以圖存，豈可束手以待斃？（小生）言之有理，就此領兵前去。

【水底魚】兵馬蕭蕭，弓刀各在腰。吳兒逃遁，還將金鐙敲。

【前腔】（淨、外、丑領衆上）鼓角風高，旌旗雲外搖。三吳俠少，先聲壓海濤。

（小生、生、末領衆上相遇科。丑）下官領前軍，當先出戰。（末）來將何人？（丑）我就是吳國太宰伯嚭。（末）久慕，久慕。太宰，你身爲人子，不能報亡父伯州犂之仇，幸步伍胥之後塵，得攀楚平之封樹。所謂公等碌碌，因人成事者也。你有何能，敢與我鬥？

【大迓鼓】吳兒莫弄驕，父讎不報，恥忍羞包。那些個臣子忠和孝，一唯姦佞立當朝。及早投降，休得遁逃。

（丑）休要閑説，擂起鼓來。（對殺混戰科。丑）你是何人？（末）我就是越國下大夫文種。（丑）文大夫，你明於治國，暗於擇君，貪宦蕞爾之小邦，甘事無情之勾踐。你有何謀，敢與我戰？

【前腔】你平生學六韜，不知進退，堪笑兒曹。我偏師小渡西興棹，管長驅直擣會稽巢。若不先降，有誰恕饒！

（末）你也休要閑説，擂起鼓來。（對殺介。生）來將何人？（外）我乃吳相國伍員是也。（生）老相國施禮。相國，你一生孝子，半世忠臣，既雪墓下之仇，當返山中之駕。徒念闔閭之顧命，不諒夫差之不仁。竊恐禍機倏生，悔之無及。

【撲燈蛾】你三吳稱俊豪，四海播忠孝，名遂又功成，還認當時年少也。看皤然一老，鎮終朝矜伐舊功勞。没來由西征東討，真堪笑，衹怕禍機竊發命難逃。

(外)我身既已許國，切勿多言，放下馬來。(對殺科。外)你是何人？(生)下官越國上大夫范蠡是也。(外)老夫不知就是范大夫。大夫，我乃郢人，君亦楚產，豈以比鄰之隙，遂忘故苑之情。但要知兵衆之强弱，須察理勢之順逆，何不反邪歸正，棄暗投明？

【前腔】你昂昂一俊髦，堂堂好儀表。何事不知機，常肆侵凌衝犯也。諒區區小島，看投鞭即便可成橋。那時節橫尸縹緲，迷歸棹，錢塘江上不通潮。

(生)老相國，彼此各爲其主，不必多言，放下馬來。(對殺俱下。淨、外、丑領衆上科。丑)主公，你看蕭蕭殘寇，緲緲遊魂，七縱七擒，三戰三北，殺得他隻輪不返，片甲無存，望風而逃，渡江去了。(外)我今不可遲滯，連夜趕上，直至會稽，縛其君臣，夷其宗廟，方雪俺檇李之辱也。正是[二]：

(淨)烈烈旌旗飛大將，(丑)錢塘不怕多風浪。
(外)假若走上焰魔天，(合)脚下騰雲須趕上。

【校】

[一] 攻擊，富本、繼本、陽本作「竊取」。
[二] 正是，富本作「(急走，淨丑末衆做走趕去科)」。

第六齣　被圍

【臨江仙】(小生、生、末領敗兵上)轉戰夫椒三敗北，千秋宗社全傾。團團四野盡吳兵。陣雲迷故國，璧月照空營[一]。(末)半捲紅旗奔浙水，霜寒鼓冷無聲。(生)回頭殺氣正憑凌。思量無計策，只得請行成。

（小生）戰餘落日黄，軍敗鼓聲死。（生、末）今與山鬼鄰，殘兵哭江水。（小生哭科）二位大夫，勾踐久作江東奇士，亦一海上寡君，長思奮迅雲霄，詎意摧頹糞壤。今被夫差追兵圍住，棲此會稽。二千年之社稷，盡被凌夷；數十世之封疆，皆爲蹂踐。既無土地立孤身於世上〔二〕，又何顔面見前王於地中〔三〕。（末）臣啓主公：臣聞猛獸離山，不免網羅之患；巨魚失水，反遭螻蟻之欺。今主公初被傷殘，偶遭困辱。雖曰人謀之未盡，實亦天時之降殃。誓當奮一前鬥生之心，不可懷百走退死之念。況今會稽之山尚環六百餘里，帶劍之士猶存五千餘人。還須死戰，以決存亡；莫待生擒，以宴兵刃。（生）臣啓主公：臣聞伍員勇冠三軍，夫差雄視一世，以累殘之越〔四〕，獨當新奮之吳。勝未必然，敗乃常事。不如一面堅壁清野，老彼戎師；一面遣使修詞，求其和好。以臣言之，此爲上策。（小生）范大夫，雖然如此，兀的不羞殺人也呵！

【五更轉】值運衰，摧邊境，愧英雄氣不平。千年霸業，霸業都吞併。一旅殘兵，枝棲窮嶺〔五〕。究天心，窺廢興，應難定。行成決戰，二策須深省，畢竟何者爲先，方纔寧靖？

【前腔】（末）論拒敵，兵猶勁，當此顛沛之時，也顧不得了。定休論敗與成。還須死戰，死戰圖僥倖。豈可坐受兵刀，自賫首領？念微臣，受厚祿，要捐生命。收屍馬革，也圖個揚名姓。那時節繪畫麒麟，勒銘鍾鼎。

【前腔】（生）看暴吳，真强盛，遍週遭殺氣騰。不如遣使，遣使親行請，厚禮卑詞足恭敬〔六〕。更還須，施間諜，去通姦佞。待他君臣肆虐，定見驅忠藎。那時節待變乘機，把山河重整。

（小生）寡人罪大惡極，德劣才庸，既不能勇往而直前，又不能固守以善後。想今要策，還是行成。但不知用甚禮儀，將何詞命？一時昏蔽，唯諸大夫裁之。（生）臣聞社稷者前王之社稷，山川者大禹之山川，是皆不可與人，外此皆爲長物。莫若棄其身體，挐其妻孥，君請爲臣，妻請爲妾，躬作使令之役，甘爲灑掃之徒。又須卑遜其言詞，離間其左右，既侈其好大喜功之念，又發其毆賢用佞之心，則兇惡日稔，天必殛之。幾年之間，興衰未可知也。（末）范大夫之言，似亦有理，但恐伍員謀略蓋世，賢智先人，昏主或能聽從，忠臣不無阻隔。（生）文大夫不聞小人易親，君子易退？子但聞伍員之忠直，不知伯嚭之姦邪。既欲行成，當先反間，不必即謁其主，要須先賂其臣。送伯嚭以美女二人，黄金千鎰，則鼹鼠之腹易滿，鷦鷯之棲易安。仗此以見夫差，諒多溢美之言，由是以譖伍員，必有稔惡之説。君臣乖戾，同列睽違。彼之罅隙可乘，吾之大事濟矣！（小生）既然如此，誰人可行？（末）臣雖不才，願效犬馬。（生）整備禮物，即便起程〔七〕。

【朱奴兒】（小生）念國土連年戰爭，爲宗社勉爾行成，忍恥含羞送子行，須委曲順從强硬。（合）承君命，遨遊虜庭，何日見烽煙靜？

【前腔】（末）遭國難常將命輕，趁王事焉敢留停。今日辭君到彼營，料舌劍必然全勝。（合前）

【前腔】（生）悲相送天高日晶，臨兵刃誰肯孤征？試聽青萍匣底鳴，看忠義長虹直亘。（合前）

（小生）送卿匹馬出江關。（末）敢憚區區行路難？

（生）明日若弛吴甲胄，（合）他年重整越江山。

【校】

〔一〕璧月，原作「壁月」，今據富本改。

〔二〕土地，富本、繼本、陽本作「蕞爾之土」。
〔三〕顏面，富本、繼本、陽本作「怡然之顔」。
〔四〕以，富本、繼本、陽本作「難以」。
〔五〕枝棲，富本、繼本、陽本作「棲遲」。
〔六〕足恭敬，陽本、富本作「足恭曲敬」，與曲律合。
〔七〕「即便」句下，富本有「（末收拾去吳國，私見伯嚭）」。

第七齣　通嚭

【出隊子】（丑上）連營分隊，前纛高張朱雀旗；弓刀簇處列戎衣，萬騎城南戰勝歸。試問三吳，豪傑有誰？

誰似堂堂貌出羣，從來不曉武和文。行師全得三軍靠，親手何曾殺一人。下官太宰伯嚭是也。性踰梟獍，狠甚虎狼。包藏險慝，真千態萬狀，而鬼莫能知；做下機關，似千蹊萬徑，而人不能禦。慣用傾巧之智，構成疑似之端。況兼舌劍唇槍，奴顔婢膝。屈身之際疑無骨，談笑之中若有刀。但知奉承一人，不曉恩及百姓。由是身騰列國，權傾滿朝。狐假虎而前行，何愁追捕；鼠依社而久住，不怕薰燒。一味妬賢嫉能，可以尸祿保位。兩日統領前軍，追趕越寇，長驅深入，圍住會稽。小醜尚棲此山，大軍未即歸國。爭奈轉戰困倦，未得少休。今晚軍中稍閑，暫且卸甲解冑。不免叫家僮傳令帳下，守定營門，若有軍情，速來通報。小廝那裏？（小末扮家僮上）傳令。（内應科。）

丑)我伯嚭當初逃難，來到這裏，向無妻室，甚是難熬。前日討得一個丫頭，喚作千嬌，容貌雖不甚娉婷，妝扮也略知丟抹，喜他按摩甚妙，枕席頗通，衹是氣質粗疏，性子妬忌。昨因軍中乏人伏侍，帶在這裏，兩日無暇，甚是疏失他。不免喚他出來，少叙幽情，多少是好。千嬌那裏？

【前腔】(淨扮胖婦上)描紅貼翠，誰似當朝太宰妻！尺三小腳走如飛，八九寸彎彎兩道眉，盡說輕盈，略覺胖些。

相公，叩頭。(丑)千嬌起來。千嬌，我兩日軍中多事，不得相見，甚是想着你。(淨)便是。千嬌兩日也想着相公，飯食都減一半了。(丑)你早上吃許多？(淨)早上覺道有些歡喜，吃了八碗。(丑)你午間吃許多？(淨)午間不快活起來，吃不多，勉强吃得五碗。(丑)哈！也不當少了。(淨)我平日若是身子好，還吃得幾碗，衹因減了飯食，腰肢看看瘦盡了。(丑)又道是：楚王愛細腰，宮中皆餓死。(淨)相公休要取笑。(丑)我兩日身子疲倦，你與我按摩一番。(淨作按摩科。丑)千嬌，我的心肝！被你按着穴道，捻着痒筋，皮風臊痒骨頭輕，遍體酥麻動不得。好快活！(淨)相公，這個打甚麼緊。停一火到牀上下定了這個針，釘住了這個穴，你還快活哩！(丑)千嬌，帳外有人到來，你且迴避。(淨)連忙打發人去，早些進來睡罷！

【前腔】(末領衆送金物上)潛攜金幣，打聽前軍在浙水西。日間難行，等到昏黑，扮作吳國將官前去便了。晝行猶恐外人疑，等到黃昏星斗稀，驀地私行，有誰見知。

帳前有人麼？(小末)來的將官，何姓何名？有何急務，昏夜到此？(末)下官越國大夫文種，要見你們老爺，煩你通報。(小末)軍門緊急，不敢從命。(末)白金百兩，聊此奉謝，只說有事相求，昏夜來見。(小末)既然如此，你且少待。(進報科)越國使臣文種，有事相求，昏夜來見。(丑)哈，好怪！好怪！他來甚麼？也罷，着他入來。(末)越國下臣文種參見。（丑發怒科）你就是文種！（末）不敢。（丑）前日陣上説我包羞忍恥的就是你！（末）不敢。（丑）説我不忠不孝，姦佞立朝的就是你！（末）不敢。（丑）天兵到臨，你命在旦夕，還來見甚麽？（末）太宰大人息怒，容文種咨啓。（丑）有何説話，你且道來。（末）小國寡君勾踐，感太宰恩德，無以爲報。（丑回嗔作笑科）你那越王老頭兒也曉得感激我？（末）便是。特遣小官備些禮物，少伸寸敬。（丑大笑科）遠勞厚意，請起！（末）不敢。禮物通在帳外，人夫頗多，每樣先進上一件，倘蒙叱留，方敢盡進。這樣黄金共五千兩，錦段共五千疋，白璧共十雙。（丑）怎麽要許多？小廝殺起羊來，盪起酒來，留文老爹坐坐去。（小末應下。末）太宰，你且不要快活盡了，還有一對活東西，祇怕太宰用不着，不敢送進來。（丑）甚麽東西？取來我看。（末）待我去取來[一]。（旦、貼上）舞低楊柳樓頭月，歌罷桃花扇底風。（末）寡君勾踐無以伸敬，聞知太宰未聘妻室，特奉美女二人，一個喚秋鴻，一個喚春燕，以伴枕席，伏乞鑒納。（旦、貼）老爹叩頭。（丑笑科）二位美人請起，小廝殺起牛來。（同前諢，内應科。丑）我知趣的文大夫，文老爹，我不瞞你説，向年來時，其實没有老婆，將就討得一個丫頭，也略有些風韻，怎到得二位姐姐十分標致。我如今輪流轉，今夜是他，明晚是他，一來一往，一上一下，快活！快活！且住，我且問你，你主公送了許多東西，不知有何分付？（末）我寡君着我多拜上太宰，寡君受吴國大王太宰大人許多教訓之恩，情願攜其妻室，率其陪臣，親到吴國，君請爲臣，妻請爲妾，竊恐大王見棄，先遣小官拜上太宰，望乞周庇。（丑）我如今受了你家主公許多恩惠，我的身子通是你家主公的了。這些小事不難，一一從命。小廝那裏？（小末上。丑）我教你殺羊殺牛，怎麽這時節不見拿出來？（小末）稟老爺，牛羊元没有[二]，只有一隻鷄，千嬌姐還不肯哩[三]！（丑）好笑[四]！他爲何不肯？（小末）聞得外面新送兩個好婦人來，或者有些吃醋。（丑）哇！一時備不及，且拿些小酒出來[五]。文大人，倉卒有慢，多罪！（末）豈敢，豈敢！

【玉山頹】（丑）謝你君王不棄，遠相投金帛禮儀，況纍纍數對璠璵，更纖纖一雙花蕊。我知恩知義，休錯認是無情伯嚭。及早來吳地，莫稽遲，管教羈鶴出籠飛。

【前腔】（末）我寡君呵！特差傳遞，念傷殘棲遲會稽，欲躬身率領妻孥，入吳庭願稱臣禮。我明朝謁主，望委曲於中周庇。（丑）這個都在我身上，不消你叮嚀了。（末）深感君高誼，若免凌夷，誓同犬馬效驅馳。

秋鴻、春燕，你兩個就進酒[六]。

【前腔】（旦、貼）雲鬟高髻，繡鴛鴦蹁躚舞衣。遇春風笑摟花間，值秋宵醉眠幃底。偎紅倚翠，看世上誰人百歲？今夜同歡會，夢魂飛，巫山一對暮雲歸。

（末）你二人好生伏侍老爺。（旦、貼）謹領。（末）[七]下官就此告別，明日軍前相見。（丑）文大夫，還有一句要緊說話對你說：我相國伍子胥，做人倔強，甚不知趣，他若在那裏時，必然阻當。我領前軍圍住山前，他領後軍圍住山後，參謁之期，多在午時。大夫，你可侵晨約我同行，乘其未到之時，待我中間說定主公親口允從，那時節他雖到來，已無及矣！（末）謹依尊命。（下。丑）秋鴻、春燕，可愛你一對俊俏嬌娘，恰遇我這個風流子弟，正是前緣宿世，才子佳人。今夜不可分牀，三人同睡了罷。（抱旦、貼下。淨上，打旦、貼科[八]）好，好！你是何方潑賤，那裏丫頭？到來奪我的買賣！快走出去，快走出去！（丑打淨科）你這臭娼氣，歪爛骨，沒廉恥，不識羞的東西！快走進去，快走進去[九]！（下）

【校】

[一] 取來，富本、陽本作「取秋鴻、春燕進來」。

〔二〕「牛羊」句下，陽本有「祇是好看話頭」。
〔三〕還不肯哩，陽本作「藏起不肯殺」。
〔四〕「好笑」下，陽本有「我的東西」。
〔五〕「一時」二句，富本、繼本作「一時若備不及，明日專請，今晚胡亂拿些小酒出來罷」。陽本作「文大人，一時措辦不及，明日耑請，今晚胡亂小酒當茶」。
〔六〕「就」下，陽本有「此奉勸老爺」。
〔七〕（旦貼）謹領末，原本無，據富本、繼本、陽本補。
〔八〕打旦貼科，富本作「打旦貼混爭鬧科（淨）」。
〔九〕「快走」句下，富本有「（淨旦貼俱下科。丑）我正在説我一生娶老婆不着，誰想文大人送這一對美貌嬌娘，又送我許多禮物，豈不是天賜其然。正是有恩不報非爲人也，後日有用我之處，吾當出力報他」。以及下場詩：「趙國君臣好重賢，兼金厚幣豈其然。常言好事是虚事，祇恐忠言是惡言」。

第八齣　允降

【高陽臺】（淨領衆軍校上）窮海提兵，沿江牧馬，英聲天下無敵。錦帳開營，弓刀霧擁雲集。區區小醜成何事，望風兒三戰三北。上稽山，看妖氛清盡，勒銘歸國。

（衆）衆將官叩頭。（淨）起去。（衆應科。淨）戰勝兵屯清海灣，愁雲結處是稽山。更催飛將追逃虜，莫遣江干匹馬還。自家吳王夫差，追趕越國勾踐至此。不料他計窮力竭，存下五千甲士，死守會稽。一則溪山險隘，我不能以馳驅；二則草木蒙叢，彼實可以嘯聚。想旬日之間，不能即克，如何是好？且待諸大夫到來，再作區處。

【勝葫蘆】(丑上)昨約營中去謁君，侵早起到轅門。(末上)若得君王肯，許咱投順，定須結草，生死報深恩。

(丑、末相見科。丑)文大夫，你來幾時了？(末)小官守候太宰已多時了。(丑)文大夫且少待，待我先進去報知，你可入來。(衆報丑進見科。丑)主公，伯嚭參見。(淨)太宰少禮。(丑)臣啓主公，越王勾踐遣一下臣文種投見，帳下伺候兩日，無人通報，不敢進見。(淨)好笑！勾踐這廝着他來做甚麼？(丑)兩國交兵，不拒來使，且放他入來，看他有何話說。(淨)也罷，放他入來。(衆)越國使臣進。(末在外膝行至內，俯伏科)越國下臣文種，死罪死罪。(淨怒科)勾踐不道，犯我先靈，我今提兵問罪，命在旦夕，有何話說，着你來見？(末)東海寡君勾踐，罪大惡極，偶犯吳之先王，蒙大王仁慈，不即誅戮，寡君感德，旦夕不忘。今大王天威未解，提兵遠臨。若大王不棄，即當請盟，願攜其妻子，率其陪臣，君請爲臣，妻請爲妾，春秋貢獻，不絕於途。茲固寡君奉至尊之儀，實亦大王征諸侯之禮。敢使下臣布意，乞賜優容。(淨)這個難道。(丑)勾踐窮困，遣使乞哀，若能許之，則勾踐之土地即主公之土地，自江以北，沿海而南，皆主公之有也。(淨)太宰，我勞心數年，提兵十萬，深入敵境，克在須臾，業已至斯，不能輕諾。(末)下臣文種再啓大王：寡君勾踐棲於會稽，尚存子女千餘，寶器萬數。若大王憐而赦之，則子女盡入於王庭，寶器俱歸於府庫；若大王執而不赦[一]，則當殺其子女，焚其寶器，以五千敢死之士，當十萬久疲之師，則彼此勝敗，未可知也。(淨)太宰，你的意下如何？(丑)文種之言，似亦有理。若主公能封殖越國，則武功已成，名聞海內，誰不敬從；若必欲刈而亡之，恐四海諸侯不信於我，後日誰肯事吳？是主公有功而無功也，願主公察之。(淨)雖然如此，心上狐疑，未能灼然，豈容就許。

【高陽臺】小島羈囚，稽山窮窟，形孤勢寡難立。憶昔侵凌，寃仇至今堆積。逃匿，知伊死在須臾也，看笑談削平東穴[二]。又何勞卑詞遜語，故來哀乞。

【前腔】（末）窮迫，顧面縛君臣，親攜妻子，王庭盡心服役。貢獻年年，驅馳敢怠朝夕。悲戚，區區寡君蒙宥免，這深恩何年消得。望君王寬仁大度，俯垂憐惜。

（淨）既然如此，我暫且收兵，限十日之内，君臣妻子，俱赴吳庭，聽候指揮，不許遲滯。（末）多謝大王。（外上）破國平戎昔未聞，嗚笳疊鼓擁回軍。丈夫鵲印摇邊月，大將龍旂掣海雲。主公已升帳，不免進去參見。（衆報外進見科。外）主公，伍員參見。（淨）相國少禮。（外）此位何人？（末）越國下臣文種。（外）到此何干？（丑）領其主勾踐之命，行成於吳。却纔主公已親口許他了。（外）豈有此理！臣啓主公：勾踐强暴，屢肆侵凌。今力屈計窮，命在頃刻，是天以越賜吳，此機不可失也。誓當懸首吳闕，以謝先靈，方雪數年之仇，聊解四方之笑。顧乃不知出此，而反許其行成，竊爲主公不取也。（丑）臣啓主公：臣聞不念舊惡，怨是用希。昔晉文聽寺人之言，而即去斬袪之罪；齊桓用管仲之智，而頓忘射鉤之仇。今窮兵深入，已撤彼藩籬；躍馬長驅，更毁其宗社。諒些須越人之怨，已足盡吳國之情。君子不爲已甚，竊爲主公許之是也。（淨）太宰之言有理。

【前腔】（外）主公休惑，數載深讎，一朝克復。臣子此心初適，須獻首先靈，共瞻宗廟血食。主公你快收拾，看江東海西俱入款，是蒼天賜吳越國。這光陰，百年難遇，豈容虚擲。

【前腔】（丑）相國你休執，山鳥投籠，林猿歸檻，如何又教彈射。况他社稷全傾，區區小怨堪釋。要經歷，看稽山險絶堪死守，恐目下存亡難必。况淹留到，兵疲糧盡，斷然無益。

（外）主公，伯嚭之言，切不可聽。

【前腔】（淨）我思憶，他既已輸誠，前來納款，邊疆料多開闢。況我繼絶存亡，諸侯盡瞻吳德。（末拜謝天科）天日，願吾王此身長壽考，（回身拜淨科）似南山萬年無極。霸諸侯。威行四海，比隆周室。

（淨暗對末科）你的行成，我已親許，決不食言[三]，連忙回去，火速就來。（末叩頭下）臣今告辭，不日就得覲天顔也。（外）主公不可許他。（丑）主公不可失信。

【前腔】（外）兇逆，不日就誅滅了，九仞爲山，功虧一簣，料想不勞而集。事敗垂成，怕他日悔之無及。

（丑）你偏僻，料些些彈丸窮海島，敢與我大邦相敵？笑伊家，年華高邁，不知虛實。

【尾聲】（淨）班師回去傳飛檄。（丑）看大將旌旗雲外直。（外）可惜數載勞師空費力。

（淨）三軍歡笑勢如雷，（外）盡道行兵海上來。

（丑）個個鞭敲金鐙響，（合）人人齊唱凱歌回。

【校】

〔一〕執，原誤作「報」，據富本、繼本、陽本改。

〔二〕東穴，富本、繼本、陽本作「巢穴」。

〔三〕「決不」句下，富本有「（末）領吾主旨（淨）」。

第九齣　捧心

【祝英臺慢】（旦扮西施捧心上）臉欺桃，腰怯柳，愁病兩眉鎖。不是傷春，因甚閉門卧？怕看窗外遊蜂，簷前飛絮，想時候清明初過。

【憶秦娥】春已矣！楊花滿徑東風起。東風起，半投簾幕，半隨流水。思郎夢遠渾無倚[一]，隨風好去應千里。應千里，長亭馬上，陽關笛裏。奴家自浣紗溪邊遇着那人之後，感其眷顧，贈彼溪紗[二]。今經一月，再無信音。又不知是個閑游浪子，假作官僚；又不知果是個范蠡大夫，故來調哄？我今待要信他，只恐日遠日疏，終無着落，未必是真。欲待要不信他，看他實意實心，言猶在耳，未必是假。近聞吳越交戰，直至會稽，雖然干戈擾攘，黎庶逃亡，幸此地山谷幽深，人蹤隔絶。我想范大夫多因此事，不得工夫，然雖遲年歲[三]，必不他適。但今展轉疑慮，日夕憂煎。（長嘆科）只因霎時面許，弄出滿腹離愁，害得徹夜心疼，做出一腔春病[四]。正是織成縷縷千條恨[五]，蹙損纖纖兩道眉。切切凄凄，啾啾唧唧，這場事好生苦楚人也。

【綿搭絮】東風無賴，又送一春過。好事蹉跎，贏得懨懨春病多。鬌兒矬，病在心窩。爲你香消玉減，蹙損雙蛾。難道你賣俏行姦，認我做桃花牆外柯，認我做桃花牆外柯？

【前腔】終朝懸念，信遠音訛。好事多磨，轉眼光陰一擲梭。定如何？成敗由他，未必言而無信，更起風波。有一日弄假成真，烏鵲填橋催渡河，烏鵲填橋催渡河。

這裏北村有個姐姐，喚做北威，是個女醫。不免央我家東施姐姐，轉請他來看脈，吃幾帖藥，再作計較。

溪畔匆匆邂逅時，　無端徹夜費相思。

欲知一點心中病，　只看纖纖兩道眉。

【校】

〔一〕渾，原誤作「運」，今據諸本改。倚，富本作「計」。

〔二〕「贈彼」句下，富本、繼本、陽本有「邇來不覺情絲迷離，神魂飄蕩」。

〔三〕年歲，富本、繼本、陽本作「數年」。

〔四〕做出，富本作「做下」。

〔五〕正是，原作「祇是」，據富本、繼本、陽本改。

第十齣　送餞

【謁金門】（小生同貼上）煙霧蔽，四下重重圍住。少小豪雄今已矣，空成千點淚。（貼）魂怯危巢孤壘，眼見玉憔香悴。（合）昨遣行成通幣禮，緣何還阻滯？

（貼）大王萬福。（小生）夫人少禮。夫人，我勾踐被吳圍住，困居此山，心魂不寧，手足無措，見寢石以爲虎，認草木而皆兵，夙昔豪雄，一旦掃地。（貼）黃鵠病而翅羽垂〔一〕，猛虎窮而爪牙縮。須竭力拒敵，觀變待時，勿重憂煎，徒增悲痛。（小生）昨遣文種行成，怎麼這時候還不見回來？（貼）大王放心，想此事多成，故來遲耳。

【臘梅花】（生上）殘兵格鬥筋力疲，沿山烽火軍聲沸。（末）敢憚星夜馳，行成已聽，疾忙歸來報君知。

（生末相見科。生〔二〕）文大夫，行成的事如何？（末）吳王已面許下了。（生）如此就進去回覆主公。（進見科）主公、夫人，范蠡、文種參見。（小生、貼）二位大夫少禮。文大夫，行成的事如何？（末）臣啓主公：臣到敵境，乘夜先見伯嚭，次早方謁吴王。因伍員未到之時，虧伯嚭先入之説，吴王已親口許下了。（小生、貼）多謝天地。（末）衹一件，他限定十日之内，要君臣妻子，俱赴吴庭，聽其指揮，不可遲滯。（小生）寡人不幸，連累夫人。如此促急，怎生是好？（貼）賤妾之命，懸於大王，勞苦艱難，願同之也。（小生）既然如此，只索起程。别爾人民，棄我宗社，去其冠冕，作彼庸奴。前程正爾關心，故國不堪回首。好傷情也！（淨扮泄庸上）空城麥秀雉朝飛，故國黍離烏夜啼。（丑扮計倪上）試看千村幾家在，誰憐百戰一身歸。（淨）下官泄庸是也。（丑）下官計倪是也。（相見介。丑、淨）聞主公夫人即日起程，前往吴國，不免到江上送别去。主公、夫人，泄庸、計倪參見。（小生、貼）二位大夫少禮。（小生）諸大夫在此。寡人不道，夙遭閔凶，賴諸大夫之謀謨，得保前王之丘隴，實至幸矣。目今前往吴庭，誰人能同此患難？留下越國，誰人能守此封疆？願各自陳，我將分屬。（淨）臣聞夏臺之繫，伊尹不離成湯；羑里之囚，宜生不離西伯。今上大夫范蠡達於機微，習於困苦，吴庭之事一以委之，必能佐主周旋，不負臣舉。（丑）臣聞成湯入夏，付國家於文杞；周文入殷，委宗社於太公。今下大夫文種，忠而善謀，民樂爲用，越國之事一以委之，必能克勤邦家，不負臣舉。（小生）范大夫，你的意下如何？（生）不避艱險之途，甘守困辱之地，輔助危主，誓興滅國。往而必返，與君復仇者，臣之事也，敢不聽命。（小生）文大夫，你的意下如何？（末）内修封疆之役，外整耕戰之備，親附百姓，連和諸侯。廢而必興，與君復仇者，臣之事也，敢不聽命。（小生）若得諸大夫如此，則患難相保，宗社奠安。諸大夫無主而有主，寡人無國而有國也。孤之六翮備矣，飄然長往，又何憂焉！不免告拜天地山川，社稷宗廟，憐我困苦，陰求護持[三]。（拜科）

【園林好】（小生）告天地神明可窺，告宗廟精靈可推。念勾踐包羞含愧，知甚日得回歸，知甚日得回歸！

【前腔】（貼）念生長在香閨繡幃，念出入在龍樓鳳池，怎禁得流離顛沛，知甚日得同歸，知甚日得同歸！

【江兒水】（生）臣子遭家難，男兒遇數奇。路當險處難回避，非關不愛親遺體。時危要見臣忠義，暫且受伊拘繫。（合）有日歸來，再渡吳山越水。

【前腔】（末）國破山河在，城傾草樹迷。看縱橫白骨郊原蔽，念微臣既受人民寄，要捐生誓雪君王恥，暫且將身淹滯。（合前）

【五供養】（淨）吳兒醜類，天道虧盈，赫赫昭回。看他多滿溢，不久必摧頹。（丑）況有姦邪伯嚭，覆邦家脣尖舌利。忠良應阻隔，國勢定支離。（合）誓造江山，萬民歡會。

【前腔】（小生）諸大夫，我孤身客邸，回首家山，雲迷會稽。搖搖魂向北，黯黯日平西。（貼）看江村桃李，恨無主憑風飄墜。年光愁裏過，環珮夢中歸。（合前）

（生）主公夫人，自有天命，不須煩惱，及早登舟去罷。

【玉交枝】（生）一場愁緒，料精誠江神鑒知。吾王何必多留滯，勸羣臣不用淒其。（末）離筵欲散東海磯，別情盡付西江水。（合）掛不住疏林落暉，掛不住疏林落暉。

【前腔】（淨）扁舟北濟，痛黎民負荷有誰？念羣臣肯久虛君位，當盡心定難持危。（丑）他年擊檝過越水限，看剋期仗劍入吳宮裏。（合前）

【川撥棹】（小生）英雄淚滴春江波浪底。（貼）片帆開岸草淒淒，片帆開岸草淒淒。又何年還歸水湄？（合）渡西陵城郭非，望南雲魂夢飛。

【前腔】（生）我主公莫愁無所依，自愧微軀堪寄安與危。（末、淨、丑拜生科）願大夫努力驅馳，願大夫努力驅馳！待歸朝羣臣謝伊。（合前）

【尾聲】（小生、貼、生）別離傾刻悲塵世，（末、淨、丑）有日破吳歸去，（合）看壯士還家盡錦衣。

（末、淨、丑）伏願主公夫人，前途保重。（生）范蠡扁舟先過江去，伺候主公夫人同行。

（小生）斜陽山外片帆開，（貼）風捲春潮動地回。

（生）今日一樽沙際別，（合）他年重見渡江來。

（生、末、淨、丑先下，小生、貼吊場。小生）夫人，你看逝水東流，片帆北渡，雲山重疊，煙樹迷離，不知何年再渡此江也！（貼）觸物興悲，感時增戚。試看汀沙之烏鳥，閑哺江渚之魚蝦。妾有短歌，爲王一詠。（小生）卿試詠之，寡人敬聽。

【古歌】（貼歌科）仰飛鳥兮烏鳶，凌玄虛兮翩翩。啄魚蝦兮洲渚，矯風翮兮雲間。妾無罪兮冒地[四]，又何辜兮負天。片帆飛兮長往，知歸去兮何年！

（小生）嘗聞有聲當徹天，有淚當徹泉。夫人過哀，眼見粉愁香怨；寡人不肖，豈能忍恨吞聲？亦有短歌爲卿一詠[五]。（貼）大王試詠，賤妾敬聽。

【古歌】（小生歌）彼飛鳥兮鳶烏，常游止兮江湖。我何罪兮離越，迺偃蹇兮來吳。妻衣褐兮爲婢，君脱冕兮爲奴。歲遙遙兮無極，安得我身兮如烏！

【尾犯序】（貼）愁淚溢春江，底事夫妻、同渡波浪〔六〕？怎效烏鳶、向沙頭翱翔。悒怏！我拚盡力奔馳灑掃，怕當不過勤勞鞅掌。思量起雲山千里，何日好還鄉？

【前腔】（小生）吳門此去在何方，進退兩難空自摧喪。你淡掃蛾眉盡收拾宮妝，惆悵。你休還認在秦樓楚館，休還認在香閨繡帳。從今去，雕籠深鎖，愁殺兩鴛鴦。

（貼）大王，舟已到岸，收拾陸行。（小生）家鄉漸遙，吳邦漸近，好傷感也！

【鷓鴣天】（小生）自笑英雄值坎坷，平生意氣盡消磨。（貼）魂離故苑歸應少，恨滿長江淚轉多。（生上跪接介。小生、貼）你到此幾時了？（生）范蠡到此多時，整備車馬，專候主公夫人早行。（小生）范大夫，我何罪也，受奔波？（貼）香憔玉悴竟如何？（生）主公夫人休要悲傷，豈不聞晉文公投璧之事乎？ 當年重耳曾投璧，定看他年渡此河！（下）

【校】

〔一〕黃鶴，李本、怡本、陽本作「風鶴」。

〔二〕「生末相見科」下，富本、繼本、陽本有「（生）文大夫拜揖，你回來了。（末）范大夫拜揖，我回來了」。

〔三〕「憐我」二句，陽本作「陰求護佑則個」。

〔四〕冒地，富本作「當地」。

〔五〕豈能句下，富本有「今日與卿至此」。「亦有短歌」下，陽本有「一闋以寓悲愴寫我不才」十字。

〔六〕波浪，富本作「滄浪」。

第十一齣　投吴

【窣地錦襠】（淨、外、丑領衆上）南中戰勝擁回軍，萬騎飛騰出陣雲。江東霸氣鬱嶙峋，誰似英雄四海聞。

【哭岐婆】（衆）蘇臺高峻，房廊隱隱。青蛾紅粉，打團成陣。千門花月笑相迎，香風滿路笙歌引。（衆跪介）啓爺，已到姑蘇臺了。（淨）且住馬。（外、丑）主公，伍員、伯嚭參見。（淨）相國、太宰免禮。（衆）衆將官叩頭。（淨）起去。相國、太宰，勾踐不道，逆命數年，今力屈計窮，面縛麾下，皆賴天地祖宗之陰佑，實出文武將士之同心。（外）勾踐被擒，實皆主公之威，何與諸將之力。但妖徒僅能革面，醜類尚爾離心，隱憂還在蕭牆，同舟皆爲敵國。（丑）窮寇初歸，積仇已復，勿計其舊，當取其新。寬其萬死之誅，示以再生之路。老相國何故妄生議論，尚爾紛更？（淨）太宰之言有理。今奏凱獻捷，開國承家。有功者爵之以上卿，有勞者賜之以金帛。廣開功臣之宴，同赴姑蘇之臺，勿用多言，只圖歡樂。衆將校們，動起鼓樂，將酒過來。（衆）酒在此。（送淨，接；送外、丑，跪受介）

【山花子】（淨）英雄氣壓江南郡，心胸湖海平吞。笑鯨鯢望風遠奔，羡威名列國稱尊。（合）上高臺看山河鼎新，稱觴兩班武共文，從教千載祝聖君，共享恩波，寰宇同春。

【前腔】〔一〕（外）江關未熄烽和燼，念比鄰社稷猶存。他運雖衰國還有人，豈宜削草留根？（合前）

【前腔】（丑）笙歌擁入花游陣，唯當醉倒紅裙。報深仇志願已伸，又何須議論紛紜！（合前）

（小生、貼、生上。小生）艱難淪落真堪笑[二]，（貼）險阻辛酸實備知。（生）畫虎不成終類狗，爲龍多苦不如魚。（對衆介）煩通報，越王夫妻君臣見。（衆報介）越王勾踐夫妻君臣進見。（淨）着他入來。（小生、貼、生膝行進見介。小生）東海賤臣勾踐，率領妻奴[三]，叩首殿庭，死罪死罪。（淨）勾踐，你這等强梁，豈知也有今日！（小生）勾踐罪重惡深，辜負天地，不知時勢，得罪大王，蒙不即誅，俯賜寬宥，得保些須之命，難報罔極之恩。賤臣勾踐，實該萬死，只求大王憐而赦之。（外）臣聞飛鳥在青雲之上，尚欲挽弓而射之。況閑游於池沼，近集於殿庭乎？昔勾踐生山海之外，誠恐擒獲之難，今入我廚竈之中，乃一宰夫之事，主公不宜輕赦。（淨）吾聞殺降誅服，天下所非。業已許之，豈可失信？（丑）主公，老相國牽於一時之智，不知長久之謀，願主公即日赦之，勿聽無稽之言也。（淨）太宰之言有理。衆將校們，傳下號令，發勾踐三人於石室之内，去其軒冕，没作官奴，略給水薪，牧養馬匹。牢固監候，不許放縱[四]。（衆傳令，内應介。剝小生、貼、生衣下介。淨）再進酒。

【大和佛】（淨）寶殿嵯峨對紫宸，簾櫳映碧雲。恩沾畿甸，淑氣散千門，窮海看來賓。（外）他們未必真謙遜，偶爾時乖運蹇，勉强暫稱臣。終有日飢虎隨人，欲避難逃奔。（丑）老相國，你何故出言不順，休得要對此歡娛便生嗔。

【舞霓裳】（淨）看取他邦盡臣鄰，盡臣鄰。管取邊疆盡尊親，盡尊親。（外）吾王莫聽姦臣譖，只恐蕭牆變起禍臨身。（先下。丑）笑老朽不知安分，休錯認，縷縷秋霜遍衰鬢。

【紅繡鞋】（合）錦筵香霧氤氳，氤氳。華堂歌舞繽紛，繽紛。珠翠擁、暮雲屯，燈火亂、曉星昏。洞房深處醉横陳，洞房深處醉横陳。

【尾聲】（淨）雞人夜午蓮籌進。（丑）誰似我天顔常近，羞殺多言是伍員。

(淨)吳鈎雙帶錦花浮，(丑)海上奇功一旦收。
(衆)生縛君臣到麾下，從今不數古諸侯。

【校】

〔一〕前腔，原本無，據富本、繼本補。

〔二〕淪落，富本、繼本、陽本作「歷落」。

〔三〕妻奴，富本、陽本作「妻孥」。

〔四〕「不許」句下，陽本有「賣法容情」。

第十二齣　談義

(外易道服上)堪笑流離一楚囚，蕭蕭空自佩吳鈎。終天怨氣方纔釋，向日忠心尚未酬。伍員自報楚歸吳，佐吳入越，竊謂既甘心於西鄙，必得志於東藩。詎意主公厭惡忠言，聽信姦佞，大仇摧於將復，積功毁於垂成。彼之行成既諧，吾之大事已去。今年向遲暮，志漸隳頹，英豪不逮於前時，勇力頓減於昔日。將欲隨波逐流，伴食廊廟，則何以立此身於朝端？將欲背義忘恩，返駕林壑，則何以報前王於地下？進退維谷，往來觸藩。我有一結義哥哥，喚做公孫聖。聰能達遠，明足通微，心若冰壺，人稱水鑑。他見今隱蹟陽山之下，潛身震澤之邊，不免訪高蹤以卜國之興衰，叩名流以定己之出處。今日晴和，且往陽山走一遭也。(下。末道服扮公孫聖上)自家複姓公孫，名聖，吳之秦餘杭山人也。遺榮末世，困守衡門。稟耿介拔俗之操，具瀟灑出塵之想。投竿垂餌，晦幽蹟於渭濱；抱甕灌園，絶機心於漢渚。朝飲木蘭之墜露，夕餐秋菊之落英。邀清風爲入室之賓，延白雲爲升堂之客。紹巢由之絶軌，蹈沮溺之高風。真個是天子不得臣，諸侯不得友。今日晴和〔一〕，不免到青山盡頭，白雲深處，閑步一迴，多少是好。

【北點絳唇】布襪青袍，草衣烏帽。溪山曉，來往由巢，俯仰乾坤小。

我有一個結義的兄弟，喚做伍員，夙昔雄豪，平生忠孝。吳國之事，全賴此人。如老夫者，數被徵聘，得以力辭。蓋吾弟既戮力於朝廷，老夫得投閒於溪壑。常時特來訪我，一向不見到來，想是朝廷多故，不得工夫也。我兄弟怎麼到得我逍遙自在，無管無拘也呵！

【混江龍】清溪垂釣，綸竿七尺氣飄飄。衹多少風掀海浪，雪漲江濤。問世上誰人棲住穩，笑人間何處着身牢。試看那繡帳内醉鮫綃，轅門下列弓刀，麟閣上姓名標，邊塞外陣雲高。他那裏有權有勢少安閑，怎如我無煩無惱多歡樂。舒眉島嶼，散髮林皋。

（外上）迤邐行來，早不覺到陽山也。遠遠望見一個道人，好像我公孫哥哥。（末）來的好像伍子胥兄弟。（外）呀！哥哥拜揖。（末）呀！兄弟少禮。兄弟許久不見，今日何來？（外）哥哥，只因多事，失候起居。今有愚衷，特求指教。（末）兄弟有何事故？你且道來。（外）哥哥，我伍員本欲盡孝於家，兼期竭忠於國。不意父兄昔爲暴君所害，孝道有虧；主上今爲姦臣所欺，忠誠不遂。俯仰有愧，進退兩難。今欲棄職歸山，不知我哥哥意下如何？（末）兄弟差矣！我聞爲子死孝，爲臣死忠，汝但計嗣君之小過，遂忘前王之大恩。兄弟獨不記昔日背楚投吳之事乎？

（外）伍員怎麼不記得？哥哥試説，伍員敬聽。

【油葫蘆】（末）想當初，你四海無家没處逃，孤身的年紀小。向青山緲緲水滔滔。親爹爹魂魄憑誰弔，親哥哥骸骨憑誰掃。那時節親父親兄死於非命，一家三百餘口，逃得你此身，可憐！可憐！那裏管高堂上白髮娘，繡房中青鬢嫂。你便是滿身有口無人告，只落得回首楚天遙。

（外）父兄深怨，豈敢忘之，興言及斯，不覺肝腸摧裂。（末）兄弟，你當初逃難之時，曾記得江上漁人，溪邊女子，衣衫襤褸，乞食於吳門之事乎？（外）伍員怎麽不記得？哥哥試説，伍員敬聽。

【天下樂】（末）漁父江頭將姓命拋，多也波嬌，水面上漂，這兩個無辜爲伊没處撈。兄弟，你亂叢叢百結衣，冷蕭蕭雙鬢毛，每日價浪悲歌去吳市討。

（外）當年困苦，豈敢忘之，興言及斯[二]，不覺冠髮俱竪。（末）兄弟，你當初入楚之時，曾記得辱及墓尸，害及季芈，君妻其君之妻，大夫妻其大夫之妻乎？（外）伍員怎麽不記得？哥哥試説，伍員敬聽。

【那吒令】（末）記當初昭王的親父兄被皮鞭亂敲，昭王的親妹兒被外人背着，昭王的親室兒被吳君占了。一場愁頃刻除，百年讎些時報，那時節方顯得英豪。

（外）入楚之事，弟豈忘之，特以父兄大仇，少伸宿忿。（末）兄弟，你當初入楚之時，又還記得夷其宗廟，殘其丘壠，昭王出奔，包胥哭秦之事乎？（外）伍員怎麽不記得？哥哥試説，伍員敬聽。

【鵲踏枝】（末）毁廟庭去宗祧，踐丘壠没根苗，眼見的千載荆城，霎時間遍地蓬蒿。不爭的把昭王殺了，笑包胥急穰穰秦國去號咷。

（外）入楚之事，弟一一記得，但大仇既報，吾願已畢，今欲飄然去國，明哲保身，省得落於奸臣之手。（末）兄弟豈不聞孝者所以事君也，故求忠臣必於孝子之門。當初既仗吳之先王，得盡孝道，今日即棄吳之後主，不竭忠誠，則是貪生怕死，背義忘恩，乃小丈夫之所爲，竊爲吾弟不取也。

【寄生草】（末）兄弟你心空猛，氣枉高。到不如棹船漁父在江心跳，到不如浣紗女子向溪頭躍，到不如炙魚刺客在筵前鬧。你只要秋風荆棘楚王宫，全不管荒烟麋鹿吳門道。

【公篇】兄弟你身初蹇，運未遭，怎能勾章華霧鎖重來到？怎能勾渚宮波冷重相造？怎能勾巫陽雲緲重瞻眺？那時節飄零千里尚羈囚，怎能勾名揚四海稱忠孝？

（外）哥哥之言極爲有理，殺身殉國，此亦何難。但恐吾死，吳國又亡，既無益于邦家，又滅絶乎宗祀，却不兩下耽誤了。（末）豈不聞死生有命，禍福在天，烈士殉名，壯夫重氣？存爲楚國之傑，殁作吳地之英。久聞令郎日已長大，若有急難，可寄他邦。既有以盡父子之情，又有以全君臣之義，則雖死之日，猶生之年。況興衰禍福，尚未定也。

（外）既然如此，謹依哥哥尊命[三]。

【賺煞尾】（末）興衰本難期，禍福誰能料。念吳國忠良又少，你棄職歸山還太早，佐邦家柱石堅牢，爲朝廷莫避兒曹。須要學擎天駕海鰲，休得要憚勞，莫被人談笑。兄弟，你必破工夫再往姑蘇去走一遭。（下）

【校】

[一]「今日」句，陽本作「今日天氣晴和，風月朗霽」。

[二] 斯，陽本作「此」，下有「聞之心懷羞愧」。

[三]「既然」二句，陽本作「既蒙哥哥指教，小弟謹當領命」。

第十三齣　養馬

【梨花兒】（淨扮掌石室官，丑扮皂隸上。淨）兩個囚徒來養馬，帶着一個俏渾家。朝朝坐在馬糞下。嗏！馬若瘦時吃頓打。

【前腔】(丑)我家本官没撻煞，一生只愛把錢抓。上司知道也不怕，嗏！連累皂隸不是耍。

(丑)皂隸叩頭。(淨)起來，自家不是别人，乃吳國掌管石室的官是也[一]。前日上面發下兩名軍犯[二]，一名軍妻，到此石室中來養馬。皂隸，怎麼這時候還不來見我？(丑)便是。前日發來的兩個男子，一個婆娘，都是大模大樣的，一些也不采人在眼裏。(淨)每常間犯人到此，送些拜見錢。他如今不但不來見我，土儀也不見一些，可惱！可惱！(丑)老爺，待我拿他進來。(淨)且住，那婦人生得如何？(丑)生得十分標致。(淨)常時一名軍一名軍妻，兩名軍兩名軍妻，那裏有兩個漢子帶着一個婦人的？(丑)敢是那一個顧倩他來背包的。(淨)一路怎麼相處[三]？(丑)老爺，路頭路惱，大家用用兒[四]。(淨)皂隸，那個婆娘，兩人俱不許用，准折與我做拜見錢罷。(丑)他若不肯如何？(淨)他若不肯，待我下牢實擺布他，怕他走上天去。(丑)正是：在他簷下過[五]，誰敢不低頭？(下)

【十二時】(小生、貼、生上。小生)冤恨當訴天，奈極目蒼天還遠。(貼)衣服離披，容顏腼腆，日夕辛勤，養馬誰憐！(生)主公、夫人，你命運有時休怨。

(貼)大王萬福。(小生)夫人少禮。(生)主公、夫人參見。(小生、貼)大夫少禮。(小生)【虞美人】包羞忍恥何時了，怨恨知多少？(貼)白雲飛去到江東，故國不堪迴首夕陽中。(小生)雕欄玉砌應猶在，只是朱顏改。(生)問君還有幾多愁，恰是一江春水向東流。(小生)寡人昔爲越國之主，今作吳地之奴，脱軒冕而着樵頭，去衣裳而服犢鼻。如此污下，何以爲人？(生)臣啓主公：臣聞成湯幽於夏臺，文王囚於羑里。興衰雖云有命，存亡實則係人。故成湯得以媚於桀，而不以窮自傷；文王得以幸於紂，而不以困爲病。伏覩夫差乃昔日之桀紂，未必主公非今日之湯文也。(貼)大王乃千乘之主，若輕於鴻毛；今一命之微，實寄於虎口。顧欲以垂亡之越國，而期以必興之殷周，何大夫出言之迂也〔六〕？（生）主公、夫人，臣聞聖主明王，專一含羞忍恥；他時反國修德，終能伐暴誅殘。臣仰觀天文、俯察地氣，彼初興而我方辱，我將霸而彼則亡。今主公雖在危困之際，安知其非暢達之機？吳王雖在强盛之時，安知其非敗亡之兆？願主公夫人自愛。（淨丑上。淨）皂隸，你與我喚那三個囚犯過來。（丑）你那男子婦人，老爺喚你過來。（小生）我不是進來見你的。（丑）他説道不是進來見你的。（淨）這等無狀！（丑）老爺不要慌，要近人的東西，須是軟款溫柔。只説你三個人，要你養一百匹騾馬，馬若瘦時要打〔七〕，馬若齷齪要打，馬若不生長又要打。當不得許多辛苦，他定然送些東西進來。（淨）也説得是，你與我對他説。（丑諢介。淨、丑下）

【山坡羊】（小生）瘦伶仃難過活的形狀，好羞慚難見人的模樣。急奔騰難調養的駑駘，苦酸辛難執役的工和匠。我也是一國王，平生性氣剛，羈囚到此，一旦身名喪。扮做傭奴，替人牧養。悲傷，眼見孤身葬異方；思量，除是游魂到故鄉。

（淨、丑上）怎麼兩日馬兒一發瘦了！好打，好打。也罷，且饒你這一次。（下）

【前腔】（貼）滴溜溜亂拋的珠淚，羞答答新參的奴婢，病怯怯未死的骨骸，遠迢迢難度的時和歲。命運奇，存亡不可知。雲連故國，此去應千里。宮殿荒涼，人民雕弊。迷離，魂夢中宵海上飛；徘徊，環珮何年月下歸？

（淨、丑上）你這囚徒，怎麼兩日馬兒身上一發不乾淨了？好打，好打。也罷，再恕你一次。（下）

【前腔】（生）過去的雌雄休競，未來的興衰無定，意外的災殃怎逃，眼前的辛苦皆由命。敗與成，天心尚未明。還須忍耐，暫受凄涼境。有日亨通，一朝馳騁。青萍，幾夜蕭蕭匣底鳴。功名，半世無成兩鬢星。

（淨、丑上）你這個囚徒，怎麽兩日馬兒一發不見生長了。皂隸，拿他過來。（丑諢介。淨）那裏有你這等没規矩的漢子，不識羞的婆娘，一些禮體也没有，怎麽拜見錢也不送一個[八]？你是紹興人，土宜最多，紫菜、蚶子，揀跳海毬也送些與我。（丑）怎麽叫做揀跳海毬？（淨）你不曉得揀跳白鮝、海毬殼菜，如今我也不打你，皂隸，你與我把馬糞通倒在那個婦人身上去。（小生）你這狗官，不得無理。（淨）待老爺用了一夜，準了拜見錢罷。（丑）小的油火錢也没有一個，明晚讓與我罷。（淨）哇！我也不曾着手，你到心慌。皂隸，你快與我扶那個婦人進去。（小生、生奪介。末扮堂候官上）早奉侯門命，忙投石室來。掌石室的官兒那裏？（淨出應介）敢問大人是那裏來的？（末）我是太宰府裏差來送人事與越王的。（淨）那個越王？（丑）就是那着樵頭服犢鼻，却纔方你擺佈他的。（淨）你那狗奴，怎麽一向不對我説，如今却怎麽好？（淨進報介）外面有一個親戚來看你。（小生）我在這裏，那裏有甚麽親戚？（末進跪。淨、丑隨後跪，做慌介。末）大王、夫人，太宰府堂候官叩頭。（小生、貼）請起。敢問尊官到此何幹？（末）小的是太宰爺差來的。太宰爺多拜上大王，要自家來看，恐怕有是非，特差小官送些人事。（小生、貼跪受介）多承厚賜。（末）太宰多多啓上大王，凡事耐心，終有好處。（小生、貼）天地大恩，生死相報。只一件要拜上太宰，那個掌石室的官，要我的拜見錢，日逐在此鬧炒，況兼把我夫人十分凌辱。（末）你那個狗官，不知死活，我歸去就對老爺説，教你這個頭不在頸上。（淨）小的該死，以後再不敢[九]了。（小生、貼）既然如此，尊官且不要説，饒他這一次。（末喝淨、丑先下介。小生）尊官迴去，多拜上太宰，若放勾踐重歸故鄉，生當平分越國，死當結草啣環。若有虚言，天地誅之。（生）還有一言覆太宰，再不要送人事了，若有要緊事情，須求一報。（末）謹領謹領，小官就告回了。

（小生）飄零舉目更無親，（貼）兀自淹留寄此身。
（生）有日驊騮開道路，（末）會看鷹隼出風塵。

【校】

〔一〕「官」上，陽本有「正堂」。

〔二〕上面，陽本作「聖上親」。

〔三〕相處，陽本作「幹事」。

〔四〕「大家」句下，陽本有「有甚麼正經」。

〔五〕他，陽本作「我」。

〔六〕出言，原本作「之言」，據富本、繼本、陽本改。「迂」字下，陽本有「闊」。

〔七〕馬，原本無，據富本、繼本、陽本補。

〔八〕「怎麼」句下，陽本有「自古道管山吃山，管水吃水。我是吳王駕下一個管石室的官，他抬舉我在此，近些錢財作人家」。

〔九〕「以後」句下，陽本作「如今小心伏侍他，替越王倒尿鼈，替夫人盪馬子，將功折罪，再不敢衝撞他」。

第十四齣　打圍

【北醉太平】（淨、丑領旦、貼扮宮女，衆扮將校上。合）長刀大弓，坐擁江東，車如流水馬如龍，看江山在望中。一團簫管香風送，千羣旌旆祥雲捧，蘇臺高處錦重重，管今宵宿上宮。

（丑）伯嚭參見。（淨）太宰少禮。（旦、貼）内侍們叩首。（淨）起來。（衆）衆將官叩頭。（淨）起去。自家虎據三吳，鷹揚一世。天子之下第一，諸侯之上無雙。光景無多，天下山河也無用〔二〕；富貴已極，不圖歡樂待何時。今日風景晴和，暮春天氣，不免帶着諸女侍，領着衆將官，前往都城内外，水郭山村，問柳尋花，歌舞的歌舞，打圍的打圍，歡樂一回，多少是好。正是：壓地旌旗開曉日，揭天歌管醉春風。衆將官，此去前面是那裏？（衆）前面是錦帆涇、百花洲。（淨）傳下號令，暫停鞍馬，同上蘭舟，就往錦帆涇、百花洲去。

【普天樂】（旦、貼）錦帆開，牙檣動，百花洲，青波湧。蘭舟渡，蘭舟渡，萬紫千紅，鬧花枝浪蝶狂蜂。（合）呀！看前遮後擁，歡情似酒濃。拾翠尋芳來往，來往遊遍春風。

【北朝天子】（淨、丑衆）往江干水鄉，過花溪柳塘，看齊齊彩鷁波心放。鼕鼕疊鼓，起鴛鴦一雙，戲清波浮輕浪。青山兒幾行，綠波兒千狀，渺渺茫渺茫渺渺茫。趁東風蘭橈畫槳，蘭橈畫槳，採蓮歌齊聲唱，採蓮歌齊聲唱。

（淨）衆將官，此去前面是那裏？（衆）是鬥雞陂、走狗塘。（淨）傳下號令，暫住蘭舟，再上鞍馬，前往鬥雞陂、走狗塘去。

【普天樂】（旦、貼）鬥雞陂弓刀聳，走狗塘軍聲鬨。輕裘掛、輕裘掛、花帽蒙茸，耀金鞭玉勒青驄。（合前）

【北朝天子】（淨、丑衆）馬隊兒整整排，步卒兒緊緊挨，把旌竿列在西郊外。紅羅繡傘，望君王早來，滾龍袍黃金帶，幾千人打歪，數千聲喝彩。擺擺開擺開擺擺開，鬧轟轟翻江攪海，翻江攪海。犬兒疾鷹兒快，犬兒疾鷹兒快。

(淨)前面是那裏?(衆)前面是姑蘇臺。(淨)傳下號令,就往姑蘇臺去〔二〕。

【普天樂】(旦、貼)姑蘇臺浮雲拱,浣花池清泉瑩。湖光灧,湖光灧,雪浪翻空,見汪洋出没魚龍。

(合前)

(衆)已到姑蘇臺了,請大王爺登臺。(淨)好一個太湖,團團三萬六千頃,重重七十二高峰。其實好大觀也。太宰,這一座是甚麽山?(丑)是洞庭山。(淨)這一座是甚麽山?(丑)是穹窿山。(淨)這一座山下,這一搭兒是甚麽去處?(丑)這就是養馬的石室。(淨)石室裏面,遠遠望見中間坐着的是甚麽人?(丑)就是越王勾踐。(淨)右邊端端正正坐着的甚麽人?(丑)就是勾踐的夫人。(淨)左邊恭恭敬敬站着的是甚麽人?(丑)這個就是大夫范蠡。(淨)彼勾踐不過一小國之君,夫人不過一裙釵之女,范蠡不過一草莽之士,當此流離困苦之際,不失君臣夫婦之儀,殊爲可憐,殊爲可敬。今拘留在此,已經二年。寡人意欲赦之,太宰你的意下如何?(丑)主公以聖王之心,哀困窮之士〔三〕,願主公千歲,千歲,千千歲!

【北朝天子】(淨)遍江南獨我尊,氣凌空將湖海吞,看威行四海聲名振。(衆合)英豪勇猛,説甚麽楚秦,半乾坤皆投順。你蕭蕭一身,些些兒海郡。小小君小君小小君,羡君臣夫妻恭謹,夫妻恭謹,待放他歸全恩信,待放他歸全恩信。

(淨)如今天色已晚,不歸都城,就住臺上。太宰,你同衆將校各歸帳房宿歇。(丑應介)正是:笙歌歸院落,燈火下樓臺。(下。旦、貼扶淨介。淨)扶我到洞房深處,銷金帳中,美酒羊羔,淺斟低唱,歡聚一迴,多少是好。

【普天樂】(旦、貼)貫魚以宮人寵,繡幃裏效鸞和鳳。拚沉醉,拚沉醉,倚翠偎紅,任年華暮鼓晨鐘。

(合前)

（淨）乘春行樂遍遨遊，（旦）遊到蘇臺最上頭。
（貼）宴罷争扶入羅帳，（合）任他明月下西樓。

【校】

〔一〕天下，富本作「留下」。
〔二〕「就往」句下，富本有「（衆應云）知道了。（衆走科）」。
〔三〕「哀困窮」句下，陽本有「實太上好生之德，雖堯舜無以加矣」。

第十五齣　越嘆

【浪淘沙引】（小生、貼、生上。小生）徹夜雨潺潺，心事闌珊。（貼）薄衾不奈五更寒。夢裏不知身是客，一餉貪歡。（生）何處是鄉關，滿目雲山。（合）來時容易去時難。受盡千辛並萬苦，地獄人間。（貼）大王萬福。（小生）夫人免禮。（生）主公、夫人參謁。（小生、貼）大夫少禮。大夫，聞吴王前日大宴蘇臺，遙望石室，見我君臣夫婦之禮，頗有見憐寬宥之情。且聞他患病旬日，不知吉凶，望大夫卜之〔一〕。（生）臣已卜之，吴王未死，計在己巳日當愈，交壬申日全好。待臣密傳與太宰，只説主公夫人要往問疾，倘許相見，當求其糞而嘗之，即時稱賀，剋定其病起之期，益增其見憐之意，則主公之東歸，定有日矣。（小生）大夫之謀甚善，但臭惡難當，卑污可恥，如之奈何？（作悲介）

【鎖南枝】（小生）遭身困，值命艱，家亡國破社稷殘。一婦受饑寒，孤臣罹災患。鄉關路，山外山，怕抬頭見北來雁。

【前腔】(貼)春衫袖，血淚斑，風沙滿面捲翠鬟。我想起來，就是百姓人家一個婦女，尚得主蘋蘩，足衣食，我也是一國的夫人，到如此困苦。貧女尚主蘋蘩，我今没處去討茶飯。思量起，難上難，只得且含羞去做寒賤。

【前腔】(生)英雄淚，休浪彈。雲鴻暫時鎩羽翰，有日定翩翻，長鳴上霄漢。丈夫志，游子顔，要崢嶸莫悲嘆。

(小生)既然如此，我與夫人明早就行。(生)須要謙恭謹飭，將機就機，不可輕忽〔二〕，致生他變。(小生、貼)謹領教誨。

(小生)儀容消盡轉彷徨，(貼)寂寞他鄉歲月長。
(生)黄鳥翅垂同燕雀，青松心在任風霜。

【校】

〔一〕「望大夫」句下，富本有「其意如何」。

〔二〕「不可」句下，富本有「彼君臣懷疑」。

第十六齣　問疾

【剔銀燈】(淨扮吴王病，旦、小旦扮宫女扶上。淨)爲遊讌到離宫别館。鎮朝昏獨紅裙作伴。霎時間患病神魂亂，算將來有兩月之半，飯食不吃一碗，幾時得胸膈暫寬？

平生性格猖狂，誰知一旦郎當。最喜卯時吃酒，常愛飽後行房。只爲千嬌百媚，弄得七損八傷。如今不是個殿下，也不像個吳王。你道像些甚麽？黑流鰍好像個竈王〔一〕。自從平越之後，心足意滿，暮樂朝歡。大碗酒，大塊肉，也不忌口；或宦官，或宫妾，也不忌色。弄得一個身子，好像皮袋一般，見了酒盞便惡心，撞着婆娘空嚥唾。如今背跎腰曲，頭疼眼花，又没一個好醫人，倘或要死，如何是好？女侍們，去唤太宰來，再作道理。

【前腔】（丑上）笑君王儀容衰老，没來由將精神消耗。連宵摟着如花貌，纙的纙纙的要纙，而今看看瘦了。笑你雞皮鼓能經幾敲？

我伯嚭不是誇嘴，每夜有十數個婦人在身邊，身子越有精神。主公就弄得這等不濟，不濟。主公，伯嚭在此，朝來的病勢如何？（淨）太宰，了不得，一發沉重了。（丑）主公放心，不日便好。（淨）太宰，夜來去後，甚是枯澀，想是血少，多半要死。（丑）主公，死是死不成，只是這些弄斷人脊筋的婆娘〔二〕。（旦、小旦笑介）且各退後些。（淨）這時節你還要取笑，你且看我昨夜的大便如何？（丑做下）

【前腔】（小生、貼上）聞説道君王困窘，我夫婦特來相問。進宫來正遇中宵糞，適親嘗已探佳信。微臣敢忘大恩，看不一月當除病根。

（丑上，相見介）越王殿下，伯嚭因怕是非，不得親到石室中參見，望乞恕罪。（小生）豈敢。（丑）殿下，你凡百事情，皆在我身上，不要心慌，自有道理。（小生）寡人受恩，誓當效結草啣環之報。我夫婦知大王貴恙，特來問安。適見大王之糞，寡人試嘗之，在己巳日當愈，交壬申月全妥。（丑）有這等事？殿下且少待，待我進去報知，方好進來。（進報介）臣啓主公：適領命觀夜來之糞，正遇越王夫妻進宫問疾，見錦桶貯糞，越王即跪而嘗之，説主公之病在己巳日當愈，交壬申月全好，見在宫門，不敢擅入。（淨）有這等事！就請進來。（丑請小生、貼進見跪介）賤臣并下妾伏聞我大王爺玉體不安，特來候問，願大王爺千歲，千歲，千千歲！（淨）生受你。聞你適嘗寡人之糞，果有之乎？（小生）臣喜閱草木之書，頗解軒岐之術，凡人之糞，須順穀味。然逆時氣者死，順時氣者生。臣適嘗大王爺之糞，其味苦而且酸，正應春夏之氣。以臣度之，在己巳日當愈，交壬申月全妥。（淨）好人，好人。嘗聞至親莫如父子，至愛莫若夫妻。我病三月，身體龍鍾，我家的太子，一日或者來看我一次；我家的夫人，兩日或者看我一遭，就走去了。不要說糞，湯藥也不見他來遞我一盞。你如今是個疏遠之臣，兩年養馬受了許多苦惱，一些也不怨我，到如此孝順，要我那兒子老婆做甚麽！（小生、貼）吮疽含血，此乃臣子當爲之事，願大王放心，即當勿藥。（淨）太宰，倘若我到己巳日壬申月果然全好，則越王嘗糞之恩不可忘也。即當備酒相謝〔三〕，送歸故鄉，決不失信。（小生、貼拜介）若得如此，願大王爺千歲！

【駐馬聽】（小生）海畔窮囚，何幸今朝到上國游。伏願前言莫計，後悔難追，往事休讎。聽微臣將病症說緣由，看吾王玉體還依舊。樂矣忘憂，從今永遠似南山壽。

【前腔】（貼）斂袵低頭，不是生前不害羞。爲甚懶舒眉黛，瘦損腰肢，減盡風流。殿庭前灑掃我從頭，洞房中趨走誰落後。（捧藥送淨介）願大王爺千歲，湯藥親投，望吾王將舊罪皆寬宥。

（丑）越王，你也知道麽？我主公待你呵：

【前腔】（丑）禮意綢繆，須要分明恩與讎。看你儀容忠厚，度量寬弘，性格溫柔。你兩三年光景易淹留，我萬千遭恩德也難消受。若歸去登樓，姑蘇臺在望，須頻回首。

【前腔】（淨）誰肯嘗溲，許我沉痾不日瘳？憐你依林越鳥，走險韓盧，喘月吳牛。我若放你回去時節呵！你年常貢獻莫夷猶。我病中言語非虛謬。待我病好起身時節呵！贈汝吳鈎，蛇門之外更有三杯酒。（淨、

丑、旦、小旦下）

【前腔】（生）荏苒三秋，不覺年華似水流。在此緊中尋彀，閑處垂鈎，暗裏藏鬮。（遇小生、貼介）主公夫人，事體如何了？（小生）寡人進見，一如大夫之言。吳王不勝歡喜，許病痊之日放歸故鄉。（生）多謝天地！主公，你天時將到莫悲愁，機關做定休泄漏。伏櫪驊騮，康莊有日終馳驟。

主公夫人，不可遲延，忙歸石室，旬日之間，必有佳音也。

（小生）三年家國兩茫然，（貼）南望孤雲更可憐。

（生）畢竟行藏定誰是，（合）只將身命付蒼天。

【校】

〔一〕竈王，陽本作「焦面鬼王」。

〔二〕「婆娘」下，陽本有「弄瘦了」。

〔三〕「即當」句下，陽本有「辦下車馬船載鼓樂」。

第十七齣　效顰

【普賢歌】（丑扮東施做大肚上）奴家還是個女裙釵，長被姦情弄出來。清明受得胎，端陽便養孩，未到中秋身子又大。

奴家姓施，住在苧蘿東村，因此喚作東施。我家祖居在此，只因人丁衆多，分下一支往西村去。西村叔叔養個女兒，他便喚作西施，生得十分標致，也未曾嫁人。不知近日爲甚麽生出一場心疼的病。前日着問壁王媽媽寄個信來，教我去北村轉請北威姐姐看脈。那北威姐姐居苧蘿北村，因此喚做北威。當初也分下一枝往南村去，有個姐姐喚做南威，也生得十分標致，被晉文公取他做正宮夫人去了。如今止存得北威姐，只因患了背駝，尚無人娶，遂去學了女科。今日特去請他到西村去看西施妹子。迤邐行來，早到北威姐門首。北威姐在家麽？（淨扮北威做駝子背藥包上[一]）

【前腔】奴家身子生得駝，近日行醫學女科。男人也來拖，近錢又不多，看來不是個道地貨。

（丑）貨便不道地，到有人請你。開門，開門。（淨）是那個？（丑）是我。（淨）呀！原來東施妹子。（丑）北威姐萬福。（淨）東施妹萬福。妹子，你許久不見，一發長成得好了。（丑）姐姐，彼此彼此。（淨）妹子，今日甚麽好風吹到我家裏來？請坐。（丑）姐姐不消坐了，我有事特來[二]。（淨）謂何？（丑）姐姐，你還不曉得？近日西施妹患心疼，已及一月。前日寄個信來，着我轉請你看脈。（淨）我到不曉得，既然如此，不敢相留，就同去罷。（丑）姐姐，你看山深日永[三]，花落鳥啼[四]，轉眼之間，不覺一春又早過去也。

【不是路】轉眼殘春，挈伴匆匆去訪故人。（淨）忙前進，看幾家烟火隔松雲。妹子，西村去打那一條路近？（丑）姐姐，你忘了，過了石橋南去轉西，就是西村了。步殷勤，石橋南去西村近，見花落鶯啼半掩門。門兒半開，和你就進去罷。（淨）想他得病已久，一向踪迹不到門前來了。可憐！真愁悶，蒼苔不見弓鞋印，有誰相問，有誰相問！

（内做犬吠介）

【前腔】（旦捧心上）小犬在籬根，爲甚不住的哰哰定有人。（淨、丑）裏頭有人麽？（旦）是那個？（淨、丑）是我。（旦）前來看，呀！却原來是舊家姊妹訪孤貧。（淨、丑）妹子，聞你病纏身，我一春疏闊無音信，你卧榻而今有幾旬？（旦）姐姐，承憐憫，你不要問我的病，看瘦龐兒不似前春俊，没些風韻。（淨）到添風韻。

（旦）二位姐姐萬福。（淨、丑）妹子萬福。（丑）妹子，聞得你卧病月餘，没有人説。前日因你寄信與王媽媽，方纔曉得，特去請北威姐與你看脈。（旦）遠勞二位姐姐。（淨）妹子，我且問你，你的病症怎麼起的？如今覺道怎麼？（旦）姐姐，連我也不曉得怎麼樣起。常時溪邊浣紗，身子困倦，昏昏沉沉，自覺沉重，如今日夜心疼，飲食少進。（丑）妹子，你敢遇着個標致人，被他哄動春心，日夜相思，做成這場症候？（旦）休得取笑，求北威姐着那脈看一看。（淨做看脈介）我的手，東施妹子的口，好笑到差不多。妹子，你的病根還是七情上感出來的。你見那春光明媚，風景晴和，翩翩浪蝶狂蜂，陣陣游絲飛絮。如今又夏來春去，花落鶯啼，千條愁緒撒開來，一點春心拿不住，因此搆成心病，不得痊安。你如今咳嗽頭疼，面紅身熱，神思昏亂，魂夢不寧，是這等麼？（旦）姐姐，正是。（淨）我説道哩，你如今第一到要排遣；第二方纔吃藥。你若會排遣，不消幾帖藥就好了；你若不肯排遣，只是這等啾啾唧唧，就吃一百丸藥也是没用的。（丑）若是這等説，極容易，待我去東村頭西村頭，尋個標致俊俏的妹夫送將來，這病就好了。（淨）丫頭家做媒人，自身也管不全。若有標致俊俏的，你自家用了，到肯送與別人？（旦）休要取笑。（丑）前日王媽媽來説，西施近日因害心疼，捧着心兒，皺着眉兒，模樣一發覺道好了。我不信他，方纔冷眼瞧他，只見滴溜溜的嬌眼，青簇簇的蛾眉，滿眶秋水逐人來，兩點春山描不就。并無病症，越有精神。略不見一些七青八黄，反增出許多千嬌百媚。不要説男子漢見了他歡喜，就是我做女娘家見了他，滿身通麻木了，一些也動彈不得。可惜没有碗好冷水，我就嚥他在肚子裏去。（淨）妹子，這個却使不得，你若又嚥下這個人兒下去，你的肚子一發大了。（丑捧心皺眉介）姐姐，不好了，我也心疼起來了。（淨）你却怎的？（丑）姐姐，我對你説，數年前未分拆之時，我妹子同在東村住，兩個從小兒一心一意，過得極好。我若歡喜，他也歡喜；他若煩惱，我也煩惱。他如今害心疼，我怎麽敢不心疼起來。姐姐，没奈何也把帖藥與我吃。（淨）不瞞你説，我草澤醫人，包裹裹有得幾片飲片，幾丸丸散。西施妹子身軀兒小[五]，要丸散不過六七十丸[六]，要煎藥不過煎七八分。你如今這樣寬綽的肚皮，若吃丸散，也得六七合，煎藥也得一二鍋[七]。我這樣草頭郎中，奉不得這樣主顧。（丑）姐姐，不要取笑。我對你説，西施妹因害心疼，鼻子上皺起來，有些扢達，覺道一發嬌媚。我如今鼻子上像是也有些扢達，不知我比着他的如何？（淨）你且聽我説，東施妹子没撻煞，鼻子上也生着扢撻。你道像些甚麽來？到像常熟縣裏個大麻麻菩薩[八]。（丑）姐姐休要取笑。你再看西施妹子，眉梁間有些塊壘，覺道一發俊俏。我如今眉梁間像是也有些塊壘，你看我比着他的如何？（淨）你的塊壘比他的更好。（丑）怎見得？（淨）你且聽我説，東施妹子好詩嘴，眉梁間也有個塊壘。你道像些甚麽來？到像閻羅王殿前增塑的山鬼。（旦）姐姐又來取笑了。

【皂角兒】（淨）念嬌娘還是閨中的女身，爲甚的頓成心病？料應爲蹉跎未婚，急煎煎苦縈方寸。唯願伊減葷腥，舒愁悶，避風寒，親藥餌，仔細朝昏。姻緣有分，終諧晉秦。莫淹纏，速宜調養，佳期將近。

【前腔】（丑）問東西雖然是兩村，念根株原先是一本。論寒微總荆釵布裙，看容貌俱柳嬌花嫩。爲甚的怕黄昏，怕白晝，遇良辰，逢美景，便要消魂。不要説西施妹鎮日坐在家裏，我日常在門首站着呵！東尋西趁，無人上門。算花星，想紅鸞天喜，未曾交運。

【前腔】（旦）蹙眉峰春山懶匀，削腰圍羅裙寬褪。怪容顔平消幾分，悵年華又驚一瞬。誰憐我任秋來憑春去，度朝雲，捱暮雨，獨自温存。淚痕無盡，傷心有因。瘦伶仃，香消玉減，幾時安頓。

（淨）東施妹，他身子不好，我們不好在此鬧炒，連忙回去送藥來。（旦）二位姐姐再坐坐去[九]。（淨、丑）不消了。

(旦)怠慢了。(淨、丑)妹子，不消送，就請進去。避寒耐性，不要使閑肚腸。

(淨)日日春風花草香，　(丑)伊家何事轉郎當？

(旦)貧無達士將金贈，　(合)病有鄰人説藥方〔一〇〕。

【校】

〔一〕淨扮北威做駝子背藥包上，富本作「(淨應云)來了」。

〔二〕「我有事」句下，陽本有「相請，就此同行」。

〔三〕「山深」句下，陽本有「人稀到」。

〔四〕「花落」句下，陽本有「春欲歸」。

〔五〕「小」下，富本有「巧」。

〔六〕六七十，陽本作「五六十」。

〔七〕「你如今」四句，陽本作「你如今似水牛般這樣寬綽的大肚皮，莫説是藥，就是草也要一担才填得滿。若是煎藥，須得寺院裏浴鍋煮才勾你吃」。

〔八〕「你道」二句，陽本作「人見了走千里，鬼見了活驚殺」。

〔九〕「二位姐姐」下，陽本有「更消停，再坐一會而去。何事恁般忙忙要回得急。」。

〔一〇〕鄰人，繼本作「閑人」。

第十八齣　降赦

（末）天街昨夜鷄鳴早，侵曉金門降赦文。已見九泉開白日，會看六翮起青雲。自家吳國内監是也。昨領大王爺之命，凡一應軍民人等，自登基之後，病痊之前，已發覺未發覺，已結證未結證，所犯罪過，咸赦除之。令小臣傳示國中。正是：君臣已慶風雲會，草木均霑雨露恩。（下）

【傳言玉女】（淨、外、丑上。淨）卧病離宫，又見花開花謝。（外）丹心猶暖，奈年光去也。（丑）珠歌翠舞，肯辜負風朝月夜。（合）看新傳詔旨，萬民咸赦。

（淨）寡人卧病三月，幸喜痊安，上賴天地祖宗之護持，下仗羣臣百姓之保佑，凡軍民所犯罪過，咸赦除之。（外、丑）願主公千歲。（淨）越王歸我三年，勞苦倍常，今若止赦一人也是勾踐，即日置酒殿中，陳北面之坐，送之還鄉。諸大夫皆當以客禮事之，不可怠慢。（外）主公差矣！勾踐内懷兇惡之心，外具謙和之貌。猶虎狼拘於陷穽之内，而强露其馴擾之情。今不即誅殺，恩亦太過，反欲縱之，其食人必矣。（淨）寡人得病三月，相國并無一好言相慰，是相國之不忠也；略無一好物相送，是相國之不仁也。爲人臣不忠不仁，要他何用！越王棄其土地，千里來歸，獻其貨財，身爲奴婢，是其忠也；寡人有疾，親爲嘗糞，略無怨恨之意，反多孝順之情，是其仁也。相國不知自反，而反欲誅害善良，可惡，可惡。（外）臣聞虎狼意有所擊，先屈其身。勾踐因圖逞兇，佯爲孝順，下飲主公之糞，實上食主公之心。老臣不敢愛死，以負前王，一旦社稷丘墟，悔之無及。（丑）老相國不知自責，而但知責人。假如越王嘗糞之事，老相國能效之麼？（淨）太宰之言有理，决不聽你，再勿多言。（外長歎介）罷，罷！正是：我本將心托明月，誰知明月照溝渠。（下。丑）伍員外徒剛狠，内欠忠誠，自知羞愧，逃席出宫去了。（淨）太宰，我也可惡那老賊。

目今齊魯不和，要遣一使，我今就着那老賊前去，省得在此攪擾。太宰可傳下號令，速請越王并夫人同范蠡大夫早早赴宴。（丑傳令介。小生、貼、生上）

【疏影】（小生）天恩遍徹，幸今朝降赦，得解羈紲。（貼）臺殿羞登，笙歌厭聽，還稱異國臣妾。（生）天心漸轉興衰運，笑顛倒幾年豪傑。（合）請看今日山河，定是誰家宮闕。

（衆報介）越王帶領夫人陪臣進見。（淨）道有請。（小生、貼、生進見俯伏介）賤臣勾踐，蒙大王曠蕩之恩，得與樽俎之末，不勝誠歡誠忭，誠惶誠恐。（淨）寡人感吾子嘗糞之恩，日夜在念。今日是端陽佳節，特具筵宴於前殿之中，更設祖帳於蛇門之外[二]，送子歸鄉，願他日毋相忘也。（小生）生我者父母，育我者大王。賤臣勾踐若背義忘恩，天誅地殛。願大王爺千歲，千歲，千千歲！（淨）願吾子同之，將酒過來。（淨送酒，小生、貼、生跪受介）

【畫眉序】（淨）高會玳筵列，殿閣風來散炎熱。問今朝此酒，爲何而設，你休忘却今日辭吳，須要記那年棲越。（合）送君酩酊須沉醉，莫負太平佳節。

【前腔】（小生進酒介）微臣忍輕別，回首依依戀宮闕。念罪惡深重，頓蒙分雪。今受恩波若北海汪洋，願躋壽域似南山高絶。（合前）

【前腔】（貼進酒介）珠翠總銷歇，歲月空餘翠裙褶，奈別情無限，淚珠流血。我避炎來原是北地賓鴻，今趁風去又作東鄰蝴蝶。（合前）

【前腔】（生進酒介）歸去轉凄切，這生死深恩要啣結。看諸侯誰肯、繼亡存滅。我并含風既作當砌芝蘭，同受露莫認隔牆枝葉。（合前）

【滴溜子】（丑）今日裏，今日裏，把行裝打疊。從今去，從今去，旅懷頓撇。你雖是路途跋涉，莫忘教誨恩，將忠義竭。貢獻年年，休得要暫缺。

（淨）太宰，傳下號令，給越王鑾輿法駕，鼓吹旌旗，寡人與百官具祖帳，俱送之蛇門之外〔二〕。

【鮑老催】（合）遍城鬧熱，笙歌簇擁歡聲徹〔三〕，鑾車雜沓香塵絕。看紅樓十里中朱簾揭，盡道越王意氣多歡悦。夫人容貌還嬌怯，范大夫真英烈。

（丑）臣啓主公，此間已是蛇門之外了。（淨）住了，寡人送子榮歸故鄉，適間所言不可忘也。（小生、貼、生俯伏介）賤臣勾踐若背義忘恩，天誅地殛。願大王爺千歲，千歲，千千歲！（淨引小生手登車，小生、貼、生下。淨）傳號令，就迴宮去。

【雙聲子】（合）旌旗列，旌旗列，盡道是雲重疊。燈毬接，燈毬接，錯認是星明滅。歸路折，歸路折，風景別，風景別。看千門羅綺，九逵風月。

【尾聲】（淨）氣吞宇宙真豪傑。（丑）誰似我崔嵬功業。（合）便是再出世的桓文也讓些。

（淨）蓮漏穿花出禁中，（丑）笙歌擁入合歡宮。
（合）試看今夜千門裏，銀漢星回一道通。

【校】

〔一〕「祖帳」下，陽本有「車馬」。

〔二〕「俱送」句下，富本有「（衆）領旨」。

〔三〕聲，原本脱，今據富本、繼本、陽本補。

第十九齣　放歸

（末扮文種上）龍門千丈水，勢并關河壯。一日春風吹，終作萬重浪。（悲介）堪憐主公離越，不覺三年。意謂今生再無歸理，誰料積霾見日，枯木逢春。仗范大夫之奇謀，賴我國家之洪福，吴王放赦，得還故鄉，實爲天幸。聞將次渡江，即日率領諸大夫迎接去。（下）

【鵲橋仙】（小生、貼、生上。小生）春雷地奮，愁雲風捲，寒暑人間流轉。年年梁燕一回家，笑幾載不歸的勾踐。（貼）江山不改，容顏全變，試問愁眉深淺。（生）一朝羈鶴透籠飛，還又到蓬萊宮殿。

（小生）極目青山數行淚，孤身滄海一窮鱗。（貼）愁看落日獨飛鳥，（生）試問歸舟何處人？（小生）范大夫，寡人據于蒺藜，入于幽谷，顏色憔悴，志氣隳頽。今日雖得還鄉，有何面目再見江東父老！（生）主公差矣。你脱身虎窟，已離谷中之風；蜕骨龍潭，終非池中之物。今吴庭雖遠，家山尚遥，速宜前行，恐有他變。（小生、貼）正是。

【甘州歌】（小生）稽山路遠，嘆長亭縹緲，芳草芊芊。天涯遊子，堪笑黑貂裘換。英雄偃蹇非昔日，風景依稀似往年。（合）春歸去，在客先，每逢花發想家園。江南地，海北天，斷腸回首各風烟。

【前腔】（貼）東歸路幾千，看雲山何處，是舊家庭院？緑憔紅悴，風鬟亂零落花鈿。釵荆裙布淹異域，翠舞珠歌憶少年。（合）青山外，緑水前，遥看官道直如絃。聞鶗鴂，聽杜鵑，家山應在白雲邊。

（生）臣啓主公：已到錢塘江了。請主公夫人登舟。（小生、貼、生上船介）

【前腔】（生）錢塘雲水連，見片帆東渡，順流如箭。江山依舊，只有那世故推遷。主公夫人，臣聞安不忘危，治不忘亂。今日未過江之時，臣有一言奉啓：歸國之後，願主公夫人勿圖歡樂，要報大仇。三年執役之羞，不可忘也。酸辛須記嘗糞恥，勞苦休忘養馬年。你浮苦海，涉大川，千重浪裏得迴船。身雖辱，志要堅，虎頭燕頷豈徒然。

臣啓主公：遠望江頭一簇人馬，想是諸大夫前來迎接。（末、淨、丑領衆跪接介）文種、泄庸、計倪率領羣臣迎接。（小生作悲介）諸大夫請起。吾已絶望，永辭萬民，豈徒今日復返鄉國，是皆賴羣臣百姓之護持也。（末、丑、淨）此皆主公夫人之洪福，更出大夫范蠡之謀猷。願主公夫人千歲，千歲！范大夫同之。

【前腔】人民幸保全，奈國家大事，未能諳練。鞠躬竭力，惟恐有負拳拳。追思往事皆有命，忽漫相逢各問年。鴻偏遠，信不傳，中間消息兩茫然。笙歌擁，旌旆懸，百官今日再朝天〔一〕。

【尾聲】（衆）向金門，朝玉殿，闔城黎庶盡喧闐：願聖主從今億萬年。

（小生）自遇烽烟霸業空，（貼）三年流落似飄蓬。
（生）今宵賸把銀釭照，（衆）猶恐相逢是夢中。

【校】

〔一〕再朝天，原本作「去朝天」，據李本、怡本、陽本改。

第二十齣　論俠

【西地錦】（外扮伍員上）自笑年華遲暮，國家多事何如？雲山縹緲空凝佇，甚年修竹吾廬？

日夜驅馳在畏途，一心只自要匡吳。生身定做奇男子，死後羞稱小丈夫。自家伍員，幸蒙前王之大恩，得報父兄之深怨。孝道略盡，忠誠未孚，思欲報寸草之心，申傾葵之意。誰料主公信任伯嚭，容梟獍之在庭；釋放越王，使虎兕之出柙。又怪老臣屢諫，竟遣使齊。我今不忍見國將亡，算來只欠一死。誠恐我死之後，繼祀滅絶，得罪祖宗；宫殿荆榛，有負社稷。今乘出使，寄子齊邦。（作悲介）但恐國家無人，蕭牆變起，如何是好？幸喜吳國太子仁孝素聞，昨知老臣使齊，差人相召，不免去走一遭。迤邐行來，此間已是太子門首。在此少待，想太子升帳也。

【前腔】（末扮太子領衆上）讒巧昏迷君父，堪憐子孽臣孤。丹心未展當披露，忍看社稷丘墟。

姑蘇城頭頭白烏，夜飛金閶門上呼。一朝麋鹿游臺沼，誰念龍孫與鳳雛。自家吳國太子友是也。我父王聽信奸佞，斥退忠良，只有一個伍相國，又遣使齊，朝廷一發没有人了。早間着人去請他商議，怎麼這時候還不見到來？（衆報介）伍相國進見。（末）道有請。（外）小殿下，伍員參謁。（末）相國少禮。老相國請坐。當今奸佞盈朝，豺狼當道，國家大事，只賴老相國一人。今父王聽信奸臣，着老相國遠使齊地。國勢漸亂，大廈將傾。特屈高車，專求教誨。（外）臣聞至嚴莫如君臣，至親莫若父子；老臣於主公固有君臣之義，殿下於父王實多父子之情。須當犯顔，豈宜坐視。（末）敢問老相國，昔晉獻公有子三人：長曰申生，次曰重耳，次曰夷吾。獻公聽驪姬之譖，申生自殺，重耳奔翟國，夷吾守屈城。今父王聽信伯嚭，内難將作。爲今之計，我將爲申生之殺身乎？將爲重耳之出奔乎？將爲夷吾之自守乎？（外）臣聞獻公三子，皆有賢行，故可以奔，可以守。今吳國止有小殿下一人，若俱學重耳夷吾所爲，則太子一去，國本動摇。小殿下，你就學申生，又何難也！（末）多承老丞相教誨。

【啄木兒】（末）忠良去，國内虚，寂寞朝端誰共語。報親恩須學申生，忍追隨重耳夷吾？向金階披瀝把衷腸訴，人生有幾個君和父，肯學那碌碌貪生怕死徒！

（外）老臣請問小殿下，昔殷紂有臣三人〔一〕：一曰微子，一曰箕子，一曰比干。殷紂聽崇侯之譖，微子去之，箕子爲之奴，比干諫而死。今主公聽信伯嚭，國家將亡。爲今之計，老臣將學微子之去國乎？將學箕子之徉狂乎？將學比干之諫死乎？（末）我聞殷紂三臣，皆有聖德，故可以去，可以爲奴。今吴國止有老相國一人，若俱學微子、箕子之所爲，則賢人隱遁，家國空虚。老相國，你就學比干，又何難也！（外）多承小殿下指教。

【前腔】（外）豺狼横，滿路途，奈宴笑盈堂我獨向隅。微子去、箕子爲奴，較比干諫死何如？看青山有路難歸去。微臣定把身相許，肯愛那衰殘血肉軀？

（末）老相國，你早去早迴，日夜懸懸，不可遲滯。（外）小殿下，老臣此去，即便圖歸，豈敢逗留！（末、外拜介）

【三段子】（末）雲山路紆，莫遷延羈留在齊。朝廷勢孤，望驅馳疾忙返吴。（外）我一身去國常迴顧，若使齊事了，便歸鄉土。只怕大廈將傾，一木怎扶？

【歸朝歡】（末）伯嚭你冤家的，冤家的，攪亂國都，擅生殺毒如狼虎。從今去，從今去，有封諫書，料忠臣誓不與邪臣共居。（外）使齊一歸定將奸雄去，再提兵滅越如鞭楚，那時節始信人間伍子胥。

（末）報國丹心一鑑清，（外）終天怨氣幾年平。
（末）只漸世上無忠孝，（外）不論人間有死生。

【校】

〔一〕殷紂，陽本作「商辛」。

第二十一齣　宴臣

【寶鼎現】(小生、貼上。小生)三年離故苑，身命雖蹇，江山猶在。矰未舉傷鴻常憚，弓不開驚猿還駭。(貼)幸喜歸來人未死，稍展前春眉黛。(合)願再造乾坤，鵬奮南國，龍飛東海。

(貼)大王千歲！(小生)夫人少禮。【長相思】出江關，入江關，三載歸來鬢欲斑，雄心夜未闌。(貼)一重山，兩重山，莫忘當時行路難，青萍拭淚看。(小生)夫人，寡人新歸故國，尚未臨朝，更有計議，專待諸大夫到來。

【賀聖朝】(生上)羈臣千里歸來，誰知再歷台階。(末上)股肱怠惰笑非才，羞稱庶事康哉。

(相見介。小生)我夫人并二位大夫在此，寡人囚吳之日，夫人則躬身執作，范大夫則艱險周旋，文大夫則勤勞邦國，向非諸人保佑，則寡人數作溝渠之鬼，越國久爲麋鹿之場。今敬陳小宴，聊申謝私，幸諸大夫辱而臨之。(生、末)小臣豈敢。但有一言奉稟：昔日之越，非主公之越，乃夫差之越也，夫差棄而不用；今日之吳，非夫差之吳，乃主公之吳也，主公豈宜坐而忘之？爲今之計，當早夜勞心，以圖雪恥，小臣幸甚[一]！(小生)敬領教誨。將酒過來。

(送貼、生、末酒，衆跪受介)

【錦堂月】(小生)臺殿風微，山河氣轉，欣逢運開時泰。二位大夫深荷驅馳，長風頓掃陰霾。受羈囚既歷艱難，誓雪恥肯坐觀成敗？(合)愁城解，須待變乘機[二]，速圖休懈。

【前腔】(貼送酒介)江外，三載歸來。親遭困苦，雙眉尚蹙羞開。大王深荷羣臣，同將社稷擔戴。試看取今日纖軀，渾不似舊時嬌態。(合前)

【前腔】（生進酒介）時乖，歲月難挨。殘軀未死，幸喜舌尖猶在。文大夫深荷扶危，安然物阜懷。主公夫人既抬頭見前轍曾傾，須留意鑒後車當戒。（合前）

【前腔】（末進酒介）庸才，自愧駑駘。親承顧託，未曾報答涓埃。范大夫深荷持顛，豺虎窟中脱械。主公夫人須猛省君繫臣囚，休便認民安國泰。（合前）

（小生）范大夫，寡人就卜今日坐明堂臨國政何如？（生）今日丙午，復位臨朝，金水循環，旺相俱起。極好！（小生）范大夫，寡人欲重立國都，擇一善地，以擴封疆何如？（生）臣仰觀天象，擬法紫宮内築小城，週千餘步，西北立龍飛樓，以象天門；東南伏漏石竇，以象地户；外築大城，缺其北面，以見臣事於吴，實有事於吴也。（小生）多承指教。寡人自今以往，勞體焦心，旦夕不懈。目卧則薰之以蓼，足冷則浸之以水[三]，冬寒則抱冰而坐，夏熱則握火而居。積薪於室，晝夜卧於其上；懸膽於户，出入嘗之於口。令人立於宫門，經過之時，必揚言曰：「勾踐，汝忘會稽之恥乎？汝忘養馬之苦乎？汝忘嘗糞之羞乎？」心心念念，要復大仇。大夫以爲何如？（生、末）若得如此，則萬民幸甚[四]！社稷幸甚！

【醉翁子】（小生）無奈，這深恥總車兒難載。夫人誓苦志勞心，莫貪歡愛。（貼）大王須待，會霧散雲飛，海日曈曈萬里開。（合）看奏凱，遍萬歲山呼月殿雲階。

【前腔】（生）不揣，要奮迅名揚東海。把吴宫踏破，易如歷塊。（末）慷慨，定仗劍長驅，戰勝三吴歸去來。（合前）

（末）臣啓主公，臣聞五色令人目眩，故妙舞清歌，害人之媒；蛾眉皓齒，伐性之斧。爲今之計，須選美女，進上吴王。一則見我服役之情，二則動彼荒淫之志〔五〕。奸邪進用，忠信見疑。在彼則國當日微，在我則坐可觀變。以臣言之，此爲上策。（小生）大夫之策甚善。但恐佳人難得，如何是好？（生）有一處女，獨居山中，艷色絶倫，舉世罕見。已曾許臣，尚未娶之。今若欲用，即當進上〔六〕。（小生）雖未成配，已作卿妻，恐無此理。（生）臣聞爲天下者不顧家，況一未娶之女？主公不必多慮。（末）主公一面差人尋訪，限一邑精選十人，倘有絶色，即當留用；如求而不得，就用范大夫所聘之女，未爲不可。（小生）這也使得。

【僥僥令】（小生、貼）須尋傾國色，送上陷人胎。看取晝夜荒淫渾無賴。奸佞進忠良應受災。

【前腔】（生、末）纖腰牽翠帶，高髻醉金釵。管取國破家亡人何在，和你同上姑蘇百尺臺。

【尾聲】（生、末）威加四遠聲名大，遍海宇恩波無外。（小生、貼）那時節方信江東有梁棟材。

（小生）江東形勝據雄圖，（貼）須記三年遠困吴。

（生）今日廟堂開妙算，（末）他年長笑上姑蘇。

【校】

〔一〕「小臣」下，陽本有「等皆」。

〔二〕待變，原作「待戀」，據富本、繼本、陽本改。

〔三〕水，原作「冰」，據富本、繼本、陽本、李本、怡本改。

〔四〕「若得」二句，陽本作「主公如此，何事不成」。

〔五〕「二則」句下，陽本有「三則安他無猜忌之意」。

〔六〕「已曾」四句，陽本作「已曾許臣爲配，只因待主公往吴，尚未娶之，今已三年，未知如何。今若用之，即當進上」。

第二十二齣　訪女

（小外扮宦官上）先皇行處鎮相隨，今上春宫見長時。脱下御衣偏得着，進來龍馬每教騎。自家乃越王殿下一個宦官是也。前日爺差我揀選美女，山陰、會稽、餘姚、上虞都選過了，并没有一個好的，爺與娘娘甚是發惱。如今還有蕭山、諸暨等處不曾送進，且待他來，再作區處。夜間侍宴宫中，早來供應殿上，我且歇息一迴。叫牢子可在門下俟候，若有事情，速來通報。（末）知道了。（小外、末下）

【縷縷金】（丑上）求美女，做君妻，村村都揀盡，貌兒伾。誰似東施好，十分風味。今朝又換件俏裙兒，人人説腰細，人人説腰細。

自家東施，國中揀選美女，各處都選不中，到我諸暨地方，一發没有好的了。我家頗有幾貫錢，被我教爹爹送些銀子與那選美女官兒，也有名兒報去了。我諸暨瞞不得人，若要十分標致的，只是西施妹一人。他又病在家裏，況女無美惡，入宫見妬。若與他同選進去，倘或被他奪了正宫，我到做偏宫不成？我也不去報他，自家一個來了。聞得都到司禮監張公公處揀選，如今連忙趕去。迤邐行來，此間是老公公門首，怎麽不見人在這裏？

【前腔】（小淨上）求美女，作君妻，若問親姐姐，是南威。我年紀雖然長，未曾婚配。肩頭上有個藥包兒，誰人説駝背，誰人説駝背。

自家北威，聞國中到諸暨選美女，都被有錢的幹去了。奴家父親在張公公門下行醫，因此添上個名字〔一〕，不免也去走遭。（遇丑介）呀！夜眠清早起，又有早行人。東施妹到此尊幹？（丑）北威姐，你也來做怎的？（小淨）不瞞妹子説，聞得在此選美女，特來看看。（丑）既然如此，可到公公門首去等候〔二〕。（小淨）正是。待我問聲有人麽？（末上）是那個？你兩個到此何幹？（小淨、丑）我們諸暨的美女〔三〕，都是選來的〔四〕，在此等候〔五〕。（末）好笑！你兩個人不像人，鬼不像鬼，也來怎麽〔六〕？（小淨、丑）你這樣不知好歹，不識高低〔七〕！我兩個的模樣，不是誇嘴説，也將就看得過，一定强如你的老婆。（末）不瞞你説，前日山陰送美女來，中間有一個生得絶妙，肥不胖胖壯壯，瘦不伶伶仃仃，長不繚繚調調，短不局局促促，真有沉魚落雁之容，閉月羞花之貌。（小淨）這等好了。（末）老公公進上，爺十分歡喜，睡了一夜，明早就打發出來了。（小淨）却怎麽〔八〕？（末）説道嘴臭。（小淨）不瞞你説，我大蒜一頓吃一二十〔九〕，燒刀子一連吃五六瓶，這張嘴妙得緊，就睡到五更，也是香的哩。（末）久慕，久慕！第二日上虞進美人來，中間一個生得絶妙，黑鬢鬢髮兒，青簇簇眉兒，滴溜溜眼兒，直隆隆鼻兒，香噴噴口兒，白泠泠齒兒，細纖纖腰兒，軟膿膿肚兒，玉尖尖手兒，曲灣灣腳兒，又有一件紅熙熙光油油暖僮僮熱癡癡乾唧唧緊肘肘一件上等上號道地的東西。（丑）這是一發妙了〔一〇〕！可曾用麽？（末）老公公進上，爺也睡了一夜，明早打發出來了。（丑）爲何〔一一〕？（末）説道撒薰〔一二〕。（丑）不瞞你説，我平日喜吃，新米飯吃八九碗，醃豬肉吃六七觔，好脾胃。夜間上茅坑或者有三四次，并不肯在床上撒一個薰。（末）久聞，久聞！老公公將次升廳了，你們老遠路來，我帶你進去，成不成也適了你兩個興。（小淨、丑）多謝，多謝！（小外上）牢子那裏？有甚麽事？（末）諸暨選上美女。（外）請進來。（小淨、丑遮扇進。小外見介）打出去！（小外、末俱下。小淨）妹子，我與你没些意思怎麽好？唱個曲兒家去罷〔一三〕。

【清江引】（合）苧蘿村一對如花女，一向無人娶。怕背駝遮個包，要腰細常脱褲。這遭選不成，柴垛槁去尋活路。（下）

【校】

〔一〕「因此」句下，陽本有「在手本上，如今」。

〔二〕公公門首去等候，陽本作「衙門首去伺候」。

〔三〕「我們」句，陽本作「我倆人是諸暨縣有名的美女」。

〔四〕「選來」下，陽本有「上號」。

〔五〕「在此」句下，陽本有「官兒辦車馬送進宮去見聖上的」。

〔六〕「也來」句，陽本作「也要充做美女淘中來，好不恐殺了人」。

〔七〕「不識」句下，陽本有「貨也不識的孩兒們，還説你是衙門中走動的人」。

〔八〕却怎麼，陽本作「有何緣故都不要他」。

〔九〕「我大蒜」句，陽本作「我們的口大，蒜頭一頓吃一二十」。

〔一〇〕一發妙了，陽本作「十二分全美之物，盡善盡美之姿」。

〔一一〕爲何，陽本作「這樣上品美女爲何又打發出來了」。

〔一二〕「説道」下，陽本有「後門不謹慎要」。

〔一三〕「唱個」句下，富本有「(丑)使得」。

浣紗記下卷

第二十三齣　迎施

【虞美人】（生扮范蠡同衆帶女冠服上。生）連年江海空奔走，往事休回首。桃源深處結同心，一别匆匆三載到如今。

自家范蠡，向因閒遊苧蘿山下，得遇西施，不覺三載有餘矣。勤勞王事，奔走江關，再無工夫得諧姻契。近寄信去，知未嫁人。昨因主公要選美女，進上吴王，遍國搜求，并不如意。想國家事體重大，豈宜吝一婦人，敬已薦之主公，特遣山中迎取。但有負淑女，更背舊盟，心甚不安，如何是好！今到這裏，恐幽僻山村，車馬衆多，必致驚動。我且再依向年故事，改换衣裳，潛往他家，先見此女，備述我主公訪求之意，令其心肯意從，然後將車馬奉迎，却不是好？衆軍士，你們暫住村口，待我呼喚，方可到來。（衆應介，同生俱下）

【前腔】（旦上）秋來春去眉常鎖，愁病何年可？燈花昨夜似多情，晨起簷前鵲噪更無憑。

奴家西施，自從與范大夫相别，不覺將及三載〔一〕。聞他一向逗遛吴庭，近日歸來，有信安慰。他既能以身徇國，我豈可將身許人。如今父又遠出，母又患病，只得閉門做些針指，待他消息。正是：身無彩鳳雙飛翼，心有靈犀一點通。（生道服上）獨訪山家歇還陟，茅屋斜連隔松葉。主人何處未開門，繞籬野菜飛黄蝶。我一路問來，説道：

「西施家裏門臨流水，屋靠青山。數竿修竹，在小橋盡頭；一座茅堂，向百花深處。」迤邐行來，此間想是他門首了。爲何閉上門兒？我不好竟叩。且在此少待，看裏頭有人出來否？

【一江風】問他家，獨自穿山徑，趁幾曲溪流淨。未開門，一帶疏籬，見花竹相遮映。沿門嗽一聲，裏頭有人麽，怎麽再不聞一些影響？沿門嗽一聲，待敲還住停。待我再問一聲：裏頭有人麽？（旦）是那個？（生）這個嬌滴滴聲音想是他了，我且不要應他，看他出來麽。急忙裏未可便通名姓。

【前腔】（旦）萬山深，寂寂村莊靜。鎮日有誰來問，你是何人？（生）是我。（旦）試把門開，看那個頻頻應。（做開門介）呀！我道是誰！（做退後介。生）且喜小娘子在家裏。（旦）尊官裏頭請坐便好，只是我父親不在家裏，如何是好？（生）一定要到堂中奉拜，兼有説話。（旦）既然如此，尊官請[二]。（生）小娘子請。他忙將禮數迎，忙將禮數迎，春風滿面生。（旦）尊官，念蝸居窄狹無恭敬。

尊官萬福。（生）小娘子拜揖。范蠡爲君父有難，拘留異邦，有背深盟，實切惶愧。（旦）尊官拘繫，賤妾盡知。但國家事極大，姻親事極小；豈爲一女之微，有負萬姓之望。（生）小娘子，我不知進退，有言奉聞[三]。（旦）但説不妨[四]。（生）我與小娘子本圖就諧二姓之歡，永期百年之好；豈料家亡國破，君繫臣囚，幸用鄙人淺謀，得放主公歸國。今吳王荒淫無度，戀酒迷花。主公欲搆求美女，以逞其欲。尋遍國內，再無其人。我想起來，只有小娘子儀容絶世[五]，偶爾稱揚，主公遂有訪求之心。小娘子尚無見許之意，故敢特造高居，奉詢可否，小娘子意下何如？（旦）賤妾不過是田姑村婦，裙布釵荆，豈宜到楚館秦樓，珠歌翠舞[六]？況當時既將身許，一二年遂患心疼。尊官爲國，伏望別訪他求；賤妾爲身，恐難移彼易此。（生）小娘子美意，我豈不知。但社稷廢興，全賴此舉。若能飄然一往，則國既可存，我身亦可保。後會有期，未可知也！若執而不行，則國將遂滅，我身亦旋亡。那時節雖結姻親，小娘子，我和你必同做溝渠之鬼，又何暇求百年之歡乎！（旦）雖然如此，但懸望三年，今得一見，意謂終身可了，豈料又起風波，好苦楚人也！

【金落索】（旦）三年曾結盟，百歲圖歡慶。記得溪邊，兩下親折證。聞君滯此身，在吳庭，害得心兒徹夜疼。溪紗一縷曾相訂，何事兒郎忒短情？我真薄命！天涯海角未曾經，那時節異國飄零，音信無憑，落在深深井。

【前腔】（生）別來歲月更，兩下成孤另。我日夜關心，奈人遠天涯近。區區負此盟，愧平生。誰料頻年國勢傾，無端又害出多嬌病。羞殺我一事無成兩鬢星。今日特到貴宅呵！奉君王命，江東百姓全是賴卿卿。小娘子，你若肯去呵，二國之興廢存亡，更未可知；我兩人之再會重逢，亦未可曉。望伊家及早登程，不必留停，婚姻事皆前定！

（旦）既然如此，勉强應承，待我進去，稟過母親，方可去也。（生）正是。（旦下。生）衆軍士那裏？快取冠帶過來。（衆上請旦，諢介。小淨、丑、旦同上。小淨、丑）妹子，你父親又不在家裏，母親又病在床上，我兩個在村中知道[七]，特來相送。（做哭介。生）不要哭，請換了小娘子的衣服。（小淨、丑換衣服介。旦悲介。）

【三換頭】（旦）孤身隻影，未識侯門行徑。況天南地北，路途誰慣經？我未往先戰兢。這其間只是我不合來溪邊獨行。羞殺人兒也，浣紗誰問聘。敬謝君家，恐這樣姻親空作成。

（生）小娘子不要煩惱。（小淨、丑）西施妹子，你不像我兩個店底貨，你去這樁買賣必定就着手。經過杭州，若想我兩個，搽面粉每人買三四擔寄來用用[八]。（做哭介。生）你兩個不消送了，去罷。（小淨、丑下。衆）就此起程。

【前腔】(衆)鸞車奉迎,笙歌迭進。王都近也,看歡聲遍城。此去一生歡慶。這壁廂只得把那壁廂暫時承領。況切君王望,緊行莫住停。奉告娘行,想這段姻親真作成。

(衆)稟老爺,已到宮門首了。(生)聞主公在後殿,不免竟入。

【生查子】(小生)日長深殿中,拂拂南風競。聊撫五絃琴,爲解吾民慍。

(生進相見介)主公,奉迎西施,已在宮外。(小生)范大夫就引進來。(旦進。衆喝旦拜介。小生)美人起來,果然天姿國色,絶世無雙。范大夫,皆是尊賜。(生)豈敢。

【東甌令】(小生)真嬌艷,果娉婷,一段風流畫不成!美人,念千年家國如懸磬,全賴伊平定。若還枯樹得重新,合國拜芳卿。

(旦)只恐性質凡庸,容顏粗醜,不足以副君王之望。

【前腔】(旦)嗟薄命,愧無能,念賤妾今還在幼齡。寒微未脱蓬茅性,金屋難相稱。(小生)你曉得歌舞麼?(旦)看蕭蕭裙布與釵荊,歌舞更何曾。

【劉潑帽】(生)娘行聰俊還嬌倩,勝江東萬馬千兵。你立功異域纔堪敬,那時海甸清,眼見烽烟淨。

(小生)范大夫傳下命令,點選宦官五十名,宮女一百名,寶馬香車,旌旄鼓吹,伏侍美人到西土城別館去居住。目下就請娘娘親去教他歌舞。(衆應介。小生、生先下。衆引旦行介)

【前腔】(衆)金門火速傳君令,點宮娥盡到西城,盡心晝夜來供應。他日法駕臨,萬姓看行幸。

(下)

【校】

〔一〕將及，陽本作「已經」。

〔二〕尊官請，陽本作「我母病患在床，告稟母知，請尊官進堂中坐」。

〔三〕「我不知」二句，陽本作「下官不知進退，有句話特欲奉告」。

〔四〕「但説」句前，陽本有「既蒙不棄有何言語」。

〔五〕「只有」句下，陽本有「傾國傾城」。

〔六〕「珠歌」上，陽本有「況不諳」。

〔七〕知道，陽本作「聞得車馬來接妹子去成親，因此」。

〔八〕「搽面粉」句，陽本作「搽面好香珠粉每人買三四擔寄來相送，足見你姐妹之情」。

第二十四齣　遣求

【小蓬萊】（末扮季桓子，外扮堂候官上）僻守區區東魯，被暴齊侵削何如？乞師求救，欲通使命，直到勾吳。

化洽街衢不拾遺，幾興魯國欲傾齊。尚慚當日收羣婢，走却人間孔仲尼。自家魯國上大夫季孫斯是也。姬家右族，魯室宗卿。自我國主定公、昭公、襄公、成公而上，不啻數十世，同樹社稷之勳；暨我先君文子、武子、悼子、平子而下，幾及二百年，共執朝廷之政。不意流傳到我，值運中衰。近有齊國陳桓圖弑其主，陰憚鮑、晏之盛，欲立威於羣臣，故興伐魯之師，期建功於鄰國。目今兵衆既少，國勢慚傾，欲遣一使入吳，求其救援。但不辱君命，殊難其人，聞孔仲尼弟子俱通六藝，昨奉君命，轉求一人，子貢請行，仲尼遂許。叫堂候官。（外應介）與我整點後車數十乘，從者數百人，送其起程，不可遲滯。

【前腔】（丑扮公伯寮上）大國窮兵黷武，邊情日夜馳驅。而今戰守，廟堂勝算，須要躊躕。

自家魯國下大夫公伯寮是也。齊邦不仁，侵伐我國，不免到季老大夫處探問一遭。煩你通報。（外）公伯寮大夫求見。（末）道有請。（丑進見介）老大夫拜揖。（末）大夫少禮。（丑）聞齊邦不道，犯我邊疆，請問老大夫計將安出？（末）大夫，請聽我説[一]。

【桂枝香】（末）艱難國步，倉惶失據。恨如今保守不能，欲待要對敵難拒。昨與主公計議呵，欲遣一使臣，（丑）遣到那一國去？（末）遣一使臣，到吴邦求助，他定然相許。（丑）我聞吴王凶殘，拘留勾踐，他豈肯救我？（末）大夫你不曉得，越乃夏之後裔，吴實魯之同宗。要論親疏，吴魯同姬姓，須將弱國扶。

【前腔】（丑）暴齊失馭，强臣弑主。他欲立威本國公卿，反攪擾他邦黎庶。聞遣一使臣，遣一使臣，須要悠悠丰度，便便言語。到姑蘇，畢竟誰堪去，來將弱國扶？

（末）大夫，入吴之使，昨主公已轉請孔仲尼門下一人矣。（丑）不知仲尼門下可使者還是甚人？（末）昨聞先是子路請行，仲尼止之。（丑）那子路不是唤做仲由的麽？（末）正是。（丑）他氣質粗疏，容貌兇狠，仲尼常曰：「若由也不得其死然。」他怎麽去得？（末）已後子張、子石請行，仲尼不許。（丑）那子張不是顓孫師，子石不是公孫龍麽？（末）正是。（丑）子張堂堂相貌，難與爲仁。子石堅白異同，白馬非馬，一味説地談天，一發去不得了。（末）已後子貢請行，仲尼許之。（丑）老大夫，不要説起，那子貢我認得他，唤做端木賜，是一個徹底小人。他平日極會營運，家累萬金，但知自家受用，一些也不肯濟人。假如原憲是個善士，桑户蓬樞；顔淵是一個好人，簞食瓢飲。那子貢與他同在孔門，日逐相處，再不見有一些看顧，要那朋友何用？我好笑那孔夫子常曰：「賜不受命而貨殖焉。」〔二〕今日怎麼到要這樣人去？（末）你知其一，未知其二。子貢在聖門居十哲之列，在言語之科，不但穎悟過人，兼聞性與天道。仲尼常稱其爲瑚璉之器。假如原憲、顏淵之貧，或者他常時周濟，更不可知；或者二子却之，亦未可曉。他今日出使〔三〕，必然奏功。大夫不可輕易視之。（丑）鄙人孤陋寡聞，不識好歹，侮慢君子，罪愧何如？自今以往，敬聞命矣。

【皂羅袍】（末）爲國深謀長慮，乞諸侯救援，肯使庸愚。料蕭蕭一命遠投吳，看堂堂大陣來存魯。大夫，你道子貢是什麼樣人？（合）是聖門高弟，言詩起予，聞一知二，當今大儒。瑚璉之器你休輕覷。

【前腔】（丑）子貢呵，我道是尋章摘句，又誰知是，孔子高徒。今日呵，稷門祖送要驅馳，看吳門白練知何處？（合前）

老大夫送別了，還有一句要緊說話，若子貢這遭去不濟用了，公伯寮如何？（末）當得。且看：

（末）天下英才盡孔門，　杏壇設教簇如雲。

（丑）運籌絳帳能存魯，　始信人間有聖人。

【校】

〔一〕「請聽」句，富本作「請坐聽我說，（丑）願聞其詳」。

〔二〕「賜不」句下，陽本有「只恐此貪吝之人去到姑蘇，只圖利己，有誤國大事」。

〔三〕「他今日」句，陽本作「如今請他出使，夫子既許他而行」。

第二十五齣　演舞

【風入松慢】（旦上）落花無主亂紛紛，切莫恨殘春。佳人自古多薄命，笑已往姻親休問。半路今來別館，不知終身何處朱門。

早被嬋娟誤，欲妝臨鏡慵。承恩不在貌，教妾苦爲容。風暖鳥聲碎，日高花影重。年年越溪女，相憶採芙蓉。奴家西施，你道爲何説此幾句？我自分儀容絶世，聰俊過人，一生人間，未招佳配〔一〕。不意既見誘于范蠡大夫，又見黜于越王殿下。看來人之窮通，信自有命，那在顔色。前日娘娘特到西城，教演奴家歌舞。我想起來，傾城的容貌尚不足恃，就是十分歌舞得好，也要他何用！聞環珮聲，想是娘娘來了。

【前腔】（貼上）三年異國未亡身，過別館消魂。料今生歌舞應無分，爲傾國前來相訊。我如今要教歌舞呵，看夜月鶴歸三殿，春風鶯囀千門。

（旦）娘娘叩頭。（貼）美人請起。美人，古稱絶色：第一容貌；第二歌舞；第三是體態。若是容貌雖好，歌舞未諳，不足爲奇；歌舞雖通，體態未善，不足爲妙。美人，你的容貌不必言矣，但歌有歌體，舞有舞態，須要態度優閑，行步嬝娜，方能動人。昨要遣老宫娥來教演，恐褻瀆你，大王爺放心不下，特命老身自來。（旦）多承娘娘教誨，賤妾敢不盡心。（貼）美人，你聽我説，歌所以養人性情，故《陽春》動於花下，《子夜》奏於房中。古人有《白水》、《淥水》，《玄雲》、《白雲》，《江南》、《淮南》，《出塞》、《入塞》。須要音聲嘹喨，腔調悠揚。即今江南佳麗之地，多用《白苧》、《採蓮》。美人，你如今學歌呵，

【好姐姐】當筵，要飛塵遏雲〔二〕，論音調又須紆徐淹潤。切忌摇頭合眼，歪口及撮唇。（合）須風

韻，華堂深處中宵進，管取一座春風醉酒樽。

美人，昨日我教你的歌，你可記得麽？（旦）記得。（貼）你可試歌一曲與我聽〔三〕。

【二犯江兒水】（旦）香喉清俊，聽縹緲香喉清俊，似珍珠盤内滚。向秦樓楚館，綺席華茵，見鶯聲風外緊，裊裊起芳塵，裊裊起芳塵。亭亭住綵雲，雙黛愁顰，兩眼波横。羨清歌入妙品，難消受花間數巡，難消受花間數巡。怎禁得燈前常近，一聲聲怨分離欲斷魂！

（貼）美人，我道你尚未曉得，今一動唇，則飛聲流轉，餘韻飄颻，雖秦青、韓娥，不過如此，可敬，可敬！（旦）歌之大意，妾已領略，請問學舞之道何如？（貼）美人，你聽我説，舞所以導人沉滯，故春風起於筵上，夜月聚於樓頭。古有翥鳳翔鸞，縈塵集羽，折腰翹袖，激楚陽阿。俱要俯仰應聲，抑揚合節。即今吴宫越殿之内，多用迴風轉波。美人，你如今學舞呵，

【好姐姐】當場要娉婷出羣，論體態又須盤旋輕迅，看縱横俯仰，回身不動塵。（合前）

美人，昨日我教你的舞，你可記得麽？（旦）記得。（貼）你且試舞一迴與我看〔四〕。

【二犯江兒水】（旦）羅衣寬褪，軟款款羅衣寬褪，輕盈真瘦損。向風前裊裊月底紛紛，看婆娑歌吹引，一捻小腰身，一捻小腰身。蹁躚掌上人，乍進殷勤，欲退逡巡。趁金蓮移步穩，香馥馥風開繡裙，香馥馥風開繡裙。青簇簇花籠蟬鬢，軟迷離似陽臺一片雲。

（貼）美人，我道你尚未曉得，今一轉身，則奇姿崛起，逸態横陳〔五〕。雖驚燕游龍不過如此，可愛、可愛。你可晝夜演習，不可忘了。（旦）多承娘娘教訓，賤妾豈敢遺忘。（貼）你且暫歇，明日再演罷。（旦）敬領尊命。

(貼)百年三萬六千場，　日日春風要舉觴。
(旦)歌罷陽春飛白雪，　舞餘涼月醉霓裳。

【校】

〔一〕末招，李本、怡本作「便招」。
〔二〕遏雲，原作「歇雲」。今據諸本改。
〔三〕「你可」句下，富本有「(旦)待我試歌娘娘尊聽」。
〔四〕「你且」句下，富本有「(旦)待賤妾舞與娘娘觀看」。
〔五〕橫陳，李本、怡本作「橫生」。

第二十六齣　寄子

【意難忘】(外、小末扮伍員父子上。外)歲月驅馳，笑終身未了，志轉隳頹。丹心空報主，白首坐拋兒。(小末)爹爹，前路去竟投誰？(外)孩兒，咫尺到東齊。(小末)望故鄉雲山萬疊，目斷慈幃。

【慶宮春】(小末)雲接平崗，山圍曠野，路迴漸入齊城。(外)衰柳啼鴉，驚風驅雁，動人一片秋聲。(小末)倦途休駕，淡烟裏微茫見星。(外)家鄉何處，死別生離，説甚恩情！　孩兒，我和你自離家鄉，將及一月，不覺又到齊國了。(小末)爹爹，母親在家懸念，可早完王事，火速同歸。不知爹爹爲何在途只管愁悶？(外)孩兒，我一向怕你煩惱，不好説得。我虧吳之先王，雪你公公深怨，國家大恩，未曾報得。不料主公近聽伯嚭，反放越王；前日又信子貢遊説，欲北伐齊國，遣我來請戰期。我想起來，吳兵一出，則越乘虛直入吳地。今我回去，誓當諫死以報國恩，只是與你同死，甚是無益〔一〕。我有一個結義兄弟，喚做鮑牧，見做齊國大夫，今帶你來寄與他家，以存伍氏一脈。（悲介）自今以後，我自去幹我的事，你自去幹你的事，再不要想念我。（小末）爹爹，我只道路上冷靜，帶孩兒出來，不曉得到是這等，兀的不痛殺我也！（外）孩兒，事已到此，不用傷悲，且速前去，再做道理。

【勝如花】（外）清秋路，黄葉飛，爲甚登山涉水？只因他義屬君臣，反教人分開父子，又未知何日歡會！（合）料團圓今生已稀，要重逢他生怎期？浪打東西，似浮萍無蒂，禁不住數行珠淚。羡雙雙旅雁南歸，羡雙雙旅雁南歸！（合前）

【前腔】（小末）年還幼，髮覆眉，膝下承顔無幾。初還認落葉歸根，誰道做浮花浪蕊，何日報雙親恩義！（合前）

（外）一入城來，此間已是鮑大夫門首。裏頭有人麽？

【燕歸梁】（末扮鮑大夫，丑扮家童上。末）叵耐强臣欲立威，看社稷垂危。側聞吴國召戎衣，何日裏靜邦畿？

小廝，你看外面那個？（丑）此位老爺是何處？（外）你進去説，吴國伍大夫要見。（丑報介。末）道有請。（外進見末，小末同拜介。末）一自别滄洲，相思定幾秋。（外）故人驚會面，新恨説從頭〔二〕。（末）哥哥，此位何人？（外）是小兒。（末）别來數年，令郎一發長成了〔三〕。我陳桓弑逆，致召兵戈，哥哥遠來，必有所諭。（外）兄弟，齊欲伐魯，立威遠國，今奉國命，來請戰期。（末）哥哥，你報親之怨，鞭平王於墓間；復君之仇，囚勾踐於石室。一生忠孝，四海流傳。可敬，可敬！（外）兄弟，你知其一，未知其二。昔父兄爲楚平所害，孝道有虧；今主公爲伯嚭所欺，忠心不遂。不知防越之策，反興伐齊之師，眼見姑蘇，即生荆棘。今承君命，來使齊邦，一則預料老朽誅夷，二則不忍宗祀滅絕。以吾弟一日之雅，付伍氏六尺之孤。留作螟蛉，視同豚犬。(末)哥哥是吳之忠臣，小弟亦齊之義士，既蒙分付，敢不盡心。但恐撫養不周，有負重託。(外)兄弟，小兒避難，竊恐人知，可改姓王孫，勿稱伍氏。(末)謹領，謹領。(小末)爹爹，你果然就把我撇在這裏！(作悲介)

【泣顔迴】(小末)聽説不勝悲，頓教兒血淚交垂。雙親膝下，何曾頃刻分離。爹爹，衷腸怎提，爲甚的將父子輕拋棄？當初望永祝椿枝，又誰知頓撇斑衣！

【前腔】(外)堪悲！家國漸傾攲。我身無葬地，汝尚何依！兄弟，特求撫養，須存一脈衰微。(末)哥哥，若國家安輯了，你可就來領令郎去。(外)我存亡未知，料孤臣定做溝渠鬼。我孩兒不用哀傷，望君家委曲提攜。

【前腔】(末)三齊，無主國摧危。笑區區株守，庸劣無爲。蒙兄相託，敢不竭力扶持。哥哥，你丹心怎移，要念前王須盡忠和義。令郎呵，我看承勝似親生，放心歸不必狐疑。

(外)孩兒，不是我無情就撇了你，事到其間，顧不得了。況報仇大事[四]，我便做得，你做不得。我今日殺身報國，也是没奈何，你後日切不要學我。(小末哭介)爹爹，怎麽撇了孩兒就去[五]！(外)孩兒，不要啼哭，或者後日還要相見，你今日就拜鮑叔叔做父親，要如嫡親爹爹一般，聽他教誨，不可違背。(小末拜末介)爹爹，請轉坐，待孩兒拜見。

【摧拍】念孩兒未諳禮儀，望爹爹朝夕訓規，豈敢有違，豈敢有違。(拜外介)爹爹，但願椿庭，壽與山齊。爹歸去，拜上母親，只説孩兒在齊遊學，不久就歸[六]。傳示萱堂，不用淒其。(合)從今去海角天涯，人何處，夢空歸。

【前腔】（外）望長空孤雲自飛，看寒林夕陽漸低，今生已矣！今生已矣！白首無成，往事依稀，日暮途窮，空挽斜暉。（合前）

【前腔】（末）我哥哥你安心竟歸，我姪兒你將身暫依。今當數奇，今當數奇。命蹇時乖，偶爾暌違，他日團圓，父子追隨。（合前）

【一撮棹】（小末）爹爹，西風裏淚濕舊縫衣。（外）親骨肉因何事竟生離？（末）長亭遠，極目處草萋萋。（合）回頭望，欲去更徘徊。今日輕分手，他年會何地？腸斷也，回首各東西。

（外）本是同林鳥，（小末）分飛竟失羣。
（末）誰憐一片影，（合）相失萬重雲。

【校】

〔一〕「只是」二句，陽本作「恐怕我死貽累於你，絶我家宗祀，況又無益」。
〔二〕「故人」二句，陽本作「故人新會面，謾叙腹中愁」。
〔三〕「令郎」句下，陽本有「恭喜恭喜哥哥」。
〔四〕「況報仇」句，陽本作「況報仇進諫俱是大事」。
〔五〕「怎麼」句，陽本作「進諫於君，不聽便罷了，何須要殺身。到把孩兒撇在他鄉異國，就此去了」。
〔六〕「不久」句下，陽本有「免他心懸望」。

第二十七齣 別施

【憶秦娥】（小生、生、末同上。小生）遭囚辱，深仇晝夜縈心曲。（生、末）縈心曲，要修明政治，誓圖恢復。

（相見介。小生）二位大夫，自遭喪亂，丁衆澌稀，空有復仇之心，尚乏人民之助。今欲百姓生聚，何施方可〔一〕？（生）臣聞内無怨女，外無曠夫，乃聖王之政。今當令國中壯者無娶老婦，老者無娶壯妻。女子十七不嫁，男子二十不娶，其父母各有罪。如此十年生聚，則民衆不可勝用矣。（小生）多謝大夫教誨。自去吳國，貽笑四方，雖有報仇之心，尚乏諸侯之援。昨魯子貢勸寡人連和諸侯，以待吳變，但諸侯甚多，先往何國？（生）臣聞夫差與齊、晉、楚三國皆有近仇，主公宜私親於齊，深結於晉，陰和於楚，而厚事於吳，則夫差必驕矜而凌諸侯，諸侯必合縱而抗吳國，彼爭其長，我乘其敝，因而伐之，夫差可擒也。（小生）多謝大夫教誨。向者承范大夫割己之愛，進上西施，寡人親令夫人教演歌舞，即欲獻之吳王。看他娥眉不肯讓人，狐媚必能惑主，雖爲女流之輩，實有男子之謀。我夫人常談及羈囚一事，見他義形於言〔二〕，必能立功他邦，輔助本國。寡人今欲拜而送之，不知諸大夫亦肯爲國家一屈膝否？（生、末）敢不聽命。（小生）二位大夫留意，想夫人同西施來了。

【前腔】（貼同旦上。貼）西宮教演初精熟，清歌妙舞新妝束。（旦）新妝束，奈終身未了，眉兒常蹙。

（小生、貼、生、末相見介。旦）大王爺并娘娘叩頭。（小生、貼）美人請起。（旦）二位大夫萬福。（生、末）美人拜揖。（小生）美人，昔周文王被殷紂囚於羑里，其臣閎夭求有莘氏美女〔三〕，獻之於紂，釋放文王。後美女心圖報周，迷惑殷紂，致其身亡國滅，復歸周家。美人，我被吳囚繫三年，羞辱之事，不可盡述。今吳王之惡，浮於殷紂；美人之貌，過於有莘。即欲將美人認作寡人之姑，前王之妹，獻之於吳，誘其戀酒迷花，去賢用佞，則寡人幾年之仇可報，美人舊日之盟可續。不知美人意下何如？（旦）妾受大王爺并娘娘提攜，誓當粉身碎骨，以報恩義，但恐菲薄，不堪重託。（小生）若得美人見允，則愚夫婦萬幸，羣臣百姓萬幸。後有會期，毋相忘也。（旦）謹領教旨，豈敢遺忘。（小生）既然如此，今日吉辰，既當啓行，美人請上坐，待寡人拜懇。（旦）賤妾豈敢。（小生拜介）

【黄鶯兒】（小生）夙恨實難言，記三年苦萬千，歸來羞見人民面。今幽谷未遷，寒灰怎燃，棲遲未了平生願。仗嬋娟，中間就裏，要雪百年冤。

（貼）美人請上坐，待奴家拜懇〔四〕。（旦）賤妾豈敢。（貼拜介）

【前腔】（貼）飄蕩去無邊，恨東風斷紙鳶，三年纔轉羞殺梁間燕。鬢鬢盡鬖，手足尚胼，漂流南浦一似桃花片。望當先，國家大事，全賴爾周旋。

（生、末）美人請上坐，待羣臣拜懇〔五〕。（旦）賤妾豈敢。（生、末拜介）

【簇御林】（生、末）羣臣奮，未敢前，待先行便上絃。你風花隊裏去收飛箭，那時節强似兵馬親征戰。要心專，立功異國，四海姓名傳。

（旦）大王爺、娘娘請坐，賤妾拜辭。（拜介）

【前腔】（旦）我裙釵女，志頗堅，背鄉關殊可憐。蒙君王重託須黽勉。二位大夫請轉，待奴家拜辭。誓捐生報主心不變。淚漣漣，天南地北，相見是何年！

（小生）范大夫，你可整點車騎畫船，親送美人到吳國去。（生）謹領。但一路不好同行，待小臣今日先過江去，美人隨後便了。（小生、貼）美人，你可小心在意，歸來有日，不要憂煩。（旦）多謝叮嚀，妾謹留意。（小生）好去春風湖上亭，（貼）柳條藤蔓繫離情。（生、末）黄鸝久住渾相識，（旦）欲别頻啼三兩聲。（小生）范大夫，凡百事體，未能盡説，你與我再囑付他幾句。（小生、貼、末下。生、旦吊場）

【二郎神】（旦）休回首，笑三年尚姻緣拖逗，悔邂逅溪邊相許謬。蹉跎到此，前言盡付東流。爲甚麽心兒常病疚，恨相見後更添消瘦。嘆漂流，總夢到家山，怕渡溪頭。

【前腔】（生）爲羈囚，親遭困辱，身多掣肘，因此姻親還未就。誰知變起，連年國難相糾。致今日輕抛分素手，空恩愛未曾消受。小娘子，你謾追求，自别後從頭、説向原由。

【囀林鶯】（旦）懨懨弱息似風中柳，問君今向誰投？笑驅馳千里去尋婚媾，向他人强笑堪羞。况參前退後，更勉强應承可醜。路悠悠，摧殘異國，骸骨倩誰收！

【前腔】（生）卑人一言你聽細剖，這姻緣分定難籌。你暫時抛閃休僝僽，看天河織女牽牛，明年時候，定烏鵲橋邊相守。莫添愁，腰肢瘦削，况是不宜秋〔六〕。

【鶯啼序】（旦）君王恩義欲報酬，怎辭途路奔走，但孤身愚昧纖柔，未能機巧參透。强支吾去閒中着忙，待勉力到機邊尋彀。花共酒，我怕不得笑傳人口。

【前腔】（生）卿卿聰慧誰匹儔，精神應會抖擻，切莫要露尾藏頭，迷君不論昏晝。向花營唇鎗暗撑，遇錦陣心兵休漏。成共否，要竭力將没作有。

小娘子〔七〕，向年所贈之紗，謹當奉還。（旦）若如此，是奚落賤妾，終背舊盟了。（生）説那裏話，要令小娘子時常省視，雖在朝歡暮樂之際，不忘故鄉恩義之情。倘得重逢，出此相玩，可作他年一故事耳！（旦）既然如此，我與相公各分一半，常恐此紗不在君處，即相忘耳！（分紗介）前途相見甚難，就此拜別。（生）仰觀天象，越方興隆，吴將亡滅，勿用傷悲，不久就得團圓也。

【琥珀貓兒墜】（旦）秋江渡處，落葉冷颼颼。何日重歸到渡頭？遥看孤雁下汀洲。他啾啾，想亦爲死別生離，正值三秋。

【前腔】（生）片帆北去，愁殺是扁舟。自料分飛應不久。你蘇臺高處莫登樓。怕凝眸，望不斷滿目家山，疊疊離愁。

【尾聲】（生）卑人北岸專相候。（下。旦悲介）這相逢何時還又？莫學逝水東流不轉頭！

盡道村西是妾家，　誰知頃刻又天涯。
紅顔勝人多薄命，　莫怨東風當自嗟。

【校】

〔一〕「何施」句，陽本作「有何設施方可聚集」。
〔二〕「義形於言」下，陽本有「切齒不忿」。
〔三〕有莘，原本作「有薪」，據富本改，下同。
〔四〕拜懇，陽本作「也盡一禮，以爲拜懇之敬」。
〔五〕羣臣拜懇，陽本作「羣臣亦告求拜懇，千斤之擔，全仗美人承受」。
〔六〕不宜秋，富本、繼本作「不禁秋」。

〔七〕「小娘子」下，陽本有「卑人更有一句話奉告。（旦）賤妾願聞。（生）」。

第二十八齣　見王

【臨江一剪梅】（淨、丑，小外扮王孫駱上。淨）海國烽烟今盡掃，凌空志氣飄飖。（丑）太平羞着舊征袍。（小外）我和你共在王朝，莫忘勤勞。

（丑、小外）主公，伯嚭、王孫駱參見。（淨）太宰、大夫少禮。太宰，我欲伐齊，伍員老賊屢屢諫我，我不聽他，恐他在此攪擾，被我打發他齊國去了。誰料前日孔仲尼遣門人子貢來勸我伐齊，孔仲尼是個大聖人，有此議論，看起來齊國一發該伐的，况吴魯又爲兄弟之國，只等伍員歸來，就起程了。（丑）主公之言有理。（淨）太宰、大夫，我晝卧姑蘇臺，得其一夢，夢入章明之宮，見米釜兩隻，炊而不熟；黑犬兩頭，嘷南嘷北；鋼鍬兩把，插我宮牆；流水湯湯，入我殿堂；後房篋篋，聲若鍛工；前園交加，横生梧桐。此夢吉凶，試爲寡人卜之。（丑拜賀介）美哉主公之夢！應在興師伐齊也。臣聞章明者，破敵成功，聲朗明也；兩釜炊而不熟者，主公聖德，氣有餘也；兩犬嘷南嘷北者，四夷賓服，朝諸侯也；兩鍬插宮牆者，農工盡力，田夫耕也；流水入殿堂者，鄰國貢獻，財貨充也；後房聲若鍛工者，宮女悦樂，聲相諧也；前園横生梧桐者，相作琴瑟，音調和也。美哉主公之夢！應在興師伐齊也〔一〕。（淨）太宰之言有理〔二〕，王孫大夫，你試卜之何如？（小外）臣素愚昧，不能通微。城西陽山，有一異士，唤做公孫聖，多見博聞，主公若心上狐疑，問之必知凶吉。（淨）大夫，你與我就去召他來，不可遲滯。（小外應下）

【前腔】（生、旦上。生）奔走風塵心未老，當年羈客來朝。（旦）故園爲甚便輕抛？花落辭條，一任風飄。

（生）美人，你且暫住宮門之外，待我先去參見，然後進來。（衆報。生進見介）越國陪臣范蠡叩頭。（淨）起來。（生）不敢。東海寡君勾踐久失修敬，特遣賤臣少伸問候，兼有前王之妹，寡君之姑，喚名西施，頗曉歌舞，今遣小臣獻上，以備灑掃。（淨作喜介）范大夫，遠勞厚情，美人如今在那裏？（生）見在宮門，不敢擅入。（淨）范大夫，你與我就引進來。（生引旦進拜。淨笑介）美人起來。果然天姿國色，絕世無雙，我合宮諸姬，無出其右。若是越王的姑姑，范大夫，你家主公就該叫我姑爹了。（生）是。（丑）主公，我伯嚭見了婦人萬千，從不曾見這樣娉婷嬝娜的。范大夫，你們都是個好人，若像我做伯嚭的，留在本國自受用，怎肯送與別人。（生）太宰休得取笑。大王在上，我寡君自去吳歸越，日逐想念大王恩德〔三〕，不敢忘也。

【鎖寒窗】（生）自歸家，日多無聊，北望姑蘇淚暗拋。恐君王見罪，輾轉煎熬。深恩罔極未曾圖報，獻佳人聊供灑掃。（合）看楚腰，風前一把舞鮫綃，倩人難畫難描。

【前腔】（旦）愧裙釵，生長蓬茅，金屋羞稱貯阿嬌。在泥途已久，頓上雲霄。今朝幸喜恩星高照，只還愁幽情未曉。（合前）

（丑）主公，越王孝順之情，其實可敬。

【奈子花】（丑）念越王東海臣僚，受洪恩非是一朝。他貧窮至今，顛連無告，送多嬌用伸忠孝。（合）祈禱，願兩國百年永好。

【前腔】（淨）我爲人性格風騷，洞房中最怕寂寥。今娉婷到臨，我一生歡樂，鎮朝昏放他在懷抱。（合）祈禱，願君王百年諧老。

（外上）奔走風塵鬢盡絲，年衰運退志隳頹。孤身去國三千里，一日思君十二時。主公，伍員參見。（淨）老相國，你迴來了，請戰的事如何？（外）齊君已尅期在深秋交戰，今特回覆主公。（生）伍相國拜揖。（外）范大夫，你到此何幹？（生）我主公進此女於大王，以備灑掃。（外）主公，不可受他。臣聞五音令人耳聾，五色令人目眩，故桀以妹喜滅，紂以妲己亡，幽王以褒姒死，獻公以驪姬敗，自古喪身亡國未有不由婦人女子者。今越王進此女，正是要主公學這幾個昏君，切不可受他。（淨）老相國，你一向不在家，我眼前甚是清淨，却纔到此，就管閒事。我便受了這一婦人，何害於理？你一向遠出，可速與妻兒老小相聚聚，不要在此鬧吵！請，請，請！（丑）主公之言有理。（外長嘆介）罷，罷，罷！正是：酒逢知己千鍾少，話不投機半句多。（下。淨）這老頭兒可惡，我必要殺他，方遂我願。（丑）主公之言有理。（淨）范大夫，我向年若聽了他，幾乎把你家主公并你都殺了。你若歸去，可對你家主公說，你國中有這樣人，切不可用他。（生）我主公決不用這樣人。（淨）太宰，你陪范大夫往前殿去洗塵，我明日另排筵宴送行也。（生、丑下。淨）內侍們那裏？（衆應介。淨）我就要與美人同飲合巹杯，可速備花燭，引到洞房中去。（衆應介。淨攜旦手介）

【解三醒】（淨）念平生買歡追笑，再没一個可意根苗。我精神幸憐猶未倒，從天降這多嬌，他溫柔旖旎多俊俏，眼見得倒鳳顛鸞難恕饒。（合）吾堪老，吾堪老！拚斷送鴛衾繡帳，白晝清宵。

【前腔】（旦）大王爺惜玉憐香曾見說，殢雨尤雲猶未遭，君王念奴還幼小。（淨）你門兒掩定輕敲。（旦）慢慢的花傾柳欹蜂蝶鬧，少不得地久天長似魚水交。（合前）

（淨）誰似佳人貌出羣，（旦）洞房深處結姻親。
（衆）歌殘翡翠簾前月，（合）醉倒巫陽夢裏雲。

【校】

〔一〕「興師伐齊」後，陽本有「後列國皆來奉貢」。

〔二〕「太宰」句，陽本作「太宰推卜雖然有理忒過譽些」。

〔三〕「日逐」句下，陽本有「與太宰好處」。

第二十九齣　聖別

【霜天曉角】（末，小旦扮公孫聖夫人上。末）山谿僻路，耕釣隨朝暮。（小旦）小小茅庵一所，高堂廣廈何如！

（小旦）老官兒萬福。（末）媽媽拜揖〔一〕。【錦堂春】臨水數間茅屋，沿山幾畝荒田，漁樵耕牧無他事，聽命任天然。（小旦）附郭烟霞別墅，滿江風月漁船，醉來高卧雲深處，盡道是神仙。（末）媽媽，我公孫聖爲遭喪亂，隱跡陽山，今經數年，身安心泰。只有一件事，一向不好對你説，我今年流年不好，正應今日，若過午時，則災星過度，太平無事。（小旦）老官兒，半年且過了，那在這片時，看外面有甚麼客人到了。

【前腔】（小外上）故人何處，寂寞看雲樹。悄悄深山無伴侣，沿溪直造茅廬。

迤邐行來，此間已是公孫哥哥門首，不免逕入。呀！　哥哥拜揖。（末）呀！　王孫弟拜揖。（小外）嫂嫂拜揖。（小旦）叔叔萬福。（末）兄弟許久不見，忽蒙降臨。（小外）小弟此來，特奉君命。（末做驚介）爲何？（小外）主公晝卧姑蘇臺，偶得一夢，甚是奇異，特請哥哥占之。（末伏地作悲復起介）媽媽，果有此事。（小旦）老兒從不曾見君王之面，今來相召，富貴至矣，反增悲戚，你却爲何？（末仰天長嘆介）媽媽，你不曉得，今日壬午，時加南方，命屬上天，不得逃亡，非但自哀，且傷吳王。（小外）哥哥夙抱才德，上可諫主，下可保身，何用憂煩，即當前去。（末）兄弟，我避禍患，隱跡此山，要求壽命延長，不料難過今日，事已到此，逃不得了。兄弟，你先行，待我與嫂嫂分別，隨後便到。（小外）弟住村口，待兄同行。（下。小旦）老兒，君王見召，或有好處，你且去看。（末）媽媽，我能先知，區區一命，只在旬日。但我身死後，不須葬埋，後日精靈要作影響，使吳王懊悔，追念忠臣。你且與兒女們過活去，再不要想念我了。（小旦）你怎麼就捨得我便去[一]。（小旦拜介）

【憶多嬌】（小旦）事偶觸，你休便哭，吉凶此去還未卜，萬一天教禍轉福。（合）兩下孤獨，兩下孤獨，此去前途路促。

【前腔】（末）年已熟，當就戮，但我身一死，國亦旋亡。國亡身喪何可贖，慚愧十年避茅屋。（合前）

【鬬黑麻】（小旦）常好笑君家深山隱伏，也只爲全身逃名遠辱。誰知道反催促，留下孤身，有何結束？（合）林風樸簌，夕陽西下速，死別生離，死別生離，凄涼滿目。

【前腔】（末）非是我求名去尋官覓祿，眼見我幽棲在深林密竹，時到也怎伸縮？媽媽，我却纔叮囑你，切不要葬我。這樣窮骸，休教就木。（合前）

（末）狐死曾聞定首丘，　堪憐老骨没人收。
（小旦）而今送別臨溪水，　他日思君來水頭。

【校】

［一］「媽媽」句下，富本有「媽媽坐下。（小旦）老官兒同坐便了」。

〔二〕「你怎麽」下，陽本有「説這樣的話」。

第三十齣　採蓮

【醜奴兒令】（淨、丑上。淨）秋來勝事知多少，別殿風涼。夾岸荷香。挤取今朝醉一場。（丑）姑蘇自古繁華地，臣服遐方。貢獻相將，誰似江東國勢强。

（淨、丑相見介。丑）臣遭聖恩，略無一報，今進薄物，少伸寸心，見在宮門，未敢擅入。（淨）老太宰，怎麽生受你，是甚麽東西？（丑）文笥一百枚。（淨）怎麽要許多？（丑）狐皮五十雙。（淨）一發多了。（丑）還有自織的葛布十萬疋。（淨）太宰調謊，你家裏有多少人，織得許多。（丑）臣有一禮帖，求主公一看。（淨）「謹具文笥一百枚，狐皮五十雙，葛布十萬疋，東海寡君勾踐遣下大夫泄庸敬進上吳國大王引意。伏乞鑒納。」（淨）太宰，我道你没有。你就有，平日慳吝，怎麽肯？（丑）伯嚭爲主公後宮甚多，夏間腥臊，特遣人與越王説。他令合國婦女連夜織就送來的，這就是我送的一般，我若不説，他怎麽有。（淨）你常把別人的東西作自己的人事。（丑）主公平日曉得伯嚭做人的〔一〕，是這般風自己之流，慷他人之慨的。（淨）休取笑。越王如此孝順，要作一書增他封地，東至勾甬，西至檇李，南至姑末，北至平原，聊伸謝意，你道何如？（丑）極好，極好。我出去對泄庸説，教他再拿東西進貢。（下。淨）自從西施入宮，妙舞清歌，朝歡暮樂。不多日，算不得盡了上千遭雲雨之情，記不起吃了上萬鍾合歡之酒，不但姿容嬌媚，更兼性格溫柔，我這幾根老骨頭，必定斷送在他手裏。兩日魂靈不知飛在那裏去了，昨日分付諸女侍到湖上採蓮，想是我的魂靈走在湖上，待我今日去尋了他回來。内侍們，後宮請娘娘出來，到湖上採蓮去。（衆應介）

【念奴嬌】（旦上）丹楓葉染，乍湖光清淺，涼生商素。（拜淨介。淨）西帝宸游飛翠蓋，擁出三千宮女。(衆)絳綵嬌春，鉛華炫晝，占斷鴛鴦浦。(旦)若耶縹緲，浣紗溪在何處？

(淨)美人，你方纔梳洗？(旦)大王爺，晚來乘涼困倦，不覺起來遲了。(淨)美人，你記得夜來乘涼的景象麽？(旦)記得〔二〕。【洞仙歌】冰肌玉骨，自清涼無汗。水殿風來暗香滿。一點明月窺人，人未寢，欹枕釵橫鬢亂。(淨)起來庭户悄無聲，時見疏星渡河漢。試問夜如何？夜已三更，金波渡，玉繩低轉。(衆)但屈指西風幾時來？又不道，流年暗中偷換。(淨)美人，昨已分付畫船簫鼓，同往湖上採蓮去。(衆)畫船整備多時，專待大王爺、娘娘登舟。(衆起鼓發舟介。旦)妾家越溪有採蓮二曲，試爲大王歌之。(淨)美人生受你。

【古歌一】(旦歌)秋江岸邊蓮子多，採蓮女兒棹船歌。花房蓮實齊戢戢，爭前競折歌綠波。恨逢長莖不得藕，斷處絲多刺傷手。何時尋伴歸去來？水遠山長莫回首！

(淨)絶妙〔三〕！拿酒來，我飲一大觥。

【古歌二】(旦)採蓮採蓮芙蓉衣，秋風起浪鳧雁飛。桂棹蘭橈下極浦，羅裙玉腕輕摇櫓。葉嶼花潭一望平，吴歌越吹相思苦。相思苦，不可攀。江南採蓮今已暮，海上征夫猶未還。

(淨)更妙〔四〕，更妙！我再飲一大觥。

【念奴嬌序】(淨)澄湖萬頃，見花攢錦繡，平鋪十里紅妝。夾岸風來宛轉處，微度衣袂生涼。摇颺，百隊蘭舟，千羣畫槳，中流爭放採蓮舫。(合)惟願取雙雙繾綣，長學鴛鴦。

【前腔】(旦)堪賞，波平似掌。見深處繚繞歌聲，隱隱齊唱。秀面羅裙認不出，綠葉紅花一樣。空想，藕斷難聯，珠圓却碎，無端新刺故牽裳。(合前)

（淨）美人，我把荷花比你容貌，那花怎麽到得你。

【前腔】（淨）相傍，較玉論香，將花方貌，恐花兒慚愧欲深藏。身共影，身共影，誰似根共心雙。想像，嬌面偎霞，芳心吸露，清波濺處濕裙襠。（合前）（淨作醉介）

【前腔】（旦）堪傷，斜日啣山，寒鴉歸渡，淹留猶滯水雲鄉。風露冷，風露冷，怎耐摧頹蓮房。淒涼，共簇心多，分開絲掛，浣紗溪伴在何方？（合前）

（淨）我爲你又醉了[五]。（旦）大王，浦口風回，山頭日落[六]，回船去罷。（淨）内侍們[七]，傳令去，教各船宫女，盡執蓮花，送娘娘歸館娃宫去[八]。（衆宫女執花行介）

【古輪臺】（衆）日蒼黄，蘭橈歸去遍船香。秋風吹急寒潮漲，蓮歌爭唱。況十里迴塘，正值月兒初上。（淨對旦介）冷眼端相，可憎模樣，紅裙且嫁緑衣郎。頓然心癢，恨不得就上牙床。（淨作醉介。旦背淨介）顛鸞倒鳳，隨蜂趁蝶，怎生攔擋。（衆）歸路暮雲長，聽空中響，館娃高處奏笙簧。

已到館娃宫了[九]，請大王爺、娘娘入宫。（淨）内侍們，連忙引花燭，到洞房中去。（衆應介）

【前腔】（衆）千行，宛轉燈燭輝煌。夾道裏羅綺盤旋，笙歌嘹喨。香霧氤氳，處處麝蘭飄蕩。（淨）今夜歡娱，忙投羅帳，看雙雙被底效鸞凰。肯教輕放，趁良宵恣意顛狂。（做醉。衆扶介。旦）殘香破玉，蹂紅踐翠，只得支吾勉强。（衆）鴛瓦散飛霜，銀河朗，娟娟殘月下迴廊。

【尾聲】（淨）昏沉醉入洞房。（旦）聽野外數聲雞唱。（衆）但願萬歲千秋樂未央。

（淨）銀箭銅壺漏水多，　（旦）試看涼月墮紅波[一〇]。

（衆）吳歌楚舞歡未畢，　（合）東方漸高奈樂何〔一一〕！

【校】

〔一〕「主公」下，陽本有「是聰慧的人」。

〔二〕記得，富本作「賤妾記得。（并坐科）」。

〔三〕「絶妙」上，陽本有「音韻嘹亮，情思委宛」。

〔四〕「更妙」上，陽本有「美人，你聲清喉朗，詞調鏗鏘」。

〔五〕「我爲你」下，陽本有「採蓮唱歌高興，不覺暢飲巨觥」。

〔六〕「山頭」句下，陽本有「水面涼生，夕露沾衣，不當穩便」。

〔七〕「内侍們」上，陽本有「好知心腹趣的美人，恁的般顧愛我，好人好人」。

〔八〕「送娘娘」句下，富本有「（衆云）知道了」。

〔九〕「已到」句上，陽本有「宮女稟科」。

〔一〇〕紅波，富本、繼本作「江波」。

〔一一〕奈樂何，富本作「奈若何」。

第三十一齣　定計

【一剪梅】（小生、生、末上。小生）海黑山昏劍氣沉，誓奮雄心，未奮雄心。（生、末）蟄龍困久夜長吟，欲作甘霖，定作甘霖。

（相見介。小生）寡人受怨既深，勞心亦久，日夜焦苦，思復前仇。今兵甲頗精，糧草初足，欲乘此時伐吳〔一〕，何如？（生、末）以臣度之，人謀未臧，天時未至，恐不可也。

【宜春令】（小生）我千年恨，數載心，積深讎棲遲到今。勞身焦思，似踏春冰心常懍。喜今日糧足兵强，肯終歲聲吞氣飲，我這衷腸，二位大夫須審。

【前腔】（生、末）須多料，當細斟，奈天時今還未臨。越國呵，人民雖衆，未曾遍受吾王蔭。看我家計術還疏，料他們驕奢不甚，況彼忠良未死，我詎能安枕？

（小生）二位大夫，畢竟如何便好？（末）臣前進九術，缺一不可。一曰尊天神以祈其靈；二曰賫寶貨以侈其志；三曰進美女以惑其心；四曰遺大木以盡其財；五曰厚穀價以虚其國；六曰多金幣以投其佞；七曰施反間以害其忠；八曰利甲兵以俟其虚；九曰待天時以乘其弊。（生）文大夫之謀甚善。今主公天神已尊，寶貨已送，美女已進，奸佞已賂，兵甲已利，五術既行，四術未盡。爲今之計，只説我年穀不熟，將銀一百萬兩，請糴穀一百萬石，他貪銀多穀少，必然見許。明年將穀種盡數蒸熟還他，令他穀種不生，人民饑死，如此則吳國之糧米盡矣。前夜天生神木二根，大二十圍，長五十丈，主公可令匠人定一規矩〔二〕，畫以丹青，鏤以黄金，嵌以珍寶，進上吳王，他必定更起樓臺，大興工作，如此則吳國之財貨盡矣。那時節伍員進諫〔三〕，伯嚭必譖之，吳王必殺之，用佞害忠，民窮財盡，天時至矣。由是乘其伐齊，國内空虚，我兵長驅，勢如破竹也。（小生）二位大夫之謀，敢不敬奉，但歲月易去，功名未成〔四〕，如何是好？

【繡帶兒】（小生）清秋轉又西風凜凜，誰料鬢絲相尋？終不然任歲月奔馳，肯將那志氣消沉。

（末）間斟，天時人事臣已審，怕苟且機關先滲。窺天道昭昭禍淫，料滿溢招災，宴安生鴆。

【前腔】(小生)讎深，青衫袖重重淚沁，三載苦自顛窨。若如今只管牽延呵，可不干費了數載勤勞，枉捱過半世光陰。(生)我關心，主公羞愧親見恁，敢淹滯不將身任。觀星象興隆自今，料氣運迴旋，終符圖讖。

(小生)既然如此，就煩文大夫將神木送去，并帶白金一百萬兩前去羅縠，眼望回報。(末)文種明日遂行。

(末)送木興工百姓劬，　(生)輸金羅縠太倉虚。

(小生)不施萬丈深潭計，　(合)怎得驪龍頷下珠？

【校】

〔一〕「伐吳」下，陽本有「報怨，二位大人以爲」。

〔二〕一，李本、怡本作「以」。

〔三〕「進諫」上，陽本有「必定」。

〔四〕「功名」句下，陽本有「老景將臨，仇恨未雪」。

第三十二齣　諫父

【鳳凰閣】(淨、丑上。淨)重樓複殿，日對如花嬌面。年來身子甚龍鍾，想是精神勞倦。(丑)韶光如箭，便恣意荒淫有幾年？

(相見介。淨)朝來多承越王送神木二根，大二十圍，長五十丈，從不曾見這等長大的。那伍員這老賊，又教我不要受他。我當初前王造姑蘇臺，甚是低小，我如今另起，要廣八十丈，高三百尺〔一〕，見二百里〔二〕，太宰如何？(丑)絶妙。前日主公説道不見了魂靈，若造此臺，主公的魂靈要飛在半天去了。（淨）休取笑。他年穀不熟〔三〕，拿細絲銀子一百萬兩，來糴穀一百萬石，常年穀價滿腔三錢一石〔四〕，今每石到多了七錢。好笑伍員老賊，又教我不要與他，被我算定官價三錢，教百姓糴去，餘銀我自家收了。（丑）極好，極好。我連年壓上這些租債，算來將近十萬石。主公，你十分之一也讓十萬銀子，與伯嚭出脱了這些積年爛穀去。（淨）你前日説道家道不濟〔五〕。（丑）虧了我家裏幾個粗婢〔六〕，日逐在家撚麻，做起來的。（淨）又取笑。（小外、末上）離却竹籬茅舍，來到玉殿金門。（小外）哥哥少待，待我通報，方可進來。（小外進報介。淨）着他入來。（末進見介）山人公孫聖拜見。（淨）先生少禮。寡人晝卧姑蘇之臺。（同前三十出云云。末拜伏介）臣不敢言。（淨）就説何妨。（末）臣該萬死，怪哉大王之夢，應在興師伐齊也。臣聞章者，戰不勝走獐徨也；明者，去昭昭就冥冥也；兩釜炊而不熟者，大王敗走不火食也；黑犬嘷南嘷北者，黑爲陰類，北走陰方也；兩鍬插宮牆者，越兵入吳，掘社稷也；流水入殿堂者，波濤漂没，宮一空也；後房聲若鍛工者，宮女嘆息，聲號咷也；前園横生梧桐者，桐可作俑，要殉葬也。怪哉大王之夢，應在興師伐齊也。（淨怒介）你那老奴，在我跟前，輒敢狂妄。王孫駱，你怎麼尋這樣人來惱我。唗！（小外）正是：雙手擘開生死路，一身跳出是非門。（下。末）大王不須發怒，還有説話。你如今不要伐齊，快遣王孫駱，解冠肉袒，拜謝勾越，則身家或可保也。（丑）聞公孫聖與伍員平日是結義兄弟，敢又是伍員教他來這等説。（淨）老奴這等無禮，力士石番何在？（衆應介。淨）快與我牽出宮去，將鐵鎚擊殺之。（末仰天長嘆介）皇天，皇天！知我之冤。忠而獲罪，身死無辜，不要埋我，撇在山中，後作影響，以報大王。（淨）力士，你可撇他在陽山，令豺狼食其肉，野火燒其骨，風沙簸揚，骨肉淨盡，何能爲聲響哉，快牽出去！（衆牽末下。丑）主公，公孫聖已死，還存伍員一人，聞得他前日使齊，把兒子寄在鮑氏，又常與太子往來，幹出甚麼好事，必定殺了他方絶後患。道猶未了，太子早到。主公，想又是伍員哄他來的，我且暫時迴避。（下。小末挾彈持弓上）一心忙似箭，兩腳走如飛。適在宮外遇着伍相國，說道我父王將一個好人來殺了，不免就進宮去諫他。（拜見介）爹爹，孩兒參見。（淨）孩兒，你清早打那裏來，衣裳鞋襪都是濕的？（小末）適到後園，聞秋蟬之聲，孩兒細看，見秋蟬趁風長鳴，自爲得所。不知螳螂在後，欲食秋蟬。螳螂一心只對秋蟬，不知黃雀潛身葉中，欲食螳螂。黃雀一心只對螳螂，不知孩兒挾彈持弓，欲彈黃雀。孩兒一心只對黃雀，不知傍有空坎，忽墮井中，因此衣裳、鞋襪通被沾濕。（淨）孩兒只貪前利，不顧後患，天下之愚，莫過於此。（小末）爹爹，天下之愚，又有甚於此者。魯承周公之後，有孔子之聖，不犯鄰國，齊無故舉兵伐之，以爲遂有魯矣。不知我爹爹悉其兵衆，暴屍千里而攻之。爹爹以爲遂有齊矣，不知越王出三江之口，入五湖之中，屠我國都，滅我宗社，天下之愚莫過於此。（淨怒介）孩兒，你這等小小年紀，那裏去學這些巧語花言？可惡，可惡！

【獅子序】（小末）頻年見，國勢顛，怕恩情離間，雖知未言。終豈可坐視，不到親前。（淨）你還有什麼說話？由你說來。（小末）若論那廢興的運轉，方將墮社稷，別宗廟，離山川，荒涼宮殿。（淨）你那花嘴小廝不曉世事，只管來胡謅！（小末）爹爹眼見此身做鬼，兀自恬然。

（淨）唗！你怎麼就見得我要做鬼！

【太平歌】（小末）爹爹你迷花酒，不料已衰年。那越王積怨既深[七]，日夜招軍買馬，積草聚糧，只要來報仇[八]。不想道他邦含忿怨，三江中兕甲能挑戰，六千人君子攻飛箭，只要館娃宮裏去做家園。爹爹你準備殺聲喧。

（淨）若依你說，我齊國一發不該去了。

【賞宮花】（小末）爹爹心兒怎偏，齊邦路更懸，總是親得勝，終要受迍邅。（淨）我若勝了齊國，則名揚天下，怎麼反受迍邅？（小末）爹爹，你齊邦一勝，遂欲霸諸侯，會盟北地。那時節越兵直入，我吳國却不是進退無門也。偃蹇不通來去信，却不隔了江東勾踐路三千。

（淨）孩兒，這是老太宰的好意，要我霸了諸侯，你明日繼了宗祀，各國再沒一個敢來欺負你了。（小末）爹爹，你道伯嚭是怎麼樣的人〔九〕？

【降黃龍】（小末）是個鷹鸇，他執柄當權，賦性奸邪，害良殘善。（淨）我聞你與伍員老賊往來，敢又是他的說話了？（小末）爹爹，伍員乃先朝老臣，有功王室，是個好人〔一〇〕。前朝大老，若說他丹心，堪對蒼天。（淨）他既是個好人，怎麼把兒子寄在齊國去了？（小末）他如今家在身存，先把個兒子寄去，只怕我們後日家亡國破，爹爹就要把孩兒寄與別人去，已無及矣！堪憐！他有兒投托，要投托孩兒的孤身是何年！（淨）我如今早去早迴就罷了。（小末）咳！爹爹我只怕南軍易來，北軍難轉！

（淨）我這裏兵多將勇，他那裏馬瘦人疲，諒這個越王常臣服我〔一一〕，難道他便敢來輕覷？

【大聖樂】（小末）兵家事深奧難傳，這機謀在一着先。若乘風弄檝渾忘遠，逆浪裏怎迴船。（淨）好笑伍員那老賊的言語到中聽，我的言語到不中聽。（小末）兒須是爹爹的兒子應從教，難道他是個閒人反受言。（淨）我如今存下一萬人馬，令王孫彌庸助你把守在三江之口，防備越國便了。（小末）此事非容易也，拚孤身報國，命赴黃泉。

（淨）憑你說上天去，我也只是不聽。好笑孩兒識見昏，父言不聽爲何因？平生只有人投我，那見今番我怕人。

（下。小末）爹爹，我千言萬語，只是不聽，眼見國破家亡了，怎麼回去見伍相國？

【稱人心】（外上）招災攬禍，去逆浪狂風尋舵。小殿下，你爹行肯回船轉舸？（小末）這機關渾閉緊，我從頭說過，空費盡萬語千言，只落得兩眉雙鎖。

（外）小殿下，若如此説，你做孩兒的不肯聽，定然不濟了。

【紅衫兒】（外）我不信親兒曾説破，今却如何？我如今一定要死了。見你邦家覆，豈容坐卧。（小末）老相國，我只恨那伯嚭的老賊，弄得來遍地風波，我只恨他眼見得敗葉辭柯，我却而今怎麽！（外）小殿下，自今以後，我自去幹我的事，你自去幹你的事，從此告别不得相見了。（小末）可憐，可憐！（外）我自離楚國之難，今到這裏，定道尋個好好的結果，不料又是這等〔一二〕！

【醉太平】（外）婆娑頭顱盡白，誰知陷在地網天羅。小殿下，分離爾我，今生是罷了！他生去再當相助。（小末）老相國，你先死，我不久也就來了。知麽，我孤身不久見閻羅，那伯嚭這老賊，我早伸訴，教他地獄常墮，海深天遠，悠悠此冤，甚日消磨！

（小末）國破家亡勢不支，（外）孤臣孽子兩分離。
（小末）天長地久有時盡，（外）此恨綿綿無絕期。

【校】

〔一〕三百尺，富本作「三千尺」。
〔二〕見二百里，陽本作「望見二百里遠的風景才好」。
〔三〕他，陽本作「文大夫説他那裏」。
〔四〕腔，陽本作「筐」。
〔五〕「你前日」句下，陽本有「這些穀子那裏來的」。

〔六〕「虧了」句下，陽本有「晏眠早起，頭也不梳，飯也不吃，扒扒撥撥……積攢來的」。

〔七〕「積怨既深」下，陽本有「爹爹放他回去，卧薪嘗膽，出入宫門，令人叫云『勾踐勿忘受吴王之恥』」。

〔八〕「只要」句，陽本作「恐爹爹知道，故送金幣、進美人、貢大木，外假孝順之意，内存報仇之心」。

〔九〕「你道伯嚭」下，陽本有「好人，他獐頭鼠目」。

〔一〇〕「有功」二句，陽本作「忠孝兼盡，有功於國家，爹爹豈不知道」。

〔一一〕「諒這個」句下，陽本有「已驚破他膽矣」。

〔一二〕「今到」三句，陽本作「來到吴地，多感前王臨終顧命，要扶持他做個好結果，不料他恁般昏迷」。

第三十三齣　死忠

【掛真兒】（淨上）眼見年華真一瞬，只圖快樂朝昏。近國皆投，遐方未順，須自領三軍前進。我夫差收楚服越，聲振四方，只有齊、晉二國未順，必要伐他。昨遣太宰先領一枝軍去，與齊戰於艾陵之上，殺得他片甲不存。好笑伍員老賊，又教我不要伐他，如今到被我勝了。見我目下自家要去，必定又來諫我。太宰臨行時，教我必殺那老賊，且待他來，自有區處。前日我坐殿上，見庭下四人相背而倚，一聞人言則四散走去，我問羣臣，皆説不見。我昨日復坐殿上，見庭下兩人相對，北向人殺南向人，我問羣臣，又説不見，不知爲何？想只是伐齊戰勝之兆，未可知也。（外上）社稷看看覆，君王漸漸昏；忠臣不怕死，怕死不忠臣。主公，伍員參見。（淨）相國，你前日諫我不該伐齊，今太宰領得一枝兵去，就得勝了。我今日自率六軍，誓平齊國，獨霸諸侯，却不羞殺你。（外）臣聞天之所棄，先誘以小喜，方降以大災。齊不過瘡疥之疾，幸而勝之，不過小喜。越實乃腹心之病，一日發作，此是大災。昨聞主公坐於殿上，見四人相背而倚，聞聲走散，此國君失衆之象。又聞北向人殺南向人，此以臣弑君之象。國家將亡，必有妖孽。主公覺悟，國或可保〔一〕，若終昏蔽，身亦旋亡矣。（淨）老賊多詐，是吳妖孽。我以前王之故，未即行誅，今退自謀，毋勞再見〔二〕。（外）昔前王不欲立汝〔三〕，我以死爭之，公子多怨我。我有功於汝，反賜我死，我一死何足惜，但恨吳宮盡生荆棘，越人掘汝宗廟耳〔四〕！（淨）老賊！你不忠不信，寄子鮑氏，有外我之心，速宜自裁，不得遲滯。（外）老臣不忠不信，前王必斥之，不得爲前王臣，今得與關龍逄、王子比干遊於地下足矣。且臣也要先死，怎忍見主公就擒？我死後，須剔我目，掛我頭于國之西門，以觀勾踐之入吳也。（淨）老賊！你一死之後，當取汝屍，盛以鴟夷之革，投之江中，使魚鱉食汝肉，波濤漂汝骸。又何所知，又何所見！力士石番何在？（衆應介。淨）你將我那鐲鏤之劍，付與老賊，速令自殺，快來回報我。（下。外跣足去衣，提劍呼天介）我爲汝父忠臣，西破强楚，南服勁越，名揚諸侯，有霸王之功，今日背義忘恩，反賜我死！哀哉！

【北一枝花】我百年辛苦身，你只看兩片蕭疏鬢。我一味孤忠期報國，那裏肯一念敢忘君？千載功勳就〔五〕，便是四海聞忠信。好笑我孤身百戰存，盡心兒將社稷匡扶〔六〕，盡心兒將社稷匡扶，那裏有竭力的把山河着緊〔七〕。

（衆）老相國，你却纔説道西破强楚，小的們不曉得，你且再説一番。

【梁州第七】（外）我若説起鋤强楚的英雄兇狠，削荆城的事業功勳。我我我千軍萬馬去當頭陣，殺得他旌旗慘慘，殺得他兵馬紛紛，殺得他隻輪不返，殺得他片甲無存。我我我掘墓屍撻辱亡魂，踐山川走散黎民。我我我送得個昭王逃入雲中，昭王逃入雲中，嚇得個公主背出閨閫，擄得個夫人與主上成婚。看宫殿烟塵，丘陵破損，踏平他社稷無根本。那時節諸侯懼，萬方振，添得江東氣象新。今日呵背義忘恩！

（衆）老相國，你却纔説南服勁越，小的們不曉得，老相國再説一番。

【牧羊關】（外）我轉戰度稽山月，提兵泛瀚海雲，送得他上山顛辟易逡巡。霎時裏宗廟荆榛，頃刻間城池齏粉，嬌滴滴的夫人親灑掃，貌堂堂的國主做編民。囚他在馬坊中三年久，那時方顯得聲名天下聞。

（衆）老相國，你有這等功勞，大王爺怎麼這等待你？

【四塊玉】（外）他他他今將正直誅，到與那奸邪近，鎮日價淫聲美色伴紅裙，酒盃兒送入迷魂陣。那裏管社稷危，那裏管人民窘，那裏管親生兒別處分！

（衆）老相國，你那裏就見得國破家亡？只管苦諫，你太性急了些。

【哭皇天】（外）他他他齊國去忙前進，那裏管越王的隨着腳根！那裏管兵戈擁定三江口，那裏管戰船泊在五湖濱！我只怕勾踐將姑蘇來壓，總就有三華端露，九轉靈丹，盧醫妙手，扁鵲神針，也醫不活你吴邦衆子孫。我只落得孤身先死，怎忍見宮殿作塵。

（内鳴鑼催介。衆）大王爺催迫，求老相國早早自盡〔八〕。

【烏夜啼】（外）從今去拜别了吴家宗廟，相辭了吴國人民。我老妻一任他死和存，嬌兒那裏去通音信？我如今拚却孤身，回報前君。慢慢的將前情一一細評論，前情一一細評論，訴説我一生辛苦無投奔。伯嚭，你那個賊子呵！我不放空追尋緊，你那裏走難逃遁。只教你上天無路，入地無門！

（内催介）老相國早早自盡〔九〕，大王爺專等回報。（外）你不要慌，我是個好漢，就去了。

【尾聲】一生猛烈把頭顱刎，提着青鋒劍一根，要與前世龍逢做親近。數十年的伍員一霎時身殞，試看渺渺錢塘英靈向浪頭滚！

（丢劍下場介。衆）老相國已死，回覆大王爺去。正是：

三尺钃鏤懸白首，一生忠義貫丹心。（下）

【校】

〔一〕「國或」句，陽本作「或反禍爲福國可保」。

〔二〕「今退」二句，陽本作「今退而自盡，不允再見」。

〔三〕「昔前王」句，陽本作「你這昏君，當初前王不欲立汝嗣位」。

〔四〕「我一死」三句，陽本作「我死何惜，若早間死，晚間越兵就到矣。傷毁宗廟，掘汝墳墓，吳宮盡生荆棘，麋鹿來遊耳」。

〔五〕功，原本無，據富本、繼本、李本、怡本補。

〔六〕盡心，原本作「盡功」，據諸本改。

〔七〕竭力，原本作「竭心」，據李本、怡本改。

〔八〕「求老相國」句下，富本有「不必遲滯了。（外）你們不必再三催，只在□時了」。

〔九〕「老相國」句，陽本作「老相國不必多説了，早就自盡罷」。

第三十四齣　思憶

（末扮内臣上）龍檻沉沉水殿清，禁門深鎖寂無聲。君王去後舞衣冷，日暮水漂花出城。自家掌管館娃宫一個内監是也。昨俺大王爺伐齊〔一〕，要與娘娘同去，娘娘身子不好，獨居宫中，怎麽這時候還不見梳洗？只得在此俟候。

【雁兒舞】（淨丑扮宫女上。淨）傅粉塗朱，誰嫌貌醜，遇内監拖番，簾邊空轃。（丑）被咱拿住不害羞，提着紅裩殿中走。

（淨、丑）老公公萬福。（末）張風桃、李月梅姐拜揖。每常間不曾見你歡天喜地，今日爲何這等喜地歡天？（淨、丑）不瞞你説，常時大王爺在此，朝朝寒食，夜夜元宵，那裏有些工夫閒耍。前日伐齊去了，娘娘又身子困倦，日日在洞房中將息。我們甚是閒暇，如何教我不快活。（末）便是。不知娘娘近來身子怎麽這等困倦？（淨、丑）你不曉得，想被大王爺日夜弄壞了。（末）難道是這等？（淨）不要説大王爺見了娘娘歡喜，就是我前日，娘娘要我做嘴，我勉强與他做得一做，滿口兒都是香甜的。（末）説謊。難道娘娘要你做嘴〔二〕？（淨）你不曉得。福建前日進一種海味，唤做西施舌，被我偷些嘗嘗，妙不可言，這就是與娘娘做嘴一般了。（末）好話。（丑）娘娘前日乳癢，也央我搔乳，我便吮他一吮，不覺滿身都麻瘓了。（末）又説謊。難道娘娘要你搔乳〔三〕？（丑）不瞞你説。前日吴淞江進上河豚白來，唤做西施乳，大王爺吃剩了，也被我嘗得一嘗，妙不可言，這便是吃娘娘的乳一般了。（末）一發好淡話。若依二位這等説，我也曾枕娘娘的臂哩〔四〕！（淨、丑）却怎麽〔五〕？（末）前日金壇進上蓮花藕〔六〕，白又白，嫩又嫩，唤做西施臂，常時伏侍大王爺在水殿上，到夜間困倦打盹，就把他來做個枕頭，這就是枕娘娘的臂一般了。（淨、丑）老公公，這話好不淡哩〔七〕！環珮聲響，想是娘娘出來了。

【喜遷鶯】（旦手持溪紗上）年年重九，尚打散鴛鴦，拆開奇耦。千里家山，萬般心事，不堪盡日回首。且挨歲更時換，定有天長地久。南望也，繞若耶烟水，何處溪頭？

（末、淨、丑）娘娘叩頭。（旦）起來。我身子困倦，怕人鬧吵。你們都到前殿俟候，待我靜坐一回。（末、淨、丑應下。旦）【千秋歲】別館寒砧，嚴城畫角〔八〕，一派秋聲入寥廓。東歸燕從海上來，南來雁向沙頭落。若耶風，稽山月，宛如昨。　無奈被他身束縛，無奈被他情擔閣，可惜風流總閒却、當初慢留溪上語，而今誤我樓頭約。夢闌時，酒醒後，思量着。我西施自從到吳，不覺三載，領本國主公之命，記范蠡相公之言，教我哄誘吳王，恣意淫樂，眼見得吳國將有敗亡之兆了。但歲月淹留，歸期未卜，一向不知我父母安否何如？不知范相公功業何如？又不知我國家興復事何如？正是：漢皐仙去，環珮空留；浙水人遙，溪紗猶在。好傷感人也！

【雁魚錦】追思浣紗溪上遊，笑無端邂逅求婚媾。輾轉料那人不虛謬，聽他親説與我緣由。料他們應不便干休。癡心認好逑。只道斷然的到底成佳偶，我未諳練的性兒況且年紀幼。

【二犯漁家傲】堪羞，歲月遲留，竟病心淒楚，整日見添憔瘦。停花滯柳，怎知道日漸成拖逗。問君早鄰國被幽，問臣早他邦被囚，問城池早半荒丘。多掣肘，孤身遂爾漂流。姻親誰知掛兩頭。那壁廂認咱是個路途間霎時的閒相識，這壁廂認咱是個繡帳內百年的鸞鳳儔。

【二犯漁家燈】今投，異國仇讎，明知勉强也要親承受。乍掩鴛幃，疑卧虎帳，但戴鸞冠，如罩兜鍪。溪紗在手，那人何處？空鎖翠眉依舊。只爲那三年故主親出醜，落得兩點春山不斷愁！

【喜漁燈】幾回暗裏做成機彀，一心要迎新送舊，專待等時候。又還愁，夜寒無魚，滿船月明空下鈎。贏得雲山萬疊家何在，況滿目敗荷衰柳，教我怎上危樓！他這裏窮兵北渡中原馬，何日得報怨南飛湖上舟？

【錦纏道】謾回首，這場功終須要收。但促急未能酬，笑還延羞睹織女牽牛。斷魂尋行春匹儔，飛夢繞浣紗溪口。俺這裏自追求，正是歸心一似錢塘水，終到西陵古渡頭。

一道清泉接玉溝，君王行處不曾秋。
誰言水是無情物？也到宮前咽不流！

【校】

〔一〕「昨俺」句，陽本作「昨俺大王爺親統六軍去伐齊國」。

〔二〕「難道」句，陽本作「説謊，難道娘娘要你這樣貨兒做嘴」。

〔三〕「要你」下，陽本有「這等東西」。

〔四〕「一發」三句，陽本作「一發都説得好寡淡無滋味的謊話，我道真的曾枕娘娘的臂哩」。

〔五〕却怎麽，陽本作「老公公也打漫天的謊話頭」。

〔六〕「前日」句上，陽本有「不瞞二位姐姐説」。

〔七〕「這話」句，陽本作「你這話一發没鹽酸的寡話，好不淡哩」。

〔八〕嚴城，富本作「孤城」。

第三十五齣　被擒〔一〕

【金蕉葉】（小末領二軍上）身危國危，俺爹爹迢遙怎知。欲死戰軍心未齊，待逃亡邦家已矣！

岧嶢試一臨，虜騎俯城陰。不辨風雲色，安知天地心？營開江月近，戰苦陣雲深。日夕譙樓上，時聞橫吹音。自家吳國太子友，領父王命，把守江口，以備越寇。誰知國家精鋭，盡往伐齊，雖付我老弱萬人，百不當一。越王親率兕甲十萬，君子六千，直渡太湖，我連輸數陣，屢遭飛箭，體被重傷。鼓衰兮力盡，矢竭兮絃絶。戰矣哉暴骨砂礫，降矣哉終身夷狄！今帳下止存得三四百人，被他重重圍住，眼見得一命只在目前了。聞得伍相國已賜自盡，我的此身又何足惜？只是爹爹在外難歸，母親在宮憂駭。可憐，可憐！我吳自泰伯傳至今日呵，非一朝也！

【小桃紅】千年故國，百世洪基，僻守江東地也。一旦聽奸佞，忠義盡誅夷。全不想國傾危，一心要抗西秦，滅東齊，收三晉也。弄得來滿目山河千點淚，我如今呵，欲進徘徊，欲退更何之。（内發喊。衆扮越兵上）

【剗鍬兒】重重四下干戈砌，團團八面虎狼威，巡行遍營壘，休教潰圍。（合）鑼聲要齊，鼓聲要起，若有疏虞，便來殺你。

奉文元帥將令，前軍仔細着：把守東南、西南二路，放出吳太子者，不論正將偏裨盡行處斬。（下。小末）這是我爹爹自家幹出來的，我也顧他不得，只是我社稷宗廟，一旦滅亡，可憐，可憐！

【下山虎】江山雲暗，社稷烟迷，滿眼淒涼景，教人怎不痛悲。今日到此呵，管不得老母孤單，説甚爹

爹遠離。看天外孤鴻北海回，要寫封音書去，怕水遠山遙無可寄。頃刻將作鬼，白骨亂堆，血污遊魂何日歸！（内又發喊。衆上）

【劉鍬兒】沿江整整排車騎，連山處處列旌旗，喧呼動天地，軍聲似雷。（合前）

奉范元帥將令，後軍仔細着：把守東北、西北二路，放出吴太子者，不論正將偏裨盡行處斬。（下。小末望北拜介）

【蠻牌令】父親呵，未報得你恩義，母親呵，知何日向慈幃？伯嚭，你這老賊，我身雖死，一點冤心還不死，到地底便追隨！軍校們，你聽四下裏幾更鼓了？（衆）四下裏鼓角亂鳴，不知幾更。（小末）你看怎麽忽起一陣怪風，想是越兵入營來了。看一陣怪風飄突[二]，更半營殘月淒其。聽譙樓鼓角亂吹，望營門殺氣迷離。

（衆上介）連日吴軍被我們都殺盡了，想營中存不得幾百個人，我們如今都要上前殺將進去。（見小末介）小殿下，這時候還不投降，更待何時！（小末仗劍出鬭介）你勾踐受我父王不殺之恩，今日背叛，我到降你[三]！（衆奪小末劍介）我越國也有小小石室一所，瘦馬幾匹，請小殿下枉顧一枉顧。

【尾聲】（小末）悠悠頃刻離塵世，黄泉有夢也難歸，不似人間的海角天涯。

（衆拘小末下。持火把上）我們乘勝殺上前去，先把那姑蘇臺燒了。（做燒臺介。旦立城上介）越國衆兵聽着，我就是越國西施，今作吴國夫人。傳示范、文二位大夫，吴國大王又不在此，不得驚嚇我。你暫且收兵回去。（衆跪應介）既是西施娘娘説，我們暫且回覆二位將軍去。正是：

暫聽城上佳人命，且偃營中大將旗。（下）

【校】

〔一〕富本、繼本的齣目安排，不同於諸本，其第三十五齣爲諸本的第三十八齣，故此三十五齣後移爲第三十六齣。

〔二〕怪風，李本、怡本作「颶風」。

〔三〕「我到」句下，陽本有「不仁不義之賊」。

第三十六齣　飛報〔一〕

【金瓏璁】（淨丑上。淨）齊邦今服我，要看三晉如何？今轉戰渡黃河。（丑）諸侯俱聽命，誰似我功多，看奏凱發長歌。

（相見介。淨）太宰，我提兵北征，齊邦已服。今同我魯公弟會晉公午于黃池，要行齊桓、晉文故事。昨已渡河，兵臨晉境，欲爲盟主，遂霸諸侯，太宰意下如何？（丑）吳乃泰伯之後，晉乃唐叔之後，同爲姬姓，吳國爲尊，這盟主決該是我們，誰敢奪得！（衆扮探子上）奔馳如過電，倏忽似流星。報，報，報！（淨）探子你那裏來的，報甚事？（衆）本國來的，報軍情事。越王勾踐統領兕甲十萬，君子六千，出五湖之中，入三江之口，已過檇李，直抵姑蘇，將勇兵强，一言難盡。（淨）有這等事！

【六麽令】（淨）我山河環拱，這威風獨壓江東。越王勾踐昔孤窮，常臣服甚飄蓬。他如何擅把兵戈動，如何擅把兵戈動？

【風入松】（衆）他秋風劍戟倚崆峒，兕甲十萬喧鬨，六千人君子親隨從。兵戈擺密無纖縫，轅門下都是長刀大弓，人似虎馬如龍。

（丑）前日主公已令太子同王孫彌庸統領精兵，把在江口拒敵了。

【六么令】（淨）孩兒兇勇，領精兵江上相衝。況彌庸扶助甚豪雄，能殺賊定成功。今朝難道能無用，今日難道能無用？

（衆）大王爺不要説起我家太子，可憐，可憐！（淨）怎麼？

【風入松】（衆）一身轉戰作先鋒，單槍獨馬飛鞚，親遭暗箭身傷重。（淨）那時節却怎麼？（衆）即時收兵回寨，軍馬止存得十分之一，又都是傷刀帶箭的。逃回寨不禁疼痛，他黑夜斬關入營，我兵和將一齊空。

（淨）這等説，我家太子被他拿去了！（衆）不好説〔二〕，像是拿去就殺了〔三〕。（淨）兀的不痛殺我也！（丑）主公，敢是他説謊，没有此事。（淨）探子，我且再問你。

【六么令】（淨）蘇臺雲聳，遍週遭盡是崇墉。我家西施娘娘住在此處，佳人日夜住其中，多嬌怯怕邊烽。兵戎難道也曾騷動，兵戎難道曾騷動？

（衆）大王爺不要説起，姑蘇臺通被他燒盡了。（丑諢介）不要慌，再造〔四〕。（衆）大王爺的龍舟，通被他擄去了，虧了娘娘登城，分付越兵不可在此攪擾〔五〕，如今打從海道入江來了。

【風入松】（衆）蘇臺燒得遍天紅，駭得人來怕恐。層樓疊閣連飛棟，都做了一場春夢。全虧着娘娘建功，由海道入江中。

（淨）我道虧了我家的美人了。我且再問你，他由海道入江來做甚麼？

【六麽令】（淨）波濤汹湧，況迢遙大海多風。姑蘇隔絶路難通，來江上定相逢。想應要進周家貢，想應要進周家貢。

（衆）大王爺還不曉得，不是來進什麽貢，他入江來要絶我家的歸路。

【風入松】（衆）他擁軍江上阻兵戎，若遇着定要交鋒。後軍范蠡前文種，斷歸路無門投送。望吳國雲山萬重，怎能彀出樊籠！

（淨）探子，我通曉得了，生受你，賞你元寶一個，不要對人說。（衆）謝大王爺。（下。淨）太宰，如今怎麽好？前日哄我放勾踐是你，勸我伐齊又是你，要我殺公孫聖、伍相國又是你，如今怎麽好？（丑）主公，這都是主公自家的主意，我伯嚭在中間不過略攛掇得一攛掇[六]。若主公那時不肯，我也罷了。（淨）你看轅門外有甚麽人到，想是晉國差來的了。却纔帳下有七個軍校，聽得探子說話，必然走漏消息。太宰，你與我都拿去殺了。（丑應下。外扮晉大夫董褐上）早奉晉王命，忙投吳帳來。下官晉國大夫董褐是也。奉主公命，來見吳王，不免竟入。（進見介）吳國大王，晉國下大夫董褐參見。（淨）董大夫少禮。大夫到此何幹？（外）奉本國主公命，來請會盟之期，兼議何國合爲盟主。（淨）大夫，吳乃泰伯之後，晉乃唐叔之後，雖同爲姬姓之國，我實有長兄之尊，若欲歃血，吳當爲先，晉宜次之，魯又次之。期在明日午時，不可遲滯。（外）敬領尊命，回覆主公。（下。淨）王孫駱大夫那裏？（小末）主公，王孫駱參見。（淨）大夫，我前日不聽公孫聖、伍相國之言，今日果然勾踐入吳，殺了太子，燒了姑蘇臺，他由海道直進長江。我今擁兵晉郊，歸路甚遠，將不會盟而圖歸乎？將會盟而先晉乎？（小末）主公，若不會盟而歸，則越人益以我爲怯，必竭力以絶我歸路；齊、宋必以我爲敗，將夾溝以擊我回軍，則我輩俱無生路矣。若會盟而先晉，則晉執諸侯之柄，必率我以見天子，我歸吳益遲滯矣。不如昏夜飯軍飼馬，暗行而前，直達晉城，以決勝負，如此則必先執諸侯之柄，我之進退，綽綽然有餘裕矣。(淨)大夫之謀甚善。可速傳令各營將士：二更造飯，三更結束，人要啣枚，馬要摘鈴，弓要上絃，刀要出鞘，殺到晉城，不許遲慢，違令者斬！(小末傳令介)正是：

金鼓兼程進，　旌旗背水陳。
莫辭一夜苦，　要保萬全身。(下)

【校】

〔一〕此齣富本、繼本作「第三十七齣」。
〔二〕好，原作「要」，據李本、怡本改。
〔三〕「像是」句下，陽本有「他説拿一個殺一個」。
〔四〕「再造」下，陽本有「個好似他的」。
〔五〕「分付」句下，陽本有「方纔退去」。
〔六〕「我伯嚭」句，陽本作「我伯嚭是主公的臣子，難道敢開口教主公幹這様事？我不過在中間略攛掇得一攛掇」。

第三十七齣　同盟〔一〕

【胡搗練】(生扮晉君、衆扮軍校上。生)河西地，久昇平，文公霸後稱强盛，豈料吳人來犯境，恃强凌弱要先盟。

自家晉國寡君名午的是也。恪守封地，盡忠王朝，不料吳王恃强，提兵犯境，要會黄池，求爲盟主，昨已遣董大夫請盟，怎麽這時候不見回來了？(内吳軍鳴鑼叫喊介。生)將校，郊外爲何殺聲振天？(衆)啓爺，吳王提兵，親到城下，只要廝殺，不知何故？道猶未了，董大夫早到。（外進見介）主公，董褐參見。（生）大夫少禮。遣大夫請會盟之期，今吳兵竟自臨城何也？（外）臣見吳王，他説道吳乃泰伯之後，晉乃唐叔之後，若會盟歃血，吳先之，晉次之，魯又次之，期在日中。今侵晨來犯，必有其故。請主公同小臣登城問之，看他怎麼説？（生）正是。（外做登城問吳軍介）晉國寡君敬問吳國大王，昨約日中會盟，今乃越次而造敝邑，敢問其故？（淨内應介）天子有命，周室微弱，諸侯貢獻，不入于府，緣無姬姓之助，晚來連遣數使，來告寡人。今急欲定盟，以征一二不供王事之國。會期既迫，恐事之不集，爲諸侯笑。寡人欲決一戰，盡在今日。勝則我爲盟主，君來事我，不勝則君爲盟主，我來事君。恐又勞使者遠來，乃親聽命於藩籬之外。（外）主公，吳王欲決一戰，以爲盟主，臣觀其顔色，似有大憂。小則愛妾嫡子死，大則越兵必入吳。今其勢甚毒，不可與爭，就許先盟，以待其變。（生）只憑大夫，可回報之。就請吳、魯二君同赴黄池之會。（外）領命。（復出對吳王介）晉國寡君敬告吳國大王，吳當爲盟主，敢不順從，就請吳、魯二位大王，同赴黄池之會。（淨扮吳王、小生扮魯君、丑扮伯嚭、末扮季孫斯上）

【燒夜香】（淨、丑）千軍萬馬獨專征，各國諸侯誰不戰驚，今到黄池早會盟。（小生、末）早會盟，江左武功成。須省，各要和諧，從今莫競。

（衆報介）吳、魯二國大王到了。（生出接淨，小生同拜介。淨）晉公弟，魯公弟，獨霸中原數百州，黄池今日會諸侯。（生，小生）吳公兄，包茅重入歸天上，王祭還供盡海頭。（丑、末、外）伯嚭、董褐、季孫斯參見。（淨、生、小生）諸大夫少禮。（淨）晉公弟，魯公弟，你家先祖周公、唐叔俱稱我家先祖泰伯是伯祖，今日會盟歃血，我當爲首，晉公弟次之，魯公弟又次之。（生、小生）吳公兄之言，敢不聽命。（淨）今一依齊桓公葵丘之會故事，速取歃血盆過來。（淨跪歃血介）凡我同盟之人，既盟之後，有不尊周室，不睦鄰國者，有如此血。（生、小生歃血同淨介。外）

會盟已完，請各大王赴宴。（生）將酒過來。（送淨介）願吳公兄千歲。（送小生）魯公弟同之。

【梁州序】（生）三邦齊會，一時同姓，最喜親盟折證。年年修職，及時貢獻王庭。（小生送淨、生酒介）願吳公兄千歲，魯公兄同之。但願皇圖萬載，列國千秋，壽并南山永。車書今一統盡澄清，會看周公禮樂興。（合）劍履肅，冠裳映，看兄酬弟唱能恭敬，躋化域，共歡慶。

（淨送生、小生酒介）晉公弟，魯公弟，滿飲此杯。

【前腔】（淨）黄花時候，清秋風景，勁翮長空馳騁。（攜丑手前行介）蘇臺縹緲，堪憐塞雁孤征。（丑低唱介）羞見銜蘆北渡，避弋南飛，不受些兒警。（生、小生私語竊聽介。淨低唱介）此身如隻侶失羣鳴，（回轉身高唱介）看聳翼翱翔到海冥。（合前）

（丑、末、外進酒介）願各大王殿下千歲。

【節節高】（丑、末、外）干戈四海清，享安榮，烽烟處處皆平靜。天王聖，萬國寧，諸侯順。羣邦誰似姬家盛，定看海宇揚名姓。（淨）譙樓上幾更了？（衆）三更了。（淨）傳下號令，酒席一散，各國俱拔營回去。（衆傳令介。合）離筵一散各回營，轅門火速傳飛令。

【前腔】（丑、末、外）樓頭鼓角聲，已三更。西風蕭瑟征衣冷，旌旗整，牧馬鳴，邊笳競。凱歌簇處歡聲振，三軍個個敲金鐙。（合前）

（生、末、小生、外別淨先下。淨）王孫駱大夫那裏？（小外上）王孫駱參見。主公有何分付？（淨）與我告勞於周〔二〕，兼領一軍斷後，以備齊、宋追趕。太宰，我與你就拔營回去，再不可遲矣。（丑）正是。（淨、丑先下。小外）

主公〔三〕，你聽信奸佞，誅殺忠良，變生鄰邦，兵留他境，欲去怕越兵之阻其前，欲留恐齊宋之議其後，今遣我小臣告勞於周，領兵斷後。君父有難，死生從之，敢不從命，不免去走一遭。只是主公，你今日就到家也是遲了。

【尾聲】江東此去程途亘，想三吳百姓震驚，可惜幾千尺蘇臺一旦傾。

蘇臺烽火綺羅空，尚想青山繞故宮。
誰遣提兵到齊地，却教黄蝶領春風。

【校】

〔一〕此齣富本、繼本作「第三十八齣」。

〔二〕「與我」句，陽本作「王大夫，你到有些智謀，我今欲差你告勞於周」。

〔三〕主公，陽本作「我主公只因差一念，差出萬般生」。

第三十八齣　誓師〔一〕

【似娘兒】（小生、貼、生、末、淨、丑領衆上。小生）日夕履危基，笑十年未脱戎衣。（貼）深仇要報休遲滯。（生、末、淨、丑）弓刀簇擁，三軍喧哄，更兼萬馬奔馳。

（相見介。生、末）主公，一向吳之所以未亡者，以内有太子之賢，外有伍員之勇。今太子陣歿〔二〕，伍員諫誅，况我十年生聚，十年教訓，兵精糧足，弓强馬肥，乘他將渡江時〔三〕，千里疲敝，我兵直衝其前，齊、宋兩躡其後，不早截殺，更待何時？（小生）多承教訓，但恐我兵一出，家國空虚，倘有他虞，如何是好？（生、末）臣聞夫人性行威嚴，患難相保，凡宫中之事，事無大小，悉以委之，必能内政肅清，宫闈整飭。大夫泄庸、計倪，才猷素聞，忠勤茂著，凡國中之事，事無大小，悉以委之，必能外教修明，朝野寧謐。主公雖出，亦無憂矣。（小生）既然如此，請夫人向屏而立，寡人背屏而拜。自今已後，軍中有事，罪在寡人；宮中有事，罪在夫人也。（貼）敢不受命。（小生送貼下。小生）泄大夫、計大夫，請二位向垣而立，待寡人背垣而拜。自今以後，臨敵不戰，軍士不練，罪在寡人；土地不修，糧草不繼，罪在大夫也。（淨、丑）敢不受命。（小生送淨、丑先下。生、末）内外政教，既以委人，但師行而前，全在賞罰，請主公即日登壇行令。（小生做登壇介）衆將官過來。今日登壇，可斬死囚三人，以狥於軍，曰有貨財相通者，有如此囚。（衆應介。小生）明日至郊外，可斬死囚三人，以狥於軍，曰有隊伍不整者，有如此囚。（衆應介。小生）後日至境上，可斬死囚三人[四]，以狥於軍，曰有淫逸不率教者，有如此囚。（衆應介。小生）軍中有親老無昆弟奉養者以告。（衆）小人有父母，年已七十歲了。（小生）我有大事，汝有老親，汝爲我死，無人奉養，放汝歸去，待父母亡後，方圖用汝。（衆）謝爺爺。（小生）軍中有兄弟四五人同在此者以告。（衆）小人兄弟四人在此。（小生）我有大事，汝有兄弟皆在此，我若戰敗，則汝宗祀俱絶，可令一人歸去。（衆）謝爺爺。（小生）軍中有疲癃殘疾者以告。（衆）小人一隻眼是瞎的，一隻腿是壞的。（小生）我有大事，汝有殘疾，放汝歸去，待好了用汝。（衆）謝爺爺。（小生）軍令已申，即可前進。但我屯軍江南，彼屯軍江北，如何迎敵便好？（生）待昏黑時，臣將左軍，啣枚泝江而上，五里以待。文大夫將右軍，啣枚踰江而下，五里以待。交至半夜，兩軍擊鼓鳴鑼，齊聲吶喊，吳王必分兵敵我，主公那時可親率君子六千，啣枚暗渡，直擣吳營，左右夾攻，表裏受敵，無不勝矣。（小生）既然如此，就領兵前去。（衆應介）

【三學士】（小生）數載辛勤期雪恥，今朝始得驅馳。營中已聽君王令，看閫外高懸大將旗。（合）此去姑蘇三百里，誓鞭敲金鐙歸。

【前腔】(生、末)當日親曾投浙水，而今始整戎衣。看三軍劍掣浮雲氣，況萬騎弓彎明月輝。(合前)

(小生)談笑揮戈莫受降，(生)金鞭投處渡長江。
(末)蘇臺面縛君臣到。(合)伯嚭夫差共一雙。

【校】

〔一〕此齣富本、繼本作「第三十五齣」。
〔二〕陣殁，富本、繼本作「出守」。
〔三〕將渡江時，富本、繼本作「將次渡江」。
〔四〕三，諸本作「五」。

第三十九齣　行成

【天下樂】(淨、旦上)滿目西風木葉黃，秋來殺氣遍林塘。(旦)試聽刁斗疑清漏，不似吳宮一夜長。

(相見介。淨)美人，我自齊晉回來，正要朝歡暮樂，不料國破家亡，看起來只因當初不聽好人之言，今日致有如此。前日我兵在江北，越兵在江南，尚圖一戰，以決存亡。不料勾踐這廝，將左軍屯在上流，右軍屯在下水，兩面夾攻，我只得分兵策應，他到驀地親領中軍，半夜潛渡，直抵我壘，一時抵敵不過，被他殺得片甲不存。如今收拾得些殘兵敗卒，棲此姑蘇之上，還幹得甚麼事來？美人，煩你傳示你家勾踐侄兒，只說看你做姑娘的面，饒了這個老頭兒罷。(旦)大王放心，妾自有道理。(淨)千年霸業空，四野軍聲沸。試看斗牛間，昏騰橫劍氣。

【朝天子】(淨)劍氣昏騰牛斗傍，謾對青燈舞泣數行。怎能彀館娃深處醉紅妝，笑吳王，當初誰遣到齊邦？却凄涼故鄉，却凄涼故鄉！

(旦)勾踐侄兒最聽奴家説話，大王不必煩惱，自有妾身在此，且自圖歡樂，再作區處。妾貌如桃花，蛾眉爲君畫。合殿獨承恩，中宵纔舞罷。

【前腔】(旦)舞罷中宵入洞房，笑倚東窗下白玉床。看微微殘月下迴廊，伴君王，芙蓉小帳焚香，且風流幾場，且風流幾場。

(淨)雖然如此，你家勾踐侄兒那裏知道我和你這等相好，必須着一人去説，或者他便收兵回去。(旦)前日的事，都是太宰弄出來的，今差他去，怕他不去。(淨)正是。美人你且迴避，待我喚他出來。太宰那裏？(旦背語介)閉門不管窗前月，分付梅花自主張。(下。丑上)伯嚭參見主公，有何分付？(淨)你這個花臉小人，油嘴老賊！(丑)怎麼便破口！(淨)你弄得我一個國家七零八碎，送得我一個身子七上八落，如今怎麼好？(丑)常言道：可與共安樂，亦可與共患難。當初主公歡喜，伯嚭也歡喜，如今主公煩惱，伯嚭也煩惱，難道主公目今受苦，伯嚭到快活不成？(淨)不要胡説，當初文種來請行成，我甚不肯，都是你攛掇我，勉强應承了。今日只得也要去請行成，你須索與我走一遭。(丑)當初來請行成[一]，其實有我這等好人攛掇，主公就許了；我今去時，范蠡是一個奸險的小人，文種是一個古怪的漢子，就是越王許了，他兩個怎麼肯？(淨)終不然不去不成。(丑)去是去，只是一節，記得他當初先來求我[二]，送我黃金五千兩，綵緞五千匹，白璧十雙，美女兩個。禮尚往來，今日空手，教我怎麼去？(淨)我到不曉得你受了他許多東西[三]，我如今那裏管你，自去陪出來。(丑)黃金彩緞白璧，一向都消花盡了，只剩得兩個婦人，年深月久，被我都弄壞了，怎麼去得[四]？(淨)也罷，我只得收拾東西與你去。(丑)又有一説，我去時他若不許也罷，他若相許，如何好？（淨）却怎麽？（丑）他家當初有好人文種治國，范蠡從君，做出今日許多事業，我家只有伍員曉些世事，太子少年老成，今皆告别去了。止存得區區一人，又是要受用、不奈煩的，終不然許了行成，到是我同主公去不成？（淨）哇！你哄我殺伍員并太子，以致今日國家没人，你若不去，當初賜伍員屬鏤劍在此！（丑）主公，我取笑説，就發惱起來，我便去，便去！行成的事，一如他前日故事便了。

【一封書】（淨）皇天降禍殃，老景艱難真可傷。伊今到彼邦，這言辭要審詳。君請爲臣妻作妾，情願三年住馬坊。（合）辦行裝，過錢塘，須萬歲山呼拜越王。

【前腔】（丑）别君去異鄉，與伯嚭今朝甚麽相[五]？主公[六]，他的糞也要嘗，這腥臊却怎當？打點樵頭并犢鼻，管取和他做一場[七]。（合前）

（淨）禍兮福所伏，（丑）福兮禍所依。

（淨）試看簷頭水，（丑）點滴不差移。

【校】

[一]「當初」句上，陽本有「不瞞主公説」。

[二]「只是」二句，陽本作「只有一節要緊的事方去得。（淨）什麽要緊事？（丑）主公，實不相瞞你説，他當初先來求我」。

[三]「我到」句，陽本作「你這騙賊，我一向到與你做買賣，誰想你受了他許多東西」。

[四]「怎麽」句，陽本作「怎麽退送還他？況這些禮物都是越王的，只是央文種送來。今主公也送些禮物，待我伯嚭方好説話」。

〔五〕「伯嚭今朝甚麼相」，富本、繼本作「遜語哀詞乞請降」。
〔六〕「主公」下，富本、繼本有「只有一件不好説的。（淨）却怎麼」。
〔七〕「管取」句，富本、繼本作「未免君王也受殃」。

第四十齣　不允

（丑）暑往寒來春復秋，夕陽西下水東流。將軍戰馬今何在？野草閒花滿地愁。自家伯嚭，當初隨了主公，因人成事。棲越王於會稽之巔，敗齊師於艾陵之上，何等威勢，何等煊赫！誰料被越追趕，既敗於囿，復敗於役，又敗於郊，猶如喪家狗，好像落湯雞。今日到教我請行成！兩日拿了禮物，在范、文二大夫營前俟候。他們是個清官，不要錢的〔一〕。聞説道都在越王帳中議事，如今只得往轅門首打聽，想必有個消息。此間已是轅門，不免俯伏則個。

（生戎衣上）將軍出轅門，耿介當風立。諸將欲言事，逡巡不敢入。兀的那轅門下俯伏的是什麼官？（丑）小臣是吳國太宰伯嚭。（生）老太宰請起。（丑）越國大王爺在上，小臣怎敢。（生）老太宰到此貴幹？（丑）孤臣夫差，敢布腹心，昔日得罪於會稽，我夫差不敢逆大王之命，即許行成。今大王舉兵而誅下國，下國敢不惟命是聽。意欲以今日之姑蘇，即如前日之會稽也。伏乞大王哀而許之。（生）我進去就啓上主公，若有文表，即此披宣。（下）

【駐雲飛】（丑）江上孤臣，伏乞君王聽訴因。念衰邁多艱窘，急迫無投奔。我君情願做編民，妻爲妾媵，貢獻王庭。禮物年年進，敢忘皇天父母恩！

（生上）太宰，主公有命，昔會稽之事，天以越賜吳，吳不肯受。今天以吳賜越，越豈可逆天之命乎？實難從命。

（丑）當初我家主公，只憑伯嚭做主，許越行成，今老大夫獨不能與吳做主？（生）太宰，只因你吳王憑你作主，致有今日，我主公豈肯聽我〔二〕？（丑）范大夫，想你是推調了，文大夫在何處？敢求一見。（生）太宰少待，待我請他出來。（下。末戎服上）結綬金馬庭，高議雲臺上。昔爲幕下賓，今作營中將。老太宰請起。（丑）下官豈敢。我主公多拜上老大夫。向年行成，只憑老大夫之言，就見許了。今欲一依會稽故事，君請爲臣，妻請爲妾，伏乞大王憐而赦之。（末）我與你啓上主公，若有文表，再當披宣。（下）

【前腔】（丑）吳國遊魂，再拜君王聽訴因。念城闕如虀粉，宮殿成灰燼。我君情願受邅迍，任親嘗糞，石室羈囚，不要説三年，便十載親承認，祝贊皇圖萬萬春。

（末上）太宰，主公有命：寡人早朝晏罷，辛勤十年，專爲夫差，豈能一旦棄之？況天與不取，反受其咎，實難從命。（丑）文大夫，向年多承見惠許多禮物，今日送上，比舊加倍〔三〕。黄金萬兩，錦緞萬疋，白璧二十雙，美人四個，一送范大夫，一送文大夫。因二位不在營中，不敢擅送，没奈何再望攛掇一聲。（末）老太宰請起。我悄悄對你説〔四〕，此事斷然不成了，爲今之計，不如撇了你家主公，及早回去，收拾家私，竟奔過錢塘江來，我們都是受你恩惠的，難道不與你個大大官做？（丑）謝大夫，此計甚妙，下官就此告辭了。

（末）勸君急急早回車，（丑）不許行成莫怨嗟〔五〕。
（末）休戀故鄉生處好，（合）受恩深處便爲家。

【校】

〔一〕「他們」二句，富本作「爭奈他們一心爲國，不肯容私」。

〔二〕豈肯聽我，陽本作「國事裁決出自由己，豈肯輕信我們」。

〔三〕「比舊」句下，陽本有「亦是合子利錢」。

〔四〕「我悄悄」句下，陽本有「爭國圖霸，報仇雪恥，非等閑兒戲」。
〔五〕怨嗟，原作「浪噓」，據陽本改。富本作「嘆嗟」。

第四十一齣　顯聖

（外扮伍員上）浩蕩君恩似海深，鴟夷漂泊任浮沉。波濤來往豈無意，欲洗孤臣不二心。我伍員自從賜劍殺身之後，玉帝因見我忠義，欲顯我英靈，封爲錢塘江之神，白馬素旌，雪袍銀甲，隨波上下，依潮往來。今聞我兵戰敗，越將入吳，我且坐據胥門，待其兵到。疾風震雷，飛石揚沙，要他拜求，方可假道。正是：平生多勇烈，死後有神靈。（側首高坐介。生、末領衆上）衆將官聽着：我今追趕吳寇，已過松陵〔一〕，須連夜殺入城去。（衆）稟上二位老爺，遠遠望見胥門城上，一個神道，目如熛火，頭若車輪，鬚髮四張，光射數里，不敢前去〔二〕。（生、末）待我去看。呀，果然是一個神道，好駭人也！

【四邊靜】（生、末）胥門城似閻羅殿，神通實靈顯。頭大似車輪，目光若飛電。（合）欲待向前，不禁驚顫。畢竟是何神，公然晝出現！

（內鳴鑼介。生、末、衆作倒跪對城上介）想是伍相國的陰靈，須當拜求。大吳老相國伍公在上，小官等奉主公命過此，願乞假道。（外）范大夫，你輔助主公，做得好事業也。（生）豈敢。（外）文大夫，你扶持國家，幹得好功勞也。（末）豈敢。（外）早知你們必破我國，故置我頭於西門，以觀越之入吳，但我不忍見此，故作風雷以驚汝軍。然此乃是天數，安能止之〔三〕？汝須從東門而入，不可犯我疆界，快去，快去！（外下。生、末）有這等異事！我們如今即打從東門去罷。正是：精靈應不死，面貌儼如生。（下，淨攜旦上。淨）單單剩得好夫妻，地黑天昏徑路迷。

(旦)莫道吳宮擅恩澤，夢魂常在苧蘿西。(淨)美人，你看陰風慘慘，殺氣騰騰，越兵自東門而入，已進宮來，如何是好？(旦)大王放心，前日燒姑蘇臺時，也是我分付他們，收拾回去了。你如今省得在此驚怕，可僭出宮中北門，暫往陽山棲息，待他兵入宮來，我自分付他們回去，那時大王回宮未遲也。(淨)寡人就此相别。美人，我在彼專待，不可哄我。(旦)賤妾豈敢。(淨)正是：暫時逃患難，不久便歡娛。(下。旦)我今且立在園中樹林之下，待他入來，看范大夫認得我否？(生、末領衆上)衆將官聽着：我今假道已進東門，就此殺入宮去。(衆)稟上二位老爺，遠遠望見樹林之下有一神女，飄如驚鴻〔四〕，婉若遊龍，恍惚去來，不可爲象，不敢前去。(生、末)待我去看。呀！果然有一神女。

【前腔】(生、末)樹林中是觀音院，儀容世間鮮，夭矯若遊龍，蹁躚似飛燕。(合前)

(内鳴鑼。生、末、衆驚介)只見清風一陣，異香襲人，甚像西施美人的模樣。(衆作禮，旦回答介。生、末)西施美人在上，奉主公之命，領兵到此，不知吳王今在何處？(旦)范、文二位大夫，仗公等忠義，得報國仇，吳王遁逃陽山去了。(生、末)既然如此，就請美人到營中先見主公去。(旦)正是：三載已飛他國夢，一朝還作故鄉人。(下。生、末)衆將官，吳王既在陽山，我們連夜趕去，殺他便了。正是：

用箭須用長，挽弓須挽强〔五〕；
射人先射馬，擒賊定擒王。

【校】

〔一〕松陵，富本作「松陰」。

〔二〕「不敢」句，陽本作「風沙蔽目不能前進」。

〔三〕「安能」句下，陽本有「切不可毀吳宗廟，傷吳人民」。

〔四〕如，富本作「似」；鴻，李本、怡本作「燕」。

〔五〕「用箭」二句，富本乙。須，陽本作「當」。

第四十二齣　吳刎

【菊花新】（淨、小外同上。淨）當年戰勝氣何豪，霸業誰知一旦消。（小外）奔走到荒郊，不辨前途昏曉。

（淨）王孫大夫，我被越兵追趕，直到此間。前日遣伯嚭去請行成，怎麼這時候還不見他回報？（小外）主公差矣，伯嚭是天下第一等奸臣，他見越王不許行成，潛自逃遁去了，還想他來回報！（淨）王孫大夫，既是這等奸邪，怎麼你平日不見説他一句〔一〕？（小外）若王孫駱平日説他，也要認伍相國的鐲鏤劍了〔二〕，怎得相隨主公到今日？（淨）前日西施娘娘教我在此躲避，怎麼這時候還不見來接我〔三〕？（小外）主公又差矣，你道西施是那裏人？他是越國來的，焉知這幾年不是來我家做反間的〔四〕！（淨）娘娘與我一心一意的人，難道他也如此？王孫大夫，我自出宮，晝夜奔走到陽山來，我今目視茫茫，行步猖狂，肚又饑，口又渴，如何是好？（作伏地拾生稻吃介）此是何物？（小外）是生稻。（淨）公孫聖所謂不得火食走獐徨者，此也。我殺公孫聖，投於此山，當時他不肯葬埋，欲留影響以報寡人，不知果有靈應否？（小外）主公你試呼之。（淨作呼公孫聖，内作應，三呼三應介。淨仰天大呼介）夫差，夫差！平日這等不知善惡，不辨賢愚，豈得再返吳國！（對内作禮介）情願世世敬事公孫先生。（生、末領衆上）謾説封侯稱大將，誰知死戰是書生。吳王，吳王！你尚不知自盡，更待何時！（淨）你二位就是范、文二大夫麽？吾聞高鳥盡，良弓藏；狡兔死，走狗烹；敵國破，謀臣亡。今吴國已破，輪該二位大夫了[五]。（生、末）大王不必多言，我等奉主公命，傳上大王，吴有大罪六節，大王曉得否[六]？（淨）二位試與寡人言之。（生、末）殺伍相國，大罪一也；誅公孫聖，大罪二也；信任伯嚭，大罪三也；北伐齊、晉，大罪四也；吴越同音共界，侵而辱之，大罪五也；忘越殺闔閭之讎[七]，反放歸國，以貽後患，大罪六也。今天以吴賜越，敢不敬受？（淨）寡人已聞命矣。

【榴花泣】（淨）千年基業，王氣鬱岧嶤。平生志，在雲霄，誰知倏忽便蕭條。只見城池宫闕都作白烟消，閒花野草，看荒郊麋鹿遊殘照。走狗塘捲却旌旗，鬬鷄陂折盡弓刀。

（生、末）死者雖人所惡，今大王有六大罪而求生，豈不鄙哉！（淨）寡人知之矣，不必多言。王孫大夫！（小外應介）

【前腔】（淨）蘇臺不見，想起那多嬌。同月夕，伴花朝，清歌妙舞醉鮫綃，而今何處虚度可憐宵？遊魂縹緲，洞房深何日還重到？浣花池碧草凄凄，採蓮涇緑水滔滔。

（生、末）臣聞世無萬歲之君，生死一也。胡乃不知自決？必欲以小國之劍加大王之頸乎？（淨）諸君請少退，不勞催迫。

【漁家燈】（淨）王孫大夫，若提起舊日根苗，不由人不淚雨空拋。伯嚭那老賊呵！我一心認是濟世夔龍，誰知你是蠹國鴟梟！自古道人年五十不爲夭，我夫差今已六十餘歲，鬢毛盡白，就死也勾了。看鬢毛不似還年少，總在世也不多年了。（看劍介）偷瞧，钃鏤在腰，拚血濺團花戰袍。

（生、末）主公有命，請大王早早自裁，毋得留滯。（淨）夫差也是個好漢，我就去了。王孫大夫，我生既多慚，死亦有愧，我死後無知也罷了，倘若有知，何面目見太子并伍相國、公孫聖於地下。可將繡羅三尺，以掩吾目，不可忘了。（小外）是。（生、末）王孫大夫，你是個忠臣，不比伯嚭，我主公必有重用，略請少退，休得留滯大王。（淨）王孫大

夫，你可善事新君。（小外哭介）臣聞烈女不更二夫，忠臣不事二君，大王先行，小臣不久也就到了。（衆挽小外下）

【前腔】（淨拔劍在手介）今日裏拜辭江山，明日到地底遊遨。掩雙睛怕睹孤兒，笑獨夫怎見羣寮。伯嚭這廝，我已自死，你難道獨生？越國軍士聽着：（衆跪應介）多拜上你家主公，伯嚭是個奸臣，速宜殺之，不可留用。（衆）大王就殺他也遲了。（淨）兒曹，你速向君王報，那奸佞決不宜饒。這場羞怕不得諸侯笑，大丈夫到頭來休要惱。

【尾聲】在世間空喧鬧，你看怨氣騰騰入九霄，堪笑夫差也只這遭。

（投劍下。內云）主公有命，范、文二大夫聽着，吳王既死，當高其墳隴，多其封樹，以國君之禮葬於秦餘杭山之下，即可收兵回來，擒那奸臣伯嚭，不可遲滯。（生、末）知道了。正是：

善惡到頭終有報，只爭來早與來遲。（衆下）

【校】

〔一〕不見，陽本作「再不向寡人面前」。

〔二〕「若王孫」二句，陽本作「若王孫駱平日説他奸邪，那伍相國的鐲鏤劍，小臣也要受享了」。

〔三〕「怎麽」句，陽本作「越兵一退，即來請我，怎麽這時候絶無消息」。

〔四〕「你道」三句，陽本作「你道西施真是越王姑姑？他是苧蘿村女，范大夫的妻室，未成婚，特獻與主公，暗行反間之計」。

〔五〕「今吳國」二句，陽本作「今吳國已被你二人追盡而滅。你那勾踐，爲人鳥喙狼心，忘我恩義。然我滅之後，輪該你二人了」。

〔六〕「我等」四句，陽本作「我等奉主公之命，伐你無道昏國。夫差有大罪六條，皇天不赦，汝知之乎」。

〔七〕「忘越」句下，陽本有「信伯嚭之讒」。

第四十三齣　擒嚭

【哭相思】（小末、外、末扮陰靈上。小末）千載吳宮皆禾黍，嘆故國已無主。（外）看來往遊魂無定所，（末）陽山路怎歸去？

（相見介）【憶秦娥】（小末）雲垂幕，陰風慘淡天花落。天花落，想生前環珮，夢迴鸞鶴。（末）旌旗片片穿林薄，遊魂緲緲增離索，增離索！（外）嘆太湖烟水，館娃樓閣。（小末）老相國、公孫先生，自從我三人殺身之後，越已破吳，我父親奔在陽山，不知下落，聞滿朝文武，只有一個王孫大夫相隨。伯嚭那老賊受了國家許多厚恩，不知他走在那裏去了？（外）昨遣陰兵打聽，這廝收拾家私，投奔越國，今夜將渡錢塘。我今領兵守住江口，待他渡時，擒拿這廝便了。（末）想那老賊尚在太湖之間，趁此雪天，不如領兵迎將上去，那裏待他。（小末、外）正是。正是：陰風捲征旆，朔雪渡關河。（下。丑上）當年行樂遍湖山，牢落方知行路難。半世功名走江外，一生奸佞誤人間。自古道：無平不陂，無往不復。我伯嚭爲何道此兩句？我平日懷害人肚腸，具殺人手段。便與孔夫子同列，背後也起干戈；就與魯周公并肩，當面必然排擠。數年之間，把吳王一個國家弄得乾乾淨淨了〔一〕。不道暗地損人，輪到我逆風點火自燒身，蘇臺燒了，吳宮破了，主公走了，西施原同范蠡來了，秋鴻、春燕原讓文種去了〔二〕。好笑一座冰山，今作半杯雪水。我今帶了許多金銀寶貝，領了妻兒老小，前往越國，指望再討個官做。誰知到半路裏，被這些亂軍把我金銀搶去分了，夫人背去用了，剩得單單一身。遇着今夜雪又大，風又緊，只得前往錢塘，渡江過去〔三〕，尋范、文二大夫，再做道理。（內鳴鑼吶喊介）趕上去，趕上去！（丑）你看金鼓連天，殺聲震地，又不知是吳王遣兵尋我？又不知是越軍戰勝回來？我雖與越王相好，倘或他衆軍不認得我是有恩的伯嚭老爺，被他殺了，如何是好？只得向前躲避，再作區處。

【香柳娘】值寒天道途，值寒天道途，欲投前路，奈漫空風雪飄零舞。念羈身命孤，念羈身命孤，前去覓相知，相知在何所？想當初風花雪月，我此時已醉了，今日受這等苦楚。想當日在吳，想當日在吳，紅妝醉扶，今成逃虜。（下）

（小末、外、末帶陰兵上。外）伯嚭走到那裏去！我伍胥在此等候多時了。呀！却纔見伯嚭慌慌忙忙，奔到江上，如今又往那裏去了？想只在前面樹林中躲避，衆軍士，不免再趕上去。（下。丑上）不好了，不好了！後面軍兵聲聲伍胥要捉伯嚭，不免趲行速渡江去。（做跌介）

【前腔】聽聲聲子胥，聽聲聲子胥，要拿伯嚭，陰兵四野投何處？（拜介）伍相國老爺，前日賜劍一節，都是主公自家的意思，與伯嚭無干。拜伍胥大夫，拜伍胥大夫，非干係區區，君王自做主。（又跪介）念幽幽此軀，念幽幽此軀，無路投天，何門入地。

（小末、外、末帶陰兵上，拿住丑介。外）伯嚭老賊！你包藏禍心，彰露兇惡，以百口百舌之讒諂，蔽兩耳兩目之聰明，枉害忠良，誣陷正直。已擠溝壑，猶下石而不休；既困蒺藜，尚挽弓而相射。唯知獨權一國，指望受用百年。誰知也有今日！（丑）只求速死。（小末）伯嚭，你那欺君誤國的老賊！你那貪財好色的老賊！叫左右的拶起來。（衆應拶介）

【紅衲襖】（小末）老賊！你弄得我江山空戰圖，弄得我宮殿餘烟樹，弄得我爹爹獨奔陽山去，弄得我孤身親殲在越國衢。你的罪大不容誅，你的惡髮不可數。我就送你到地獄千重也，我怨氣漫漫尚未蘇！

（外）伯嚭，你那誅良殘善的老賊！你那脅肩諂笑的老賊！叫左右夾起來。（衆應夾丑介）

【前腔】（外）我爲你君王恩義疏，我爲你百姓無棲住，我爲你親兒送到齊邦去，我爲你衰邁誅夷瀚海隅。你是個媚人的九尾雄狐，你是個竊位的陰爻碩鼠。你指望吳邦太宰做千年也，誰知道雪夜錢塘遇伍胥[四]。

（末）伯嚭，你那尸位素餐的老賊！你那亡家敗國的老賊！叫左右的把腦箍上起來。（衆應上丑箍介）

【前腔】（末）你當初弄吳國的兵權似轆轤，用吳國的貨財如糞土，戲吳國的君王同掌上的小兒，食吳國的人民若山中餓虎。伯嚭，我伍胥兄弟在吳國，實乃釜中之魚，你把他來壞了，我不過是山中之鶴，與你何干！你逞兇殘已殃及池魚，誰着你遍谿山又禍延林木？你如今赴酆都千年萬載不得人身也，爭如我鎮日桂棹蘭橈駕太湖。

（小末）叫帳下押那老賊赴酆都去。（衆應介。丑）小殿下、老相國、公孫先生在上，我小人伯嚭[五]，如今再不敢了，若再是這等就生個大疔瘡。（衆綁丑下）

（小末）誰憐家國一時傾，（外）拿得奸臣恨始平。
（末）奉勸世人行好事，（衆）舉頭三尺有神明。

【校】

〔一〕「把吳王」句，陽本作「把吳王一個花花錦繡的國家，都弄得乾乾淨淨的父死子亡了」。

〔二〕原讓文種去了，陽本作「文種原帶回了」。
〔三〕「只得」二句，陽本作「身上要一鸁臭銅買鍾酒止寒也没有，如何是好。只得忍寒耐飢餓，前往錢塘過江去」。
〔四〕【前腔】全曲，富本作「我爲你君臣恩義疏，我爲你父子天親阻，我爲你蛇門剔目風雷怒，我爲你鴟革漂骸波浪逐。你是個媚人的九尾狐，你是個食穢的厠中鼠。你指望吳邦太宰做千年也，誰知道雪夜錢塘一命殂」。
〔五〕「我小人」句，陽本作「君子不念舊惡，我伯嚭小人雖然有些不足處，大人不要責小人之過，既往不咎」。

第四十四齣　治定

【排歌】（小生、貼、生、末上）宿恥消除，烟塵掃空，笑十年埋没英雄。從教澤國息邊烽，且喜天山早掛弓。湖南月，海北風，昔年曾送過江東。旌旆整，鼓吹雄，長歌今上館娃宫。
（相見介。小生）寡人今日得殲彼元惡，雪我宿仇，内雖由我夫人之力，外實仗二大夫之功也。（生、末）豈敢。（生）臣聞君憂臣勞，君辱臣死，昔主公有會稽之棲，石室之辱，臣之所以不死者，爲此故也。今賴祖宗之神靈，主公之威力，治定功成，報仇雪恥，是臣可死之日矣，請從此辭。（小生作悲介）寡人之國家是大夫之國家，寡人之人民是大夫之人民，正欲與大夫分國共治，今若撇我而去，是皇天欲棄越喪孤也。老大夫豈得言去〔一〕？（衆報介）西施美人到了。
【前腔】（旦上）回首姑蘇，歡娛未終，樹梢留得殘紅。國恩雖報尚飄蓬，猶恐相逢是夢中。青山路，繞故宫，不堪清漏往時同。浮雲盡，世事空，錯教人恨五更風。
（見介）大王、娘娘叩頭。（小生、貼）美人請起。（旦）二位大夫萬福。（生、末）美人拜揖。（小生、貼、生、末）美人請轉，待我君臣夫婦拜謝。（衆朝上拜，旦傍答介。小生、貼、生、末）【減字木蘭花】十年大辱，仗卿今日能恢復；千載洪基，笑我當年作廢墟。（旦）休言弱質，曾爲茂苑宮中客；留得孤身，原是苧蘿山裏人。（小生）范大夫，有一言奉告：昔感君高誼，借我佳人，今幸得還鄉，即宜歸第〔二〕。（生）昔乃荒山未成之姻眷，今作大國已配之夫人，豈敢受領。（小生）昔武王滅紂，以妲己賜周公，天下後世，衆所共知。妲己爲天子之正妃，周公乃古今之大聖〔三〕，武王賜之，周公受之。今夫差之惡，浮于商紂；大夫之勳，並於周公。而況西施又爲大夫之原配乎？（末）當時主公心實不肯，因鄙人勉爾相借，今老大夫獨不能聽鄙人一言乎？（生）承教。（小生）喚内侍，就撤座前金蓮寶燭，煩文大夫親送歸第。（生、旦叩頭謝介）正是：巫峽館中行雨去，鳳凰臺上學簫歸。（生出對末低語介）吾聞高鳥盡，良弓藏，狡兔死，走狗烹。主公爲人，長頸鳥喙，鷹視狼步。可與共患難，不可與共安樂。老夫即圖遠去，大夫亦宜早行，不可使有後悔。（末）未敢奉命，尚當裁之〔四〕。（俱下。淨丑扮泄庸、計倪上）報報報！蒙主公昨遣我二臣追拿伯嚭，直至錢塘江上，見一夥漁舟，説道前夜聞半空中人馬奔騰，旌旆來往，連連叫稱相國，不知其故，次早看時，只見一人死於江口。我二人不信，教漁人引去看時，却是伯嚭屍骸，遍身青紫，手足潰爛，盡説道是伍相國的陰兵擒拿去了。如今屍首拿送轅門外。（小生）有這等異事！一面差官江口立廟，奉祀子胥，一面將伯嚭梟首示衆。（淨、丑應介。末）報報報！臣啓主公，臣送范大夫，不肯到家，一葉扁舟，竟往太湖去了。（小生）有這等事！寡人受了他許多厚恩，何日相報，文大夫可使良工鑄范大夫一金像，置之座右，朝夕論政，必諮啓之，如與范大夫對面一般。夫人并各位大夫，今日治定功成，報仇雪恥，可遍拜天地山川，宗廟社稷，少答保祐之恩〔五〕。

【大環着】（小生、貼）感皇天恩重，感皇天恩重。社稷靈通，數載沉淪，一朝傾洞。（合）誰似兵强將勇，遵海而南，只見大邦朝，小邦納貢。遍寰宇人民喧哄，更瀚海魚龍飛動。歡聲擁，風教崇，看郊藪遊麟，闕庭儀鳳。

【喬合笙】（末）笑當時文種，笑當時文種，德劣才庸，遭傾欹亂邦難御衆。幸今朝喜得聊奏功，中心尚慚竦。（合）江山環拱，見曈曈海日滄波瑩；烟霞高捧，看鬱鬱稽山紫氣濃。喜逢一統，車書盡同。周王萬歲洪基永，方知大越興隆。願上千秋頌，一怒諸侯恐。

【越恁好】（合）海甸春風送，海甸春風送，宮殿瑞雲籠。從今已後放征馬，戢兵戎。迎周接呂，招顏納孔。浮生似風，光陰倏忽成一哂，十年一覺姑蘇夢。

【尾聲】而今應受天王寵，看萬國梯航一旦通，願四海無虞祝聖躬。

（小生）勝國雄豪寰宇聞，（末）從今稱作海西君。

（淨）中原政教風烟接，（丑）越地山河日月新〔六〕。

【校】

〔一〕豈得言去，陽本作「何忍哉」，李本、怡本作「豈有此理」。

〔二〕「即宜」句下，陽本有「以完前姻」。

〔三〕古今之大聖，陽本作「武王之嫡弟」。

〔四〕「尚當」句下，富本有「（生）君騎嬴馬連雲棧，我駕孤舟亂石灘。（末）搖鞭一舉莫相笑，煙波名利大家難」，作爲此齣的下場詩。從「（淨丑扮泄庸計倪上）」至篇末，則爲第四十六齣。

〔五〕從「（淨丑扮泄庸計倪上）」至「少答」句，富本作：「【生查子】（小生、貼，衆扮金瓜武士隨上）山河念禹功，得踐吳丘隴。更闢四門聰，萬姓欣瞻捧。（相見科。小生）設謀定計幾經秋，要與江東靜寇讎。（貼）吳宮花草埋幽徑，重整衣冠拜冕旒。（小生）夫人，昨遣泄、計二大夫領兵前去，捉那奸臣伯嚭，爲何這時候還不見來回報？（貼）大王，想是伯嚭這廝因見吳區日亡，逃避他邦去了，故此遲遲耳。（小生）夫人也説得是，且待諸大夫到來，便知分曉。（淨、小末扮泄庸、計倪上）有事不敢不報，無事不敢亂傳。（相見科）昨領主公之命，遣我二人追拿伯嚭，直至錢塘江上。見一夥漁翁，説道前夜半空中有人馬奔騰，旌旗來往，連連叫稱相國，不知何故。次早看時，只見一人死于江口。我二臣不信，教漁人引去看時，却是伯嚭，屍骸遍身青紫，手足潰爛，盡説道是伍相國的陰兵擒拿去了。如今將伯嚭的屍首已抬在轅門之外，臣等未敢擅便，請旨定奪。（小生）有這等異事。二大夫即便傳令，一面差官江口立廟奉祀子胥，一面把伯嚭梟首示衆。（淨、丑應科。末上）閒身已泛滄波棹，北闕空傳彩鳳書。臣文種啓主公：臣領命送范大夫，不肯到家，一葉扁舟，竟攜西施向太湖去了。（小生）有這等事！寡人賴他輔佐之功，得以復國，未能重報，詎乃長遊。文大夫，你可速選良工，鑄以金像，置之座右，朝夕啓諮，如與范大夫對面一般。夫人并諸大夫，今日治定功成，報讎雪恥，可排香案，遍拜天地山川、宗廟社稷，用告成事，仰答洪庥。（衆應隨拜科）」

〔六〕越地，李本、怡本作「天地」。

第四十五齣　泛湖

（淨、丑扮漁翁唱漁歌上）我兩個都是太湖中的漁翁〔一〕，昨日范老爺分付要幾個漁船，泊在胥口，想要到湖上去要子，怎麼這時候還不見到來？只得在此伺候〔二〕。（生上）功成不受上將軍，一艇歸來笠澤雲。載去西施豈無意，恐留傾國更迷君。自家范蠡，輔我弱越，破彼强吳，名遂功成，國安民樂，平生志願於此畢矣。正當見機禍福之先，脱履塵埃之外，若少留滯，焉知今日之范蠡，不爲昔日之伍胥也。向已告過主公，今當遠遁。昨日分付漁船，泊在湖口，專等西施美人到來，即便同行。(旦上)雙眉顰處恨匆匆，轉眼興亡一蹷中。若泛扁舟湖上去，不宜重過館娃宫。相公萬福。(生)美人少禮。美人，我本楚人，久作越客，昔遇傾城於溪路，常遭患難於鄰邦。自分宿世難逢，誰料今生復合。茲具舟中之花燭，聊結湖上之姻盟，事出匆匆，莫嫌草草。(旦)妾乃白屋寒娥，黄茅下妾。惟冀得配君子，不意苟合吳王。摧殘風雨，已破荳蔻之梢；斷送韶華，遂折芙蓉之蒂。不堪奉爾中饋，未可充君下陳。(生)我實霄殿金童，卿乃天宫玉女，雙遭微譴，兩謫人間。故鄙人爲奴石室，本是宿緣；芳卿作妾吳宫，實由塵劫。今續百年已斷之契，要結三生未了之姻。始離迷途，方歸正道。(旦)既蒙恩誼，敢不祇承。但舊家姊妹，久缺音書；晚景椿萱，素無消耗。欲暫返山中之駕，方相從湖上之舟。未知尊意何如？(生)我已差人前往諸暨，令尊令堂，同載舟航；東施北威，並賜金帛。(旦)相公，你既無仇不雪，無恩不報，但有一故人，尚未相酬，君何忘之也？(生)卿但言之。(旦)當初若無溪紗，我與你那有今日。(生)你那紗在何處？(旦)妾朝夕愛護，佩在心胸，君試觀之。(生)我的紗也在此。千叢萬結亂如堆，曾繫吳宫合巹杯。今日兩歸溪水上，方知一縷是良媒。美人，我和你早早登舟去罷。漁翁那裏？(丑、淨)相公有何分付[三]？(生)我要下船，過湖中往海上去[四]。(丑、淨)不知相公海上要到那一方[五]？若出了海，北風往廣東，西風往日本，南風往齊國，今日恰是南風。(生)既是南風，就往齊國去罷。(丑、淨)請相公夫人登舟[六]。

【北新水令】[七](生)問扁舟何處恰纔歸？嘆飄流常在，萬重波裏。當日個浪翻千丈急，今日個風息一帆遲。烟景迷離，望不斷太湖水。

【南步步嬌】（旦）憶昔持紗溪邊洗，正遇春初霽。芳心不自持，誰料多才，忽然相值。佇立不多時，急忙裏便許成佳配。

【北雁兒落】（生）謝娘行能諧子女姻，羞殺我未有兒夫氣。亂叢叢邦家多苦辛，急攘攘軍旅常留滯。

【南沉醉東風】（旦）爲君家寥寥旦夕，爲君家淹淹憔悴。奈徹夜患心疼，奈徹夜患心疼，日高未起，空留下數行珠淚。山深地僻，花飛鳥啼，傷心過處，雙雙蹙着翠眉。

【北得勝令】（生）呀！非是我冷淡了相識，非是我奚落了新知。祇爲那國主親遭辱，祇爲那夫人盡被羈。奔馳，千里慣難相會；棲遲，三年猶未回。

【南忒忒令】（旦）你流落他鄉未回，我寂寞深山無倚。鶯兒燕子，眼望親成對。誰知道命飄蓬，誰知道命飄蓬，君恰歸，妾又行，做浮花浪蕊。

【北沽美酒】（生）爲邦家輕別離，爲邦家輕別離。爲國主撇夫妻，割愛分恩送與誰？負娘行心痛悲，望姑蘇淚沾臆，望姑蘇淚沾臆！

【南好姐姐】（旦）路岐，城郭半非，去故國雲山千里，殘香破玉，顔厚有忸怩。藏深計，迷花戀酒挤沉醉，斷送蘇臺只廢基。

【北川撥棹】（生）古和今此會稽，古和今此會稽，舊和新一范蠡。誰知道戈挽斜暉，龍起春雷，風捲潮迴，地轉天隨。霎時間驅戎破敵，因此上喜卿北歸矣！

【南園林好】(旦)謝君王將前姻再提，謝伊家把初心不移，謝一縷溪紗相繫。諧匹配作良媒，諧匹配作良媒。

【北太平令】(生)早離了塵凡濁世，空回首駭弩危機。伴浮鷗溪頭沙嘴，學冥鴻尋雙逐對。我呵，從今後車兒馬兒，好一回辭伊謝伊，呀！趁風帆海天無際。

【南川撥棹】(旦)烟波裏，傍汀蘋，依岸葦。任飄飖海北天西，任飄飖海北天西。趁人間賢愚是非，跨鯨遊駕鶴飛，跨鯨遊駕鶴飛。

【北梅花酒】(生)笑燕秦楚共齊，笑燕秦楚共齊。耀干戈整旌旗，軍共馬露水泥。兵和將釜中食，酒席間森劍戟，廟堂中坐刀筆，一霎時見凶吉。

【南錦衣香】(旦)你看館娃宮荆榛蔽，響屧廊莓苔翳。可惜剩水殘山，斷崖高寺，百花深處一僧歸。空遺舊迹，走狗鬭雞。想當年僭祭。望郊臺淒涼雲樹，香水鴛鴦去。酒城傾墜。茫茫練瀆，無邊秋水。

【北收江南】(生)呀！看滿目興亡真慘悽，笑吴是何人越是誰？功名到手未嫌遲！從今號子皮，從今號子皮，今來古往不許外人知。

【南漿水令】(旦)採蓮涇紅芳盡死，越來溪吴歌慘悽。宮中鹿走草萋萋。黍離故墟，過客傷悲。離宮廢，誰避暑？瓊姬墓冷蒼烟蔽。空園滴，空園滴，梧桐夜雨；臺城上，臺城上，夜烏啼。

【北清江引】(生)人生聚散皆如此，莫論興和廢。富貴似浮雲，世事如兒戲。唯願普天下做夫妻都是咱共你。

盡道梁郎識見無，　反編勾踐破姑蘇。
大明今日歸一統，　安問當年越與吴。

【校】

〔一〕「我兩個」句上，富本有「罷釣歸來不繫船，江村月落不堪眠。縱然一夜風吹去，只在蘆花淺水邊」。

〔二〕「伺候」下，富本有「(下)」。

〔三〕(丑淨)相公有何分付，富本作「(淨丑唱山歌上)一葉扁舟昨夜開，清江使者渡江來。禁中曾入君王夢，江上難逃網罟災。(唱)都來大夢，休誇異材。夢非幻化，材是禍胎。(歌)試問七十二鑽成灰燼，何如三尺五寸在污萊。漁翁叩頭，老爺有何分付」。

〔四〕過湖中，李本、怡本作「到湖口」。

〔五〕「不知」句，富本作「老爺既要下海，必須順風」。

〔六〕(丑淨)請相公夫人登舟，富本作「(淨丑)請老爺夫人登舟。(生)美人，今日上此舟來，方纔是我與你安閑受享日也。叫左右。(衆應科。生)就舟中酒食取來，我與夫人樂飲而行。(衆應科。生)美人，你看雲石熒熒高葉曉，江風颯颯亂帆秋，是好風景也呵」。

〔七〕從【北新水令】至結尾，富本作：

【北新水令】水雲深處木蘭舟，載嬋娟天然國秀。眼中無俗物，物外是神游。澤國春秋，索强如傍風塵困馳驟。(旦)想當日妾在吴宫，雖是朝朝上巳，夜夜元宵，總只是勉强應承，一心兒掛着君子。今日却得諧夙願也。

首。（旦）問相公方纔滅得强吴，功名正爾赫赫，何以疾忙辭禄，早駕扁舟？（生）美人你不知道。

【南步步嬌】吴宫花草荒蕪後，歌扇香風透。盈盈侍故侯。席上迴風，燈前垂手。猶記舊歌樓，杜鵑聲裏空回

【北折桂令】我少年場購得吴鈎，只爲他寤寐求賢，卧起懷讎，因此上魚水相投。早已見鯨鯢流血，麋鹿行遊。決雌雄已歸吾彀，張羽翼恥下人鞲。我昨日與文種大夫説：越王可與共患難，難與共安樂，所以我見幾而作，及早圖歸。身世沉浮，心事優游。肯待他較獵長揚，鳥盡弓收。美人，只有一件：你向日尊居妃嬪，日享穠華，今日隨我扁舟，恐擔不得寂寞。（旦）相公説那裏話。豈不聞鳥棲擇木，嫁女看夫。賤妾獲侍君子，三生有緣。相公尚且捨得卿相而就漁樵，賤妾寧可戀穠華而忘伉儷？

【南江兒水】去國逢青眼，還家尚黑頭。東皇有主花如舊。鰕菜忘歸今已久，芙蓉出水依然秀。柳色青青在手，眉黛勞君，宛似湖山雲岫。（生）美人，你道卿相之貴，比我這扁舟之樂如何？

【北雁兒落帶得勝令】想那鳳凰池爭得似五湖頭，虎豹關爭得似三江口，紫駝峰爭得似入饌魚，碧梧陰爭得似垂堤柳。呀，這舵樓底勝秦樓，河洲上勝瀛洲。只這個鸞鳳侶勝似他鴛鴦儔。風流肯落他人後，綢繆都將宿債勾。（旦）相公，你看這水上雙鳧并游，不知世上有甚勝事？

【南僥僥令】年華隨落木，生事任孤舟。試看水鳥雙雙原有偶，一任取草萋萋江上愁。（生）咳，我此行雖樂，也是出不得已之情。我只怕馬馳巖畔收韁晚，船到江心補漏遲。

【北收江南】想當初年少呵，待唾手定神州，須臾談笑覓封侯。人情翻覆幾時休，那其間可自由？因此上把雄心都付與大刀頭。（旦）相公，日色將沉，秋水可玩，趁此一三，請樂飲數杯。

【南園林好】倒金尊川霞未收，吹玉笛湖風已秋。正是尊罏時候，搴宿莽向芳洲，搴宿莽向芳洲。（生）想我在

越之時，用計然七條計策，取威定霸，受了多少年辛苦。如今都一筆勾了也。

【北沽美酒帶太平令】定三吳霸業收，操七策惠聲流。帷幄從容坐運籌，辛苦在心頭。問種種顛毛知否？瞑子裹從鸞氏鬪，些個事抱杞人憂。大都來難逢笑口，乘興去莫教濡首。我呵趁今日早休，好休，便休。呀，再不向紫陌遨遊，紅塵奔走。（旦）相公，只有一件：以相公如此威名，恐怕越王再行追用，或他競來徵聘，那時節相公如何發付？（生）昔日伍子胥死諫吳王，盛以鴟夷之皮，投之江中。我如今以此爲鑑，而今以後，再莫提我范蠡的姓名，只號做鴟夷子皮。由此扁舟五湖，人誰來物色我也。

【南尾聲】（合）扁舟繫纜沙邊久，好趁天風到十洲，烟水茫茫何處求。

路經湖海雙蓬鬢，天入滄浪一釣舟。
日暮鄉關何處是，烟波江上使人愁。

按：此曲文係襲用汪道昆《五湖遊》雜劇中的南北套曲。

補遺

目錄

詩

集杜長句奉題張憲副約之玉山樓居

樓閣卷簾畫圖裏，玉山高並兩峰寒。傍人錯比揚雄宅，百遍相過意未闌。

按：此詩錄自張丑《清河書畫舫》卷一二。

賦得秋林詩送君實兄歸杭州

蕭瑟秋林外，扁舟一水涵。寒聲依鳥雀，夜色淡松杉。黄葉連紅葉，風帆逐雨帆。西湖歸去看，多在夕陽巖。

按：此詩錄自陸心源《穰梨館過眼錄》卷二六。是詩亦見本書卷十七《題顧仲方秋林圖送陳素行歸杭州》，不僅詩題不同，而詩句亦異，故錄以備考。

詞

青門引·與莫雲卿同和舊韻

剩雪收殘冷，千里信音無定。梅花又透紙窗明，腰肢瘦損，尚憶去時病。　巫雲夢遠魂難醒，寂寞書幃靜。何人邂逅闌干，月斜共立風塵影。

按：此詞録自《刻莫廷韓遺稿》卷一〇，附於莫詞之後。

曲

六犯清音·宫怨

繡簾雲捲，曉鶯聲送，睡覺紅光浮動。暗憐孤影，教人悔入芳叢。羅袂添新恨，菱花損舊容。春將半，思轉濃，羞顔不敢笑春風。怎如得盈盈彩袖雲間度，怎如得步步金蓮花下逢。蘭臺已賦，琅帙未通，丹霞枉鎖了秦樓鳳。怨忡忡，鶯花易老，雲鬢欲飛蓬。

按：此曲録自陳所聞輯《南宫詞紀》卷四。

字字錦·秋閨怨

秋來怕倚闌，没樣堪經眼。寒鴉點夕暉，曲水縈村岸。指征帆，只見慘淡飛雲，飛雲表砌着幾堆亂山。癡儇，天涯訪故，可曾一想瘦顔。明知别懷，别懷禁不慣。抛得下影鸞單，抛得下影鸞泣單，况多時未返。他今在那裏，今在那裏，便教苦戀。青樓鼓瑟，紅樓把盞。應念取西窗燭冷，東窗蕊爛，則枉鳳釵敲綻。

【滿園春】霜臯外渚鴻翻，錦織就倩人難。憑誰寄語無情子，風塵内，風塵内裘馬兒如閒。忙回首，辦歸鞍。早角吟也殘，漸月盈也殘。捱儘淒涼，儘捱淒涼，相逢漫吐，只付與袖浥啼斑。

按：此曲錄自顧曲散人（馮夢龍）輯《太霞新奏》卷一一。亦見於張叔楚、張旭初編《吳騷合編》卷三。

【雙調】步步嬌·春怨

花壓雕簷春風曉，入幕餘寒峭，水沉烟漸消。殘夢初驚，隔窗啼鳥。扶病倚亭臯，綿綿幽恨連芳草。

【醉扶歸】亂紛紛蘚徑殘紅落，暗沉沉柳絲寒翠消。意懸懸人去楚天遙，恨悠悠夢斷秦樓杳。那堪蕭索度花朝，重門掩却春光老。

【皂羅袍】對景暗傷懷抱，見疏林斜日，掩映溪橋。可憐淚逐落花飄，不禁腸斷棲鴉噪。愁催潘鬢，病添沈腰；香枯青鎖，塵埋紫簫。天涯無計歸青鳥。

【好姐姐】離魂幾番暗消，又聽得嚴城畫角。迴廊月冷，閑將綠綺調。相思調，高山流水知音少，寡鵠孤鸞秖自嘲。

【香柳娘】更難禁此宵，更難禁此宵，庭幃人悄，熒熒短炬殘燈照。想朱扉畫橋，想朱扉畫橋，曾整翠雲翹，爲把蛾眉掃。到如今恨着，到如今恨着，鴛衾寂寥，魚書消耗。

【尾聲】孤眠不穩頻驚覺，何處笙歌響碧桃，立盡殘更天未曉。

按：此曲錄自汪廷訥《坐隱先生精訂梁少白江東白苧》。胡文煥編《羣音類選》「清腔」卷五，題金白嶼撰。今查金鑾《蕭爽齋集》中未載，待考。

【正宮】白練序・詠梅

春光早漏泄，向南枝信已傳，終不負舊日故人青眼〔一〕。初見野水邊〔二〕，謾索笑偷香情暗牽。真堪羨，東風占却萬花魁選。

【醉太平】深院，相思夜冷，正暗香疏影，忽到窗前。冰肌照眼，那許蝶鬧蜂喧。堪觀〔三〕，黃昏東閣舊姻緣，也曾侍翠屏春宴。萬般消遣，真個勝似跨鶴腰纏。

【白練序】換頭逋仙眼望穿，恩情萬千。西湖上只落得幾迴清顛。蹁躚落舞筵，似鬟亂釵橫遺翠鈿。尤堪戀〔四〕，影妝試出壽陽宮面。

【醉太平】換頭羅浮夢裏，淡妝素服風流無限〔五〕。參橫斗轉，惆悵翠禽啼怨。留連，誰家羌笛妬春妍，怎禁他碎瓊飛片！雨微金重，調羹又入傳巖商殿。

【尾聲】桃李繁華緣分淺，疏狂冷淡滋味全，留取心腸鐵石堅。

【校】

〔一〕「終不負」句，《南宮詞紀》作「還掩映舊日水痕清淺」。

〔二〕野水，《南宮詞紀》作「庾嶺」。

〔三〕堪觀，《南宮詞紀》作「堪憐」。

〔四〕尤，《南宮詞紀》作「猶」。

〔五〕無限，《南宮詞紀》作「曾擅」。

按：此曲錄自周之標輯《吳歈萃雅》「元集」。亦見於許宇輯《詞林逸響》、凌濛初輯《南音三籟》，均題梁伯龍撰。蔣孝《新編南九宮詞》則題爲顧狀元作；《南宮詞紀》原有署名，後挖塗不清。究竟爲何人所作，待考。

【商調】高陽臺·春怨改定陸包山原作

萬點殘紅，千林新綠，聲聲怨殺啼鴂。暮送春歸，芳心時爲愁絶。傷別，烏絲小字書空寫，有話兒誰分說。頓教他歸來再整，舊時風月。

【前腔】以下俱換頭悲咽！冷冷清清，淒淒楚楚，黃鸝又早啼徹。人在層樓，闌干十二憑絶。愁結，天涯遠隔何日返，怎遣這望中流血！奈臨風無端懊惱，玉釵敲折。

【前腔】難撇！病染相思，愁耽悒怏，陡覺精神悲切。絳燭花生，蛾來又從搧滅。情絶，鱗鴻望斷音信杳，暗自將鳳鞋輕跌。任殘滅麝蘭待燼，慵把香爇。

【前腔】愁結！門掩殘春，冷風疏雨，那更那人長別。地北天南，淒然兩下屏絶。難決，爭怎道今心頓改，好情懷已成週摺。歎巫峰重重霾霧，一時迷疊。

【前腔】薄劣，鳳友鸞交，蜂喧蝶嚷，怎忍鏡分簪折！暗想花前，幾回立地曾說。情切，溫存萬種誰似你，這姻緣着實難抛撇。慢回首端然如夢，悶縈愁結。

【前腔】虚設，繡榻銀屏，鴛衾珊枕，幾番猶自難熱。縱有鸞膠，斷弦何日重接。歡悦，人歸錦堂春復靄，羨春香紅透雙頰。共留連花堆錦片，這回心愜。

按：此曲録自《吴騷合編》卷三。

文

南西廂記叙

樂府變而爲詞，詞變而爲曲，故曲雖盛於元，而猶以《西廂》壓卷。實甫而下，作者繽紛，其餘不足觀也已。姑蘇李日華氏，翻爲南曲，蹈襲句字，割裂詞理，曾不堪與天池作敵，而列諸家之末者，豈成其賤工之誚耶！凡曲，北字多而調促，促則辭情多而聲情少；南字多而調緩，緩則辭情少而聲情多。李氏無乃欲便優人之謳而快里耳之聽也，議者又何足深讓乎？特采存之，以成全刻。若曰：毀西子之妝，令習倚門；碎荆山之玉，飾成花勝。繩以擯易，則予誠不得爲之解矣。仇池外史梁伯龍題。

按：此叙錄自明萬曆間刻本《南西廂記》卷首。

附录

目錄

增補部分……六七〇

梁伯龍

王兆雲

梁伯龍，蘇郡崑山人，名辰魚。性豪縱好遊，亦復好吟。以例貢爲太學生。文翰詔序其詩云：「梁生南遊會稽，探禹穴，至永嘉、括蒼諸名山而還。既又泝荆巫，上九疑，泛洞庭、彭蠡，登黄鶴樓，觀廬山瀑布，尋赤壁周郎遺跡，篇中歷歷可見。蓋遠追子長芳軌，欲北走燕雲，東遊海岱，西盡山陝，覽觀天下之形勝，與天下士上下其議論，以吐胸中之奇者，一第何足爲輕重哉！是亦足以豪矣。」其詞如《浣紗記》諸帙，尤爲詞林艷賞。（《皇明詞林人物考》卷一一）

梁辰魚

張大復

梁辰魚，字伯龍，長八尺有奇，疏眉目，虬髯。曾祖紈，父介，世以文顯。而公好任俠，喜音樂，多飛揚跋扈之氣，不能俛首就諸生試，作《歸隱賦》以申其意，御史弗聽，勉遊成均，竟亦弗就。乃行營華屋，招徠四方奇傑之彦。嘉靖間，七子都與之交，而王元美與戚大將軍繼光嘗造其廬，樓船舁樹，公亦時披鶴氅，嘯咏其間。或鷊冠裼裘，擁美女，挾彈飛絲，騎行山石，曲折上下，不知者以爲神仙云。公性善酒，飲可一石，大梁王侯請與決賭，左右列巨觥各數十，引滿，轟飲之，侯幾八斗而醉，公盡一石弗動。時有梨園數輩，更互奏雜調，公倚而和之，其音若絲，無不盡態。侯大笑樂，謂伯龍之技，如香象搏兔，具見全力如此。所製唐令、宋餘、元劇，乃至國朝之聲，多飛入内家藩邸、戚畹貴遊間。千里之外，玉帛狗馬，名香琛玩，多集其庭。而擊劍扛鼎、鷄鳴狗盜之徒，乃至騷人墨客，羽衣草衲，世出世間之士，爭願以公爲歸。公巨口亮節，據牀東嚮坐，自奏其製，如鳴金石，與巧喉倩輔相答響，不差毫髮。或鷄鳴月墜，煙粉消落，其神愈王。華亭莫士龍知公好戲，爲具綵鳳風箏，公令健奴數十輩，就大野駕之，風遒日薰，歌聲相屬，有百鳥盤旋其旁。公亦大笑樂甚，謂聲音之道固與天通，昔重瞳子奏箾韶而鳳凰儀，豈虚乎哉？嘗除夕遇大雪，既寢不寐，忽令侍者遍邀諸年少，載酒放歌，繞城一匝，而後就睡。曰：「天爲我輩雨玉，可令俗下人蹴踏之耶！」時年已七十矣。亡何，中惡，語不甚了。有老奴李周者，頗省其説，尚有註記。得歲七十有三。

論曰：吾鄉自顧仲瑛德輝，以風流豪舉特聞勝國之季，蓋嘗反覆《玉山草堂集》而傷之，意情與境相值，無如仲瑛者。後百餘年，而有伯龍氏，豈其後身耶？何天放之肖也？丈夫不得志，縱帙猎奇，擁姬酣卧，秉燭行遊，皆足以消耗其日月。然不得其所與俱，吾將安倣？如草堂之勝，正賴河東張翥、會稽楊維楨、天台柯九思、永嘉李孝光、羽衲張伯雨、于彦成、琦元璞諸人，相與舒發志氣。而伯龍遊七子，仲蔚、九範、靖甫、仲立、君淑，或千里神交，或同堂笑語，其高華復爲勝之矣。吾鄉人物，莫勝於肅皇帝之朝，即賦歸隱如伯龍，無不得直行其志，令後人徵實而論其世也。（《崑山人物傳》卷八）

按：《乾隆崑山新陽合志》卷二四、《光緒崑新兩縣續修合志》卷三〇所載梁氏小傳，均節錄自本文。不同者，光緒志增出：伯龍係泉州同知紈曾孫，父字石重，平陽訓導。

梁太學辰魚

錢謙益

辰魚，字伯龍，崑山人。以例貢爲太學生。身長八尺有奇，虬鬚虎觀，好輕俠，善度曲，囀喉發響，聲出金石。崑有魏良輔者，造曲律，世所謂崑山腔者自良輔始，而伯龍獨其傳。著《浣紗》傳奇，梨園子弟喜歌之。儻蕩好遊，足跡遍吳楚間，欲北走邊塞，南極滇雲，盡覽天下名勝，不果而卒。同里王伯稠贈詩云：「達人貴愉生，焉顧一世譏。伯龍慕伯輿，狥情良似癡。彩毫吐艷曲，燁若春葩開。斗酒清夜歌，白頭擁吳姬。家無儋石儲，出外年少隨。玄暉愛推獎，此道今所稀。」（《列朝詩集小傳》丁集中）

按：《乾隆蘇州府志》卷七九所載伯龍傳，悉本此文。

題梁伯龍遊越中詩後序

俞允文

余嘗以爲遊亦有二道焉，而皆寓乎勝。其於道苟茫然也，則雖登泰山履日觀，未嘗不若遵平壤而行堀堁間，罕剉其脛之一毛也。果何勝耶？而山之勝固鬱然也，是勝嘗在山矣。雖然，余好爲名山之遊久矣，而卒不獲一至焉。吾嘗夢而遊焉，真若凌千仞之崕，而逐乎雲嵐之表，時固未嘗有山也，而勝界果在山乎？是山與我乎果孰勝耶？且吾未始遇乎山，而徒以夢得其勝，是挾吾之空勝，以超乎實也。若必待與山遇而勝始出焉，是又以目勝也，則不若吾夢之猶有神之説者存也。伯龍嘗有是勝，而卒遇乎山以發之，而又有藻蔚之什，是能合其勝者。伯龍真能遊矣！夫既與山合勝，而即未能與之忘焉，是

猶有勝心也。勝既合矣，而又若向者之遊焉，而未始茫然也，則坐進乎道矣。（《俞仲蔚先生集》卷一〇）

梁國子生集序

梁伯龍，蘇郡崑山人，名辰魚。性豪縱好遊，亦復好吟。以例貢爲太學生。北上時取道吾錫，以詩一册謁予。文翰詔有序云：「梁生南遊會稽，探禹穴，至永嘉、括蒼諸名山而還。既又泝荆巫，上九疑，泛洞庭、彭蠡，登黄鶴樓，觀廬山瀑布，尋赤壁周郎遺跡，篇中歷歷可見。蓋遠追子長芳軌，欲北走燕雲，東遊海岱，西盡山陝，覽觀天下之形勝，與天下士上下其議論，以吐胸中之奇者，一第何足爲輕重哉！是亦足以豪矣。」予素不喜豪，而取其豪於詩也，刻置家塾。嘉靖丙寅秋九月，是堂山人俞憲識。

（《盛明百家詩》前編《梁國子生集》卷首）

梁伯龍古詩序

劉　鳳

世謂古詩有三者：漢《安世房中》、《郊祀》、《鐃歌》諸篇，可謂上古；鄴中諸子迨晉潘、陸、左思之徒，可謂中古；元嘉以來至於隋，可謂下古。隋煬七言樂府，實開唐風之始。于鱗云：「唐無古詩。」誠知言哉！然其所自謂古者，則不知其何居？梁伯龍自名能詩，一日過予，出所著示予，曰：「元美命之，宜多爲古，遂成帙。」予讀之既喜，曰：「梁君遂至是哉！」夫古不可幾矣，才以代降，即其語固亦時風哉。且古所爲文，命之爲經，六經以下，無復能爲者，謂不可復焉爾也。古詩猶之經耳，于鱗氏之言而信，則又何望矣？今梁氏詩乃出唐以上哉，元美命之矣，可以徵，抑何疑？余故驚其敏，自云一日可數十篇，則自昔爲詩能爾乎？不也。夫作者多娼人出己上，故其立論，每不相假。即梁君才多五倍余，其命篇，漢以來無不擬，騁其逸力，拊而發之，翔鶩千里，咸中桑林之舞。豈特學御子期者，纔得秋駕，猶不免圃池之敗者，比力度材哉。且梁氏喜爲新聲，人咸效之遍海内。今乃復爲古焉，使可諧之金石，則《由庚》以下，笙詩之不傳，可復作；而有明一代之樂，猶將藉其聲，以調宫徵、清濁、高下，音之甚微妙可得，而推審音知樂，其有待乎哉！（《劉子威集》卷三九）

鹿城詩集

《鹿城詩集》十卷，明萬曆刻本。明梁伯龍撰。伯龍，字辰魚，崑山人。其套數小令集名《江東白苧》，今有汲古閣刻本傳世。又譜西施故事爲傳奇。時同邑魏良輔，能喉轉音聲，姑變弋陽、海鹽故調爲崑腔，伯龍乃填《浣紗記》付之，王元美詩云：「吴閶白面遊冶兒，爭唱梁郎雪艷詞」是已。同時，又有陸九疇、鄭思笠、戴梅川輩，更迭唱和，雅辭麗韻，流播人間。至今言歌詞無不推崑腔，實伯龍作之始也。顧其詩獨罕傳於世，有《遠遊稿》，已佚。此編以古今體類次，首卷又以鼓吹曲、横吹曲、相和歌辭、清商歌辭、子夜曲、舞曲歌辭、四時白紵舞歌、琴曲歌辭標目，宛然郭茂倩《樂府詩集》之遺響。或正言以明志，或婉語而引情，玄霜絳雪，非世所常。其高者極聲音之奧，窮造化之奇；其淺者不過略能駢贍而已。屠緯真隆序之曰：「身有八尺之軀，而家無百畝之産，入媚其妻子，而出傲於王侯。」張大復《梅花草堂筆談》，亦稱「伯龍風流自賞，脩髯美姿容，身長八尺，爲詞家所宗，艷曲清詞，流播戚里」。伯龍蓋以韋布衣終其身，故緯真輩之言如此。集中篇什，七古如《松雲歌》、《五臺山歌》、《破瓢詩》、《落魄公子夜闌曲》、《雙頭蓮葉歌》等，最爲出色；律絶次之；古樂府則興會飆舉，獨具體格。夫伯龍顧曲名堂，不能自已，詩特其餘藝耳。然在曲家中固如鳳毛麟角，不可多見矣。（《續修四庫全書提要》（稿本）卷一二集部）

江東白苧跋

董　康

《江東白苧》二卷續二卷，明梁辰魚撰。辰魚字伯龍，崑山人。《靜志居詩話》：「伯龍雅擅詞曲，所撰妙絶時人。時邑人魏良輔，能喉轉音聲，始變弋陽、海鹽爲崑腔，伯龍填《浣紗記》付之。王元美詩所云『吳閶白面冶遊兒，爭唱梁郎雪艷詞』是已。同時，又有陸九疇、鄭思笠、包郎郎、戴梅川輩，更唱迭和，清詞艷曲，流播人間。今已百年，傳奇家曲别本，弋陽子弟可以改調歌之，惟《浣紗》不能，固是詞家老手。」按梅邨《琵琶行》云：「百餘年來操南風，竹枝水調謳吳儂。里人度曲魏良輔，高士填詞梁伯龍。北調猶存止絃索，朔管胡琴相間作。盡失傳頭誤後生，誰知却唱江南樂。」證以竹垞之説，知崑曲淵源實由兹始。三百年來，霑被後生，不可謂非特立獨行之士已。《盛明雜劇》尚有伯龍所作《紅綫女》、《紅綃》二種。此集多小令，間雜套數，雅裁麗製，含思宛轉，宜乎被之絃管，有令人凄動心脾者。因獲舊

帙，令綠子重寫付刊。環翠本有〔雙調〕步步嬌·春怨，錄爲補遺。乙卯四月，誦芬室主人記。（誦芬室刻本《江東白苧》卷尾）

江東白苧跋

吳　梅

《江東白苧》二卷續二卷，明梁辰魚撰。辰魚字伯龍，崑山人。太學生。泉州同知紈曾孫，平陽訓導介子也。好任俠，又好遊，足跡半天下。雅擅詞曲，著有《浣紗記》，騰譽人口。朱竹垞《靜志居詩話》云：「時邑人魏良輔，能喉轉音聲，始變弋陽、海鹽爲崑腔，伯龍填《浣紗記》付之。王元美詩所云『吳閶白面冶遊兒，爭唱梁郎雪艷詞』是已。又有陸九疇、鄭思笠、包郎郎、戴梅川輩，更唱疊和，清詞艷曲，流播人間。今已百年，傳奇家曲別本，弋陽子弟可以改調歌之，惟《浣紗》不能，故是詞家老手。」據此，則伯龍之詞見重於世久矣。此爲散套，頗不易得，中爲各家所取者至夥。卷首張伯起序，有「吳中好事編集成帙」云云，知此本亦當時坊刻。詞中時見錯譌者（詳見上方校語），殆未經名家校正也。伯龍尚有《紅線》、《紅綃》兩雜劇，余未之見。至其所著散曲，持此以校各家選本，或盡於此矣。《崑山縣志》云：「伯龍營華屋，招致四方奇傑。」又云：「風流豪舉，與元之顧阿瑛相彷彿。」意其人雄爽慷慨，不可一世，令吾有遲生三百年之感焉。丙辰中秋，長洲吳梅跋。（明刊本《江東白苧》目錄後）

按：此書卷末，吳梅又跋云：此書得於丙辰後，丁巳二月，點板一卷，用墨筆。今歲丙寅，續點，已十年矣。

序浣紗記

朱其輪

戊申春，余偕二三友人，讀書於里之旌德祠。病餘，偶檢詩歌，時遣煩悶；閱《浣紗》劇，輒三歎范大夫之始終忠越也。方夫差以師長驅搗會稽時，勾踐特煢煢亡國寡君耳，何有請成，何思守土哉！自種幣一行，而甘心臣妾，幽囚拘繫於其廷，非不小有所屈也，而吳則大爲之愚矣。讒張忠間，君若臣得幸脱虎口，復見祖宗基業。早夜佐其君，嘗膽卧薪，以圖恢復。乘十年生聚之盛，當三吳驕諂之時，貢神異以窮彼物力，獻佳冶以蠱其心志，此雖沼吳之秘計，而越於是日就强大矣。功成仇雪，正幹國者勒勳策伐之會，而蠡獨以扁舟載西子，放浪湖山煙景中，富貴功名若罔聞之。人咸誦彼之糠粃顯達爲善識事機，而予獨嘉其忠於越。語曰：「般樂怠傲，是自取禍。」矧容粉白黛緑者之日廁吾君側也。不欲以斃吳者斃越，故不忍以媚夫差者媚吾君，則有身與之相周旋而已，何五湖笑傲之非上大夫深謀遠慮哉！固知不與其君共安樂，第世俗之鄙見，而區區解脱，尤非所以次大夫矣。若夫二國之興亡强弱，則有班班史策在，又何俟予之序論？萬曆戊申孟秋朔日，脩翎主人朱其輪書。（明武林陽春堂刻本《重刻吳越春秋浣紗記》卷首）

浣紗記跋

吳　梅

此記吳越興廢事。伯龍〔漢宫春〕詞所云「看今古浣紗新記，舊名吳越春秋」是也。詞中事實，與史不符處頗多，此是搬演家舊習，不足深辨。《静志居詩話》云：「伯龍雅擅詞曲，所撰《江東白苧》，妙絶時人。時邑人魏良輔能喉轉音聲，始改弋陽海鹽爲崑腔，伯龍填《浣紗記》付之，王元美詩：『吴閶白面冶遊兒，爭唱梁郎雪艷詞』是已。同時又有陸九疇、鄭思笠、包郎郎、戴梅川輩，更唱迭和，清詞艷曲，流播人間。今已百年，傳奇家曲别本，弋陽子弟，可以改調歌之，惟《浣紗記》不能，故是詞家老手。」據此，則當時推重之者，幾風靡天下。今按其詞，韻律時有錯誤，如第二折〔玉抱肚〕云：「感卿贈我一緉絲，欲報慚無明月珠。」第七折〔出隊子〕云：「八九寸彎彎兩道眉，盡道輕盈，略嫌胖些。」尤爲顯然謬誤。至如《打圍》折〔南普天樂〕、〔北朝天子〕合套，爲伯龍創格。而〔朝天子〕每支换韻，《迎施》折〔三换頭〕二曲，一云：「這其間只是我不合來溪邊獨行。」一云：「這壁廂只得把那壁廂暫時承領。」誤作一句，不知《琵琶》原文爲兩句，協韻，此又大舛律者也。惟曲白研鍊雅潔，無《殺狗》、《白兔》打油餃釘之習。明曲中除《四夢》外，當推此種爲最矣。霜厓。（《霜厓曲跋》卷二）

送梁伯龍歸吴

李　奎

落葉四郊飛，寒霜上客衣。孤舟適越至，長劍復歸吴。世路有荆棘，鄉山多翠薇。莫將和氏淚，卻向楚人揮。（《龍珠山房詩集》卷上）

送少白梁伯龍

李　奎

露滴江城曉月輝，送君獨向闔閭歸。梅花笛裏愁還落，楊柳霜中折更稀。秋水路平千里斷，白雲天盡一帆飛。不堪别後相思處，寂寂空山自掩扉。（同上卷下）

送梁伯龍歸吴

李　奎

越王臺上夜飛霜，西子湖邊柳盡黄。欲贈别離惟有月，隨君西去到金閶。（同上）

送梁伯龍遊荆南

黄姬水

且説荆南路，遥從巴蜀分。江春半流雪，峽曉盡飛雲。之子抱羇思，孤遊弔湘君。不知寒坂夜，猿叫若爲聞。（《白下集》卷三）

遠遊篇贈别梁伯龍

尹　臺

斥鷃重枋榆，大鵬輕溟渤。物智固爾殊，所適信相越。矯矯少白生，雅志特踔揭。挾策三十載，不能事干謁。遂辭在泮棲，出乘浮海筏。手披仙室圖，目蕩神山窟。鼓枻逝焉投，南都暢始遊。三江泝溟漲，九派沿奔流。名山延曠覽，勝跡恣奇搜。問津揚子渡，弭棹瓜步洲。廣陵富阡術，烟月掛迷樓。

瓊花散清影，玉樹回嬌謳。醉握蒲鍛環，笑解珊瑚鈎。扁舟下淝淮，萬里黄河來。偉哉崑崙水，終古簸寰垓。彭城弔殘壘，沛邑訪遺臺。英雄千古事，蕭颯徒蒿萊。迴驅魯甸車，特税曲阜墟。神聖闕去壤，林樹空扶疏。金絲聞寢廟，玉瓚瞻庭除。茫洋姬孔業，千秋誰補苴。舉頸眺鄒嶧，蒼然岱宗色。七十二古帝，封禪留遐跡。玉泥秘金書，光景爛相射。天門振羽衣，日觀駐飛舄。碧霞絢流彩，晃耀敖宫黑。洗頭玉女盆，晞髮丈人石。俯視滄海濤，雲霧動千幘。倚劍眺中原，山川鬱以屯。函谷鑿天險，涇渭交排掀。秦皇壯宫闕，漢帝恢陵園。廢興一瞬間，安用勞營魂。西顧太華掌，極望鳥鼠垣。朔風捲塵色，千里胡塞昏。悲哉古白骨，鬼哭長啾繁。還轅武牢關，馳出商汝間。洛瀍抱块買，底柱洶潺湲。俯聽吕梁灝，震噴龍門山。神禹費刊刻，舉趾愁窺攀。方舟下洛陽，緬然思故鄉。雍豫指綿邈，嵩少辨微茫。南涉漳河曲，幾日下汴襄。魏都絶雀觀，宋苑頹花綱。由來土石麗，秖促國危亡。雄圖竟丘莽，今古同慨傷。烈士懷千載，丈夫志四方。婚嫁嗤尚平，講業企馬長。跡豈靈岳阻，記必名山藏。何以貺君行，贈此遠遊章。（《洞麓堂集》卷八）

送梁伯龍遊楚并寄周水部一首 并序

俞允文

伯龍素有奇分，千里之遊若在足下。明日告我泛鄂渚，下漢沔，訪懷、襄於高唐，弔屈、宋於澧浦，以爲異於古之左遷，豈不快哉！然楚人多哀，復此秋晏，君其奈何！歸必挾勝語以廣我異聞，坐我於崇蘭芳杜間也。

泛秋入楚色，浩蕩千里豁。況值清秋時，逸興不可遏。雲來巫峽長，木衰洞庭闊。故人渺何許，引領向天末。（《俞仲蔚先生集》卷三）

送梁伯龍遊天台將往武夷

俞允文

嘗觀興公賦，冥搜恣遐躅。天開赤城標，曠然豁心目。瓊臺望朱闕，相連入雲族。松聲湧波濤，遙瞻但空濛。石屏莓苔滑，此中勢莫窮。改轍復南行，名山當武夷。碧嶂爭峭崿，秀色明迴谿。丹宫仙人古，却紆武帝祠。子有超世情，興言懼鬢變。竦身事冥搜，逍遥釋常戀。余亦秉微尚，每懷巖壑奇。守見苦未弘，棲遲遂淹時。何時拂衣去，與子諧幽期。（同上）

送梁伯龍遊泰山西登嵩少遂入秦中望塞垣詩一首

俞允文

梁生四十仍落魄，往往壯心兼壯遊。東行還訪二千石，愛看海市經萊州。珠璣五色散文錦，掛席獨往窮冥搜。自言四月上泰山，雲霧窈窕青冥間。金泥玉檢復安在？七十二君空往還。天門浩蕩望不及，中歎白日凋朱顏。興來却感濟南生，一冠已掛鴻毛輕。當登太華五千仞，攀崖躡磴隨烟升。著書時誇建安作，舉世未許人知名。去冬書來通我心，惠盈一紙喜欲驚。爾到須開蔣生徑，倒屣出户歡相迎。相歡相憶復堪嗟，而辭嵩少採三花。更向秦關窺紫塞，咸陽萬里飛胡沙。悲笳亂動秦關月，胡草茫茫皎白雪，乘龍漢使鬢垂銀，射鹿胡奴淚成血。此間王公我所親，只今海内惟知音。時參大府政

多暇，一見能使無歸心。人生行樂自有期，我爲長歌遠致之。春風鴻雁南來少，莫懶鄉書慰所思。（同上卷四）

送梁伯龍

俞允文

楚水不可涉，應憐宋玉才。三秋征雁少，九日片帆開。地入荆門盡，天浮郢樹來。知君有奇藻，今日訪陽臺。（同上卷五）

讌梁少白宅聽吳中新樂羣至半山橋

孫　樓

瑶席開新樂，銀燈剪絳花。合歡羅上彦，分部鬬名家。連袂歌相答，飛觥興轉賒。如何逢永夜，皎月易爲斜。（《孫百川集》卷三）

贈梁伯龍

徐中行

春夜曾同醉習池，歲寒何意慰心期。竹林早識青雲器，茂苑爭傳白苧詞。寶劍暫沉猶射斗，名駒未老定逢時。低回欲結淮南社，同賦山中叢桂枝。（《天目先生集》卷七）

贈吴人梁辰魚

李攀龍

迢遥岱嶽海漫漫，秋興如君未易闌。三觀雲霞天上坐，蓬萊宫闕掌中看。綫探緑綺陽春動，一説干將紫氣寒。詞客吴門誰不羨，王家兄弟雅盤桓。（《白雪樓詩集》卷七）

寄贈伯龍

李攀龍

彩筆含花賦别離，玉壺春酒調吴姬。金陵子弟知名姓，樂府爭傳絶妙辭。（同上卷一一）

贈梁伯龍二首

李攀龍

白雪樓高海氣重，吴門辭客過相從。可知不帶紅塵色，至自清秋日觀峰。

太華峰頭玉女壇，别時明月滿長安。不知秋色今多少，君到仙人掌上看。（同上）

遠遊篇贈梁伯龍

沈明臣

未知君面知君名，知君已是人中英。少年讀書未得意，仗劍躍馬遊燕京。燕京易水千年在，英雄意氣移山海。尚有悲歌擊筑人，君今此去應先采。況聞君心壯，頗如馬子長。從吴上齊魯，拜揖闕里堂。泰山之巔觀日出，可以東面窺扶桑。天風吹身雲霧上，坐俯九垓天似掌。茫茫元氣盪心胸，人世勞勞空悒怏。南望大梁墟，黃河裊如帶。衛水東流日夜聲，信陵公子今何在？願君一出夷門道，再訪侯嬴與朱亥。馬首西趨函谷關，皚皚白雪照泰山。當年據險吞六國，豈知二世損人寰。君王將相起豐沛，多在錐埋屠販間。相逢莫作皮相士，四海結交從此始。汎沅浮湘縱所如，蒼梧綿竹乾坤裏。丈夫墮地爲白駒，一日何妨走千里。羲和曾馭日，愚公欲移山。人生百歲天地間，毋使白日凋朱顔。嗟余坐一室，四壁何所見？犬馬空慚四十年，白首無由投筆硯。壯君遊，慕君素，慷慨爲君作長句。萬丈文獻會成均，勸君莫道儒冠誤！（《豐對樓詩選》卷六）

吳門喜遇梁伯龍答贈

沈明臣

避地居廡下，梁鴻不賃舂。市終非有虎，吾竟歎猶龍。已隔十年面，俱非舊日容。一時悲喜處，相對把芙蓉。（同上卷一七）

送梁君還崑山

徐　渭

送子返吳城，憐予亦遠行。錦囊俱佩筆，青嶂獨題名。被檄來何莫，治裝去不停。翻嫌養鸚鵡，持賦似禰衡。（《徐文長三集》卷六五）

九日同陳敬甫梁伯龍登馬鞍山得高字

歐大任

霜前木葉下亭皋，扶策登臨不憚勞。册府天開羣玉積，筇樓山擁九霞高。秋聲南入三江棹，海色東來萬里濤。一望崑丘頻極目，莫疑仙客出盧敖。（《歐虞部集·詔歸集》卷一）

貽梁伯龍

王世貞

伯龍示我《南游篇》，奇哉！然多慷慨憂生之感。其薄有田廬，足以送日，而戚戚文網，鮮復遺致。末路榛集，闇吻未融，徒自苦耳。因成一章，聊以相廣云。

喬木竦崩崖，下臨千仞谿。豈不虞傾折，根株詎能移？回風吹轉蓬，飄飖旁天垂。念此歲云晏，廓落竟焉歸？兩慕中未宣，安覩已所悲。周道横豺虎，飭步詎成規？君子憂世患，小人偷自怡。恒恐羲輪逝，爲謀不畢時。唯有貽竹素，可以愜衷期。（《弇州山人四部稿》卷一三）

贈梁伯龍北遊歌

王世貞

伯龍七尺蒼髯虬，菰蘆不散英雄愁。慨然揖我渡江去，欲捲長虹天際頭。東連海岱西二華，黄河一線中間流。燕趙悲歌酒人得，原嘗俠節眉頭識。須留國士徑寸心，肯傳侯門萬金璧。荒草猶塵碣石名，浮雲立變華陽色。歸來笑謂宗少微，汝曹匏繫終何依。男兒有足不立稿，尺鷃大鵬俱飽飛。（同上

卷一九)

梁長子自泰山歸以百三十韻詩見誇因成俚歌奉嘲

王世貞

梁伯龍,真龍伯,自從釣鰲忤上帝,壓之尚餘三百尺。笑語王先生,長者所苦爲杯棬,男兒失意則蓬累,焉能委身眉睫間。北渡洪河,東遊泰山。舉頭出天門,拿手捫日觀。白雲封中起,似欲割其半。嶽帝不敢呵,玉女一笑粲。是何魍魎來,令我山靈怖欲竄。梁伯龍醉攜金壺汁,倒翻玉女盆,詩成一千三百言,千三百顆明玉圓。長吟短詠不肯眠,西風吹骨骨欲顛,其若囊中無一錢。王先生爲汝作詩卷,減之一字一匹絹。天公籠統無月旦,買者爲誰復誰怨。梁伯龍,勿懊惱,歸來從容問若姥,東家侏儒日若飽,長者不呆真呆寶。(同上卷二〇)

贈梁伯龍

王世貞

漢闕題罷鬢初華,梁苑文成席更誇。匣裏秋霜諸俠少,曲中春雪舊名家。江陵客寫金鏤子,建業人歌玉樹花。誰道歸來仍壁立,文君窈窕自煎茶。(同上卷三八)

嘲梁伯龍

王世貞

吳閶白面冶遊兒,爭唱梁郎雪艷詞。七尺昂藏心未保,異時翻欲傍要離。(同上卷四九)

初夏金在衡梁伯龍康裕卿葉茂長蕭漢卿過飲清懶窩分得鵝字

張士瀹

長日茆堂靜，高賢喜共過。酒宜河朔飲，調擬郢中歌。槐牖通巢燕，蓮池戲乳鵝。與君看物候，不醉欲如何？（《盛明百家詩·張心父集》）

送梁伯龍遊五岳

童珮

出門雲霧氣，知是訪山川。綠樹春方半，黄河路幾千。落梅城外笛，行李雨中船。道上人爭訝，禽生是列仙。（《盛明百家詩·童賈集》）

戲答梁伯龍

張鳳翼

樹猶如此我何堪，車殆窮途合解驂。盡説馬羣空冀北，休論捷徑在終南。（《處實堂集》卷四）

寄梁伯龍

王懋明

聞君遊倦復還邛，共説年來賦益工。任俠好看虬客傳，躬耕聊繼鹿門風。雲林獨往常心醉，花月幽居有夢通。一自過門題鳳後，至今猶愧在樊籠。（《盛明百家詩·王僅初集》）

懷友七首·梁伯龍

莫是龍

涉勝每獨往，離俗慕遠遊。飄飄淩雲氣，寥寥抱青丘。紆鬱發中懷，詞源汎春流。剪燈西窗下，桂樹更淹留。早晚高陽徒，濁酒來勸酬。抵掌叙平生，落魄半朱樓。（《莫廷韓遺稿》卷二）

冬日與梁伯龍宋初易馮子潛訪招隱園

莫是龍

十里出江郭，名園訪隱來。谿聲迴檻入，山色傍檐開。留客閒雲榻，催詩落日杯。座中擒藻者，多是小山才。（同上卷四）

喜梁伯龍至

莫是龍

相思日夕賦停雲，勿自杯前喜見君。坐老勝情空俗眼，平生俠骨傲人羣。西風駐馬寒相問，舊雨篝燈夜屢分。總有窮愁消未得，故交零落不堪聞。（同上卷七）

青門引·與梁伯龍同和舊韻

莫是龍

剩雪苔痕冷，狂雨攪愁初定。新蟾脈脈印波明。音書到也，報到故人病。春風醉我慵難醒，入夢芳魂靜。空驚夜半蕭瑟，一庭瘦損梅花影。（同上卷一〇）

送梁山人北遊

張獻翼

向平不浪出，許遠繼清風。芳草王孫路，梁園帝子宫。興來難繫馬，才在豈雕蟲。萬里探奇跡，冥心五嶽中。（《盛明百家詩·張敉集》）

送梁伯龍謁胡尚書

王穉登

錢塘八月看潮時，君去他鄉謁所知。露浥芙蓉俱是淚，風吹楊柳半無絲。寶刀新佩能寄馬，油幕多閒好賦詩。莫向越姬歌白苧，西湖原有竹枝辭。（《王百穀集·金昌集》卷三）

席上呈梁伯龍諸君

王穉登

生計年年是釜魚，相逢莫笑酒尊虚。僮亡不信王褒約，交絶無勞叔夜書。散盡千金顏色在，生來多病鬢毛疏。吳王城裏花如錦，卻愛青山好卜居。（同上）

送梁伯龍壯遊歌

王世懋

梁生跅跑負奇士，七尺昂藏心未死。騏驎不受櫪下恩，猛氣長思日千里。飄然向我誇遠遊，意氣自謂前無儔。吳山如拳不入眼，太湖一葦寧足浮。東道瑯琊渡萊水，蓬萊閣前海成市。徘徊覽古齊魯間，五岳先從岱宗始。豪吟獨上秦皇臺，海色回看復似不？千秋紫氣中原入，萬里黄河天畔來。虹霓爲旌星爲車，還過嵩少採三花。夷門古道餘千載，汴水春風夾萬家。朝遊大梁夕秦川，九州便欲遊其八。中條雪出馬首看，函谷鷄鳴醉中發。自昔咸陽帝王宅，青天西柱芙蓉色。試看仙掌玉女盆，何似天門丈人石。憐余磊魄老東吴，恨無羽翼隨風徂。把袂天涯問歸日，爲生乞取卧遊圖。（《王奉常集》卷三）

金昌柳和梁伯龍 調寄玉連環

王世懋

青青無數金堤樹，弄絲拋絮。夕陽疏影那人家，前歲紫騮曾駐。惆悵白花飛處，要留難住。任它流水作浮萍，花未去春先去。（同上卷一五）

送伯龍大兄遊茅山

顧斗英

訪道禮丹丘，華陽足勝遊。仙壇花復殿，春水桂浮舟。鸞鶴瑶空見，煙霞彩筆收。白雲如可贈，寄我慰離愁。（《小菴羅集》卷二）

從伯龍兄乞梅花一株置座右

顧斗英

未習孤山隱，寒香那得聞。憑分庾嶺雪，來映草堂雲。影蠟屏添畫，侵衣麝罷焚。相看俱瘦骨，吟

就共清芬。（同上卷三）

仲夏送伯龍兄之金陵

顧斗英

氣繞闕門鬱不開，風流年少虎頭來。禁烟常鎖春淮柳，江雨爭肥上苑梅。鳳閣雲霞供彩筆，鷄山星斗助雄才。長干明月花無數，遲我深夜共舉杯。（同上卷四）

懷伯龍二首

顧懋宏

别來期相見，不意久違鄉。秋色頻凋葉，山容已著霜。啼猿知近楚，戲馬問重陽。買得登高屐，應憐詩滿囊。

聞報閩中寇，將軍已出師。旅情江月細，歸夢海雲遲。少婦空想憶，生兒尚未知。莫因山郡酒，忘卻故鄉期。（《炳燭軒詩集》卷三）

長歌行送梁伯龍赴越鎮之辟

顧懋宏

君不見杜陵季稚辭賦妍，誰爲之祖杜延年，文明善政天下傳；誰爲之舅辛武賢，威名勇略鮮與肩。朱輪華轂競隆盛，内外五世皆蟬聯。生來數奇獨不售，操觚仗劍俱迍邅。我才慚季稚，我命蹇則然，摛詞向人人不顧，欲趨戎事非吾便。乃思班仲升，慷慨忽投筆，西域之國五十餘，一朝款附功無匹。乃思陳子公，博達本儒術，好奇鼓勇氣莫當，俄斬郅支還谷吉。吴門梁生人所推，阮瑀之書王粲詩。龍韜每適三餘興，燕頷常生萬里思。頻年鴻鵠鎩雙翮，自信凌霄會有時。賦成鸚䳇驚龍頟，頓令紙貴聲輝赫。辟書相屬驛路來，倒屣定須延上客。元戎文武自罕伍，更君書記多籌策。平蠻不數馬伏波，作鎮應羞劉越石。楯墨磨來意氣雄，羽書飛處烽煙空。樓中清嘯接庾老，臺上高歌陪宋公。蘭巵桂檝湖邊月，鳳管龍旗堤畔風。還倩孟堅裁絶句，豐碑勒就顯崇功。（《盛明百家詩·顧伯子集》）

秋入次周芝孫韻寄梁伯龍於越

顧懋宏

懷君提劍武林遊，雁影蛩聲繞戍樓。七校倦看刁斗月，六橋驚换鼓鼙秋。西施溪上花辭醉，嚴子灘頭柳帶愁。吴越不須談往事，歸來同我伴閒鷗。（同上）

訪梁伯龍

張文柱

無路棄塵繻，猶能向索居。春歸啼鳥後，花盡見君初。向秀文章賤，嵇康意氣疏。長安任俠夢，清夜近如何？（《盛明百家詩·張文學集》）

同馮開之湖上喜遇梁山人伯龍

沈懋學

敬亭煙雨片飄東，剡水青山入棹中。孤雲高鳥凌瑶空，初陽堂畔春融融。澄湖明月清尊同，松風半榻鳴焦桐。彈鋏悲歌曲未終，翩翩匹馬來梁鴻。十載頻勞尺素通，思君千里憐飄蓬。相看無語凝方瞳，飛飛燕子窺簾櫳。謾雲白㒵似老翁，猶然灼灼顔如童。主人移酒穿花藂，危樓縱目低崆峒。倚劍雙看落斷虹，憑闌一笑生雄風。六橋三竺多龍宮，嵐光樹色何菁葱。吾將跨鶴開鴻濛，瀛洲杯底流雲紅。金丹紅骨同飛翀，葛洪結伴遊無窮。（《郊居稿》卷一）

同梁伯龍馮道立登法相寺

沈懋學

逃名恣奇尚，結伴愜幽尋。星動諸天色，春含萬綠蔭。一燈侵月曉，孤磬繞雲深。法相空禪脱，翻悲混世心。（同上）

酬梁伯龍

沈　倬

綠水紅蕖相映鮮，金陵明月大江天。酒徒記得高陽舊，今日相逢莫問年。（沈祖禹《吴江沈氏詩集錄》卷二）

答梁伯龍

王穉登

僕輩少無賴，自分當以情死，乃今回頭是岸矣。不知情從何起？復從何滅？無起無滅，安所繫情？足下尺五虬髯白如霜，尚沉淪慾海，以爲羲和之輪未駛，而更加策耶！財斷此念，證羅漢果不難。

不然即肉羅漢，無益粱居士，何況畫羅漢乎？昔人謂著糞佛頭爲大罪業，僕今著羅漢頭，亦薄乎云爾矣。（《野謀集》卷一〇）

與梁伯龍

梅鼎祚

春來花月，知復多情，必從金閶白面郎，醉歌闔閭臺上也。亦嘗西望而呼梅生乎？《鹿城》佳草，當已懸之國門，傳諸同好，鼎祚往見其副耳，願得而什襲藏焉。章臺故事頗行樂部，聞吳中曾有譜者，倘不得伯龍一顧，誤可知矣。蒼頭束首，率奉起居，薄有酒錢，爲公杖頭小費。秋中過虎丘、石湖間，尋九尺鬚眉蒼者，把手一笑也。（《鹿裘石室集》書牘卷五）

寄梁伯龍

王世懋

别足下兩換歲書矣。八尺彪軀，一尺銀鬣，猶能傴僂潤飾作老風流態否？僕苦吏事，積勞作劇，娱生之興都廢。獨足下啓我以匡君之靈，授我靈威丈人書，肩輿中恒手不置。五老之外，三疊之間，洞或鹿鳴，潭或龍卧，有暇即遊，有借即遊，幾得十之六七，信仙都、鬼谷非人間境也。足下昔遊，既自無多，即桑氏紀亦何能盡缺陷世界，畸愁思歸之人，賴此陶寫，今復奪之，令往賣菜市中生活，何好而不歸，足能悉其苦衷乎？昨與匡山作别，猶一宿開先，冒雨入簡寂觀。捐俸作臺亭初成，悁胆不能釋，四詩酬其靈，冀匡先生、陸居士萬一念我。然每念此山，亦復不能忘足下。頃寄吴下諸名士一詩，足下共之。又

以俸金燒數磁瓶分貺焉。紀事易一新者附往，愧無副本爲子錢，幸毋罪。（《王奉常集》卷四二）

諸家雜記、評論

李攀龍

梁伯龍口吻，不獨五色，兼有熱腸，惟恐不佞不一渡江。其所稱述君家兄弟，宛然目前。（《滄溟先生全集》卷三《報元美》二）

六月徂暑，梁生致以元美起居狀，甚悉。已即東探海市，無旋期，不果附報。九月既望，復宿周公瑕白雪樓下。攜行中原草堂，出元美詩卷讀之，彼以謂天球恍然忘其爲今之人也。因與登華不注爲送。將歸，維子之故。（同上《報元美》三）

梁生恒幹魁梧，乃能宛延於君家兄弟，奇哉！東行，痯痯自罷，囊中裝懸罄矣。攬眺之餘，空言盈篋，不如一囊錢也。然御我爲幸，沾沾焉不知其所苦，歸爲卒業門下，而令無負遠遊。（同上《與王敬美》一）

王世貞

往年伯龍登泰山，以長歌千三百言見示，余戲作此歌答之。中多吳兒俚語，久不復記憶。今年冬，伯龍出佳紙，索余重録一過，豈謂余嘻笑諂語亦成文章耶？然伯龍藝益高，名益起，而窮日益甚。時時避人僂行，意長者之駃猶故也。書畢，不覺失笑，唾紙。（《弇州山人四部稿》卷一二九《贈梁伯龍長歌後》）

吾吴中以南曲名者：祝京兆希哲、唐解元伯虎、鄭山人若庸。希哲能爲大套，富才情，而多駁雜。伯虎小詞，翩翩有致。鄭所作《玉玦記》最佳，它未稱是。《明珠記》即《無雙傳》，陸天池採所成者，乃兄浚明給事助之，亦未盡善。張伯起《紅拂記》潔而俊，失在輕弱。梁伯龍《吴越春秋》滿而妥，間流冗長。（同上卷一五二《藝苑巵言》附録一）

汪道昆

《席上觀吴越春秋有作凡四首》，其一：吴王摧勁越，談笑釋窮囚。殊色恣所歡，巧言競相投。長驅薄海岱，執耳盟諸侯。敵國盡西來，姑蘇麋鹿遊。豈無良股肱，宿昔攖鐲鏤。已矣國無人，誰其殉主憂？其二：東海將時憾，盱睢待其時。三江足組練，一旅安所之。何物彼姝子，賢於神武師。輕身入吴宫，褒妲復在兹。一笑褫王魄，再笑陳王尸。翩翩士女俠，匕首雙蛾眉。咄喈徐夫人，千金徒爾爲。其三：行人羈旅臣，借資覆故楚。宿怨業已修，微軀何足數。援枹破會稽，勾踐甘釁鼓。讒巧乃見親，君心日已蠱。國恩良不貲，安得歸環堵。抉目懸吴門，甘心赴江滸。須臾國事去，佞幸皆爲虜。利口覆邦家，願言飼豺虎。其四：反間入吴閶，俘囚幸不死。伊誰修戈矛，相國鴟夷子。一舉襲江東，離宫夷故址。歸來汎扁舟，去去從此始。富貴有危機，完名不受訾。良哉大夫種，精白照青史。或恐遇九原，因之纇有泚。（《太函集》卷一〇七）

劉　鳳

吾鄉元美有逸代才，雖未嘗言樂，而於音必深。昔有李日華、鄭虛舟，今之張伯起、梁伯龍，皆善於音者。（《太霞草》卷一八《復湯太傅書》）

張鳳翼

《紅線》一傳，雖虞初之談，其說本於《淮南子》。《淮南子》言：楚將子發，好求技道之士。客有以偷之技願備一卒者，子發虛己接之。左右皆諫。及齊伐楚，子發當之，兵三却。偷請自效，夜往解齊將之帳，以獻子發。明日，子發遣人歸之，云：「卒出採薪，得將軍之帳，使歸於執事。」明日偷復往取其枕，繼而又取其簪，皆歸之。齊將懼，曰：「如是不去，將取吾頭矣！」於是旋師而去。彼所謂竊枕傍金盒，全是用此。此即馬謖所謂「攻心爲上，攻城爲下；心戰爲上，城戰爲下」也。友人梁伯龍據其傳，填作院本，詞調美麗，惜未發揮此旨。（《處實堂集》卷八《談輅》）

李　贄

《浣紗》尚矣！匪獨工而已也，且入自然之境，斷稱作手無疑。若《金印》，若《香囊》，俱書生之技，學究之能，去詞人遠矣。可喜者《錦箋》一傳，組局既工，填詞亦美。雖未入元人之室，亦已升梁君之堂，近來一作家也。如《鳴鳳》，原出學究之手，曲白盡佳，不脱書生習氣。而大結搆處極爲龐雜無倫，可恨也。噫，安得《荆》、《劉》、《拜》、《殺》而與之言傳奇也哉！安得《荆》、《劉》、《拜》、《殺》而與之言傳奇也哉！不獨傳奇已也。若至今日，詩文舉子業皆不可言矣。奈何奈何！付之長歎而已矣！禿翁。

（《李卓吾評傳奇五種》總評）

《浣紗記》總評：敵國報仇雪恥，謀士設計陷人，俱以美色投之，是美色不止利刃矣。世人何甘心利刃者之多也，此之謂自相吴越。范大夫既以西子沼吴，後乃載之而去，識者謂渠恐爲吴續也。噫，於越忠矣！但大難爲自家耳，一笑一笑！西子可謂攻心上將，吴人受此大毒，而吴之感於西子者較前更甚，吴人亦可謂甘心伏事大將軍矣。噫，豈獨吴人也哉！西子殺人亦所甘心，可恨。今人俱死於東家娘之手耳，雖然情眼出西施，彼亦安知其爲東家娘子哉！噫！禿翁。（《李卓吾先生批評浣紗記》卷首）

按：據錢希言《戲瑕》卷三，所謂李卓吾之批評，實爲吴人葉晝的僞託。

孫七政

梁伯龍爲人，如關門敗俠，聞鷄出走，雖壯心猶在，而神氣索然。忽遇少年遊俠，恩情篤至，匪特才情乃爾，亦其所遇故然。（《松韻堂集》卷一二《社中新評》）

屠隆

伯龍故翩翩豪士，今老矣，誠然烈士暮年，壯心不已。（《由拳集·與馮開之書》）

胡應麟

《狄明叔邀集新居命女伎奏劇凡玉簪浣紗紅拂三本即席成七言律四章》，其三：繡柱雕欄夾畫圖，幽棲河上擅菰蘆。壺觴元亮開三徑，舟楫陶朱汎五湖。草色共悲吴苑廢，花枝猶傍越臺無。干將對舞東風夜，燦爛明星墜轆轤。（《少室山房類稿》卷六四）

梁辰魚《紅線》，足稱本朝雜劇鼻祖，豐而結，麗而清，繁而不亂，第本色頗爲彩繪所勝。若《浣紗》則終篇無一佳語，往往鄉社老人動止供笑矣。且執事「水雲深處」南北詞，寫夷光、少白心事，委篤如訴，而文極雅緻，即元人煙波釣叟，三舍不遑。彼不知遵用，而自出諢語結案，去爲蛇足者幾希。（《少室山房類稿》卷一一三《雜東汪公談藝五通》四）

紅拂、紅綃、紅線三女子，皆唐人，皆見小説，又皆將家，皆姬媵，皆兼氣俠，然實無一信者。……紅線事，冷朝陽有詩，其始末不可考，《甘澤謠》未足憑據。紅綃尤謬悠，蓋以汾陽多妓樂，詭爲此談，又本紅拂而崑崙，則又附會虬髯耳。第所狀一品，殊不類汾陽。余嘗疑他有其人，大都不必深辯。今諸傳奇盛行，駸駸欲追勝國矣。（《少室山房筆叢》卷四一辛部《莊嶽委談》下）

臧懋循

大抵元曲妙在不工而工，其精者採之樂府，而粗者雜以方言。至鄭若庸《玉玦》，始用類書爲之，而張伯起之徒，轉相祖述爲《紅拂》等記，則濫觴極矣。曲白不欲多，唯雜劇以四折寫傳奇故事，其白有累千言者。觀《西廂》二十一折，則白少可見，尤不欲多駢偶，如《琵琶》黄門諸篇，業且厭之；而屠長卿《曇花》白終折無一曲，梁伯龍《浣紗》、梅禹金《玉盒》白終本無一散語，其謬彌甚。（《負苞堂集》文集卷三《元曲選序》）

沈璟

梁伯龍《浣紗記》「錦帆開，牙檣動」曲眉批云：此曲音律甚諧，但此調雖出於《龍泉記》，畢究無來歷。梁伯龍若在，予當勸其改作矣。（《南詞新譜》卷五）

梁伯龍《巫山十二峰》眉批云：按〔三換頭〕前二句是〔五韻美〕，下五句是〔臘梅花〕，今用于此，則

巫山十三峰矣。作者另用南呂别曲幾句代之，尤爲得體。（同上卷二五）

潘之恒

金壇曹公家居，多逸豫，恣情美艷。隆慶庚午，結客秦淮，有蓮臺之會。同遊者毘陵吴伯高嶔、玉峰梁伯龍辰魚輩，俱擅才調，品藻諸姬，一時之盛，嗣後絶響。（《亘史外紀》卷一七「艷部」《蓮臺仙會叙》）

按：金壇曹公，即曹大章，字一呈，號含齋，金壇人。嘉靖三十三年進士，授翰林院編修。

嗟夫！梁伯龍、張伯起、吴允兆皆審音者也。或云曲爲情關，或云歌以當泣，或云聽可忘憂。拾餘無間，然則余獨幸以多聞人也。（《亘史雜篇》卷四「文部」《叙曲》）

《艷曲十三首》，其九：吴歈元自備宫商，按拍惟宗魏與梁。俚俗不隨羣雅集，憑誰分署總持場。（《鸞嘯小品》卷二）

謝肇淛

凡爲小説及雜劇、戲文，須是虚實相半，方爲遊戲三昧之筆。亦要情景造極而止，不必問其有無也。……近來作小説，稍涉怪誕，人便笑其不經，而新出雜劇，若《浣紗》、《青衫》、《義乳》、《孤兒》等作，必事事考之正史，年月不合，姓字不同，不敢作也。如此則看史傳足也，何名爲戲？（《五雜俎》卷一五「事部三」）。

張大復

風箏，一名紙鳶，吳中小兒好弄之。然當其摶風而上，蓋亦得時則駕者歟。梁伯龍戲以彩繪作鳳凰，吹入雲端，有異鳥百十拱之，觀者大駭。伯龍死久矣！其新翻雜調，往往散入侯王將帥家，至今爲俠遊少年所傳詠。其好事，故亦一時之冠也。（《梅花草堂筆談》卷二《風箏》）

梁伯龍風流自賞，修髯，美姿容，身長八尺，爲一時詞家所宗。艷歌清引，傳播戚里間。白金文綺、異香名馬，奇技淫巧之贈，絡繹於道。每傳柑、禊飲、競渡、穿針、落帽一切諸會，羅列絲竹，極其華整。歌兒舞女，不見伯龍，自以爲不祥也。有輕千里來者，而曲房眉黛，亦足自雄快，一時佳麗人也。獨詩文不敵古人，駢贍而已。今日得刻稿於其從孫雪士，雖不盡讀，覽其品目，多勝遊名侶，居然不俗。中有甲寅二詩，亦多傷感之致。摘附於此：「晉世銅駝荆棘滿，石家金谷水雲屯。白頭空作江南賦，青草誰招塞北魂。」「此日燕歸空有樹，當年鹿去已無臺。憑空一望千山暮，零落浮雲天際來。」（同上卷五《梁伯龍》）

往見梁伯龍教人度曲，爲設廣牀大案，西向坐，而序列之。兩兩三三，遞傳疊和，一韻之乖，觥斝如約。爾時騷雅大振，往往壓倒當場。其後則顧靖甫掀髯徵歌，約束甚峻，每雙鬟發韻，命酒彌連，頤翕而不敢動。伯龍已矣，靖甫豈可多得。梁雪士將詣白門，來別，輒與鄒瑞卿按拍竟日，甚有愧乎予之不知其事也。（同上卷八《梁顧》）

魏良輔，别號尚泉，居太倉之南關，能諧聲律，轉音若絲，張小泉、季敬坡、戴梅川、包郎郎之屬，爭師事之惟肖。而良輔自謂勿如户侯過雲適，每有得必往咨焉。過稱善乃行，不即反覆數交勿厭。時吾鄉有陸九疇者，亦善轉音，顧與良輔角，既登壇，即願出良輔下。梁伯龍聞，起而效之，考訂元劇，自翻新調，作《江東白苧》、《浣紗》諸曲。又與鄭思笠精研音理，唐小虞、陳梅泉五七輩雜轉之，金石鏗然。譜傳藩邸戚畹、金紫熠爚之家，而取聲必宗伯龍氏，謂之崑腔。張進士新勿善也，乃取良輔校本，出青於藍，偕趙瞻雲、雷敷民，與其叔小泉翁，踏月郵亭，往來唱和，號「南馬頭曲」。其實稟律於梁，而自以其意稍爲均節，崑腔之用，勿能易也。其後茂仁、靖甫兄弟，皆能入室，間常爲門下客解説其意。仁茂有陳元瑜，靖甫有謝含之，爲一時登壇之彦。李季膺則受之思笠，號稱嫡派。（同上卷一二《崑腔》）

腔右崑山，有聲容者多就之。然五十年來，伯龍死，沈白他徙，崑腔稍稍不振，乃有四平、弋陽諸部，先後擅場。（同上卷一四《柳生》）

徐復祚

梁伯龍辰魚作《浣紗記》，無論其關目散緩，無骨無筋，全無收攝。即其詞亦出口便俗，一過後不耐再咀；然其所長，亦自有在：不用春秋以後事，不裝八寶，不多出韻，平仄甚諧，宮調不失，亦近來詞家所難。獨一最可笑，而人不知：吴越之在當時，稱王久矣，王則車馬、服御、位號、稱呼，儼然一天子矣，故有郊臺，有柴望，夫差、勾踐亦偃然不復知有周天王矣，而胥、嚭、種、蠡稱曰「主公」，何也？孟子在梁，稱惠王曰「王好戰」，不聞主公惠王也；在齊，稱宣王曰「今王發政施仁」，不聞主公宣王也，此何異三家村童子不知厥父稱呼，而曰「我家老子」也，陋甚矣！（《花當閣叢談》）

吳下以詞曲名者，就余所及交者，若鄭虛舟而後，梁伯龍、張伯起、孫禹錫、梅禹金、沈寧菴、顧橫宇，今皆次第往矣，可勝痛哉！（《南北詞廣韻選》卷一）

此非天池先生筆也，乃梁伯龍補入第二十齣「採蘋花燭」後者。生貼此一叙，自不可缺，才情亦足相當。坊間近刻亦已攙入矣。第有兩三出韻處，予爲訂正，錄之。（同上卷一〇）

嘗戲評伯龍、虛舟二公詞，伯龍如南方人作漢語，非不咬嚼，而時露蠻鴂；虛舟如宋人刻楮葉，極其雕鏤，三年始成，而終乏天然之趣，孰謂詞曲易之也。（同上）

周暉

胡懋禮有《紅線》雜劇，最妙。吳中梁辰魚亦有《紅線》雜劇，膾炙人口，較之懋禮者，當退三舍。（《金陵瑣事》卷二《曲品》）

按：此則又見於潘之恒《亘史外紀》卷三《韋十一娘傳》、顧起元《客座贅語·秋宇先生著述》、朱國楨《湧幢小品》卷一八《書已先做》、祁彪佳《遠山堂明劇品》「艷品」《暗掌銷兵》評語。

王驥德

又平聲陰則揭起，而陽則抑下，固也。然亦有揭起處，特以陽字爲妙者。如〔二郎神〕第四句第一字，亦是揭調，《琵琶》「誰知別後」，《連環》「繁華庭院」，《浣紗》「蹉跎到此」，《明珠》「徘徊燈側」，「誰」字、「繁」字、「徘」字，揭來俱妙；　而「蹉」字揭來卻似「矬」字，蓋此字之揭，其聲吸而入，其揭向內，所以陽字特妙，而陰字之揭，其聲吐而出，如去聲之一往而不返故也。……〔勝如花〕第三句第三字亦然，《荊釵》之「登山驀嶺」，與《浣紗》之「登山涉水」，兩「登」字俱欠妙，餘可類推。（《曲律》卷二《論陰陽第六》）

識字之法，須先習反切。蓋四方土音不同，其呼字亦異，故須本之中州，而中州之音，復以土音呼之，字仍不正。惟反切能該天下正音，只以類韻中同音第一字，切得不差，其下類從諸字，自無一字不正矣。至於字義，尤須考究，作曲者往往誤用，致爲識者訕笑。如梁伯龍《浣紗記》〔金井水紅花〕曲：「波冷濺芹芽，溼裙靫。」「靫」字，法用平聲；　然「靫」，箭袋也。若「衣衩」之「衩」，屬去聲，唐李義山《無題》詩：「八歲偷照鏡，長眉已能畫。十歲去踏青，芙蓉作裙衩。」足爲證明。此其失亦陳大聲散套〔節節高〕之「蓮舟戲女娃，露裙衩」始。然伯龍不獨《浣紗》，散套〔歸仙洞〕「荊棘抓裙衩」又爾。……又《浣紗》〔劉潑帽〕曲：「娘行聰俊還嬌倩，勝江南萬馬千兵。」不知「倩」有二音，一「雇倩」之「倩」，作「清」字去聲讀；　一音「茜」，即「巧笑倩兮」之「倩」，言美也。此曲字義，當作「茜」音，今却押庚青韻中，即童時習《論語》亦不記憶，何淺陋至此！……伯龍又以「盡道輕盈略作胖些」，與「三尺小脚走如飛」同押，蓋認「些」字作「西」字音，又蘇州土音矣。（同上《論須識字第十二》）

《琵琶記》〔三換頭〕，原無正腔可對，前調「這其間只是我不合來長安看花」，後調「這其間只得把那壁廂且都拚捨」，每句有十三字，以爲是本腔耶，不應有此長句；以爲有襯字耶，不應於襯字上著板。《浣紗》却字字效之，亦是無可奈何。殊不知「這其間只是我」與「這其間只得把」是兩正句，以「我」字、「把」字叶韻。蓋東嘉此曲，原以歌戈、家麻二韻同用，「他」原音「拖」，上「我」字與調中「鎖」、「挫」、「他」、「墮」、「何」五字相叶，下「把」字與調中「駕」、「掛」二字相叶。歷查遠而《香囊》、《明珠》、《雙珠》，近而《竊符》、《紫釵》、《南柯》，凡此二句皆韻，皆可爲《琵琶》用韻之證，故知《浣紗》之不韻，殊謬也。（同上《論襯字第十九》）

他如祝京兆《咏月》、陶陶區《咏雁》、梁伯龍《咏蛺蝶》，非無一二佳語，只夾雜凡俗，便是不成片段。（同上卷三《論咏物第二十六》）

傳中緊要處，須重著精神，極力發揮使透。如《浣紗》遺了越王嘗膽及夫人採葛事，紅拂私奔，如姬竊符，皆本傳大頭腦，如何草草放過。（同上《論戲劇第三十》）

引子，須以自己之腎腸，代他人之口吻。蓋一人登場，必有幾句緊要說話，我設以身處其地，模寫其似，却調停句法，點檢字面，使一折之事頭，先以數語該括盡之，勿晦勿泛，此是上諦。《琵琶》引子，首首皆佳，所謂開門見山手段。《浣紗》如范蠡而曰：「尊王定霸，不在桓文下。」施之越王則可；越夫人而曰：「金井轆轤鳴，上苑笙歌度。簾外匆聞宣召聲，忙蹙金蓮步。」是一宮人語耳！只「苧羅山下」一引頗佳，中「春風無那」，却不可解；餘俱非腐則謾。（同上《論引子第三十一》）

對口白須明白簡質，用不得太文字，凡用「之乎者也」，俱非當家。《浣紗》純是四六，寧不厭人！（同上《論賓白第三十四》）

邇有集唐句以逞新奇者，不知喃喃作何語矣。用得親切，較可。如《浣紗》范蠡遇西施折，用「芙蓉脂肉綠雲鬟」一詩，所謂「風乍起，吹皺一池春水」，干卿何事？（同上《論落詩第三十六》）

戲劇之道，出之貴實，而用之貴虛。《明珠》、《浣紗》、《紅拂》、《玉合》，以實而用實者也。《還魂》、二夢，以虛而用實者也。以實而用實也易，以虛而用實也難。（同上《雜論第三十九上》）

嘗戲以傳奇配部色：則《西廂》如正旦，色聲俱絶，不可思議。……《浣紗》、《紅拂》等如老旦、貼生，看人原不苛責。其餘卑下諸戲，如雜腳備員，第可供把盞執旗而已。（同上卷四《雜論第三十九下》）

詞隱論北詞，謂〔朝天子〕一調，自《龍泉記》出，而此曲失真。《浣紗》「往江干水鄉」盛行，而此曲盡晦。……蓋《浣紗》實倣《龍泉》，較原調多著襯字，其聲尚可考見也，今并列於此。元人《題廬山》〔朝天子〕云：「早霞、晚霞，妝點廬山畫。仙翁何處鍊丹砂？一縷白雲下。客去齋餘，人來茶罷。歎浮生指落花。楚家，漢家，做了漁樵話。」《浣紗》〔朝天子〕云：「往江干水鄉，過花溪柳塘，看齊齊綵鷁波心放。鼕鼕疊鼓起鴛鴦，一雙戲清波浮輕浪。青山兒幾行，綠波兒千狀，渺茫渺茫渺渺茫。趁東風蘭橈畫槳，採蓮歌齊

聲唱。」南人爲北詞，而失其本調者，即此曲可類見矣。余頃與孫比部談及此調，比部指摘《浣紗》陰陽之舛。（同上）

近之爲詞者，北詞則關中康狀元對山，……南則金陵陳大聲、金在衡，武林沈青門，吳唐伯虎、祝希哲、梁伯龍，而陳、梁最著。唐、金、沈小令，並斐亹有致；祝小令亦佳，長則草草；陳、梁多大套，頗著才情，然多俗意陳語，伯仲間耳。餘未悉見，不敢定其甲乙也。（同上）

宛陵以詞爲曲，才情綺合，故是文人麗裁。四明新采豐縟，下筆不休，然於此道，本無解處。崑山時得一二致語，陳陳相因，不免紅腐。長洲體裁輕俊，快於登場，言言襪線，不成科段。（同上）

散曲絶難佳者。……頃友人吳興關仲通同諸君過集齋頭，商榷其較。余爲言：小令如唐六如、祝枝山輩，皆小有致，而祝多漫語。康對山、王渼陂、常樓居、馮海浮直是粗豪，原非本色。陳秋碧、沈青門，梁少白、李日華、金白嶼時有合作處，然較之元人，則彼以工勝，而此以趣合。長套亦惟是陳秋碧、梁少白最稱爛熳。陳起句「兜的上心來」，「薄倖太情雜」等，皆不成語。梁無此等累句，而陳時得一二致語。顧二君疵纇，自爾不少。他即稍有可觀，而腔韻不合者，又不足數也。仲通謂：如子言，良確。（同上）

卜世臣

填詞大概取法《琵琶》，參以《浣紗》、《埋劍》。其餘佳劇頗多，然詞工而調不協，吾無取矣。（明萬

曆間刊本《冬青樹》卷首《凡例》五）

馮夢龍

梁伯龍《浣紗記》成，一浙友謔之曰：「君所編吳爲越滅，得無自折便宜乎？」梁笑曰：「苧蘿之美，吳人試之；吳宮之穢，越人嘗之，如此便宜固亦足矣。」（《古今譚概》機警部第二十三《梁伯龍》）

《酬妓王桂父》評云：全套皆南呂，獨插入商調一曲，非體也。陳大聲「因他消瘦」一套，次曲〔梧桐犯〕，亦是商調。又云：諸公倣「因他消瘦」一套，作者甚多，皆爲所誤。詳見詞隱先生譜中。此套經子猶改定韵調俱精，可以爲法。（《太霞新奏》卷六）

王伯良《閨情》評語：幔亭歌者云：詞才天賦不同：梁伯龍以豪爽；張伯起以纖媚；沈伯英以圓美；龍子猶以輕俊；至于秀麗不得不推伯良。（同上）

龍子猶《代伎贈人》評語：宛轉歌原註云：譜所載末云「一聲聲叫得凄涼，愁鎖在眉尖上」，本只二句，即《琵琶記》「空爭着閒是閒非，秪落得垂雙淚」，亦二句也。唱者卻增「偏要爭閒是閒非」句，陋甚。而時曲「只見片片桃花陣陣楊花」，《浣紗記》「那時節異國飄零，音信難憑」俱用三句，不知何據？譜分註〔寄生子〕，而〔寄生子〕本調竟缺，今從俗三句，終爲未安，尚須查正。（卷一一）

沈伯英《代武陵友人悼吳姬》評云：此曲彷梁少白「院落清明左右」作。詞隱先生評云：「〔三換頭〕前二句是〔美韻美〕，中二句是〔臘梅花〕，今用於此，是巫山十三峰，非十二峰矣。須用南呂別曲幾句代之方得。」先生既駁少白而躬自蹈之，吾所不解。大抵作套數者，每多因襲之病，總爲舊曲已經行世，若改調必置弗歌。夫因陋仍弊，以求不廢於俗，此亦作者之羞也。（同上卷一三）

梁少白《駐雲飛·閨情八曲》眉批云：倣陳大聲作。八曲以「他」字代「嗏」，俱穩帖，因全錄之。（同上卷一四）

沈德符

南詞自陳、沈諸公外，如「樓閣重重」、「因他消瘦」、「風兒疏剌剌」等套，尚是成弘遺音。此外吴中詞人，如唐伯虎、祝枝山後，爲梁伯龍、張伯起輩，縱有才情，俱非本色矣。……近代南詞散套盛行者，如張伯起「燈兒下」，乃依「幽窗下」舊腔，贈一孌童，即度取辦，宜其用韻之雜。如梁少白「貂裘染」，乃一揚州鹽客，眷舊院妓楊小環，求其題咏。曲成，以百金爲壽。今無論其雜用庚清、真文、侵尋諸韻，即語意亦俚鄙可笑，真不值一文！（《萬曆野獲編》卷二五《南北散套》）

近年則梁伯龍、張伯起，俱吴人，所作盛行於世，若以《中原音韻》律之，俱門外漢也。（同上《填詞名手》）

同時崑山梁伯龍辰魚，亦稱詞家，有盛名，所作《浣紗記》，至傳海外，然止此不復續筆。其大套小令，則有《江東白苧》之刻，尚有傳之者。《浣紗》初出，梁遊青浦，時屠緯真隆爲令，以上客禮之，即命優人演其新劇爲壽。每遇佳句，輒浮大白酬之，梁亦豪飲自快。演至《出獵》，有所謂「擺開擺開」者，屠厲聲曰：「此惡語，當受罰！」蓋已預儲洿水，以酒海灌三大盂，粱氣索，强盡之，大吐委頓。次日，不別竟去。屠凡言及必大笑，以爲得意事。（同上《梁伯龍傳奇》）

按：此則陳繼儒《太平清話》卷一作：「屠長卿爲青浦令，梁伯龍來謁，長卿命演《浣紗》，遇佳詞起爲壽，否則罰以兕觥。」徐又陵《蝸亭雜訂》以及《乾隆青浦縣志》卷三九梁氏小傳，則悉本沈文。

梁伯龍有《紅線》、《紅綃》二雜劇，頗稱諧穩，今被俗優合爲一大本南曲，遂成惡趣。（同上《雜劇》）

姚士粦

湯海若先生妙於音律，酷嗜元人院本。自言篋中收藏，多世不常有，已至千種。有《太和正韻》所不載者。比問其各本佳處，一一能口誦之。及評近來作家，第稱梁辰魚《浣紗記》佳，而記中〔普天樂〕尤爲可歌可詠。此説至今不得其解。（《見知編》卷中）

吕天成

梁辰魚伯龍：伯龍負薪吴市，儲史仇池。相如之病茂陵，王粲之客荆楚。麗調喧傳於白苧，新詠紛詠於青樓。……此九君者，或爲山人先達，或爲先輩諸生。綺思靈心，各擅風流之致；寄悰賦感，共標遊戲之奇。如張，如鄭，尤所服膺；如卜、如業，素相友善。允爲上之中。（乾隆楊志鴻鈔本《曲品》卷上）

梁伯龍所著傳奇一本：浣紗校正：羅織富麗，局面甚大，第恨不謹嚴，事迹多，必當一删耳。中有

張旭初

康對山《閨怨》、梁伯龍《何姬昭華訪余玉山西歸賦送》評語：此詞向爲予所稱賞，惜久爲淹没，每讀對山、少白兩作，輒有遺珠之歎。今偶爾簡出，不勝心喜，想豐城之劍，要亦不肯自甘沉埋也。（《吴騷合編》卷二）

祁彪佳

程守兆《金合》評語：程君工於曲，而科諢之妙，猶未深曉，故少洗脱之工，便覺意爲詞掩。梁伯龍《紅線》劇，不減梅叔之《崑崙奴》，此與李既明所作，俱不足爲伯龍註腳。（《遠山堂明曲品》「能品」）

翀圓生《浮鴟》評語：范少白亡吴霸越，《浣紗》記之詳矣，此續之以泛湖，至於賓仙；英雄回首，令人不勝興亡之慨。詞情窅奧，但科諢稍未諧耳。（同上）

梁辰魚《紅線》評語：委婉猶不及梅叔《崑崙》劇，而工美之至，已幾於金相玉質矣。（《遠山堂明劇品》「雅品」）

梁辰魚《無雙傳補》評語：伯龍心遜天池《明珠》之作，而獨於王之會採蘋也，以爲詳略未當，增五百餘言，仍是《浣紗》整麗之筆。（同上）

胡汝嘉《暗掌銷兵》評語：詞華充贍，顱透露得俊爽之氣，否則一腐草堆矣。傳紅線之俠，不讓梁

小令故能造此境，不爲詞掩，可知吴歌挂枝兒之類反能爲情至語也。作者每愧此等，其病無從可藥矣。（同上散曲下）

楊升菴〔仙呂入雙調夜行船序〕《吴宫弔古》評語：〔錦衣香〕（「館娃宫，荆榛蔽」）、〔漿水令〕（「採蓮涇紅芳盡死」）二曲，梁伯龍竊之以足「扁舟五湖」一折，亦可笑。（同上）

按：《南九宫詞》、《曲律》均作楊維楨作，所謂楊升菴作，應誤。

梁伯龍雜犯宫調〔九疑山〕《寄情》評語：此舊院馬湘蘭贈先季父者，余猶及見其畫扇上手書此詞。所云「水館」二語，蓋季父有館名盟鷗也。然實是少白代作，啓口便露少白面目矣。此調亦是少白所自創。（同上）

張　琦

張伯起素喜梁伯龍博雅擅場，《吴越春秋》善述史學而不平實，且賓白工緻，具見名筆，第其失在冗長。若《江東白苧》一辭，讀之有學士風，張伯起評以「擲地金聲」，殆非虚語。（《吴騷合編》卷首《衡曲麈譚》二《作家偶評》）

金白嶼《題情》（《江東白苧》改刻）評語：按此曲爲白嶼得意之筆，但其本領原優於北調，脱略南詞，楚學齊言，未免有礙。復閲少白《江東白苧》詞中，乃有改作，而詞意格調，自然曲合，故知少白爲曲中聖也。（《吴騷合編》卷二）

曾有一意直下而數語連貫成文者否？多是逐句補綴。若使歌者於長段之中，偶忘一句，竟不知從何處作想以續。總之，與上下文不相蒙也。（同上）

曲之有中原韻，猶詩之有沈約韻也。而詩韻不可入曲，猶曲韻不可入詩也。今人如梁、張輩，往往以詩韻爲之。（《南音三籟》凡例）

梁伯龍〔中呂瓦盆兒〕《秋夜悼亡》評語：用蕭豪韻。一啓口，一煞尾，便是伯龍故技。然如「郵亭稀」等語，入閨思則不啻尋常，今作悼亡無聊之想，遂覺有意，故作詞只看用之如何？（《南音三籟》散曲卷上）

梁伯龍〔南呂紅衲襖〕《寄情》評語：用侵尋韻。韻甚嚴，而押來復自然，恐伯龍未必及此，亦未知出此。（同上）

陳大聲〔南呂梁州小序〕《初夏閨情》評語：秋碧故多本色，此獨開梁、梅之濫觴。然猶有自造語意，非一概填塞活套也。（同上）

梁伯龍〔南呂梁州小序〕《咏蝶》評語：用齊微韻，内「處」字犯魚模。咏物頗多雅思俊句，是伯龍輩所長，然「撲着花兒斜綴」等語，又大似陳秋碧。（同上）

梁伯龍〔羽調四季花〕《寒宵閨怨》評語：用庚青韻，無一字傍犯。伯龍出色者，豈其晚年已知用韻乎？（同上）

梁伯龍〔仙呂月雲高〕《風情》評語：用先天韻。此似男答女前曲者，詞意不及前。然亦饒有真色，

可議處。他作有《紅線》劇及《江東白苧》散詞，俱佳。（同上卷下）

顧懋儉《椒觴記》評語云：陳元亮事真，此君似有感而作。梁伯龍極賞之。是甚有學問者。（同上卷下）

凌濛初

曲始於胡元，大略貴當行，不貴藻麗。其當行者曰本色。蓋自有此一番材料，其修飾詞章，填塞學問，了無干涉也。故《荆》、《劉》、《拜》、《殺》爲四大家，而長材如《琵琶》猶不得與，以《琵琶》間有刻意求工之境，亦開琢句修詞之端，雖曲家本色故饒，而詩餘弩末亦不少耳。國朝如湯菊莊、馮海浮、陳秋碧輩，直闖其藩，雖無耑本戲曲，而製作亦富，元派不絶也。自梁伯龍出，而始爲工麗之濫觴，一時詞名赫然。蓋其生嘉、隆間，正七子雄長之會，崇尚華靡；弇州公以維桑之誼，盛爲吹嘘，且其實於此道不深，以爲詞如是觀止矣，而不知其非當行也。以故吳音一派，競爲剿襲。靡詞如繡閣羅幃、銅壺銀箭、黄鶯紫燕、浪蝶狂蜂之類，啓口即是，千篇一律。甚者使辟事，繪隱語，詞須累詮，意如商謎，不惟曲家一種本色語抹殺無餘，即人間一種真情語，埋没不露已。至今胡元之竅，塞而未開，間以語人，如固疾不解，亦此道之一大劫哉！（《南音三籟》卷首附刻《譚曲雜劄》）

張伯起小有俊才，而無長料。其不用意修詞處，不甚爲詞掩，頗有一二真語、土語，氣亦疏通。毋奈爲習俗流弊所沿，一嵌故實，便堆砌拼湊，亦是倣伯龍使然耳。今試取伯龍之長調靡詞行時者讀之，伯龍，但彼之擺脱稍勝之。（同上「艷品」）

崇禎丁丑八月二十九日，與徐伯調同季超兄談於醒庵。及午，台司理李北庵至，迎於近村，舉酌，演《浣紗記》。（《祁忠敏公日記·山居拙録》）

崇禎戊寅十月二十六日，同陳長耀入城，餞商諶軒。至王遂東家，與徐檀燕、徐善伯、倪鴻寶、余武貞、姚兟初師，公請鹽臺梁公祖觀《浣紗記》。（同上《自鑒録》）

崇禎己卯十月十四日，赴錢德輿席。同席爲王遂東、張芝亭、王峩雲、姜玉舟、倪鴻寶、德輿，盡出家樂合作《浣紗》之《採蓮》劇而别。（同上《案録》）

甲申二月二十五日，託方無隅卸屋於周家橋，又演《連環》、《浣紗》二記，奉關聖與金龍神。（同上《甲申日曆》）

卓人月

入我明來，填詞者比比，大才大情之人，則大愆大謬之所集也，湯若士、徐文長兩君子其不免乎？減一分才情，則減一分愆謬，張伯起、梁伯龍、梅禹金，斯誠第二流之佳者。（《孟子塞殘唐再創雜劇小引》）

徐翽

今之所謂南者，皆風流自賞者之所爲也； 今之所謂北者，皆牢騷骯髒不得於時者之所爲也。文長之曉峽猿聲，暨不佞之夕陽影語，此何等心事，寧漫付之李龜年、謝阿蠻輩，草草演習，供綺宴酒闌所憨跳。他若康對山、汪南溟、梁伯龍、王辰玉諸君子，胸中各有磊磊者，故借長嘯以發舒其不平，應自不可磨滅！（《盛明雜劇》一集卷首）

鄭仲夔

傳奇當以張伯起爲第一，若《紅拂》、《竊符》、《灌園》、《祝髮》四本，巧妙悉敵。次則推梁伯龍《浣紗》，梅禹金《玉合》，當與《琵琶》、《西厢》分路揚鑣。（《雋區》卷七）

談遷

順治乙未年辛巳，朱太史壽其母，演《浣紗》傳奇。至勾踐渡江，噫！傷此事今日之不再也，余淚淫淫欲下矣。（《北遊錄·紀郵下》）

李雯

《端午日吳雪航水部招飲孝升齋看演吳越春秋賦得端字》云：高會猶將令節看，素交風義豈盤餐。酒因弔屈人難醉，事涉亡吳淚已彈。生意盡隨麋鹿後，鄉心幾度玉蘭殘。年來歌哭渾同調，顛倒從前非一端。（《蓼齋後集》卷三）

龔鼎孳

《午日李舒章中翰招同朱遂初孫惠可兩給諫集小軒演吳越春秋得端字》云：青燈蒲酒共盤桓，崔九堂前韻未殘。楚澤椒蘭追侘傺，吳宮麋鹿幻悲酸。名花傾國人何恨，烟水藏身計果難。歌舞場中齊墮淚，亂餘憂樂太無端。（《定山堂詩集》卷一七）

來鎔

《席上觀祁止祥幼伶與錢開之杜于皇各贈十首》，其七云：故是幼時能了了，每於假處認真真。只愁西子顏空老，不道嬌姿齒更新。時演《浣紗》。（《倘湖遺稿》卷三）

李　玉

至明初，亦有作南曲者，大都傖父之談，樸而不韻。延及嘉隆間，枝山、伯虎、虛舟、伯龍諸大才人，吟咏連篇，演成長套。或一宮而自始至終，或各宮而湊成合錦，其間緊慢之節奏，轉度之機關，試一歌之，恍若天然巧合，並無拗嗓棘耳之病。全套渾如一曲，一曲渾如一句。況復寫景描情，鏤風刻月，借宮商爲雲錦，諧音節於珠璣，亦如詩際盛唐，於斯立極，時曲一道，無以復加矣。爾時集其尤者，有《詞林逸響》、《吴歈萃雅》諸刻，大都選摘祝、唐、鄭、梁諸名家時曲，配以古今傳奇中可歌可詠套數，彙爲一編。（《南音三籟序》）

張大復（彝宣）

《周羽教子尋親記》下註云：此本從里丈鈕少雅假來，前明内府官鈔也。此亦紐丈鈔本。此本已五改，梁伯龍、范受益、王錂、吴中情奴、沈予一。（清鈔本《寒山堂曲譜》卷首《譜選古今傳奇散曲集總目》）

黄宗羲

詩降而爲詞，詞降而爲曲，非曲易於詞，詞易於詩也。其間各有本色，假借不得。近見爲詩者，襲詞之嫵媚；爲詞者，侵曲之輕佻，徒爲作家之所俘剪耳。……正法眼藏，似在吴越中，徐文長、史叔考、葉六桐皆是也。外此則湯義仍、梁少白、吴石渠，雖濃淡不同，要爲元人之衣鉢。

如廷遴

康熙二十三年甲子十月：二十日至蘇州。……到工部衙門，進内至堂上，自將公椅移在東西向而坐。工部叩頭稟曰：「請皇爺坐正了。」上曰：「正是這等坐。你不知道是你的衙署，若我南面坐了，你後日不便坐了。」工部妻子出來朝拜，拜畢，即抬出小飯來。上曰：「不必用你的，叫朕長隨來者。這裏有唱戲的麼？」工部曰：「有。」立刻傳三班進去，叩頭畢，即呈戲目，隨奉御目親點雜出。戲子稟長隨哈某曰：「不知宫内體式如何？求老爺指點。」長隨曰：「凡拜，要對皇爺拜；轉場時不要背對皇帝。」上曰：「竟照你民間做就是了。」隨演《前訪》、《後訪》、《借茶》等二十出，已是半夜矣。上起即在工部衙内安歇。（《歷年記》，收入陳左高所編《清代日記匯鈔》）

毛先舒

北腔無入聲，《中原音韻》所以孤行於元世也。自南曲有入聲而四聲始完，遂有純用入聲叶韻脚，如《浣紗記》「高會玳筵列」之類，予《南曲正韻》載之已詳。（《詩辯坻》卷四）

張　潮

製曲之難，《枝語》中已詳之矣。於難中求其易之之法，則有二焉：一在善歌，善歌則不必對譜，其聲調之高下抑揚，可以調之於口吻之際；一在採用詩餘，詩餘中頗多有與曲調平仄相同之句，《浣紗》諸劇，亦復如是。余戊辰歲秋學填詞，悟而得之，惜其時九煙先生已歿，不能就正其可否也。（昭代叢書本《製曲枝語》跋）

田　雯

《浣紗行觀劇》詩云：柳花冪冪春風柔，法曲妙舞揚清謳。梨園小部錦纏頭，紅牙按拍彈箜篌。浣紗女兒年十六，君王之側顏如玉。朝隨錦帆涇上行，暮入館娃宫裏宿。鐵甲水犀徒紛紛，夫椒臣妾屬何人？會稽遺幣有太宰，東門抉眼無將軍。鞭楚伐齊不歸老，鞅鞅少主江干道。空嗟伯嚭是佞臣，浪託鮑君盟舊好。倒行逆施多欷歔，白首英雄悲遠途。西施亦悔傾城色，不隱蘿村嫁入吴。吴越春秋事如此，曲終酒散悲何已。秦庭痛哭申包胥，五湖高蹈鴟夷子。（《古歡堂集》卷五）

褚人穫

《後戲目詩》云：甲申春，連觀演劇，復成四律。其四：忠孝坊中忠孝全，三生石注巧團圓。瑞霓

羅繡鴛鴦珮，銅雀硯描花葉緣。玉尺樓頭懸寶鏡，望湖亭畔植金蓮。浣紗不羨雙冠誥，何用青衫伴綵箋。（《堅瓠補集》卷六）

劉廷璣

歌曲盛於唐之梨園，故今名伶人爲梨園子弟。然當時所歌，以絶句爲樂府。……宋專事詩餘，歌詩之道廢，迨元作北曲，詩餘遂爲定場白之前引。明崑山魏良輔，能喉轉音聲，始變弋陽、海鹽故調爲崑山腔，梁伯龍填《浣紗記》付之。王元美所云：「吳閶白面冶遊兒，爭唱梁郎雪艷詞。」今之崑腔是已，即所謂南曲整本也。（《在園曲論》）

前人云：「鄭若庸《玉玦》，張伯起《紅拂》以類書爲傳奇。屠長卿《曇花》，終折無一曲；梁伯龍《浣紗》，梅禹金《玉合》，道白終本無一散語。」皆非是，如此論曲，似覺太苛，安見類書不可填詞乎？興會所至，托以見意，何拘定式。若必泥焉，則彩筆無生花之夢矣。況文章幻變，體裁由人，《公》、《穀》短奥，《史》、《漢》冗長，各出己意，何難自我作古，所謂不可無一，不可有二也。《水滸》多用典故，未嘗不與《荆》、《劉》、《拜》、《殺》四種白描者并傳。（同上）

古舞法幾亡，今梨園舞西施者，初以袖舞，即胡旋也；繼以雙手翻捧者，原本之於番樂，如法僧作餤口也。孔東塘曰：舞者聲之容，或像文德，或像武功。文則干羽揖讓，武則戈盾進止。東階西階之舞，所以合堂上堂下之聲也。古之童子舞勺，蓋以手作拍，應其歌也。成人舞象，像其歌之情事也。即今里巷歌兒唱連像也。若雜劇扮演，則可踵而真之矣。惟《浣紗記》所演西施之舞，猶存古意，然亦以美人盥手照面、梳粧坐卧之容，以應歌拍耳。（同上）

李調元

《西施浣紗記》劇，按羅點《聞見錄》：「世傳西施隨范蠡去，不見所出，因杜牧『西子下姑蘇，一舸逐鴟夷』而附會也。」《修文御覽》引《吳越春秋逸篇》云：「吳亡後，越浮西施於江，令隨鴟夷以終。」杜牧乃有此句。考《越絶書》：「越王勾踐得採薪二女西施、鄭旦以獻吳王。」實未言浣紗也。（《劇話》下）

凌廷堪

《論曲絶句三十二首》，其十七云：弇州碧管傳鳴鳳，少白烏絲述浣紗。事必求真文必麗，誤將剪綵當春花。（《校禮堂詩集》卷二）

龔煒

予於傳奇，最喜《泛湖》一齣。……每當月白風清，更闌人静，手撥琵琶而切響，曲分南北兮疊賡，且彈且唱，半醒半醉，恍若一片孤帆飛渡行春橋矣。（《巢林筆談續編》卷上）

陳棟

明人曲自當以臨川、山陰爲上乘。玉茗《還魂》，較實甫而又過之，特溟涬已穿，頗類未除。《南柯》、《邯鄲》二種，斂才就範，風格遒上，實足前無古人，後無來者。青藤音律間亦未諧，其詞如怒龍挾雨，騰躍霄漢間，千古來不可無一，不能有二。餘若《浣紗》之瀟灑，《明珠》之雋秀，《紅拂》之峭勁，《義俠》之古樸，《西樓》之蘊藉，《玉合》之整練，《龍膏》之奇恣，《香囊》之謹嚴，《紅蕖》之流利，一丘一壑，亦是名家。（《北涇草堂曲論》）

雷琳

崑山有魏良輔者，始造新律爲崑腔，梁伯龍獨得其傳，著《浣紗記》傳奇，盛行於時。潘景升有《聽曲》詩云：「白苧尚能調魏曲，紅牙原是按梁詞。」又《白下逢梁伯龍感舊》云：「一别長干已十年，填詞贏得萬人傳。歌梁舊燕雙棲處，不是烏衣亦可憐。」（《漁磯漫鈔》卷三）

梁廷枏

《浣紗記》第十三折之〔虞美人〕、第十五折之〔浪淘沙引〕，皆竊古人名詞，改易數字，雖與本曲情節相同，按之原詞，究多勉强。其十三折《羈囚石室》，以間一曲爲一日，關目尤欠分明也。（《曲話》卷三）

王季烈

明人傳奇，排場最善者，推《浣紗記》，如《歌舞》折〔好姐姐〕二支之後，各繫以〔二犯江兒水〕北曲一支。蓋〔風入松慢〕與〔好姐姐〕各二支，自成南仙呂一套，而〔二犯江兒水〕，則爲演習歌舞所唱之曲，故宜另用北詞以清界限。且〔二犯江兒水〕，最宜於且行且唱，故用之歌舞之際，尤爲適合。又《寄子》折，首用〔羽調·勝如花〕二支，中用〔中呂·泣顏回〕二支，末用〔大石·摧拍〕二支，〔正宫·一撮棹〕一支，於一折之中，用四種宫調，蓋〔勝如花〕爲宜於行動之過場曲，〔泣顏回〕爲訴情曲，而〔摧拍〕帶〔一撮棹〕爲宜於離别用之悲哀曲，適於此折之前後三段劇情相合也。又《打圍》折之正宫南北合套，爲《浣紗》所創之格，用之衆人行動上下紛繁之劇，最爲相宜。自《浣紗》而後，若《鈞天樂》之《水巡》，《風箏誤》之《堅壘》，沿用者極多。其〔北朝天子〕中有二字疊句，必須上上下平，且須叶韻，最爲難作。《浣紗》於此用「擺開擺開擺擺開」，屠赤水斥爲惡語。此句本不易作，未可苛求也。（《螾廬曲談》卷二《論作曲》）

明人傳奇，佳者頗多，梁伯龍之《浣紗》尚矣。其餘如鄭虚舟之《玉玦》，陸天池之《明珠》，張伯起之《紅拂》、《祝髮》，徐復祚之《紅梨》，皆詞句修潔，音律協合。而湯若士之《四夢》，尤膾炙人口。玆譜於《四夢》、《浣紗》、《紅梨》之劇，選錄特多。《紅拂》、《祝髮》亦可見一斑，獨《玉玦》、《明珠》未經錄及，蓋久已無人歌唱矣。（同上）

《浣紗》、《明珠》、《玉玦》、《紅梨》，曲白并美，在明傳奇中爲最完善。……惟余謂古今傳奇，詞采結構排場并勝，而又宮調合律，賓白工整，衆美悉具，一無可議者，莫過於《長生殿》。故學作曲者，宜先讀《長生殿》，次讀《元人百種》、《玉茗四夢》、《琵琶》、《幽閨》、《浣紗》、《明珠》、《玉玦》、《紅梨》、《燕子箋》、《春燈謎》、《桃花扇》、石渠五種、笠翁十種、藏園九種，學其所長，去其所短，則於作曲之道，思過半矣。（同上）

吴梅

南曲自梁、魏創立水磨調（俗名崑腔）後，其作法大有變革。（《顧曲麈談》）

填詞家若欲套數得宜牌名匀稱者，宜取元明以來傳奇、散曲效法之。所謂效法者，當擇傳奇、散曲中之佳者，如《琵琶》、《幽閨》、《浣紗》諸記，皆可效法。（同上）

梁伯龍辰魚，崑山人。太學生。以《浣紗記吴越春秋》一劇，獨享盛名。其時太倉魏良輔，以老教師居吴中，伯龍就之商訂曲律，詞成即爲之製譜。吴梅村詩所謂「里人度曲魏良輔，高士填詞梁伯龍」者是也。顧其所作，殊不止此，《盛明雜劇》中，尚有《紅綫女》一本，今人知者鮮矣。王元美詩云：「吴閶白面冶遊兒，争唱梁郎絶妙詞。」則當時之傾倒伯龍可知。又有陸九疇、鄭思笠、包郎郎、戴梅川輩，更唱叠和，清詞艷曲，流播人間，洵爲吴中詞家之文獻也。楊坦園《詞餘叢話》云：伯龍以《浣紗》負時名。一日鹽尹某宴集，演《浣紗》全本，招伯龍居上座。遇一佳句，則奉觴上伯龍壽，須立飲而盡。自《前訪》開場，至《打圍》折，所飲已無算，伯龍且醉不可支矣。及《打圍》開演，歌〔南普天樂〕與〔北朝天子〕一套，爲伯龍所創作，内有「擺開擺開擺擺開」一語，鹽尹某忽云：「此惡語也，當受罰。」伯龍無詞可對，則已儲污水滿甌以待，强灌伯龍之口，遂委頓踉蹌而去，云云。余按〔朝天子〕中一句，如「擺開」者，本難下筆，統計七字，須成兩叠語，古今以來，能完美者絶少。黠者往往用南曲中〔朝天子〕以易之，殊失南北夾套之意（如《桃花扇·哭壇》折之類）。（同上）

梁伯龍以南詞負名，北劇亦擅勝場。《紅線》一劇，賓白科段，純爲南態，所異者止用北詞耳。蓋白語用駢儷，實不宜於北詞。《西廂·酬韻》折白文「料得春宵」云云，係用解元舊語，搊彈詞固應爾，不可借實甫文過也。惟曲文才華藻艷，亦一時之選。如〔油葫蘆〕云：「萬里潼關一夜呼，走的來君王没處宿。唬得那楊家姐姐兩眉蹙。古佛堂西畔墳前土，馬嵬驛南下川中路，方才想匡君的張九齡，誤國的李林甫。雨鈴空響人何處？只落得渺渺獨愁余。」〔天下樂〕云：「想四海分崩白骨枯，蕭疏，短劍孤。擬何年盡將賊子誅。笑荆軻西入秦，羨專諸東入吴。那時節方顯得女娘行的心性鹵。」此二首英英露爽，頗合女俠身分。（《中國戲曲概論》卷中）

鄭若庸之《玉玦》、梅鼎祚之《玉合》，喜以駢語入科介，伯龍《浣紗》，天池《明珠》，至通本皆作儷語，斯又變之極者矣（伯龍《江東白苧》内，有補陸天池《明珠》一折，所有白文亦全用駢句）。（同上）

有明曲家，作者至多，而條别家數，實不出吴江、臨川、崑山三家。惟崑山一席，不尚文字，伯龍好遊，家居絶少，吴中絶技，僅在歌伶，斯由太倉傳宗（太倉魏良輔曾訂《曲律》，歌者皆宗之，吴江徐大椿爲再傳弟子），故工藝獨冠一時。（同上）

明人散曲，既如是之富，而其間享盛名傳麗製者，當以康海、王九思、陳鐸、馮惟敏、梁辰魚、施紹莘爲最著。今摘録若干首，以見一斑。……梁伯龍《咏簾櫳》〔白練序〕云：「風流，倚醉眸，湘裙故留。牽情處，分明送幾聲鶯喉。綢繆，院宇幽，伴落日陰陰燕子愁。徘徊久，風驚翠竹，故人相候。」此數支皆清麗整練，與元人手筆不同。（同上）

套數之曲，元人謂之樂府，與辭賦同一機軸，有起有止，有開有合。須先定下間架，立下主意，排下曲調，然後選句成章。切忌湊插，切忌將就，務如常山之蛇，首尾相應，又如鮫人之錦，不着一絲紕纇。意新語俊，字響調圓，增減一調不得，顛倒一調不得，有規有矩，有色有聲，衆美俱矣。而其妙處，正不在聲調之中，而在字句之外。又須烟波渺漫，姿態橫逸，攬之不得，挹之不盡，摹歡則令人神蕩，寫怨則令人腸斷，不在快人，而在動人。此所謂風神，此所謂標韻，動吾天機，不知所以然而然，方是神品。求之古人中，亦不易多得，小令如唐六如、祝枝山輩，皆小有致，而祝多俚語。康對山、王渼陂、常樓居、馮海浮，直是粗豪，原非本色。陳秋碧、沈青門、梁伯龍、李日華、金白嶼，時有合作，然較之元人，不止上下床之别也。（《曲學通論》）

余嘗謂自梁、魏創作磨調，南北詞已失其真，幸套數成式，未或更變，後生末學猶得根據舊格自造新詞。蓋上起隆萬，下迄同光，數百年間，其能操觚作嬰弄者，僅足爲梁、魏之臣僕而已。（《許守白〈曲律易知〉序》）

閲《金蓮記》二卷，演眉山蘇氏父子事，文鏤金錯采，無一本色語。白文皆作駢語，且丑角鮑不平，

亦滿口四六，令人欲嘔。此足徵梁伯龍之整練見長，不善學者，乃至如此。（《瞿安日記》卷十三）

夜閲《紅線》、《崑崙》諸北劇，覺明人筆墨，卓煉有餘，本色不足。爲校律一過，脱訛處亦多。伯龍、禹金輩，名震一時，而尚有疏忽處，因取以自勉焉。（同上卷十六）

任訥

集曲猶詞中之犯與攤破，專屬於南，可與北之帶過曲相當，而内容絶異。蓋帶過曲乃許多整個之調相連續，其名亦即用各調原名相連。集曲則擷取各調之零碎句法相連續，而另爲定一新名。……南曲由元音而漸至崑腔，傳奇家於全部傳奇之數十齣中，不欲復用同調，始稱當行，於是此等集曲乃盛行。梁辰魚或竟爲首創之人。《江東白苧》集中所載〔九疑山〕、〔巫山十二峰〕等，視其名似仍爲一單調，而實則有九調十二調之句法，參雜其中也。……且其取調有時並及尾聲，或竟用尾聲全部以爲殿，則更覺非套非令，非驢非馬，元人體製，至此蕩然，無一毫留存矣。夫論聲音，集曲多細腔贈板，自足闡發崑腔妙處；若論體格，則完全出於揑湊，因而其文字亦大抵餖飣，讀之但見陳言泛語，味同嚼蠟者居多，若豪情勝概，固難以言，即首尾一貫，不支不複者，亦鮮見也。吾每謂曲中轉變，至於崑腔之集曲，不能聲文並茂，詞樂兼諧，實爲大憾。在傳奇中，有情節賓白及前後部分，互相襯搭，猶不嫌其如此。若散曲中，詳考前人製作，文章方面，集曲直無立足餘地。《江東白苧》一書，自來矜爲此中典重，至張旭初於《吴騷合編》中，且推爲曲中之聖，無乃太過歟？（《散曲概論》卷一）

《江東白苧》中有〔中吕入雙調·楚江情帶金字經〕一調，按〔楚江情〕乃集〔香羅帶〕、〔皂羅袍〕、〔一江風〕三調中各數句而成者，初名〔羅江怨〕，後名〔楚江情〕。今以〔楚江情帶金字經〕，是以集曲帶尋常小令也，較之二三調尋常小令之互帶者，又複雜一層矣。（同上）

重頭無尾聲，惟南曲中有之。沈璟《南曲譜》曰：「一個牌名做二曲，或四曲、六曲、八曲，及兩個牌名各止一二曲者，俱不用尾聲。」此重頭無尾聲立説最早者也。沈氏所云種種，於《曲律易知》等書中得其例皆甚易。惟所謂兩個牌名各止一曲者，既非重頭，其形又酷似北曲之帶過曲，其例頗不多見，如梁辰魚《續江東白苧》内所載，〔中吕入雙調·攤破金字令〕與〔夜雨打梧桐〕《遇張一兒》，〔商調·黄鶯兒〕與〔簇御林〕《幽蘭》等是也。（同上）

陳鐸所著，套數尤多，穩稱頗類明初湯式，小令則不出王與沈。明人皆謂其詞與梁辰魚相伯仲，實則陳之文字，絶未入《江東白苧》圈套也。陳所聞雖在崑腔大行以後，而其著作品格，與湯式、陳鐸最爲相近，若納之下文梁、沈兩派中，殊爲不妥。（同上卷二）

崑腔以後，只有南曲，而北曲亡矣。南曲又多參詞法以爲之，形成所謂南詞，而曲亡矣。崑腔創始於魏良輔，一時新曲，首先採用者，厥爲梁辰魚所製，在劇曲爲《浣紗記》；在散曲則爲《江東白苧》一集，張鳳翼序之，謂擲地可作金聲，張旭初於《吴騷合編》内，至推爲曲中之聖焉。自有崑腔，南曲之宫調音韻，一切準繩俱定，傳奇之法愈密，犯調集曲，日盛一日，沈璟爲《南曲譜》及《南詞韻選》二書，楷模大著，學者翕然宗之。龍子猶於《太霞新奏》中，對沈氏有詞家開山祖師之稱焉。起嘉隆間以迄明末，將近百年，主持詞餘壇坫者，文章必推梁氏爲極軌，韻律必推沈氏爲極軌，此爲崑腔以後之兩大派。一時詞林，雖濟濟多士，要不出兩派之彀中也。（同上）

梁辰魚之曲派，爲文雅蘊藉、細膩妥貼，完全表現南方人之性格與長處，去北曲之蒜酪遺風，亢爽激越者，千萬里矣。惟此種陰柔之美，實宜於詞之收歛性格之文學，而不宜於曲之放散性格之文學，故其取材取徑，於不知不覺之間，無一不與宋詞相接近，而與元曲相背馳者，結果乃得一種詞不成詞，曲不成曲之物。吾嘗論此派之末流，以爲意境迂拘，而色彩揉雜，硜硜於字句之煊染，又衹有枯脂燥粉，敷衍堆嵌，拆碎固不成片段，併合亦難象樓臺，臣妾宋詞，宋詞不屑，伯仲元曲，元曲奇恥，天下依違於兩可之間，欲兼擅其勝，而卒至進退失據，成共棄之物者，崑腔以後，《江東白苧》派之散曲是其一也。此所言爲欲闡揚元人之絶藝，保存曲體之本源，不無過激之處。然實從體會比較而得，非徒託空言。……幔亭歌者袁于令曰：「詞才不同，梁伯龍以豪爽，張伯起以纖媚，沈伯英以圓美，龍子猶以輕俊，至於秀麗，不得不推王伯良。」夫如伯龍者，倘猶推爲豪爽，則如元人馬東籬之振鬣長鳴，白仁甫之奮翮高舉，豈不皆成獷悍頑野，不可嚮邇之怪物耶？歌者與龍子猶接近，龍乃明末梁派之中堅。（選《太霞新奏》之顧曲散人，疑即龍氏。）沉溺此中，既深且久，道黑爲白，指鹿爲馬，固無足怪矣。惟此派之弊，尤在套數與集曲，若單隻或重頭之小令中，猶間有生動之作也。（同上）

沈璟之曲派，乃一面文字受梁氏之影響，而一面自己又專求律正與韻嚴。（同上）

詞意泥於色相，及專於雕琢、磨滌、穿鑿、拂拭，揉摛中討生活者，正不啻即爲梁沈兩家寫照也。

（同上）

至於清代散曲，約可分爲四派。第一南曲派，承明末梁沈之餘風，好爲南曲，如沈謙、吴綺、陳維嵋、蔣士銓、吴錫麒等皆是。沈謙集中，於集曲翻譜等事，亦多爲之，乃梁沈之嫡傳。若兩吴集中之合作，間如明之王磐、金鑾，絶非梁沈所能限矣。……（同上）

南曲散詞中，一種甜俗紅腐之習，闒茸委靡之風，雖不必即由《江東白苧》一集創，而集中如〔九疑山〕、〔巫山十二峰〕等集曲，體段極長，不套不令，聲律成崑腔之始。雖有相當之可貴，而文字則一味鋪排，滿紙娘行多嬌，讀之令人昏昏欲睡，迥非王沈金馮比者，實使之然也。王沈金馮時之南曲，想來猶是元人所創南曲唱法，自良輔業成，伯龍派立，而元音從此永闕矣。故從聲音文字兩方面平衡看來，曲之運終由是而衰，不得謂之由是而振，亦不得謂此時猶無所升降也。論良輔猶在功魁禍首之間，若伯龍則實無以善位之矣。或謂此説過於佞元，余一笑而已。（《曲諧》卷一《江東白苧》）

憶初讀《江東白苧》後，最不能忘情，而時時好爲吟諷者，厥爲〔懶畫眉〕《情詞》：「小名兒牽掛在心頭，總欲丢時怎便丢，渾如吞却綫和鈎。不疼不癢常拖逗，只落得一縷相思萬縷愁。」可謂陳言務去，戛戛獨造矣。吞鈎之喻，由起至結，一氣貫注，無一字不妥貼，無一字可更易。論用意固尤精於元人之藉喻於債，論遣辭直是南令情詞中不可多得之作。詎料通篇竟不必爲伯龍手筆，亦並非小令，乃南吕一套之首曲。伯龍改訂青門之作也，青門原詞如何？因《唾窗絨》久佚，不可得見，要之，伯龍所訂，其音律耳。若就詞論詞，則鮮嫩如倡條冶葉，渾圓如明月驪珠，出於青門，固其宜也，出於伯龍，殆偶然矣。

(同上)

吾嘗謂詩詞曲間，有一事必爲研究文學變遷時所不可忽者，則詞中全句，多不可移用於曲，即偶有移用者，亦終不見精。而絶詩中之全句，則每有爲曲家借用，裝配自然，驅遣入化，幾乎不能索還者。如梁伯龍〔玉胞肚〕《吳宫詞》云：「雙雙蘭槳，採蓮歸重催晚妝。看西施舞罷纖腰，半含嬌笑倚東牀。芙蓉帳小夜添香，楊柳風多水殿涼。」又《送人左遷楚中》云：「陽關休唱，望南雲不須感傷。看九疑竹樹還青，更三湘蘭芷猶香。雁飛直欲到衡陽，你莫厭迢遥一水長。」又《聞春至有感》云：「年華夢裏，臥文園匆匆未知。歎紅顔日日霜彫，奈芳郊歲歲春回。東風昨夜到隋堤，楊柳千條盡向西。」又《春郊邂逅》云：「爲貪閑耍，向西郊常尋歲華。霎時間遇著箇喬才，想今年命合桃花。邀郎同上七香車，遥指紅樓是妾家。」此等句，是曲是詩，孰能爲之分剖？因知輕脱疏快，倜儻風流，曲中小令，與詩中絶句，原是一例，正可相通也。(同上)

伯龍有〔駐雲飛〕十首《雜詠效沈青門唾窗絨體》。……伯龍和作，造語多蹈襲元人，全没精神。其略有新意者，當爲《邂逅》一首：「小小冤家，拖逗得人來憔悴煞。雅淡堪描畫，舉止多瀟灑。咱，曾記折梨花，在荼蘼東架。忙訊佳期，到答着閑中話，一半囂人一半耍。」(同上)

《白苧》全集，尚有一篇不負伯龍之清望者，乃〔山坡羊〕《代劉季招寄申椒居士》云：「病淹淹難醫療的模樣，軟怯怯難存坐的形狀，急煎煎難擺劃的寸腸，虚飄飄難按納的情和況。空自忙，全然没主張。盟山誓海，誓海都成謊。輾轉思來，更無的當。凄涼，爲甚更長似歲長？蕭郎，莫認他鄉是故鄉。」

（同上）

夫集曲之製，南詞獨盛，長者如詩餘之犯調，而又變本加厲，割裂衆調，有多至三十首者，所謂三十腔是也。較之北曲中帶過曲，則又絶不相侔。蓋一則撏撦零星，一則聯續完整也。撏撦零星者，别具匠心，音律或偶臻新穎，而文字則大抵亦枝枝節節以成，生氣索然而已。《江東白苧》以後，此風大作，寧菴、伯良實播之也。演至《九宫大成譜》中，則每宫集曲之數，動輒超過原曲，可謂盛矣。（同上《花影集小令》）

關於梁辰魚的《鹿城詩集》

吴書蔭

梁辰魚，字伯龍，號少白，别署仇池外史。江蘇崑山人。他是明代著名的戲曲作家，撰有傳奇《浣紗記》、雜劇《紅線女》、《紅綃伎》（已佚），改編過傳奇《周羽教子尋親記》。還著有散曲集《江東白苧》。因爲他以曲名世，儘管明俞憲《盛明百家詩》前編收有《梁國子生集》一卷，清錢謙益《列朝詩集》、陳田《明詩紀事》都選録了梁氏的詩作，但很少有人把他當作詩人看待，至于他的《鹿城詩集》，極爲罕見，更鮮爲人知。

明末清初黄虞稷《千頃堂書目》，著録有明一代著述堪稱豐富，梁辰魚之詩作，亦僅收《遠遊稿》一種，未涉及《鹿城詩集》。《續修四庫全書提要》卷十二「集部」始載：

《鹿城詩集》，十卷。明萬曆刻本。

此刻本未見，不知尚在天壤間否？另有舊抄十卷本，入藏于臺北中央圖書館，無緣獲見。目前所能看到的僅有兩個抄本，一爲蘇州市博物館所藏的十卷本，另爲庋藏于北京圖書館的二十八卷本。

蘇州市博物館藏十卷本《鹿城詩集》爲舊抄本，無抄寫者的題記或跋語，不詳何時抄本，但既爲十卷本，當據萬曆刻本所過錄。惜此本已非完帙，只存有序文、全書總目以及前三卷的篇什。雖然不可能目睹全書的原貌，但亦可借以窺見原刻本之一斑。集前三篇序文，係嘉靖三十七年（一五五八）中夏既望衡山文徵明《梁伯龍詩序》，隆慶六年（一五七二）季秋南京大理寺卿瑯琊王世貞《梁伯龍樂府序》，以及萬曆十年（一五八二）東海友人屠隆《梁伯龍鹿城集序》。後兩篇序文又分别見于王世貞《弇州山人四部續稿》卷四十和屠隆《白榆集》卷二。從三篇序文的題署時間前後相隔二十四年之久，以及各序的内容和集前的總目來考察，《鹿城詩集》應是梁氏幾部詩作的合編。《盛明百家詩》前編所收的《梁國子生集》，僅選詩四十首，其篇目均見于《鹿城詩集》的總目中。至于紀遊之作在該詩集中所占的比重很大，《遠遊稿》裏所錄的詩篇，亦應包括在其中。因此，我們可以斷言，《鹿城詩集》當是梁辰魚生前的一部詩歌總集。三篇序文均爲武林顧顒用隸書書寫，序文後面有「萬曆癸未中秋」顧氏的落款可證。「萬曆癸未」即萬曆十一年（一五八三），是屠隆爲該集作序之次年，原書殆刊行于這一年的秋季。過了九年，即萬曆二十年（一五九二），梁辰魚才離開人世，這部詩集或許由他本人親自編訂的。從集前總目及三卷存詩看，全書按詩體分卷，每卷似乎又根據寫作年代排列先後。共收錄詩一千零八十五首。

北京圖書館所藏二十八卷本《鹿城詩集》，係竹紙抄寫，字迹工整。半葉十行，行十八字。無界欄。

綫裝，分訂爲四册。首册扉葉上鈐有「古吴梁氏」、「曉峰鑒藏」和「金星軺藏書記」等印章。集中凡「玄」字，如《上方寺同玄俊上人坐流雲亭》、《過玄習上人草堂次周若年韻》等，皆不避諱，可見此抄本的年代早于康熙。再從「古吴梁氏」之印推斷，它或許是梁辰魚後裔的過録本，後來散出，經清代著名藏書家金檀（字星軺）等人的收藏。金氏《文瑞樓書目》著録有此本，云：「四册。傳抄未刻本。」

我前些年輯校《梁辰魚集》時，曾將上述兩個抄本做了比勘，前三卷（以十卷本計）的内容，除個别地方的文字稍有差異外，基本上相同。但兩本的編排體例、篇目以及詩的標題等又有所區别。

一、編排體例。二十八卷本《鹿城詩集》，集前不載總目，亦無每卷的分目。雖然以古今體詩類次，但分卷略有不同，一至四卷（相當于十卷本的首卷），以鼓吹曲、横吹曲、相和歌辭、清商歌辭、子夜曲、舞曲歌辭、四時白苧舞歌、琴曲歌辭標目，宛然郭茂倩《樂府詩集》之遺響。五至八卷爲五言古詩（即十卷本的三卷）。九至十二卷爲七言古詩（即十卷本的三卷）。十三至十七卷爲五言律詩。十八卷僅録六言律詩一首（十卷本無此詩）。十九至二十二卷爲七言律詩。二十三卷爲五言排律。二十四卷爲七言排律。二十五卷爲五言絶句。二十六卷爲六言絶句。二十七至二十八卷爲七言絶句。每種體裁的詩作視篇什多寡，或分爲一卷，或析爲數卷，不像十卷本每一體詩歸爲一卷。

二、篇目。二十八卷本《鹿城詩集》各體詩皆備，共收詩一千零九十四首，比十卷本多出九首詩，如五言律詩《次前韻》（前詩爲《顧公節東山草堂》）、六言律詩《聽美人彈琴》、七言律詩《龍磯》、七言絶句《柳枝詞二首武陵園送顧公節入京》、《静庵詩贈圓慧上人》、《得住字》以及《得稀字》等。這些詩都不見于十卷本總目，因爲無由目驗萬曆原刻本，而蘇州市博物館所藏抄本又恰好殘缺後幾卷，不知是抄手過錄時脱漏，還是原本就没有這幾首詩？按照常理，由于一時疏忽，個别地方出差錯，在所難免，如果漏抄這麼多首詩，恐怕就不大有可能了。

三、標題。二十八卷本《鹿城詩集》的標題，與十卷本相比較，頗多出入，前者一般字多而題長，後者則字少而題短。今舉五言律詩數首爲例，如《仲夏同周進士胤昌過義興吴使君石亭山泉舊居二首》，十卷本作《過義興吴使君石亭山山泉舊居二首》，少「仲夏同周進士胤昌」八字；如《周若年石湖草堂》，十卷本無「周若年」三字；又如《雨中宿天池寺明瑶上人禪堂曉登凌虚閣瞻眺一首》，十卷本删去其中「雨中」、「上人」、「一首」等六個字；再如《送唐六遊信州訪魏檢校孝伯》，十卷本則缺少後六字，這類情況不一而足。至于删去標題中一二字或缺詩題小註者則更多，如七言律詩《咏樹裏燈癸丑四月作》、《酬范兖州宗吴》、《留别章丘李太常開先》、《讌青州副使秦使君鈁公署》諸詩，十卷本均未標示出小字註。兩本詩題截然不一樣者亦有之，如五言律詩《題馬驥才甫里别業》，十卷本則作《送馬驥才還甫里》。亦有十卷本題目的字數比二十八卷本多，如《秋日送客歸蒼梧》，二十八卷本少「歸蒼梧」三字，這種情況極少，僅一見而已。

二十八卷本《鹿城詩集》卷首亦冠有文徵明、王世貞和屠隆三家序文，但無「萬曆癸未中秋武林顧願書」之落款，再就上述幾個不相同的方面觀之，非常明顯，此本不是從萬曆刻本所過録，我倒覺得它更接近梁辰魚原作的面貌。《文瑞樓書目》認爲它是「傳抄未刻本」，不是没有一點道理。大概十卷本上版開雕時，爲了減少書寫和刻工的麻煩，才對詩題做了一些删削。字數的減少并不影響詩題的完整，有的甚至更簡煉，但二十八卷本的詩題及題中小註，對瞭解寫詩的具體時間、地點及酬贈的對象等都極有價值，況且還多出了九首詩，較之十卷本，更顯得彌足珍貴。

《續修四庫全書提要》（稿本）稱贊梁辰魚詩，云：「或正言以明志，或婉語而引情，玄霜絳雪，非世所常。其高者極聲音之奧，窮造化之奇，其淺者不過略能駢贍而已。」又云：「集中篇什，如七古《松雲歌》、《五臺山歌》、《破瓢詩》，《落魄公子夜闌曲》、《雙頭蓮葉歌》最爲出色，律絶次之，古樂府則興會飈舉，獨具體格。夫伯龍顧曲名堂，不能自已，詩特其餘藝耳。然在曲家中固鳳毛麟角，不可多見矣！」

在明代曲家中能詩者大有人在，能有大量作品流傳下來，則實屬不多。比起梁氏的戲曲和散曲作品，其詩作要遜色得多。他雖然在嘉、隆間名噪一時，享有盛譽，但他本人非達官顯宦，以布衣終其身，因此，有關他生平的記載就比較少。在這種情況下，《鹿城詩集》提供了許多第一手的材料，對我們深入研究這位著名的戲曲作家的生平、思想和交遊，無疑會有重要的參考價值！（《文獻》一九九一年第二期）

增補部分

紅線傳奇小引

馬月嬌（湘蘭）

竊惟仙凡界徑固殊，稟乎天資，而閨壼情深，實均原於人性。河洲之詠，莫可尚矣；濮上之期，何其鄙哉！嬌也籍染污泥，悼白沙無由終潔；軀鄰歧柳，恨青絲徒爾增攀。涎垂舉案之孟光，目斷驂鸞之蕭史。欲墜樓者屢矣，而高年之母孰依？思傳鉢者久焉，而悟空之師難遇。用是托諸丹素，見冰心於幽蘭叢竹之間；嗜彼簡編，徵雅志於烈女夫君之際。偶值崑山梁氏所輯《紅線》詩詞，漏滴玉壺，瞬息神飛萬里；計收金盒，倉皇膽落三軍。況茲脱跡塵寰，奚翅楊家之侍拂；永爾流芳瑤島，更卑漢室之貂蟬。功云奇也，勇非大歟！迺屬良工，爰俾繡梓。郎當舞袖，儘可供五夜之歡；婉轉歌喉，尚可佐十日之飲。玄覽君子，能無觸目激衷，感往事以諒余衷者哉！（明趙世傑選輯《古今女史》卷九）

按：此文係香港中文大學華瑋教授提供。從此小引可知，馬湘蘭曾出資爲梁辰魚刊印《紅線女》雜劇。

紅葉村詩稿序

朱　謹

前代嘉靖間，先京兆二峰公致正家居，與梁石峰先生及其子少白山人，以世戚相善，迄今有往來書劄可考見。石峰先生以明經爲平陽司訓，夙有文譽，而山人則以詩辭振起江左，有《鹿城集》、《江東白苧》傳於世。當是時，海内名公卿無不折節訂交，吳中裙屐冠蓋之會，甲于一時，何其盛也！今也兩家子姓俱凋敝，而少白山人之後僅有逸民在耳。逸民翁年將八十，家貧無子嗣，扃秘其先人之書，煢煢固守，以其所著《紅葉村詩集》刻之，以附于《鹿城集》之後。嘗語人曰：「某不幸當此頽運，莫可爲計，惟是嗚嗚之鳴，與草蟲林鳥相和於風清月露之間，或亦《白苧》之遺響乎！今某之後更無人矣，有一從子不知書，猶未有出，某幾絶望矣。所幸者先人之書尚在，則敝帚或可藉以並存。《詩》不云乎：『蔦與女蘿，施與松柏。』天既未絶我梁氏之書，而使其後人之詩有所施，則亦未必竟絶梁氏之裔，而使其後人之祀一無所施也。」逸民翁之言如是，同里朱謹聞其而悲之，恤恤乎憂其支系之將絶，而苦於天意之莫可問。（下刪）（《紅葉村詩稿》卷首）

按：二峰公，即朱隆禧，字子謙，號二峰，昆山人。嘉靖八年進士，官至禮部左侍郎。與梁辰魚之父介石爲表兄弟。

江東白苧二卷

傅惜華

明梁辰魚撰。辰魚有《紅綫女》雜劇、《浣紗記》傳奇，均已著錄。此集二卷，共録小令四十一闋、套數十四套，又補陸采《明珠記》傳奇第二十折後曲文一套。按《静志居詩話》載：辰魚雅擅詞曲，所撰《江東白苧》，絶妙時人。王元美詩所云「吴閶白面冶遊兒，爭唱梁郎雪豔詞」是也。此集清新雅俊，能融景入情，其風格似從北宋詞出，而審宫節羽，不差累黍，猶其餘事也。張鳳翼序此集曰：「曲之興也，發舒乎性情，而節宣其欣戚者也。自習於道聽者，俚而不文；偏於炫博者，窒而弗達，失之均矣。梁伯子多宋玉之微詞，慕向長之遠遊，觸物感懷，抒情吊古，宫商按而淩風韻生，律吕協而擲地聲作。不俚不窒，雖落索數語，玲瓏百言，有不足謝者。」殆猶未足盡之者。（《續修四庫全書總目提要》〔稿本〕第三册）

浣紗記傳奇二卷

傅惜華

明梁辰魚撰。辰魚字伯龍，號少白，别署仇池外史。江蘇昆山人。以例貢爲太學生。雅擅詞曲，工音律。世所行昆山腔，自魏良輔始，而辰魚獨得其傳。所著《浣紗記》傳奇，梨園多歌之。生平任俠好遊，足跡遍吴楚間。嘗欲北走塞，南極徼，盡覽天下名勝，不果而卒。同里王伯稠者，贈以詩云：「達人貴偷生，焉顧一世譏。伯龍慕伯輿，徇情良以癡。彩毫吐豔曲，煜如春苑開。鬥酒清歌夜，白頭擁吳姬。家無儋石儲，出門年少隨。元暉愛足獎，此道今所希。」風雅名雋，足以想見其概。著有《鹿城詩集》、《江東白苧》、《紅綫女》雜劇及此記等。此記凡四十五齣，衍吳越興廢故事。一名《吳越春秋》。關目情節，以范蠡、西施爲主，與事實不符之處頗多，此爲搬衍舊習，不足深辯也。通本結構，以穿插他事過多，遂致排場散漫，故呂天成《曲品》，列於上之中品，且評曰：「羅織富麗，局面甚大，但恨不能嚴謹。中有可減處，當一刪耳。」徐複祚亦謂此記，「無論其關目散漫，無骨無筋，全無收攝。然其所長，亦自有在，不用春秋以後事，不裝八寶，不多出韻，平仄深諧，宮調不失，亦近來詞家所獨難矣。」今按此記，韻律亦時有錯誤，如第二《遊春》齣【玉抱肚】云：「感卿贈我一縑絲，欲報愧無明月珠。」第七《通豁》齣【出對子】云：「八九寸彎彎兩道眉，盡道輕盈略嫌胖些。」尤爲顯然謬誤。至如第十四《打圍》齣，【南普天樂】、【北朝天子】合套，爲辰魚創格，而【朝天子】每支換韻。第二十三《迎施》齣，【三換頭】二曲，一云「這期間只是我不合來溪邊獨行」，一云「這壁廂只得把那壁廂暫時承領」，誤作一句，不知《琵琶記》原文，乃兩句協韻，此又舛律者也。唯曲白研鍊雅潔，絕無打油鉸釘之習，在明曲中深可稱爲傑奏。《靜志居詩話》嘗謂：「傳奇家別本，弋陽子弟可以改調歌之，惟《浣紗》不能，故是詞家老手。」據此則當時推重之者，幾風靡天下矣。此記第七《通豁》、第十三《養馬》、第十四《打圍》、第二十八《見王》、第三十《採蓮》諸齣，梨園最爲盛傳，至今猶有衍者也。（《續修四庫全書總目提要》〔稿本〕第三冊）

紅線女雜劇一卷

撰者失考

明梁辰魚撰。辰魚有《浣紗記》傳奇，已著録。此本雜劇一卷，凡四折，衍女俠紅線盜盒故事。正名曰：「薛節度兵鎮潞州道，田元帥私養外宅兒。紅線女夜竊黄金盒，冷參軍朝賦洛妃詩。」劇中情節，取唐人楊巨源《紅線傳》一文敷衍而作。按辰魚以南詞負盛名，北劇亦擅勝場。此劇賓白科段，純爲南態，所異者止用北詞耳。蓋白語用駢儷，實不宜於北劇，爲此劇曲文，才華藻豔，亦一時之選，如第一折【油葫蘆】、【天下樂】諸曲，英英露爽，頗合女俠身分。第四折【新水令】、【駐馬聽】諸調，瀟灑出塵，亦詞家仙品。按：沈德符《顧曲雜言》曰：「《紅線女》雜劇，頗稱諧穩。」蓋定論也。此劇流傳不廣，且以明人《雙紅記》傳奇，梨園盛唱至今，故辰魚此作，從未見爨弄焉。（《續修四庫全書總目提要》（稿本）第三十五册）。

致許殿卿

李攀龍

適姑蘇梁生以元美書至，出《巵言》以示。大較俊語辯博，未敢大盡。英雄欺人，所評當代諸家語如鼓吹，堪以捧腹矣。梁生亦致元美書足下，並《巵言》云，且付長君。生今探海市，計南旋，足下恐不及作問。（《滄溟集》卷二十九《許殿卿》）

藝苑卮言序二

王世貞

余始有所抨騭文章家曰《藝苑卮言》者，成自戊午耳。然自戊午而歲稍益之，以致乙丑而始脱稿。里中子不善秘，梓而行之。後得于鱗所《與殿卿書》云，姑蘇梁生出《卮言》以示。（《弇州山人四部稿》卷一四四《藝苑卮言》一）

按：姑蘇梁生，即梁辰魚。

送梁伯龍之中原

王穉登

未識鴻鵠志，送君多是非。五山三欲到，萬里半方歸。白璧歸秦路，黄塵出塞衣。片雲如有意，故逐馬蹄飛。

君懷五嶽興，不待向平婚。河影九重曲，關形獨自尊。歸心邊地馬，秋色出江猨。此地思黄發，能令久倚門。（《南友堂詩》卷四）

諸家雜記、評論

孟稱舜

第一折　梁與梅禹金並是近代名手，而此劇較《昆侖奴》曲更輕俊可喜。【混江龍】曲文，此等處太文太板，與《昆侖》劇同病。

第二折、三折　與善形容，無酸霧氣，亦無鹵莽氣，極似女俠聲口。

第三折　【越調鬥鵪鶉】曲文，全折俱雋麗：【金蕉葉】調笑語妙，【小桃紅】嘲笑有景，【聖王藥】語語俊快。（《新鐫古今名劇酹江集·紅線女》眉批）

盧前

二北詞人如是說，喬張小令奪天工。盧生一事癡如你，我愛江東梁伯龍。

（略）南詞有時誠不免一種甜俗紅腐之習、闒草委靡之風，然伯龍之《江東白苧》，固不少佳制。且小山、夢符小令，即喜用詞法，於此不得獨責梁氏。觀其【懶畫眉】《情詞》，如「小名兒牽掛在心頭，總欲丟時怎便丟」，其婉妙又何讓元賢也。無怪靈虛謂擲地可作金聲，而旭初推爲『曲中之聖』。（《論曲絕句》）

以汲古閣《六十種曲》論之，最精於律者，爲《浣紗》、《紅拂》、《紅梨》、《西樓》、《水滸》、《義俠》、《灌園》、《種玉》、《鸞鎞》、《東郭》、《青衫》、《贈書》、《金蓮》、《四喜》、《獅吼》、《蕉帕》、《錦箋》諸記。《浣紗》又名《吳越春秋》，霜厓居士謂「在明曲中初四夢外，當以此爲最」云。（《明清戲曲史》）

再版後記

《梁辰魚集》一九九八年出書，迄今已逾十載。最近，上海古籍出版社通知我再版此書，我感到非常欣慰。從一九八一年《鹿城詩集》的發現，到着手編校此集，到艱難出書，到即將再版，其間經歷了將近三十個春秋。回憶往事，追懷師友，思緒久久不能平静。

一九八一年秋，我在中國藝術研究院做戲曲史研究生。當我從北京圖書館查到塵封已久的清鈔本《鹿城詩集》，感到特别興奮。梁辰魚的詩作，我僅在俞憲《盛明百家詩》中見過《梁國子生集》一卷，而此集二十八卷，各體詩皆備；卷首冠有文徵明、屠隆、王世貞三序。這個鈔本曾被清代著名藏書家金檀收藏，從鈐有「古吳梁氏」等印記來考察，可能是伯龍後人散出之物。《鹿城詩集》不見黄虞稷《千頃堂書目》著録，極其罕見，鮮爲人知。

深入研究明清戲曲史，只出版戲曲作品集還不夠，爲了知人論世，應當更多刊印經過整理點校的曲家詩文集。可是這類集子不過寥寥數種，至於明代曲家只有上海古籍出版社《湯顯祖集》一種，中華書局編就的《徐渭集》，當時尚未付梓。而梁辰魚作爲嘉靖、萬曆時的昆曲大家，應該有自己的詩文曲的合集，才能同他在戲曲史的地位相稱。研究生畢業後，我留在戲曲研究所戲曲文獻研究室工作，於是萌發爲伯龍編校集子的願望。

一九八二年春，張庚師欲向國家古籍小組長李一氓提出《標點校印明清傳奇計劃》，讓我們文獻研究室承擔這個項目。我致函給心儀已久的徐朔方先生，徵求他的意見，同時也想傾聽對輯校「梁集」的看法，很快就得到他熱情洋溢的回覆：

《鹿城集》只見鈔本，且不全。有文徵明、屠隆、王世貞三序。書在蘇州博物館。我曾摘錄若干，到京後如得與您所見本相校，片刻間就可見出何者較好。承告標點明清傳奇計劃甚佳。鄙意以爲有詩文集存留者，以詩文曲合收一集較好，不必强求一律。如梁辰魚可出一《梁辰魚集》，甚願足下率先完成。他如《白兔記》近有新本發現，可以數種不同本子同刊一集。此指異文較多非校勘記所能盡者。我已入暮年，精力有限，只能整理舊作使之不成廢紙而已，不能再有所作爲，好在足下輩後來居上，大有作爲。放翁詩云：「功名在子何殊我，但恨無人快着鞭。」今有人矣，復何憾之有？

他不僅支持我們搞這個集體項目，而且還向我提供了蘇州所藏殘鈔本《鹿城集》的信息。先生虛懷若谷，信中所引陸游的詩句，不只是對我個人的鼓勵，也是對廣大後學寄予的厚望。我很快就草擬出《〈梁辰魚集〉輯校設想》的初稿。

這年六月，朔方先生來京參加《大百科全書·戲曲卷》的編委會。十一日約我去東方飯店相見，初次晤面，寒暄過後，就問《梁辰魚集》動手没有。我稟告正在核查各種版本的情况。下午又去拜見王季思先生（一九六〇年，教育部調先生來北大參與編文學史時，曾爲我們講過一學期元雜劇課），先生雖然年近八旬，但精神矍鑠，記憶清楚，待人和藹可親。我將《關於〈梁辰魚集〉輯校的設想》呈請他過目。先生閲後，覺得構想很好，鼓勵我快點將它做出來，並説如果北京不好出版，他可以推薦給上海古籍出版社，又叮囑將評本《浣紗記》的評語吸收進來。

兩位老師的信任、關懷和支持，對我既是莫大的鼓勵，也是有力的鞭策。當時我工作很繁忙，況且疾病纏身。如果他們的態度稍微冷淡或遲疑，我就會改弦更張，放棄這個選題。後來王先生來京參加全國人代會，我和同事去賓館看望他，先生仍記憶猶新，問起輯校工作的進展情況，對我這個接觸不多的學生，還那麽關心備至。可惜先生未能看到《梁集》的出版，就早歸道山了。但他對我的教導還常回響在耳際。由於李卓吾評本《浣紗記》和怡雲閣本《浣紗記》評本的評語如出一轍，顯然都係明人僞託，故未吸收到《梁辰魚集》中去。然而先生的建議能爲讀者著想，故我後來爲《明清傳奇選刊》點校《焚香記》時，遂將每折的評語摘出，置於書後，供廣大讀者參考。

一九九八年《梁辰魚集》出版，徐先生接到我的贈書後，立即復信：「忽奉《梁集》，得此厚賜，即先作快讀。」當時他正在校閲新出的《湯顯祖全集》，未能將拙編讀完，只看了一部分，凡有疑義之處，他都一一摘出，供我參考。過了大半年，他又來信表示歉意：「尊著《梁辰魚集》，猶未逐字讀畢，殊覺慚赧。」二〇〇七年初，朔方先生溘然長逝，今年二月二十七日，是他逝世四周年紀念日，爲了表示對這位良師益友的深切懷念，我已將他的意見吸收到《梁集》再版中去。

在《梁辰魚集》輯校選題的最後確定和書稿的出版上，陳振鵬先生給予了全力支持。一九八三年五月九日至十一日，爲了繼承鄭振鐸先生的遺願，完成他未盡之業，中國社會科學院文學研究所邀請有關單位座談《古本戲曲叢刊》和《古本小說叢刊》的編印問題，我也應邀與會，忝於末座。在會上有幸見到時任上海古籍出版社副總編的陳振鵬先生。

當時我想起王季思先生的話，儘管《梁辰魚集》的輯校工作，還未完全提到日程來，但遇到這樣難得的機會，何不未雨綢繆，先與古籍出版社掛上鉤呢？當晚我便去拜見陳先生，他聽完我的毛遂自薦後，表示對這個選題感興趣，讓我將「輯校設想」寄給他，待回滬研究後再予以答復。

七月上旬，我突然接到上海古籍出版社的正式公函，同意接受輯校《梁辰魚集》的選題。接著振鵬先生也示下：

> 回滬後即向第一編輯室轉達，今已決定接受此選題。……工作可從容爲之，以期精善，不必太趕時間。「設想」各條都可同意。戲曲部分的校勘記，對異文出校可略放寬，以供研究者參考；至於是否都有價值，或去或留，再由編輯部判斷，因我社校勘戲曲在進行中者尚有幾種，對校勘記寬嚴程度當求大體一致。先多留一些校記，可有餘地作比較平衡，免致定稿時淘汰過多，不易索補。文字繁體直排，格式可參考我社《湯顯祖集》。曲文不必分正襯字，因標準不易確定。賢如南方某先生，所爲亦未必稱善，不可强求也。

他很重視校勘記，這是古籍整理的重要部分，也是提高書籍質量的保證。因此，他在這方面的要求既具體又細緻，連注意事項也爲我考慮到。並推薦了《湯顯祖集》作爲樣本，這封信不僅是對我的輯校工作的指導，而且也體現老一輩學者嚴謹踏實的風格，成了我學習的榜樣〔一〕。

在此書輯校過程中，給予我幫助的人還有不少，非三言兩語所能覼縷，但我對他們會永志不忘。一九八八年一月，《梁辰魚集》編校就。當時古籍出版正處於低谷時期，如果沒有上海古籍出版社新老領導對學術事業的關注和鼎力支持，像這種賠錢書很難付梓，再版更何從談起；責任編輯史良昭先生，以及再版時的責編郭時羽女史，也爲此書付出辛勤的勞動，這裏一併致以衷心的感謝。

這次重印此書，主要做了以下幾件工作：

一、訂正誤排和訛奪，適當增補校勘記；對有些曲文的標點，也據曲律和文意重新加以處理。

二、增補了十幾則新材料，皆可資考證。如王世貞《藝苑卮言序》、李攀龍《致許殿卿》，都涉及到《藝苑卮言》的刊行時間，而此書最早著錄《吴越春秋》（後更名《浣紗記》），再稽以其他材料，可釐正《浣紗記》的創作年代。又如馬湘蘭所撰《紅線傳奇小引》，由香港中文大學中文系華瑋教授所提供。連薄薄一冊雜劇，都要依靠名妓馬湘蘭出資才能印行，可知伯龍晚年生活何其窘迫。再如朱謹的《紅葉村稿序》，《紅葉村稿》係伯龍曾孫梁逸的詩集。逸工詩，善篆刻。而朱謹之先人朱隆禧，字子謙，號二峰，昆山人。嘉靖八年（一五二九）進士，官至禮部左侍郎。與梁辰魚之父介石爲表兄弟。此序敍述兩家以世戚相善，而其後人皆凋敝。使我們對梁氏及其家世有更多的瞭解，故也收錄之。

三、託臺灣友人陸方龍核查臺灣所藏《鹿城詩集》。《梁集》卷十五《贈蔣冠軍□□屯兵海上》詩題脫兩字；　卷二十一《廬陵尹教甫信至石城奉寄》七言律詩，缺尾聯兩句。臺灣《「中央圖書館」善本書目》卷四「集部別集類」著錄《鹿城詩集》十卷，存舊鈔殘本一冊。我請臺灣清華大學博士陸方龍替我核查，據他告知，該館還藏有一部明鈔本《鹿城詩集》，也是二十八卷四冊，鈐有「汲古閣收藏」、「張子龢珍藏書畫圖記」、「剛伐邑齋所藏書畫」、「曾藏張蓉鏡家」、「湘潭袁氏滄州藏書」等十一枚藏書章。上述兩首詩的前一首五律，十卷本徑題《贈蔣冠軍屯兵海上》，已經看不出中間有缺字；　而二十八卷鈔本同樣缺二字。至於後一首七律，兩個本子也都只有六句，文字與《梁辰魚集》一致。雖然問題未能得到解決，但方龍君不僅一趟又一趟去仔細查對，而且還掃描了十卷本目錄及其他資料供我比勘，使我對臺灣所藏《鹿城詩集》略有瞭解。從兩岸藏本的行款格式、內容文字來看，可以斷定都源於同一祖本。對他的盛情我將銘記於心！

二〇〇一年五月十八日，古老的昆曲被聯合國科教文組織列爲首批「人類口頭非物質遺産代表作」後，從海外到國內掀起了昆曲熱，梁伯龍作爲明代昆曲大家，《梁辰魚集》也受到青睞。據責編告知，有華裔讀者來信，讚揚出版社做了一件功德無量的事。我感到非常興奮。力爭再版以新的面貌出現，這樣才能不愧對古人和廣大讀者。

二〇一〇年三月九日

〔一〕參見拙文《一編在手憶師友》，載《書品》二〇一〇年第二輯，中華書局，二〇一〇年三月二十日。